DAGMAR TRODLER

Die Tage des Raben

W0373286

Buch

Die Rückkehr in seine nordische Heimat hat ihnen kein Glück gebracht. Hass und Argwohn schlugen Erik, dem letzten Thronfolger des alten Herrschergeschlechts, und seiner jungen Frau Alienor von Sassenberg, der Eifelgräfin, entgegen. Nun kehren sie einem Land den Rücken, das in Gewalt und Blutvergießen versinkt. Ihr Ziel ist der Hof des Normannenherzogs Guilleaume, von dem Erik einst den Ritterschlag erhielt. Und so folgen sie mit den beiden Töchtern dem Herzog, erst in die Normandie und schließlich nach England. Denn Guilleaume ist jetzt König von England – Wilhelm der Eroberer. Erik und Alienor besteigen ein Schiff nach Jorvik und lernen so zunächst den nördlichen, dänisch geprägten Teil Englands kennen, den Wilhelm mit seinen Truppen verwüstet hat. In Yorkshire versucht die junge Familie, sich eine neue Existenz aufzubauen. Freudig wird Erik vom König in den Kreis der Ritter aufgenommen. Doch auch in ihrer neuen Heimat geraten Alienor und Erik einmal mehr in ein Netz aus Intrigen und Verrat. Als Erik in Gefangenschaft gerät, ist Alienor mit ihren kleinen Töchtern in einem fremden Land ganz auf sich gestellt. Und erfährt zudem, dass sich um ihre Herkunft ein dunkles Geheimnis rankt…

Autorin

Dagmar Trodler, Jahrgang 1965, arbeitete seit 1987 als Krankenschwester und studierte außerdem Geschichte und skandinavische Philologie in Saarbrücken, Aachen und Köln. Ihre Faszination für das Eintauchen in vergangene Zeiten und fremde Welten führte zu dem Entschluss, ihren großartigen historischen Erstlingsroman zu schreiben: »Die Waldgräfin«, 2001 erschienen, hat Leser, Buchhändler und Kritiker ebenso begeistert wie die Fortsetzung der Saga, »Freyas Töchter«. Dagmar Trodler lebt mit ihrem Mann in der Eifel.

Von Dagmar Trodler bereits erschienen:

Die Waldgräfin (35616)
Freyas Töchter (36182)

Dagmar Trodler

Die Tage des Raben

Historischer Roman

blanvalet

Umwelthinweis:
Alle bedruckten Materialien dieses Taschenbuches sind chlorfrei und umweltschonend.

1. Auflage
Taschenbucherstausgabe November 2006 bei Blanvalet,
einem Unternehmen der Verlagsgruppe
Random House GmbH, München.
Copyright © by Dagmar Trodler 2005
Copyright © der deutschsprachigen Ausgabe 2005
by Blanvalet Verlag, München,
in der Verlagsgruppe Random House GmbH
Dieses Werk wurde vermittelt durch die Literarische Agentur
Thomas Schlück GmbH, Garbsen.
Umschlaggestaltung: Design Team München
Umschlagfoto: Design Team München
ES · Herstellung: Heidrun Nawrot
Satz: Uhl + Massopust, Aalen
Druck und Einband: GGP Media GmbH, Pößneck
Printed in Germany
ISBN-10: 3-442-36601-1
ISBN-13: 978-3-442-36601-9

www.blanvalet-verlag.de

Ein dreizehntes kann ich, soll ich ein Degenkind
Mit Wasser weihen,
So mag er nicht fallen im Volksgefecht,
Kein Schwert mag ihn versehren.

(Hávamál 158)

1. KAPITEL

Schweigsam und besonnen sei des Königs Sohn
Und kühn im Kampf.
Heiter und wohlgemut erweise sich jeder
Bis zum Todestag.

(Hávamál 15)

England.«

»England«, wiederholte ich und versuchte, den merkwürdigen Laut nachzuahmen, den mein Lehrer so perfekt beherrschte. Er schüttelte den Kopf.

»Nein, England. Ihr müsst Eure Zunge mehr einsetzen. *Englllland.* Versucht ein anderes Wort. Jorvik.« Das bereitete mir keine Schwierigkeiten, wie ich überhaupt die neue Sprache auf unserer Reise gut gelernt hatte, aber Cedric war mit meiner Aussprache nicht zufrieden und feilte bei jeder Gelegenheit daran herum. An den Tagen auf See hatte mir das so manche langweilige Stunde vertrieben, aber jetzt wurde es mir doch ein bisschen lästig. Der Spielmann spürte, wie ich bockig wurde, und setzte eine strenge Miene auf.

»Konzentriert Euch. Wer weiß, wofür es einmal gut ist.« Ich seufzte, zu träge, um wirklich verärgert zu sein. Es war so ein friedlicher, sonniger Tag, und selbst die Möwen, die uns begleiteten, kreischten nicht so laut wie sonst. Cedric scharrte mahnend mit dem Fuß.

»Also gut. Jorvik. *Jorrrrr-viiik.* Und die Angelsachsen sagen York. *Yorrrrk.*« Irgendwie klang dieser Name finster. York…

»York. Mit runder Zunge. York. Hier« – er fummelte sich so umständlich am Mundwinkel herum, dass ich lachen musste – »hier muss es rund sein. York. England. Ihr lernt sehr schnell, Alienor von Uppsala.« Damit setzte er sein Spielmannsgesicht auf und begann zu dichten.

»Eine leichte Zunge ziert ihren Mund,
Worte perlen heraus, fein und rund,
tropfen in mein Ohr,
perlen in mein Herze,
machen süßen Schmerze…«

Und mein Lehrer sah mich keck lächelnd an. Seine albernen Verse hatten mich schon öfter aufgeheitert. Die Sonne schien warm auf sein braunes und – wie bei Spielleuten üblich – kurz gehaltenes Haar, das der Seewind verwirbelt hatte. Entspannt lehnte er sich gegen die Reling, rieb sich das bartlose Gesicht und löste beiläufig den Knoten seines Hemdverschlusses, den nächsten seiner drolligen Verse schon auf der Zunge.

»Der Schmerz streicht mir die Brust…«

»Wenn du mit meiner Frau tändelst, werf ich dich über Bord.«

Die ruhige Stimme hinter uns verjagte das Lächeln aus Cedrics Augen. Hastig sprang er auf, stolperte über die Ruderbank, auf der wir uns niedergelassen hatten, und entfernte sich auf allen vieren in Richtung Laderaum, wo die Kinder mit Ringaile und Hermann ein geschütztes Plätzchen gefunden hatten.

Ich drehte mich um. Erik stieg über die Ruderbank, und mit einem weiteren langen Schritt stand er bei mir. Der Wind spielte mit seinem offenen Haar, und in seinen Augen blitzte es mutwillig. Als er besitzergreifend meine Schulter umfasste, strahlte ich ihn an.

»Ist dieser Platz noch frei, *dame chière*?« Erik ließ sich so dicht neben mir nieder, dass keine Feder mehr zwischen uns passte.

»Ich erlaube keinem Lehrer, mit meiner Frau zu tändeln«, brummte er und schob seinen Arm zielstrebig durch unsere Mäntel hindurch, bis er meine Taille fand. »Wir brauchen keinen Lehrer, schon gar keinen zerlumpten Verseschmied, und dieser da hat obendrein falsche Augen.«

Ich küsste ihn auf den Hals. »Hat er nicht.«

»Hat er doch.«

»Ich kann ihm ja sagen, er soll mich nicht anschauen.« Und damit sah ich in die himmelfarbenen Augen des Mannes, dem ich aller Angst zum Trotz wieder auf ein Schiff und aufs Meer gefolgt war, um Heimat in einem Land zu finden, von dem ich nur den Namen kannte. England. Englland.

»Du nimmst mich nicht ernst«, beschwerte er sich, ein Lächeln in den Augen, und auch um seinen Mund zuckte es verräterisch.

»Nicht immer«, flüsterte ich und suchte den Platz an seiner Schulter, wo es sich so gut träumen ließ.

Welch unermessliches Glück, dort liegen zu dürfen! Ich ließ meine Gedanken in die Vergangenheit schweifen. Es hatte eine Zeit gegeben, da war Erik mein Stallknecht gewesen und ich die junge Gräfin von Sassenberg, und derartige Vertraulichkeiten waren undenkbar gewesen. Damals, in dem Jahr, welches die Klosterschreiber 1065 nannten, hatte mein Vater, der Freigraf zu Sassenberg in der Eifel, ihn als Wilderer auf der Jagd gefangen und in den Kerker gesperrt. Als alle peinlichen Verhöre nach seiner Herkunft nichts ergaben, hatte er ihn mir als Knecht geschenkt in der Hoffnung, dass ich herausfand, woher der Fremde kam. Zärtlich strich ich über seinen Arm.

»Du willst dich also entschuldigen?«, flüsterte er.

»Wofür?«, fragte ich zurück.

»Naaa, für... hm, dafür, dass du anderen Männern erlaubst, mit dir zu tändeln. Ich werf ihn über Bord.« Er hatte den Arm so selbstverständlich um meine Hüfte geschlungen, dass mein Herz hüpfte vor Glück. Ja, ich hatte am Ende herausgefunden, wer der schöne Fremde war – ein Prinz aus schwedischem Königsgeschlecht. Doch da war es schon zu spät gewesen, ich hatte ihm das Leben gerettet und mich in ihn verliebt... das eine so unstandesgemäß wie das andere: Man verliebt sich nicht in einen Reitknecht. Man verliebt sich auch nicht in einen Prinzen. Doch der Prinz hatte mich mitgenommen – entführt, kurz vor meiner vom Vater arrangierten Hochzeit mit einem seiner Vasallen. Und so war ich ihm ins Land seiner Ahnen gefolgt, nach Schweden, wo die Winternächte lang und dunkel sind und wo man heidnische Götter unter Bäumen und an Hausaltären verehrt.

Schwermut durchflutete mein Herz, als ich den Kopf drehte und sein edles Profil betrachtete. Alles hatte so vielversprechend begonnen. Man hatte ihn begeistert willkommen geheißen, und auch der König der Svear, Stenkil Ragnavaldsson, hatte ihn sogleich in seine Runde aufgenommen. Einzig seine Mutter hatte sich geweigert, mich in ihrem Haus zu begrüßen. Damit hatte das Schicksal seinen Lauf genommen, denn der Grund dafür war eine vor Jahren vereinbarte Verlobung, die für Erik längst ihre Gültigkeit verloren hatte. Inzwischen teilte er ja mit mir sein Leben. Die Intrigen, die gegen ihn gesponnen wurden, gipfelten nach dem Tod König Stenkils in einem Kampf um Thron und Ehre, den er verlor. Eine Orgie von Blut und Gewalt schwappte über das Land, stolze und tapfere Männer verloren ihr Leben, Christen wurden nach Jahren des Friedens wieder verfolgt und sogar ein Bischof des Landes verwiesen. Mit den beiden Kindern, die ich im Svearland geboren hatte, war ich nach Norden in eine Berghütte der Familie geflohen, wo wir uns beinahe drei Jahre lang versteckt hielten, während Erik in die Verbannung gegangen war – in dem Glauben, ich hätte sie ihm eingebrockt. Das hatte ich in gewisser Weise auch – und Schuldgefühle plagten mich ob meiner unüberlegten Handlungen bis heute. Die Jahre seiner Verbannung waren die schwersten meines Lebens gewesen…

Ich schlang die Hand um seinen Unterarm, wo die tätowierten schwarzen Schlangen immer noch auf der Haut saßen und wachten. Manchmal, wenn wir beieinander lagen, erwachten sie zum Leben… Möwen umkreisten schreiend den hohen Mast, und das Segel knatterte geschwätzig im Wind. Die Schwermut wich ein wenig. Meine dritte Schiffsreise war friedlich verlaufen. Viele sonnige Tage waren an uns vorübergezogen, auf einem friedlichen Nordmeer, das spielerisch seine Wellen gegen den gewergten Bug unseres Schiffes klatschen ließ und kein einziges Mal die Finger nach einem von uns ausstreckte. Trotzdem vermied ich es, zu oft über die Reling zu blicken. Immerhin hatte ich das Meer auch schon anders erlebt, damals, als wir ins Land der Svear gezogen waren. Damals, am Strand von Schleswig, von wo aus wir nach Eriks Heimat aufgebrochen waren, war es gierig, grau und ungestüm gewesen, und als das Land verschwunden war, hatte es sich in eine wilde Bestie verwandelt, im

Sturm drei der Seeleute verschlungen, unser Schiff fast zum Kentern und mich beinahe um den Verstand gebracht, hätte Gisli mich nicht hinter einer Kiste festgebunden, wo ich das Unwetter heil überstehen konnte.

Gisli Svensson. Zärtlich strich ich über den Hermelinschal, den Eriks bester Freund mir zum Abschied geschenkt hatte – ein Geschenk, einer Königin würdig. »Du bist ja eine Königin, *augagaman*«, hatte er gemurmelt und sich rasch abgewandt, um nicht ebenso zu weinen wie Erik, der seine Abschiedstränen an der Mähne seines schwarzen Hengstes trocknete. Es hatte viele Tränen gegeben in jenen Tagen. Tränen um zerstobene Träume, um eine verlorene Heimat, Tränen der Hoffnungslosigkeit. Viel mehr als unser nacktes Leben hatten wir nicht retten können, als Eriks Verfolger uns in den Bergen Svearlands aufgespürt hatten.

Gisli, unser lieber Freund aus Sigtuna, der unsere halsbrecherische Flucht aus Schweden ermöglicht hatte, war mit uns bis in die Normandie gesegelt, und sein letzter Freundschaftsdienst bestand darin, uns mit Birger dem Weinmann bekannt zu machen, einem alten dänischen Handelskollegen, der im Frühjahr voll beladen mit Weinfässern aus Frankreich und dem Rheinland nach England aufbrechen wollte. England hieß Eriks Ziel, England, wo Wilhelm von der Normandie seit nun gut vier Jahren König war. Erik hatte einst als junger Mann am Hof des Normannen gedient und erhoffte sich in England ein neues Leben und neue Aufgaben, in deren Dienst er seinen Schwertarm stellen konnte. Er war ein Krieger, er konnte nichts anderes. Gott kannte meine Gebete, er möge ihm hier Glück schenken, sicher schon auswendig …

Birger erklärte sich bereit, uns bis zu unserer Abreise in seinem Haus aufzunehmen. Und es tat gut, sich den ganzen Winter lang in seinem munteren Kaufmannshaushalt ablenken zu lassen. Eine Schar Kinder und Enkelkinder lebte und arbeitete dort unter seinem Dach, sie nahmen uns in ihre Mitte auf, behandelten uns wie Familienmitglieder und begegneten Erik, dem geflüchteten Königssohn, mit der ihm gebührenden Hochachtung, ohne ihn je nach seiner Geschichte zu fragen. Es gab genug zu essen, jeden Abend eine Karaffe guten Weines und lustige Geschichten am Feuer. Angst und Not schienen für immer ein Ende gefunden zu haben, alle schöpften wir neuen Mut.

Langsam verblasste sogar der Schmerz. Und während sich die Narben vom letzten schrecklichen Kampf am Ufer von Uppland unter meinen massierenden Händen glätteten, kehrte Glanz in Eriks fast erloschene Augen zurück. Die Düsternis, die ihn wie eine bedrohliche Wolke umgab, verzog sich, und als es Frühling in Caen wurde, konnte er mit den Kindern wieder lachen. Dass die Verbitterung sich dennoch einen Platz in seinem Herzen erobert hatte, wusste nur ich…

»Er sieht zu gut aus, dein Cedric. Er provoziert, sieh nur – warum muss er sich das Hemd aufreißen! So heiß ist es überhaupt nicht, was muss er halb nackt dasitzen! Gleich wird er sich noch die Hose ausziehen und allen seine Flöte zeigen! Schau dir das an. Und schau dir die Augen deines Mädchens an! Ungehörig, er ist ein eitler Bastard«, zischte er da plötzlich neben mir. »Schau dir das an. Sag doch was!«

Die ungehörigen Handlungen meines Lehrers beschränkten sich darauf, dass er seinen Mantel ablegte und das Hemd öffnete, weil die Sonne heute wirklich ungewöhnlich warm herabstrahlte. Ringaile, meine lettische Dienerin, wandte ihm den Rücken zu und hatte im Übrigen wie immer nur Augen für Hermann, der mich seit unserem Weggang von zu Hause begleitete und der in den kalten Nächten am Mälar sein Herz für das halb blinde Mädchen aus Ladoga entdeckt hatte. Sie war nun guter Hoffnung und würde ihr Kind in England zur Welt bringen – für mich ein Zeichen, dass Gott uns vielleicht doch nicht vergessen hatte.

»Er ist aber Angelsachse, Erik.«

»Das gibt ihm nicht das Recht, sich ungehörig zu benehmen!«

Ich lachte ihn an, dachte an den gut aussehenden Diener, der mir vor vier Jahren geschenkt worden war und der im März schon mit imponierend nacktem Oberkörper herumgelaufen war, mein weibliches Gesinde betört und mich um den Verstand gebracht hatte… Erik verzog die Lippen, hob die dichten Brauen, und ich wusste, dass er meine ungehörigen Gedanken erriet. Wir waren das ungehörigste Paar überhaupt, und das Wissen darüber kribbelte sanft und angenehm im Bauch. Sein versöhnliches Lächeln machte die Sonne noch wärmer. Doch bevor mir das Thema »Cedric« wieder entglitt, packte ich es und zog es zu uns zurück. »Ist es nicht besser, einen Führer zu haben, wenn man ein neues Land betritt?«

Er murmelte irgendetwas von »Frauenverführer« und »Schönauge« und dass Cedric ein eitler, habgieriger heimatloser Gockel sei – womit er nicht ganz Unrecht hatte, denn der Angelsachse hatte für seine Dienste ein stolzes Entgelt gefordert. Wir hatten ihn in Caen im wahrsten Sinne des Wortes gefunden, ein Gaukler und Possenreißer, der sich in den Gasthäusern mit Lautenspiel und Schreibarbeiten durchschlug und eines Abends fiebernd und zähneklappernd vor der Tür unseres Gastgebers gelegen hatte. Gerburga, die Hausfrau, hatte ihn hereinbringen lassen und mit heißen Getränken und allerlei Kräuterumschlägen dafür gesorgt, dass das Fieber sank. Als Cedric hörte, dass uns unser Weg nach England führen würde, hatte er sich sogleich als Lehrer und Diener angeboten. Und da ich unserer Reise mit Sorge entgegensah, war ich auf seinen Vorschlag eingegangen, ohne Erik groß zu fragen. Der sah jedes männliche Wesen in meiner Nähe als überflüssig an, ganz gleich, welche Dienste ich in Anspruch nahm. Den Beteuerungen des Spielmanns, gerne einmal sesshaft zu werden, schenkte er keinen Glauben, und Birger lachte den Mann sogar aus, weil es schließlich keine sesshaften Spielleute gibt – ich hingegen konnte zumindest den Wunsch verstehen, auch wenn ich ihn ebenfalls für illusorisch hielt, weil die Possenreißer doch überall außerhalb der Gesellschaft standen und bei mir daheim sogar weniger Rechte als Henker oder Abdecker hatten. Geldgierig waren sie alle – ich erinnerte mich an die Sänger daheim in Vaters Halle, deren Augen so unchristlich geglänzt hatten, wenn sie für ihre Lieder entlohnt wurden. An guten Tagen hatte mein Vater mit Pelzen nicht gegeizt und nicht nur Geldstücke verteilt. An schlechten Tagen jedoch hatte er sie hungrig hinausgeworfen, und danach hatten im Rheinland wieder üble Gerüchte die Runde gemacht. Spielleute kamen viel herum, hörten viel und sahen viel, und sie zerrissen sich das Maul über den, der ihre Lieder nicht würdigte. Viele von ihnen waren gebildet und weit gereist. Cedric war so einer – zumindest als Übersetzer würde er uns von Nutzen sein.

Aber unser Wortgeplänkel um den hübschen Angelsachsen war nicht das erste gewesen …

»Mama, schau, da ist ein Land!« Snædís, die ältere unserer beiden Töchter, kam über die Ruderbank geklettert und setzte sich auf Eriks Schoß. »Bald sind wir da. Sind wir bald da? Wo sind wir dann? Sind wir dann zu Hause? Zu Hause, zu Hause …«

Erik wollte etwas sagen, doch ich sah, wie seine Augen sich verdüstert hatten, und so legte ich ihm rasch die Hand auf den Arm und bat ihn damit zu schweigen. Unsere Reise ging zu Ende, ich wollte das neue Land mit guten Gedanken betreten. *Protege me*, dachte ich, beschütze mich, Herr, und sei bei uns … mehr verlange ich gar nicht. Doch einen Blick an den Himmel zu werfen wagte auch ich nicht. Er hatte sich uns schon so viele Male verweigert …

Gespannt verfolgten wir, wie unser mit Wein beladenes Handelsschiff in eine riesige Bucht einbog. Birger hieß seine Männer die Segel einholen.

Das Leintuch flatterte ärgerlich und schlug mit Zipfeln um sich, wie um den Seeleuten klar zu machen, dass es nichts Schöneres gab, als sich in voller Fahrt im Wind zu blähen. Selbst ich hatte mich dieses Anblicks irgendwann erfreuen können und dem Treibem am Mast gern zugesehen. Doch nun war Schluss damit, das Land würde uns am Ende dieses Tages – hoffentlich für immer – wiederhaben.

»Ein wenig müsst ihr euch noch gedulden.« Birger schien meine ungestümen Gedanken erraten zu haben, denn er kam herbeigestiefelt, schädelkratzend wie immer, wenn er verlegen war, und hockte sich zu uns. »Ein Lotsenboot brachte Nachricht, dass in Jorvik die Ebbe andauert. Man rät mir, zwei Tage zu ankern …« Verständnislos sah ich ihn an. Ebbe? Ankern?

Er lachte gutmütig. »Das Wasser, das du hier siehst, Frau, nennen die Angelsachsen den Fluss Humbre. Die Gezeiten laufen hier hinein und auch wieder heraus, ganz wie an der Küste. Aber manchmal, alle paar Monde, zieht sich das Wasser sehr weit zurück aufs Meer. Dann gibt es auf dem Humbre nur eine schmale Fahrrinne, so dass man den Hafen von Jorvik nicht erreicht. Manches Schiff ist schon im Sand des Humbre stecken geblieben. Sieh selbst, hier braucht es einen guten Steuermann und Gottes Hilfe …« Er bot mir seinen Arm und zog mich zur Reling.

Die Bucht verjüngt sich zusehends; rechts und links konnte man nun gut ein sanft gewelltes Ufer erblicken. Dort, wo eigentlich Wasser sein sollte, wölbten sich glatte Sandhügel empor. Fasziniert beobachtete ich, wie sie aufglänzten, wenn eine Welle sie benetzte, und wie schnell das Wasser aus ihnen wieder verschwandt und den Hügel glanzlos und sandig zurückließ.

Birgers Steuermann saß hochkonzentriert am Ruder und lotste das schmale Schiff durch die Rinne. Viel Platz blieb ihm nicht. Vier der Seeleute ruderten auf sein Kommando.

»Wir werden vor Axholme ankern. Dort vorne, seht ihr? Das ist eine Insel, dort kann man übernachten …« Die Insel sah zwar aus wie Festland, doch war mir alles gleich, wenn ich nur das Schiff verlassen konnte – jetzt war es genug. Jetzt wollte ich genau wie meine Tochter ankommen.

Axholme streckte die Arme nach uns aus und zog das Schiff in ihren Sand. Munter wogten kurze Bäume im Abendwind, und das Seegras verneigte sich anmutig vor uns. Bevor Erik mir an der Reling herunterhalf, zog er sein Schwert.

Birger lachte gutmütig. »Das brauchst du hier nicht, Nordmann. Auf dieser Insel mag niemand freiwillig leben, es sei denn, er liebt Sumpf, Nebel und die Geister der Dänen. Hier sind wir sicher, Mann.« Der alte Däne lachte spitzbübisch. Nicht ganz überzeugt steckte Erik die Waffe wieder in die Scheide. Sein Blick indes blieb wachsam.

»Benedic, anima mea, Domino, et omnia quae intra me sunt, nomini sancto eius! Benedic, anima mea, Domino, et noli oblivisci omnes retributiones eius …«

Ziemlich falsch, aber glücklich sangen zwei Seeleute den

Psalm zur Ehre Gottes. So gut tat es, wieder festen Boden unter den Füßen zu haben, dass wir alle dankbar in den weichen Sand sanken, und selbst die hartgesottensten unter den Seeleuten warfen einen kurzen Blick zum Himmel, murmelten vielleicht ein Dankgebet zu Dem, der Wellen und Sturm von uns fern gehalten hatte, und bekreuzigten sich, als sie Englands Erde betraten. Ich ließ mich ganz in den weichen Sand fallen und betrachtete den Himmel hinter den Bäumen von Axholme.

»England«, murmelte ich. »Englllland. Ænglandi…«

»Und, gefällt es Euch?«, fragte Cedric da hinter mir. Seine Augen glänzten vor Freude, wieder daheim zu sein. Ich lachte nur. »Mir gefällt es, nicht mehr umzufallen. Mir gefällt es, gleich ein Stück warmes Brot essen zu können…« Zwei der Seemänner warfen nämlich bereits Holz und Reisig auf einen Haufen, während ein dritter mit dem Feuerstein hantierte. Und mein Magen knurrte ungeduldig, als ich den lang entbehrten Duft ihres frisch entzündeten Feuers roch, auf dem wir gleich Mehlfladen backen würden, und vielleicht einen Fisch oder einen Vogel braten, wenn wir einen fingen, und wo wir uns heute Nacht in warme Decken hüllen und zur Ruhe legen konnten, ohne Schwanken, ohne jenes merkwürdige Gefühl im Magen, das mich immer noch befiel, wenn die Wellen zu hoch wurden und mir jeden Appetit auf die See nahmen…

»Mama, guck mal, hier wohnt einer! Guck!«

Die klare Kinderstimme ließ Erik hochschrecken. Ich warf mich herum. Ljómi wuselte zwischen den Männern am Strand herum und schleppte Holzstücke zum Feuer, doch Snædís war nirgends zu sehen. Erik schlug den Mantel in den Sand und zog erneut sein Schwert. Mein Herz begann zu klopfen.

»Was…«

»Still!« Er schubste mich zurück und schlich geduckt auf die Stelle zu, von der er unsere Tochter gehört hatte, alarmiert, auf der Hut, selbst hier, in dieser scheinbaren Idylle am Meer, wo doch niemand leben wollte. Beunruhigt folgte ich ihm. Der Wind verschluckte die Stimmen der anderen, als wir die ersten Bäume erreichten.

Ein Vogel zwitscherte unbekümmert, es raschelte im Unterholz. Erik blieb stehen, drehte sich um, sah mich an. Ich entdeckte tatsächlich Furcht in seinem Blick, tiefe, schwarze Furcht, mitgebracht aus einem anderen Leben, das er immer noch mit sich herumschleppte und das ihn bis ans Ende seiner Tage quälen würde… Ich griff nach seiner Schwerthand.

»Komm«, flüsterte ich. Und zog den Krieger, der sich seines Zögerns furchtbar schämte, wie ich deutlich spürte, hinter mir her, in die Büsche, wo ich unsere Tochter vermutete. Und dort fanden wir sie auch.

»Mama, guck!« Schmutzstarrend, aber übers ganze Gesicht strahlend, stand sie vor uns und hielt eine Schatulle in der Hand. »Guck, was ich gefunden habe!«

Ein leiser Seufzer hinter mir. Erik hatte sich wieder gefasst. Flüchtig strich er über den strubbeligen Blondschopf, drückte sie kurz an sich. Snædís sah zu ihm hoch; ihr Blick ging mir durch Mark und Bein. *Du bist da – hab keine Angst – ich pass schon auf…*

Das Kind schien Zugang zur verdüsterten Seele seines Vaters zu haben. Es gab da ein Band zwischen den beiden, das niemand zerschneiden konnte und das in einer eisig kalten Schneenacht hoch im Norden geknüpft worden war. Es war eine Nacht voller Brutalität und Missverständnisse gewesen, die uns drei beinahe das Leben gekostet hätte. Wochenlang hatte Erik sein Kind damals getragen, gefüttert, gewiegt, während ich im Fieber dagelegen hatte, auf der Schwelle zum Tod – niemand hatte die Kleine damals auch nur anfassen dürfen, denn durch seine Schuld wäre sie um ein Haar erfroren. Schuld hat viele Gesichter, und niemals kann man sie tilgen, doch Snædís nahm seither einen besonderen Platz in seinem Herzen ein. Die Narben dieser schrecklichen Nacht hatten Erik und mich gezeichnet…

Ich riss mich zusammen. Vorbei, wir hatten es hinter uns gelassen. Wir wollten neu anfangen, wir mussten, denn nach dem Mälar gab es keine Rückkehr. »Meinst du, hier ist noch jemand?«, wisperte ich. Er legte mir die Hand auf den Arm, bedeutete mir, mich ruhig zu verhalten, und schlich, das Schwert in beiden Händen haltend, an den Büschen entlang. Gespannt bis in den kleinsten Muskel, spähte er ins Unterholz, hielt inne, lauschte und hieb schließlich einen der Büsche kurz und klein, als könnte der etwas dafür, dass alles nur blinder Alarm gewesen war.

»Hast du jemanden gesehen?«, fragte ich Snædís. Ihre Kleider waren von Asche geschwärzt, weil sie wohl an den verlassenen Feuerstellen herumgekrochen war.

Sie schüttelte den Kopf. »Aber hier wohnt doch einer. Da ist ein Feuerplatz, und ganz viele Sachen …«

»Das alte Dänenlager.« Erik war zu uns zurückgekommen. Das Schwert steckte wieder in seiner Scheide, doch sein Träger war blass geworden. »Birger hat mir erzählt, dass auf dieser Insel im vorigen Jahr die Dänen lagerten. Soweit ich weiß, beanspruchte König Svein Estridsen Englands Krone und wollte hier mit seinen Leuten den richtigen Zeitpunkt abwarten, an dem man Guilleaume angreifen konnte. Guilleaume jedoch hat sie mit Gold bestochen, und statt gegen ihn zu kämpfen, sind sie wieder heimgesegelt.« Diese unrühmliche Wikingerepisode schien ihn zu bekümmern, denn er wandte sich ab und stocherte in den Haufen herum, den die käuflichen Dänen zurückgelassen hatten.

Zerrissene Kleiderreste, in denen Tiere genistet hatten, Scherben, ein ganzer Berg abgenagter, verwitterter Knochen, vergessene Krüge, Näpfe und Scherben, verrottendes Holz, wo einst die Feuer gebrannt hatten, unter den Bäumen lag das Skelett eines Pferdes, sauber abgenagt von Aasfressern und Krähen – die Lichtung war ein einziger muffiger Müllplatz, und seine ehemaligen Bewohner schienen immer noch präsent. Ein Wispern und Brummen um uns herum, wackelnde Blätter, die selbst Erik genarrt hatten, aufkreischende Vögel und ein Sirren in der Luft …

»Wohnt denn keiner mehr hier?«, fragte Snædís und drückte sich an meine Beine. Da kniete er vor ihr nieder und legte seine Hand an ihre rosige Wange.

»Birger sagt, sie sind alle fortgesegelt. Jetzt ist niemand mehr hier, *ástin mín.*« Es klang, als wollte er vor allem sich selbst davon überzeugen.

Sie lachte ihn an und hob das Kästchen, das sie keinen Moment losgelassen hatte. »Dann haben sie aber was vergessen und werden sich bestimmt ganz doll ärgern. Schau doch mal, was ich gefunden habe!« Und im Gegensatz zu mir durfte er das Kästchen nehmen und öffnen – und der Inhalt verschlug uns beiden den Atem.

Auf kostbare Seide gebettet, lag ein blitzendes Messer mit goldenem, reich verziertem Griff, ein weit gereistes Geschenk für einen Fürsten. Ehrfürchtig nahm Erik das Messer in die Hand, drehte es nach allen Seiten, und die letzten Sonnenstrahlen des Tages verrieten uns zwinkernd, dass der dänische Besitzer sich vor Wut über den Verlust sicher die Haare ausgerissen hatte, denn die Klinge war von meisterhaft gefertigtem Damaszenerstahl und schimmerte in einem Muster, wie es nur die besten Messerschmiede erwirken können.

»Aber jetzt gehört es mir, nicht wahr? Ich hab's gefunden, und dann gehört es mir auch.« Ängstlich streckte Snædís die Hand nach ihrem Fund aus. Wir wechselten einen kurzen Blick. *Gib's ihr – ich liebe dich – gib's ihr…*

»Du bist ein Glückskind, *ástin mín.*« Seine warme Stimme rief mir für den Moment die Stunde ihrer Geburt in Erinnerung und die Freude, die er bei ihrem Anblick empfunden hatte, obwohl sie nur ein Mädchen war… »England hat ein Geschenk für dich bereitgehalten, kaum dass du deinen Fuß in dieses Land gesetzt hast! Halte es in Ehren, und danke dem Mann, der es für dich hier gelassen hat.« Damit legte er die Schatulle zurück in ihre Arme und stand auf. Snædís sah ihren Schatz verliebt an und trennte sich fortan nicht mehr von diesem Messer; die Schatulle lag zwischen ihren Fellen oder steckte in ihrem Bündel, als es wieder auf Reisen ging.

Und die Geister der Dänen – oder wer auch immer uns dort zuschaute – grummelten wohlwollend über unseren Köpfen.

Wir kehrten trotzdem an diesen Platz zurück, abends, als die Kinder ruhig und sicher bei Ringaile schliefen und die Lieder am Feuer verstummt waren. Erik hatte mich schweigend an der

Hand genommen und zu der Lichtung geführt, in seinem Kupfernapf hatte er etwas Glut mitgebracht und entfachte nun ein kleines Feuer für uns, während ich auf einer vergessenen Zeltplane aus Decken unser Lager bereitete. Nach den beengten Tagen auf See sehnten wir uns beide nach ein bisschen Stille und Zweisamkeit. Das dänische Durcheinander verschmolz mit der Dunkelheit, und die Geisterstimmen, die ich zuvor noch gespürt hatte, verstummten endgültig. Axholme erschien mir fast wie eine Klausur, die unsere Sinne auf das neue Land vorbereiten sollte, eine Station zwischen dem schrecklichen Gestern und dem unbekannten Morgen, für das wir stark sein wollten. Wir tranken ein wenig von Birgers Wein, schoben uns gegenseitig Brotkrumen und Trockenfischstücke in den Mund, und als der Mond am höchsten stand, kam Erik zu mir, so jugendlich und unbeschwert, wie ich ihn schon lange nicht mehr erlebt hatte, und wusch mich von jeglicher Erinnerung frei, damit nichts anderes Platz dort habe als er, er und nochmals er, für alle Zeit…

Die Flut sollte zwei Tage auf sich warten lassen – das gab uns Zeit genug, die Gegend um den Ankerplatz zu erkunden. Birger erlaubte uns, die Pferde zu satteln, lachte jedoch über unseren Plan. Und wirklich – sehr weit kamen wir nicht mit ihnen, denn Axholme entpuppte sich als ziemlich nasse Insel voller Moore, kleiner Tümpel und Bäche, die ins Nirgendwo führten. Binsen und Schilf wuchsen, wo man auch hinschaute. Erdiger Torfgeruch lag in der Luft, feucht quatschte der Boden unter den Pferdehufen, und – als wir zu Fuß weitergehen mussten – auch in unseren Stiefeln. Der torfige Morgennebel legte sich schwer auf die Lunge. In den Tümpeln blubberte und plätscherte es, Enten flogen erbost schnatternd über unsere Köpfe, langschnäbelige Sumpfrallen flüchteten durch den Schlick. Menschen jedoch schien es hier kaum zu geben. Und trafen wir mal einen, saß er in einem schmalen, mit Tierhaut bezogenen Boot und stakte es mit einer langen Stange durch den Schlamm, finster, wortlos, und sah, dass er fortkam, um sich durch das Schilf unseren Blicken zu entziehen. Jeder Fremde schien hier ein Eindringling zu sein, der nur

Schlechtes im Schilde führen konnte. Hinter einer Umwallung aus schilfdurchflochtenem Erdreich lag ein Dorf, Rauch zeugte von einigen Herdfeuern – doch wir zogen es vor, unerkannt daran vorüberzureiten, weil schon die Umwallung keinen gastfreundlichen Eindruck machte.

Als zwei Tage später die Flut den Humbre endlich wieder schiffbar machte und wir das Schiff bestiegen, um die letzten Meilen nach Jorvik in Angriff zu nehmen, sah Erik zum Waldrand der Axtinsel zurück, wo uns ein paar zärtliche Nachtstunden vergönnt gewesen waren. Doch waren es nicht diese Stunden, die ihn umtrieben…

»Ein gutes Versteck«, murmelte er, »beim Thor, was für ein Versteck für einen Mann, der nicht gefunden werden will…«

Erschrocken sah ich ihn von der Seite an. Wie weit wir auch reisten, er schien nicht mit seiner Vergangenheit abschließen zu können. Ich wollte mich nie wieder verstecken müssen, ich wollte normal leben, zeigen, was ich besaß und was ich konnte, ich wollte meine Kinder normal aufziehen, ich wollte mit noch mehr Kindern gesegnet sein, ich wollte mit Gottes Hilfe endlich glücklich sein. Was redete er da für düsteres Zeug! Seine Stirn war gerunzelt, und als hätten die Bäume von Axholme seine Worte verstanden, neigten sie sich zum Abschied und schirmten die nebelige Insel, die, von Flüssen umgeben, mitten im Herzen von England lag, noch ein bisschen mehr vor neugierigen Blicken ab. Ich wandte mich ab und ging nach vorne zu Birger, um der Zukunft ein wenig näher zu sein.

Der Humbre wurde zusehends schmaler, bis er nur noch ein Flüsschen war und in den Ouse überging. Immer mehr Schiffe und kleine Boote sahen wir, das Land winkte uns zu, man konnte Menschen am Ufer erkennen, blühende Wiesen und erfrischend grüne Bäume, eine kleine Kirche auf einer Anhöhe und liebliche Hügel, auf denen der Weißdorn blühte. England gab sich große Mühe, sich von seiner besten Seite zu zeigen, und so war ich angenehm angespannt, als wir in Jorvik vor Anker gingen.

Eine muntere Stadt, vornehm mit einer Mauer gesichert, auf der Speere auf und ab wanderten. Wir passierten die Stadtgrenze im Fluss. Am Ufer und auf Booten zeigten sich finstere Wächter, deren Gesichter sich jedoch erhellten, als sie Birger erkannten. »Na, bringst du was Gutes?« – »Wir verdursten ja beinah, lange warst du nicht hier!« – »Ist euch da unten der Wein ausgegangen?« Birger schwenkte einen Weinschlauch, und sie lachten.

Ich musste meinen Platz an der Reling leider verlassen, weil hinten die Kinder zu streiten begonnen hatten, Gepäckstücke nicht mehr auffindbar waren und die Pferde nervös wurden. Das Schiff ruckelte unter schweren Tauen, Männer brüllten, es schleifte und schabte, und dann lagen wir am neu gebauten Kai fest vertäut. Eine Planke wurde ans Ufer geschoben, und wir luden aus, erst die Kinder und Ringaile, dann das Gepäck, dann die Pferde, während über eine weitere Planke Birgers Waren an Land gebracht wurden.

»Na, Birger, ist das jetzt die neue Mode, Pferde übers Meer zu schaffen? Der Eroberer hat dich wohl inspiriert, was?« Der Sprecher lachte zwar, doch war das ganz offensichtlich nicht lustig gemeint. Nichts, was Wilhelm den Eroberer betraf, war hier in England lustig gemeint, das sollte ich noch merken.

»Na ja, immerhin hat er uns vorgemacht, wie einfach es ist, Pferde zu transportieren«, meinte Birger versöhnlich und schüttelte dem Mann die Hand. »Die, die man von dort unten holt, sind besser als alles, was hier auf der Insel herumläuft, und die, die eine Überfahrt nicht schaffen, die schmecken immer noch gut mit Pflaumen und Soße!« Er lachte schallend und winkte uns, ihm zu folgen, während ein ganzer Schwarm Leute den schwarzen Hengst begutachtete, der so wohlerzogen seinem Herrn folgte. Kári trug spanisches Blut und war eines der feinsten Pferde, die ich je gesehen hatte. Und er gehörte meinem Mann – das machte mich an meinem ersten Tag in England stolz.

Ein bisschen fühlte ich mich wie in Sigtuna, jenem wohlhabenden Handelsflecken am Mälar, wo Kaufleute ihren Reichtum zur Schau stellten, und wo König Stenkil sich so gerne aufgehalten hatte. In Jorvik wehte ein ähnlicher Wind: Freiheit und wohlgenährte Bürger, gekleidet in gutes Tuch, die sich von niemandem etwas sagen lassen wollten. Das Selbstbewusstsein der

Leute, denen wir am Hafen begegneten, wirkte stark und ehrlich, und ihr Lachen kam aus der Tiefe des Herzens. Ich war mir sicher, dass Erik sich hier wohl fühlen würde.

»Na, junge Frau – gefällt es dir?«, fragte Birger lächelnd. »Du schaust jedenfalls glücklich drein. Hier sind wir auch schon bei euren Gastgebern.« Überschwänglich begrüßte er einen hageren Mann mit schütterem Haar, der aus einem der Häuser hinter den Anlegestellen heraustrat. Björn Ketilsson wurde er genannt, ein gebürtiger Norweger, den die Abenteuerlust nach England verschlagen hatte. Birgers Wein hatte er schon sehnsüchtig erwartet, daher nahm er uns einfach mit in Kauf. Der Name Gisli Svensson rief zumindest eine Erinnerung in ihm wach. »Der sitzt doch so gerne im Schwitzbad, nicht wahr? Und das tat er selten alleine, wenn ich mich recht entsinne. Ein wirklich sündiger Mensch, dieser Gisli Svensson…« Erik und ich sahen uns augenzwinkernd an und enthielten uns jeglichen Kommentars, während wir das Haus unseres Gastgebers betraten.

»Was hast du also vor in unserem Land?«, fragte Björn und schenkte von Sæunns wunderbarem Bier nach. Der Wein war, nachdem die halbe Schiffsmannschaft ihn hergerollt hatte, in den Hinterräumen des großen Lagerhauses verschwunden. Birger hatte mir zugeflüstert, dass Björn Ketilsson die Ehre hatte, den Bischofspalast mit Wein zu beliefern. Und da der neue Bischof von Jorvik Thomas von Bayeux hieß, wusste man im Palast guten Wein wohl zu schätzen. Wir bekamen von diesen feinen Tropfen allerdings nichts zu sehen, sondern das frisch gebraute Bier der Hausfrau kredenzt – immerhin. Björns säuerlich-asketisches Gesicht hatte mich schon fast mit Wasser rechnen lassen.

»Du bist in der besten und größten Stadt Englands an Land gegangen – was hast du vor, womit willst du dein Glück machen?« Gespannt setzte sich der Hausherr auf seinem Lehnstuhl zurück. Sæunn verschränkte die Hände im Schoß und lächelte mich aufmunternd an.

Erik straffte die Schultern und holte tief Luft. Noch bevor er ein Wort sagen konnte, kniff ich ihn in den Arm, um ihn darauf aufmerksam zu machen, dass wir vor einem einfachen Kaufmann saßen und nicht vor einem Adeligen – und dass der König hier sehr weit weg war – dass Björn vielleicht nicht verstehen würde…

Vergebens.

»Ich möchte in den Dienst des Königs treten.«

Niemand sagte etwas. Ich kniff mich selber – was war los, was geschah hier? Ein Irrtum, vielleicht hatten sie seine Zunge, seinen Akzent nicht verstanden.

»Ich möchte in den Dienst des Königs treten«, wiederholte er mit Nachdruck, »und ich möchte helfen, das Land zu verwalten und zu befrieden.«

Hilflos sah ich von einem zu anderen. Ihre Mienen waren zu Eis erstarrt. Der Kaufmann hatte durchaus verstanden. Aber womit um Himmels willen hatte Erik diese Reaktion heraufbeschworen? Sag etwas, flehte ich Sæunn stumm an, was hat er falsch gemacht?

»Nun, dieser König…«, begann sie heiser.

»Schweig, Weib, von Dingen, von denen du nichts verstehst!«, fauchte da Björn, der aus seiner seltsamen Erstarrung erwacht war und langsam rot anlief. Die kleine Hilda steckte verängstigt den Kopf unter Sæunns Schürze. Doch Sæunn ließ sich nicht so schnell einschüchtern.

»Björn, diese Leute wissen doch nicht…«

»Ich werde es ihnen sagen!« Man konnte deutlich sehen, wie er Wut pumpte, wie sein Blut zu kochen begann. Ich rang die Hände im Schoß.

»Dann tu es gleich – sag es ihnen, und lass sie nicht zappeln wie Fische an der Angel!« Ihre Augen funkelten. »Sie kommen den weiten Weg übers Meer gesegelt und können nicht wissen, was hier geschehen ist – du weißt genau, das Meer ist ein schlechter Barde für Landgeschichten!«

Unauffällig glitt Eriks Hand von seinem Dolch am Gürtel wieder zurück zu seinem Knie. Seine Wachsamkeit ließ keinen Moment nach, seit wir Englands Boden betreten hatten…

»Ich wäre dir dankbar, wenn du mich aufklären könntest, womit ich dich verärgert habe«, sagte er mit aller Ruhe, die man bei solch einem Ausbruch aufbringen konnte.

Björn beugte sich vor. »Du willst in die Dienste des Königs treten? Was für ein König? Unser König ist tot, und in Winchester hockt ein Eroberer wie die Spinne im Netz und lässt dieses Land systematisch verwüsten und aushungern...«

»Krieg geht selten ohne Blutvergießen vor sich...«

»Dummes Geschwätz!« Wütend sprang Björn auf und rannte in der kleinen Halle auf und ab. »Ich kenne sehr wohl den Unterschied zwischen Krieg und... und... und dem, was dieser Bastard uns hier angetan hat! *Das* war kein Krieg, das war« – er ruderte wild mit den Armen – »das war Sünde, das war Gotteslästerung! Das ist der Teufel, der da über unser Land hergefallen ist...« Damit sank er auf seinen Stuhl zurück, ganz erschöpft von seinem Ausbruch, und trank den Becher, den Sæunn ihm reichte, in einem Zug leer.

»Der Normanne ließ im vorletzten Winter den Norden verwüsten«, sagte sie so ruhig, als beträfe sie es nicht. »Er schickte Todesreiter in das Land des alten Danelag und der Northumbrier und ließ sie zwischen den Ufern von Humbre, Tyne und Derwent alles kurz und klein schlagen – alles. Sie vernichteten nicht nur die Ernte, sondern auch die Felder, sie erschlugen Mensch und Tier, sie legten Feuer an Haus, Hof und Wald, sie pflügten das Land zehn Klafter tief – sie fielen über uns her wie die Reiter der Apokalypse...« Sie verstummte und blickte auf ihre Hände. »Sie zerstörten unsere Stadt, einmal, zweimal, dreimal, und jedes Mal kam der Bastard hinterdrein, sicherte seine kostbare Festung, feierte sein Weihnachtsfest oder das Osterfest, ließ sich feiste Braten servieren und zog wieder ab, und jedes Mal ließ er die Menschen wütender und fassungsloser zurück... Ein König, der seinem Volk die Lebensgrundlage zerstört, ist kein guter König.« Sie sah mir fest in die Augen. »Er ist der Teufel in Person. Wir wollen ihn nicht. Und seine Vasallen wollen wir auch nicht.«

An diesem Abend wurde nicht mehr viel geredet. Sæunn blies zeitig die Lampen aus und zeigte uns unsere Schlafplätze. Als ich mich in Eriks Arm unter die Decke kuschelte, hörte ich, wie unsere Gastgeberin leise mit ihrem Mann sprach.

»… wussten doch nicht … sei doch gnädig … konnte nichts dafür …« – »… soll sehen, wo er bleibt mit seinem … ein Bärendienst, den Gisli mir da …« – »… du kannst deine Hilfe nicht verweigern …«

»Was denkst du?«, wisperte ich. Er zog mich näher an sich, ohne jedoch zu antworten. Durch die Dunkelheit hindurch spürte ich seine Verunsicherung. Wo waren wir hier gelandet, was würde uns noch erwarten?

»Schlaf«, sagte er schließlich und bettete meine Hand auf seine Brust. »Morgen werden wir sehen, wie viel von seinem Gerede wahr ist. Wer lässt sich schon gerne erobern.«

Dennoch lagen wir beide die halbe Nacht wach nebeneinander, starrten in die Dunkelheit und versuchten vergebens, die Sorge vor der Zukunft abzuschütteln, ohne es den anderen spüren zu lassen.

Die Bürger von Jorvik gaben sich alle Mühe, die Brandspuren des Eroberers zu beseitigen, doch waren es einfach zu viele in zu kurzer Zeit gewesen. Vom Hafen aus hatte man es nicht sehen können, doch Sæunn zeigte uns den Fußabdruck des Eroberers in allen Einzelheiten. Ganze Straßenzüge lagen immer noch in Schutt und Asche, und der Geruch nach Verbranntem hing in der Luft, obwohl es seitdem viele Male geregnet hatte. An allen Ecken wurde gebaut und repariert, doch das Klopfen und Hämmern der Handwerker hallte unangenehm in meinen Ohren wider. Es hatte nichts Heiter-Unternehmungslustiges wie damals in Schleswig, sondern etwas Verbissenes, beinahe Verbittertes, ein *Wir zeigen es dir, Bastard!* und *Komm bloß nicht wieder her!*, und die Gesichter der Bauleute spiegelten etwas von der Unbeugsamkeit, mit der sie sich den Wünschen des Eroberers widersetzt hatten. Die Jorviker schienen alles andere als einfache Untertanen zu sein …

»Vielleicht haben sie ihre Stadt ja auch selbst in Brand gesetzt«, murmelte Erik und wich einem Holzbalken aus, der beinahe seinen Kopf getroffen hatte. Ein unflätiger Fluch fuhr vom

Dach des Hauses auf uns herab. Man schien hier nicht zimperlich zu sein, und ich war froh, dass wir die Kinder in Björns Haus gelassen hatten. Die finsteren Gesichter hätten ihnen sicher Angst eingejagt.

»Hier hat meine Schwägerin gewohnt.« Sæunn deutete auf einen Trümmerhaufen, als wir am Burgberg vorbeikamen. Björn hatte sich geweigert, uns auf dieser makabren Besichtigungstour zu begleiten, er hatte nicht einmal mehr das Wort an Erik gerichtet, und seit dem Morgen sehnte ich mich danach, diese Stadt wieder verlassen zu können. »Die Normannen bezichtigen die Einwohner von Jorvik, den northumbrischen Rebellen geholfen zu haben. Ihre Truppen gaben sich daraufhin große Mühe, alles zu zerschlagen, was von Wert sein könnte.«

»Und – haben sie?«, fragte ich neugierig. »Haben sie den Rebellen geholfen?« Rebellen … War England also doch nicht erobert, wie uns in der Normandie erzählt worden war? Rebellen. Das klang sogar gefährlich.

»Wer mit der Axt in der Hand auf den braven Kaufmann einschlägt, macht sich keinen Freund, und wenn der Kaufmann sich wehrt, wird er Rebell genannt«, sagte sie gleichmütig, ohne meine Frage direkt zu beantworten, und setzte ihren Weg ins Zentrum fort. Erik und ich sahen uns an. Die Leute, die uns hier in Jorvik begegnet waren, sahen nicht unbedingt alle wie brave Kaufleute aus, und beide vermuteten wir, dass diese Wahrheit vielleicht noch eine andere Seite hatte.

»Vielleicht findet Cedric etwas heraus«, flüsterte ich. »Er ist schon früh auf den Markt gegangen.«

»Hmm«, brummte Erik und drängte mich zur Seite, um mich vor ein paar schwer bewaffneten Jorvikern zu schützen, die scheppernd und grölend unseren Weg kreuzten. »Wozu sollte er das? Sicher wird er stattdessen Possen reißen, Geld einsammeln und den Frauen schöne Augen machen. Er hockt ja wohl versorgt im Nest.« Ich beschloss, es aufzugeben, meinen Mann vom Wert dieses findigen Angelsachsen zu überzeugen, und zum Thema Cedric forthin den Mund zu halten. Letzten Endes war er ja mein Diener und Lehrer, nicht seiner …

»Hier ist das nahrhafte Herz der Stadt«, verkündete Sæunn mit leuchtenden Augen und breitete die Arme aus. »Hier wohnen alle Metzger, und hier riecht es so gut, dass man sich wünscht…« Was genau sie sich wünschte, ließ sie offen und strebte stattdessen auf eins der hutzligen Häuschen zu, in deren Eingängen die Händler ihre Ware feilboten. Es roch nach frisch zerlegtem Fleisch, nach Blut, irgendwo kochte jemand Fett, und der Geruch der Holzkohlefeuer kroch in jeden Winkel der engen Gasse. Wir drängten uns an den Menschen vorbei, um Sæunn nicht aus den Augen zu verlieren. Der Magen knurrte mir, ich lechzte nach gebratenem Fleisch und fetten Eierspeisen, nach süßen Kuchen und Biersuppe, lauter Dingen, die es im Haushalt des biederen Kaufmanns nicht zu geben schien. Verlegen schielte ich nach Björns wohl genährter Hausfrau, die nach solch kargem Essen gar nicht aussah. Sæunn war an einem Verkaufshaus stehen geblieben. Der Duft nach Gesottenem brachte mich fast um.

»John Hammelschlachter – wie schööön, dich zu sehen!«, gurrte da meine Gastgeberin und presste ihren Busen aufreizend gegen die Holzbrüstung, um seine Auslagen zu bewundern. Aus dem Augenwinkel bemerkte ich, dass ihr Hemd wie zufällig verrutschte, die Schleife sich einfach selbstständig machte, ganz frech von selber auflöste und den Blick auf appetitlich weißes, pralles Frauenfleisch freigab.

»Ei Sææunn, dich hab ich ja lang nicht geseeeeehen«, grinste das feiste Gesicht hinter den Auslagen. »Was kann ich dir bieten, mein Herz, mein gutes?« Sæunn drängte sich noch näher an die Brüstung und reckte den Oberkörper, bis die erdbraunen Brustwarzen halb zu sehen waren und der Busen bequem auf die Brüstung gebettet war – und ich konnte mich kaum beherrschen, weil die Augen des Metzgers überliefen wie die eines Hengstes beim Anblick einer rossigen Stute. Beide erlösten mich zum Glück, denn sie lachten albern los, und John begann, ihr in blumigen Worten seine Auslage näher zu bringen, ohne natürlich die Augen aus ihrer Auslage zu nehmen, die wie selbstverständlich auf der Brüstung liegen blieb.

»Hast du mir je solche Augen gemacht?«, wisperte ich Erik kichernd zu und ließ meine Hand angeregt um seinen Körper wandern. »Solche … Metzgeraugen? Naa?«

»Hmm«, brummte er stirnrunzelnd.

»Naa?«, beharrte ich.

»Hast du mir deinen Busen jemals derart vor die Nase gelegt?«, fragte er zurück, und für einen Moment erhellte ein Lächeln sein finsteres Gesicht.

»Soll ich das tun?«, flüsterte ich lockend. Er brummte etwas. Seine Hand an meiner Hüfte sprach davon, dass man es ja immerhin einmal versuchen könnte.

»Vielleicht kann man das nur, wenn man zusammen Fleisch isst?«, mutmaßte ich anzüglich und beobachtete staunend das vielsagende Getändel des Metzgers mit der Kaufmannsfrau.

»Vielleicht …«

»Ich komme gleich wieder, *elskugi.*« Er strich mir flüchtig über die Wange, dann war er fort, verschwunden im Gedränge, und nur sein blonder Schopf mit den zusammengebundenen Haaren leuchtete über den Jorvikern, die sich durch die Metzgergassen schoben und von denen viele blonde Nordleute waren, doch keiner so schön wie er. Lächelnd und ein bisschen schmollend blieb ich mit meinen sündhaften Gedanken und dem Getändel meiner Gastgeberin zurück.

Da Erik so offensichtlich wichtigere Dinge zu schaffen hatte, wandte ich mich ganz Sæunn zu, die sich nach langem Herumschnüffeln, Über-die-Theke-Beugen und neckischem Verhandeln für eine Pastete entschieden hatte. Breit grinsend packte der Händler das gute Stück in das mitgebrachte Leintuch, schob es in Richtung ihrer halb entblößten Auslage, fasste mit geübtem Griff in die Pracht und lohnte ihr gleich darauf den Kauf mit zwei Stücken Hammelkuchen zum Probieren.

»Oooooh, vorzüüüglich«, zwitscherte Sæunn und leckte sich mit langer, rosiger Zunge jeden fetttriefenden Finger so hingebungsvoll ab, dass der schmierige John gleich noch ein Stück von der Pastete abschnitt und es seiner Freundin zwischen die prallen Brüste schob. Und ich konnte mich des Gedankens nicht erwehren, dass die schlaue Sæunn es offenbar liebte, sich für einen kurzen – oder vielleicht auch ausgiebigeren – Blick auf ihre üppige Brust im Metzgerviertel den Bauch voll zu schlagen, während ihr Björn daheim bei in jeder Beziehung magerer Kost gehalten wurde…

»Weißt du«, schmatzte sie mit vollem Mund, »weißt du, mir ist da was eingefallen. Alienor von Uppsala.« Bedächtig platzierte sie ihren ausladenden Hintern auf dem Hocker, den Hammelschlachter-John beiläufig unter der Theke hindurchgeschoben hatte, nicht ohne das Körperteil mit Kennermiene ausführlich abgetastet zu haben. Ganz kurz nur hob sie beglückt die Brauen, bevor sie sich wieder mir und der Pastete zuwandte. »Irgendwo müsst ihr ja bleiben – du und dieser wilde Krieger und eure Mädchen.« Ich sah mich verstohlen nach dem blonden Schopf um: Der wilde Krieger probierte gerade sein Angelsächsisch am Brunnen gegenüber aus, wo sich ein paar Jorviker die Sonne aufs Haupt scheinen ließen.

»Wundervoll, dieses Zeug…« Sæunns Lecken und Schmatzen machte mich noch hungriger. John schien es zu ahnen, wahrscheinlich kannte er Sæunn rundum besser, als es Björn lieb war, jedenfalls lag auch für mich wie von Zauberhand ein Stück Pastete auf der Theke. Dankend und mit langen Fingern nahm ich es, darauf achtend, der Theke nicht zu nahe zu kommen, weil man ja nicht wusste, welche Art der Bezahlung John wünschte. Doch ganz offensichtlich hatte er nichts übrig für magere Exemplare wie mich.

»Also, hier wird dein Krieger keine Bleibe finden, so viel ist mal klar. Ich glaube kaum, dass der Normannenbastard in dieser Stadt auch nur einen Menschen seinen Freund nennen kann. Und wenn man hier zu laut erzählt, dass man in seinen Diensten steht, kann es einem schlecht ergehen.« Das hatten wir gemerkt. Finster sah sie ihr Pastetenstück an, bevor sie herzhaft hineinbiss, als handelte es sich dabei um den Arsch des vermaledeiten Bastards aus Caen. »Halb Yorkshire hat er verwüstet, in Schutt und Asche gelegt, dass die Kinder heute noch Alpträume haben. Ich habe einen Hof, das Gut meiner Eltern« – ein flüchtiger Blick zum Himmel, wo die beiden der Schlemmerei ihrer Tochter sicher wohlwollend beiwohnten – »Hm. Sicher steht dort kein Stein mehr auf dem anderen. Er hat ja alles zerstört, was irgendwie nach bescheidenem Auskommen aussah. Aber ihr könnt euch das Haus wiederaufbauen. Früher gab es sogar eine Mühle, aber nicht mal die hat der Bastard stehen lassen. Ein paar Felder, guter Flachs wuchs dort einst, ein Waldstück, das er niederbrannte. Wir hatten Schafe, als ich jung war, ein paar Ziegen und eine Kuh. Meine Eltern waren nicht arm, als sie von Norwegen herüberkamen, um ihr Glück zu machen …« Die Erinnerung an bessere Zeiten schien die Pastete mit einem Mal schal schmecken zu lassen, und sie hörte auf zu kauen. »Jetzt lebt nur noch der alte Osbern dort, alle anderen sind fort, tot, verhungert, auf dem Schlachtfeld gestorben oder vor Gram in die Grube gefahren … Wird Zeit, dass dort wieder Kinder lachen. Geh dorthin« – sie sah mich an und wirkte mit einem Mal älter, als sie war –, »geh dorthin mit deinen Leuten, bau den Hof wieder auf und bete, dass das Blutvergießen in England für immer ein Ende hat.«

Ein Straßenköter pflückte den Pastetenrest vorsichtig aus meinen herabhängenden Händen. Ein Haus aufbauen. Felder bewirtschaften, vielleicht die Mühle restaurieren. Ein Neuanfang, von Grund auf. Keinen Hunger, keine Angst haben müssen. Friede und ein sicheres Zuhause für die Kinder. Was für ein schöner Traum. Froh lächelte ich Sæunn an.

Sie stellte uns nicht nur ihren Hof zur Verfügung, sondern überließ uns auch einen Wagen voll Baumaterial und setzte sich zum Ärger ihres Mannes zu den Kindern in den Wagen, um uns nach Scachelinge zu begleiten. Neben ihr hockte Margyth, ein Mädchen aus Northumbria im Norden, die Sæunn mir mitgab, da Ringaile wegen ihrer Schwangerschaft kaum noch eine Hilfe war. Ich verstand zwar kein Wort von dem seltsamen Dialekt, den sie sprach, doch hatte sie ehrliche Augen und zupackende Hände – genau das, was wir brauchen würden.

Und als ich neben diesem kleinen Zug herritt, überfiel mich plötzlich die Erinnerung, nahm mich brutal in den Schwitzkasten … War es damals in Svearland nicht genauso gewesen, als wir heimkommen wollten und niemand uns hatte aufnehmen wollen, als Eriks Mutter uns mitten in der Nacht abgewiesen hatte und wir zum Hof seiner Schwester weiterziehen mussten, wo nur wenige Wochen später unser erstes Kind das Licht dieser feindlichen Welt erblickte ... Das Schicksal wollte mich wohl narren! Ich ballte die Fäuste, und Sindri hob, erstaunt durch den Zügelruck, den Kopf. Nein, noch einmal sollte es uns nicht so ergehen, dafür wollte ich sorgen. Ich hatte die Nase voll vom Herumziehen, ich wollte endlich ein Zuhause haben, das mir niemand streitig machte. Sæunns Freundschaft war der erste Schritt. Grimmig wanderte mein Blick über Eriks Rücken.

Sæunn folgte meinem Blick. »Er ist kein Bauer, nicht wahr?«, fragte sie mit unterdrückter Stimme. Ich schüttelte den Kopf. Sie schwieg eine Weile und studierte mein Gesicht.

»Du wirst das schon machen, Alienor.«

Zweifelnd sah ich sie an. Er würde mir keine große Hilfe sein, das spürte ich. Wahrscheinlich gar keine Hilfe. Allen Liebesschwüren zum Trotz – er war einfach kein Landmann. Keiner, der Felder bestellte, keiner, der Häuser errichtete und Mühlen reparierte. Ich wusste, wie widerwillig er mitritt, war mir sicher, dass er die erstbeste Gelegenheit beim Schopf ergreifen würde, eine Waffe zu packen und das zu tun, wozu er geboren war: kämpfen. Doch würde es eine gerechte Sache sein? Oder würde man ihn ausnutzen, ihn, den Ausländer, den Glückssucher, den mittellosen Krieger?

Ein Kinderfuß schlenkerte an seinem Bein vorbei. Snædís hatte es wieder einmal durchgesetzt, mit ihrem Vater reiten zu dürfen.

»... und wo reiten wir jetzt hin?«, hörte ich sie fragen, während sie angelegentlich mit seinen Haaren spielte.

»Nach Westen reiten wir.«

»Das hast du letztes Mal auch schon gesagt. Was ist Westen, Papa?«

»Westen ist da, wo die Sonne untergeht.«

»Ich mag lieber, wenn sie aufgeht. Können wir nicht dahin reiten, wo die Sonne aufgeht?«

Ich sah, wie er kaum wahrnehmbar in sich zusammensank. Niemals konnten wir dorthin zurück, wo die Sonne aufging.

»Die Sonne geht immer dort auf, wo du bist, *ástin mín* – da ist es doch egal, wo wir hinreiten…«

»Hm. Und wo du bist, geht sie unter?« Meine Ohren vernahmen seinen stummen Schrei: *Wo ich bin, ist ewige Nacht!*

»Ich bin genau in der Mitte.« Seine Schultern strafften sich. Temperamentvoll flog daraufhin der Fuß in die Höhe.

»Dann kannst du die Sonne anhalten? Kannst du's, Papa? Kannst du sie für mich anhalten?«

Er schlang die Arme um sein Kind. »Ich kann sie nehmen und in dein Herz setzen, *elskugi*…«, hörte ich ihn leise sagen. Da lachte sie glücklich. Und ich wünschte mir, er würde die Wahrheit sprechen.

Cedric maulte, weil er zu Fuß neben dem Wagen herlaufen musste. Doch die begehrlichen Blicke, die er Margyth zugeworfen hatte, ließen mich hart bleiben. Der Fußmarsch würde ihm nicht schaden, als Spielmann hatte er sicher schon längere Strecken bewältigt. Eine Tändelei meiner Dienstboten gleich am ersten Tag hatte mir gerade noch gefehlt. Sæunn warf mir einen überraschten Blick zu. Besonnen zügelte ich daraufhin meinen Ärger und bot ihm an, sich unterwegs auf Sindris Rücken auszuruhen. Wie schwer es doch war, einem eigenen Haushalt vorzustehen, auf alles ein wachsames Auge zu haben und die Angelegenheiten der Diener mitzugestalten – denn wenn man das nicht tat, ging es bald drunter und drüber. Ich seufzte in Erinnerung an meinen turbulenten Haushalt daheim auf Sassenberg

Wir hatten York noch nicht lange verlassen, da begriff ich, dass wir tatsächlich mitten in das Land der Apokalypse reisten, von der Sæunn gesprochen hatte. Als das erste verbrannte Haus in Sicht kam, setzte Erik Snædís in den Wagen zurück und bedeutete Ringaile, die Kinder abzulenken.

Ein vertrockneter Leichnam vor einem Haus hing an einem blühenden Apfelbaum und wehte im Wind leicht hin und her, denn er hatte ihm nichts mehr entgegenzusetzen. Ab und zu machte der Wind sich einen Spaß daraus, den Leichnam so zu drehen, dass er die Trümmer seines Hauses vor Augen hatte – so wie er vielleicht auch im Sterben die Flammen aus dem Dach hatte emporsteigen sehen. Die Hauswände lagen zerstört am Boden und waren vom Regen wieder zu einem Teil der Erdkrume gewaschen worden, gnädig bedeckt von den Blättern eines langen, stillen Herbstes. Hausrattrümmer lagen verstreut, ohne dass sie einer würde zusammenräumen können. Niemand würde hier je wieder etwas anfassen, wegräumen, aufbauen oder gar begraben... Voller Grauen zog ich mir den Mantel über den Kopf. Den Haufen aus Kleidern und Knochen hinter den Holunderbüschen nahm ich nur aus dem Augenwinkel wahr, ich ließ mich von Sindri daran vorbeitragen, den Blick starr zwischen seine gespitzten Ohren gerichtet, die Hände tief in seiner Mähne vergraben, am warmen Fell seines mächtigen Halses, so wahrhaftig und lebendig... Niemand sprach ein Wort, niemand fasste einen klaren Gedanken, keiner hatte ein Gebet für die Ermordeten, Mann, alte Frau, Säugling, doch nicht aus Gleichgültigkeit, sondern weil das Entsetzen uns lähmte – es hätte auch uns treffen können, hätte das Schicksal uns ein halbes Jahr früher hierher verschlagen.

Das Haus des Apfelbaums war nicht das einzige. Gehöft um Gehöft lag niedergebrannt am Wegesrand, überall zerstörte, verunkrautete Felder und brutal abgeholzte Obstwiesen, allgegenwärtig die Spur des Feuers – am Boden und in der Luft, und der Geruch nach Verbranntem fraß sich durch die Seele, obwohl doch ein Winter bereits seine kühlende Hand auf das Land gelegt hatte. Die Lieder, mit denen die Frau aus Ladoga die Kinder zu fesseln versuchte, während sie ängstlich über den Karrenrand spähte, klangen wie eine traurige Totenklage für dieses Land, dessen einziges Vergehen darin bestanden hatte, dass nicht alle Einwohner den Eroberer mit offenen Armen empfangen hatten. Ich vergrub das Kinn im Mantel, sank tiefer in meinen Sattel und dachte, dass Björn vielleicht doch Recht hatte mit seiner Wut und dass ich diesen Guilleaume von der Normandie lieber gar nicht erst kennen lernen wollte.

Ein kleines Waldstück nahm uns auf. Behutsam schirmten die Bäume unsere Blicke ab, strichen mit niedrigen Ästen über unsere Köpfe und versuchten zu erzählen, wie es in friedlichen Zeiten einmal gewesen war. Es fiel so schwer, ihnen zu glauben, denn auch in diesem Wäldchen herrschte eine geradezu gespenstische Stille, so als hätten sogar die Vögel und Käfer das Land auf immer verlassen. Ringailes klare Stimme war wie eine Laterne, die wir in Yorkshires Dunkelheit hineintrugen.

Als wir das schweigende Wäldchen verließen, kamen Ruinen in Sicht. »Das war früher Scachelinge«, erklärte Sæunn traurig. »Hier bin ich geboren worden.« Die Überbleibsel der kleinen Siedlung waren sauber abgetragen und aufgeräumt worden – ein Zeichen, dass hier noch jemand lebte? Trotzdem sah das, was vor uns lag, mehr als trostlos aus. Erik lenkte sein Pferd neben Sindri und fasste nach meiner Hand. Sein Blick war düster. Was würde nun kommen? Hatten wir nicht schon genug gesehen? Ich wollte gerade Luft holen, um ihn aufzumuntern, als –

»Wenn ihr mich töten wollt, dann tut es endlich, zum Henker, und lasst mich nicht scheibchenweise verhungern!«, hörten wir auf einmal eine brüchige Stimme. Nach der nächsten Biegung kam Sæunns Elternhof in Sicht – oder vielmehr das, was Guilleaumes Todesreiter davon übrig gelassen hatten. Ein alter Mann humpelte aus dem Verschlag heraus, seinen Stock wie eine Waffe in der Hand, und strafte damit seine Worte Lügen. Schlohweißes Haar umgab sein zerknittertes Gesicht, der zahnlose Mund zitterte in ständiger Bewegung, und seine Augen schleuderten Blitze, denn ganz offensichtlich erkannte er die korpulente Dame nicht, die sich vom Karren hangelte und auf ihn zustrebte. Sæunn beeindruckte das nicht. Ungerührt schloss sie den Alten in die Arme und drückte ihn an ihre Brüste, zwischen denen sein Kopf beinahe verschwand, und man hörte nichts weiter als sein gedämpftes Schluchzen.

Osbern von Scachelinge lud uns in seine Halle ein – das waren ein paar Baumstümpfe und ein Findling in ihrer Mitte, darauf ein Krug mit Wasser und eine halb zerbrochene Schale mit Brotstücken. Mein Magen knurrte gefährlich, doch diesem klapprigen Männlein das letzte Brot wegzuessen – da verging mir doch der Hunger, und so drückte ich mich um die Schüssel herum, während Cedric gedankenlos zugriff.

Margyth begann, Teile des aus Jorvik mitgebrachten Hausrates auszupacken, und bald standen auch Zinnbecher, eine Karaffe Wein, Trockenfisch und Erbsenmus vor dem Hüter von Scachelinge. Wieder weinte er bitterlich und bedankte sich hundertfach bei Sæunn, dass sie ihm junge Menschen geschickt hatte, die seine Einsamkeit beenden und seine letzten Tage auf Erden versüßen würden.

Erik hatte die ganze Zeit geschwiegen. Zusammen mit Hermann hatte er die Pferde ausgeschirrt und abgesattelt und den Karren geleert. Unser Gepäck lehnte an einer knorrigen Eiche, die Kinder hockten verschüchtert daneben und schwiegen, was höchst ungewöhnlich war. Ringaile versuchte ihnen Essen aufzunötigen, doch beide hatten vor Aufregung keinen Hunger.

Der Alte jedoch hatte vom Wein getrunken und wurde zutraulich. »Du wirst mir also mein Haus wieder aufbauen«, nuschelte er und stieß Erik mit seinem Stock gegen das Bein. »Hast du schon mal ein Haus gebaut? He? Weißt du, wie ein Haus aussehen muss? Es war groß, das Haus von Scachelinge, man konnte es von weitem sehen, mit einem Dach aus Ried und einer großen Feuerstelle, deren Rauch hoch in den Nachthimmel stieg … He, du siehst nicht aus, als könntest du ein Haus bauen.« Eine rot angelaufene Nase näherte sich Eriks Gesicht, verkrümmte Finger betatschten seine sehnigen Hände. »Du siehst nicht aus, als ob –« Da packte Erik zu, hielt die Arme des Alten im Würgegriff.

»Wo willst du es hinhaben, alter Mann?«

Sæunn lachte los und rettete damit möglicherweise den alten Osbern, der Eriks Geduld arg strapaziert hatte. »Nicht so ungeduldig, Gevatter Osbern, lass den jungen Herrn doch erst mal ankommen und essen. Fleiß geht durch den Magen, wie du weißt.« Und sie nahm noch ein Stück Trockenfisch, den ich auch im Land der Angelsachsen widerwärtig fand, aber trotzdem aß, weil es offenbar nichts anderes hier gab.

Osbern grinste. »Wie ein Baumeister sieht er trotzdem nicht aus. Aber ich will es ihm gerne zeigen, wenn er mich lässt. Sei willkommen in Scachelinge, oder was davon übrig geblieben ist.« Damit schlossen die beiden Frieden.

Was es hieß, ein Haus ohne Werkzeuge zu bauen, das sollten wir in den Tagen nach Sæunns Abreise feststellen.

Der Rachefeldzug des normannischen Eroberers hatte nicht nur Jorvik zerstört und Felder dem Erdboden gleichgemacht – die Reiter hatten Häuser in Brand gesteckt und den gesamten Hausrat zerbrochen, unbrauchbar gemacht und weggeschleppt. Sicheln, Hacken, Rechen, Sägen, Messer, Schlägel – nichts von dem gab es, nichts, womit man ein Feld bestellen, einen Baum fällen, ein Haus errichten konnte. Traurig wies Osbern auf den Haufen zerstückelter Gerätschaften hinter seinem Verschlag.

»Wenn es kalt und feucht ist, mach ich mir ein Feuerchen davon«, gab er zu, »benutzen kann man es ja doch nicht mehr. Nichts haben sie uns gelassen, nicht das kleinste Werkzeug, alles kaputt, gestohlen, vor unseren Augen. Ein Messer konnte ich mir retten… damit habe ich mir einen Löffel geschnitzt – doch welche Suppe soll ich davon löffeln?« Traurig sah er vor sich hin.

»Herrin.« Hermann war leise neben mich getreten. »Die Dame Sæunn hat ein Paket für Euch hinterlassen. Sie sagte mir, Ihr wüsstet schon, was Ihr damit anfangen solltet…« Auf ihre Anweisung hin hatte er es hinter den Holunderbüschen versteckt und holte es nun von dort herüber. Und Tränen der Rührung traten mir in die Augen, als ich sah, was sie unter dicker Leinwand und vor den Augen ihres gestrengen Gatten aus York herausgeschmuggelt hatte: eine dicke Axt, um Bäume zu fällen, eine Säge und einen Hammer.

Wir konnten anfangen.

2. KAPITEL

Angst und Not haben mich getroffen, ich aber habe Lust an deinen Geboten. Die Gerechtigkeit deiner Zeugnisse ist ewig, unterweise mich, so lebe ich.

(Psalm 119, 143-4)

Ich hatte die verfallene Hütte schon vor Tagen entdeckt.

Sie lag hinter einem Wäldchen, wo ich Kräuter gesucht hatte, obwohl Erik allen verboten hatte, alleine loszugehen. Mehr als einmal schon hatte nämlich wildes Volk vor unserem Hof gestanden, ausgemergelte, zerlumpte Kreaturen mit Hunger und unverhohlener Mordlust im Gesicht, die wir nur mit Waffengewalt davon abhalten konnten, unsere Bleibe nach Essbarem abzusuchen. Wer konnte wissen, wo sie sonst herumlungerten oder ihr Lager hatten?

Nun aber war ich schon einmal hier, am Rande des Wäldchens, und bis zu dem Haus waren es nur ein paar Schritte. Mein kurzes Schwert steckte in der Decke, die ich mitgenommen hatte, um meine Kleider nicht zu verschmutzen. Ein feuchtes Land, dieses England, selbst an sonnigen Tagen klebte der Lehm in dicken Lagen an den Schuhen … Ich lehnte mich gegen den Baum und starrte hinüber zu der Hütte. All die Tage war niemand ein oder aus gegangen, kein Huhn hatte gegackert, kein Hund gebellt. War es verlassen? Alle Bewohner tot, wie in fast jedem Dorf, das ich hier in Yorkshire bislang gesehen hatte? Mein Herz wurde schwer. Was für eine geschundene, zerstörte Gegend, die angeblich voller Rebellen steckte und für mich nach nichts als dem Tod roch. Waffenstarrende Rebellen hatte ich bislang noch nicht entdecken können.

Ich stieß mich von dem Baum ab und stieg die kleine Anhöhe hinab. Hohes, blühendes Gras verriet, dass sich seit Monaten niemand mehr hierher verirrt hatte. Brombeerranken verhedderten sich in meinen Röcken, umklammerten meine Beine, als wollten sie mich hinunterziehen zum kühlen nassen Boden, wo halb Yorkshire erschlagen und begraben lag. Ich zog das Schwert aus der Decke und hackte die Ranken kurz entschlossen entzwei. Der vertraute Griff meiner Waffe gab mir Zuversicht, und meine Schritte wurden mutiger.

Das verfallene Häuschen kauerte über seinem Hausrat wie ein einsamer Wächter. Hocker, Kisten, Scherben, Holzgerätschaften lagen zertrümmert und verwitternd auf einem Haufen, den die Todesreiter wohl vergessen hatten anzuzünden. Vielleicht war er auch den Zunder nicht wert gewesen. Wind und Wetter hatten daraufhin ihr Zerstörungswerk begonnen und die Gegenstände verrotten lassen. Blank genagte Schädel der Bewohner zierten das Gras, ausgebleichte Lumpen flatterten im Wind. Eine Krähe erhob ärgerlich krächzend ihre Schwingen und segelte zum Nussbaum hinüber. Ich hatte sie bei ihrem grausigen Mahl gestört, obwohl es doch zwischen den Knochen kaum mehr etwas zu fressen gab.

Bilder vom zerstörten Uppsala kamen mir in den Sinn, jener Tag, an dem ich meinen Mann heimatlos machte, und weinend sank ich zu den Toten ins Gras. Es spielte wohl keine Rolle, welche Sprache die Schlächter sprechen – die Sprache ihrer vernichtenden Waffen schien in allen Ländern gleich zu sein: ein gespaltener Schädel, ein Speer im leeren Brustkorb, ein zerschmettertes Kinderskelett, Arme und Beine, verwehte Asche in den vergehenden Haaren der Toten, die niemand beweinte. Selbst die Vögel hatten dieses verwüstete Land verlassen. Die Stille in der warmen Frühsommerluft war unerträglich.

Ich riss mich zusammen. Sprach ein nutzloses Gebet in den Wind, das niemand hörte, denn Gott hatte sich anscheinend zurückgezogen. Hatte ich ernsthaft etwas anderes erwartet? Ich packte mein Schwert und näherte mich dem Eingang der Hütte.

Ein leises Meckern ließ mich erstarren. Mit klopfendem Herzen schlich ich unter dem durchgebrochenen Türbalken hindurch und spähte ins Halbdunkel. Der englische Regen hatte auch hier die lehmgefüllten Wände zusammenbrechen lassen und eigenwillige Erdhäufchen daraus gebaut. Hinter einem wild wachsenden Holunderstrauch hörte ich das Meckern wieder. Doch nicht der Teufel saß hier im Dunkeln, sondern eine kleine Ziege, die in das Erdloch gefallen war, das Leute mancherorts ausgraben, um Dinge zu verstecken, wenn sie keine Truhe besitzen … Hier gab es nichts mehr zu verstecken, Plünderer hatten selbst die Wände nach Brauchbarem durchwühlt. Ich vergaß Hunger und Müdigkeit und dass Eriks Ärger über mein Ausbleiben wie ein Sturm über mich kommen würde und kniete stattdessen nieder, um das Tier aus seiner Falle herauszuholen.

Die Ziege war jung und wild und sehr mager, und ein totes Junges lag neben ihr. Das Euter jedoch war noch nicht zurückgegangen. Ich vergaß nun jede für diesen unheimlichen Ort gebotene Vorsicht.

»Dich schickt der Himmel, obwohl du eine Ziege bist, kleine Freundin …«, murmelte ich, legte meinen Gürtel ab und knotete ihn ihr um den Hals, damit sie mir nicht weglief. »Vielleicht hast du ja auch noch Milch für mich? Lass mal schauen, kleine Freundin …«

Sie war zu erschöpft, um sich gegen meine Finger zu wehren. Sanft strich ich über ihr weiches Euter, liebkoste es und befühlte die Zitzen. Sie wehrte sich auch nicht, als ich an ihnen zu ziehen begann, vorsichtig, dann fordernder, und ein Glücksschauder überlief mich, als ich ein paar Tropfen warme Milch an meinen Fingern herabrinnen fühlte … Milch – wir würden Milch haben! Gute, warme Ziegenmilch!

Ich quälte sie nicht zu lange. Bald würde mehr Milch in ihrem Euter sein, dessen war ich mir sicher. »Kleine Freundin, kleine Runa, du kommst mit mir und sollst es gut haben«, murmelte ich. Vielleicht verstand sie mich, denn mit rauer Zunge leckte sie dankbar meinen Unterarm. Das geflochtene Band fest um die Hand gewickelt, trat ich den Rückzug aus der muffigen Hütte an. Piepsend stoben Mäuse vor meinen Füßen ins Dunkel. Scherben knackten unter meinen Stiefeln. Die Normannen waren gründlich gewesen.

Nicht gründlich genug. Neben meinem Fuß raschelte es. Es

klang wie ein Steinchen... Körnchen... Wieder fiel ich auf die Knie, suchte mit beiden Händen im Erdreich, während Runa dazu meckerte. Und ich ertastete Körner, Getreidekörner, die aus einem Krug herausrieselten! Ich unterdrückte einen Triumphschrei – diesen unerlaubten Ausflug musste Erik mir verzeihen! Der Himmel legte mir Saatgut in die Hände! Hastig knüpfte ich meine Decke auseinander und schaufelte so viel von Erdreich und Körnern hinein, wie nur ging. Daheim würden wir genug Zeit haben, es zu verlesen, die Körner in die Erde zu stecken und mit ihnen einen Anfang auf den zerstörten Äckern zu machen. Als der Boden sauber gefegt war, band ich mir das Bündel um die Taille – wer es mir wegnehmen wollte, würde bitter darum kämpfen müssen. Dann steckte ich das Schwert in den improvisierten Gürtel und trat den Rückzug aus der verfallenen Hütte an.

Die Ziege folgte mir brav. Vielleicht war sie doch nicht wild? Auf jeden Fall war ich froh über ihre Gesellschaft in dieser gottverlassenen Gegend. Hurtig kletterten wir die kleine Anhöhe hinauf und wollten schon im Schutz des Wäldchens verschwinden, als ein fürchterlicher Fluch aus Menschenmund die Luft erzittern ließ.

»*Mierd*... verfluchter Bockmist, was tut das weh...« Instinktiv warf ich mich ins tiefe Gras und spähte umher. Die Krähe von eben flog auf und schiss gezielt hinter einen Holzstoß. »Gottverfluchter Teufelsbraten, schwarzer, verwünschter, dass dich die Pocken holen...«, schallte es ihr aus der Niederung entgegen Ein Stein flog in die Luft, doch sie flatterte nur höhnisch keckernd davon, weil Pocken für einen Vogel ein lustiger Spaß sind und Steine sowieso niemals treffen. Vorsichtig kroch ich den Abhang herunter, Runa hinter mir herziehend. Der Fluch zitterte immer noch in der Luft, nach einem Opfer suchend, man wusste ja nicht, wann er verging... Die Sprache aber war Normannisch gewesen, daher siegte meine Neugier über die Angst.

Und der, dessen Mund so blasphemische und wüste Beschimpfungen entsprangen, war ein Mönch. Er lag nur wenige Fuß von mir entfernt in einer Senke neben dem verrottenden Holzstoß, und er schien tatsächlich Erleichterung zu finden durch seine furchtbaren Worte.

Angewidert verzog ich das Gesicht.

Natürlich, ein Diener Gottes, einer von denen, die den Sünden- und Bußkatalog auswendig konnten und auf Flüche eine Art angeborene Absolution hatten. Einer von denen, die mich auf Sassenberg auf die Knie gezwungen hatten, die mich nackt und gefesselt ins Wasser geworfen hatten, weil sie mich für schuldig hielten, einer von denen, die Erik gedemütigt hatten … Die Tonsur leuchtete mir aus dem Gras entgegen. Er lag halb auf der Seite und hielt sich, weiter wilde Beschimpfungen murmelnd, das verletzte Bein. Runa meckerte leise, und er fuhr herum.

»Der Teufel – Barmherziger! Oder doch nicht …? Gottallmächtiger, hast du mich erschreckt! Klopft man in diesem Lande nicht an?«, fauchte er mich an und versuchte, sich auf den Rücken zu drehen.

Neugierig sah ich ihn an. »Seid Ihr verletzt?«, fragte ich in der Sprache des Landes.

»Wie kommst du darauf?«, entgegnete er launisch, des Angelsächsischen offenbar mächtig, wobei sein Akzent sich schlimmer anhörte als der meine. »Ich liege hier in der Sonne und halte ein Verdauungsschläfchen!« Und gnatzte auf Normannisch weiter: »Gottverdammte Barbaren – wer hat behauptet, dass hier irgendjemand missioniert und zivilisiert ist?! Solche dämlichen Fragen sollten verboten werden …«

Ich grinste hämisch. Was für ein Fund! »Nun, dann will ich Euch nicht länger stören bei Eurem wohlverdienten Verdauungsschläfchen. Gott sei mit Euch, heiliger Mann.« Und wandte mich zum Gehen.

»He! Du da!« Auf dem Ellbogen robbend, kroch der Mönch näher, ohne auf meine Frechheit einzugehen. Vielleicht hatte er sie auch nicht verstanden. »Wie weit ist es zum nächsten Ort? Gibt es einen guten Gasthof, einen Koch, ich habe Hunger und Durst und möchte mich baden …«

Langsam drehte ich mich um und konnte meinen Unmut kaum mehr verbergen. »Ihr leidet unter Schmutz, heiliger

Mann? Ihr habt mein Mitleid, wirklich. Und Hunger haben wir alle – man lernt, damit zu leben, wenn man hier leben muss, Mönch. Einen Ort sucht Ihr auch noch?« Ich lachte spöttisch auf. »Wisst Ihr, hier gibt es keine Orte, Mönch, schon lange nicht mehr. Hinweggefegt, verbrannt, dem Erdboden gleichgemacht. Wo keine Menschen sind, da gibt es auch keine Orte, und erst recht keine Badezuber. Der Tod hat reiche Ernte gehalten in diesem von Gott verlassenen Land.«

»Sie hatten es nicht besser verdient, verdammte Rebellenbrut!«, rief er da.

Zorn wallte in mir hoch – war er so blind und dumm, oder tat er nur so?

»Rebellen? Geht Euch Rebellen anschauen – gleich dort vorne liegen sie, Eure Rebellen, bleich und still, und dann sagt mir, was diese Frau und ihre Kinder verdient haben!«, fauchte ich zurück. »Geht, schaut sie Euch an, und dann haltet Euren Normannenwanst weiter in die Sonne und schreit nach einem Badezuber!«

»Warte!« Er griff nach meinem Fuß. Panisch wehrte ich seine Hand ab, trat nach ihm, traf seinen Kopf, er schlug nach mir –

»*Veroð á brottu, skalli!!*«, schrie ich und stolperte dann, denn er ließ nicht los. Da lagen wir nun beide im Gras, der zerlumpte Mönch mit dem verletzten Bein und ich, die Ziegenleine in der einen, mein Schwert in der anderen Hand. Schwer atmend wischte ich mir den Schweiß von der Stirn. Der Mönch beruhigte sich. Neugierig wanderte sein Blick über meine Erscheinung. Mein Kleid, das nicht nach angelsächsischer Landfrau aussah, der fein geflochtene Seidengürtel um Runas Hals, die Silberketten, die in meinem Ausschnitt schimmerten und deren Anhänger unter dem Stoff schlummerten, um keine begehrlichen Blicke zu wecken, und das kurze Schwert mit dem verzierten Griff, das so gar nicht zu all dem passen wollte.

»Was bist du nur für ein merkwürdiges Blümchen«, meinte er, friedlich geworden. »Eine flinke angelsächsische Zunge, die Flüche einer Wikingerbraut, und mein Gerede versteht sie auch…« Mir wurde unbehaglich zumute. Sein Blick hatte alles Feindselige verloren, wich nicht von meinem Gesicht, als suchte er etwas…

Ich stand auf und klopfte Gras von meinem Kleid. »Das Blümchen geht nun. Im Gegensatz zu Euch weiß es nämlich, wo es zu Hause ist.« Mit diesen schnippischen Worten drehte ich mich um, zog Runa aus ihrem Vesperplatz im Klee und stieg die sichere Anhöhe hoch. Erst als ich oben angekommen war, erhob der Mönch erneut seine Stimme, und diesmal hatte sie einen ganz anderen Klang. Ohne jede Arroganz bat er mich um Hilfe.

»Ich bin überfallen worden, Frau. Sie haben mich ausgeraubt und geprügelt, mein Maultier fortgeführt und mich diesen Abhang hinuntergestürzt. Mein Bein ist verletzt, ich kann nicht mehr laufen. Kannst du mir helfen?«

Ich blieb stehen, drehte mich um. »Jetzt kommst du angekrochen«, murmelte ich. Es war ihm gelungen, sich aufzusetzen. Die Hände im Schoß, sah er mich nicht allzu erwartungsvoll an. Sein Haar war grau, hier und da schimmerte noch eine blonde Strähne hindurch. Das Leben hatte Spuren in sein Gesicht gegraben; die weichen Züge wurden von tiefen Furchen durchbrochen, und selbst die Lachfältchen um seine dunklen, warmen Augen sprachen von einer Wehmut, die Askese und Gebet ihm offenbar nicht hatten nehmen können.

Warum legte Gott mir immer Männer in den Weg, die meine Seele anrührten?

Langsam stieg ich die Anhöhe wieder hinunter.

»Kannst du mir helfen?«, wiederholte er, und nichts war von dem zynischen Gotteslästerer von eben übrig. Ich hockte mich neben ihn, immer noch überrascht von der Verwandlung. Seine Kutte war hochgerutscht und gab ein blutiges Bein in unnatürlicher Lage frei. Ich verstand nicht viel davon, doch ein einziger Blick sagte mir, dass dieser Mann wohlüberlegte Hilfe brauchen würde, bevor er wieder ein Maultier reiten konnte. Wenn überhaupt. Und wenn er in dieser Einöde ein Maultier fand.

»Wer seid Ihr?«, fragte ich.

Sein zerknittertes Gesicht verzog sich zu einem traurigen Lächeln. »Ich bin ein *homo viator*«, antwortete er und faltete seine

Hände im Schoß. Ich schwieg dazu, drang nicht weiter in ihn. Wie viele Menschen hatte ich getroffen, die ihren Namen nicht preisgeben wollten, und jeder Einzelne von ihnen hatte einen guten Grund dafür. Das Leben gab einem neue Namen, die man sich aber erst verdienen musste…

Vielleicht hat Gott auch nur noch nicht den richtigen Platz für dich gefunden, dachte ich, von seiner Wehmut plötzlich angesteckt. Sind wir nicht alle wandernde Seelen, die ihren Platz auf Erden suchen?

Diese Seele hier hatte zumindest ihren Humor nicht verloren. »Seine Eminenz, der Erzbischof von York, hat mich hinausgeworfen«, überraschte er mich und schaute sehr empört drein. »Mich! ›Hinaus!‹, hat er mich angeschrien – und du musst wissen, Blümchen, ich kenn ihn nämlich von früher, als er noch in Bayeux den Frauen schöne Augen machte – Thomas von York schreit niemals. Dazu ist er viel zu vornehm. Stinkvornehm ist er. ›Hinaus!‹, schrie er also, und: ›Sucht Euch jemand anderen, den Ihr mit Euren kostspieligen Ideen arm machen könnt! Mit nichts seid Ihr zufrieden, alles kostet noch mehr Geld, noch mehr Material, Ihr seid ein Moloch, der mein heiliges Geld verschlingt. Frère Lionel! Ihr und Euer… Euer Skizzentisch!‹ Fast hätte er geflucht, ich schwöre – fast hätte er meinen Skizzentisch ›gottverdammt‹ genannt.« Und fast hätte Frère Lionel das amüsant gefunden – wenn nicht sein Rausschmiss drangehangen hätte: »Und wo er grad schon dabei war, schrie er noch: ›An dieser Bauhütte ist kein Platz für Euch, geht Eure seltsamen Hirngespinste woanders bauen!‹ Mir blieb gerade noch Zeit, mein Maultier zu satteln…« Man spürte, wie gut ihm das Erzählen tat, nachdem er hier wer weiß wie lange einsam und hilflos gelegen hatte. »Und kaum hatte ich York verlassen, stürzte der Teil der Mauer, über den wir uns zerstritten hatten, mit lautem Krachen ein. Ha!« Vielsagend verdrehte er die Augen. »Doch Seine Eminenz beharrt ja darauf, Recht zu haben. Nun denkt er sicher, ich stünde mit dem Leibhaftigen in Verbindung« – eine wilde Geste –, »der an der Mauer gerüttelt hat. Der sich hinter ihn angeschlichen und nur auf meinen Befehl gewartet hat – huarrrrg!

Aaaarrg! Hier gerüttelt und dort gezogen, und krawumm! Haha!! Der Staub zog bis in die Vorstadt zu den dänischen Heiden ...« Sein Gesicht, das sich in Erinnerung an die schmachvolle Stunde verfinstert hatte, nahm einen diabolischen Zug an – oder sah ich schon Gespenster? Gütiger Himmel, solch blasphemisches Geschwätz würde ja nicht mal Erik einfallen, dem doch nichts heilig war ... Dieser Glatzkopf war der Gipfel! Zur Sicherheit rückte ich ein Stück von ihm ab und tastete nach meinem Schwert – man wusste ja auch nie, in welcher Verkleidung der Leibhaftige am Ende ...

»Dabei war es nur das Gerüst, an dem die Hälfte der Balken fehlte – weggespart, zum Wohle des Herrn, Kerzen investiert, was weiß ich, wohin das Geld gewandert ist – es stürzte an ebender Stelle ein, obwohl ich angewiesen hatte, das gute Holz genau dort zu platzieren, wo der Druck am größten wäre, zum Kuckuck ... Alle Arbeit umsonst.« Die finstere Miene zerfiel, Enttäuschung malte sich auf seinem Gesicht. »Kein Respekt vor einem Skizzentisch. Und den Deppen jagt man zum Tor hinaus. Verstehst du, warum ich traurig bin, Blümchen? Mein Werk – zerstört. Mein Ruf – ruiniert.« Er verzog das Gesicht. »Mein Maultier – aufgegessen.« Dass ein würdiger Diener Gottes nichts sein Eigen nennen sollte, schien er vergessen zu haben. Unter der Kutte verbarg sich ganz offensichtlich ein kirchlicher Baumeister, den das Schicksal unter die Holunderbüsche eines verlassenen Landstrichs verschlagen hatte ...

»Und wo wolltet Ihr nun hin?«, fragte ich neugierig, obwohl mich das gar nichts anging.

Doch schien er meine Frage nicht für ungehörig zu halten. »Er schickte mich nach Durham. Döör-ham. Durrem. Wie auch immer. Noch weiter in den Norden, wo die Leute sprechen, ohne die Zähne auseinander zu nehmen.« Ein tiefer Seufzer. »Wahrscheinlich regnet es dort das ganze Jahr über ohne Unterbrechung, wahrscheinlich werden die Kinder dort mit Schwimmhäuten zwischen den Zehen geboren, furchtbar, furchtbar, dieses Land ...« Er hatte wohl nicht gemerkt, dass uns seit Tagen eine warme Frühsommersonne verwöhnte und dass der letzte richtige

Regen schon gut eine Woche zurücklag. Ich betrachtete den empfindlichen Gottesdiener vor mir mit wachsender Belustigung und schämte mich gleichzeitig dafür.

»Jemand sollte sich Euer Bein anschauen«, lenkte ich ihn vom angelsächsischen Wetter ab. Und zu meinem allergrößten Erstaunen ließ der normannische Mönch mich wortlos gewähren, als ich seine Kutte in ungehöriger Weise hochknotete, Teile davon in Streifen riss und das verletzte Bein so freilegte. Man würde es schienen müssen, vielleicht konnte er dann laufen … Ich sah mich um. Den Holunder durfte man nicht anrühren. Haselrute war zu schwach, an die Birke kam ich nicht heran … Da entdeckte ich einen mir wohl bekannten Baum. Die Esche ließ ihre Zweige tief über den Boden hängen, sodass ich mir einen aussuchen konnte. Wie Sigrun Emundsdottir mich einst gelehrt hatte, bat ich den Baum um Verzeihung und schnitt ein paar passende Zweige ab, die ich säuberte und blank schabte. Auch Beinwell entdeckte ich in der feuchten Senke – das beste Wundkraut, das es gab und das ich in Svearland schmerzlich vermisst hatte. Eifrig brach ich die Pflanze mit den gelblichen Glockenblüten und den weichen Blättern ab, grub die rübenartige Wurzel mit dem Messer aus dem Boden und kehrte hocherfreut mit meiner Beute zurück. Ich legte Beinwellblätter auf die Wunde, bedeckte sie mit den Fetzen der Kutte und band die Eschenruten fest gegen den Unterschenkel, und während ich aus den Stoffstreifen Knoten drehte, murmelte ich mechanisch Verse aus einer anderen Welt, einer anderen Zeit … *»Hjalpi þér hollar vættir … Frigg, Freyr og fleiri goð …«*

Statt mich zu tadeln, ließ der Mönch mich gewähren. Erst als ich fertig war, legte er die Hand auf meinen Arm. »Ein wahrhaft seltsames Blümchen bist du, *flour de ciel*, und viele seltsame Dinge wohnen in deinem hübschen Kopf. Und wenn du auch Gott nicht auf deiner Zunge führst, so fühle ich doch, dass deine Hände von Ihm gesegnet sind.« Warm lächelte er mir zu. »Nun hilf mir auf.«

Wir gaben ein seltsames Bild ab – die Ziege an ihrer kostbaren Leine, alle paar Schritte Gras naschend, der hagere, hoch gewachsene Mönch, der mich mit seinem Gewicht schier erdrückte, und ich, das Schwert gezückt, falls es jemand wagen sollte, uns zu belästigen. Schritt für Schritt quälten wir uns die Anhöhe hinauf, den Pfad im Wäldchen entlang, ruhten alle paar Bäume zum Verschnaufen aus und verschwendeten keine Puste an Worte…

Trotzdem kam uns die Dämmerung in die Quere. Wir hielten an, und stöhnend ließ der Mönch sich ins Moos sinken.

»Geh alleine weiter, Flour, und lass mich hier – allein schaffst du es sicher nach Hause. Geh nur.« Er lächelte und hob vielsagend seine zerfetzte Kutte. »An mich wird keiner einen zweiten Blick verschwenden. Und wenn doch« – und sein Blick wurde angriffslustig – »dann werde ich ihn mit einem Vortrag über Gerüstbau sicher in die Flucht schlagen. Geh nur, liebe Frau, und komm morgen wieder, wenn es dir nichts ausmacht.«

Ganz wohl war mir nicht, ihn zurückzulassen, doch er hatte Recht. Leise meckernd lief Runa vor mir her, ein bisschen ließ ich mich von ihr ziehen. War es noch weit bis zu Osberns Hütte? War ich überhaupt auf dem richtigen Weg…? Auf einmal sah alles so gleich aus, und Yorkshire war groß.

Mit einem Ruck zog die Ziege mich da plötzlich in eine andere Richtung, aufgeschreckt vom Trommeln galoppierender Hufe – ein schwarzes Zauberwesen schoss durch die Dämmerung, funkensprühend, mit fliegender Mähne und Feuer im Schweif, auf seinem Rücken eine zusammengekauerte, düstere Gestalt…

»Erik?« Mit unsicherer Stimme wagte ich mich hinter dem Baum hervor, wo ich mich versteckt hatte. »Erik!«

Das Zauberpferd stieg und schrie erbost über eine allzu abrupte Parade, die düstere Gestalt sprang vom Pferd, ich duckte mich – Allmächtiger, hatte ich mich geirrt, war es einer der Todesreiter? Er kam auf mich zugerannt, keuchend, mit fliegenden Haaren ach, ich erkannte ihn, kannte ja jeden Atemzug, jede Bewegung, trotz der Dunkelheit, und ich ließ mich gerne von ihm einfangen…

»Wo warst du, beim Thor, wo warst du, was – warum…« Seine Arme indes stellten keine Fragen, sie umklammerten mich, wir taumelten rückwärts, vorwärts, bloß den anderen nicht loslassen, nie mehr – »Wo warst du, warum gehst du alleine fort, ich bin fast gestorben vor Sorge …« Er sprach nicht aus, wie sehr er sich in diesem feindlichen, zerstörten Land fürchtete, doch seine Augen, die ich eben noch erkennen konnte, erzählten mir genug. Ich versuchte, die Angst wegzuküssen, drängte ihn gegen den nächstbesten Baum, vergrub meine Finger tief in seinem dichten Haar, spürte, wie er zahm wie ein Kätzchen wurde, in meinen Armen schmolz, sein Pferd, seinen Vater, seinen Namen vergaß. Ein Schauder rieselte mir den Rücken hinab, als wir neben dem Baum ins Heidekraut fielen – ein Bett war so gut wie das andere, wenn die Leidenschaft ein Machtwort spricht. Wer sollte uns denn stören, wo alle tot waren und wir die letzten Überlebenden …

Die Ziege machte uns einen Strich durch die Rechnung.

Sie riss an der improvisierten Leine, die immer noch um mein Handgelenk gewickelt war. Kári schnorchelte und senkte den stolzen Kopf, um das Wesen zu begutachten. Schwer atmend ließ Erik ein wenig von mir ab. »Wen hast du denn da mitgebracht?«

»Ich habe noch mehr gefunden.« Sanft blies ich mir sein Haar aus dem Gesicht und tauchte im schwindenden Tageslicht ein letztes Mal in die Tiefe seiner märchenhaft blauen Augen. »Du musst mir helfen, es nach Hause zu tragen.«

»Ich muss gar nichts, ich muss nur …« Was genau er musste, ging irgendwo an meinem Hals unter, und lachend vor Glück gaben wir der Versuchung nach, Adams Sünde im Heidekraut zu wiederholen.

Runa hatte es sich inzwischen bequem gemacht, und ich hatte nichts dagegen, die Nacht in Eriks Armen zu erwarten. Da stieß er mich sanft an. »Was hast du noch gefunden, *elskugi*? Was soll ich nach Hause tragen?«

»Mich«, murmelte ich glücksschläfrig, »nur mich allein …« Und wurde gleich darauf hellwach – der Mönch!

Er saß, Gebete, oder vielleicht auch arithmetische Formeln murmelnd, unter seinem Baum und hatte sich wie versprochen nicht von der Stelle gerührt. Ohne ein Wort zu verlieren, lud Erik ihn auf seinen Hengst und brachte uns nach Hause.

Da dies seit langem der erste wirklich willkommene Besucher in Osberns Hütte war, scharten sich am nächsten Morgen alle Bewohner um den Mönch, beguckten ihn, betasteten sein Bein und die Schrammen an Armen und Kopf und hörten sich seine Geschichte vom Überfall an, die mir inzwischen doch sehr dramatisch vorkam.

Die Kinder machten große Augen, und ich scheuchte sie nach draußen, den Beutel mit den Getreidekörnern unter dem Arm.

»Wer zuerst alle Körner aus dem Staub sortiert hat, bekommt eine Extrakelle Grütze!«

»Du willst ja nur mit dem alten Mann allein sein«, maulte Snædís und spähte über meine Schulter zum Haus hin. »Das hier ist eine doofe Aufgabe, Ljómi kann das alleine machen.«

»Ljómi hat zu tun«, erwiderte die Kleine keck und wollte sich an mir vorbei ins Haus mogeln.

Auf einen scharfen Blick von mir verstummten sie jedoch beide, kauerten sich mit langen Gesichtern ins Gras und machten sich an die Arbeit. Nicht ganz überzeugt von ihrer Fügsamkeit – schließlich wuchsen sie nicht auf, wie es sich für junge Edeldamen geziemte –, kehrte ich ins Haus zurück.

»... und wie viele Tage ich dort lag, weiß allein der Herr.«

»Habt Ihr die Räuber denn sehen können?« Cedric witterte wieder eine Geschichte, aus der man ein Lied machen konnte. »Waren es finstere Burschen, richtige Räuber?«

»Es waren Menschen wie du und ich, mein Junge, hungrig und arm. Hätte ich ein Schwert gehabt, hätten sie mich in Ruhe gelassen.«

»Ein Schwert?«, flüsterte der Spielmann ehrfürchtig.

»Ein Schwert ist vielleicht nicht das richtige Attribut für einen Mann Gottes«, warf ich spöttisch in die Runde. Er hob die Brauen, ein wenig ärgerlich, als hätte ich ihn erwischt.

»Hätte ich ein Schwert gehabt, hätten sie mich in Ruhe ziehen lassen«, wiederholte er. Lächelnd drehte ich mich um und versuchte mir den hageren Mann mit Schwert vorzustellen. Es gelang mir nicht. Es gehörte sich schließlich auch nicht.

»Da lag ich nun also und betete, alle Psalmen die ich wusste, und lobpreiste Gott, dass ich noch am Leben war – doch mein Magenknurren konnte auch Er mir nicht nehmen …«

Margyth übermannte das Mitleid mit dem Mann Gottes und schenkte ihm ihre Morgengrütze.

»Der Herr segne dich für deine Großzügigkeit, gutes Kind«, lächelte der Mönch milde und schaufelte hastig das Essen in sich hinein, bevor es ihm jemand streitig machen konnte. Das stimmte mich irgendwie ärgerlich – wie kam dieser verdammte Normanne dazu, uns unser Essen wegzusalbadern? Ich vertrieb die Neugierigen von seinem Lager und widmete mich zusammen mit Hermann seinem verletzten Bein. Je eher er gesundete, desto eher würde er hier verschwinden.

Mein Diener hatte die Wundpflege ebenso wie ich bei einem heilkundigen Juden gelernt und in den Jahren unserer Wanderschaft verfeinert. Stirnrunzelnd vor sich hin murmelnd, betrachtete er die Schieflage und hielt sein eigenes Bein zum Vergleich daneben. Da trat Osbern vor, nahm Eriks Axt von der Wand, hob sie hoch und fragte grimmig: »Soll ich?«

Zu meiner Überraschung fing der Mönch an zu lachen. »Das kannst du, Angelsachse, nicht wahr? Mit der Axt Beine abschlagen, Köpfe spalten –« Im nächsten Moment verstummte er erschreckt und hielt sich die Wange, auf der sich nun meine fünf Finger abzeichneten. Hinter mir sog jemand erschrocken die Luft ein – dann herrschte Schweigen in der stickigen Hütte.

»Ihr seid im Haus dieses alten Mannes aufgenommen worden, *skalli*. Ihr habt von ihm zu essen bekommen, man schaut nach Eurer Verletzung«, fauchte ich ihn an. Seine Augen wurden schmal, er wollte etwas sagen, doch ich verbot ihm das Wort. »Ihr habt kein Recht, ihn oder einen von uns zu beleidigen! Er hat alle seine Söhne auf dem Schlachtfeld verloren, von Dänen und von Euren Leuten in sinnlosem Schlachten dahingemetzelt – und trotzdem hat er Euch freundlich Obdach geboten. Und Ihr – Ihr vergeltet es mit Bosheit und unflätigen Bemerkungen! Schämt Ihr Euch nicht? Noch ein ungerechtes Wort von Euch und Ihr könnt Eures Weges gehen, und es ist mir gleich, auf wie vielen Beinen Ihr das tut!« Mein Ausbruch erbitterte ihn sichtlich, wir funkelten uns an, doch wagte er keine Widerrede. Aus dem Augenwinkel nahm ich wahr, wie Erik uns beide ungläubig, ja beinahe fassungslos anstarrte, als hätte er mich nie zuvor so gesehen. Nur ein falsches Wort, dachte ich, sag du jetzt nur ein einziges falsches Wort, Yngling, und du wirst mich kennen lernen – Mit einer einzigen Handbewegung schickte er alle außer Hermann hinaus.

Der Mönch ließ endlich Luft ab und versuchte ein Grinsen. »Du hast ganz schön Haare auf den Zähnen, Flour«, murmelte er. Danach sagte er nichts mehr, ließ geschehen, dass Hermann sein Bein wieder einrenkte, schrie nicht einmal, als es laut knackte, und auch die schmerzhafte Wundbehandlung ertrug er ohne Wehklagen. Erik ließ ihn nicht aus den Augen.

»Wo kommt Ihr her, Mönch?«, fragte er urplötzlich. Der Mann sah auf, eine seltsame Verlorenheit im Blick. Die Furchen schienen sich zu vertiefen, Schatten umtanzten seine Augen. Der Mutwille schien ihn verlassen zu haben, oder hatte der Schmerz sein loses Maul endgültig besiegt? Er hob die Brauen.

»Aus York komme ich, vom Palast des Erzbischofs. Vielmehr von seiner Bauhütte. Bin das Gerüst hinuntergestiegen …« Erik wedelte ungeduldig mit der Hand, und ich sah, wie ein verstohlenes, winzig kleines Grinsen über das zerfurchte Gesicht glitt. Er spielt mit uns, schoss es mir durch den Kopf. Er hat vor nichts und niemandem Respekt, ein Lump in Kirchenkleidung …

»Wer seid Ihr, und wo kommt Ihr her? Wer ist Eure Familie?«

»Was willst du Nordmann mit dem Namen meiner Familie, die du sowieso nicht kennst?«, kam es düster zurück. Da erst fiel mir auf, dass sich keiner von uns vorgestellt hatte.

»Wir Nordmänner mögen zwar Äxte tragen, doch wissen wir zumindest, was sich ziemt«, erwiderte Erik einfach und legte sich die Hand auf die Brust. »Ich bin Erik von Uppsala, Sohn des Emund Olofsson und der Gunhild Guðmundsdottir. Und das ist meine Frau Alinur.« Ich nickte kurz dazu und wunderte mich im Stillen, warum er so viel verschwieg und meinen Namen so verfälschte, wie es die Leute im Norden getan hatten.

Der Mönch musterte mich versonnen. »Doch du, Flour, bist nicht aus dem Norden. Woher kommst du?«

»Es ist nicht an Euch, Fragen zu stellen«, unterbrach Erik ihn scharf.

Wieder wurden die Augen des Mönchs schmal. »Frère Lionel werde ich genannt, aus dem Hause Montgomery, falls dir das etwas sagt.« Und war es Zufall oder Absicht, dass er dabei die Schultern reckte und sich aufrecht in die Felle setzte? Man konnte erahnen, wie er einmal mit feinen Kleidern und langem Haar ausgesehen hatte. Und das Schwert, das er vorhin vermisst hatte, passte plötzlich auch.

»Natürlich sagt mir das etwas«, lächelte Erik spöttisch, »ein guter Name, edelstes Blut der Normandie.«

Ich stand auf und ging hinaus. Die klapprige Tür fiel hinter mir zu. Mir war schwindlig geworden.

Hier saß einer von Mutters Familie, einer von denen, die ich im Winter versucht hatte kennen zu lernen und bei denen ich aus unerfindlichen Gründen nicht vorgelassen worden war, obwohl ich meinen Namen und meine Herkunft genannt hatte, obwohl ich Briefe geschrieben hatte und wieder und wieder am Tor geklopft hatte. Die riesige Steinhalle in Caen, wo die meisten von ihnen wohnten, war mir verschlossen geblieben, ihre Burg weit außerhalb beherbergte nur den Verwalter, der uns nicht einmal bis zur Zugbrücke vorgelassen hatte. Geneviève de Montgomery, meine Mutter, schien in Caen niemals existiert zu haben. .

Und nun hatte ich einen von ihnen auf meinem Bett. Einer von den Montgomerys, die sich Freunde des Herzogs und neuen Königs nennen durften, die sein Vertrauen, sein Ohr besaßen – und die keine Verwandten in Lothringen haben wollten. Einer aus Mutters Sippe, die ich nie gesehen hatte. Die Arroganz, mit der man mich wie eine einfache Bittstellerin abgewiesen hatte, schmerzte immer noch. Aufgewühlt lehnte ich den Kopf gegen die schiefe Lehmwand. Ein Verwandter. Gott schickte mir in diesem trübseligen, ewig nassen Land einen Verwandten…

»Dann kennt Ihr vielleicht Geneviève de Montgomery?«, hörte ich da Eriks Stimme. Ich schloss die Augen. Es war so unwirklich, hier in der Einöde den Namen meiner verstorbenen Mutter zu hören, jener wunderbaren Frau, die das Leben daheim auf der Eifelburg durch ihren Frohsinn hell gemacht hatte. Mit ihrem Tod vor vielen Jahren war für mich und meinen Vater alles Licht dahingegangen.

»Geneviève…« Der Mönch verstummte – war das wirklich seine Stimme gewesen? »Geneviève… Ja, ich kannte sie.« Kalte Schauder liefen mir über den Rücken, und ich rieb mir fröstelnd die Arme, obwohl die Sonne sich redlich bemühte, das nasse England zu trocknen und zu wärmen.

»Woher weißt du ihren Namen?« Auch er war nicht darauf vorbereitet gewesen, dass ihn seine Geschichte ausgerechnet hier einholte. »Was weißt du von ihr, hast du sie gekannt? Nein, du bist ja zu jung, viel zu jung.«

»Ich lebte einst am Hof des Herzogs. Ich war sein Knappe, dann einer seiner Ritter, ich durfte neben ihm reiten, durfte ihn ansprechen…« Es raschelte, offenbar hatte Erik sich zu ihm gesetzt, und es sprudelte nur so aus ihm heraus – Guilleaume, Guilleaume, Traum von einem König, Traum von einem Platz für ihn, den Königssohn. Ich schluckte, da sprach er weiter. »Geneviève de Montgomery. Damals war sie schon lange fort, doch jedermann sprach von ihr, von ihrer Schönheit und von ihrem klugen Geist.«

»Sicher nicht jeder. Vom Dienstvolk wirst du das gehört haben.« Ein verbittertes Lachen erklang. »Denn alle anderen durften sie nicht mehr erwähnen. Ich kannte sie gut, junger Erik. Ich kannte sie sehr gut…« Die Stimme wurde weich, versagte, man hört Schlucken, jemand zog kräftig die Nase hoch. Ich rutschte an dem Türpfosten zu Boden. Mutters Geschichte wallte heran wie ein Gewittersturm. Es blitzte schon…

»Ich kannte sie… Doch die Familie war gegen uns, der Klerus, alle – zu nah verwandt, man tändelt nicht mit der Cousine… Als sie uns erwischten, nannten sie es Inzest, was wir taten. Inzest. Todsünde, ewige Verdammnis, junger Erik aus Uppsala… verstehst du?« Die letzten Worte kamen fast erstickt. »Ewige Verdammnis…«

Inzest. Ein Käfer kroch über meine nackten Füße, ließ ohrenbetäubenden Donner krachen. Regungslos schaute ich ihm zu, unfähig, mich zu bewegen …

Drinnen sprach der Mönch weiter. »Wenn du den Dienstleuten zugehört hast, dann kennst du die Geschichte. Das Leben war gegen uns, von Beginn an, und dabei liebten wir uns wie kaum ein anderes Paar. Ich wollte sie auf Händen tragen, ich wollte ihr eine Burg bauen, mit goldenen Türmen und Fenstern aus Glas … Das Leben war gegen uns. Jemand hat uns verraten, sie erwischten uns in unserem Schlupfwinkel, rissen sie fort von mir! Wir waren so verzweifelt, verstehst du, junger Erik? Eine ganze Nacht habe ich auf ihren Vater eingeredet, ihn gebeten, Gnade walten zu lassen – Albert de Sassenberg kam gerade zum richtigen Zeitpunkt. Ihr Vater versuchte, den Skandal so klein wie möglich zu halten – und da war Albert auf Brautschau. Viele waren auf Brautschau, weil sie so schön, so wunderschön war, aber Albert war der Richtige. Reich – und vor allem weit genug weg. Und so musste ich sie schweren Herzens in die Hände dieses Lothringers geben …« Wie verächtlich das klang. »Er war schmierig und ungebildet und arm. Immerhin, eine Burg hatte er. Einen Stammbaum. Immerhin. Und Pferde. Pferde.« Noch ein verächtlicher Schnauber. »Ein lothringischer Freigraf, ein Pferdestall und weit genug weg – für den alten Montgomery war das ausreichend, immerhin trieb der Lothringer sich oft genug beim deutschen Kaiser herum. Das bedeutete ihm was. Beim Kaiser! Da war es egal, wie die Burg aussah. Und er hat sie ja auch umbauen lassen, herrichten lassen, wie es bei uns üblich war – eine ordentliche Befestigung, ein Frauenhaus, ein Küchenhaus. Eine gute Mitgift für diesen Freigrafen, er hat sie gerne genommen. Beide. Die Mitgift – und die Frau. Sassenberg. Albert de Sassenberg …« Die Geringschätzung in seiner Stimme traf mich ins Mark. »Doch bevor er ging, schwor er mir – er musste mir schwören, gut zu ihr zu sein, ihr seinen Namen zu geben und sie auf Händen zu tragen, ihr ein feines Haus zu bauen, sie nicht in lothringischen Holzhütten wohnen zu lassen – er musste es mir bei seinem verdammten Blut schwören.« Lionel holte tief Luft.

Die Erinnerung schien ihm alle Kraft zu rauben. »Er schwor es mir, versprach mir alles, was ich wollte, und nahm sie mit. Ich habe sie niemals wiedergesehen.«

Für kurze Zeit war es so still, dass man den Käfer neben mir krabbeln hören konnte. Nicht einmal das ertrug ich, ich zerdrückte das unschuldige Tier mit dem Stiefel und schämte mich dann dafür. Tränen liefen mir über die Wangen in den Halsausschnitt, ohne dass sie die Hitze in mir kühlen konnten.

»Und ich – ich ging ins Kloster, um für uns beide zu büßen, um mit meinem Gott zu hadern, der… ach, was kümmert es dich, junger Mann aus dem Norden.« Eine Hand schlug gegen Holz. »Das sind alte, dumme Christengeschichten. Ihr dort oben hackt euren Nebenbuhlern die Axt in den Kopf und nehmt euch, was euch gefällt, weil den Heidengöttern alles gleichgültig ist…« Ein trockener Schluchzer, Schritte auf dem Lehmboden. Die unsinnige Beleidigung dröhnte fort. Doch dann hörte ich Eriks weiche Stimme.

»Euer Gott möge Euch Eure unbeherrschten Worte nachsehen und Eurer Seele Frieden schenken, Mönch. Ich weiß wohl, wie sehr die Liebe schmerzen kann.« Die Tür klappte erneut. Erik verließ die Hütte, ohne mich zu bemerken.

Am Abend kam er zu mir und sah mir beim Kräutersortieren zu. Brennnessel für die Suppe, Beinwell für Umschläge, Spitzwegerich für Margyths juckende Haut, Kamille für Ljómi…

»Ich hab gehört, was ihr gesprochen habt«, sagte ich leise.

»Hmm…« Wir sahen uns an. Er berührte meine Wange mit dem Zeigefinger. »Sieht wohl so aus, als hättest du zwei Väter, *elskugi.*«

Ich drehte den Kopf weg. »Nein.«

»Doch.«

Alles Lüge. Mein ganzes Leben eine Lüge. Ich verschloss mich diesem Gedanken. »Wie kann er nur…«

»Gibst du ihm etwa Schuld, Alienor?«, fragte er erschrocken. Ich zuckte mit den Schultern, während mir erste Tränen über die Wangen liefen. Schuld. Nein, Schuld konnte man das nicht nennen… Wegen ihm fühlte ich mich wie im freien Fall, als stürzte ich aus der Sicherheit meines bisherigen Lebens heraus ins Nichts … Und er konnte doch nichts dafür. Gott hatte ihn mir vor die Füße gesetzt.

»Soll ich ihn rauswerfen? Ich kann das tun – ich werf ihn in den Fluss!« Da musste ich trotz der Tränen lachen, weil er so kämpferisch dreinschaute und die Fäuste in der Luft schüttelte. Und er schlang die Arme um mich und wiegte mich liebevoll. »Gib dir Zeit, *elskugi*. Du kannst nicht ändern, was deine Eltern getan haben, du musst es akzeptieren. Um ein Haar hättest du auch so gehandelt.« Um ein Haar. Und mich dann doch gegen ein sicheres Leben und für ihn entschieden. Für den schönsten und besten und stolzesten Mann, für den König meines Herzens …

»Weiß er – weiß er, wer ich bin?«, flüsterte ich.

»Von mir weiß er es nicht.«

»Bitte sag es ihm nicht.« Er nickte langsam. So viel verstand auch er vom Christentum, dass ein Kind der Liebe immer auch ein Kind der Sünde war, ganz gleich, welch feines Blut durch seine Adern floß.

»Aber man sieht es.«

»Was sieht man?«

»Wenn du böse bist, sieht man, dass du seine Tochter bist.« Er sah mich zärtlich an. »Wenn du lachst, sieht man es auch.«

»Du schaust mich zu viel an.« Seine Heiterkeit tat gut, und ich schmiegte mich in seinen Arm.

»Ich schaue dich immer noch zu wenig an, *elskugi* …«

Eng umschlungen blieben wir sitzen, bis die Dämmerung kam.

Die nächsten Tage war der Mönch still und in sich gekehrt, als trüge er schwer daran, ein Stück seiner Vergangenheit zurückgerufen zu haben. Ich hörte ihn weder beten noch singen, die meiste Zeit saß er in seinen Fellen, betrachtete sein verletztes Bein oder mich, die ich in der Hütte umherging, Kinder beschäftigte, an der Feuerstelle zugange war oder mit Margyth überlegte, wie all die Menschen wohl satt zu bekommen wären.

Ich mied seinen Blick, und als er aufstehen konnte, war ich

froh, dass er die Hütte verließ, um sich draußen hinzusetzen. Die Entdeckung, dass er mein Vater war, drückte auf mein Gemüt, ohne dass ich sagen konnte, warum. Und ohne dass ich mich darüber zu freuen vermochte.

Wir hatten in jenen Tagen viel zu tun. Der einsetzende Regen machte es uns nicht gerade leicht, Osberns Verschlag in eine Wohnstatt für einen ganzen Haushalt zu verwandeln. Wir versuchten, seine Hütte als Grundstock für das neue Haus zu verwenden, damit nicht so viel Holz geschnitten werden musste – denn wer sollte die Baumstämme aus dem Wald holen? Und das Waldstück war nicht groß. Holz war in England eine Kostbarkeit. Zudem, erklärte Osbern, gehörte jeder Wald irgendjemandem, zumindest aber dem König, und es war unter dem neuen Herrscher verboten, sich zu holen, was man brauchte, so wie es früher unter den angelsächsischen Königen üblich war. »Was mich aber nicht davon abhält«, beendete er seine Ausführungen grimmig, »denn mein Arsch ist kalt. Seiner sicher nicht.«

Erik fällte also trotz des Verbots täglich Baum um Baum und brachte die Stämme einzeln mit Sindris Hilfe nach Hause, wo Hermann sie zurechtschnitt und überlegte, wie man ihnen am besten Halt gab. Um Baumaterial zu sparen, hatten die Männer im Haus die Grube tiefer und breiter ausgehoben – hier sollte die neue Feuerstelle entstehen und würde damit hohe Seitenwände erübrigen. Den Boden legten wir mit Planken aus, die Cedric aus einem verfallenen Nachbargehöft geholt hatte. Mir war nicht wohl dabei, Besitztümer von Ermordeten um mich zu wissen, die Gegend steckte so schon voller Toter und böser Geister, doch niemand hörte auf meine Bedenken. Im Übrigen gehörte Plündern überall zum Tagesgeschäft, wie Cedric mir versicherte. Er schien sich ja oft in verwüsteten Landschaften aufzuhalten. Ich glaubte ihm kein Wort, zumal er sich bei den schweren Arbeiten nicht gerade durch Fleiß hervortat. Sollte Erik doch Recht behalten, war er nichts als ein Schmarotzer? Einmal hatte er einen eingeklemmten Finger, den er stundenlang wie eine Flagge vor sich hertrug, dann wieder war ihm ein Baum auf den Fuß gefallen, und er hüpfte jammernd herum, ein anderes Mal rannte er alle naselang hinter den Busch und verrichtete Geschäfte, die wie eine Klosterkloake im Hochsommer stanken.

»Weib«, grunzte Hermann sauertöpfisch. »Ein Weib mit Schwanz.«

Ich legte jedoch trotzdem Wert auf seine Anwesenheit und lohnte sie ihm mit guten Bissen, wenn die anderen nicht hinsahen, oder einer neuen Weste, als seine alte zerriss. Irgendwie hatte ich das Gefühl, ohne den schlauen Gaukler in diesem Land nicht klarzukommen. Außerdem hatte er nun wirklich Talent, uns und die Kinder am Abend mit lustigen Liedern und aberwitzigen Geschichten aufzuheitern – ich fand, wir sollten diesen Luxus genießen, unser Leben war schließlich hart genug.

Teile der neu gebauten Lehmwand lösten sich nämlich unter unseren Händen in Schlammfluten auf, die Haselruten knickten traurig um und brachten beinahe die ganze Wand zum Einstürzen. Ringaile konnte gerade noch die spielenden Kinder in Sicherheit bringen. Das Zelt, das wir uns für den Übergang nach angelsächsischer Tradition errichtet hatten, bot nur ungenügend Schutz vor der Nässe, und bald gab es kein Kleidungsstück mehr, das noch trocken war. Ich verfrachtete die Mädchen mit Ringaile in den Stall, wo sie wenigstens trocken sitzen und ihre täglichen Arbeiten verrichten konnten. Ihr Gehuste hörte man bis draußen.

Eriks Gesicht wurde in jenen Tagen hohl und bleich von der körperlichen Anstrengung. Das Essen geriet immer knapper, da unsere Vorräte zur Neige gingen, und hätte Hermann nicht fast jeden Morgen einen Fisch aus dem Bach gezogen oder in der Nacht ein Birkhuhn erlegt, so hätte es schlecht für uns alle ausgesehen.

»Das ist verboten, weißt du das?« Suppe troff aus dem Mundwinkel des Spielmanns, während er meinen Diener belehrte. Wie immer hatte er sich den Mund mit Essen voll gestopft. Ich schlug Snædís auf die Finger, als sie es ihm nachzumachen versuchte. »Alles gehört nun dem neuen König, sagen sie, und das Jagen ist dem Volk verboten.«

»Du kannst das Essen ja liegen lassen. Oder den Kindern geben«, meinte Hermann gleichmütig und schob Ljómi den Suppenlöffel in den Mund.

»Ich sag's dir ja nur. In England herrschen andere Regeln als bei euch dort oben in Thule.«

»Es war nicht Thule.« So patzig kannte ich meinen Diener kaum wieder.

»Aaach – ob Thule oder nicht, England ist jedenfalls anders, ich sag's euch.« Cedric wischte seinen Napf mit dem Brotrest aus und leckte sich wie eine Katze die Finger sauber. Erik betrachtete den Besserwisser finster, hielt sich jedoch mit Bemerkungen zurück, vielleicht um mich nicht zu provozieren, wo ich doch immer noch der Meinung war, dass Cedric ein Geschenk des Himmels sei.

»In diesem Falle« – der Mönch legte seinen Löffel weg –, »in diesem Falle wäre mir mein Magen auch näher als der König, Lautenspieler. Doch bin ich zudem sicher, dass Guilleaume erschrocken wäre, würde er sehen, was seine Schergen hier angerichtet haben. Das hätte er –«

»Eure Königstreue in allen Ehren, Mönch.« Osberns Stimme war vor Erregung heiser geworden. »Doch lasst Euch gesagt sein, dass dieser König mehr als einmal durch Yorkshire gereist ist, um der Stadt Jorvik eine Art… Besuch abzustatten.« Das Wort »Besuch« spuckte er beinahe aus, und ich begann, mich vor der Wildheit in seinen alten Augen zu fürchten. »Ich vermute daher stark, dass er ganz genau weiß, wovon seine Untertanen hier leben und woran sie sterben.« Mit zitternder Hand spießte er sein letztes Fleischbröckchen auf das Messer und hielt es wie eine Drohung in die Höhe. »Ich würde dieses Fleisch auch vor seinen königlichen Augen verzehren! Es ist englisch wie ich, es gehört zu mir wie die Erde und der Sand – und kein verdammter Normannenbastard kann mir verbieten, es zu essen!«

Darauf wusste niemand etwas zu sagen, und von der Königsbeleidigung bebten die Zeltwände. Cedric stieß die Luft zwischen den Zähnen aus. Ljómi fing an zu weinen und steckte den Kopf in Ringailes Schoß.

»Ich wollte ja nur …«

»Halt den Mund«, sagte Erik müde, und der Lautenspieler verstummte verschnupft.

Ich versuchte, die Stimmung zu retten. »Solange Guilleaume nicht nachts im Wald herumkriecht und Hermann an den Fallen auflauert, brauchen wir wohl nichts zu befürchten.« Doch die Vorstellung eines durch den Wald kriechenden, schwergewichtigen Normannenkönigs fand allein der Mönch belustigend, und er zwinkerte mir lächelnd zu.

Wir beendeten die Mahlzeit schweigend.

»Eine Normannin? Hm. Ich werde nicht schlau aus der Frau«, hörte ich, als ich auf das Zelt zuging. Wie angewurzelt blieb ich stehen. »Ganz sicher ist sie keine Frau des Nordens, auch wenn sie so spricht. Ich traf sie in der Normandie – aber Normannin scheint sie mir nicht zu sein …«

»Bist du dir sicher?« Das war die Stimme des Mönchs.

»Nun, sie lebten dort sehr zurückgezogen, warteten auf ein Schiff nach England. Von einer Familie sprach sie nie.«

»Nicht jeder, der eine Familie hat, spricht auch von ihr«, erwiderte der Mönch bitter. Ich nagte an meinem Daumen und vermochte mich kaum zu rühren. »Umgekehrt hat jede Familie Mitglieder, über die man nicht spricht. Verurteile sie nicht, sie ist eine gute Frau.«

»Ich verurteile ja nicht, ich beobachte nur. Natürlich ist sie eine gute Frau. Sie ist aber auch seltsam. Sie spricht viele Sprachen, sie kennt sich ein wenig zu gut in der Heilkunde aus, sie gießt für Heidengötter Bier ins Feuer und murmelt Beschwörungen vor den Ohren ihrer Kinder – wenn sie singen und tanzen könnte, hätte sie ein gutes Auskommen …«

Es reichte. »Erik könnte deine Hilfe gut brauchen, Cedric Tanzbär, und du hälst hier Maulaffen feil.« Beide Männer fuhren erschrocken hoch. »Die Mauer ist schon wieder eingestürzt. Je mehr Hände sie stützen, desto besser – sogar deine Hand könnte helfen.« Cedrics Stirn furchte sich verärgert, weil ich ihn beim Faulenzen erwischt hatte, doch hielt er glücklicherweise den Mund und schmollte nur. Ich ballte die Fäuste in den verschränkten Armen. Manchmal trieb dieser Gaukler mich dann doch zur Weißglut, und ich bereute den Tag, an dem ich ihn aufgesammelt hatte…

Lionel hangelte sich an seinem Stock hoch, mit dessen Hilfe er immerhin wieder humpeln konnte. »Die Zeit ist gekommen, Euch Eure Güte und Gastfreundschaft zu vergelten, Frau.« Seine hagere, hohe Gestalt verdeckte die Sonne, die sich für einen Moment aus den Wolken hervorgewagt hatte. »Ich kann nicht nur Kirchen bauen, sondern auch Häuser, und ich will Euch helfen, dieses Haus fertig zu stellen.« Erstaunt drehte ich den Kopf. Die Augen, die so flink zwischen Wehmut und Schalk wechseln konnten, blickten mich warm an.

»Du siehst müde aus, Flour. Hier, nimm das, und ruh dich aus.« Und aus den Tiefen seiner Kutte nestelte er ein aufgespartes Brotstück, drückte es mir in die Hand und schob mich mit erstaunlicher Kraft auf den gepolsterten Platz, wo er die ganze Zeit gesessen hatte. »Ich will nun deinem Mann zeigen, wie man ein Haus baut. Mir scheint, so etwas hat er, obwohl er Familienvater ist, noch nie gemacht.« Und damit humpelte er davon, und der garstige angelsächsische Wind zerrte an seiner zerlumpten Kutte, als wollte er ihn zurückhalten, weil ein normannischer Kirchenbaumeister nichts an angelsächsischen Hütten zu suchen hatte. Cedric folgte ihm mit hängenden Armen.

Fasziniert beobachtete ich, wie Lionel sich zwischen Holzstämmen und Lehmbergen vom abgerissenen Klosterbruder in einen selbstsicheren, souveränen Baumeister verwandelte, der jeden Stamm prüfte und ihm den Platz gab, der genau richtig für ihn war. Was zuvor wackelte oder gar eingestürzt war, bekam durch seine Ideen Form und Festigkeit, die Tür ragte bis ins Dach und sparte so Wandmaterial, das Flechtwerk wurde nach einer bestimmten Methode zusammengelegt und behielt endlich seine Form, und wie durch ein Wunder wurden die Anweisungen des Klosterbruders ausgeführt, ohne dass sie ein einziges Mal hinterfragt worden wären. Nicht einmal Erik widersprach, er sagte überhaupt nichts, er tat einfach, was der Baumeister ihm auftrug. Dessen Autorität wehte wie ein freundlicher Wind über den Bauplatz und fügte alle Dinge, wie sie zusammengehörten. Ich wünschte mir, meine zerrissene Seele könnte auch so einfach zusammengefügt werden. Zum ersten Mal, seit ich in Yorkshire war, konnte ich mich dem ungewohnten Gefühl hingeben, umsorgt zu werden, obwohl sich niemand gezielt um mich kümmerte und ich weiterhin verantwortlich für den Hausstand war und mir morgens die Haare raufte, womit ich all die Menschen abends satt bekommen sollte.

Nein, es fühlte sich vielmehr so an, als hätte Gott uns in der Einöde entdeckt und striche mit sanfter Hand über unsere Seelen. Oder war es eine Mönchskutte, die uns schützend umhüllte?

Um den Männern das notwendige Essen zu beschaffen, zog ich wieder einmal Männerkleidung an und ging auf die Jagd, wie ich es im Norden oft getan hatte. Der Mönch sah mich schockiert von oben bis unten an, kommentierte meinen Aufzug jedoch nicht. Cedric murmelte irgendwas von »seltsam« und »Wikingerfrau« und rieb sich das bartlose Kinn. Dann entschied er sich statt für eine dumme Bemerkung doch lieber für einen flotten Vers und sang:

»Der Nordwind weht durch Frauenkleid,
doch weht nun eine andre Zeit,
da faltet er das Kleid zur Hos'
und schickt die Frau zur Jagd dann los…«

Lionel fielen darob fast die Augen aus den Höhlen, und ich knuffte meinen Verseschmied lachend in die Seite. Bisweilen traf er doch den Nagel auf den Kopf und schaffte es, die Stimmung zu retten und Heiterkeit zu verbreiten – dafür mochte ich ihn, es gab so wenig zu lachen in diesen schweren Zeiten. Margyth jedoch schüttelte fassungslos den Kopf. Nur meine kleine Ljómi hüpfte kichernd um mich herum und zupfte an den unziemlichen Hosen. »Hosenrosenfosenlosen…«, sang sie.

»Mama hat Hosenlosenrosenhosen …«

»Das ist zu gefährlich, *elskugi*«, versuchte Erik, mich zurückzuhalten. »Wildes Volk läuft durchs Land, sie sind unberechenbar und …«

»Ich tu's für dich.« Zärtlich strich ich über seine eingefallene Wange. »Dann ist Odin bei mir und passt auf mich auf.« Ich zwinkerte ihm zu, obwohl ich genau wusste, dass der nordische Kriegsgott den Seinen nur zusah, wie sie sich aus der Klemme zogen – helfen tat er niemals. Das hatte ich am eigenen Leib zu spüren bekommen, damals im Tempel von Uppsala, als ich beinahe Opfer eines Verrückten geworden wäre. Aber wirklich helfen – das tat Gott auch nicht, sosehr man sich die Knie wund lag. Ich seufzte. Die Sache mit den Lilien auf dem Felde und den Vögeln des Himmels, für die gesorgt werden würde, musste für jemand anderen erfunden worden sein – für mich galt sie ganz sicher nicht. Wenn ich nicht auf die Jagd ging, würden wir verhungern, und niemand – auch der Allmächtige nicht – würde sich darum scheren.

»Ich geh auch nicht weit weg, versprochen.« Es würde eh keinen Unterschied machen – es schien nämlich, als hätte eine große, gierige Klaue alle essbaren Tiere aus diesem Land herausgekratzt, oder vielleicht waren sie auch alle geflohen nach dem furchtbaren Wirbelsturm, der drei Jahre nach der großen Eroberung alles Leben mit sich gerissen hatte.

Ich würde es trotzdem versuchen. Allein der Gedanke an eine gebratene Ente oder gekochte Wieselstücke ließ meinen leeren Magen rebellieren.

Erik hielt meine Hand lange fest, bevor er mich ziehen ließ.

Pfeil und Bogen, die ich vor meiner Flucht aus Sassenberg einst von einem lieben Freund geschenkt bekommen hatte, hätten mir gute Dienst geleistet – wenn mir denn ein Tier vors Auge gekommen wäre. Stunde um Stunde schlich ich durch Waldstücke und über verwilderte Felder, ich stieß auf Kadaver verhungerter oder planlos getöteter Tiere, fand Skelette, an denen nicht einmal mehr Raubvögel einen Fetzen herunterzureißen vermochten, ich sah wohl auch die Fährte eines einzelnen Rehs …

aber es war vermutlich genauso allein wie ich hier unterwegs und suchte einen Weg, Yorkshire zu verlassen.

Und so waren es wieder nur einige magere Vögel und ein Birkhuhn, die ich mit heimbrachte und aus denen wir einmal mehr wässrige Suppe bereiteten. Ringaile und die Mädchen hatten Brennnesseln und wilde Erbsen gesammelt, doch so richtig machte dieses Essen niemanden satt. In der Nacht knurrte mir der Magen schmerzhaft, und ich träumte von vergangenen fetten Zeiten, wo mir der Bratensaft Finger und Kleider verschmierte, wo sich die Tische nur so bogen unter den Schüsseln und das Brot so weich war, dass man sein Gesicht hineinlegen konnte …

Immerhin fand ich in einem zerstörten Gehöft eine Sichel und kam mir vor wie eine sündige Plünderin, als ich das kostbare Instrument an mich nahm. Osbern fing sogar an zu weinen, als ich es in seine Hände legte, damit er die Schneide schliff. »Du meine Güte, du mein Gott – eine Sichel –, heiliger Edwin, die haben sie mir als Allererstes weggenommen, eine Sichel – wir sind gerettet …«

Die Sichel machte einiges im Leben einfacher, da hatte der Alte Recht. Man konnte bequem Gras mit ihr schneiden oder Früchte von den Bäumen holen, oder man konnte verwilderte Ähren damit ernten. Ich beschloss, die Skrupel fallen zu lassen und in Zukunft alles mitzunehmen, was herrenlos herumlag. Was blieb uns anderes übrig.

»Ich kann nicht mehr«, keuchte Margyth und ließ sich ins Gras fallen. Erschöpft wischte sie sich den Schweiß von der Stirn und steckte ihr herabgefallenes Haar wieder fest. Die Kopftücher hatten wir schon vor langer Zeit ins Gras geworfen – wer wollte hier auf den Anstand achten? »Keinen Meter kann ich mehr gehen – solche Arbeit habe ich im Leben noch nicht gemacht, heilige Maria Muttergottes – im Leben nicht …«

Stumm zog ich ihr den dicken Strick von den Schultern, mit dem sie unseren kleinen zusammengebastelten Hakenpflug durch die Lehmschollen gezogen hatte. Natürlich war das keine Frauenarbeit. Aber wer sollte es sonst tun?

»Warum kann man nicht die Pferde…«

»Das eine Pferd arbeitet schon im Wald«, unterbrach ich sie und streifte mir den Strick über die Schultern.

»Aber das andere, das schwarze…«

»Kári kann keinen Pflug ziehen.«

In Wahrheit wollte Erik auch nach heftigen Streitereien nicht erlauben, dass sein kostbares Streitross wie ein gemeiner Gaul über den Acker ging, doch das wollte ich dieser einfachen Frau nicht auf die Nase binden, sie hielt ihn ohnehin schon für verrückt und verstand nicht, warum wir das Tier durchfütterten, ohne dass es für uns arbeitete. Erik und ich hatten uns in der Nacht noch erbittert gestritten, doch er gab den Gaul nicht her, Schluss, aus. Anscheinend ließ allein die Vorstellung, dieses Pferd, um das ihn hochgeborene Ritter beneideten, könnte einen Pflug ziehen, seine Kriegerehre oder was davon übrig war in den Ackerschlamm sinken. Kári bekam täglich seinen Hafer und trug weiterhin ausschließlich ihn. Dass sich in Káris morgendlichem Futtersack alles Mögliche, bloß kein Hafer befand, weil der längst in unserem Haushalt eingeplant war, sagte ich natürlich nicht. Und meine Kinder, die die Grütze aßen, hielten wohlweislich den Mund.

Und so standen wir zwei Frauen nach kurzer Pause wieder auf und bohrten uns weiter durch den schweren Boden, ich vor dem Pflug, Margyth dahinter, stöhnend, trotz des kühlen Windes schwitzend, uns den Nieselregen aus den Augen wischend, und nicht jedes nordische Wort, das ich hervorstieß, war nett oder gar christlich. Eigentlich hatte die Northumbrierin ja Recht… Der plötzliche Ärger, der in mir aufstieg, als ich an Kári auf seiner fetten Wiese dachte, verlieh mir Riesenkräfte, die allerdings nicht lange vorhielten. Nach ein paar Ackerlängen mussten wir wieder Pause machen. Ich stützte mich auf das hölzerne Gerät, das Osbern mir aus zerstörten Teilen mehr recht als schlecht zusammengezimmert hatte, und blickte über die Lichtung.

Ein Feld hatten wir bereits bewirtschaftet, dort wuchs mein ganzer Stolz. Umfriedet von einem ordentlichen Zaun aus Weidenruten, den wir erst letzte Woche fertig gestellt hatten, reckten winzige Rübenpflänzchen ihre Köpfe aus dem Boden, Pflänzchen, die ich auf meinen langen Wanderungen auf verwüsteten Äckern gefunden, ausgegraben und in der Hoffnung auf reiche Ernte hier eingepflanzt hatte. Wie kleine Ritter standen die Pflänzchen, die wir seitdem einzeln hegten und pflegten, bewässerten und von Unkraut befreiten, zwischen ihnen duftende Zwiebelpflanzen, mit immer weniger schlechtem Gewissen gestohlen in einem der vielen zerstörten Gehöftgärten. Alles hatten die Todesreiter nicht vernichten können …

»Du hast eine Rübe mit rausgezogen!« Snædís schlug Ljómi auf die Finger. »Steck sie sofort wieder in den Boden!«

»Gar nicht wahr! Das war keine Rübe …« Ratlos hielt meine jüngste Tochter die arme Rübe in die Höhe und betrachtete die Wurzel von allen Seiten. »Rüben sehen doch anders aus. Rüben sind dick und rund!«

»Macht weiter, Kinder. Und passt besser auf.« Ringaile befingerte jede Pflanze dreimal, bevor sie sie als Unkraut identifizierte. Sie rügte ich nicht für herausgerissene Rüben, denn sie konnte doch nichts dafür, dass sie halb blind war. Trotzdem versuchte sie, sich nützlich zu machen, wo es nur ging und soweit es ihr schwangerer Leib zuließ. Ihre Treue und Dankbarkeit bewies mir das Mädchen aus Ladoga jeden Tag aufs Neue.

Margyth reichte mir den Wasserkrug. Gierig trank ich, und dann machten wir uns wieder an die Arbeit, bevor der Regen das Feld vollends in ein Schlammloch verwandelte. »*Ave … Maria … gratia … plena … bene … dicta tu …*«, ächzte die Frau hinter mir, und im Takt der Gebetsworte legte ich mich Schritt für Schritt in die Riemen. Immerhin dabei half die Heilige Jungfrau. Vielleicht sollte man sie noch öfter anrufen, ich hatte das Beten verlernt, hatte zu viele Gedanken an heidnische Götter verschwendet …

Sindri hätte mich mit einem Schnauben gewarnt, als die Reiter herangaloppierten. Doch Sindri schleppte irgendwo im Wald Bäume, und so war ich ziemlich überrascht, als sie auf dem Saumpfad um die Ecke kamen, denn der weiche Wiesenboden verschluckte das Hufgetrappel bis zuletzt.

»Mama, guck mal!«, rief Ljómi erstaunt. Ich stand auf. Drei Reiter auf kräftigen Pferden trabten heran. Kettenhemden, eiserne Hauben mit diesem seltsamen Nasenschutz. Schilde in der einen, Zügel in der anderen Hand – normannische Ritter. Mein Herz begann wild zu klopfen. Normannen. Eroberer. Todesreiter…

Einer hob die Hand, die Pferde standen schnaubend. Ringaile riss meine Tochter zu sich herunter. Da bewegte sich das eine Pferd auf die Frau zu, Schritt für Schritt über den Acker tänzelnd, nachdem es den Zaun wie Spielzeug zertrampelt hate, und der Ritter beugte sich vor, packte Ringailes langen, lichtbraunen Zopf und zog sie aus der Hocke in den Stand. Das Kind schrie los, der Ritter lachte höhnisch und zerrte Ringaile am Zopf herum, während nun auch die anderen beiden Pferde über den Acker stapften und meine Pflanzen eine nach der anderen zertraten…

Ich wollte losrennen, doch der Pflug hielt mich gefangen. Ich stolperte, fiel in die Ackerkrume. Streifte den Riemen über den Kopf, raffte mich auf, stürzte los, kopflos vor Wut. Sie quälten meine Magd. Sie quälten meine treue Magd. Der nasse Acker schien mich höhnisch in die Tiefe ziehen zu wollen, haschte nach meinen Kleidern, saugte an den Stiefeln – und die Ritter empfingen mich mit ihren Pferden. Aufreizend ließen sie ihre Rösser tänzeln, während Ringaile immer noch an ihrem Zopf hing, die Hände schützend auf dem schwangeren Bauch, und weinte, die Kinder nun beide »Maaaamaaa!« schrien und Margyth hinter mir »O Gott!« und »O weh!« jammerte.

»Scher dich weg, Weib«, bellte der eine. Zwiebel für Zwiebel und Rübe für Rübe versanken unter den gewaltigen Hufen seines Pferdes unwiederbringlich im Boden, die Hoffnungen auf eine Ernte, auf Essen, auf einen Winter ohne Hunger zerstoben wie Asche im Wind. Ich fand die Stimme wieder, schrie auf und hob die Arme, um dieses verdammte Pferd von meinem Acker zu vertreiben – schließlich hatte ich auch so ein Tier im Stall und irgendwann die Angst vor ihm verloren. Doch dieses hier war nicht Kári, der von mir gefüttert wurde und mich dafür liebte, und sein Reiter war ein Krieger, der sein Handwerk verstand: Das Ross begann die Vorderhufe zu heben, riesige eisenbewehrte Hornteller, die gefährlich nahe an meinem Kopf vorbeisausten – ich duckte mich, als es stieg und mit den Hufen nach mir trat, und warf mich auf den Boden, nur fort von ihm, doch es marschierte auf seinen Hinterbeinen näher, todbringend und böse schnaubend, während der Reiter lachte und seine vierbeinige Waffe mit harten Schenkeln auf mich zudirigierte.

Ich konnte mich glücklich schätzen, dass mein Schwert am Feldrand unter einer Decke lag. Hätte ich es in der Hand gehabt, hätte ich es benutzt, und der Ritter hätte nicht gezögert, mich über den Haufen zu reiten, wie es in jeder Schlacht üblich war und wie man es diesen Kriegsrössern beigebracht hatte. So machte er sich nur einen Spaß daraus, eine arme Frau im Zickzack über das Feld zu jagen wie einen Hasen, bis ich nicht mehr laufen konnte und mir sein Gelächter in den Ohren dröhnte. Als dann aber auch noch meine zweite Tochter zu weinen begann und ich nicht sehen konnte, was sie mit ihr taten, flossen neue Kraft und unbändige Wut durch meine Adern, und eine höhere Macht gab mir Luft zum Atmen. Ich hielt an und drehte mich zu dem Normannen um, die Arme beschwörend erhoben. Und vielleicht kam mir wirklich irgendwer zu Hilfe … Das Pferd jedenfalls rammte die Beine in den Boden und stand.

»Was willst du von mir, Normanne?«, rief ich den Ritter an. Da hob er die Brauen, und die Nase unter dem eisernen Nasenschutz kräuselte sich wie eine welke Knolle.

»Was ich von dir will, Sachsendirne? Hm …« Lachend drehte er sich zu den anderen um. »Was will ich eigentlich von ihr? Hat einer eine Idee?«

»Das ist eine gute Frage, mein Lieber, du hast uns nicht gesagt, was du hier auf dem Feld willst«, grinste einer anzüglich. »Und jetzt liegt da eine Frau – sieh nur. Ein Wunderfeld. Zwei Frauen, drei, ja, drei Frauen auf diesem Wunderfeld.«

»Na, wenn das kein Geschenk des Himmels ist – drei Sachsendirnen auf einmal!?«

»Du könntest dir den Sack kraulen lassen.« – »Na wozu sind

Sachsendirnen wohl da?« – »Wenn dein Sack es nicht braucht – meiner schon, also mach voran«, ergingen sich seine Kameraden in brauchbaren Vorschlägen, während ihre Pferde meinen Acker Schritt für Schritt in ein Niemandsland verwandelten. Snædís und Ljómi, so bemerkte ich erleichtert, hatten sich in die Büsche geflüchtet. Aus dem Augenwinkel jedoch sah ich, dass Ringaile immer noch mit ihrem Zopf festhing…

Das Pferd vor mir stampfte ungeduldig mit dem Huf. Ich zuckte zusammen, und der Normanne grinste breit.

»Ich könnte dich auch hier stehen lassen, bis du umfällst. Zum Beispiel.«

»Du würdest dich wundern, was ich für ein Stehvermögen habe«, knurrte ich und schüttelte meine ausgebreiteten Arme, die langsam schmerzten. Da machte er Miene, vom Pferd zu steigen. »Das wollen wir doch mal sehen, wer von uns beiden hier mehr Stehvermögen hat – willst du's im Stehen oder im Liegen von mir besorgt haben, von vorn oder von hinten, oder lieber ganz anders?«

»Jetzt gib nicht so an!« – »Einer nach dem anderen, Guy, ich kann länger im Stehen, wetten?« Ringailes Zopf fiel herab, beide Reiter kamen näher, blanke Lust an der Gewalt in den Augen. »Die ist viel zu groß, die musst du dir hinlegen. Soll ich dir helfen…« – »Nimm die andere« – »Ich steh nicht auf tragende Stuten!« – »Dann nimm die Dritte…«

Ich überlegte fieberhaft, wie ich die Situation für uns alle retten konnte. Angst kroch hinterhältig in mir hoch. Jener Mann damals in Uppsalas Halle hatte genauso gierig dreingeblickt, und er hatte sich genommen, wonach er gierte, höhnisch über meine Gegenwehr lachend… An welchem Platz der Welt man sich auch befand, eine Frau wog nichts, weniger als der Atemzug, den man tat, während man sich an ihr erleichterte…

»Gib mir was zu essen dafür.« Ich nahm die Arme herunter und trat furchtlos neben das Pferd. »Gib mir und den Kindern zu essen, Normanne – und Gott soll es dir reich lohnen.«

Das Gelächter verstummte, und die beiden blickten verwirrt auf ihren Anführer, denn ich hatte mich ihrer Sprache bedient.

Man sah deutlich, dass sie gar nichts mehr verstanden. Ich bemerkte, wie sich die Fäuste in des Anführers Handschuhen verkrampften, wie der Zügel bebte unter seiner Wut, sah die Augen unter dem seltsamen Helm schmal werden, und die Lust an der Vergewaltigung verpuffte in einer Mischung aus Furcht und Ärger. Das Geschäft schien ihm keinen Spaß mehr zu machen, sobald Gott im Spiel war. Oder war es mein Blick? Ich reckte den Kopf. Berauschte mich ganz kurz an meiner Macht über ihn, wer auch immer sie mir verlieh, und sah ihm weiter in die Augen. Er schnurrte zusammen, sein Schwanz verkroch sich im warmen Nest hinter dem Kettenhemd. Ich ließ nicht ab von ihm.

Da zischte er: »Verdammte Sachsenhure, geh doch zum Teufel!«, ließ das Pferd erneut steigen und trat mir mit voller Wut mit dem Stiefel gegen die Brust. Heftig nach Luft schnappend, fiel ich auf den Rücken, Ringaile schrie auf, Lehmklumpen regneten auf mich herab, und das Letzte, was ich sah, waren die blitzenden Hinterhufe des weggaloppierenden Pferdes.

»Frau Alienor! Hört mich an … um Himmels willen – Maria hilf, sie hört mich nicht …« Entsetzt beugte Margyth sich über mich. »Heiliger Osbern, heilige Etheldreda, heilige Eadgyth, heilige Sexburga, heiliger …«

»Wo sind die Kinder …«, murmelte ich mühsam. Die feuchte Kälte des Bodens kroch unaufhaltsam in meine Kleider, ich fror und schwitzte zugleich. »Die Kinder, wo sind sie?«

»Sie sind in Sicherheit.« Ringaile. Auch ihr war also nichts geschehen. Regen rann über mein Gesicht. Der Schlamm schien mich zu umklammern, als wollte er mich nicht wieder hergeben. Mühsam versuchte ich mich auf die Seite zu drehen, und die Frauen halfen mir beim Aufstehen. Alles tat mir weh, jeder Muskel, jeder Knochen, und mein Herz schmerzte am allermeisten. Ich hatte das hässliche Gesicht Guilleaumes von der Normandie kennen gelernt …

3. KAPITEL

Der Herr behütet dich, der Herr ist dein Schatten über deiner rechten Hand, dass dich des Tages die Sonne nicht steche noch der Mond des Nachts. Der Herr behüte dich vor allem Übel, er behüte deine Seele.

(Psalm 121, 5–7)

Der König ist in Elyg!«

Aufgeregt kam Erik aus der halb fertigen Hütte heraus und warf den Hammer ins Gras. »In Elyg! Sobald ich hier fertig bin, reite ich los – er lagert vor Elyg mit einem ganzen Heer!«

»Woher weißt du das denn?«, fragte ich müde und ließ mich auf einen von Osberns Baumstammsitzen fallen. Mit letzter Kraft hatten wir uns nach Hause geschleppt. Die Kinder hockten stumm und verängstigt neben Ringaile am Feuer. Mein Rücken schmerzte immer mehr, und an der Brust prangte unter den Kleidern ein blauer Fleck, wo der Stiefel mich getroffen hatte. Erik indes hatte keine Augen für mich. Er marschierte im Kreis, ballte die Fäuste und reckte den Kopf.

»Ich werde um eine Audienz bitten, sicher wird er sich an mich erinnern …«

»Woher weißt du es?«, wiederholte ich.

»Drei Ritter waren hier und haben gegessen«, sagte da Frère Lionel und trat ans Licht. »Sie –« Er brach ab und musterte mich. »Flour, wie siehst du denn aus?«

»Sie kamen direkt aus Elyg geritten, und sie meinten, er ist für jeden Mann dankbar, der es gegen die Rebellen aufnimmt.« Nichts konnte Eriks Marsch im Kreis unterbrechen. Die Faust stieß dazu den Takt in die Luft. »Die besten und edelsten Ritter aus England und der Normandie hat er um sich versammelt, und ich werde dabei sein, wie damals an seinem Hof, als wir zusammen in den Krieg gezogen sind und ich seinen Rücken decken durfte…« Dieser Tag schien immer gegenwärtig, seit wir englischen Boden betreten hatten. Guilleaume. Überall nur Guilleaume. Die Männer, die in seinem Namen Unrecht taten, schienen für Erik nicht zu existieren.

»Geh nicht hin«, murmelte ich und sackte in mir zusammen. Zwei Arme fingen mich auf, weich gemurmelte normannische Worte verhinderten, dass ich die Besinnung verlor, und eine Schulter, die nach Rauch und muffiger Wolle roch, bot mir ein weiches Bett für meine Wange.

»…ganz sicher wird er sich an mich erinnern, schließlich durfte ich sogar einmal in seinem Zelt schlafen, damals in Maine… und er wird sich an meinen Schwertarm erinnern…« Die stampfenden Schritte wurden noch fester, Eriks Arm pfiff durch die Luft und hackte hundert imaginären Rebellen den Kopf ab. Er hatte sich bereits auf den Weg gemacht, mein Yngling, Sohn schwedischer Könige, die ihren Stammbaum auf die Götter des Nordens zurückführten. Für einen wie ihn war nur der Platz an des Königs Seite gut genug. Da liefen mir Tränen über die Wangen, obwohl man den Kriegern doch nicht hinterherweinen soll – ich konnte sie nicht zurückhalten, obwohl ich die ganze Zeit so tapfer Schmerz und Schmach hinuntergeschluckt hatte.

»*Flour de ciel*, weine nicht…« Hilflos versuchte der Mönch, mich zu trösten, und die Worte weckten meinen Krieger dann doch aus seinen Schlachtphantasien.

»Finger weg von meiner Frau!«, donnerte er, so dass Lionel erschrocken zurückfuhr. »Lasst sie zufrieden, *skalli*, sie gehört Euch nicht, hat Euch nie gehört, Ihr habt kein Recht… Alienor…« Die Eifersucht in seiner Stimme schmeckte bitter, doch plötzlich versiegte sie, weil er bemerkte, was mit mir los war, und er sank neben mir in den Schlamm.

»Wie siehst du aus – *meyja* – beim Thor, was ist passiert?«

Sie brachten mich ins Haus. Zwischen den blank gelegenen Fellen weinte ich erst ein bisschen und ließ mir dann von Margyth die Kleider ausziehen, damit sie und Ringaile den Stiefeltritt versorgen konnten. Wie ein Alp klemmte er auf meiner Brust. Erik hockte hilflos an meinem Bett. Der Mönch hatte sich zurückgezogen, doch spürte ich deutlich seine ruhige Anwesenheit.

»Erik, was waren das für Männer, die hier waren?«, fragte ich matt und tastete nach seiner Hand. Er hob den Kopf und winkte die Frauen hinaus.

»Ritter des Königs. Sie waren auf dem Weg nach York.«

»Und haben hier Zwischenstation gemacht und den Kessel leer gefuttert.« Ich drehte mich um. Die Augen des Mönchs bohrten sich glitzernd in Eriks Kopf. *Schweig!*, hörte ich den stummen Schrei, doch der Mönch fuhr fort: »Deine gesamten Vorräte, Flour, befinden sich in den Taschen dieser Ritter.« Der Ton seiner Stimme machte klar, dass er niemanden anklagen wollte. Erik runzelte dennoch die Stirn. Ich stemmte mich hoch. Was war hier vorgefallen?

»Du hast ihnen alles gegeben?«

»Ich – wir – sie haben ...«

Lionel unterbrach Eriks unsicheres Gestotter. »Sie nahmen es sich, ohne groß zu fragen, Flour. Die Verpflegung seines Heeres ist für Guilleaume selbstverständlich. Wenn die Taschen leer sind, werden sie eben wieder voll gepackt – und dies hier war ein kleines Heer von drei Mann. Sie fragten mich noch, was ich als Normanne hier bei den Sachsen verloren hätte. Ob ich etwa hier wohne«, erzählte er. »Hätte ich mich geweigert, hätten sie vielleicht das Haus zerstört. In manchem Kopf ist der schreckliche Winter von vor einem Jahr noch nicht vorüber.« Er verstummte, und ich begriff, dass jede Gegenwehr sinnlos gewesen wäre. Zerstörungswut hat einen langen Atem, und Hass auf wildfremde Menschen auch. Wir hatten sie ja erlebt, draußen auf dem Feld. Wie sollte man sich gegen so etwas wehren? Ziellos ließ ich meinen Blick im Dämmerlicht der Hütte umherschwimmen. Hinter Eriks hartnäckigem Schweigen verbarg sich Scham, weil er unser Hab und Gut nicht mit Klauen und Zähnen verteidigt hatte, vielleicht – nein, ganz sicher – hatte Lionel ihn davon abgehalten ... Ich schluckte. Hatten sie sich gestritten, sich angeblafft und sich gehauen, während die Normannen lachend um den leeren Kessel saßen und auch unser letztes Bier wegtranken? Hatte man ihn gedemütigt und ihm wieder einmal abverlangt, dass er es geschehen ließ …?

»So sind Soldaten nun mal!«, platzte er unbeherrscht heraus. Die Scham duckte sich unter seiner Faust, die trommelnd auf das Knie donnerte.

»Ich habe diese Ritter auf dem Feld getroffen.« Warum große Worte machen … »Das Feld gibt es nun nicht mehr. Alle Arbeit war umsonst. Alles – umsonst.«

Sein Blick traf mich ins Mark, und die Faust erlahmte. Eine düstere Wolke, eine von jenen, die ich im Svearland zurückgelassen glaubte, schwebte heran und umhüllte sein Gemüt. Umsonst, vernichtet, zerstört. Diese Worte waren Teil unseres Lebens geworden und hatten wieder einmal die Sonne verdrängt.

Der Mönch betete stumm. Es tat irgendwie gut, ihn dabei zu sehen und nicht zu hören, und ich hoffte, dass er uns in seine Gebete mit einschloss, wünschte mir … der Gedanke stockte. Wenn er so still dasaß und die schwieligen Hände faltete, blieb mein Herz ruhig, und ich wünschte mir, dass er nie wieder das Wort an mich richtete, weil mich das verwirrte, verunsicherte, mein Leben auf den Kopf stellte … Hilfesuchend sah ich Erik an. Der kämpfte noch gegen die Wolke, doch sah er auch meine Not und verstand sie ohne große Worte. Und er nahm meine Hand, küsste mich zärtlich auf die Wange und sagte: »Wo ich bin, da sollst du auch sein. *Eindœmin eru verst*, Alienor …« Seine Augen verloren zusehends an Düsternis und glänzten im Feuerschein wie zwei polierte Gagate. Ohne ihn konnte ich ja gar nicht atmen … Ich umklammerte seine Hand. »Wo du bist, will ich sein, das war noch nie anders«, flüsterte ich.

Die Tür klappte. Frère Lionel war gegangen, und ich bildete mir ein, draußen ein ersticktes Schluchzen zu hören. Erik zog mich vorsichtig an die Brust. »Er ist ein guter Mann, Alienor. *Skalli* hin oder her. Es tut mir Leid, dass ich ihn eben so angefahren hab, er kann ja nichts dafür. Er ist der erste Mönch, dem ich nicht den Kopf abschneiden möchte.« Er grinste müde. »Ohne seine Intervention wäre ich in Teufels Küche gekommen.

Guilleaumes Männer machen keine Unterschiede, wenn sie eine arme Hütte sehen, und es scheint sie auch nicht zu interessieren, dass die Insassen ihrer Sprache mächtig sind, solange nur die Hütte und die Kleidung angelsächsisch aussehen. Ich kam überhaupt nicht dazu, ihnen zu erklären, wer ich bin. Wahrscheinlich – wahrscheinlich hätte sie das auch nicht interessiert.« Es fiel ihm sichtlich schwer, das alles zuzugeben, und er verlor auch kein weiteres Wort über diese Angelegenheit. »Ein guter Mann ist er, wirklich. Und deine Mutter trägt er immer noch im Herzen«, murmelte er. Ich hob den Kopf. Tränen verschleierten mir den Blick und gaukelten mir Dinge vor, die es nicht gab. Mitten im Durcheinander unseres Schicksals, inmitten von Scherben und Sprachengewirr schwebte Lionel mit seiner Geschichte wie ein Geist zwischen uns…

Irgendwie mussten wir Essen beschaffen, allein von Hermanns Fischen und Brennnesselmus konnten wir nicht leben. Die Kinder weinten bereits im Schlaf vor Hunger, und ich musste meine Arbeit am Gemüsebeet immer öfter unterbrechen, weil ich nicht mehr konnte und auch, weil mir der Brustkorb höllisch schmerzte. Drei Tage nach dem Überfall zog Erik meinen Braunen aus dem Stall und zäumte ihn. Hermann trat auf ihn zu.

»Herr, ich werde gehen. Frau Sæunn wird sicher…«

»Genau, das war mein Gedanke«, grinste Erik müde und half ihm auf Sindris Rücken. Aus seiner Gürteltasche kramte er einige Münzen hervor. »Sieh zu, was du kriegen kannst, und geh allen Händeln aus dem Weg.«

»Ich könnte auch gehen, wenn Ihr wollt«, mischte Cedric sich da ein und schielte begehrlich auf das Geld. Ja, gehen und nicht wiederkommen – ein Blick in Eriks Gesicht verriet, was er dachte. Und irgendwie hatte er ja Recht – für den Spielmann gab es nicht mehr viel hier zu gewinnen, und ich fragte mich öfter, was ihn eigentlich bei uns hielt. Der Gedanke, dass er einfach gehen könnte, machte mich unruhig, war er doch mein heimliches Tor zu England…

»Wir brauchen dich und deine flinken Hände hier, Cedric«,

lächelte ich darum meinen Lehrer an. »Niemand kann das Ried so gut flechten wie du. Hermann ist dafür zu dumm.« Mein Diener erdolchte mich mit Blicken, verstand aber, dass ich den seltsamen Angelsachsen nur mit Schmeichelei von seiner Reiselust abbringen konnte. Und wie erwartet, biss Cedric an, wuchs vor Wichtigkeit und nutzte die Gelegenheit, Margyth seinen gerühmten Flechtknoten auf Tuchfühlung zu zeigen. Das arme Mädchen erduldete still, dass er hinter ihr stand, ihre Hände führte und nicht nur einen stattlichen Knoten aus Ried produzierte …

Dicht beieinander stehend, sahen Erik und ich unserem treuen Diener nach, wie er im flotten Pass über die Wiesen entschwand.

»Gott segne den Jungen, seine Augen und seine Hände, auf dass sie Gutes heimbringen und Frieden hinterlassen, wo sie die Wege anderer kreuzen …« Frère Lionel schlug ein Kreuzzeichen zum Horizont, wo das Pferd gerade im Morgennebel verschwand. Erstaunt sah ich ihn von der Seite an. Die wenigsten Priester, die ich in meinem Leben getroffen hatte, machten Aufhebens um Dienstvolk – dieser hier war in jeder Beziehung angenehm anders. Und die Wärme, die seine Worte begleitete, tat gut.

Doch wie immer, wenn Hermann uns verließ, wurde mir beklommen zumute. Fröstelnd rieb ich mir die Unterarme und starrte auf den verlassenen Weg. Hermann war mein treuer Schatten, seit ich von zu Hause weggelaufen war, und ich fühlte mich ohne ihn verlassen. Cedric schien die Lücke zu spüren und entschloss sich hineinzuhüpfen.

»Wenn Ihr betet, dann solltet Ihr zu angelsächsischen Heiligen beten – die sind mächtiger, weil sie hier begraben sind. Soll ich Euch von Ihnen berichten?« Seine Augen funkelten einladend.

»Das ist dummes Zeug, Spielmann!«, protestierte Lionel da hinter uns. »Was erzählst du da – kein Heiliger ist mächtiger als ein anderer! Jeder hat seine Geschichte und dafür Gottes Ohr!«

»Ihr seid nicht von hier und wisst nichts von Englands Heiligen!«, blitzte Cedric ihn furchtlos an. »Ich finde, die Dame soll wissen, zu wem sie hier beten kann.«

Beschwichtigend legte ich beiden die Hand auf den Arm. Streit war das Letzte, was ich im Moment ertragen konnte. »Erzähl mir von deinen Heiligen, Cedric, sei so gut.«

Schnaufend zog Lionel daraufhin von dannen – und ich ließ ihn ziehen, ich wollte abgelenkt werden, und wer konnte das besser als der Spielmann mit den vielen Geschichten? Außerdem hatte Cedric in meinen Augen Recht – es war immer besser, die Heiligen, Geister und Erzählungen eines Landes zu kennen, schließlich umringten sie einen Tag und Nacht, man war gezwungen, sich gut mit ihnen zu stellen. Ich wusste gerne, mit wem ich es zu tun hatte. Und fast kam es mir vor, als nickten die Bäume ringsum wohlgefällig. Und so hockten wir uns an die Hauswand, sortierten weiter Ried in ordentliche Bündel, ich zwang mich, den Blick von der Stelle zu wenden, wo Hermann mit dem Pferd verschwunden war, und Cedric stellte mir heilige Männer und Frauen mit seltsamen Namen vor.

»Der größte Heilige Englands ist Cuthbert. Cuthbert von Lindisfarne. Er war Prior von Melrose, und als man sich im Königreich Northumbria entschloss, die römischen Sitten anzunehmen, machte man ihn zum Prior von Lindisfarne, welches damals ein großes Kloster war. Lindisfarne ist eine Insel, hoch oben im Norden von Northumbria. Auf dieser Insel hat es schon immer Mönche und heilige Männer gegeben, und weil es hieß, dass dort auch Reichtümer zu holen seien, überfielen die Wikinger vor vielen hundert Jahren die Insel. In Lindisfarne wurden sie zum ersten Mal gesehen.« Verstohlen linste Cedric zu Erik hinüber, der jedoch ungerührt weiter sein Messer schliff. »Als es auf der Insel nichts mehr zu rauben gab, als sie alles zerschlagen hatten und die Überlebenden aufs Festland geflohen waren, nahmen die Wikinger sich das Festland vor und heerten an der Küste – aber das ist eine andere Geschichte.«

»Irgendwann sind sie hier geblieben, Cedric. Sæunn und Björn …«

»Irgendwann sind sie hier geblieben«, wiederholte er mit gerunzelter Stirn, weil ich ihm seine Heiligengeschichten kaputtmachte. »Davon soll ein anderes Mal erzählt werden. Cuthbert, der Prior von Lindisfarne, war sehr heilig und gottesfürchtig, Arroganz war ihm fremd« – er schielte um die Ecke, wo der Mönch wahrscheinlich mit langen Ohren stand und lauschte, und ich hörte etwas wie ein amüsiertes Lachen –, »und man verehrte ihn schon zu Lebzeiten als heiligen Mann. Dann gibt es noch Guthlac von Crowland –«

»Die größte Heilige Englands ist eine Frau«, mischte Margyth sich mit gerunzelter Stirn ein. »Sie kommt aus dem Süden, aus Elyg, und Gott hatte wirklich Gefallen an ihr.«

»Ja, Etheldreda ist auch eine Heilige, da hast du wohl Recht, Mädchen. Aber …«

»Sie war die Tochter von König Anna, die schönste und klügste Frau Englands, und sie heiratete zweimal und blieb trotzdem Jungfrau.« Den Spielmann traf ein böser Seitenblick. »Und als ihr zweiter Ehemann, König Egfrith von Northumbria, sie in sein Bett zwingen will, geht sie ins Kloster und weiht ihr Leben Gott.«

»Und sie stirbt an einer Geschwulst, das musst du auch erzählen.« Cedric zog die Nase hoch. »Eine Geschwulst drückt ihr den Hals ab, als Strafe für ihre Prunksucht in jungen Jahren, sie trug nämlich für ihr Leben gerne Ketten und mochte davon nicht lassen, selbst nicht im Kloster …«

»Als man aber ihren Leib nach vielen Jahren umgebettet hat, war er unversehrt und die Geschwulst verschwunden«, trumpfte das Mädchen aus Northumbria auf. »So hat es meine Mutter mir erzählt. Gott hat Etheldreda verziehen und aus Elyg ein großes und reiches Kloster gemacht.«

»Das sie nun belagern müssen, weil es bis zum Rand voller Rebellen steckt«, ergänzte Lionel da grimmig um die Ecke. »Eine feine Heilige, die Aufrührer beherbergt!«

»Frauen sind eben gütiger als Männer.« Und Margyth war nicht auf den Mund gefallen, wie ich hier feststellen durfte. Ich verbiss mir ein Lachen. »Etheldreda ist ja nicht allein in Elyg.«

»Genau.« Cedric sah eine Chance, dem Normannen noch eins auszuwischen. »Nicht nur Etheldreda hat dort ihre Grabstätte, sondern auch ihre Schwester Sexburga und deren Tochter Ermengild, alles sehr heilige Frauen – und deshalb ist es das mächtigste Kloster Englands, weil es die besten Fürsprecherinnen hat!«

»Und ich kenne noch eine mächtige angelsächsische Heilige«, sagte da Margyth und schielte nach dem Mönch. »Eanflead heißt sie und war die Tochter von Edwin, dem König von Deira. Der gab sie Oswin von Bernicia zur Frau, und seitdem heißt das Land der beiden Königreich Northumbria.« Versonnen sah sie mich an. Das Königreich gab es schon lange nicht mehr, doch die Träume der Northumbrier würden immer lebendig bleiben, das las ich in ihren grauen Augen. »Und eines Tages beriefen die Bischöfe zu Witeby eine Versammlung ein, denn man stritt sich, nach welcher Sitte und an welchem Tage man Ostern und Weihnachten feiern sollte.«

»Die römische Sitte hatte sich nämlich nicht bis England durchgesetzt.« Unbemerkt war Lionel um die Ecke gekommen und hatte Margyths Worten gelauscht. »Hier feierte man so, wie es die irischen Mönche heute noch tun.«

»Und man erzählt sich, dass Oswin, der dem irischen Glauben anhing, von seiner Eanflead wissen wollte, wie sie entscheiden würde, wenn man sie fragte – was man ja aber nicht tat, weil sie eine Frau war.« Ihre Augen sprühten. Ich hatte diese Northumbrierin unterschätzt. »Und Eanflead sprach sich dafür aus, das Osterfest nach dem Kalender der Römer zu feiern. Oswin setzte es auf der Versammlung so durch, und seitdem gibt es keine irischen Mönche mehr in England. Eanflead aber wurde nach Oswins Tod zusammen mit ihrer Tochter Elfleda Äbtissin im Kloster zu Witeby, und sie soll dort viele Wunder vollbracht haben.«

»Und als die Wikinger kamen, verwüsteten sie Witeby und stahlen alles, was es zu stehlen gab, und niemand weiß, wo Eanfleads Grabstelle ist. Ob sie überhaupt gelebt hat.« Provozierend sah der Spielmann das Mädchen an. »Oder ob die Frauen nur eine Geschichte anbeten.«

»Ich war in Witeby, Spielmann.« Lionel kam noch einmal um die Hausecke herum. »Ein sturmumtoster Ort oben im Norden, wo das Meer gegen die Felsen brandet, eine Küste voller gefährlicher Klippen und Strömungen. Und trotzdem leben Menschen dort. Eanfleads Geist liegt über dem Ort wie weicher Balsam ... sei sicher, dass Gott diese Frau immer noch wirken lässt.« Damit verschwand er hinter dem Haus. Die stolzen heiligen Frauen von England aber saßen den ganzen Tag noch bei uns und segneten unsere Hände ...

»Da kommt der Hermann – schaut mal!«, piepste Ljómi und rannte auf den Weg. »Da kommt er, seht doch! Der Hermann, der Hermann!«

»Das ist nicht der Hermann, du Dummsack, der hat doch nur den Sindri.« Snædís kam ihr hinterhergelaufen und fasste sie an der Hand, um sie zum Haus zurückzuziehen, weil ich ihnen eingeschärft hatte, sich niemals alleine zu entfernen.

»Doch ist das der Hermann!« Ljómi stampfte auf.

»Ist er nicht!«

»Ist er doch!«

Ljómi fasste ihrer Schwester in die Haare, wie immer, wenn sie sich nicht anders zu wehren wusste, und es gelang mir gerade noch, den Streit ohne herausgerissene Haarbüschel und Tränen zu schlichten ... Denn Ljómi hatte Recht: Es war wirklich Hermann, der da auf Sindri herangeritten kam, und er führte ein Maultier an der Leine. Die Kinder rissen sich von mir los und tanzten um die Tiere herum, jubelnd, ihren Freund wieder daheim zu wissen. Sie veranstalteten einen solchen Lärm, dass alle Bewohner von Osbernsborg ihr Werkzeug stehen und liegen ließen und herbeieilten, um zu sehen, wer am Hof angekommen war. Für einen kurzen Moment verschwanden Einsamkeit und Ödnis, und ich fühlte mich wieder wie daheim im schönsten Trubel von Sassenberg ...

»Einen zusätzlichen Kornfresser hatten wir aber nicht vereinbart.« Erik räusperte sich, unsicher, wie er reagieren sollte, und spähte über das Gepäck, das hoffentlich trotzdem Nahrungsmittel enthielt. »Wir ...«

»Herr, er ist mir zugelaufen.« Hermann rutschte von Sindris Rücken.

»Solche Tiere laufen einem nicht zu, Dummkopf.« Der Hunger maulte in meinem Kopf vor sich hin, den ganzen Morgen schon, ohne dass ich einen klaren Gedanken fassen konnte. Das Frühmahl war ausgefallen, weil ich im Bach keinen Fisch hatte fangen können. Wer erzählte immer, die Bäche seien voller Fische, die nur darauf warteten, gefangen zu werden? Oder war ich zu ungeschickt? Ich runzelte die Stirn angesichts meiner fehlgeschlagenen Jagdversuche. Fische! Und nun ein zugelaufenes Maultier, lieber Himmel. Wo zum Henker war das Getreide, das Hermann kaufen sollte?

»Ich fand es auf dem Weg nach Jorvik, Herr. Sein Besitzer… Also« – ein kurzer Blick auf die Kinder –, »also, er lag…« Hermann senkte die Stimme. »Er lag erschlagen unter einem Baum. Erschlagen von einem Schwert. Der Kopf…« Vielsagend rollte er mit den Augen. Und ich verstand, dass Ritter ihn erschlagen hatten, denn wer sonst trug in diesem Land ein Schwert, das groß genug war, um einen Kopf abzuschlagen. Die drei normannischen Ritter waren, nachdem sie sich an unseren Vorräten satt gegessen hatten, offenbar grundlos in die Fußstapfen ihrer todbringenden Landsmänner getreten und hatten getötet, was ihnen über den Weg lief. Oder tobten noch weitere Ritter in diesem verwüsteten Landstrich herum? Der Mann sah aus wie ein unschuldiger Angelsachse auf dem Weg nach Jorvik, vielleicht war er auch ein Handel treibender Däne, jedenfalls alles andere als ein Rebell – aber seine Mörder hatten ihn wahrscheinlich nicht mal nach seinen Reiseplänen gefragt. Hatten sie ihn ebenso gejagt, wie sie es mit mir getan hatten? Vom Pferd aus verfolgt wie einen wehrlosen Hasen? Wieder hörte ich das Rascheln und Knarzen des Sattels, das Keuchen und Schnauben des galoppierenden Rosses, klirrendes Zaumzeug, klappernde Hufe hinter mir, wieder spürte ich die geilen Blicke, sah die in Vorfreude aufgerissenen Münder… Ich schloss die Augen. Kalte Schauder liefen mir den Rücken herab – hatte Gott die Hand über Erik und Lionel gehalten? Sie hätten sie ebenso abschlachten können… nach dem Essen.

»Das Maultier kam zu mir – da hab ich es mitgenommen. Ich

dachte, wir können es vielleicht brauchen.« Und zu meinem größten Erstaunen sah er dabei den Mönch an, der inzwischen wieder gut ohne Krücke zurechtkam und immer noch ein Reiseziel hatte. Wie leicht man das vergaß. Er gehörte doch schon fast mit zum Haushalt – sein Reiseziel indes hieß immer noch Durham droben im Norden, und der Bischof dort erwartete ihn.

Irgendwie mochte ich jetzt nicht über Lionels Abreise nachdenken – schwierige Gedanken gelingen nicht mit leerem Magen –, und so packte ich das Maultier am Zaum und zog es zum Haus, wo wir abladen konnten, denn schwere Säcke hingen von seinem Rücken herab. Gerste und duftender Hafer, ein wenig Dörrfleisch, und von Sindris Rücken zauberte Hermann sogar einen Käfig mit zwei Hühnern hervor.

»Ich hätte Euch das auch alles besorgen können.« Cedric hatte verkniffene Mundwinkel bekommen.

Ich trat zu ihm. »Das weiß ich wohl. Du wirst uns begleiten, Cedric Spielmann. Du wirst uns nach Elyg begleiten.« Mit großen Augen sah er mich an, und ich versuchte, Eriks erschrockene Blicke zu ignorieren. »Ich möchte, dass du mit uns kommst.« Da nahm er froh einen der Säcke auf die Schulter und meckerte nicht weiter herum.

»Du hättest mich fragen müssen«, zischte Erik mir da von hinten zu. Dass ich nach Elyg mitkommen würde, ließ er unkommentiert.

»Du hättest Nein gesagt«, flüsterte ich zurück.

»Natürlich! Wer will schon diesen –«

»Ich will, dass er mitkommt!«

»Verdammtes Weib!« Vor dem Haus trennten wir uns; er wandte sich mürrisch seinen Werkzeugen zu, während ich Margyth half, den Braubottich mit Gerste zu befüllen.

»Die Stimmung ist schlecht«, erzählte Hermann, während er die Tiere versorgte. »Die Menschen in Jorvik sind unzufrieden. Es gibt Repressalien und Steuererhebungen, und schreibkundige Männer des Normannen ziehen umher und befragen die Leute nach ihren Besitzverhältnissen. Wem was gehört, woher er das hat, wer vorher dort gewohnt hat, alles wollen sie wissen und schreiben es auf große Pergamente. Und wehe, man verschweigt etwas! Alle haben nun Angst, dass man ihnen noch mehr wegnimmt…«

»Unsinn«, bellte Erik da vom Dach herunter. »Alles Unsinn, Guilleaume nimmt keinem etwas weg! Er muss das Land neu organisieren.«

»Man erzählt sich, dass immer mehr Leute ihr Land verlieren, unten im Süden. Die englischen Thegns sollen Männer für das Heer stellen und können es nicht und werden aus ihren eigenen Häusern gejagt…«

»Dumme Gerüchte! Hör das nächste Mal besser hin, wenn du schon lauschst!« Man konnte Erik heute nichts recht machen. Mein Plan, Cedric mitzunehmen, schien seine Laune auf den Tiefpunkt gebracht zu haben, und so verteidigte er mit Klauen und Zähnen den Platz, den er für sich auserkoren hatte – an Guilleaumes Seite, der einzig richtige Platz für einen Königssohn.

Ich zog Hermann weg vom Haus. »Was hast du vom Süden noch gehört? Was hast du vom König gehört?«

Mein Diener starrte auf seine Fußspitzen und druckste herum. »Herrin, man erzählt sich viel… und wenig Gutes. Eigentlich nichts Gutes. Ich – wenn Ihr – ich…« Er brach ab und blickte sich um. »Ich möchte in diesem Land nicht herumziehen, Herrin.« Flehend sah er mich nun an. »Bittet mich nicht, mit nach Elyg zu kommen. Lasst mich hier bleiben.« Ich las Furcht in seinen Augen, Sorge um Ringaile und das ungeborene Kind, Angst vor den Normannen – Gott allein wusste, was er noch alles auf dieser kurzen Reise nach Jorvik gesehen und gehört hatte und mir nicht erzählen wollte. Einen so weiten Weg war Hermann mit mir gekommen, und nun konnte er nicht mehr. Sein Mut und das bislang unerschütterliche Vertrauen in die Zukunft waren erschöpft. Besorgt musterte ich den schmalen, kleinen Mann, der an meiner Seite erwachsen geworden war. Bei Osbern war es zwar nicht sicher – nirgends war es in diesen Tagen sicher –, doch kannte Hermann sich hier zumindest aus und würde im Notfall schon wissen, wie er sich und seine Lieben durchbringen und verstecken konnte. Dieses kleine, ärmliche Landgut war sein Zuhause geworden, jede weitere Reise würde ihn noch mehr verunsichern. Mitfühlend und ein wenig neidisch um das bisschen Sicherheit, das er hier gefunden hatte, legte ich ihm die Hand auf die Schulter.

»Dann bleibst du hier. Gott wird schon – also … Er wird schon ein Auge auf uns haben.« Ohne von meinen Worten überzeugt zu sein, verließ ich ihn und lächelte vor mich hin, als ich hinter mir einen Stoßseufzer der Erleichterung hörte.

Obwohl es an diesem Abend frisch gebackenes Brot gab, verlief das gemeinsame Mahl sehr schweigsam. Zu viele Dinge waren an diesem Tag beim Namen genannt worden – unsere Reise nach Elyg, die Abreise des Mönchs – Osbernborg würde erneut Veränderungen entgegensehen, und dafür hatte eigentlich keiner genug Kraft. Lionel segnete uns und sprach Trost spendende Gebete über dem Essen und allen, die sich um die Schüsseln versammelt hatten. Trotzdem hatte ich nicht das Gefühl, dass Gott sich für uns interessierte. Osbern hockte traurig in seinem Zeltwinkel und aß noch weniger als sonst. Nur Cedric wirkte heiter.

»Wisst ihr schon, welche Route ihr nehmen wollt?«, fragte er gut gelaunt und tauchte sein Brot in das Mus. Die Kinder versuchten es ihm nachzumachen, bis Ringaile ihnen auf die Finger klopfte.

»Die, die uns ans Ziel bringt, schätze ich.« Erik ließ sich nicht gerne in die Karten gucken. Er trank bereits am vierten Becher Bier, wie ich besorgt feststellte. Schon in Svearland war er nicht so trinkfest wie andere Männer gewesen und am anderen Morgen mit Kopfschmerzen aufgewacht. Seine Waffen lagen am Eingang, ich saß dazwischen, und das war gut so. Die Stimmung im Zelt war schlecht genug.

»Sicher braucht ihr einen Ortskundigen.« Cedric ließ sich nicht abwimmeln, Verstimmungen bemerkte er sowieso nicht. Die Aussicht, wieder auf Reisen zu gehen, schien ihn als Einzigen zu erfreuen. »Vielleicht bin ich schon einmal in den Süden gereist.«

Erik sah ihn mit rot geränderten Augen von der Seite an. »Vielleicht frage ich dich, wenn es so weit ist«, murmelte er müde und versenkte sich wieder in seinen Becher.

»Der Weg nach Süden ist relativ bequem«, mischte Lionel sich ein. »Man kann die Flüsse entlangreisen und findet gute Unterkünfte. Die Leute sind sehr freundlich, soweit sie nicht schlechte Erfahrungen mit Normannen gemacht haben. Und das Essen in den Herbergen ist auch nicht zu verachten.«

»Doch Elyg liegt mitten in den Sümpfen und ist sehr schwer zu erreichen«, ergänzte Cedric. »Viele ertrinken in den schlammigen Wassern oder werden von Ungeheuern zerfetzt, und man findet nichts als blutige Reste zwischen den Ufersträuchern ...«

»Bist du schon da gewesen, Spielmann?« Erik wischte sich den Schaum von den Lippen. »Hast du schon am Ufer gelegen und die Ungeheuer gesehen? Was für ein dummes Geschwätz ...«

»So dumm nicht, Yngling. Ich weiß, wie schnell man dort ertrinkt, ich bin nämlich in den Mooren geboren. Ein Ortskundiger kennt die Wege wohl ...« Cedric verstummte unter Eriks verärgertem Blick, und auch sonst wurde an diesem Abend nicht mehr viel gesprochen.

In der Nacht wurde ich durch eifriges Scharren vor dem Zelt geweckt. Vorsichtig schälte ich mich aus der Decke und kroch ins Freie. Die Nacht war sternenklar, ein satter Vollmond hing am makellosen Himmel, und es roch nach Tau. Ich folgte dem Rascheln, die Rechte fest um das Kreuz auf meiner Brust geschlossen, als könnte das gegen nächtliche Dämonen helfen.

Dieser hier hatte die Form eines Raben, und er zupfte das Tuch beiseite, das Ringaile über den Braubottich gehängt hatte. Was hatte er vor? Wollte er etwa hineinscheißen – in mein gutes Bier? Wütend stürzte ich mich auf den Vogel, der keckernd davonflog. Ich sammelte das Tuch ein und wollte es wieder über den eingegrabenen Bottich hängen. Aus dem frisch angesetzten Bier winkte der Mond mir freundlich zu, weiß und rund und so nah, als könnte man ihn anfassen.

Eine Brise ließ das Bild erzittern. Ich schluckte. Wusste, dass ich gehen sollte, den Bottich zudecken, fortgehen, die Augen vor ihm verschließen ... und konnte es nicht. Der Mond schaute traurig drein und zerfloss, er verdunkelte sich, begann rot zu leuchten, hellrot, blutrot, rotgelb, wie Flammen, Flammen, die aus einem Haus schlagen, eine Burg, eine Festung in Flammen, jemand fasste mich an, hielt mich, damit ich sehen konnte, sehen musste, ich hörte Schreie, Sterbende taumelten über Zinnen, wurden Opfer der Flammen, stürzten, stürzten herab, wurden schwarz – schwarz – schwarz …

Als ich erwachte, waren meine Kleider nass. Die Feuchtigkeit des Bodens war in den Stoff gezogen, und von oben hatte es geregnet. Nasses England, verfluchtes England. Ich hasste England. Meine Wange fühlte sich schlammig an, Blätter hatten sich in den Haaren verfangen, im Mund schmeckte es pelzig. Die Nacht war noch nicht vergangen, niemand hatte mich vermisst. Dafür lag das Tuch wieder ordentlich über dem Bierkübel. Mein Herz klopfte. Wer war noch hier?

Irgendwo schnaubten die Pferde friedlich vor sich hin. Ich lag eine Weile da, versuchte zu denken und gab es dann auf. Zum Aufstehen fühlte ich mich zu schwach.

»Hier bist du …« Er hatte mich vermisst. Dankbar streckte ich mich seiner suchenden Hand entgegen und zog ihn zu mir ins feuchte Gras. Der Mond hatte sein Licht wiedergefunden. Hastig wischte ich mir die Wange sauber.

»Du bist ganz nass, *elskugi* – was hast du hier gemacht?«

»Nichts«, murmelte ich. »Du bist auch gleich nass.«

»Der Spielmann sagt, in den Mooren ist es noch viel nasser.«

»Nimm mich auf jeden Fall mit, Erik. Lass mich nicht hier zurück«, bat ich mit zittriger Stimme.

Er holte tief Luft. »Es ist ein Kriegslager, Alienor.«

»Wir finden ein Haus außerhalb. Bitte nimm mich mit. Cedric kann auf mich und auf die Kinder aufpassen.«

»Cedric!«, knurrte er und streichelte mein Gesicht, und ich verstand erleichtert, dass er die Reise gar nicht ohne mich geplant hatte. Ich besiegelte den Plan einfach mit einem Kuss, dem er sich nicht entziehen konnte.

Ein leichter Wind fuhr durch die Sträucher, und ich erschauderte trotz seiner Umarmung. Da lachte er leise. »Hier gibt es keine Schmiedehütte – das ist schade, nicht wahr?« Ich seufzte. Hier gab es so einiges nicht, was uns das Leben in Uppsala versüßt hatte – die Schmiedehütte mit dem wärmenden Gluthäufchen, in die wir uns des Nachts gerne zurückgezogen hatten, um ungestörte Zweisamkeit genießen zu können, war nur eines davon. Doch auch die Schlafbänke auf Sigrunsborg waren nicht zu verachten gewesen – die dicht gewebten Decken und prallen Felle hatten selbst in tiefem Winter die Kälte draußen gehalten. Und das kleine Haus auf Holtsmúli, wo ich die Jahre seiner Verbannung verbracht hatte, war zumindest dicht und trocken gewesen. Dank Gislis Großzügigkeit hatten wir stets gute Felle für die Nachtlager gehabt. Das alles war vorbei. Kein Gisli mehr, kein Haus – kein Zuhause.

Ein Zuhause – wie viel hätte ich darum gegeben...

Als spürte er die Düsternis, die um mich herumgeisterte, zog er mich so an sich, wie wir oft zusammen einschliefen, und wehrte die Wolken von mir ab. »*Ástin mín*. Wozu braucht man eine Schmiedehütte?« Da hatte er Recht. Die wahre Wärme kam von innen, und Menschen, die sich nicht liebten, würden auch am größten Schmiedefeuer frieren. Ernsthaft nickte er, als ich ihm das sagte. »Aber das erzählen wir Lionel lieber nicht, sonst erinnert der uns daran, dass heute einer seiner geheiligten Freitage ist...« Auf denen mein im Innersten immer noch heidnischer Mann zu gerne herumritt. Zumal er wusste, dass er Lionel damit reizte. Doch wir zwei hatten für uns entschieden, dass hier in der Einöde kein Kirchenverbot mehr galt, ob es nun eheliche Enthaltsamkeit oder Fastentage betraf. Wir hatten in jeder Hinsicht genug gefastet, ohne dass es irgendwen gerührt hätte. Trotzig nahm ich sein Gesicht zwischen meine Hände und küsste ihn mit aller Leidenschaft, die der matschige Boden unter uns zuließ. Das Letzte, was ich dachte, bevor ich nichts mehr dachte, war, wie sehr er stets vermied, mir irgendetwas zu versprechen. Seine Ehrlichkeit berührte mich zutiefst.

Als das letzte Riedbündel am Dach festgeknüpft war, wollte keine rechte Freude aufkommen, ahnten wir doch, dass wir in diesem

Haus vielleicht niemals wohnen würden und dass ein Abschied bevorstand. Keiner von uns erwähnte das, doch es drückte uns allen aufs Gemüt. Ich versuchte mir einzureden, dass Guilleaume sicher einen guten Platz für seinen neuen Ritter und dessen Familie finden würde, ein kleines Landgut, ein Haus, etwas zum Bewirtschaften … Man erzählte sich, dass Guilleaume seine Leute wohl versorgte. Doch bei aller Schönrederei wusste ich auch, dass die Reise nach Elyg zunächst eine Reise ins Nichts werden würde. Eine Reise in einen Kampf und ein Warten auf Heimkehr. Danach erst würden wir wissen, wo Eriks Platz in diesem Lande sein würde. Irgendwie machte mich das alles sehr unruhig.

Erik war schon seit Tagen mit seinen Gedanken woanders. Nachts ertappte ich ihn dabei, wie er draußen im Mondlicht saß und sein Schwert polierte oder seltsame Übungen am Baum vollführte. Guilleaume war hier. Er war unter uns und hatte ihn bereits mit Haut und Haar verschlungen, das spürte ich, doch war ich fast zu müde, um Trauer darüber zu empfinden. Und so stand ich nur weiter im Türrahmen, den Wollschal eng um mich gezogen, und beobachtete den Mann aus dem Norden, in dessen goldenen Haaren das Mondlicht sich geheimnisvoll verfing … Irgendwann bemerkte er mich und hielt inne. Der Mond umschmeichelte sein ernstes Gesicht, und er vergaß die Waffe, die zu Boden sank. Ich ging auf ihn zu, legte mein Gesicht an seine Brust und spürte, wie er sich quälte – es war eine dieser Nächte, in der sich die Zukunft bedrohlich vor uns aufbaute, in der jedes Wort alles nur noch schlimmer machte – die Einsamkeit, die Verlorenheit, die Angst … Und so kauerten wir uns vor die Ulme von Osbernsborg und hielten uns aneinander fest, weil dies das Einzige war, was Bestand hatte …

Trotzdem feierten wir die Fertigstellung des Hauses mit einem Fest.

Hermann und ich zogen einen Tag lang mit Pfeil und Bogen und Strickfallen durch die Büsche und schafften es tatsächlich, so viele Kleintiere zu erjagen, dass die Kinder große Augen machten. Wir bauten Tische und Bänke vor dem neuen Haus auf, denn Gott gefiel es, uns an diesem Tag mit warmem Sonnenschein zu verwöhnen. Snædís und Ljómi tanzten um die Bänke herum und schmückten den Tisch mit Blumen, die sie am Bach gepflückt hatten. Fast konnte man den Eindruck gewinnen, wir lebten in einem Land des Friedens und des Überflusses ...

Von Sæunns Gerste hatte Ringaile ein Bier gebraut, das nach Nordlicht und Heimat schmeckte, irgendwo hatte sie wohl wilden Thymian und Kirschen gefunden. Ich kostete einen Schluck und schloss die Augen. Bilder einer vergangenen Zeit tauchten auf, Sigruns weißblondes Haar, das faltige Gesicht der Gunhild Guðmundsdottir, fahle Wintersonne und der Geruch nach verbranntem Birkenholz ...

»Ist es gut geworden?«, fragte das Mädchen bange. Ich öffnete die Augen und blickte in den Bottich, fest entschlossen, nichts als Bier darin zu sehen. Sein Inhalt tat mir den Gefallen. Er war, wie ich ihn kannte und schätzte – dunkelgolden, würzig und voll sattem Duft nach reifen Kirschen. Die schimmernde Oberfläche schwieg. Gott sei Dank. Erleichtert atmete ich auf, es hatte genug Blut und böse Vorahnungen in meinem Leben gegeben. »Sie werden zufrieden sein«, strahlte ich sie daher an und reichte ihr die Kelle.

Sie waren sogar sehr zufrieden, und selbst der ewig hungrige Cedric konnte sich an diesem Abend den Wanst füllen, ohne böse Blicke zu ernten, denn es gab Essen im Überfluss. Margyth hatte von der Biergerste Brot gebacken, das uns wie kleine weiche Wölkchen in den Händen zerfiel und den Sud in den Schüsseln bis zum letzten Tropfen aufsaugte.

Frère Lionel ließ es sich nicht nehmen, das neu erbaute Haus zu segnen. In einem Krug hatte ich Wasser aus der nahen Quelle geholt, und Ringaile band ein Sträußchen mit allerlei Kräutern, wie es in ihrer Heimat üblich war. Lionel, zur Feier des Tages ordentlich gekämmt und gebadet, segnete Wasser und Kräuterbündel, tauchte das Bündel ins Weihwasser und besprengte jeden einzelnen Balken damit.

»Der Allmächtige segne dieses Haus, seine Bewohner, die jetzigen und alle zukünftigen, Er lege Seine Hand über sie und schenke ihnen Gesundheit, Glück und Wohlstand, Er leite sie auf allen Wegen, Er mache dieses Haus zu einem Ort der Gastfreundschaft, wo Milch und Brot niemals rar sind, Er schenke seinen Bewohnern und allen, die vorüberziehen, Frieden, Freude und einen guten Willen, Er lasse Sonne und Regen sich als Lebensspender abwechseln, auf dass Korn und Wurzeln sprießen. Und Er führe mich wieder einmal hierher, wenn mir kalt ist und ich nach menschlicher Wärme lechze.« Mit diesen Worten lächelte er und spendete uns allen seinen Segen.

»Es ist lange her, dass ein Mann Gottes sich hierher verirrte«, warf Osbern da ein, »und nicht jeder hinterließ bei mir eine gute Erinnerung.« Er sah grimmig drein. »Ihr jedoch, Normanne, dürft gerne wiederkommen. Darauf trinken wir.«

Lionel spürte wohl, welches Kompliment ihm der einfache Angelsache da gemacht hatte, und so nahm er die Einladung an und trank mit ihm auf gute Freundschaft, so lange und so intensiv, bis seine Nase sich rot verfärbte und die Augen unnatürlich glänzten.

»Früher«, erzählte Osbern, dem das Bier leichter die Kehle herabrann, »früher gingen hier Priester ein und aus. Sie aßen und tranken mit uns, einer hatte sein Kirchlein in Torp, der andere kam vom Kloster St. Guthlac, hinten bei Redmaere. Alle paar Wochen machten wir uns auf den Weg in die Kirche, wo nach dem Gottesdienst ein Fest stattfand, nach alter Sitte. Mit den Normannen hörte der Spaß auf. Wie so vieles. Ja, ja ...« Er trank seinen Becher leer und hielt ihn Margyth zum Auffüllen hin. Die Zeiten hatten sich geändert.

»In meiner Jugend feierten wir noch ganz andere Feste«, raunte er und blickte sich verstohlen um. »Feste, über die selbst die Priester schimpften. Die Frauen tanzten ums Feuer herum und zogen sich nackt aus und suchten sich einen Mann, mit dem sie in die Büsche verschwanden und die alten Götter um Fruchtbarkeit baten. Mein Vater schimpfte stets über die heidnischen Feste« – und wieder war der Becher leer, über dem er ins Erzählen geriet – »oh, wie der schimpfte. Meine Mutter nahm mich und meine Schwester eines Nachts mit, als ich alt genug war. Es war irgendwo hier, ganz in der Nähe, wenn man dem Bach folgt, auf einer kleinen Insel, wo sie wilde Feuer entzündeten und die Mainacht feierten. Alle hatten sich mit Birkenreisig und Blumen geschmückt und tanzten ausgelassen, und meine Mutter war irgendwann verschwunden! Stellt euch das vor!« Seine grauen Augen quollen über und lachten gleichzeitig über die Erinnerung. »Stellt euch nur vor, mein frommer Vater saß zu Hause, und meine Mutter trug nichts als Birkenblätter am Leib und tanzte mit den Frauen um einen nackten Mann herum, den sie den Gehörnten nannten... Oh, und der war gehörnt, nicht nur auf dem Kopf, mein lieber Eichenbaum, ich hab ihn gesehen, was für ein Baumstamm – und sie stritten sich, wer ihm denn nun in die Büsche folgen durfte, um auf seinen Baum zu klettern...«

»Glaubt ihm kein Wort«, unterbrach Cedric da. »Es ist eine heilige Zeremonie und nichts Ausgelassenes dabei.«

»Warst du schon mal dabei, du verdammter Hosenscheißer?«, fauchte Osbern los. »Du hörst ja nur von so was und schmückst es dann aus – ich aber habe es wirklich erlebt!« Er hasste es, bei seinen Geschichten unterbrochen zu werden. Margyth beeilte sich, ihm den Becher zu füllen.

»Natürlich gab es Zeremonien und stinkendes Geräuchere und Gesänge, dass es einem kalt den Hintern runterlief und den Schwanz schrumpfen ließ, und sie waren wild und schlachteten ein Lamm und spritzten mit dem Blut herum. Aber am Ende war es meine Schwester, die mit dem Gehörnten in die Büsche stieg! Meine Schwester, das schönste Mädchen nördlich von Jorvik. Der Gehörnte war auch nicht mehr als der geile Sohn des Müllers von Redmaere – in jener Nacht war er gesegnet, entjungferte meine Schwester so heftig, dass sie schrie, und machte ihr ein Kind. Und ich – tja, ich« – spitzbübisch lächelte er da –, »also ich wusste ja wohl, was man mit den Frauen tat, ich hab dem gehörnten Müllerssohn ja zugesehen.«

»Was hast du???« Cedric glotzte fassungslos.

»Es war schließlich meine Schwester«, konterte der Alte empört. »Er war wie ein wildes Tier und ritt sie durch die Nacht, als säßen Dämonen in seinem Kopf... Oh, das taten sie sicherlich, denn er hatte einen ganzen Kübel ausgetrunken! Doch bevor ich ihn von ihr vertreiben konnte, kam von hinten eine Frau auf mich zu, die ich vorher noch nie gesehen hatte. Sie war am ganzen Körper bemalt und – auch nackt. Mein lieber Eichenbaum – was meint ihr, wie schnell ich meine Schwester vergessen habe! Die Nacht war lau, der Mond freundlich, und die Farbe auf ihrer Haut schmeckte nach … ja, nach was schmeckte die …« Versonnen lächelnd starrte er ins Feuer. »Die schmeckte nach Rosen und Kräutern, und nach Salz …«

Cedric schüttelte den Kopf, kommentierte Osberns Geschichte jedoch nicht, denn der Alte versank bierselig in Erinnerungen an eine wilde Nacht im Frühling vor vielen, vielen Jahren. Eriks Hand wanderte über meinen Rücken, ohne dass es jemand sah.

»Feiert denn heute noch jemand diese Feste?«, fragte er leise.

Osbern zog die Schultern ein. »Im Verborgenen, Junge aus dem Norden, nur im Verborgenen. Niemand traut sich zuzugeben, dass er hingeht. Und niemand wird dich mitnehmen. Die Priester sehen es gar nicht gerne, sie hetzen von den Kanzeln und beschimpfen die Frauen als Hexen, wenn sie sich für die Feste schmücken. Obwohl ich welche hab tanzen sehen, jawoll, ich habe Priester gesehen, nackt, wie der Herr sie schuf, tanzten sie an solch einem Feuer, nackt und volltrunken, und hernach haben sie in den Büschen gelegen und Kinder gezeugt, die sie ein Jahr später tauften … Was für eine verkehrte Welt, sag ich euch. Doch meistens haben sie es verdammt.« Er nahm einen tiefen Schluck Bier. »Und die neuen Priester, die sie vom Festland rüberschicken, weil die angelsächsischen nichts taugen – die haben ja Frauen und wissen nicht mal, wo Rom ist, also die … die …« Für die fand er keine Worte. Und der Normannenpriester, der mit uns am Tisch saß, der schwieg taktvoll, wohl weil er wusste, dass er mit einer einzigen Bemerkung unseren Abschied und alles, was wir in Osberns Haus hatten erleben dürfen, zerstören würde. Unsere Blicke kreuzten sich, und ich verstand, dass Frère Lionel etwas ganz Besonderes unter den Priestern war. Meine Seele erbebte – ich empfand Stolz, dass dieser Mann mein Vater war.

Der Tag unserer Abreise nach Elyg rückte näher. Erik und ich stritten immer wieder darüber, ob Cedric nun mitkommen sollte oder nicht. »Außerdem bin ich froh, noch jemanden für die Kinder dabeizuhaben.« Energisch entschuppte ich die Forelle, die Hermann mir gebracht hatte.

Seine Augen quollen vor Entsetzen aus den Höhlen. »Die Kinder? Du willst doch wohl nicht –«

»Du glaubst doch wohl nicht, dass ich sie in dieser Wildnis zurücklasse, Erik Emundsson!«, blaffte ich zurück. »Du wirst uns alle mitnehmen. Ich bleibe nicht zurück, und ohne meine Kinder gehe ich nicht!«

Wütend stapfte er daraufhin davon.

Später kam er, friedlicher gesonnen, wieder zurück. »Alienor, ich …«

»Vergiss es, Erik.« Ich sah ihm fest ins Gesicht, und seine Züge wurden weicher. »Du weißt nicht, was dir da unten widerfährt …«, fuhr ich fort.

»Schon gut. Mir missfällt es, dass du den Spielmann mitnehmen willst.« Darüber gedachte ich nicht mehr zu diskutieren – er würde mir auf der Reise vielmehr eine große Hilfe sein. Erik seufzte resigniert über seinen Versuch, einer Frau etwas auszureden.

Am Tag vor der Abreise half Margyth mir, Brote zu backen. Wir legten sie abwechselnd mit den Trockenfleischscheiben zusammen, die ich seit Wochen von unseren täglichen Rationen abgezweigt hatte, und schlugen sie in Leinwand ein.

»Sicher werdet Ihr unterwegs etwas erjagen können, William hat ja nicht das gesamte Land verwüstet. Im Süden sollte es wohl nicht so aussehen wie hier«, versuchte sie mich aufzumuntern. »Oder Ihr findet einen Gasthof, wo man Reisende speist.«

»Sicher.« Einsilbig ordnete ich die Pakete zum dritten Mal neu. Das mulmige Gefühl, das ich seit Tagen mit mir herumtrug, wollte einfach nicht verschwinden. Alle paar Stunden schaute ich in den Bierbottich, voller Angst, doch wieder Blut zu sehen wie damals in Svearland – doch er blieb dunkel und schwieg. Würde also alles gut werden? Oder waren einfach nur die warnenden Bilder verschwunden, die Gefahr aber lauerte trotzdem? Ich hatte das Gefühl, als könnte ich mich auf gar nichts mehr verlassen …

Es half ein wenig, den Flachs, den wir auf einem vergessenen Acker geerntet hatten, zu schlagen und zu brechen, es beschäftigte die Finger, und ich benutzte das Brechholz, als lägen Schuldige da vor mir auf dem Boden. Den anderen ging das Gehämmere auf die Nerven, und so ließ ich schließlich die Arbeit für Margyth liegen. Zum Spinnen fehlte mir sowieso die Geduld.

Da erklangen Schritte hinter uns. »Flour, ich will euch nicht länger zur Last fallen.« Lionel trat auf mich zu, ein Bündel im Arm. »Mein Bein ist wieder gut, und ich werde mich nun auf den Weg machen.« Er lächelte. »Auch wenn es mir hier gut gefällt – sehr gut sogar. Aber man hatte mich ja nach Durham in den kalten Norden geschickt, Bischof Thomas hat sogar einen Brief auf den Weg gebracht und mich angekündigt. Der Bischof von Durham wird daher seit Wochen schon auf mich warten, und das sicher voller Entzücken, wenn er Bischof Thomas' Brief richtig gelesen hat.« Sein sonst so warmherziger Blick funkelte voller Ironie und Spott.

Ausgerechnet jetzt wollte er abreisen …

Ich starrte ihn an. Tränen schossen mir in die Augen, und mir zitterten die Hände, so dass ich die Brotpakete ablegen musste. Er strich mir übers Haar, das ich aus alter Gewohnheit und weil es hier in der Wildnis ohnehin gleichgültig war, nicht bedeckt hatte, und spielte mit einer Locke. Ich ertrug es fast nicht, hielt aber trotzdem still.

»Dein Weg führt nach Süden, der meine nach Norden. Und wenn es Gott gefällt, werden sich unsere Wege wieder kreuzen – so wie es Ihm gefallen hat, mich dir vor die Füße zu werfen. Vertrau ihm, Flour, Er wird uns leiten.«

Margyth hatte keinen Grund, sentimental zu werden, und überhaupt war sie ein praktisches Mädchen. Was wäre ich nur ohne sie? Sie hob zwei Pakete von unserem Haufen und reichte sie dem Mönch.

»Sicher wollt Ihr unterwegs nicht hungern.«

»Sicher nicht«, grinste er und steckte das Brot in seine Kutte. »Kein Mönch hungert gerne, das weißt du doch.«

»Soll Euch jemand begleiten?« Erik kam hinter dem Zelt hervor, das wir noch nicht abgebrochen hatten. Er sah sofort meine Tränen, spürte meine Verwirrung und zog mich von dem Mönch weg. »Hermann kann Euch –«

»Ich finde meinen Weg selber, Nordmann, keine Sorge. Der Herr hat die Sonne an den Himmel gehängt, um mir den Weg zu zeigen. Sie« – er spähte nach oben, wo sie sich wieder einmal hinter dunklen Wolken verbarg –, »sie… Ach, sie wird schon hervorkommen, wenn ich mich verirre. Sie hat mir noch immer den Weg gezeigt. Und manchmal scheint sie ja sogar in diesem nassen Land.« Er lächelte ein wenig traurig, und man konnte hinter seinen Worten erahnen, wie unruhig sein Leben wohl gewesen war.

»Ihr brecht ein wenig plötzlich auf, Mönch.«

»Ich mag keine Abschiede.« Wer mochte die schon? Selten traf man es nachher besser an. Und der, der zurückblieb, konnte sich mit der Erinnerung herumschlagen, die einen besonders gerne des Nachts einholte. Da zog er lieber als Erster los. »Abschiedsschmerz ist menschliche Eitelkeit und fehlende Demut. So viel Selbstsucht steht einem Mönch nicht an. Ich muss mir da selber ein Schnippchen schlagen… Der Bruder Abt von Mont St. Michel behält sonst Recht mit seinem Spruch, eher käme der Hund des Herzogs in den Himmel, als dass Gott an mir als Mönch Gefallen findet.« Sein mutwilliger Ton versuchte die Bitterkeit in seiner Stimme zu übertönen. Woher war ich mir so sicher, dass dieser Mensch es nicht leicht gehabt hatte, ganz gleich, wo er hingegangen war… Tja, weil ich es von mir selber kannte. Ich biss mir auf die Lippen.

Erik und ich sahen uns an. Ein Blick, ein Händedruck, ein gemeinsamer Gedanke – das Maultier für den Mönch –, da stand Hermann schon hinter mir, das gesattelte Maultier am Zügel.

»Ich dachte… ich… also…«

»Genau das dachten wir auch.« Damit nahm ich ihm den Zügel aus der Hand. »Es ist uns genauso zugelaufen wie Ihr, Frère

Lionel. Wir dachten, ihr würdet euch vielleicht gut verstehen.« Erik knuffte mich warnend in die Seite, Ringaile rollte mit den Augen. Doch der Mönch grinste nur über meinen Vorwitz und drehte sich zu den Leuten von Osbernborg um.

»Das Mädchen weiß, wie ungern ich zu Fuß gehe. Hab Dank für dein Verständnis, Alienor, und euch allen danke ich für eure Gastfreundschaft, liebe Leute. Und ich wünsche euch, dass ihr auf euren Reisen ebenso liebe und offenherzige Menschen trefft. Gott segne euch und euren Weg.« Diese Abschiedsrede war kurz und schmerzlos und gar nicht mönchisch, und ich musste fast darüber lachen. Ringaile und Margyth bekreuzigten sich trotzdem. Lionel umarmte die Mädchen. Snædís schluchzte vor sich hin – sie hasste Abschiede, und den Mönch hatte sie lieb gewonnen. Ihre Tränen rührten mich; ich wünschte mir, ich könnte meinen Gefühlen ebenso freien Lauf lassen.

Hermann half beim Aufsteigen. Das Maultier war wohlerzogen, es hüpfte nicht, als es seinen Reiter spürte, dessen Sitz allerdings auch kaum verbergen konnte, dass er zu reiten verstand und offenbar einst, vor langen Jahren, auf langmähnigen Rössern mit anderen Edelmännern um die Wette geritten war.

»Komm, begleite mich ein Stück.« Ich sah auf. Seine braunen Augen schauten mich freundlich an. »Verabschieden wir uns, wie wir uns kennen gelernt haben, Flour. Nur du und ich und – na ja, die Ziege ist entschuldigt, dafür tritt das Muli ein.« Die Prophezeihung des Abtes schien vergessen. Wahrscheinlich hatte sie ihn nie ernsthaft geängstigt. Und nett wollte er offenbar auch sein. Ich wunderte mich wieder einmal über diesen seltsamen Mann, tat aber, worum er mich bat, und Erik hielt mich nicht zurück.

Eine ganze Weile wanderte ich neben dem Maultier her, während Lionel den Blick an den Horizont gerichtet hielt. Zum Abschied hatte die Sonne sich entschlossen, den Reisenden zu wärmen. Ein paar Vögel hatten sich herverirrt und zwitscherten schüchterne Frühsommerweisen. Erste Mückenschwärme umtanzten meinen Kopf. Sie würden die Vögel vielleicht zum Bleiben überreden, und das Leben hier in Yorkshire könnte einen

Neuanfang wagen. Hoffnung schlich sich in mein Herz. So strahlend, wie die Sonne gerade schien, wollte selbst ich daran glauben…

»Du wirst ihm nach Elyg folgen?«, fragte Lionel da unvermittelt.

»Natürlich. Ich geh immer mit.« Er nickte verstehend, mit zusammengekniffenem Mund. Das Maultier wackelte unwirsch mit den langen Ohren, um Fliegen zu vertreiben.

»Und was machst du, wenn er in die Schlacht zieht?« Erstaunt sah ich hoch. Schlacht. Natürlich hatte er Recht… Elyg war zwar ein Kloster, aber ein Kloster im Belagerungszustand – im Krieg.

»Dann warte ich dort auf ihn. Gott hat ihn mir bisher immer wiedergebracht.« Oder wer auch immer uns beide im Auge hatte. Das Maultier stand still.

»Der Allmächtige muss euch beide sehr lieben«, sagte der normannische Mönch da mit belegter Stimme. »Dieses Geschenk hat Er längst nicht für jeden…«

»Ich weiß«, flüsterte ich. »Ich weiß das.«

Seine Hand fuhr über mein Haar. »Passt auf euch auf. Und wenn du Hilfe brauchst, frag nach Frère Lionel de Montgomery.« Ich sah zu ihm auf. Seine Augen schimmerten warm und sehr alt und erzählten eine Geschichte von großer Liebe, Abschied und von tiefer Trauer…

»Habt Ihr – habt Ihr…« Ich räusperte mich und griff mir an den Hals. »Lionel – habt Ihr meine Mutter wirklich geliebt?«

Die Welt erschrak und hielt für einen Moment inne. Kein Lufthauch, kein Geräusch, kein Ästchen, das knackte, kein Blatt, das zu fallen wagte, selbst die Vögel waren verstummt. Alles wartete auf das nächste Wort. Lionel sah mich an, und Gott öffnete ihm die Augen für das Fenster in seine Vergangenheit, dem er sich so lange verweigert hatte. Lionel sah und verstand. Er erkannte die Wahrheit – in meiner hageren, hoch gewachsenen Gestalt, meinen grünen Augen, in meinen Gesichtszügen, meiner Art zu sprechen…

»Ja.« Er schluckte und umklammerte das hölzerne Kreuz auf

seiner Brust. »Ich habe sie sehr geliebt. Mehr als alles auf der Welt. So wahr mir Gott helfe.« Das Maultier schnaubte leise. Vielleicht spürte es, wie Tränen über das faltige Gesicht rannen und ihm auf die Mähne fielen und wie sich die Erinnerung schwer wie ein Fels auf die Schultern seines Reiters setzte.

»Ich wollte, dass sie glücklich wird, mehr nicht. Ein Leben ohne Schande, ohne Sorgen, ohne übles Gerede… Glaubst du, ich habe einen Fehler begangen?« Mit einer hastigen Bewegung wischte er sich die verräterischen Spuren aus dem Gesicht. »Glaubst du, es war falsch, Flour… Wie nennt dein Mann dich?«

»Sie war glücklich, Mönch«, sagte ich mit fester Stimme. »Sie hatte es gut mit meinem Vater getroffen, und sie war glücklich.« Geneviève de Montgomery tauchte in meiner Erinnerung auf, meine schöne, fröhliche Mutter mit den feinen Kleidern, wie sie dem Freigrafen wegen eines Geschenks um den Hals fiel und von ihm im Kreis geschwenkt wurde, wie sie mit den Rittern scherzte, die Halle mit Wärme und Heiterkeit füllte… eine humorvolle Frau, die es als einziger Mensch geschafft hatte, Vaters Jähzorn zu zügeln, und deren Güte und Weitsicht sogar an des Kaisers Hof geschätzt wurden. Eine Frau, die sich nicht mit Heimlichtuerei und Halbheiten zufrieden gab, die klare Wege und Worte liebte. Ich war mir plötzlich sicher, dass sie nur halb so viel unter der Trennung gelitten hatte wie dieser Mann, dessen Welt dadurch völlig aus den Fugen geraten war.

Er rang um Fassung. Das Maultier knickte mit dem Hinterbein ein und döste.

»Ich habe nie wieder von ihr gehört…«

»Nein.« Meine Mutter – voller Gottvertrauen nach vorne schauend, keine rückwärts gewandte Zweiflerin wie ich. Wenn sie von früher erzählt hatte, dann von steinernen Bauten, von rauschenden Festen und seidenen Teppichen, die jemand aus dem Kalifenreich mitgebracht hatte, von Pilgerreisen nach Santiago und Jerusalem und von rührseligen Minnegeschichten am Hof des Herzogs. Ansonsten den Kopf voller Zukunftspläne und Wünsche, die meinen geizigen Vater wahnsinnig machten, die er ihr aber nie abschlagen konnte. Ein Frauenhaus. Einen Garten wie der König. Rassige Pferde. Einen Teppich aus Bagdad. Der heilkundige Jude … Naphtali … Nein, an ihn wollte ich nicht denken. Ich konzentrierte mich wieder auf den Freigrafen, der nach Mutters Tod ja wieder eine junge Frau mit kostspieligen Wünschen geheiratet hatte. Vielleicht war sein Geiz ein Spiel gewesen, vielleicht hatte er sich an der Art ergötzt, wie sie das Geld trotzdem aus ihm herauskitzelten? Unwillkürlich musste ich grinsen – der Freigraf von Sassenberg war doch ein wirklich wunderlicher Mensch gewesen …

»Wie nennt dein Mann dich? Wie hat deine Mutter dich genannt?«, fragte er mühsam.

»Alienor.« Ich sah ihm in die Augen. »Alienor von Sassen …« Die Stimme versagte mir. Sie kam nun auch über mich, die Erkenntnis, genauso schmerzhaft wie für ihn, sie stach, traktierte mich, überwältigte mich schließlich, obwohl ich es doch die ganze Zeit gewusst hatte. Ich war nicht Alienor von Sassenberg. Ich war ein Bastard ohne Heimat, Albert von Sassenberg war nicht mein Vater, die Burg nicht mein Erbe, Lothringen nicht mein Land.

Ich war Normannin.

Alienor, die Tochter des Lionel. Ein untergeschobenes Kind, ein Kuckucksei, das zu allem Überfluss auch noch sämtliche leiblichen Kinder des Freigrafen überlebt hatte. Erfunden die angebliche Liebesgeschichte zwischen dem Freigrafen und der schönen Geneviève, erfunden auch die rührselige Geschichte der auf Pilgerfahrt verstorbenen liebsten Freundin, die der Welt den fremdländischen Namen erklären sollte. Es war, als höbe sich ein Vorhang von meinen Augen, der die Lügen und Halbwahrheiten mein Leben lang verdeckt hatte. Was für eine seltsame Laune des Allmächtigen, mir das hier zu offenbaren …

Hatte mein Vater … der Freigraf … Genevièves Mann – hatte er es vermutet, gewusst? Dass er ein ehelicher Notnagel war, ein Ehrenretter im allerletzten Moment?

»Er hat es nicht gewusst.« Lionel schien die Frage in meinen Augen gelesen zu haben. »Er hat es nicht einmal geahnt, und zu ihrer Sicherheit ging ihr Bruder Richard mit ihr nach Lothringen. Mehr konnte ich nicht für sie tun …«

Onkel Richard. Zärtlichkeit stieg in mir auf, als ich an den Mann dachte, dessen Herzensgüte die wenigsten bemerkt hatten, weil er so schüchtern gewesen war. Er war mein Verbündeter in Kindertagen gewesen, und er hatte unsere Flucht aus Köln gedeckt. Ein großartiger, großzügiger, lieber Mensch... Das Maultier wechselte das Hinterbein und seufzte. Irgendwie klang es wie eine Aufforderung.

»Lebt wohl, Frère Lionel, und möge Gott Euch eine gute Reise schenken.« Meine Stimme klang hohl, und hohl fühlte ich mich auch, unfähig, jetzt noch etwas anderes zu sagen.

Lionel starrte mich an. Dann stieg er vom Maultier, als hätte sich die Erstarrung gelöst, in die er verfallen war. Er stand vor mir, fassungslos und heftig atmend. Und dann nahm er mich in die Arme und drückte meinen Kopf an seine Schulter, und ich hörte ihn flüstern: »Ich habe immer gewusst, dass es Gott gefällt, mich zu überraschen. Aber das hier hatte ich nicht erwartet. Genevièves Kind. Allmächtiger...« Er schwieg, bevor er wieder sprach. »Mein Kind... mein liebes Kind...«

Ein Vogel begann leise sein Lied.

Ich weiß nicht mehr, wie lange wir da standen und ein stilles Willkommen feierten. Schließlich ließ er mich los und nahm meine Hände. »Was für eine grausame Ironie, dass ich dich hier finde – und gleich wieder von dir scheiden muss.« Der Druck seiner Hände verstärkte sich.

Ich senkte den Kopf. »Könnt Ihr nicht doch bleiben?«, flüsterte ich.

Er schüttelte den Kopf. »Der Bischof hat gerufen, dem muss ich folgen. Als Mönch muss man nun mal gehorsam sein – auch wenn mir das zuweilen schwer fällt. Und gerade jetzt... fällt es mir sehr schwer, Alienor.«

Diesen Satz, nun einmal ausgesprochen, mussten wir beide sacken lassen. Gefunden und gleich wieder loslassen – wie grausam und ungerecht. Doch wo stand geschrieben, dass es immer gerecht zugehen musste?

Wir begriffen, dass man ein Leben nicht in der Zeit eines Ave-Marias nachholen kann, auch wenn das Herz danach schreit.

Das Schicksal zeichnet unsere Wege vor, und wenn es auch manchmal gelingt, einen anderen Weg einzuschlagen, so hat doch jeder seinen Platz, an den Gott ihn hinsetzt. Lionel in der Dombauhütte, und ich… mein Platz im Leben würde auch noch gefunden werden. Ich hätte ihn gern neben diesem Mönch eingenommen, dessen Nähe solche Ruhe und Sanftheit verströmte.

Das Herz wurde mir schwer ob unseres Abschieds. Nur mit Mühe hielt ich die Tränen zurück.

Lionels Blick war voller Bedauern.

»Lebe wohl, Flour… Möge Gott dich so fest in Seiner Hand halten, wie Er es bisher getan hat.« Er schluckte, nahm die Zügel und saß auf. Das Maultier erwachte. »Komm zu mir, wenn du Hilfe brauchst, Alienor de Montgomery. Bitte komm zu mir.« Seine Hand streifte mein Gesicht. »Was ich bisher nicht für dich tun konnte, will ich nun tun. Komm zu mir, wenn du Hilfe brauchst. Versprich mir das.« Meine Mundwinkel zitterten, als ich nickte. Versprochen. Mein Vater.

Dann war er fort, im Galopp wie ein Edelmann, und der weiche Heideboden verschluckte das Trappeln der Hufe schon hinter der nächsten Kurve. Benommen drehte ich mich um und ging nach Hause.

Erik empfing mich am Haus und nahm mich in den Arm.

»Und?«, fragte er leise.

»Er ist fort«, flüsterte ich.

»Und?«, fragte er noch einmal. Seine Brust war warm und genau richtig für meinen schmerzenden Kopf.

»Er weiß es. Jetzt weiß er es«, sagte ich mühsam.

»Hm.« Schützend legte er die Arme um meinen Kopf, als wäre ich ein Lämmchen, das es zu beschützen galt. »Urð hat ihr Netz über ihn geworfen, und er schleppt schwer daran.«

»Nicht nur über ihn.«

»Nein«, raunte er, »manche haben nur weniger schwer daran zu tragen.«

Das Bild vom Schicksalsnetz der Urð ging mir den ganzen Tag nicht aus dem Kopf. Wir zappelten alle darin herum. Menschen wie Erik und Lionel verfingen sich in den Stricken und liefen Gefahr, von ihnen erdrosselt zu werden, wenn sie sich freikämpfen wollten. Zu manchen war Urð gnädig und schnitt die Stricke durch.

Ich hatte schon einmal ihren Strick am Hals gespürt. Auch jetzt war er in meiner Nähe …

4. KAPITEL

Rühme dich nicht des morgigen Tages, denn du weißt nicht, was der Tag bringt.
Wie ein Vogel, der aus seinem Nest flüchtet, so ist ein Mann, der aus seiner Heimat flieht.

(Sprüche 27, 1+8)

Als wir die Heidehügel von Yorkshire hinter uns gelassen hatten, wandelte sich Englands Gesicht, und die Landschaft wurde freundlicher. Keine verkohlten Ruinen mehr, keine verlassenen Felder oder gar unbeerdigte Skelette am Wegesrand. Der Gestank der Vernichtung ließ mit jeder Meile nach, die wir weiter nach Süden kamen. Blumen winkten vom Straßenrand, Weißdornhecken blühten überwältigend, und der Duft von Minze und wildem Thymian entzückte den Geist. Es war, als kehrte man aus der Wildnis von Sodom und Gomorrah zurück… Auf den Straßen begegneten wir Menschen, Reitern und Fuhrwerken, und mancher Reisende lächelte uns sogar zu. Die Orte, durch die wir zogen, waren ordentlich und wirkten gastfreundlich, man bot uns Wasser an und einmal sogar einen Teller Suppe. Die Menschen waren offen und freundlich, ganz gleich, ob Herr oder einfacher Knecht – die Angelsachsen lebten ähnlich wie im Svearland unkompliziert und friedlich zusammen.

Südlich der Hügel war man von Guilleaumes Verwüstungszügen verschont geblieben. Die Geschichten darüber waren jedoch bis in die kleinsten Dörfer gedrungen und hatten die Menschen eingeschüchtert.

Damit hat er ja erreicht, was er wollte, dachte ich verbittert und trank mein Bier aus, während Erik sich weiter mit den Leuten am Tisch unterhielt. Sie fürchten ihren neuen König, und Furcht ist ein gefügigerer Untertan als Liebe. Insgeheim wünschte ich mir, umkehren zu können in das bitterarme, aber überschaubare Reich von Osbernsborg. Wissen, wo ich hingehörte, jeden Tag von früh bis spät arbeiten, am Ende des Jahres einen Zehnten an Björn und Sæunn abliefern, aber mein eigener Herr sein, Königin auf meiner Scholle … doch in unserer Welt ging es anders zu. Erik war kein Bauer, und ich war es eigentlich auch nicht. Eine Adelige gehörte nicht aufs Feld. Meine Hände beschwerten sich über die harte Feldarbeit, und viele Dinge wusste ich einfach nicht und schämte mich, sie von meinen Untergebenen annehmen zu müssen. Gott hatte für uns einfach einen anderen Platz vorgesehen … »Wenn Er nur mal verraten würde, welchen«, murmelte ich und stützte den schmerzenden Kopf in die Hand. Das angelsächsische Bier war stärker, als ich es gewohnt war.

»Was sagst du?« Erik hatte mich gehört, doch ich schüttelte nur den Kopf. Für derlei dumme Gedanken hätte er kein Verständnis.

»Ach, was für ein Unsinn! Natürlich ist Guilleaume der rechtmäßige König von England«, mischte sich da ein rotnasiger Fettwanst vom Nachbartisch ein. Sein Angelsächsisch hatte zwar einen lustigen Akzent, war jedoch gut verständlich. »König Eduard ’at ihn zu seinem Nachfolger bestimmt, als Guilleaume ihn in England besucht ’at –«

»Das ist nicht wahr! Ein Us-us-urpator ist er, ein Dieb, ein jämmerlicher!« Der Bauer neben mir war außer sich. »Harold Godwineson war der rechtmäßige König! Der Normanne hat doch nur behauptet, dass er den Thron erben soll, niemand weiß, was unter vier Augen besprochen wurde!«

»Außerdem hat er sich Harolds Treueschwur bloß erschlichen, erzählt man sich!«, warf ein anderer ein. »Mit Hinterlist und der Hilfe einer zauberkundigen Frau machten sie König Harold zu seinem Mann, er konnte nicht anders, erzählt man sich! Das ist perfide! Erst muss Harold ihm Treue schwören, und dann überfällt er ihn!«

»Wie? Wie geht das?«, fragte einer, der offenbar nicht im Bilde war. Ich spitzte die Ohren.

»Das weiß doch jeder, Mann – wo kommst du her? Als der alte König Edward noch lebte, war Harold, der Sohn von Earl

Godewine von Wessex, in der Normandie gewesen. Der Bastard hat ihn dazu gebracht, ihm Treue zu schwören.«

»Lügen! Alles Lügen!«, schrie der Normanne auf.

Der Schlaue spuckte vor ihm aus und sprach weiter. »Harold Godwineson ist aber vom alten König Edward zum Erben bestellt worden, auf seinem Totenbett.«

»Das ist nicht wahr, er 'at Guilleaume zum Erben bestimmt, der Erzbischof von Canterbury 'at das vor allen Leuten verkündet. 'arold Godwineson war niemals vorgesehen, so ein Unsinn! Das Haus Wessex 'atte gar kein Recht auf die Krone! Und über'aupt, was redet ihr da – König Eduard 'at lange genug in der Normandie gelebt, warum sollte er keinen Normannen zum Erben berufen! Ein Normanne weiß zu 'errschen. Und er braucht dazu keine Zauberei – nur seinen Mut und den Schwertarm«, triumphierte sein Gegner.

»Herrschen nennst du das! Alles Lüge, niemand war dabei, niemand kann bezeugen, dass unser guter König Edward diesen… Bastard zum Nachfolger bestimmt hat! Nein, ich sage euch – Harold Godwineson hätte König sein sollen!«

»War er ja auch, er 'at nur nicht lang genug gelebt«, erwiderte der Fettwanst bissig. »Der wahre König wird in der Schlacht gekrönt, aber was weißt du schon, du dummer Bauer…«

Zwei Männer hielten den dummen Bauern fest, dessen Rede ich gar nicht so dumm fand, als der sich auf den Fettwanst stürzen wollte, und wir nutzten die Gelegenheit, das Gasthaus zu verlassen, bevor die Prügelei ausartete und die allgegenwärtigen normannischen Aufpasser auf den Plan rief. Das war mir nämlich aufgefallen: Überall lungerten Normannen herum, und sie räumten unter den Angelsachsen regelrecht auf. Herumtreiber, Dirnen, liebestolle Priester und Betrüger – kein Sünder war mehr sicher, und selbst Cedric hatte sich in einen ehrbaren Reisenden verwandelt und seine Laute lieber im Bündel versteckt, um nicht aufzufallen. Am späten Abend, kurz bevor die Gasthäuser schlossen, hörte man hier und da die leise Klage, es sei im eigenen Lande ungemütlich geworden, da mit den neuen Herren ein kalter Wind von Süden heraufgezogen sei…

Gut vier Jahre war Wilhelm der Eroberer, wie man ihn auf dem Kontinent nannte, nun schon König von England, und immer noch erzählten sich die Leute hinter vorgehaltener Hand die Geschichte von seinem Besuch beim verstorbenen englischen König Edward … Hatte Edward ihn damals zum Erben eingesetzt oder nicht? War es wirklich ein von Guilleaume geplantes Komplott gewesen, wie viele behaupteten – Harold Goldwineson in die Normandie locken und ihn Treue schwören lassen, um ihn hernach im Kampf rechtmäßig hinfortfegen zu können, weil er seinen Treueschwur verletzt hatte?

Die einfachen Angelsachsen waren offenbar der Meinung, der Normanne habe die Geschichte von seiner Einsetzung als Erbe der englischen Krone einfach erfunden und mit seinem Überfall auf England dann Tatsachen geschaffen.

»Natürlich ist er rechtmäßiger König.« Erik war von der Richtigkeit der Dinge überzeugt. »Der Papst hat den Feldzug unterstützt, sie zogen mit dem Segen des Weißen Krist los. Guilleaume ist ja auch rechtmäßig gekrönt worden, was denkst du denn …« Ich zog die Brauen hoch und schwieg. Bischöfe krönten einzig und allein ihre eigene Zukunft, ganz gleich, welchen Namen sie trug und wo sie herkam. Und nannte der Papst sich nicht auch Bischof von Rom? (Vor allem – was hatte mein Liebster auf einmal mit dem Papst zu schaffen?)

Doch hütete ich mich, solche häretischen Gedanken laut auszusprechen.

Wir überquerten noch am selben Tag Yorkshires Grenze und zogen es vor, die nächste Nacht unter freiem Himmel zu schlafen.

»Ich lass mich doch nicht jagen wie ein Kaninchen«, grunzte Erik missmutig und breitete die Decken unter einer alten Eiche aus. »Sollen sie sich gegenseitig die Köpfe einschlagen und mich in Ruhe lassen, verdammte Sachsenbrut.« Ich verzichtete darauf, ihn auf seinen Irrtum – dass ja ein Normanne den Streit angezettelt hatte – hinzuweisen. Es spielte keine Rolle. Und so streckte ich mich müde auf der Decke aus und beobachtete mein Pferd beim Grasen. Mit flinker Zunge sortierte es die gerupften

Hälmchen und ließ die, die ihm nicht schmeckten, elegant an einer Maulseite wieder herausfallen. Ein Löwenzahnblatt fand Gnade, dafür fiel eine sattgelbe Butterblume zu Boden, ein Büschel Waldknoblauch kam ebenfalls zerkaut wieder zum Vorschein, während er sein Glück nun auf einem Stück mageren Waldgras versuchte, schlau seine Schritte den Fußfesseln anpassend. Vom Waldrand erklang das Plappern und Zanken der nimmermüden Mädchen. Ich lächelte. Ein Rabe ließ sich auf einem Ast über dem Pferd nieder. Sein Krächzen klang laut und unmelodisch und rief etwas in mir wach, das ich lieber vergessen wollte. Mit gerunzelten Brauen beobachtete ich, wie die schwarz gefiederte Gestalt bei jedem Krächzen rhythmisch wippte... Kundschafter Odins, neugieriger Spion einer vergessenen Welt, was wollte er hier? Gab es in England so viele Raben, oder suchten sie immer mich, wenn sie jemanden erschrecken wollten? Ich warf einen Stein in die Äste, ohne den Vogel zu treffen. Er kicherte und blieb sitzen.

Am Waldrand war es still geworden. Der Abend zog bereits durch die Bäume. Cedric kam mit einem Stapel trockenem Holz vom Bach.

»Wo sind die Kinder?«, fragte ich ihn gähnend. Mit dem Kinn deutete er hinter sich und hob keuchend den Holzstapel in die Höhe, wie um zu verdeutlichen, dass diese Arbeit unter seiner Spielmannswürde war und ihn einen guten Teil seiner zarten Spielmannsfinger kosten würde. Nun ja, eigentlich hatte er sogar Recht.

»Wo wollt Ihr das Feuer hinhaben?«

Heute Abend war ich jedoch taub für solche Andeutungen, und so wies ich einfach nur auf den Platz zu meinen Füßen. Gleichzeitig suchte ich mit den Augen das Gestrüpp ab, wo meine Kinder angeblich waren. Kein Mucks war zu hören. Der Rabe hockte weiter auf seinem Ast, schwarz glänzend und still. Selbst die Vögel, die die Dämmerung sonst mit singendem Lärm erfüllten, schwiegen heute...

»Wo, sagtest du, sind sie?« Eine merkwürdige Unruhe ergriff mich, und ich stand auf, die Hand am Dolch. Der Rabe flatterte auf einen niedrigeren Ast in meiner Nähe. Mir kam es so vor, als folgte er mir. Sein Flattern war überdeutlich, überlaut, übertönte jedes andere Geräusch. Bilder vom Bierbottich gingen mir durch den Kopf, schwarzer Nebel – nein, dummes Zeug, ich war ja völlig närrisch, übermüdet, da war es kein Wunder, wenn …

»Mamaaaaa! Mama schnell, Mama komm, komm schnell, ich – Ljómi, Mama, schnell. Ljómi –«

Fast gleichzeitig schossen Erik und ich los, auf unsere älteste Tochter zu, die weinend aus dem Wald gelaufen kam und sich in meine Arme warf. »Mama – Ljómi …«, schluchzte sie verzweifelt. »Ljómi, schnell!« Eriks Hand krallte sich in meine Schulter. Sein Gesicht war bleich, als er das riesige Schwert der Ynglinge zog und wie damals auf der Isle of Axholme zum Waldrand schlich. Ein spitzer Kinderschrei ließ uns alle erstarren.

»Jesus – heiliger Cuthbert«, murmelte Cedric und ließ das Feuerholz fallen. »Jesus, sei bei uns …« Ich schob ihm die weinende Snædis in die Arme, raffte mein Bündel mit den Waffen an mich und stürzte hinter Erik her.

Gleich hinter den ersten Bäumen, dort, wo der Bach sich gabelte, hockte der Waldmann mit fettigem, strähnigem Haar bis über die Schultern, den mageren Körper mit schmierigen Lumpen bedeckt, und er fletschte die Zähne, schüttelte mein schreiendes Mädchen und hob drohend ein Messer.

»Lass das Kind frei!«, fauchte Erik. Mit der Rechten hielt er das blanke Schwert, mit der Linken fuchtelte er hinter seinem Rücken, ich möge zurückbleiben …

»Wer mischt sich hier ein?«, kam eine Stimme aus dem Haargestrüpp. »Wer wagt es, mir etwas zu befehlen? Mir.« Die Stimme klang schleppend und rollte das »R« wie die Leute aus dem Norden. »Verschwinde. Nimm deine Waffe und verschwinde. Lass mich in Frieden.«

»Mamaaa …«, wimmerte Ljómi leise.

»Du wagst es, das Wort Frieden in den Mund zu nehmen?«, knurrte ich.

»Was hast du vor mit ihr?«, unterbrach Erik mich hastig. Ich spürte, wie aufgeregt er war, unfähig, die Situation einzuschätzen – was hatte dieser Waldmensch im Sinn? Der Bach plätscherte unschuldig vor sich hin, es duftete nach blühender Kamille und frischer Buchenrinde, und irgendwo sang nun doch ein Vogel sein Lied vom Sommer. Ich hasste England …

»Was willst du von der Kleinen?«

Es blitzte zwischen den Strähnen hervor, das Weiße seiner Augäpfel, die ruhelos umherblickten. »Ich esse alles, was ich fange.«

Der Boden schwankte unter meinen Füßen. Tapfer blieb ich stehen, redete mir ein, mich verhört zu haben, müde zu sein, nicht Herrin meiner Sinne …

»Nicht dieses Kind.« Erik hatte sich schneller gefasst und hob die Faust.

»Alles, was sich hierher verirrt. Kinder, Hunde, Schweine. Alles. Wer Hunger hat, ist nicht wählerisch.« Der Mann hob den Kopf, warf das Haar zurück und entblößte damit sein erdverschmiertes Gesicht. »Und wer mir das Gehen verwehrt, muss mich eben hier füttern, Mann. So ist das.« Das Messer zitterte in seiner Hand, vor Schwäche, vor Gier, vor Wut.

»Hunger kann man doch anders stillen.« Mit einer Geste hinter seinem Rücken verbot Erik mir jedes weitere Wort. Ich sank auf die Knie, ohne die Augen von meinem Kind zu lassen, das in der Pranke des Waldmenschen hing wie ein Bienchen im Spinnennetz. Ljómi, meine Eva Ljómi, Kind meiner Einsamkeit, Licht meiner düstersten Tage, Ljómi …

»Lass das Kind los, dann lassen wir dich laufen.«

»Mama … Mama, er hat … er hat … Mamaaaa« – ihr Wimmern wurde hysterisch –, »Mama, er hat … hat … hat keine Beine, er … er …«

»Dafür wirst du in der Hölle landen …«

»Da war ich schon, Fremder. Und ich würde freiwillig sofort wieder zurückgehen, wenn ich könnte« – er lachte hysterisch, die irre Stimme überschlug sich –, »aber ich kann ja nicht mehr. Deswegen muss ich hier bleiben. Und hier meinen Tisch decken.«

»Wir können dir Vorräte geben, Geld, Schmuck, alles, was du willst«, stammelte ich und hob bittend die Hände. »Ich geb dir alles …«

»Was soll ich mit Schmuck, Frau? Soll ich mich etwa damit behängen? Schmuck kann ich nicht essen, Frau, und kein Händler wird zu Lulachs Haus kommen!« Und damit riss er Ljómi zur Seite, ohne sie loszulassen, und ich begriff, was meine Tochter mir die ganze Zeit hatte sagen wollen: Der Waldmensch hatte tatsächlich keine Beine mehr – stattdessen hatte er sich aus Moos, Laub und Ästen ein Kissen unter den Leib gebunden, auf dem er gegen einen Baumstamm gelehnt hockte. Seine riesigen, vom Waldboden zerschundenen Fäuste verrieten, wie flink er sich trotzdem fortbewegen konnte …

»Hier ist der Markt, hier ist das Gasthaus. Hier ist Lulachs Haus, wo aufgetragen wird.« Wild schüttelte er sein Haar. Ich sah Knochen herumliegen, Nahrungsreste, abgenagte Fische, eine alte Feuerstelle, an einem niedrigen Ast hingen verschiedene aus Stricken gebaute Fallen. Es stank Ekel erregend nach Fäkalien, obwohl der Bach gleich neben ihm lag. Ein grausiges Einmanndorf mit einer noch grausigeren Geschichte.

»Aber …«

»Gott ist ein Schlächter, drum schere ich mich nicht mehr um seine Kreaturen!«, schrie er und schlug das Kind, als es erschreckt aufkreischte. »Er ließ zu, dass sie uns Schotten dahinmetzelten …«

»Ihr Schotten habt Unschuldige überfallen und ausgeraubt!«, unterbrach Erik ihn da und machte einen energischen Schritt vorwärts. »Ihr seid über Menschen hier im Süden hergefallen, als sie schon nichts mehr zu verschenken hatten – da beklagst du dich, du Narr?«

»Wie wagst du es zu sprechen – du kannst nichts wissen – niemand weiß von den Zeiten, niemand weiß, wie viele hier begraben liegen!«

»Ihr liegt in guter Gesellschaft.«

»Noch liege ich nicht, Fremder, noch liege ich nicht, ich lebe noch – ich lebe noch, verstehst du? Ich lebe noch!« Seine Stimme überschlug sich und übertönte Ljómis Wimmern.

Ich bebte am ganzen Leib. Hier lag einer dieser blutrünstigen Schotten vor uns, vor denen der ganze Norden erzitterte, weil sie in den letzten Jahren beinahe jeden Winter wie ein Schwarm Heuschrecken über das Land südlich des Derwent hergefallen waren und sich auf Geheiß ihres Königs Malcolm brutal genommen hatten, was Guilleaumes Männer übrig gelassen hatten… Margyths angstvolle Erzählungen im Ohr, sah ich den Mann nun in ganz anderem Licht. Kein bedauernswerter Bettler, nein, ein Dieb, ein Mörder, dem sie die Beine abgehackt hatten, ein Frauenschänder, der da meine kleine Tochter gepackt hielt, aus blinder Rachsucht und Not zum Äußersten entschlossen – ich tastete nach meinem Bündel und zog den Bogen heraus, den ein lieber Freund mir einst geschenkt hatte und mit dem ich immer noch gut umzugehen wusste. Eine beinahe eiskalte Ruhe hatte sich meiner bemächtigt. Er würde mit seinem Blut bezahlen, sollte er meiner Tochter auch nur ein Haar krümmen, nur ein einziges. Langsam schob ich mich hinter Eriks mächtigen Rücken, um bereit zu sein…

»Beim Thor, du bist närrisch, du hast nur einen Versuch, *elskugi*«, hörte ich ihn da murmeln, »nur einen einzigen…«, und seine Faust ballte sich vor Erregung. Beruhigend legte ich die Hand über seine Finger. Ein Versuch. Wir hatten keine Wahl.

»Misch dich nicht ein, Fremder, was gehen dich meine Angelegenheiten an, mein Hunger, mein…«

»Solange du…« Erik verstummte, sich der Gefahr, in der Ljómi schwebte, bewusst werdend. Bedächtig zog ich den Pfeil heraus, schob mich noch weiter hinter Erik und legte an. Die Bogensehne schmiegte sich grüßend an meine Finger, hieß sie willkommen, bevor sie sich genüßlich in ihr Fleisch grub, was den Ungeübten schmerzte, mich jedoch erregte. Erik drehte sich ein wenig, so dass ich fast hinter ihm verschwand, und stand mächtig wie ein Fels, um mir Halt und Deckung zu geben. Ich lehnte mich gegen seine Beine. Tiefe Ruhe war in mir, es fühlte sich an, als ob Gott selber hinter mir stand und meine Schultern gerade hielt. Mein Kind würde gerettet werden; Er würde den Pfeil leiten. »*Sub umbra alarum tuarum protege me*«, murmelte ich und empfahl dem Allerhöchsten diesen Pfeil.

»Lass uns in Frieden auseinander gehen, Mann. Wir haben

nichts miteinander zu schaffen, und deine Geschichte ist Vergangenheit…«

»Nichts ist Vergangenheit – alles ist jetzt!«, fauchte der Waldmann da und schüttelte das weinende Kind erneut. »Jetzt ist Schmerz und Hunger und Hass, und jetzt haut ab, verschwindet von hier, verschwindet aus Lulachs Haus, verpestet nicht meine Luft, hängt eure mitleidigen Fratzen woanders hin…« Die schmierigen Haare flogen, sein stinkender Mund wurde größer unter jedem Fluch, während er mit dem Messer in der Luft herumfuchtelte. Leise sirrte mein Pfeil auf sein Ziel zu, ein schlanker Todesbote, der Lulach dorthin schicken würde, wo seine beutegierigen Brüder schon zwei Winter lang hausten…

Er flog meisterhaft und traf ihn ins Auge, ohne Ljómi ein Haar zu krümmen, und er ließ Lulach nicht mehr genug Zeit, dem Kind die Kehle durchzuschneiden, wie er es wohl die ganze Zeit vorgehabt hatte… Ein grässlicher Schrei entfuhr dem Krüppel, ein Zittern überlief den gemarterten Leib, und wie ein Raubtier sprang Erik los, riss das Mädchen von ihm weg und ließ unbarmherzig sein Schwert sprechen. Mit dem ersten Hieb flog die Hand mit dem Messer durch die Luft, der zweite landete im Hals des Schotten. Blut spritzte, Ljómi kreischte auf und mit einem gurgelnden Schrei sank der Waldmann vornüber in den stinkenden Unrat, der zwei lange Jahre sein Heim gewesen war.

Atemlos hielt ich inne. Erik stand über den Mann gebeugt. Ich dachte, er wolle sich vergewissern… Heilige Muttergottes, nein. Er zog die Axt aus dem Gürtel. Der Rabe, der die ganze Zeit im Schutz der Blätter gehockt hatte, krächzt triumphierend auf. Kalte Schauer rannen mir den Rücken herab. Dieser Ort war verflucht…

»*Custodi me*«, murmelte ich entsetzt, denn ich erkannte eine Wildheit in Eriks Augen, die ich bisher nur einmal gesehen hatte – an jenem Tag, da er versucht hatte, seine Ehre wiederzuerlangen, an dem Tag, als Blut das Ufer von Svearland rot färbte… Ich begriff nicht ganz, was in ihm vorging, doch nein, ich verstand ihn – die Kinder waren alles, was dem Ehrlosen geblieben war, wees wagte, sie anzutasten, musste für alle Ehrenräuber mitbezahlen. »Erik ...«

Da hieb er dem Schotten bereits den Kopf von den Schultern. Die riesige Streitakt berührte den Boden – nicht zum Verschnaufen, sondern um weiter auszuwählen. Ich war wie gelähmt. Der nächste Hieb traf präzise die Brust, den Arm, die andere Hand... Ljómi begann zu schreien. Sie stand neben ihrem Vater, sah zu, wie er völlig selbstvergessen und im Wahn gefangen den Menschen zerhackte, wie das Blut über den Waldboden spritzte, in Pfützen dick und klumpig wurde, und sie schrie dem Himmel ihre Angst und Verzweiflung entgegen, spitz und schrill und schier niemals enden wollend, und er hörte sie nicht.

Ich raffte mich hoch. Der Bogen entglitt meinen Händen, ich flog über die Lichtung und holte das Kind in meine Arme, barg es an meiner Brust, während über uns wieder ein verdammter Vogel sein Dämmerungslied anzustimmen begann. Die Natur machte weiter, als wäre nichts geschehen.

»Heiliger Cuthbert«, stammelte Cedric hinter mir. Snædís hockte auf seinem Arm, das Gesicht fest an seine Schulter gedrückt.

»Lass uns gehen«, flüsterte ich dem Spielmann zu, »lass uns von hier weggehen, der Teufel sitzt im Boden ...«

Er griff nach meinem Arm. »Euer Mann ...«

»Er wird mich finden, wenn er bereit dafür ist – lass uns gehen ...«

Wir packten hastig zusammen, machten die Pferde los und verlegten unseren Lagerplatz eine Meile südlich von dieser Lichtung. Trotzdem war es, als flatterte der Gestank von Angst, Todesschweiß und geronnenem Blut wie ein düsterer Falter hinter uns her, und er ließ sich auch nicht von dem Feuer vertreiben, das Cedric entfachte, sondern schwebte höhnisch über uns und versprach eine angenehme Nacht. Dicht beieinander hockten wir da, nagten an krümeligem Trockenfisch und Brotstücken und streichelten die schluchzenden Kinder in den Schlaf. Stumm zerbrach ich mir den Kopf, warum Erik nicht kam.

»Er war von Dämonen besessen«, flüsterte der Spielmann da furchtsam. »Ist er das – besessen?« Ich starrte ihn an. Besessen.

»Er ist der Erbe Yngve-Freyrs…«, murmelte ich, als ob eine göttliche Abstammung irgendetwas erklären oder gar entschuldigen könnte.

Irgendwann in der Nacht kam Erik zurück.

Ich hatte kein Auge zugetan, hatte das Feuer bewacht und Holz nachgelegt, um mein frierendes Herz wenigstens an der Farbe der Flammen zu erwärmen. Er kam und brachte den Geruch von nasser Kälte mit. Kári brummelte ihn freudig an, was mich bewog, das gezückte Schwert niederzulegen. Wortlos ließ er sich neben mir am Feuer nieder, völlig durchnässt, als ob er einen Fluss der Länge nach durchschwommen hätte. Cedric drehte sich schnarchend auf die andere Seite. Eine ganze Weile hockten wir nebeneinander und starrten in die Flammen.

»Du hast nichts verlernt, Kriegerin«, flüsterte er schließlich.

Ich biss mir auf die Lippen. »Du auch nicht«, sagte ich. Er schloss die Augen und nickte leise. Und dann legte er, eng an mich gekauert, den Kopf in meinen Schoß. Das Feuer knisterte ärgerlich, weil er so dicht lag, und es zischte, als seine nassen Kleider zu dampfen begannen. Auch ein Ave-Maria später weigerte es sich standhaft, ihn zu wärmen. Er begann zu zittern, als spielten die Nornen ihm einen bösartigen Streich, dass sie ihn nicht zur Ruhe kommen ließen – niemals, niemals –, und so zog ich ihm sanft die Kleider aus und deckte ihn mit Vikulla Ragnvaldsdottirs Decke zu, die mich überallhin begleitete. Der mächtige Schutzzauber, den die Völva von Uppsala seinerzeit in die Wolle geknüpft und der meiner kleinen Tochter schon einmal das Leben gerettet hatte, versagte mir auch diesmal nicht seine Hilfe: Die Decke trocknete nasse Haut und strich Gefühle glatt. Erik wurde ruhiger und schlief ein. Und versöhnt mit den Elementen, trocknete das Feuer nicht nur seine Kleider, sondern auch die Tränen in seinem Gesicht. Die Tränen seiner Seele aber erreichte es nicht.

Ljómi schrie am nächsten Morgen los, als sie Erik so dicht neben sich sah. In ihren Augen stand die Panik vom Vortag so deutlich, dass Cedric sie auf den Arm nahm und mit ihr zwischen den Bäumen verschwand. Hin- und hergerissen zwischen Mann und Kind, blieb ich am Lagerplatz, wo Erik mit wütenden Stiefeln das Feuer austrat, das ihm nicht hatte helfen können.

»Sie wird sich erholen«, versuchte ich, ihn zu beschwichtigen. Mein Kopf schmerzte von der durchwachten Nacht, und ich sehnte mich nach einem warmen Bett, wie ich es daheim auf unserer Burg gehabt hatte. Ein Bett und ein feines Essen und ein Fell, auf dem man sündhaft den Tag verträumen kann... Die Wirklichkeit war ätzend wie alter Essig und stach im Magen. Erik schleuderte einen Ast ins Gebüsch. Wieder heulte Ljómi auf.

»Sie hat Angst vor dir.« Snædís kam zwischen den Pferden hervor. »Du musst ihr sagen, dass du kein böser Mann bist.« Er starrte sie finster an, zutiefst verletzt vom Misstrauen seiner eigenen Kinder, und warf die Bündel auf einen Haufen, statt sie gleich hinter die Sättel zu binden. Ich nahm mein Mädchen in den Arm. Ein Riss ging durch unsere Familie, ich spürte ihn deutlich, und noch konnte ich keinen Schuldigen dafür ausmachen... Oder waren wir gerade auf dem Weg zu ihm?

Das schluchzende Kind in meinem Arm machte mich unsagbar traurig. Ich wiegte sie und sang ihr das Lied vor, das sie am meisten liebte, und irgendwann verstummte ihr Weinen. Cedric brachte Ljómi schließlich mit einem aus Blättern gezauberten Hut wieder zum Lachen. Gleichwohl wollte keines der Kinder auf Eriks Pferd. Wir verließen den Wald und setzten unsere Reise nach Lincolnshire schweigend fort, Elyg und dem kämpfenden König entgegen.

Je näher wir dem Moorland kamen, desto wilder wurden die Geschichten, die man sich über die Vorkommnisse der letzten Monate erzählte.

Fast alle drehten sich um einen Mann, der König Guilleaume seit Jahr und Tag auf der Nase herumtanzte und ihn piesackte und ärgerte wie ein Insekt, das man nicht abschütteln konnte. Dieses Insekt hockte nun seit mehr als einem Jahr auf der Klosterinsel von Elyg, inmitten von Englands schillerndsten und wertvollsten Kirchenschätzen, und hatte versucht, mit räuberischen Dänen gemeinsame Sache zu machen. Die waren ein Jahr zuvor an der englischen Küste gelandet, um ihren Anspruch auf den englischen Thron geltend zu machen, den sie anscheinend auf König Knut den Großen zurückführten, der vor bald hundert Jahren einmal Herrscher von Dänemark, Norwegen und England gewesen war. Gemeinsam mit Hereweard *þe wocnan*, »dem allzeit Wachen«, überfiel König Svein Estridsen von Dänemark die Abtei von Petreburgh und raubte den Kirchenschatz, was halb Lincolnshire empörte – die andere Hälfte aber entzückte, denn angeblich ging es ja nur darum, dass der Schatz nicht in die Hände des neuen Abts aus der Normandie fiel … das mochte glauben, wer wollte, denn die Abtei war in Flammen aufgegangen. Gab es ein besseres Indiz für einen geplanten Raubzug?

Über den Raub von Petreburgh zerriss man sich immer noch das Maul, obwohl es gut ein Jahr zurücklag und die Mauern der Abtei längst repariert waren. Der Schatz jedoch hatte zum Entsetzen vieler Angelsachsen England verlassen. König Guilleaume war nämlich nicht nur ein geschickter Kriegsherr, sondern auch ein schlauer Fuchs, denn er wusste der Dänen, die zusammen mit Hereweard auf Elyg wie Zecken in seinem Pelz saßen, am einfachsten Herr zu werden, indem er ihnen den Schatz als Belohnung für ihren Abzug aus England anbot. Und die Dänen und König Svein waren nun auch nicht dumm; da ihnen immer klarer wurde, dass die Krone Englands für ihren König für immer verloren war, nahmen sie den Schatz und zogen ab. Hereweard, der Rebell aus Brune, aber blieb zurück auf der Klosterinsel, ärgerte sich furchtbar über den Verrat und bekämpfte den normannischen Eroberer umso erbitterter. Seine Kenntnis der Moore und seine unerschrockene Tapferkeit machten ihn zum Helden von Lincolnshire, und selbst außerhalb von Ost-Anglia sprach man seinen Namen mit heimlicher Bewunderung aus. Von Guilleaume hingegen erzählte man sich, dass er bei der bloßen Nennung des Namens vor Ärger einen roten Kopf bekam.

Das Land zwischen Lincolia und Snotingeham hatte in den vergangenen Jahrhunderten viele Dänen als friedliche Siedler aufgenommen und einen ganz eigenen Menschenschlag hervorgebracht. Stark, selbstbewusst und eigenbrötlerisch, erinnerten die Leute an die Menschen, die ich in Svearland kennen gelernt hatte – Untertanen nur dem Namen nach, in Wirklichkeit lebten und entschieden sie für sich und waren sich bewusst, wie weit Lundene und Wincestre entfernt waren.

In den Dörfern und Städten wurde ein Gemisch aus Dänisch und Angelsächsisch gesprochen, und mancher Händler ließ grinsend einen Normannen am langen Arm verhungern, wenn der die richtigen Worte nicht fand. Man erduldete sie, die meisten schenkten ihnen kaum Beachtung, als hätte es die Eroberung nie gegeben, was bei empfindlichen normannischen Gemütern immer wieder zu Wutausbrüchen führte.

»Das ganze Land sitzt voller Rebellen«, flüsterte Erik mir auf einem Marktplatz zu, wo wir zusahen, wie ein Normanne zu Pferd durch das Getümmel wollte und allen Ernstes stecken blieb, weil man ihn nicht durchließ. Sein wüstes Geschimpfe quittierte man mit Nichtachtung. »Kein Wunder, dass Guilleaume zum Äußersten entschlossen ist – so etwas kann man doch nicht durchgehen lassen!« Er war ernsthaft empört über die Bockigkeit der Leute.

Ich fand, dass ein Land, welches voller Rebellen steckte, nicht erobert genannt werden konnte und dass der König einen Fehler gemacht hatte, seinen Anspruch auf die Krone hier durchzusetzen. Aber auch das behielt ich lieber für mich.

Manchmal begegneten wir auch außerhalb der Ortschaften Leuten aus dem Moorland. Das waren oft unscheinbare, in unförmige Kleidung gehüllte Gestalten, die sich so leise durchs Schilf bewegten, dass man sie kaum hörte. Einige schlichen zu Fuß umher, die meisten aber hockten in schmalen, mit Tierhaut bezogenen Booten und stakten durch das schlammige, gurgelnde Wasser, geräuschlos wie die Aale, die sich darin tummelten und fast von selber in den geflochtenen Reusen landeten.

Ihr Leben zwischen Sümpfen und knorrigen kurzen Bäumen war hart und bestand zum großen Teil aus Fisch und Ried. Sie sprachen auch nicht viel, die Leute aus den Fens, was vielleicht kein Wunder war, denn obwohl die Sonne seit Tagen die Wolken vertrieben hatte, lag über dem Wasser und dem Schilf ein dichter, stickiger Nebel, der die Gegend so grau wie das Wasser färbte, und dessen modderige Feuchte sich wie klebriger Schleim auf die Lunge legte. Der Sonnenschein war zu schwach, um hindurchzudringen, sodass man sich manchmal wie in einer ewigen Dämmerung fühlte. Wer wollte da nicht seltsam werden!

»Warum scheint die Sonne hier nicht?«, fragte Ljómi schüchtern und zog den Kopf in ihrem zu groß geratenen Mantel ein, als fröre sie. Erik strich ihr über den Rücken. »Wenn die Nebel zerreißen, scheint die Sonne genau wie daheim, *ástin mín*«, sagte er leise. Sie betrachtete sein Gesicht lange und stumm, den Körper immer noch in Abwehrhaltung, was ihn furchtbar schmerzte, das sah ich… »Wir können darum bitten, dass der Himmel aufreißt«, versuchte er es wieder. Sie nickte zögernd, sah mich Hilfe suchend an. Ich nickte aufmunternd. Und Erik glitt auf die Knie und faltete die Hände.

»Ich bitte den Allmächtigen um Hilfe – ich bitte mit aller Kraft, die in mir wohnt, dass Er uns die Sonne schickt, um mein kleines Mädchen zu wärmen – ich bitte Ihn, die Nebel zu zerreißen, den Himmel blau zu machen, damit sie mir glaubt, dass die Sonne überall mit uns hingeht und die Nacht vertreibt, ich bitte Ihn, Gnade zu zeigen, weil wir frieren und alle Kleider nass sind…«

Mein Gesicht war ebenfalls nass von Tränen. Die Mädchen betrachteten ihren Vater mit tiefem Ernst. Der Nebel hielt den Atem an. Und Gott hatte ein Einsehen. Er stach ein Loch in den Nebel, und die Sonne machte sich daran, es zu vergrößern, bis er von selber aufgab, ihrer Stärke wich und das Land sich ihrer wohltuenden Wärme entgegendehnen konnte. Ljómis Augen wurden groß. »Du kannst ja zaubern«, flüsterte sie fasziniert. Er schüttelte nur den Kopf und streckte die Hand nach ihr aus. Die

Sonne schien hell auf ihren Scheitel und gab sich alle Mühe für ihren blonden Liebling, das Herz seiner Tochter zu wärmen. Und nach einem kurzen Zögern machte sie den letzten Schritt auf ihn zu und legte ihre kleine Hand in die seine.

»Ich hab dich nur sehr lieb, *meyja mín*«, flüsterte er.

»Du kannst wohl zaubern«, flüsterte sie zurück.

Cedric, dessen Familie aus den Fens stammte, brachte die Leute mit seiner freundlichen Art zum Reden und erfuhr so den verschlungenen Weg nach Elyg und wie es um das Kloster stand. Im Gespräch mit den Leuten verlor er die mürrische Miene der letzten Wochen und zeigte wieder Charme und ein gewinnendes Lächeln, wie ich ihn vom Schiff her kannte. So gefiel er mir viel besser.

»Schürzenlutscher«, nannte Erik ihn und wandte sich verächtlich ab, doch nicht zu weit, denn es gab frisch gekochten Aal von der Hausfrau, und Cedric sang zum Dank ein Lied und jonglierte so virtuos mit ein paar Zwiebeln, dass die Kinder vor Vergnügen kreischten.

»Das Land der Moore ist zwar nebelverhangen«, vertraute er mir später am Abend an, »doch finde ich den Norden schwermütiger. Die Menschen dort wirken so schwer und so finster …« Ich konnte ihm nicht so ganz folgen – was gab es Schwermütigeres als diese Nebellandschaft mit ihren schemenhaften Gestalten? Aber gut – er war ein Kind dieser Moore, und ein fröhliches dazu. »Sing noch was für uns«, bat ich ihn deshalb.

»Ich sing euch ein Lied vom Aal und von der Zwiebel«, lächelte er bereitwillig und packte seine Laute wieder aus.

»Es sitzt die Zwiebel in der Erde,
einsam, scharf und stumm.
Niemand will sie einfach essen,
allein schmeckt sie halt dumm.
Kommt der Aal, zieht sie ans Licht,
allein schmecket der auch nicht,
gemeinsam spring'n sie in den Topf
und füllen mir den Kropf.«

Das amüsierte die Hausfrau so sehr, dass sie dem Spielmann etwas von ihrer Aalsuppe in einen Lederbeutel abfüllte. Als wir uns verabschiedeten, zwinkerte er mir verschwörerisch zu.

Die Hütte schien nicht bewohnt zu sein. Die Tür hing jedenfalls schief in den Angeln, und der Geruch von kalter Asche lag schwer in der Luft. Neugierig drehte ich mich im Kreis – wer mochte hier gewohnt haben?

»Wir können bestimmt einige Zeit bleiben.« Cedric streckte einladend die Hand aus. Erik nickte ihm versöhnlich zu, vielleicht auch, weil sein Wunsch, uns außerhalb von Elyg und den Kämpfen unterzubringen, ohne Widerrede akzeptiert worden war.

Snædís blickte sich ängstlich um. »Hier riecht es komisch«, flüsterte sie und rümpfte die sommersprossige Nase.

»Das ist der Fisch, meine Süße.« Cedric ließ sich neben ihr auf die Knie. »Ein Haus riecht immer nach Fisch, wenn einmal welcher drin gewesen ist. Und die Leute in den Fens leben vom Fisch.« Es war nicht allein Fischgeruch, da war noch etwas anderes …

»Ich mag das nicht«, maulte sie.

»Ich auch nicht«, kam es sogleich aus dem Mantel, unter dem Ljómi steckte.

»Ich koche euch guten Fisch, damit ihr nie wieder sagt, Fisch stinkt.« Cedric strich beiden Mädchen über den Kopf. Erik warf ihm einen eifersüchtigen Blick zu und machte sich daran, das kleine Haus mit gezogener Waffe auf Räuber zu untersuchen. Er fand natürlich keine, dafür einen Stapel getrockneten Torf, sauber gestochen, dem ich dankbar ein lustig flackerndes Feuer entlockte und damit auch den moderigen Fischgeruch fürs Erste verscheuchte. Während ich in den Flammen herumstocherte, kam mir die Frage in den Sinn, wer wohl die Torfstücke so ordentlich hier hingelegt hatte …

Der Betreffende hatte noch mehr vergessen. Cedric zog aus einer Holzritze ein Beutelchen Salz hervor und stutzte dann. »Ich glaube, das hier ist ein heiliges Haus«, flüsterte er mir zu.

»Eine Kirche?«, fragte ich ungläubig. Er nickte und deutete auf ein undeutliches Gemälde gleich vor ihm an der Ostwand des Gebäudes. »Vielerorts gibt es solche kleinen Kirchen, und sie sehen nicht immer aus wie bei Euch in Lothringen.«

»Aber dann können wir hier nicht bleiben«, fuhr ich hoch und raffte meine Decken an mich.

Cedric lächelte. »Sorgt Euch nicht. Englands Gotteshäuser stehen allen offen. Und manchmal wohnen die Priester sogar dort, weil sie kein Haus haben. Gott beherbergt sie gerne, sagen sie. Ich denke« – er hob das Salzsäckchen hoch und deutete auf das Kochfeuer – »der Besitzer lebt hier, im Angesicht Gottes...«

Fast schon furchtsam ließ ich meinen Blick durch die Hütte wandern. Sie war sehr niedrig, aber lang gezogen, und hatte eine ungewöhnliche Form. Schemenhafte Heiligenzeichnungen an der Ostwand deuteten darauf hin, dass hier keine gewöhnlichen Sterblichen gelebt hatten. Jetzt wusste ich auch, welcher Geruch wie ein leiser Hauch in meine Nase drang: Weihrauch. Nur eine feine Erinnerung an Weihrauch, die aber in meinem Herzen wie ein Messglöckchen klingelte...

Vielleicht hatte Cedric Recht und es ziemte sich in Gottes Augen, wenn wir die Nacht in Seinem Haus verbrachten. Auch wenn es eine reichlich seltsame Sicht war, den Allmächtigen so in das Alltagsgeschäft einzubinden.

Meine Nachdenklichkeit jedoch verschwand recht schnell bei dem Duft von geröstetem Brot und der Aussicht auf eine feine Suppe, und als wir sie in der Abenddämmerung löffelten, kam fast so etwas wie friedliche Stimmung hoch. Wir hatten das Feuer neben der tiefen Herdgrube entzündet, um mit weniger Torf auszukommen, und saßen dicht nebeneinander. Jeder hing seinen Gedanken nach. Die Pferde schnaubten zufrieden, wispernd zog der Abendwind durchs Schilf und ließ die Halme miteinander flüstern. Ein paar Enten schnatterten leise. Glucksend erzählte das Wasser Geschichten von der Ewigkeit. Ljómi war schon eingenickt, Snædís aß hungrig ihren Napf leer. Cedric summte leise vor sich hin.

»Das ist ja was, dass ich mal Besuch von jungen Menschen bekomme …« Erschreckt fuhren wir herum – keiner zu sehen. Erik zog das Messer.

»Und auch noch welche, die nicht dieses Haus zerschlagen und meine Vorräte … Aber ihr lasst sie euch ja schon schmecken, wie ich sehe.« Der Sprecher stieß die angelehnte Tür auf, ein etwas zerfleddert aussehender langhaariger Greis, dessen Augen förmlich aus den Höhlen traten, als er das Säckchen Salz in Cedrics Hand entdeckte. Er stieß einen entsetzten Laut aus, machte einen Satz, streckte die Hand danach aus, verlor darüber das Gleichgewicht und stürzte beinahe in die leere Herdgrube. Erik fing ihn gerade noch rechtzeitig auf. Cedric drückte dem Alten sogleich das Säckchen in die Hand.

»Vergebt, dass wir in Euer Haus eingedrungen sind«, meinte Cedric versöhnlich. »Es sah unbewohnt aus.«

»Halb Britannien sieht unbewohnt aus, mein Sohn. Leider war das nicht immer so.« Der Alte rappelte sich aus den Armen des Kriegers und zupfte die Lumpen zurecht. »Es war über lange Jahre ein Land zum Wohlfühlen, ein Ort, den Gott liebte. Das wird es nie wieder sein, trotz der heiligen Männer Roms, die das Land gerade unter sich aufteilen und vom Reich Gottes schwadronieren. In einem Palast würde auch ich mich wohl fühlen. Leider hat man mir nicht einmal dieses kleine Haus gegönnt.« Er runzelte die Stirn und zog die Nase hoch. Seine Missbilligung für alles Normannische war offenkundig. Das Salzsäckchen verschwand bei der Gelegenheit in den Falten seines Überwurfs. »Aber *cum Deum* seid willkommen, wo ihr schon mal da seid.« Verlegen steckte Erik die Waffe wieder an den Gürtel.

»Vergebt uns, alter Mann – wir haben eine lange Reise hinter uns.«

»Nicht nur du, mein Junge, nicht nur du …« Offenbar war auch der Alte auf Reisen gewesen, denn auf seinem gebeugten Rücken hing ein Fellbündel, das er brummelnd in die Ecke warf. Seine schlurfenden Schritte hatten etwas Geisterhaftes, dass die Kinder sich furchtsam in die Ecke drückten.

Ich hatte in unserem Kupferkessel eine Suppe aus Brotresten, Trockenfisch und Wurzelgemüse gekocht. Das Gesicht des Alten hellte sich auf, als der dampfende Holznapf ihn erreichte. »Ich weiß nicht, wer ihr seid und wo ihr herkommt, aber *gloria in excelsis angelus* – kochen könnt ihr.« Seine spitze Nase tauchte in den Dampf, die alten Augen schlossen sich unter dem Duft von Pastinak und Kerbel, die ich hinter der Hütte in einem verwahrlosten Kräuterbeet gefunden hatte. »Hmm. Das ist besser als alles, was ich in der Pilgerhalle von Petreburgh zu essen bekam – *amen cum Deum* – die waren auch mal großzügiger früher … Alles war besser, alles, früher war alles besser – und einfacher, ja, das war es …« Er zog die Nase ausführlich hoch und hob die Hände. »Was auch immer, wer auch immer – *Deus Rex* und *in nomine Patris et* heiliger *spiritus – benefica* dieses Essen *et omnes populus cui in Jesu* …«

Snædís starrte ihn an. »Warum redest du so komisch?«

Seine alten Augen blickten erst verwundert, dann lächelten sie. »Weil ich auch ein Mann Gottes bin, kleine Lady. Und Gott liebt die lateinische Sprache.«

»Aber warum?«, insistierte sie. »Ich kann keine Lateinsprache, hat Gott mich nicht lieb?«

»Doch, kleine Lady, Er liebt alle Sprachen, und dich liebt Er ganz besonders. Aber Latein – nun – *in aeternum Deum*… das versteht Er wohl besonders gut. Sonst würden wir die heilige Messe ja nicht in Latein abhalten.« Damit mümmelte er weiter sein Süppchen und schlürfte so laut, dass sogar Ljómi argwöhnisch guckte.

Snædís war nicht zufrieden. »Dann versteht Er mich gar nicht, wenn ich abends für die Großmutter bete«, schmollte sie. Ich nahm sie tröstend in den Arm. »Doch, das tut er, nicht wahr, alter Mann?«

»Was was – ja ja, *amen, in aeternum, amen.* Die meisten von uns erhört Er, die meisten. Nicht alle, die meisten, *Deus Rex in aeternum*, die meisten, Er versucht es wenigstens, Er hat ja auch viel zu tun in diesen wilden Zeiten. Ja ja …«

Er nannte sich Vater Ælfric, wie wir im weiteren Gespräch erfuhren, und kam gerade von einer kleinen Pilgerreise ins Kloster von Petreburgh eine Tagesreise nördlich von hier.

»Überall Normannen, *miserere nobis, Deus*, überall Blechköpfe und arrogante Nasen…«

Er stand auf und kramte zwischen den verschimmelten Binsen in der Ecke, wo vielleicht irgendwann einmal ein Altar gestanden haben mochte, drei hölzerne Becher hervor. »Darauf kann man nur trinken und vergessen, *benedicimus vinum nobis*… Hier, nehmt von meinem Messwein. Gott vergebe mir, es gibt keine Gemeinde mehr, drum trinken wir den Messwein leer…«

Er kicherte über seinen albernen Reim und wirkte dabei so verlassen, dass ich ihm mein letztes Stück Brot hinschob. Doch der alte Priester lächelte nur und legte es Snædís in den Napf. Der Met, den er uns aus einem versteckten Fass anbot, schmeckte merkwürdig. Ich trank trotzdem davon, denn seine Geschichte machte mich traurig.

Er hatte einst die kleine Gemeinde von St. Guthlac zu Turlai betreut, bevor die Normannen über das Land gekommen waren. »Auf der Suche nach dem Rebellen von Brune stolperten sie über mein Kirchlein.« Der Becher sank in den Schoß. »Es missfiel ihnen wohl, was sie hier fanden… Munterfromme Angelsachsen zum Pfarrfest bei Apfelwein und Fleischfladen versammelt, die reuelos das Fest des heiligen Guthlac feierten – und kein Hereweard, kein Rebell… Gleichwohl zogen sie die Schwerter…« Seine faltigen Lippen bewegten sich unentwegt, auch wenn er nicht sprach, und das dürre Kinn zitterte unter der Last seines Lebens.

»Nun gibt es keinen Pfarrer von St. Guthlac mehr, kein Dorf, und auch die Pfarrersfrau – *miserere, dona pro nobis in saeculum*… auch mein Weib ist nun bei Gott.« Er verstummte. Trauer überwältigte ihn. Ich spürte mit einem Mal deutlich, was ihn quälte. War es der Met gewesen oder der stickige Rauch, oder war der Allmächtige zugegen – jedenfalls fällte Er wieder einmal die Entscheidung, mir Einsicht zu gewähren: Ich sah die Flammen über den Häusern von Turlai, deren Bewohner wie alle Leute der Fens die Rebellen natürlich unterstützt hatten, hörte das Geschrei der Menschen, sah die Pfarrerin, wie sie versuchte, die Kinder zu schützen, und von Pfeilen getroffen im Sumpf versank, wo sie zumindest den lüsternen Schwänzen der Soldaten entging… Einzig die kleine Kirche des heiligen Guthlac, die uns Obdach geworden war, überstand wundersamerweise Feuer und Vernichtung. Doch wem gab das Trost?

Erik knuffte mich in die Seite, bevor die Bilder mich hinabziehen konnten. »Was ist?«, flüsterte er beunruhigt. Stumm tastete ich nach seiner Hand und schluckte schwer. Die Berührung holte mich zurück.

»Es gibt kein Grab, das ich beweinen kann – mein Herz ist ein Grab. Ein Grab…« Dem Alten entfuhren trockene Schluchzer. Ohne ein weiteres Wort kauerte er sich in seine Felle, murmelte noch eine Weile allerlei Wortgemisch, und wir wagten es nicht, seine Trauer zu stören, bis regelmäßige Atemzüge verrieten, dass der Schlaf ihm Ruhe geschenkt hatte.

»Was für ein seltsamer Mensch…«, murmelte Cedric.

»Bevor die Normannen kamen, war er sicher weniger seltsam«, brummte ich und deckte die Kinder auf ihrem Lager zu, froh, etwas tun zu können nach den schrecklichen Bildern, die ich hatte sehen müssen. Erik schwieg und starrte in die Flammen. Sein Bildnis von Guilleaume wankte, stand aber weiterhin. Guilleaume war der König. Der König fehlte nie.

»Es ist etwa ein halber Tagesritt um die Sümpfe herum«, meinte er später, als wir uns gesättigt und ein wenig mettrunken in die Decken schmiegten. »Guilleaume liegt mit seinem Heer in Branthon jenseits von Elyg. Mit dem Pferd sollte ich es wohl bis Mittag schaffen.« Guilleaume war zugegen, wie immer, in jeder Stunde unseres Lebens. Selbst hier, unter unserer Decke. Mir wurde schwer ums Herz.

»Erik…« Er sah mich an, und das Feuer spiegelte sich in seinen Augen und zauberte etwas vom alten Glanz hinein, den ich so lange vermisst hatte. »Erik, nimm mich mit.« Da legte er den Arm um meine Schultern und zog mich an seine Brust.

»*Elskugi*, du kannst doch nicht mit in ein Heerlager. Das ist kein Platz für Frauen.«

»Ich finde einen Platz für mich.« Wenn ich ihn ziehen ließ, würde Guilleaume ihn verschlingen…

»Und die Kinder...«

»Die Kinder sind bei Cedric in Sicherheit. Und Vater Ælfric ist doch auch sehr nett.«

»Cedric«, knirschte er da und schwieg. Doch musste er wohl zugeben, dass ich Recht hatte, der Spielmann gab sich wirklich Mühe mit den Kindern. Er hatte die beiden in Decken gehüllt und ihnen ein Schlaflied vorgesungen, und Ljómi hatte verzückt gekichert. Er hatte ein gutes Herz, das spürte ich. Und er wollte mir gefallen. Es fiel mir zwar schwer, ihm die Kinder anzuvertrauen, doch war ich mir sicher, dass er mich nicht enttäuschen würde. Ich beschloss, ihm, sobald wir an einem Markt vorüberkämen, etwas Gutes zu tun, ein Paar Handschuhe vielleicht oder eine neue Mütze. Ich wusste inzwischen auch, wie ich mit ihm umzugehen hatte...

Durch die halb offene Tür drang schleimige Feuchtigkeit herein. Hinterlistig kroch sie über den Boden und stahl sich unter unsere Decken, fingerte an den Beinen entlang, dass sich einem die Haare aufstellten und mir kalte Schauder den Rücken herabliefen. Auch Erik schauderte.

»Ich hasse dieses Land«, knurrte er. Der Kloß in meinem Hals wuchs.

»Ich auch«, flüsterte ich. »Ich auch...« Und beide rückten wir in unserer dunklen Ecke näher zusammen und versuchten uns vorzustellen, wie sich Glück ohne Kälte, schmerzende Glieder und Hunger wohl anfühlen mochte. Es wollte mir nicht gelingen, denn der Bastard war zugegen und Erik kam zu mir wie ein Feldherr, und das ärmliche Gotteshaus schien mir nicht der rechte Platz für ein Eroberungsgefecht... Und so schlüpfte ich unter ihm weg und zur Tür hinaus in die mondklare Nacht, um Atem zu schöpfen. Ælfrics Metkanne begleitete mich, Britannien empfing mich mit lauer Luft. Guilleaume aber hockte über den Wassern und wartete.

»Hau ab«, zischte ich wütend. Er grinste und verschränkte die Arme. »Hau endlich ab«, fauchte ich wieder.

»Ist es so weit mit uns gekommen...?« Erik tauchte hinter mir auf. Ich fuhr herum.

»Ich spreche mit deinem König«, sagte ich wahrheitsgemäß.

Er zwinkerte amüsiert. »Mit meinem König? Er ist hier? Niemals würde ich ihm erlauben…«

»Dann sag ihm, dass er verschwinden soll.«

Erik lachte zärtlich. »Du bist Manns genug, ihm das selber zu sagen. Du widerstehst zehn Männern mit einer Hundepeitsche, *drottning mín…*« Die Stimme versagte ihm, als er an jenen Tag dachte, da ich ihm das erste Mal die Haut gerettet hatte, damals auf Burg Sassenberg, als Knechte sich anschickten, ihn totzuprügeln. Das Knistern, das mich damals bei unserer Unterredung verwirrt hatte, das Herzklopfen, der Schauder beim Blick in sein Gesicht, ich empfand das alles noch. Es war immer noch wie am ersten Tag, ein Kribbeln auf der Haut, ohne dass er mich berührte, ein brennendes Loch in der Brust, Atem, der schwer wurde, Verlangen, das unkontrolliert hochstieg – unmöglich, sich diesem Mann zu entziehen, unmöglich…

Ich zog an der Kordel, und mein Hemd fiel zu Boden. Das Mondlicht schmeichelte meinem verbrauchten und müden Körper. Es glättete allzu spitze Knochen und gab meiner Haut den Seidenglanz der Jugend zurück. Die Zeiten änderten sich – die Jahre, in denen die Sonne meinen Körper geliebt hatte, waren vorüber. Erik war das alles egal.

»Scher dich nicht um den König – scher dich lieber um mich«, flüsterte er. Mit festem Griff zog er mich an sich, drückte mich gegen die alte Eiche, und der Feldherr schoss weiter durch sein Blut, hart, ohne Umschweife und mit wildem Verlangen, und Guilleaume grinste mich hämisch vom Schilf aus an… Es schmerzte, seine Liebe wie Krieg in mir zu spüren, ich war das Schlachtfeld, in das sich Speere und Schwerter bohrten, während die schartige Rinde der Eiche über meinen Rücken schrammte und den Akt wie ein blutiges Opfer entgegennahm. Als er die Schlacht gewonnen hatte und wie ein Verwundeter über meiner Schulter hing, fasste ich seine Hand und führte ihn zum Wasser. Guilleaume hatte sich umgedreht, doch sein Schwert glänzte noch im Mondlicht. Ich nahm einen weiteren Schluck aus Vater Ælfrics Metkanne. Was immer der alte Priester für Kräuter verwandte, ich fühlte es wie heißes Öl in meinen Adern pulsieren. Zum Teufel mit dem Bastard! Ich drohte ihm mit der Faust und spuckte dreimal ins Wasser, und er verschwand in den Nebeln des frühen Morgens. Und Erik fand die Ruhe, sich im warmen Uferschlick hinzulegen und mir den Rest dieser Nacht in Frieden zu schenken …

Als die Sonne aufging, drückten wir uns nass, aber glücklich unter einer groben Decke aneinander.

»Geh nicht«, flüsterte ich leise, um den Zauber der Morgenstunde nicht zu vertreiben.

»Ich muss«, erwiderte er ebenso leise. »Wovor hast du Angst?«

Ich hatte ihn schon einmal an einen König verloren, doch konnte ich ihm das sagen? Und Guilleaume war nicht Stenkil Ragnvaldsson, Guilleaume heerte in bester Barbarenmanier durch die Lande, verwüstete Dörfer, ließ Kinder und Greise töten und Ernten vernichten, um Menschen zu bestrafen, die keine Schuld trugen … Doch was damals in Svearland gegolten hatte, hatte auch jetzt noch Bestand – als Krieger und Prinz gab es für Erik nur einen Platz: an der Seite eines Königs.

»Ich liebe dich«, flüsterte ich und versuchte, ein Schaudern zu unterdrücken. Erik umhüllte mich mit aller Wärme, die ich ihm geschenkt hatte. »*Drottning mín*«, murmelte er und bettete seinen Kopf an meine Schulter. »Was bin ich ohne dich …«

Während er dem neuen Tag entgegenschlummerte, ging mir viel durch den Kopf. Ich konnte wieder einmal nicht schlafen; jedes Knacken um uns herum, das Glucksen des Sumpfwassers, die lautlose Gegenwart einer späten Fledermaus oder der spitze Schrei eines Nagetiers riss mich aus den Wachträumen, während Erik ruhig neben mir atmete. Ich bewegte mich zwischen seltsamer Unruhe und der Gewissheit, dass alles gut ausgehen würde, wenn ich nur auf Gott vertraute … Gott. Hatte Er mich gefunden? War Er uns gefolgt und hielt uns in Seiner Hand?

»Dominus pascit met, et nihil mihi deerit: in pascuis virentibus me collocavit, super aquas quietis eduxit me, animam meam refecit …«

»Wenn meinen Kindern etwas zustößt, werde ich dich finden und häuten und in Stücke schneiden.« Ganz leise kamen die Worte, doch Cedric verstand sie. Furchtlos sah er dem Yngling in die Augen. »Keine Sorge, Mann, ich pass gut auf sie auf.«

Erik runzelte die Stirn, zog die Nase hoch und wendete sich ab, um Káris Sattelgurt nachzuziehen. Vater Ælfric humpelte ums Haus herum. »Hihi, wir werden gut auf die Kleinen aufpassen, *benefica in Deum et aeternum*, junger Mann, *et cum testamentum* werd ich ihnen viele Geschichten erzählen, *amen* und macht euch keine Sorge, junge Frau, kleine Mutter …« Damit drückte er mir einen Schlauch in die Hand, der verdächtig nach Met roch. Ich lächelte ihn an und schwang mich in den Sattel. Er trat neben das Pferd.

»Du bist eine gute Frau, Alienor von Uppsala. Gott sieht dich mit Wohlgefallen. Und wenn du doch einmal nicht mehr weiterweißt, dann bete zur heiligen Etheldreda – sie wacht über das Kloster und über die Sümpfe. Sie ist immer hier … Und sie wird dich sicher geleiten.« Für einen Moment ließ er seine gichtigen Hände auf meinem Schenkel liegen und sah mir in die Augen. Wärme durchflutete mich. Er lächelte wissend, segnete mich und trat zurück zu den anderen.

Die Kinder standen neben Cedric an der Hüttentür und winkten, als wir die Pferde vorantrieben, Branthon und Elyg entgegen. Ein letztes Mal drehte ich mich um, sah meine Mädchen, die Kleine und die Große, zwei auf und ab tanzende blonde Schöpfe, die immer kleiner wurden. Ich Rabenmutter, wie konnte ich nur …

Erik legte mir von links die Hand auf den Arm, als verstünde er, welche Kämpfe in meiner Brust tobten. Und immerhin hatte er erst heute Morgen, als wir im See zusammen badeten und uns ausgelassen den feinen schwarzen Sand der vergangenen Nacht abwuschen, wieder versucht, mich zum Bleiben zu überreden.

»Er wird gut auf sie Acht geben«, presste ich hervor, voller Angst, ein böser Dämon könnte meine Worte ins Gegenteil verwandeln. Einer von jenen, die mich in der Dämmerung doch noch gefunden hatten, einer von denen mit Fischfratzen und dem

Geruch von fischigem Tod, eine von den Fluchgestalten, die hier im Moor zwischen den Schilfrohren umherkrochen und danach trachteten, unschuldige Menschen in den kalten Schlamm hinabzuziehen …

Erik sah keinen von ihnen. Wie immer sah er nichts außer seinem Ziel: Elyg. Grimmigen Gesichtes trieb er sein Pferd voran, Branthon und den Kämpfern entgegen. Guilleaume hatte ihn wieder. Nach ein paar Meilen war ich mir sicher – seine Kinder waren vergessen. Und ich wäre es eben auch gewesen, hätte ich nicht darauf bestanden, ihn zu begleiten. Unmöglich zu sagen, welche Qual größer sein würde – ihn ziehen lassen oder die Kinder allein zurückzulassen. Ich hasste mich für meine Schwäche.

Vater Ælfric hatte uns den Weg gut beschrieben – wenn man ihn kannte, war es sogar ein recht angenehmes Reisen auf weichen Wiesenpfaden durch die Fens, und gegen Mittag kamen wir wohlbehalten und unbehelligt von fischigen Geistern in Branthon an. Die Zelte des englischen Heeres leuchteten in der Mittagshitze; grellbunte Fahnen und reich geschmückte Wimpel machten jedem Ankömmling klar, dass hier Macht und militärische Stärke kampierten und Auflehnung keinesfalls geduldet wurde.

Dennoch schien das die Besatzer von Elyg nicht zu beeindrucken. Trutzig wie eine kleine Burg lag das Kloster dort oben auf seiner Insel, umflossen von hartnäckigen Nebelschwaden, bewacht von kreischenden Möwen und singenden Sumpfwesen, uneinnehmbar und eigensinnig. Der sanfte Wind trug ein Lachen herüber.

Doch auch der Sumpf bei Branthon war voller Leben. Ein ganzes Kriegerdorf aus Zelten stand dort, angeschmiegt an das englische Dorf am Hügel, wo sicher kein Korn mehr in den Truhen und kein Käse mehr in der Kammer war und wo die Bauern ihre Jungtiere verstecken mussten, um selber nicht zu verhungern – wie überall auf der Welt, wo ein König mit seinem gefräßigen Heer Rast machte. Zwischen den flatternden Planen herrschte emsiges Treiben, man hörte das Hämmern einer Schmiede, die Essensfeuer qualmten, und allenthalben wurde gelacht und herumgeschrien – auf den ersten Blick hatte man nicht den Eindruck, dass hier eine kräftezehrende Belagerung vonstatten ging …

»Sie lagern bereits ein Jahr vor Elyg«, knurrte Erik. »Da liegen die Nerven blank.« Den Eindruck hatte ich nicht gerade, aber ich hielt den Mund. Er warf einen letzten, kritischen Blick über seine Kleidung, auf die er heute Morgen sehr viel Sorgfalt verwendet hatte, und erwirkte mit einer gekonnten Zügelhilfe, dass Kári den Kragen aufplusterte und noch imposanter als sonst wirkte.

Die Wachen am Eingang schauten entsprechend misstrauisch drein und verwehrten uns mit schräg gestellten Speeren den Zutritt. Aufmerksam musterten sie uns von Kopf bis Fuß, während Erik sein Begehr vortrug. Es erstaunte sie sichtlich, dass er dies mühelos in ihrer Sprache tat.

»Kann jeder sagen, er will zum König«, knurrte der linke Mann. »Außerdem hat der König keine Zeit.«

»Der König ist beschäftigt«, bestätigte der andere und spie den Strohhalm, auf dem er gekaut hatte, auf den Boden vor die Pferde.

»Ich will mein Schwert für ihn geben«, erwiderte Erik einfach und zügelte Kári, dass er schäumend kaute. »Mein Schwert, meinen Arm – und mein Leben. Dafür hat er sicherlich Zeit. Ich weiß, dass er jeden Mann braucht. Und für mich wird er ganz sicher Verwendung haben – ich schützte schon im Maine und in der Bretagne sein Leben.« Die beiden Wachen sahen sich verwundert an, doch schienen die Worte ihre Wirkung nicht zu verfehlen: Wer mochte dieser Krieger sein, der sich rühmte, den König geschützt zu haben, aber wie ein einfacher Mann gekleidet war – der ging und sprach wie ein Prinz, ein wahrhaft königliches Pferd meisterlich ritt, dessen Schuhe aber Löcher aufwiesen …

Sie guckten hier und guckten da und wussten nicht recht, was sie davon halten sollten, aber vielleicht war die kriegerische Lage Guilleaumes auch gerade nicht glücklich, sodass er die Schwertarme einzeln zählen musste, ganz gleich, wo sie herkamen oder wie sie gekleidet waren … Die Speere jedenfalls sanken zu Boden. Erik nahm mein Pferd am Zügel, und gemeinsam ritten wir in das Lager des englischen Königs.

»Geht immer geradeaus, diesen Gang hinunter. Dort hinten könnt ihr warten, bis er Zeit hat. Dort, wo es dampft, dort wird man euch auch einen Teller Suppe geben«, meinte der eine, freundlichere noch, bevor er sich wieder der wichtigen Aufgabe hingab, gegen den Speer gelehnt das Lager des Eroberers zu schützen. Ein Knappe nahm uns die Pferde ab und führte sie hinter eine Zeltreihe. Und ich fragte mich insgeheim, ob wir sie je wiedersehen würden.

Ich hatte nämlich nie für möglich gehalten, wie groß so ein Heerlager sein konnte! Endlose Zeltreihen, wie mit einem Rechenbrett kunstvoll in der Flucht aufgestellt, Menschen mit Waffen bis an die Zähne, Pferde, beladene Maultiere, Frauen – ja, auch Frauen. Es gab da tatsächlich einige, die zwischen den Zelten herumliefen, hübsche und hässliche, die meisten sehr beschäftigt, Körbe und Kisten herumzuschleppen, andere ruhten in schattigen Winkeln aus, um sich für die nächtliche Arbeit vorzubereiten, schlanke Gestalten in flatternden bunten Kleidern, von denen niemand sprach, die kein Chronist erwähnte und für die auch niemand betete, die jedoch tagtäglich den Männern im Heerlager das Leben erträglich zu machen versuchten, sei es durch Gesang, Tanz oder Liebesdienste. Eine von ihnen bediente an dem Feuer, das man uns zuwies, gleich neben einer Feldküche, aus der betörender Duft nach frisch gebackenem Brot strömte.

»Hmmmm …«, seufzte ich sehnsüchtig auf. Das Mädchen sah mich an und wischte sich lächelnd den Schweiß von der Stirn.

»Hast du Hunger, Frau? Warte, du sollst eins davon haben.« Just als sie sich umdrehte, kam ein Küchenknecht aus dem Kochzelt, ein Tablett mit dampfenden Fladenbroten auf den Armen.

»Finger weg, du Dirne!«, fauchte er und wich ihren begehrlichen Fingern mitsamt dem Tablett geschickt aus, ohne dass ein Brot herunterfiel. »Diese Brote sind für den König, wie kannst du es wagen!« Sehr ernst schien das allerdings nicht gemeint zu sein, denn sie lachte ihn nur an und zwinkerte mir zu. Hinter ihrem Rücken winkte sie mit einem irgendwie stibitzten Brot, das der König nun nicht würde essen können. Gemeinsam sahen wir zu, wie der Knecht im übernächsten, mit kostbaren Teppichen verhängten Zelt verschwand. Erik reckte den Kopf. Der König saß nur einen Steinwurf von ihm entfernt! Mir war das, was ich in den Händen hielt, wichtiger. Das Brot schmeckte nach Weizenfeldern in der Sonne und würzigem Kümmel. Ich genoss jeden Bissen und versuchte, Guilleaumes Nähe zu ignorieren. Mit geschickten Taschenspielerfingern zauberte das Mädchen eine dicke Mohrrübe hervor und steckte sie mir zu.

»Sie sitzen schon den ganzen Tag dort drin und reden und reden«, flüsterte sie mir zu. »Ich glaube, er wird bald angreifen, was man sich so erzählt... Er verliert die Geduld. Elygs Stunden sind gezählt.« Sie presste die Lippen zusammen. Gerne hätte ich ihre wahren Gedanken erraten...

»Töpfe und Näpfe, zum Tunken der Suppe«, röhrte da eine Stimme neben mir. Ich wandte den Kopf und sah gerade noch, wie der Mann in der Kleidung eines armen Landmannes dem Knecht hinterhersah, ihm förmlich mit Blicken in das Zelt folgte, durch die Teppiche hindurch, an den Wachen vorbei... Die Dirne verdrehte die Augen. »Der schon wieder. Den ganzen Tag treibt der sich schon hier im Lager herum.«

»Töpfe und Näpfe – wer will kaufen, wer will reich sein, wer will warme Suppe löffeln? Kauft euch gute irdene Näpfe, Männer!« Der suchende Blick war verschwunden, dumpf stierte er nun in die Runde. »Kauft gutes Steinzeug, das geht nicht kaputt...«

Der Küchenchef erwarb einige Näpfe, handelte sie gnadenlos herunter und machte sich, die Näpfe wohlbehalten im Korb, auch noch lustig über das Aussehen des Mannes. »Dir wächst wohl kein Bart, was? Angelsächsische Männer tragen doch Bart, wo ist denn deiner abgeblieben? Oder darfst du keinen tragen?«

»Vielleicht hat er unten auch keinen Bart?«, mischte sich ein anderer ein. »Vielleicht sieht er nur aus wie ein Mann und ist gar keiner? Oder vielleicht hat er hinten einen Bart?« Sie lachten albern über ihre Zoten. Ich fand, normannische Soldaten mit ihrem merkwürdigen Nasenschutz am Helm sahen nicht weniger lächerlich aus, doch das behielt ich wohlweislich für mich.

Der Töpfer schwieg und machte sich noch kleiner. Irgendetwas an ihm kitzelte meine Sinne… Seine wachen Blicke, die unter der faserigen Mütze emsig umherhuschten, alles sahen, jede Bewegung wahrnahmen, jeden registrierten, der die umliegenden Zelte verließ und betrat, die Ohren, die sämtliche Beleidigungen überhörten, dafür alles andere erlauschten, die wollten nicht so richtig zu dem schlecht gebrannten Tonzeug passen…

»Wir könnten ihn beim Angriff vorschicken, dann kann er beweisen, dass er ein Mann ist«, grinste der Koch.

»Du kannst doch keinen Sachsen gegen Elyg schicken!«, entrüstete sich der Soldat lachend. »Ein Sachse ohne Bart?«

»Warum nicht? Wenn er als Erster über die Brücke muss, wo soll er sonst hin? Na ja, er könnte auch im Sumpf schwimmen gehen – blubblubblubb –, ein stinkender Hosenscheißer weniger.« Aufgerissene Augen, erstauntes Gesicht, er schüttelte den Kopf mit heraushängender, schlabbernder Zunge – die anderen bogen sich vor Lachen. Der Töpfer sortierte ungerührt seine Näpfe.

»Was für eine Brücke?«, fragte Erik.

Der Koch machte ein wichtiges Gesicht. »Das geht dich nichts an.«

»Wir haben den ganzen verdammten Sommer über Felle genäht«, plapperte der Spaßvogel los. »Jeden verdammten Tag genäht wie die Weiber, dass die Finger bluteten, Dutzende von Fellen zusammengeflickt.«

»Wenn das meine alte Mutter wüsste, dass ich nähen musste«, lachte ein anderer.

Der Spaßvogel ruderte wichtigtuerisch mit den Armen. »Genäht haben wir. Taaaaagelang. Felle und Flöße –«

»Du hast auch ein Floß genäht? Ein richtiges Floß? Allmächtiger Schlupp!« Wieder bogen sich die anderen vor Lachen.

Er machte ein ernstes Gesicht und musste dann doch kichern. »Ganz allein hab ich das verdammte Floß genäht, Brüder – jede Nacht, als ihr in euren stinkenden Betten lagt und Traumweiber gevögelt habt, hab ich mein Floß genäht, mit einer Nadel, die länger ist als euer Schwanz. Aber verstehst du, Mann? Man wird eine Brücke aus Luft bauen bis zur Insel, sobald der Regen…«

»Haltet's Maul, verfluchte Idioten!« Der Koch schwang seinen riesigen Löffel und hieb ihn dem ersten Schwatzmaul über den Schädel, dass jener fluchend umkippte. Der Zweite brachte sich hastig in Sicherheit.

»Man sagt, der König habe sich eine Wetterhexe bringen lassen«, flüsterte das Mädchen mir ins Ohr. »Sie soll Regen herbeirufen.«

»Warum?«, flüsterte ich zurück, immer entzückter von der Geschwätzigkeit dieser Leute. »Regen bringt Nebel, dann verliert man sich doch in den Sümpfen …«

»Sie haben Ortskundige hier«, wisperte sie und sah sich furchtsam um, gleichzeitig stolz und froh, ihr Wissen mitteilen zu können. Das lange Warten schien nicht nur die Hirne der Soldaten mürbe gemacht zu haben. »Elyg hat schon einmal mit Feuer auf einen Angriff geantwortet. Hereweard of Brune ist schlau – er weiß, dass es nur einen sicheren Weg zum Kloster gibt. Wenn er den wieder in Brand setzt, ist das Heer erneut verloren.« Sie lachte leise. »Letzte Nacht teilte ich das Lager mit einem Knappen des Earl of Warenne …« Und sie rückte noch dichter an mich heran. »Sein Schwanz war klein wie eine Bohne, aber wenn man ihn richtig behandelt, kann man den Mann zum Reden bringen, hihi … gibt nicht Schöneres als einen notgeilen Gernegroß, der es ohne Frau nicht schafft …« Ein Küchenknecht hastete vorbei, und sie verstummte. Sie war keine Normannin und keine königstreue Angelsächsin. Eine schlaue Tänzerin und Liebesdienerin, mit Ohren, die alles hörten. Auf wessen Seite stand sie? War es das Geld, was sie hierher gelockt hatte? Mir liefen Schauder den Rücken herab – ich saß hier mitten im Krieg, mittendrin, er war mir körperlich so nah wie nie zuvor …

»Na ja, ich kitzelte so einiges aus ihm heraus«, kicherte sie weiter an meinem Ohr, »zupfte hier und tändelte da … Er jaulte wie ein Schlosshund, ich hockte über ihm und ließ ihn nicht ran, sein Böhnchen zitterte wie eine Pappel, bittebittebitte, hihi … Ich wurde bööööse, drohte ihm, sein Böhnchen nie wieder anzufassen, hihi, und da erzählte er mir keuchend und lechzend, dass sie die Brücke ganz woanders aufbauen werden! Nicht an dem Weg, den man kennt, sondern von Westen her, am Flussufer!« Ihre Stimme wurde heiser vor Triumph. Ich schluckte. Der Töpfer kramte in seinem Korb, die Ohren gespitzt, ich spürte seine Aufmerksamkeit fast körperlich …

»Und – hast du ihn schließlich …?«, stellte ich die Frage, auf die sie – und nicht nur sie – zu warten schien. Sie winkte verächtlich ab, dann doch ganz Blume der Gosse. »Ach, es war schnell vorüber. Ein Böhnchen eben. Einmal draufgesetzt und hin und her und fertig. Normanne – was erwartet man?« Damit musterte sie schon wieder lüstern den Gürtel des Töpfers. »Angelsächsische Knollen gefallen mir da schon besser … He, du da, hast du schon ein Bett für heute Nacht?« Kopfschüttelnd grummelte der Töpfer vor sich hin, doch war ich mir sicher, dass er jedes Wort unserer Unterhaltung mitbekommen hatte.

»Wer bist du überhaupt? Kommst du aus der Gegend? Kenn ich deinen Schwanz schon?« Ihr Interesse war erwacht – wahrscheinlich klingelte es wieder in ihrem Schoß. Vielleicht war sie doch nur eine gemeine Dirne ohne Vaterland. Der Töpfer packte auf einmal recht hastig, wie mir schien, seine Näpfe zusammen. »He, woher kommst du, Mann, bist du taub?«

Die Männer am Zelteingang drehten sich um, als ihre Stimme schriller wurde. Einer packte ihn an der Schulter. »Bei den Normannen ist es Sitte, sich vorzustellen, wenn man sich ans Feuer setzt«, sagte er mit ruhiger, melodischer Stimme. »Auch wenn es eine Dirne ist, die die Frage an einen richtet. Mich nennt man Simon de Beauvais, und wie nennt man dich?«

»Tim of Hathwynnbldwn …«, nuschelte der Töpfer. Schweiß rann seine Stirn herab. Sicher kam der nicht von der Hitze.

»Hathawynnbnnn … ein wilder Waliser, hehe, einer von denen, die ihr ganzes Hirn brauchen, um ihre Namen auszusprechen!«, kicherte einer der Männer hämisch. »Ein wilder Eadric, der sich vor lauter Buchstabieren nach Süden verirrt hat!« Er warf sich in die Brust und deklamierte: »Hathawynnbnnn – wo wollt ich bloß hin-ninn …« Sie schlugen sich auf die Schenkel bei der Vorstellung, den berühmten walisischen Rebellen, dessen Heer Guilleaume vor nicht allzu langer Zeit brutal vernichtet hatte als

Bettler vor sich zu haben. Wie schon in Yorkshire, so erzählten sich die Leute, stand auch in Eadrics Heimat kein Stein mehr auf dem anderen.

»Vielleicht ist es ja Hereweard persönlich, den du da zwischen zwei Fingern hast, Simon«, warf ein anderer stirnrunzelnd ein. »Ich finde, er sieht nicht aus wie ein walisischer Waldmann. Er sieht aus wie ein Angelsachse, er hat einen Arsch wie ein Angelsachse, er stinkt wie ein Angelsachse, er guckt so blöde wie ein Angelsachse, er hat keinen Bart, weder hier noch dort« – eine zotige Handbewegung machte auch dem Dümmsten klar, wo genau er meinte –, »wir könnten ihn doch mal eingehend befragen.«

»Es könnte tatsächlich Hereweard sein, ihr elenden Plappermäuler«, knurrte Simon. »Wer beweist das Gegenteil? Angelsächsisch genug sieht er aus ...« Und vor allem wie ein Edelmann in Lumpen, sagte ich mir stumm, ihn noch genauer betrachtend und mich über meine eigene Blindheit wundernd. Zorn stieg nämlich in ihm hoch, und er hatte Mühe, die zusammengesunkene Haltung beizubehalten, in der er herumschlich. Und einen Edelmann in Lumpen erkannte ich auf zehn Meilen, Erik war einer gewesen und hatte es ebenso wenig wie dieser hier verbergen können ... Sie nahmen ihn zwischen sich, schubsten ihn mit gezogenen Schwertern herum, bis er stolperte und über seine Tontöpfe fiel, es klirrte, Scherben flogen umher – »Was sagst du nun, verdammter Sachse?«, schrie einer der Normannen hämisch und traf ihn statt an der Schulter empfindlich an der Wange. Der Töpfer schnaubte wie ein Stier. Die Dirne und ich brachten uns eilends in Sicherheit, denn Tim Wie-auch-immer ballte nun die Fäuste und ließ sie sprechen, wie nur ein Angelsachse es konnte, und den bewaffneten Normannen verging Hören und Sehen – er schlug wie ein Wilder um sich, die Rechte hart wie Damaszenerstahl, in der Linken wie von Zauberei eines dieser tückischen angelsächsischen Messer. Wie ein riesiger Troll sprang er von Mann zu Mann, teilte aus, hieb in Gesichter, so schnell und so gemein, dass kaum einer gebührend reagieren konnte, Blut spritzte aus Nasen, Schmerzensschreie taumelten durch die Mittagsluft, das Messer sang ein höhnisches Lied über den dahinsinkenden Soldaten, und dann war der Töpfer auch schon verschwunden, schwang sich leicht wie eine Katze über Tische und Bänke an Zelten vorbei, griff sich hinter den Feuern ein weißes, klappriges Pferd, setzte mühelos mit ihm über Gestelle, Tische und Kisten und flog förmlich davon!

»Allmächtiger! Es war wirklich Hereweard!«, flüsterte das Mädchen entsetzt.

Wutschreie gellten in den spöttisch blauen Himmel. Ein paar besonders Mutige, die noch keine Bekanntschaft mit den Riesenfäusten gemacht hatten, rannten hinterher, schrien, man möge den Flüchtigen aufhalten, um Gottes willen... Doch die Wachmänner am Rande des Heerlagers glotzten nur dumpf, trunken von der Mittagshitze und dem geheimnisvollen Inhalt ihrer Wasserflaschen.

Simon de Beauvais tobte. »Unglaublich«, schimpfte er mit überkippender Stimme, »was seid ihr nur für Trunkenbolde – ein Wunder, dass wir England überhaupt eingenommen haben! Seid ihr denn blind und taub? Bei Gott, ich fasse es nicht...« Zitternd vor Wut, begab er sich zu den Wachen, um eine Verfolgung des Flüchtigen zu organisieren.

»Sie sind alle am Ende«, flüsterte die Dirne da neben mir. »Seit Wochen – was sag ich, seit Monaten hängen sie hier im Sumpf herum, kein Plan, kein Angriff, und das nach all den Niederlagen, die sie einstecken mussten, weil Elyg die heilige Etheldreda auf seiner Seite weiß.« Sie hatte sich wieder gefangen. Vorsichtig reckte sie den Kopf und sah dem kühnen Reiter nach, der im Nebel verschwunden war. Und ihr geheimnisvolles Lächeln verriet, dass nicht nur die heilige Etheldreda auf Seiten von Hereweard of Brune stand, den sie den allzeit Wachen nannten und der als Spion hinter uns gesessen hatte.

»Warum nennen sie ihn so – den Wachen?«

»Weil er über alle Angelsachsen wacht und niemals schläft...« Erschrocken hielt sie inne und schlug sich auf den Mund. Ich lächelte, befriedigt, eine seiner heimlichen Anhängerinnen erwischt zu haben. Sie stand auf und verschwand, lautlos wie ein

Gedanke, um nicht noch mehr preiszugeben über den Mann, den der König seit über einem Jahr lieber tot als lebendig gesehen hätte. Der Mann mit den hundert Gesichtern, flinker als der Wind und schlauer als ein Fuchs – mitten unter ihnen hatte er sich herumgetrieben, keine drei Schritte vom Zelt des Eroberers entfernt, welcher Hohn! Ob Guilleaume es erfahren würde? Während ich noch darüber nachdachte, was der Töpfer wohl alles gehört hatte, dämmerte ich schließlich leise lächelnd weg.

»Alienor!« Atemlos kam Erik auf mich zugelaufen. »Alienor, komm! Wir werden nun vorgelassen, komm!« Und er zog mich von meinem Platz an der Zeltgasse, wo der Wind mir ein bisschen durchs Haar geweht war und den Schweiß getrocknet hatte. Ich zupfte mein Kleid zurecht und folgte ihm, den Kopf immer noch voller Gedanken… Hereweard, der Töpfer… Und jetzt der König. Schon einmal waren wir zu einem König vorgelassen worden – Hereweard, *þe wocnan*, schlau wie ein Fuchs… Ich schüttelte ihn ab. Er war verschwunden und fertig. Nun ging es zum König.

Der andere König, das war vor langer Zeit gewesen, ein wahrer Anführer, schön von Gestalt, mit guten Augen und einem großen Herzen, Stenkil Ragnvaldsson, dem Gott alle Sünden verziehen und ihn dann im läuternden Feuer seiner Königshalle zu sich genommen hatte. Niemand würde so sein wie er. Das freundliche Lächeln, mit dem der rothaarige Svear mich stets begrüßt hatte, wärmte mir noch immer das Herz, und ich war dankbar, dass ich ihn hatte kennen dürfen. Diesen Normannen wollte ich eigentlich überhaupt nicht kennen lernen…

»Reiß dich zusammen, *elskugi*!« Erik knuffte mich in die Seite. »Jetzt geht es um alles.« Ich verstand nicht ganz, was er mit »alles« meinte, doch schien er mal wieder meine Gedanken erraten zu haben, und so kam ich seinem Wunsch nach und riss zumindest die Augen auf.

Hoch gewachsene Kerle in Rüstungen bewachten das akkurat erbaute Zelt des normannischen Heerführers, der sich zum König der Angelsachsen hatte krönen lassen. Selbst die Banner auf den Zeltpfosten schienen im Wind im Gleichtakt zu flattern, um ihrem Herrn zu gefallen. Grimmig schauten sie auf uns herab, ebenso wie die beiden Wachen. »Dirnen haben hier keinen Zutritt!«

»Sie ist keine Dirne – pass auf deine Zunge auf«, fauchte Erik ihn an. Unwillkürlich fasste ich an die große Narbe, die mein Gesicht so gewöhnlich aussehen ließ. Schminke hatte diese Narbe schon lange nicht mehr gesehen – ein Fehler? Die Wachen ließen sich von Eriks Worten nicht beeindrucken und klappten ihre breitblättrigen Speere erst zur Seite, als ein bunt gekleideter Knappe an ihnen vorbeilugte.

»Diese kommen mit mir«, zwitscherte er und winkte uns an ihnen vorbei.

»Trotzdem bist du eine Dirne«, zischte der eine hinter mir her und griff mir an den Hintern, ohne dass ich mich wehren konnte.

Das Zelt war voller Menschen, in allen Ecken standen und hockten waffenstarrende Männer in Kettenhemden, schreiend bunte Mäntel über den Schultern, während ihnen in der entsetzlich stickigen Luft der Schweiß in Strömen über die zerfurchten Gesichter rann. Waffen klirrten, Stiefel klapperten, das Dröhnen dutzender Männerstimmen erfüllte die Luft, es roch nach Bier und Ausdünstungen von Menschen, die schon länger kein Bad mehr genommen hatten. Bärtige Haudegen standen neben Höflingen in feiner Kleidung, Diener und Knechte liefen herum, an einem Tisch wurden Brot und Käse angeboten, manche aßen hungrig davon. Hier drinnen sah es gar nicht mehr so geordnet aus wie draußen vor den Zelten, hier schien der normannische Hang zu perfekter Organisation buchstäblich zu zerfallen. Nervöse Erwartung hing in der Luft, eine Entscheidung war gefallen. Heute? Morgen? Wie lange noch warten, wie lange noch in Kleidern, mit der Waffe am Gürtel schlafen, jederzeit zum Angriff bereit und doch täglich aufs Neue enttäuscht, weil es nicht losging …

Hinter jedem Vorhang verbarg sich ein neues Vorzelt, neue, noch wichtigere Männer mit noch polierteren Schwertern und noch feineren Kettenhemden. Neugierig glotzten sie mich an, und ich begann meine Idee zu verfluchen, Erik zu begleiten. Hatte ich es bisher nicht kapiert, so wurde es mir unter Erröten endlich klar: Eine züchtige Frau hatte unter Kriegern einfach nichts zu suchen. Daheim nicht, und hier erst recht nicht. Der Gedanke kam zu spät.

Der letzte Vorhang wurde aufgerissen.

»… dann sollen sie sich beeilen! Weckt sie auf, übergießt sie mit Wasser, hackt ihnen meinetwegen ein Bein ab …«

Ein Hüne durchmaß erregt das Zeltinnere. Nach vier Schritten hatte er schon die Wand erreicht, und Männer sprangen eilfertig zur Seite. Der Wandteppich wehte erschüttert, als der König von England sich brüsk von ihm abwandte und die gegenüberliegende Seite fixierte. Drei, vier Schritte, wieder zitterte ein Teppich.

»Wenn ich sage beeilen, dann meine ich beeilen. Wochenlang liegen sie auf der faulen Haut herum – jetzt habe ich einen Befehl für sie, und wo sind meine Soldaten?«

»Ja, Sire, sofort werde ich …« Ein Kettenhemd verbeugte sich hastig und rauschte an uns vorbei. Guilleaume drehte sich um. Ein Höfling huschte herbei und flüsterte ihm etwas ins Ohr. Die buschigen Brauen trafen sich beinahe in der Mitte, und die steile Stirnfalte wirkte wie ein Pfeil in seinem Gesicht. Der König wünschte ganz offensichtlich nicht gestört zu werden.

»Was will er … Herrgott, haben wir nichts Besseres zu tun?«

Und damit wandte der Monarch uns sein Gesicht zu. Eisblaue Augen befingerten uns und schätzten unsere Wichtigkeit ab. Gesicht, Juwelen, Kleidung. Waffen, die in diesem Zelt zu meinem Erstaunen von allen getragen werden durften. Dann erkannten sie das Gegenüber.

»Erik von Uppsala. Was für eine Überraschung.«

5. KAPITEL

Einen Saal sah sie, der Sonne fern,
In Nastrand, die Türen sind nordwärts gekehrt.
Gifttropfen fallen durch die Fenster nieder;
Aus Schlangenrücken ist der Saal gewunden.

(Völuspá 42)

Erik verbeugte sich und zog mich mit in die Tiefe.

Wir standen auf kostbaren Teppichen, die man Königen stets hinterherschleppte, um ihre Wichtigkeit zu untermalen, und unsere Schuhe unterschieden sich sehr von denen der Umstehenden. Fast schämte ich mich, sie nicht geputzt zu haben, allein es hätte nicht viel geholfen, sie waren nach unserer langen Reise einfach abgenutzt und farblos, und Eriks Schuhe wiesen Löcher auf. Das Schuhwerk der Höflinge glänzte wie verzierte Speckschwarten und grinste unsere alten Treter höhnisch an. Ich fand auch des Königs Stimme alles andere als einladend, doch standen wir nun einmal vor ihm und konnten nicht zurück. Zögernd richtete ich mich auf, ließ meinen Blick an seinen edlen Beinkleidern, dem fein gewirkten Kettenhemd und dem farbenprächtigen Überwurf hochklettern. Er schaute mich nicht mal an.

»Der wilde Svear-Prinz... Wart Ihr nicht auf dem Weg in Euer Land bei Thule, als wir uns das letzte Mal sahen? Ich schenkte Euch ein Pferd und Waffen...« Nun doch neugierig geworden, musterte der König den Yngling scharfen Blickes, als könne er nach all den Jahren ein verschenktes Schwert oder gar das wertvolle Tier wiederfinden.

»Der Wind wehte scharf in meinem Land, Sire. Er fegte alles hinweg, was mir lieb und teuer war.«

Guilleaume kniff die Augen zusammen, sichtlich erstaunt ob des nach der langen Zeit immer noch fehlerlosen Normannisch seines Bittstellers. Der Blick, mit dem er Erik musterte, glich dem eines Raubvogels.

»Wind wehte. So, so. Hm. Ich habe davon läuten hören. Und nun … wollt Ihr also wieder in meine Dienste treten?«

»Ich bin gekommen, um Euch meine Dienste anzubieten, Sire.«

Ein ironisches Lächeln umspielte die dünnen königlichen Lippen, und die Augen blitzten bei der kleinen Umformulierung des Ynglings auf. »Ach, da kann ich ja fast froh sein, dass Ihr mich erwählt habt und nicht einen dieser Angelsachsen …«

Wie es der normale Gang der Dinge gewesen wäre, beendete ich im Geiste den Satz. Niemand geht zuerst zum König. Was für eine Idee. Niemand außer Erik Emundsson. Jeder andere Ritter hätte sich einem der neuen oder alten Earls zu Füßen geworfen und versucht, in dessen Diensten sein Glück zu machen – ihm treu zu dienen, sich Ehre und Besitz zu erwerben, um vielleicht eines Tages in die Kreise des neuen Monarchen aufgenommen zu werden und Landgüter zu sammeln. Das war hier in England unter normannischer Herrschaft nicht anders als bei uns daheim in Lothringen. Doch war das nicht der Weg des Ynglings. Zärtlich sah ich auf seinen breiten, trotzigen Rücken. Er verhielt sich immer noch wie der stolze Krieger und Sohn aus königlichem Geschlecht, der es als sein angeborenes Recht ansah, mit dem König selbst zu sprechen, wenn er für ihn kämpfen wollte. Hier war er nun endlich angekommen, gegen alle Widerstände und Widrigkeiten auf dem langen Weg. Die Seele dieses Kriegers war zerschnitten und verletzt, doch sein Stolz schimmerte wie ein Edelstein durch trübes Wasser …

Etwas Ähnliches schien Guilleaume auch durch den Kopf zu gehen, denn er schwieg lange zu Eriks Angebot und zupfte an seinem fein getrimmten Bart.

»So, so, Erik von Uppsala«, sagte er schließlich. Ich musste wider Willen fast lachen über die Aussprache des Normannen. Man erzählte sich, dass er kein Wort Angelsächsisch sprach und sich auch weigerte, die barbarische Sprache zu lernen. Wer von den vielen diensteifrigen Höflingen wohl der Übersetzer war?

Mein Blick wanderte umher, am König vorbei, der offensichtlich nachdachte, zumindest gerade mit merkwürdigen Gesichtsverrenkungen auf seiner Unterlippe herumkaute. Der Mönch mit den hängenden Ohren? Jener, der seine Augen so angestrengt zusammenkniff, vielleicht weil er taub war? Oder der dickbäuchige Prälat? Mönche, Priester, wo man hinschaute…

»Ich könnte Euch etwas im Norden anbieten, wenn Ihr Euch bewährtet. In« – er neigte hilfesuchend den Kopf zur Seite, und der hängeohrige Mönch – ah, der Übersetzer – flüsterte ihm das gesuchte Wort zu.

»… in Yoch-kshire. Ein nettes kleines Stück Land –«

»Ihr habt nicht viel von Yorkshire übrig gelassen, Sire«, entfuhr es Erik da.

Des Königs Gesicht wurde hart. »Ihr habt Euch also schon in meinem Reich umgesehen, Erik von Uppsala.«

»Ich betrat dieses Land von Norden her, und es war nicht zu übersehen, dass Ihr Krieg geführt habt.«

Einige der Umstehenden zogen hörbar die Luft ein angesichts der versteckten Kritik dieses furchtlosen Fremden. Guilleaume schwieg einen Moment. Ich krampfte die Finger zusammen, wand mich innerlich, wünschte, der Boden würde mich verschlingen… ritt ihn denn der Teufel, solch freche Bemerkungen zu machen?! Nichts würde uns mehr retten können, nichts…

»Nun, da es Euch sichtlich beschäftigt, wie Könige denken, mein lieber Erik« – und jetzt zuckten die von einem roten Bart umgebenen Lippen wieder, und ich verstand, dass er sich über den Königssohn, der niemals einen Thron besteigen würde, lustig machte –, »will ich Euch Gelegenheit geben, mir auf die Finger zu schauen. Begleitet mich – wie damals –, kommt mit mir auf meine Mission nach Elyg und schaut Euch an, wie man ein Reich erobert, vielleicht versteht Ihr dann die Komplexität des Herrschens und dass ein erobertes Land nicht nur aus einer Herde Schafen besteht, die man zusammentreiben muss. Wölfe verbergen sich in den Wäldern – man muss sie finden, mit Gottes Hilfe, und zur Strecke bringen, dann erst hat man den Schafen Frieden gebracht, versteht Ihr? Das ist meine Aufgabe, und ich habe durch den Heiligen Vater Gottes Segen dafür erhalten. Und wenn ich diesen … diesen Angelsachsen … aufgehängt und seine Anhängerschaft in alle Winde zerstreut habe, dann können wir uns unterhalten, von Mann zu Mann. So wie früher.« Die Stimme biss jetzt wie ein Insekt. Ich erinnerte mich dunkel, dass mir jemand von den Reliquien erzählt hatte, die der Normannenherzog bei der großen Schlacht von Hastinges um den Hals hängen hatte. Gott auf seiner Seite, der Papst ja sowieso … Vielleicht stimmte es ja wirklich. Ich war geneigt, dem Monarchen zu glauben, königlich und imposant, wie er dort stand. Erik jedoch ließ sich nicht davon beeindrucken.

»Ich werde versuchen, Euer Tun dann zu verstehen.« Der Mönch neben dem König wurde bleich, doch Guilleaume lachte nur, und die Bissigkeit verschwand. Er musste den jungen Yngling einst sehr gemocht haben, dass er ihm derlei Dreistigkeit durchgehen ließ …

»Ich habt Euch nicht verändert, Erik aus dem kalten Norden. So kalt und frech wie Euer Mut ist auch Euer Hirn. Das gefällt mir, immer noch.« Wieder betrachtete er sein Gegenüber mit zusammengekniffenen Augen. »Ich sehe, Ihr kämpft als einfacher Mann in Lederkleidung, aber mit der Klinge eines Fürsten.« Damit streckte er die Hand aus, und Erik reichte ihm sein Schwert. Guilleaume betrachtete es aufmerksam, fuhr mit Kennermiene über die kunstvoll geschliffene Schneide und den prächtigen, mit Goldeinlegearbeit und Mondsteinsplittern verzierten Griff. »Wunderschön«, murmelte er. »Die Arbeit eines Meisters, für einen Meister geschaffen. Wir werden passende Kleidung dazu finden. Meine Ritter sollen nicht aussehen wie angelsächsische Waldmänner.« Der Mönch neben ihm räusperte sich, denn der eine oder andere angelsächsische Waldmann stand als Unterworfener direkt neben dem König, doch das kümmerte ihn nicht. Er gab Erik das Schwert zurück.

»Ich bin sicher, Ihr könnt immer noch trefflich damit umgehen.« Warum nur störte mich dieser Unterton in seiner Stimme …

»Das Leben lehrte mich noch mehr Finten, Sire.«

Die königlichen Brauen schossen in die Höhe. »Lehrte es Euch auch den rechten Glauben?« Er wusste alles, erinnerte sich an jedes vergangene Detail. »Ihr tatet Euch auch nach der Taufe damals ein wenig schwer damit…« Ich presste die Lippen zusammen – was für eine Frechheit!

Erik blieb ganz ruhig und schaffte es sogar zu lächeln.

»Seid unbesorgt, Sire, meine Seele wurde gerettet…«

»Und doch begleiten Euch diese heidnischen Bestien immer noch.« Die Adleraugen hatten die schwarzen Schlangen auf seinen Handgelenken entdeckt. »Wollt Ihr Euch nicht von ihnen trennen?«

Erik reckte den Kopf. »Sie sind ein Teil von mir, Sire. Ihr werdet sie akzeptieren müssen. Andernfalls müsstet Ihr mir schon die Hände abschneiden lassen. Dann jedoch stünde Euch nur noch mein Kopf zur Verfügung…« Er lächelte charmant. »Den Weißen Krist stören sie nicht.« Der Mönch wandte sich heftig kopfschüttelnd ab und murmelte in schlechtem Küchenlatein, dass er in seinem Leben noch keine derart barbarische Impertinenz erlebt hatte. Guilleaume schien es nicht bemerkt zu haben. Ich ahnte jedoch, dass diesem König nichts entging. Umso mehr wunderte ich mich, dass er Eriks letzte Bemerkung unkommentiert ließ. Er schritt auf einen Sessel zu. Bewaffnete und Diener stoben vor ihm auseinander wie eine Herde Hühner. Beinahe müde ließ er sich nieder.

»Und das da, das ist Eure… Dame, Erik von Uppsala?« Seine Stimme klang alles andere als müde und das leise Zögern fast spöttisch. Die Examination ging weiter. Ein paar Gesichter um uns herum verzogen sich anzüglich. Jetzt wurde es endlich amüsant. Normannisch arrogante Nasen, die sich, platt gedrückt von Nasenschützern, neugierig in meinen Ausschnitt bohrten…

Erik nickte. »In der Tat, das ist meine Dame, Sire.«

»Ach, tatsächlich. Schade.« Der König grinste schlau. »Ich hatte schon überlegt, welche unverheiratete Angelsächsin für Euch in Frage käme… Wie Ihr wisst, ist das der einfachste Weg, um zu Besitz, Amt und Würden zu kommen. Meine Königin hat in ihrer Entourage eine recht nette Auswahl zusammengetragen.« Seine listigen Augen glitten an mir herab, abschätzend –

abschätzig. Einen kurzen Moment bekam ich es mit wilder Angst zu tun. Wir waren nicht rechtmäßig getraut, seit vielen Jahren. Ich war seine Gefährtin, seine Geliebte, wir führten eine clandestine Ehe, mit Gottes Wohlwollen, doch ohne Priestersegen, und ein Scheidebrief bedurfte nicht einmal meiner Zustimmung.

»Für einen Jungesellen sicher eine verlockende Aussicht. Und Eure Königin, Sire, hat in jeder Beziehung einen guten Geschmack, wenn ich mich richtig erinnere. Doch besteht keine Notwendigkeit, ihre Auswahl in Augenschein zu nehmen.« Warm klang die Stimme neben mir, und er schlang mir Halt gebend den Arm um die Hüfte, während er mich auf den Normannen zuschob. »Ich möchte Euch mein Weib vorstellen, Sire, weil ich weiß, dass ihre Familie treu in Euren Diensten steht und Euch teuer ist. Alienor de Montgomery, Sire.«

»Montgomery. So, so.« Der Monarch sah mich mit tanzenden Brauen an. Obwohl er freundlich dreinblickte, lief es mir kalt den Rücken hinab, als ich meinen Schleier zurechtzupfte und mich erneut verbeugte. »Montgomery. Ich dachte schon, ihr Antlitz erinnert mich an jemanden...«

»An Geneviève, Tochter des Roger?« Erik war berechnend und schlau wie ein Fuchs, und er nutzte sein Wissen weidlich aus, um sich zu positionieren und durch die Gattin ins rechte Licht zu rücken. Ich hörte, wie es um uns zu flüstern und zu raunen begann. Geneviève, wer hatte sie nicht gekannt oder zumindest von ihr gehört, Geneviève de Montgomery, die Schöne, Begehrenswerte aus Caen, die Frau, der vor einem knappen Vierteljahrhundert die halbe Normandie zu Füßen gelegen hatte und die eines Tages dann auf geheimnisvolle Weise verschwunden war...

»Nein, nein, an jemand anders.« Guilleaume machte einen Schritt auf mich zu. Der Herr vergebe mir – was taten wir hier? Ich, eine Frau, im königlichen Heerlager, was für ein herzlicher Unsinn! Gott würde meinen Hochmut schon noch strafen...

»Da war doch dieser Mönch... Frère Angèle, erinnert Ihr Euch denn nicht?« Frère Angèle, der Mönch mit den Schlappohren, runzelte die Stirn. Dann hellte sich sein Gesicht auf, und er flüsterte dem König wieder etwas zu.

»So war es – da war dieser Baumeister. Ein Mönch ... und ein Montgomery. Er sollte uns beim Bau einer meiner Burgen beraten, er kam aus Italien, ein Schwätzer und Plappermaul, ein elender Besserwisser ... Ich ... Ach, ich hab ihn hinausgeworfen.« Eine heftige Handbewegung gegen die Decke illustrierte, wie das wohl vor sich gegangen war.

Ich konnte mir sogar vorstellen, warum, und verbiss mir ein Lachen. Sicher hatte der Mann, der vor dem Schöpfer mein Vater war, dem König den letzten Nerv geraubt mit seinen Einwänden und endlosen Vorträgen über das Für und Wider von Baustoffen und warum er unbedingt der Einzige war, der das beurteilen konnte ...

»Ist das eigentlich mal jemandem aufgefallen, dass die Montgomerys sich alle so ähnlich sehen?« Der Normanne liebte es offenbar, sich über andere lustig zu machen. Die Höflinge lächelten eifrig. »Das ist ja ein ernstes Problem, du lieber Himmel, ich sollte mit Roger darüber sprechen, ob da wohl bei den Heiraten ein oder zwei Augen zugedrückt wurden ... Das wäre ja skandalös, mein Lieber, skandalös – wie war noch Euer werter Name, *dame chière*?«

»Sire!« Atemlos kam da ein Mann ins Zelt gerannt, verbeugte sich hastig und warf sich Guilleaume zu Füßen. »Sire, es wurden Wolken am Horizont gesehen!«

»Wolken! Es wird regnen!«

»Es regnet!«

Genauso schnell, wie es gekommen war, erlosch das Interesse des Monarchen an mir, nicht einmal mein Name war noch von Belang. »Sofort Befehl geben ... Sammeln ... An die Ufer bringen!« Innerhalb weniger Momente war er von seinen Herren umringt, eine Karte wurde auf dem Tisch ausgebreitet und mit Messern festgespießt, und Finger fuhren durch die pergamentenen Moore. Erik wurde in die Gruppe gesogen, ohne dass er sich noch einmal nach mir umschauen konnte. Hin und wieder sah ich seinen leuchtenden Schopf auftauchen, hörte seine energische Stimme erklingen, ein Gleicher unter Gleichen, sofort selbstbewusst und gradlinig seinen Standpunkt vertretend, den Plan mit diskutierend – glücklich, endlich glücklich, am Ziel zu sein. »… zu weit…« – »… viel geschickter…« – »… viel zu gefährlich, Ihr solltet eher zusehen, dass nicht so viele Pferde…« – »… in drei Gruppen statt in zweien…« Man hörte den König ein letztes Mal lachen. »Erik von Uppsala – Ihr habt Euch nicht verändert. Und jetzt wollen wir hören, was Warenne vorzuschlagen hat.«

Da niemand auf mich achtete, zog ich mich vorsichtig zurück und blieb am Vorhang stehen. Die Ruhe war dahin, aufgeregt liefen Diener und Soldaten hin und her, um Botschaften zu überbringen, Rüstungen zu komplettieren oder Weinbecher voll zu schenken, um die Kehlen der Kriegsherren zu ölen. Ich wusste nicht recht, wohin mit mir, und versuchte, mich daher so unsichtbar wie möglich zu machen.

»Ihr seid also eine Montgomery.« Frère Angèle schob sich neben mich, einen Hauch zu dicht, wie ich fand, das geziemte sich nicht, und außerdem stank er nach Zwiebeln. Da ich nicht reagierte, versuchte er es anders herum. »Eure Frau Mutter war eine wunderschöne, gottesfürchtige Frau.«

»Das war sie«, nickte ich, ohne den Männerpulk, in dem Erik verschwunden war, aus den Augen zu lassen.

»Dann geht es ihr gut, nehme ich an«, horchte der Mönch mich ungeheuer geschickt weiter aus.

»Gott hat sie zu sich gerufen, nach einem erfüllten und frommen Leben.«

Frère Angèle setzte sogleich ein betroffenes Gesicht auf. »Der Allmächtige sei ihrer Seele gnädig und erhebe sie ins Himmelreich, amen. Wie schade, dass Euer Großvater noch auf dem Kontinent weilt, er hätte Euch sicher gerne in die Arme geschlossen.«

»Sicher.« Das Wort schmeckte schal im Mund. Man hatte mich nicht in die Burg meines Großvaters eingelassen, hatte am Tor nicht mal nach meinem Begehr gefragt, nachdem ich meinen Namen genannt hatte. Der Pulk am Tisch geriet in Bewegung, waffenstarrende Kriegsmänner stapften Richtung Ausgang, um Befehle auszuführen, und Erik – Erik kam auf mich zugeeilt! Mein

Herz klopfte – er sah glücklich aus, so glücklich. Endlich war er an seinem Platz angekommen.

»*Elskugi*, du kannst nicht hier bleiben.« Seine Hände packten mich, als wäre ich ein Schild, den es festzuhalten galt. »Was machen wir mit dir – es wird noch heute losgehen … Sicher findest du bei den Frauen einen Platz, wo du warten kannst. Hier im Lager bist du sicher – du …«

»Erik von Uppsala, sobald Ihr Eure Privatangelegenheiten erledigt habt, wüsste ich es zu schätzen, wenn Ihr Euch an unseren Beratungen beteiligen würdet. Eure letzte Idee schien mir … durchführbar.« Guilleaumes Blick glich einem Dolch, der mich durch Männer, Hocker und Vorhangstoffe hindurch aufspießte und Erik am Schlafittchen nahm, um ihn von mir wegzuziehen.

Erik küsste mir formvollendet die Hand. Mein Herz machte einen Satz, weil er so unglaublich schön und stolz aussah, der Kopf gerade, die Schultern breit, die Brust gestärkt durch die Aufmerksamkeit seines Königs. Ein Krieger wie im Traum, Abbild von Stärke und Adel, der zuletzt einen Kuss in seine Handfläche drückte und ihn mir zublies. Sein strahlendes Lächeln ließ den Kuss direkt in mein Herz fliegen.

Dieses Bild meines Mannes nahm ich mit, als ich durch den Vorhang hindurch ins nächste Vorzelt huschte, wo ebenfalls ungewohnt helle Aufregung herrschte. Ich wanderte an Männern vorbei, die nicht den kleinsten Blick mehr für mich übrig hatten, weiter ins erste Zelt, wo Hunde sich ungestraft die Reste vom Tisch holten, weil jeder damit beschäftigt war, seine Waffen an sich zu raffen, das Kettenhemd gerade zu ziehen, den Umhang zu suchen, den Kameraden, Freund, Vasallen zu rufen …

Draußen angekommen, atmete ich tief durch und zwang mich zur Ruhe. Was jetzt?

Wir hatten nicht besprochen, was nach der Audienz geschehen würde. Wohin mit mir? Es konnte nicht sein Ernst sein, dass ich zu den Frauen gehen sollte – zu den Dirnen?! Wo würde ich ihn dann wiedertreffen, was sollte ich hier allein anfangen? Die Nornen hatten uns einen Streich gespielt, uns auseinander gerissen, und nun saß ich da: Es gab den Plan des Königs, doch es gab keinen Plan von uns, und ich war schuld, weil ich mich an Eriks Fersen geheftet hatte, ahnend, doch nicht wahrhaben wollend, dass er mich vergessen würde, sobald der König die Arme ausbreitete… Ich fühlte mich plötzlich unsäglich verloren. Die Schwüle war unerträglich geworden. Dick und fest wie eine schleimige Glocke hing die feuchte Moorluft über den Zelten, machte jeden Atemzug zur Qual und drückte die Menschen in den Schlamm.

Das ganze Lager war in Alarm versetzt worden, die schläfrige Atmosphäre mit einem Schlag verschwunden. Entschlossene Mienen, energiegeladene Bewegungen, wohin ich auch blickte. Eine effiziente Kriegsmaschine in normannischer Planung setzte sich in Gang. Sie würde alles überrollen, was sich ihr in den Weg stellte. Ich musste fort von hier, wenn ich ihr nicht zum Opfer fallen wollte.

Erste dicke Regentropfen klatschten auf die Erde. Sie trafen mein Gesicht mit leichten Schlägen und wuchsen auf dem staubigen Kleid zu immer größeren Wasserflecken, bis der Stoff unangenehm auf der Haut klebte. Suchend sah ich mich um. In der Ferne donnerte es, und der Himmel verdüsterte sich zusehends. Feuchter Staub zog durch die Zeltgassen, aufgewirbelt von Dutzenden von eilig dahinlaufenden Füßen, Staub, der nach Gewitterregen roch, aber nichts hatte von jenem verheißungsvollen Geruch des Sommerregens, den ich von daheim kannte…

»Hahaha, Hereweard of Brune, verflucht seist du, der Blitz soll dich treffen und Fluten dich verschlingen – Regen, herab mit dir –« Irgendwo in nächster Nähe keifte die angeheuerte Wetterhexe ihre Flüche. Zum Gewitterdämon schien sie einen guten Draht zu haben, denn das Unwetter kam tatsächlich immer näher. Unheilvoll wallte die Wolke heran, breit und aufgequollen ruderte sie mit dicken Armen, um so viel Himmelsblau wie möglich zu verschlingen, und sie lachte höhnisch, während sie schwarz anlief und erneut zu donnern begann… Unruhe stieg in mir hoch. Ringsum hörte ich es keuchen, rufen, schreien, Pferde schnaubten und wieherten, das Tempo der Laufenden wurde schneller, hastiger, jeder rannte zu seinem Platz, suchte, fand, suchte erneut – ich wollte nur noch heim zu meinen Kindern, wollte mit ihnen in der stillen Hütte sitzen und sie im Arm halten, wollte sie ganz dicht bei mir haben, während Wotans wilde Jagd über mir das Land unsicher machte, seine Dämonen losschickte und Guilleaume, der Bastard, sich anschickte, an seiner Seite zu reiten und in Gesellschaft meines Mannes Krieg zu führen …

Unbestimmte Sehnsucht zog mich aus dem Lager heraus. Oder sollte ich doch auf ihn warten? Hin- und hergerissen zwischen Mann und Kindern, schaute ich mich um. Überall nur Männer, schwer bewaffnet, übel riechend vom langen Lagern. Wirklich kein Platz für eine Frau. Ich holte tief Luft. Auf ihn warten? Gott, Allmächtiger!

»He, aus dem Weg, Weib«, brüllte ein Fuhrknecht und ließ seinen voll beladenen hölzernen Wagen beinahe über meine Füße fahren. »Pack deinen Busen ins Bett – wenn wir fertig sind, wollen unsere Schwänze feiern!« Seine Pranke griff mir an den Hintern, als wäre ich ein störrisches Pferd. Ich schlug um mich und drückte mich zwischen zwei Zelte. Der Kerl lachte grölend. »Warte auf mich, kleine Schlange, dich krieg ich!«

Fort hier. Jetzt, wo Erik verschwunden war, hielt mich nichts mehr, nicht einmal die Furcht vor einer Schlacht, in der ich ihn sowieso nicht würde schützen können. Dieser Fuhrknecht gab mir den Rest – noch nachträglich errötete ich über meine eigene Dummheit! Ich ballte die Fäuste und riss mich zusammen. Also – nichts wie weg hier. Die Zeltstadt jedoch schien meinen Plan zu ahnen und machte sich einen Witz daraus, Labyrinth zu spielen. Albern kichernd tanzten die Zelte einen Reigen, *hin und her – hier bin ich – nein, hier – komm hierher – folge mir doch …*

»*Dominus ad adiuvandum* – verfluchter Mist, wo ist bloß der Ausgang …« Murmelnd und schwitzend hastete ich durch die Gänge, kämpfte mich an aufbrechenden Soldatenpulks, schreienden Frauen und trampelnden Pferden vorbei, stieß mir die Knochen an Flößen, die auf Karren durch die schmalen Gassen transportiert wurden, und rannte gegen den weichen Widerstand schlecht gegerbter luftgefüllter Rindshäute. Sie stanken bestialisch nach Kadavern, da niemand sich die Mühe gemacht hatte, das Fleisch vollständig von der Haut zu schaben, wie ein Gerber es getan hätte. Eine endlose Kette solcher aneinander gebundener Polster wurde von Gäulen durch die Gassen gezogen. Der unglaubliche Gestank machte sogar den Tieren zu schaffen, man musste sie vorwärts prügeln und gleichzeitig zurückhalten, sonst wären sie kopflos mit ihrer widerlichen Last davongerannt. Pferde… Sindri fiel mir ein. Doch die Stelle, wo man uns die Pferde abgenommen hatte, hatte sich in Luft aufgelöst. Wo sollte ich suchen? Wo war überhaupt ein Ausgang, irgendein bekanntes Gesicht… Um mich begann sich alles zu drehen…

Mein Kleid war durchnässt und kein Ausgang in Sicht. Der Staub in den Gassen verwandelte sich allmählich in Schlamm, und der intensive Modergeruch, den die umgebenden Fens ausströmten, kam mit dem Regen über das Lager. Ich tauchte in irgendein Zelt ab, um kurz auszuruhen und nachzudenken, wohin ich mich nun wenden sollte… Über uns krachte der Donner, versprach, dass er es noch besser könne. Ich hielt mir die Ohren zu, während ich mich umsah und versuchte, ein wenig zur Ruhe zu kommen. Wein stand auf einem Tisch, daneben gleich Konfekt in einer silbernen Schale. Plötzlich hungrig wie eine Löwin, stopfte ich mir von dem klebrigen Zeug in den Mund. Die Edlen des Königs lebten nicht schlecht, während oben im Norden Leute wie Osbern Baumrinde kochten, aus dem Magen bluteten und hungerten. Entschlossen schob ich den Inhalt der Schale in meinen Lederbeutel. Mein Blick wanderte weiter.

Das Zelt schien in der Tat einen wohlhabenden Edelmann zu beherbergen. Rüstungsteile, wie die Normannen sie trugen, Knieschoner, Kopfschutz für ein Pferd, Umhänge, eine Waffensammlung… Neugierig schlich ich näher. Heilige Jungfrau, was für erlesene Waffen lagen dort! Akkurat geschliffene Klingen aus vielfach erhitztem Damaszenerstahl, scharf genug, um ein Haar zu durchschneiden, scharfe Dolche in allen Größen, sogar englische Messer, wie man sie bei einem Normannen nicht vermuten würde, Speere und ein reich verzierter Schild. Der Freigraf zu Sassenberg hatte mich einst gelehrt, eine Waffe zu beurteilen –

diese hier waren von bester Qualität. Bewundernd ließ ich die Finger über die edelsteingeschmückten Griffe gleiten. Auf einer Truhe lagen Beinkleider und fein gewirkte, glänzende Kettenhemden, eines mit geschmiedeten Mustern, eines ohne. Ein Kettenhemd war unbezahlbar – so mancher Ritter musste dafür seine halbe Burg verpfänden. Und dieser hier besaß gleich zwei davon. Obwohl Gott die Stirn runzelte über meinen immer liederlicheren Lebenswandel, raffte ich mein Kleid hoch, band es über der Brust zusammen und schlüpfte in die Beinkleider. Ihr Besitzer war kein Riese, sie passten mir perfekt. Das Kettenhemd war so schwer wie meine kleine Tochter, doch war sein Schutz mit nichts aufzuwiegen, denn wer wusste schon, auf welchem Wege ich dieses Lager würde verlassen können. Und so holte ich tief Luft, stemmte es hoch und ließ es mir über den Kopf auf die Schultern gleiten. Leise klickernd rutschte es an mir herab und schmiegte sich an, als wäre es für mich geschmiedet worden. Ich hob die Schultern. Ein wenig raubte es mir die Luft, weil sein Gewicht mir den Brustkorb zusammendrückte, doch wusste ich, dass man sich recht schnell daran gewöhnte, wenn man es einfach anbehielt. Tief sog ich den Duft von kriegerischem Metall ein und strich über die Aberdutzende von kleinen Ketten und Ösen dieses Wunderwerks…

»Geht Ihr nun kämpfen, Alienor de Montgomery?«

Ich fuhr herum. Tiefe Röte stieg mir ins Gesicht.

»Wenn ich muss, dann tue ich das…« Nur ein Schritt bis zu den Waffen.

Der Mann im Eingang war nicht viel größer als ich, dabei vierschrötig gebaut und offenbar Besitzer von Kettenhemd und Beinlingen. Als er näher trat, erkannte ich ein eckiges Gesicht mit großer Nase und hellrotem Haar, geschnitten nach der kantigen Mode der Normannen und geschaffen dafür, unter einem Eisenhelm zu verschwinden. Pickel und alte Pockennarben entstellten seine fast weiße Haut oberhalb des sorgfältig gestutzten Bartes, doch gab er sich nicht mit Puder ab, wie es manche Edelleute taten. Ich erinnerte mich, dieses Gesicht im Zelt des Königs gesehen zu haben. In unmittelbarer Nähe von Guilleaume… ein

Vertrauter also. Wässrig graue Augen musterten mich kühl, aber neugierig.

»Ihr seid die Dame des Svear-Prinzen, nicht wahr?« Ich schielte nach der Waffentruhe, nickte unsicher.

»Ich sah Euch, eben. Er... er hat in des Königs Herz zurückgefunden, der Svear-Prinz.« Die Stimme klang blechern und unehrlich. »Das ging schnell – fast so schnell wie damals.« Er spürte wohl meine Verwirrung und deutete eine Verbeugung an.

»Ivo Fitz Richard de Roumare de Taillebois, *ma dame*. In Diensten des Königs von England und mit ihm verwandt – wie Ihr vielleicht wisst.« Mein verständnisloses Gesicht war Antwort genug. Dass er aus edelster Familie kam, bewiesen sein Zelt und vor allem der kostbare Inhalt, doch ein Vetter des Königs? *Lass dich nicht einschüchtern*, murmelte eine Stimme in meinem Kopf, *was heißt schon »mit dem König verwandt«...*

»Ich kannte Eure Frau Mutter, Geneviève de Montgomery«, sprach er weiter, »ich kannte sie ganz gut... Sie verließ Caen recht... hastig, mit diesem Lothringer, wie war noch sein Name?«

»Albert von Sassenberg heißt mein Vater.« Es ging ihn nichts an, verflucht, wozu ließ ich mich hinreißen?

Taillebois verzog keine Miene. »Sassenberg, ja... So hieß er. Ein Graf des Kaisers. Als ich um sie werben wollte, war dieser Sassenberg schon schneller gewesen...« Die Erinnerung verdüsterte sein hartes Gesicht. Doch hatte er sich im Griff. »Nun ja, ich war jung und dumm, Eure Mutter zwar eine Schönheit, doch die Familie zu unbedeutend...«

»Ihr habt Euch sicher anderweitig getröstet«, unterbrach ich ihn bissig, diese massive Beleidigung einer der einflussreichsten Familien an Guilleaumes Hof übergehend. Zu unbedeutend! Roger de Montgomery, Genevièves Vater, hatte immerhin monatelang die Regentschaft der Normandie mit innegehabt, während der frisch gebackene König von England auf der Insel seine Grenzen sicherte. Von unbedeutend konnte also keine Rede sein! Ich wusste wohl, dass Taillebois dem Fürstenhaus von Anjou entstammte, doch derartige Geringschätzung war geradezu ungezogen. Er provozierte mich – mit Absicht?

»Getröstet, in der Tat, das habe ich mich dann.« Ivo lächelte selbstgefällig. »Mit königlichem Blut. Wenn auch erst viel später und angelsächsisch. Guilleaume fand, dass es mir anstand. Und die Frauen von Northumbria sind nicht nur hochblütig, sondern auch schön. Lucy of Mercia ist sicher die Schönste von ihnen – wenn auch« – er zog die Nase hoch –, »wenn auch ihre hochgeborenen Brüder sich in allzu schlechte Gesellschaft begeben haben.« So, so. Er hatte also die Schwester des Earls von Northumbria geheiratet, jener wehrhaften prinzlichen Brüder Edwin und Morcar, die sich mit den Rebellen hinter Elygs Klostermauern verschanzt hatten in der träumerischen Hoffnung, ihr Earltum auf diese Weise wiedererlangen zu können. Was für eine pikante Verwicklung.

Er ging jedoch nicht näher darauf ein. »Euren Herrn Gemahl kannte ich übrigens auch, als er seinerzeit an den Hof gebracht wurde …« Ich krallte die Finger in die Ösen des Kettenhemdes. Das Herz schlug mir bis zum Hals, Lucy und ihre Brüder waren vergessen – die Vergangenheit winkte mir stattdessen aus der Ferne zu. Oder warnte sie mich?

»Interessant … *mon seignur*. Ich – ich würde gerne mein Pferd finden. Wärt Ihr so freundlich, mir dabei zu helfen?«

Spöttisch bot er mir den Arm. Er roch nach den schlecht gegerbten Fellen, hatte wahrscheinlich die ganze Aktion geleitet. Der Geruch war Übelkeit erregend …

»Wozu waren die aufgeblasenen Felle gut, wenn ich fragen darf?«

Er sah mich einen Moment lang an, als überlegte er, welche Gefahr ich für den Plan von Elyg darstellte. »Ihr habt sie also gesehen? Nun … Es war meine Idee.« Selbstgefällig lächelte er. »Wir werden nach Elyg fliegen, *ma dame*.«

Ich sah ihn an und nickte dann. Die Brücke aus Luft. Die Brücke, von der die Soldaten gesprochen hatten. Ivo sah jedoch keine Veranlassung, weiter darüber zu sprechen, und so beließ ich es dabei.

»Ihr habt einen schlechten Zeitpunkt für Eure Abreise gewählt, *ma dame*. Der König hat den Befehl zum Aufbruch gegeben … aber ich werde Euch gerne zum Ausgang geleiten.« Offenbar kein Freund großer Worte, hängte er mir einen schweren Regenumhang über die Schultern, noch bevor ich das Kettenhemd ausziehen konnte. Seine Hand war klobig, und mir lief es kalt den Rücken hinab, als er mich berührte. »Gestattet mir, Euch noch ein wenig mehr zu verkleiden – die Normannen sind Frauen in unziemlicher Kleidung nicht gewohnt.« Meinen Versuch, alle seine Kleidungsstücke wieder auszuziehen, vereitelte er, indem er den Mantel schloss. »Warum tut Ihr das?«, fragte ich leise.

Mit sattem Klang klickte die Schließe zu. Er verharrte für einen kurzen Moment und studierte mein Gesicht. »Sagen wir – ich erinnere mich gerne an Eure Mutter. Genießt daher einstweilen den Schutz meines Kettenhemdes. Und den Mantel werdet Ihr sicher auch benötigen. Gebt mir die Kleider beim nächsten Mal zurück.«

»Aber wie …«

»Ich werde Euch finden, *ma dame.*« Er lächelte schon wieder gönnerhaft und zog mir die Kapuze über den Kopf. »England ist eine Insel. Da ist es ein Leichtes, den zu finden, den man sucht.«

Wie von Zauberhand wurde Sindri vorgeführt, mit allem Gepäck, das ich an ihm zurückgelassen hatte, Taillebois half mir in den Sattel und führte das Pferd an den Wachen vorbei, die mich tatsächlich kaum eines Blickes würdigten, unter anderem, weil sie durchnässt und verfroren waren und wahrscheinlich auch betrunken.

»Ihr seid sicher, dass Ihr den Weg findet, *ma dame*? Englands Sümpfe sind tückisch. Und nicht nur die Sümpfe …« Die blecherne Stimme nervte. Der Regen wurde stärker und schickte sich an, das Lager der Normannen zu verschlingen. Alles wirkte in diesem Moment tückisch – wieso blieb ich nicht einfach? Mich schauderte … vor Furcht oder Kälte, oder was war es? Ein letztes Mal schaffte ich es, dem Normannen selbstsicher ins Gesicht zu sehen. »Ich danke Euch, *mon seignur*, für Eure großzügige Hilfe. Gott schütze Euch, bis wir uns wiedersehen.«

Seine Augen verengten sich zu Schlitzen, und er betrachtete

mich ganz genau, bevor er antwortete. »Das werden wir, *ma dame*, seid versichert, das werden wir …«

In Wahrheit hatte ich keine Ahnung, welchen Weg ich zu Vater Ælfrics Behausung einschlagen musste. Nicht einmal die Richtung war mir klar, weil sich die Sonne hinter dicken Wolken verbarg. Sindri marschierte also einfach vorwärts, vielleicht tatsächlich nach Osten, bot dem stärker werdenden Regen tapfer die beschopfte Stirn und gab mir das Gefühl, dass zumindest er wusste, wo es nach Hause ging. Ich überließ mich den schaukelnden Bewegungen des Pferdes und ließ meine Gedanken mit ihnen kreisen, wie so oft. Die Zügel lagen auf der nachtschwarzen Mähne, und ich merkte wieder einmal kaum, dass ich mir die Fingernägel blutig biss. Erik war aus meinen Gedanken verschwunden, abgetaucht hinter bewaffneten Soldaten, knallbunten Standarten, Bannern und Kriegsgetöse – nie hätte ich gedacht, dass ich ihn so schnell würde loslassen können! Doch jetzt galt es, nach vorne zu schauen: Alles zog mich zu meinen Kindern, die schutzlos irgendwo in den Fens hockten …

Der Regen rauschte herab. Trotzdem schwitzte ich wie ein Gerber über seinem Laugenbottich. Immer noch grollte der Donner, das Gewitter zog unentschlossen über den Fens hin und her und mochte sich noch nicht verabschieden. Das sah diesem Normannen ähnlich, ein Unwetter für den Angriff auf die Mönche zu nutzen. Sie würden es für Teufelswerk halten – was es ja vielleicht sogar war, denn immerhin hatte er sich der Hilfe einer Wetterhexe bedient – und den Mut verlieren, würden sich von Gott verlassen fühlen, weil der offensichtlich lieber Normannisch sprach …

Tat Er das? Auf wessen Seite stand Gott? Scherte Er sich um Reliquien, die einen Königshals zierten, scherte er sich um gesegnete Mauern? Und wenn – was wäre Ihm dann wichtiger? Das Schilf um uns herum rauschte, es sei eh alles gleich, ob gesegnet oder nicht, König oder Mönch, reich oder arm. Jeder rauscht für sich alleine. »So ein dummes Zeug«, schimpfte ich und konzentrierte mich auf unseren Weg. Das Schilf lachte nur. *Wirst schon sehen, wirst schon sehen…* Ich versuchte, die Himmelsrichtung beizubehalten, doch da die Sonne sich weiterhin verbarg, sah der Himmel überall gleich dunkelgrau aus. Einziger Fixpunkt war die Klosterinsel, die sich trotz des Nebels deutlich vor dem Horizont abhob.

Ich parierte Sindri durch. Ein ganz seltsames Licht leuchtete über dem Kirchturm; mir wollte es vorkommen, als verliehe mir jemand einen Spiegel, damit ich genauer sehen könnte. Ein Licht, ein Strahlen, ein flatterndes Frauengewand… Ich schüttelte den Kopf, sah noch einmal hin. Nichts. Hirngespinste im Moor. Die heilige Etheldreda war, falls überhaupt, als Knochen in einem Reliquienkästchen in der Klosterkirche zu finden. Falls überhaupt… Und wenn doch? Die Geschichte um die Heiligenkettchen kam mir in den Sinn: Etheldreda, die Äbtissin von Elyg, starb durch eine Geschwulst am Hals, die Gott ihr geschickt hatte, weil sie unter ihrem Habit Geschmeide getragen hatte. Cedric hatte erzählt, dass man an ihrem Patronatstag in Elyg kleine Ketten verkaufte, weil die Heilige selbst im Himmel nicht davon lassen mochte und für Geschenke bessere Fürsprache hielt… Wieder sah ich zur Insel hin. Ein dünner Lichtschimmer war immer noch zu sehen, ein Streifen, der wie ein feiner Schleier vom Himmel fiel und dessen Spitze wie ein kunstvoll gewebter Handschuh die Insel berührte. Vielleicht war sie ja doch dort und sah zu.

Und weil man nie wissen konnte, streifte ich eins der Glasperlenkettchen, die Erik mir in Jorvik gekauft hatte, vom Handgelenk und warf es mit einem Stoßgebet an die prunksüchtige Heilige ins Moor.

»*Custodi me, protege me, custodi me, protege me…*« Sindri schnaubte warnend.

Der Pfad, auf dem wir unterwegs waren, wurde schmaler, rechts und links gurgelte geschwätzig der Sumpf, im Duett mit den hässlichen Stimmen der Möwen. Vorsichtig setzte das Pferd einen Huf vor den anderen, mied instinktiv sicher aussehende Grasbüschel und trat lieber in Pfützen, die einen festen Grund hatten. Die heilige Etheldreda war vergessen. Nicht mein Armband würde mich nun schützen, sondern die Trittsicherheit dieses Tieres. Ich machte mich so leicht, ich konnte, um ihn nicht zu stören. Selbst meine Avemarias wisperte ich vor mich hin. »*... gratia plena ... benedictus ...*«

Lass mich mal, hörte ich ihn grummeln, *lass mich mal machen...* Und so überließ ich die Führung meinem tapferen Pferd aus den nordischen Wäldern, weil es immer schon gewusst hatte, wo es langging. Regen rann mir durchs Gesicht und trotz des schweren Mantels in den Hals hinein, Schweiß lief mir den Rücken herab, als säße ich in Gislis Schwitzbad, weil das Moor über dem Regen zu dampfen begonnen hatte und ganze Blasen von Torfgeruch ausstieß, die mir den Atem stocken ließen, als sie platzten – egal, nach Hause, nur nach Hause zu den Kindern –

An einer kaum sichtbaren Weggabelung hielt Sindri an. Rechts? Links? Ich seufzte – warum nicht geradeaus, warum konnten wir nicht einfach heimkommen, warum jetzt dies? Beide Wege sahen gleich gefährlich aus, beide würden uns lautlos verschlingen, und die Binsenbüschel würden auf unseren Köpfen einen Reigen tanzen ... *Links*, brummte Sindri. Ich zögerte. Warum nicht rechts? *Links*, beharrte er. Ich zog das zweite meiner Glasperlenkettchen vom Handgelenk – vielleicht half die putzsüchtige Heilige mir noch einmal. *Dummes Zeug. Links*, wiederholte Sindri. Ich warf das Kettchen vor uns in die Luft. Und war es nun Hexerei, oder war die Heilige wirklich im Sumpf – das Kettchen fiel herab ... und wurde wie von einem unsichtbaren Faden nach rechts gezogen! Schmatzend versank es dort in einer Moorpfütze. »Rechts«, murmelte ich, ohne wirklich überzeugt zu sein. »Sie sagt rechts.« *Links*, beharrte Sindri. Ich zog am rechten Zügel, er widersetzte sich, scharrte mit dem Huf, hüpfte vorne hoch und wollte steigen – *links, links*!

»Wir gehen rechts, weil sie das gesagt hat. *Gloria in excelsis Deo* – sie hat rechts gesagt«, erklärte ich energisch und manövrierte mein heidnisches Pferd auf den Weg, den die Heilige mir gewiesen hatte. Unwillig den Kopf schüttelnd, stapfte es vorwärts und kaute heftig auf dem Gebiss, und ich sang leise einen

Psalm, um mich davon abzulenken, dass es vielleicht doch Recht haben könnte.

Binsenfelder zogen an uns vorüber, Gestrüpp und endlose Wasserlandschaften. Manchmal verschwand der Pfad, dann tauchte er aus den Pfützen wieder auf. »Das ist schon der richtige Weg, wirst sehen«, sang ich, mehr für mich selber. *Wirst selber sehen*, kam es zurück. Zumindest was den Boden anging, vertraute ich fest auf die Instinkte meines Pferdes. Die tanzenden Bewegungen Sindris, die meine gesummten Worte rhythmisch untermalten, wurden langsamer und stockten schließlich erneut. Als ich den Blick hob, wusste ich, warum, und ich sank in mir zusammen.

Der Weg, den wir gewählt hatten, war ganz sicher nicht der, den ich mit Erik gekommen war. Die Heilige hatte sich geirrt. Großer Gott – können Heilige sich etwa irren? Ich starrte in den grauen Himmel, in Erwartung einer um Entschuldigung bittenden Etheldreda. Nichts als Wolken. *Siehst du*, feixte es unter der dichten Mähne vor mir, *ich hab's ja gleich gesagt*. Irgendein Sumpfdämon hatte offenbar das Kettchen an sich gezogen und mich und mein Pferd in die Irre gelockt. Das musste ich mir eingestehen, während die Sonne sich hinter den Wolken anschickte unterzugehen.

Wir standen nämlich auf einer kleinen Insel.

»O Sindri, was machen wir denn jetzt?«, murmelte ich.

Na, hier bleiben, hörte ich ihn brummeln, *hier bleiben und ausruhen*. Er trug mich zu einem einsamen Holunderbaum, dessen Zweige voller gelbweißer Blütendolden hing. Ihr süßlich schwerer Duft legte sich wie ein sanftes Netz über die Insel, die dunkelgrünen Blätter schimmerten im diesigen Abendlicht. Ein paar letzte Vögel hockten im Geäst; sie flatterten auf, als ich herankam, worauf Blütenblätter wie Zauberschnee zu Boden rieselten. Ein krächzender Rabe blieb sitzen und starrte mich feindselig an. Sein Gefieder schimmerte seltsam hell, wenn es sich unter den Vogellauten hob und senkte. Was wollte er hier? Mein Herz klopfte wild – noch nie hatte mir ein Rabe etwas Gutes angezeigt, stets hatte er Tod und Verderben angekündigt ... was sollte nun dieser hier bedeuten? Wieder ein Zeichen – musste ich wieder Angst haben? Der Vogel krächzte und wippte vor. Sein schwarz blinkendes Auge fixierte mich und wurde sanfter. Ich wagte nicht, ihn zu vertreiben, zu tief saß die Überzeugung, einen Götterboten vor mir zu haben… Der Vogel nickte und legte den Kopf schief.

»Also gut«, brummte ich, »da du nicht gehen willst – hier ist genug Platz für uns alle.« Wie zur Bestätigung schlug der Vogel mit den Flügeln, die sofort von herabfallenden Blütenblättern bedeckt wurden.

Der Baum in seinem weißen Kleid hatte etwas Unwirkliches und gehörte auch nicht ins Moor – eine Laune Gottes hatte ihn wohl hier wurzeln lassen. Er verlieh mir neuen Mut: Holunder hatte immer schon zuverlässig die Geister von mir fern gehalten. Der Rabe würde ihn nicht daran hindern. Ich stieg ab, tränkte Sindri und band seine Vorderbeine locker zusammen, damit er grasen konnte.

Neben dem Holunderbaum lud ein verlassenes Boot am Ufer zum Hinlegen ein. Es war mit einer gewergten Decke abgedeckt und versprach innen einen trockenen Platz. Ich zog die Decke herunter, räumte Fischnetze und Aalreusen an den Rand und baute mir schaudernd ein Lager daraus. Was blieb mir anderes übrig? Im Sumpf schlafen, mitten im Sumpf, umgeben von betäubendem Fischgeruch – Herr erbarme Dich und steh mir bei! *Nichts passiert*, gurgelte das Sumpfwasser – *wer sollte dir was tun*? Doch das beruhigte mich nicht, denn in den abendlichen Nebelschwaden tanzten schon allerlei Figuren um die Insel herum und kicherten erwartungsvoll im Rauschen der Schilfgräser.

Dumme Gedanken kommen meist, wenn man allein ist – der Disput über die Heiligen, den ich mit Cedric und Frère Lionel geführt hatte, kam mir in den Sinn. Ich konnte nun beide widerlegen: die angelsächsische Heilige, die für die Fens zuständig war, hatte mich zwar erhört, sich aber einen Spaß gemacht und mich in die Irre gelockt – was nutzte es also? Meine Abendgebete halfen da nicht viel, obwohl ich lange und inbrünstig betete und, mich kasteiend, so lange auf den Knien lag, bis die gestohlene Hose durchnässt war.

Auf der Suche nach Binsen für das Nachtlager fand ich ein paar Beifußpflanzen.

Ich erinnerte mich an das, was ich von Sigrun gelernt hatte, und pflückte davon, so viel ich konnte, um sie im Boot zu verstreuen. Ein vom Holunderbaum erbetener Ast, den ich von Blättern befreite, würde neben mir schlafen, mehr konnte ich gegen ungebetene Geister nicht tun. Der Rabe saß im Geäst und schwieg. »Lass mich bloß in Frieden«, murmelte ich. Er wippte kurz auf dem Ast, legte den Kopf schief und zwinkerte. *Ich tue doch gar nichts.* Schaudernd wandte ich mich ab. Warum verfolgten Odins Gesandte mich sogar hier in christlichen Landen mit ihrem Gewäsch?

Mit der Abendstimmung kam die Einsamkeit vorbei, kühl und feucht, begleitet vom Glucksen des Moores unter mir. Sie grüßte mich hochnäsig und wünschte mir düstere Träume. Ich warf mit Steinen nach ihr. Das Kettenhemd drückte auf den Schultern. Ein paar Enten paddelten ärgerlich schnatternd vorbei, auf dem Weg in ihr Nachtlager. Die letzten Möwen des Tages schwärmten über unsere Köpfe. Ihre Schreie jagten mir kalte Schauder über den Rücken. Der Rabe blieb.

Traurig beugte ich mich über den Bootsrand. Schlanke Fischgestalten tauchten zur Wasseroberfläche, schwammen umeinander herum, ohne sich zu berühren. Das Wasser wimmelte von Aalen, den gefräßigen, langen Schlangenfischen, die der Klosterinsel ihren Namen gegeben hatten. Aale, Zauberfische, Schwestern der Schlangen. Ich fürchtete mich, die Hand ins Wasser zu stecken. Man erzählte sich, sie bissen, ihr Blut sei giftig und ihre Augen auch, sie wuchsen aus Grashalmen und wanderten mit geheimen Kräften über das Land… Ihre stumme Gegenwart machte mir Angst. Ich streute ein wenig Beifuß ins Wasser. Schließlich zog ich den Metschlauch von Vater Ælfric aus dem Beutel. Hatte der Alte geahnt, wie sehr er mir heute Abend würde helfen können? Es interessierte mich nicht im Mindesten, womit er die gelbliche Brühe versetzt hatte. Mit geschlossenen Augen konzentrierte ich mich auf das aromatische Getränk, das wenigstens von innen wärmte… Nach dem dritten Schluck störten nicht einmal mehr die Möwen. Der Wind in den Binsen streichelte gleichmäßig meine Ohren, vom Wasser zog es torfig frisch an meine Nase, aller faulige Geruch schien mit dem Regen verschwunden – oder vom Met verwandelt zu sein. Schritt für Schritt zog das Moor sich zurück. Vater Ælfrics Met nahm schließlich auch meine Furcht mit sich, hier allein und verlassen mitten in den Fens zu sitzen, ohne zu wissen, wo ich war, Sumpfdämonen und hungrigen Wildtieren ausgeliefert, bewacht von Odins schwarzem Kundschafter, der seinen Ast nicht verlassen hatte. Seeungeheuer, Menschenfresserbären, Wölfe. Wasserschlangen. Sollten sie doch alle kommen. Ungehemmt goss ich den Met in mich hinein, freute mich kindisch dumm am Geschmack von Gagelkraut und etwas, was ich nicht kannte, was aber sicher für süße Träume sorgen würde, und leckte sogar den Flaschenrand sauber. Ich fragte mich, was Frère Lionel wohl zu all dem sagen würde. Die Geister, die mich umgaben, die sprechende Umwelt, das tuschelnde Moor – ob er es wahrnehmen würde? Oder ob Gottes Hand ihn von allem abschirmte? Je öfter ich über diesen Mann nachdachte, desto unsicherer war ich mir da. Frère Lionel. Mein Vater. Mein Vater … Ob er wohl in Durham angekommen war? An sein Gesicht konnte ich mich kaum noch erinnern, wohl aber an seine Stimme. Oder tat der Flascheninhalt mir diesen Dienst?

Das Fischnetz drückte schon nicht mehr, das Kettenhemd schmiegte sich an mich, und auch die Aalreusen wurden zum weichen Kopfkissen. In der Ferne lärmten Menschen. Der Regen versiegte; vielleicht holte er auch nur Luft. Aus zusammengekniffenen Augen vermeinte ich, Feuerschein am Horizont zu erkennen, doch war ich zu müde, um aufzustehen. Fetzen eines Gebets auf meinen Lippen. »*Gratia … plena, benedicta tu …*« Eine Hand auf der Brust, wo das hölzerne Kreuz an der Kette hing. Ein Priester hatte es mir gegeben, kurz vor seinem grausamen Tod. Es enthielt eine Reliquie, ich hatte vergessen, von welcher Heiligen … Von irgendeiner … Mein Bett weichgepolstert, aus duftenden Gänsedaunen und weichen, wollenen Decken … Wozu noch sich bewegen, Gott war bei mir, Gott würde alles richten, würde mir Erik zurückschicken … Erik …

Schlaf, krächzte der Rabe ganz leise im Baum.

Schlaf, brummte Sindri unter dem Holunderbaum. *Schlaf doch endlich.*

Aale umschlängelten das Boot. Dicke, weißliche Aale, schlangengleiche graue, oben und unten dünn, dazwischen dick und fleischig. Trotz ihres Fettes beweglich, turnten sie umeinander herum, glitschten durch den Schlick, wo das Boot vertäut lag. Der Schlick schmatzte, als noch mehr bräunliche Körper durch ihn ins Wasser glitten, flink und geschwätzig, denn eine lange Reise über Land lag hinter ihnen … Das Feuer am Horizont loderte hell.

Der Wasserpegel stieg. Nach Hause. *Nein, nicht nach Hause, hier bleiben.* Warum? Die Aale merkten auf, flößten mir fürsorglich noch mehr Met ein, damit ich sähe, und hoben mich empor, trugen mich mit tausend Armen auf das Feuer zu, und ein weißer Schleier voll göttlicher Milde nahm mich in Empfang und deckte mich zu. Die heilige Etheldreda verbarg kummervoll ihr Gesicht, während sie auf das brennende Kloster niederblickte. Hatte sie mich also doch hergelockt. Ich versuchte zu sehen, was sie sah.

»Verrat«, murmelte sie, »Bosheit und Verrat …«

Der Met des alten Priesters verlieh mir schließlich Auge und Ohr. Ich sah die normannische Armee sich wie ein hungriger Lindwurm durch die Fens wälzen, eisenglänzend, kriegslüstern, siegesgewiss, sah, wie der Lindwurm sein Gepäck vom Rücken lud und eine Brücke aus Luft, Holz und Dreistigkeit baute, sah, wie er von dieser Brücke herab das lüsterne Moor verlachte, England ein letztes Mal verspottete und dann die Insel im Sturm nahm, während die Wetterhexe im Lager immer noch kreischend und feixend das Gewitter beschwor, nicht abzuziehen, sondern über den Fens zu kreisen wie ein nach Beute suchender Adler …

Die Beute auf der Insel saß in der Falle, todgeweiht, sie wusste es nur noch nicht.

»Da, sieh da.« Etheldreda deutete auf eine Tür. »Verrat. Gott steh uns bei, Allmächtiger …«

Ein schmales Tor wurde an der Ostseite des Klosters geöffnet. Verräterisch flinke Hände brachen rücksichtslos die Torflügel aus der Wand, um Platz zu schaffen. Der Adler kreischte triumphierend auf, Blitze fielen vom Himmel, und fassungslos sah ich mit an, wie sich der Lindwurm unter dem Donner ringelte, um mit seinem schwertbewehrten Schwanz das Kloster von Elyg von hinten durch die Pforte der Verräter zu erobern, noch während er das Haupttor mit den Tatzen bearbeitete. Wild um sich peitschend, überraschte er die Verteidiger von zwei Seiten, überrannte fauchend und hackend die bewaffneten Mönche, obwohl Parole ausgegeben war, sie zu schonen, er schlängelte sich Feuer speiend die Treppe in Hof und Kirchengebäude hoch, den heiligen Ort missachtend und verhöhnend …

Etheldreda zog einen fein gewebten Schleier über ihr nachtschwarzes Haar und sank auf die Knie. Tränen rannen über ihr ebenmäßiges Gesicht und netzten die brennende Erde, aber löschen konnten sie sie nicht.

Die Gebäude ihres ehrwürdigen Klosters fingen Feuer. Rauch verschlang die Häuser, stahl heimtückisch Luft, wo sie zum Überleben notwendig gewesen wäre. Menschen schrien nach Wasser, nach Beistand, nach Gott, während sie unter den Streichen des Lindwurms fielen, der nicht danach fragte, ob sie gesalbt waren oder nicht. Mittendrin sah ich den König, wie er unerschrocken, wendig und kraftvoll Ernte hielt unter den widersetzlichen Untertanen, ich sah, wie seine vornehmen Ritter einfache Mönche abschlachteten, und ich sah einen goldblonden Schopf in seiner Nähe, der ihnen gleichtat, sah das Schwert der Ynglinge durstig Blut trinken und doch niemals satt daran werden, weil das Blut von Unschuldigen den Gerechten nicht sättigen kann …

Die Sonne stand hoch am Himmel, als ich erwachte, meine Glieder schwer wie Blei, der Kopf eckig wie ein schlecht behauener Steinquader. Er passte so gerade eben in das schmale Boot – sicher würde es nicht einfach werden, ihn herauszuheben. Ich blinzelte und verschob das Vorhaben lieber auf später.

Die Insel war noch da, mein Pferd ebenfalls. Selbst der Rabe hockte noch auf seinem Ast und verfolgte mit lackschwarzen Augen mein Erwachen. *Guten Morgen.* Stirnrunzelnd sah ich wieder hin, doch er hatte sich nicht bewegt. Behutsam sortierte ich meine Gedanken. Vater Ælfrics Gebräu hatte mir absonderliche Träume geschickt. Oder war es der Holunder gewesen, unter dem ich geschlafen hatte? Manche Leute warnten, er schicke einem Bilder und der Schlaf unter seinen Zweigen sei wie der Tod. Ich fühlte mich immerhin so erschöpft, als wäre ich ein Teil dieser Bilder gewesen … Gekämpft … Gelitten … Geschrien …

Sindri schnaubte. Hatte ich mir je eingebildet, dass dieser Gaul sprechen konnte? In die Irre geführt hatte er mich … Verfluchter Bockmist. Das war ja ich selber gewesen. Und dafür nun um zwei hübsche Armbänder ärmer. Die Erkenntnis schmeckte wie schales Bier, half mir aber beim Aufstehen.

Zu meinen Füßen lagen Aale, sorgsam aufgereiht, tot und säuberlich ausgenommen. Ein Geschenk der Heiligen von Elyg. Eine Entschuldigung? Nachdenklich und umständlich, weil meine Finger mir nicht recht gehorchen wollten, wickelte ich sie in meinen Mantel und packte meine Sachen zusammen. Es dauerte mehr als ein langes Paternoster, bis ich endlich im Sattel saß. Sindri schien in der Nacht um einen Meter gewachsen zu sein, der Steigbügel – welch wunderbare Erfindung – verhöhnte mich, weil er vor meiner Nase herumbaumelte, und ich war heilfroh, dass mir außer dem verfluchten Raben niemand bei meinen unbeholfenen Versuchen zusah. Als ich fortritt, taub vor Kopfschmerzen, breitete er die Schwingen aus und flog lautlos davon. Mochte er berichten, was er gesehen hatte.

Sindri fand Vater Ælfrics Hütte, obwohl für mich die Fens an jeder Biegung gleich aussahen, aber ich störte ihn ja nun auch nicht mehr mit eigenen Vorstellungen vom richtigen Weg. Snædís und Ljómi umjubelten mich, mehr aber noch die Aale, die Cedric sogleich zerteilte und mit ein paar Kerbelstängeln in den Topf warf. Ein nagendes Gefühl im Magen erinnerte mich daran, dass auch ich seit vielen Stunden nichts mehr gegessen hatte.

»Ist Papa jetzt ein Krieger?«, fragte Snædís vorsichtig. Ljómi hatte meinen duftenden Lederbeutel entdeckt und naschte von normannischem Konfekt, während sie auf meinem Schoß saß, den einen Arm um meinen Hals gelegt. Ich ließ sie gewähren.

»Papa kämpft an der Seite des Königs.«

»Was kämpft er?«

Darauf wusste ich keine Antwort. »Iss jetzt.«

»Papa zerhackt Männer«, sagte Ljómi da mit vollem Mund.

Ich sah ihr ungläubig ins Gesicht. Rasende Kopfschmerzen marterten mich. »Dummes Zeug, das tut er nicht.«

»Tut er doch. Ich hab's gesehen.«

»Euer Vater ist ein Krieger und kämpft für das Gute. Und jetzt will ich nichts mehr hören.«

Keine von beiden traute sich, weiter zu fragen. Papa ist ein Krieger. Meine schlechte Laune wuchs mit der Pein unter der Schädeldecke.

»Wenn der Kampf vorüber ist, muss man mit herumirrendem Volk rechnen«, murmelte Cedric. »Wir sollten uns … schützen. Irgendwie.«

»Ach was«, grunzte der alte Priester und wickelte sich in seine Felle. »Hierher verirrt sich niemand mehr. Was wollen sie auch hier, wo sie schon alles ausgeplündert haben …« Und er nahm noch einen letzten, kräftigen Schluck aus der Metkanne, der Schluck des Vergessens, der ihn zumindest im Schlaf mit seiner ertrunkenen Lady vereinen würde, und sank mit schwerem Kopf in seine Ecke.

»Was meint Ihr?« Cedric sah mich fragend an. Dann ließ er die Finger über den Ärmel des Kettenhemdes gleiten. »Was für ein überaus kostbares Geschenk«, staunte er, »nie zuvor sah ich derartig feine Arbeit –«

»Es ist nur geliehen«, brummte ich. Und ich würde Ivo Fitz Richard de Roumare de Taillebois wieder treffen. Ob es das Kettenhemd wert war?

Die Kinder schmatzten gebratene Aale; Fett und Saft liefen ihnen die Hände herunter und verschmierten die Kleider, doch wollte mir kein mütterlicher Tadel über die Lippen kommen. Ljómi versüßte sich den Aal mit weiteren Konfektstücken – ich ließ sie auch hier gewähren, ich war zu müde, um über kindliche Geschmacksvorlieben zu streiten. Das Feuer unter dem Topf war heruntergebrannt. Eigentlich hätte ich Holz in die Feuerstelle werfen müssen. Stattdessen lachte die Metkanne mich an – ich riss mich zusammen. Uns schützen – lieber Himmel. Mir kam eine Idee. Cedric hatte den Boden der Hütte sorgfältig mit Zweigen ausgelegt, um es den Kindern ein wenig gemütlicher zu machen. Über die Zweige hatte er Binsen gestreut, wie ich das von zu Hause kannte. Ich raffte Zweige und Binsen an mich und deckte damit so weit wie möglich das Feuerloch im Hüttenboden ab.

Der Spielmann lachte leise. »Ich seh schon, Ihr wisst Euch zu helfen, Alienor von Uppsala. Ihr seid eine wirklich ungewöhnliche Frau.« Damit verließ er die Hütte zu einem letzten Pinkelgang.

»Was bleibt mir anderes übrig«, brummelte ich missgelaunt und legte meine Waffen neben dem Schlafplatz zurecht. Was bleibt einer Frau übrig, die sehen muss, wie sie allein zurechtkommt, wie sie ihre Brut vor dem Verhungern und sich selber vor Vergewaltigung schützt, während ihr Gefährte Ruhm und Ehre anhäuft, in feinen Kleidern noch feineren Männern zuprostet und seine Waffen für deren feine Sachen hergibt. Aber so war es, egal in welchem Land: Wenn der König rief, dachte man nicht lange über Recht und Unrecht nach und erst recht nicht über das, was daheim geschah. Der König war der König, jeder weitere Gedanke war Hochverrat.

»Verfluchter Bockmist.« Ich kostete den Fluch, den niemand hören konnte genüsslich aus. Hochverrat oder nicht – Mönche abschlachten, stand auch einem König nicht an. »Verfluchter, verflixter, verdammter Mistbockmist.«

Ein letztes Mal wanderte ich rund um die kleine Kirche, die unser Heim geworden war, horchte auf die abendlichen Geräusche und wie die Natur sich zum Schlafen niederlegte. Steckte mir ein wildes Minzeblatt in den Mund und wunderte mich, wie mein schmerzender Kopf davon klarer wurde. Flattern, Rascheln in den Binsen, ein Jaulen, Piepsen, Schnattern. Flügelschlag über mir. Ich sah gerade noch, wie der Rabe auf dem Dach seine Schwingen ordentlich faltete, bevor er den Kopf unter die Flügel steckte. Er war mir gefolgt. Zutiefst beunruhigt ging ich zum Haus zurück.

Einen Moment lang hörte Vater Ælfric auf zu schnarchen. Ich drehte mich zum wiederholten Mal auf die andere Seite, doch der Schlaf floh mich beharrlich. Das kleine Talglicht, das ich mir ausnahmsweise gegönnt hatte, zwinkerte mir zu. Ich zog es näher, um seine Wärme im Gesicht zu spüren. Die vergangene Nacht ging mir nicht aus dem Kopf. War das Kloster wirklich verloren? *Papa ist ein Krieger.* Den ganzen Abend hatte man die Sturmglocke weit über das Moor gehört, wie eine Anklage, eine Totenklage – oder doch wie ein Triumph? Das Kloster lag in Schutt und Asche, ein weiterer Fußtritt in Englands Gesicht. Und Erik mittendrin. *Papa ist ein Krieger.* Wie lange würde ich auf Nachricht warten müssen? Oder wieder selber hinreiten? Tatenlos abwarten und auf Gottes Gnade hoffen, dazu fehlte mir die Geduld …

Cedric hatte Vater Ælfrics Met für sich entdeckt. Schmatzend bohrte er die Nase in die Decken und murmelte wirres Zeug vor sich hin. Das Talglicht flackerte. Sindri, den wir in dieser Nacht vorsichtshalber hereingeholt hatten, spitzte plötzlich die Ohren. Sein bernsteinfarbenes Auge begann zu leuchten. Ich blies das Licht aus und rückte dichter an die Wand.

Draußen schlich jemand herum.

Mein Waffe lag neben mir. Ich strich über den Griff, wie um mich selbst zu beruhigen, und fasste das Schwert. Sindri war erstarrt. Keinen Laut würde er von sich geben, das wusste ich. *Ruhig.* Auf allen vieren kroch ich zu ihm in die hintere Ecke des Hauses. Er neigte den Kopf und blies mir grasduftenden Atem ins Gesicht – *keine Angst, nicht schlimm.* Sanft strich ich über seine Nase.

Die Tür öffnete sich schnarrend. Vom Mondlicht hell beleuchtet, stand plötzlich eine Gestalt im Türrahmen. Ich sah schemenhaft ein Schwert, einen Arm, hörte heftiges Atmen wie nach einem langen Lauf, spürte die Anwesenheit eines bis zum Äußersten gespannten Körpers.

Es war nicht Erik. Ich schluckte. Der Fremde schnupperte, roch brennenden Torf und den Rauch des ausgeblasenen Lichtes. Und wusste somit, dass das Haus bewohnt war. Aus einer geheimen Quelle durchströmte Mut meine Glieder. Ganz leise hockte ich mich hin, griff nach meinem Schwert und machte dann bewusst ein Geräusch. Er erstarrte. Ich kratzte mit dem Fingernagel über die Klinge, hin und her. Hin und her. Hin und ... Schritte kamen näher. Dann ein Satz in die Dunkelheit, ich riss die Waffe ganz aus der Scheide, stellte mich genau hinter die verdeckte Herdgrube an den Holzpfeiler und zischte: »Komm ruhig!« Seine Waffe wirbelte durch die Luft, ich sprang zurück, und er stürzte in die Falle. Äste knackten, es raschelte, ein unterdrückter Schmerzensschrei, dann ein Fluch.

»Besser, Ihr bleibt dort unten hocken«, knurrte ich. Durch die geöffnete Tür fiel Mondlicht herein und suchte mein Schwert zu beleuchten. Ich dankte ihm dafür und führte die Klinge an den Hals meines Gefangenen. »Sonst könnte es Euch Leid tun.« Gerne hätte ich ihm seines abgenommen, allein ich hatte keine Idee, wie ich das anstellen sollte.

»Ein Weib.« Ein kurzes, hartes Lachen kam aus der Grube. »Ich fass es nicht – nach allem nun – ein Weib.«

»Besser, Ihr rührt Euch nicht zu viel«, riet ich und bewegte vielsagend das Schwert an seinem Hals. Ich sah das Weiße seiner Augen. Er schielte nach mir, ohne seine Waffe fallen zu lassen.

»Du wirst kaum die ganze Nacht so stehen bleiben können ...« Seine Stimme klang tief und melodisch und ziemlich beunruhigt, was man durchaus verstehen konnte – einem Krieger widerfuhr es wohl eher selten, dass er von einer Frau in eine Feuergrube gelockt und massiv bedroht wurde. Ich sah, wie er zu erkennen versuchte, wen er vor sich hatte.

»Wenn ich muss, kann ich.«

Statt einer Antwort trat er wie ein Storch von einem Bein aufs andere, um der Glut auszuweichen, die ihn offenbar an den Füßen zwickte. So weit war das Feuer wohl doch nicht heruntergebrannt. Versuchsweise legte er die Hände auf den Grubenrand, der ihm etwa bis zur Hüfte ging – Vater Ælfric hatte es gerne warm und eine besonders tiefe Grube für sein Feuer ausgehoben. »Nehmt Eure Finger dort weg.« Spöttisch grinsend tat er, was ich von ihm wollte.

»Mama ...« Snædís war wach geworden und kroch von hinten an mich heran. »Mama, wer ist das?« Ich atmete tief durch. Die Kinder wach – das war das Letzte, was ich jetzt brauchen konnte. Oder ...«

»Sei so lieb und zünde das Talglicht an.« Ich bemühte mich, so entspannt wie möglich zu klingen. »Zünde es an und rück es zu mir.« Sie tat mit flinken, geschickten Fingern, worum ich sie gebeten hatte, und blieb dann in gehörigem Abstand, jedoch ohne Angst auf dem Boden hocken. Unbändiger Stolz auf dieses Kind wallte in mir hoch ...

»Na, zufrieden, meine Liebe?«, spottete mein Gefangener. »Rück mich nur ins rechte Licht.« Ich fasste das Schwert mit beiden Händen, um weitere Witzeleien im Keim zu ersticken. Er warf den Kopf in den Nacken. Seine Augen blitzten. Ich schluckte. Diesen Mann hatte ich schon einmal gesehen, inmitten von Näpfen, Töpfen und Schüsseln, die unter den Hufen seines flüchtenden Pferdes zu Bruch gegangen waren. Sein Blick wanderte an mir herab, schätzte mich ein. Was er dachte, war nicht zu erkennen. Wild und frei war er, niemandes Sklave, niemandes Gefangener, kühn wie ein Ritter und stolz wie ein Fürst, arm, aber von adeligster Arroganz ...

»Ihr seid der, den man den Wachen nennt. Hereweard *þe wocnan*. Der Mann, der niemals schläft. Ihr seid der Rebell aus Brune, den Guilleaume sucht. Und Ihr seid der Mann, der gestern im Lager des Königs gelauscht hat. Der Töpfer.« Meine Hände begannen zu schwitzen – zum Glück sah das niemand. Ich hatte den Oberrebellen des Landes in meiner Feuergrube gefangen, Gott steh mir bei.

Der Oberrebell lachte leise. »Gut geraten. Ich bin der, für den der Bastard das gesamte Land umwühlt wie ein Schwein, das nach Trüffeln sucht ...« Seine Stimme bekam einen gefährlichen

Unterton. »Und ich bin der Trüffel, den er niemals finden wird. Ich bin der Pilz, der ihn vergiftet, von dem er des Nachts mit Bauchkrämpfen und Scheißerei erwacht, an dem dieses Schwein wahnsinnig werden und sich wünschen soll, es hätte das Land niemals betreten, so wahr mir Gott helfe …« Hass quoll aus dem Mann hervor, und sein Blick spie Feuer. Eine kleine Bewegung, ein Messer in der Linken –

»Genug gescherzt, genug geplaudert, du warst eine reizende Gastgeberin …« Damit wollte er sich, nun beidhändig bewaffnet, aus dem Glutloch emporschwingen, doch ich sah es gerade noch rechtzeitig. Sicher wäre dies mein letzter Abend auf Erden gewesen, hätte ich nicht flink reagiert und mit meinem Kurzschwert einen fliegenden Bogen in der Luft beschrieben. Er versuchte zu parieren, aber ich war schneller und setzte das Schwert auf seine Brust, bereit, dort zuzustoßen, wo er eben noch schwitzend sein Hemd geöffnet hatte.

»Lieber sähe ich Euch dort unten.« Ein Zucken des Schwertes – und an seiner Brust rann Blut herab. Ich hatte einst einen sehr gestrengen Lehrmeister gehabt, brauchte mich meiner Künste nicht zu schämen … Der Mann in dem Feuerloch unter mir sank ein wenig zusammen. Der Ärger über seine missliche Lage durchdrang den Hüttenmief.

»Du …«

»Legt die Waffen weg. Schiebt sie dorthin.«

Mit zusammengekniffenen Augen beugte er sich vor – eine Finte, er wollte sich unter meinem Schwert hindurchstehlen, mich von unten erwischen und aufschlitzen wie ein Reh, doch wieder war ich schneller, außerdem war mein kurzes Schwert leichter zu führen – der Streich traf Oberarm und Brust und schlitzte den ledernen Panzer entzwei.

»Um diese Tageszeit scherze ich nicht mehr. Legt Eure Waffen ab, Hereweard of Brune, wenn Ihr nicht als Teigstreifen in der Suppe landen wollt. Seid versichert, ich kann Teigstreifen schnitzen, und ich werde es tun, wenn Ihr mich dazu zwingt.« Überzeugt, mich heute nicht mehr überlisten zu können, schob er Schwert und Messer über den Rand, wo Snædís sie entgegennahm und aus seiner Reichweite zog. Wieder platzte ich fast vor Stolz über dieses unerschrockene Kind...

»Und du wirst nun die ganze Nacht...«

»Haltet den Mund.« Fieberhaft überlegte ich, was ich mit meinem Fund anfangen sollte. Lieber Himmel – heilige Etheldreda, her mit einer Idee... Cedric schnarchte, als stürbe er mit dem nächsten Atemzug, ich wusste, es war zwecklos ihn zu wecken. Der alte Priester gab keinen Laut von sich, vielleicht war er tot. Ich leckte mir über die Lippen. Eine Idee, Etheldreda, hör mich an, sei mir gnädig, ich schenk dir eine Kerze, aber schenk du mir eine Idee, eine gute Idee...

»Zieht Euch aus. Zieht Eure Kleider aus.« Sein belustigter Blick schwand, als ich ihm das Schwert erneut ins Fleisch bohrte. »Seid Ihr taub? Zieht Euch aus.« Ganz langsam begann er, sich aus seinen Kleidern zu schälen, erst den ledernen Panzer, dann das wollene Hemd... »Die Hose. Zieht alles aus, Hereweard of Brune. Alles.« Ich spürte, wie Wut in ihm hochstieg.

»Du bist ein echtes Normannenweib, giftig und garstig wie der verdammte Bastardkönig...«

»Ihr wärt im Moment besser beraten, mich nicht zu beleidigen, Rebell.« Ich ließ die Schwertspitze auf seiner Brust tanzen. »Außerdem bin ich kein Normannenweib. Eure Hose.«

»Keine Normannin? Nun, du siehst aus wie eine...« Sichtlich neugierig geworden, versuchte er im Schlummerlicht mehr von mir zu erkennen. Ich schnaubte verächtlich. Dann wurde mir jedoch bewusst, dass er ja Recht hatte. Ich war sehr wohl ein Normannenweib...

»Ändert das etwas für Euch? Zieht endlich Eure Hose aus.«

Snædís rückte näher an die Feuergrube und spähte hinein – es war sehr ungehörig von ihr, aber ich hinderte sie nicht daran. Sollte sie alles von Anfang an sehen, wie es wirklich war. Das Leben war kein Spiel. Männer liefen überall herum, und manchmal waren sie entblößt und taten Frauen damit Gewalt an. Manchmal musste man sie deswegen töten. Die Schmach jedoch behielt man in sich. Besser, sie lernte beizeiten... Ich riss mich zusammen. Was konnte das Kind dafür. Hereweard nestelte fluchend an den Bändern seiner Hose. Noch zweimal machte er einen hilflosen Versuch, sich aus dem Loch zu schwingen und mich zu überwältigen. Jedesmal schloss er aufs Neue Bekanntschaft mit meinem Schwert und bezahlte mit Blut.

Unser Talglicht erzählte geschwätzig, was für eine imposante Gestalt der Angelsachse besaß. Breitschultrig und muskulös, stark wie ein Baum und mit Händen, die für den Kampf wie geschaffen waren... und obendrein unverschämt gut aussehend – ein Kriegsmann aus bestem Hause, wie Erik auch einer war, ein Mann, der es gewohnt war, hart zu kämpfen und zu befehlen, und der sich seiner Nacktheit nicht im Mindesten schämte. Die Geschichten, die wir von normannischer Seite über ihn gehört hatten, standen in krassem Gegensatz zu seiner vornehmen Erscheinung... Kein dummer Bauer aus dem Moorland, kein plumper Holzfäller aus den Bergen, kein menschlicher Wolf, kein Waldmensch. Dieser hier war einer, dem Männer bereitwillig folgten – bis in den Tod, wenn es sein musste. Dieser hier war einer, der zum Führen geboren war. Ich verstand nun, warum Guilleaume das Kloster mit Mann und Maus eingeäschert hatte...

»Was tun wir jetzt?«, fragte er hochmütig und reckte sich noch ein bisschen mehr. Ich schluckte. Ein wenig machte mich seine überwältigende Nacktheit doch verlegen, sie schimmerte im Talglicht, drang über den Rand des Feuerlochs, der scharfe Geruch von schwitzender Männerhaut wehte zu mir herüber...

»Mama«, flüsterte Snædís. »Mama, guck...«

Nun zog ich sie doch vom Rand des Feuerlochs weg.

»Und?« Seine Brauen wanderten in die Höhe. »Was fangen wir zwei jetzt an?«

»Wir warten«, kommentierte ich seine anzügliche Frage trocken.

»Worauf?«

Ich griff in den Topf neben mir und warf ihm ein Stück zerkochten Aal zu. Geschickt fing er ihn auf, und als er mich wieder ansah, war sein Blick ein wenig verändert. »Wir warten.« Dann sagte er nichts mehr, und eine lange Weile war aus dem Loch nur noch sein Schmatzen und Schlürfen zu hören.

6. KAPITEL

Unerhörtes ereignet sich, großer Ehbruch.
Beilalter, Schwertalter, Schilde krachen,
Windzeit, Wolfszeit, eh die Welt zerstürzt.

(Völuspá 46)

Cedrics Schnarchen hatte etwas Beruhigendes. Auch Snædís hatte sich mit ihrer Decke neben mich gekuschelt und war eingenickt – nicht ungefährlich, aber ich wollte sie nicht wecken. Und der Rebell rührte sich ja nicht. Schlief er?

»Ich danke dir, Frau«, sagte er plötzlich in die Stille hinein. »Ich habe wirklich Hunger gehabt.« Er versuchte sich in dem engen Loch neben der Glut zurechtzusetzen – ich parierte die Bewegung sofort mit meinem Schwert. »Ruhig Blut, Frau. Ich verspreche dir, mich nicht zu rühren, im Vertrauen darauf, dass dir bei Sonnenaufgang einfällt, was du mit mir anfangen willst…« Der Spott in seiner Stimme erboste mich, doch ich riss mich zusammen.

Draußen wieherte leise und lockend ein Pferd. Beide horchten wir auf.

»Eures?« Er nickte mit gerunzelter Stirn. Ich lächelte, denn mir dämmerte etwas. Das Herz wurde mir so leicht, ich konnte wieder atmen…

»Eine Stute?« Wieder nickte er grimmig, während sie draußen den Ankömmling anblubberte, rossig und liebessüchtig, zärtlich, schnaubend, scharrend. Nicht einmal ein Brummen hörte man. Ich kannte nur einen Hengst, der beim Anblick einer rossigen Stute die eisernen Nerven eines Kampfrosses behielt…

Die Tür flog auf, ein Windstoß fegte den dazugehörigen Reiter herein, er sprang über die Schwelle, Stahl blinkte, vom Mondlicht geschwätzig verraten, fuhr durch die miefige Hüttenluft, hielt, von zwei Fäusten gehalten, unter der niedrigen Decke inne, suchte den Gegner, doch bevor er endgültig niedersauste, schrie ich auf…

»*Varask!* Halt ein!!!«

Er stand wie ein Denkmal, breitbeinig, das Schwert zum Todesstreich erhoben. »Wen hast du hier?«, flüsterte er heiser. Snædís erwachte und koch jammernd zu ihrer Schwester zwischen die Felle zurück. Die Betrunkenen schnarchten weiter. Mein Gefangener schwieg.

»Komm herein, mach die Tür zu. Komm.« Einladend streckte ich eine Hand aus, ohne mich vom Fleck zu rühren oder meine Waffe niederzulegen. Das sah er, so viel verriet mein Talglicht. Das Ynglingschwert schlich näher, fragend, kalt blinkend, durstig. Nach all den Kämpfen immer noch durstig.

Erik spähte in das Feuerloch – und erstarrte. Er kniete neben mir nieder.

»Was hast du denn da gefangen…« Seine Stimme klang wie ein Reibeisen, heiser und rau vom Schlachtgeschrei. Ich hatte die Stimmen gehört letzte Nacht, wie sie triumphierend Schwertstreiche begleiteten, Mönche einschüchterten, wie sie gleich einem Schwarm zerfetzter Krähen über den Kämpfern kreisten…

»Dich kenn ich doch…« Das Ynglingschwert legte sich fordernd unter Herewards Kinn. »Dich hab ich doch in Elyg gesehen…«

»Du hast sogar gegen mich gekämpft, Normanne«, unterbrach Hereweard mit gefährlicher Ruhe in der Stimme.

»Ich bin kein Normanne!«, fuhr Erik auf, das Schwert schon wieder in der Luft, und ich wunderte mich noch über seine Heftigkeit, als Hereweard beschwichtigend die Hand hob.

»Du hast trotzdem gegen mich gekämpft. Und das sogar verdammt gut. Wer hat dich das gelehrt? Gib zu, so was lernt man in normannischer Schule.« Ich spürte, wie es in Erik hochkochte – nicht wegen der Bemerkungen des Rebellen, nein, das war das Feuer der Wut, das immer noch loderte, geschürt in einem Kampf, dessen Sinn ihm möglicherweise nicht klar geworden war…

Ich griff in den Topf, holte ein Stück Aal heraus und reichte es ihm versöhnlich. Er lehnte ab, obwohl er sicher seit vielen Stunden nichts mehr zu sich genommen hatte, setzte sich aber immerhin hin. Das kleine Talglicht schaukelte mit jedem Lufthauch versonnen vor sich hin, während die Männer sich finster musterten.

»Nun bist du also feige geflohen«, sagte Erik irgendwann mit grimmiger Stimme. »Hast deine Kumpane im Stich gelassen.«

»Würdest du das tun?«, fragte Hereweard ironisch. »Deine Kampfgefährten allein lassen, um deine Haut zu retten? Du würdest es wohl tun, nicht wahr? Den Kampf vorzeitig verlassen, dich in Sicherheit bringen ...«

»Natürlich nicht!«, fuhr Erik hoch. »Wie kannst du es wagen, mir so etwas zu unterstellen?«

»Und? Wie kannst du es also wagen, *mir* so etwas zu unterstellen, Normanne, oder was immer du bist!«, fauchte unser Gefangener zurück. »Mein Blut ist edel – eher sterbe ich, als dass ich meine Gefährten zurücklasse!«

»Und doch sitzt du hier – allein.« Erik zügelte seinen Zorn nur mühsam. Ich verstand nicht, woher er kam, was Hereweard damit zu tun hatte, ich verstand überhaupt nichts ...

»Es kommt wohl vor, dass der Anführer wichtiger ist als alles andere und dass seine Anhänger ihn hinausschmuggeln, Normanne ...«

»Ich bin kein Normanne, verfluchtes Sabbermaul!« Um ein Haar hätte der Angelsachse das Schwert im Hals stecken gehabt, doch hatte er sich flink wie ein Wiesel auf die Seite geworfen.

»So, du bist also kein Normanne«, hub Hereweard wieder an zu sprechen, als beide sich etwas beruhigt hatten. »Was bist du dann, dass du dein Schwert dem normannischen Bastard gibst und für eine normannische Sache kämpfst? Wer bist du überhaupt, dass du es wagst, mich hier zu verhöhnen?«

»Ich bin der Sohn eines Königs ...«

»Dafür hast du dir eine ungewöhnliche Unterkunft gesucht, Mann«, höhnte Hereweard. »Wer soll dir das glauben?«

Seltsamerweise schwieg Erik darauf. »Ist es nicht egal, wer wir sind, solange die Sache, für die wir kämpfen, eine gerechte ist?«, fragte er irgendwann müde.

»Ist sie denn gerecht?«, fragte Hereweard leise. »Wenn sie gerecht ist – warum sitzt du dann hier? Warum sitzt du dann hier und nicht an der Tafel des Königs, der alle gerechten Dinge anfängt?«

»Weil ... weil ich eine Entscheidung getroffen habe.« Ich wurde hellhörig.

Hereweard grinste. »Das habe ich auch getan, Mann. Der König mochte meine Entscheidung leider nicht – mochte er die deine?«

Erik fixierte ihn scharf. »Darum geht es hier nicht. Du hast den Bruder des Earl de Warenne ermordet. Du bist ein Mörder. Ich nicht.«

Hereward seufzte. »So ein Unsinn. Darum geht es hier auch nicht. Aber legst du Wert darauf gegenzurechnen? Soll ich dir erzählen, wen dein ... dein Guilleaume so alles erschlagen hat? Wen seine Männer ermordet haben?«

»Guilleaume führt Krieg!«

»Ich führe auch Krieg, gegen einen Mann, der wie der apokalyptische Reiter über mein Land fährt ...«

»Es ist nicht dein Land!«

»Dieses Land gehört dem Volk der Angelsachsen, mein lieber Freund.« Die Stimme wurde drohend. »Dieses Land hat schon immer den Angelsachsen gehört, und sie haben es ihrem König zu Lehen gegeben, damit er es für sie verwalte. Und nun kommt einer daher, der behauptet, man habe ihn zum Erben eingesetzt, doch der Einzige, der das bezeugen könnte, ist tot, Gott segne ihn, und so fällt dieser angebliche König in unser Land ein und nimmt sich einfach, was ihm seiner Ansicht nach zusteht, und stellt alles auf den Kopf! Wie finde ich das wohl als Angelsachse? Wie fändest du das? Als ...« Er stockte. »Wollen wir uns nicht endlich vorstellen? Wo wir nun schon mal die Nacht miteinander verbringen?«

Ich musste ein wenig grinsen. So schnell verlor dieser Rebell seinen Humor nicht, wie nackt er auch in seiner Grube saß. Und so stupste ich Erik an, tastete nach seiner Hand, besänftigend.

Was sollte passieren? Wir trugen Waffen, er nicht. Was wollte er auch draußen im Sumpf bei Nacht? Und da von Erik nichts kam, entschied ich einfach, dass er seine Kleider wiederbekommen durfte und schob sie ihm hin. Schweigend nahm er das Friedensangebot an, zog die Kleider über und setzte sich dann vorsichtig auf den Rand der Feuergrube. Ich verstand, dass er sich immer noch als Gefangenen betrachtete. Und dann streckte er Erik die Hand hin. »Hereweard von Brune, genannt *þe wocnan*, Sohn eines Earls.« Hereweard grinste schief. »Landlos, heimatlos, mittellos. Aber nicht mutlos. Und du?«

Erik sah ihn lange an. Seine Gesichtszüge glätteten sich – vielleicht stimmte ihn dieser merkwürdige Mann sogar heiter, denn er konterte: »Erik Emundsson von Uppsala, Sohn eines Königs. Landlos, heimatlos, kronenlos. Im Moment etwas ratlos.« Stumm reichte ich ihnen Vater Ælfrics Schlauch.

»Gar kein so großer Unterschied«, stellte Hereweard nach ein paar Schlucken fest.

»Findest du?«, fragte Erik zurück. Schweigend tranken sie, und ich spürte, wie die Feindseligkeit langsam verschwand – wer miteinander trinkt, kämpft nicht mehr. Ich gestand mir ein, sehr erleichtert zu sein, und lehnte mich vorsichtig gegen den Holzpfeiler.

»Im Kampf immerhin hatten wir kein Ergebnis«, grinste Hereweard müde. »Ich erinnere mich, dass man uns trennte …«

»Willst du es zu Ende bringen?«, fuhr Erik hoch.

Hereweard sah ihn wehmütig an. »Wem würde das noch nützen … Nehmen wir es lieber als göttliches Zeichen. Keiner hat den anderen besiegt. Wir könnten es auf ein andermal verschieben. Ohne Zuschauer.« Erik schwieg dazu. Ihr könntet es auch lassen, dachte ich. Reicht der Blutzoll im Kloster nicht aus?

»Hast du kein eigenes Volk, für das du kämpfen kannst?«, fragte Hereweard irgendwann. Der bissige Unterton war ganz verschwunden. An seine Stelle war ehrliche Neugier getreten. Die beiden Männer musterten sich.

»Weißt du«, sagte Erik, »als der alte König starb, ging seine Halle in Flammen auf. Wir dachten, es sei ein gutes Feuer. Doch dieses Feuer war nur der Anfang, es war nichts gegen die Feuersbrunst, die über den Thingplatz hereinbrach, als der neue König gewählt werden sollte ... Sie verschlang ein Volk, alle Hoffnung, alle Träume ...«

»Sie haben dich verjagt«, stellte Hereweard sachlich fest.

»Ein sinnloses Morden war das. Und es gab am Ende nur Verlierer.« Das waren milde Worte für das blutige Chaos, welches beim Königsthing in Uppsala angezettelt worden war ... Ich wagte kaum, mich zu rühren. Immerhin trug ich mit Schuld an seiner Vertreibung, und die Schuldgefühle quälten mich bis heute.

»So hast du also kein eigenes Volk.«

»Außer meinem verletzten Stolz konnte ich nicht viel retten.« Die Bitterkeit in Eriks Stimme brannte sich in mein Herz. Hereweard betrachtete ihn sehr aufmerksam. Jegliche Feindschaft war mit diesem Geständnis verflogen, fast schien es, als empfände er Mitleid mit dem Yngling ...

»Von meinem Volk ist auch nicht viel übrig, Erik von Uppsala.« Er überkreuzte die Beine und wippte mit den Füßen. »Vielleicht bin ich sogar der Letzte, der gegen Guilleaume aufbegehrt. Vielleicht werden unsere Kinder Normannisch sprechen und die alten Lieder vergessen, wer weiß. Vielleicht werden schon unsere Enkel diese Jahre vergessen. Ich jedoch vergesse nicht. Ich vergesse nicht, was sie meiner Familie angetan haben. Dass sie meinen Bruder getötet und meine Mutter geschändet haben, dass mein Vater vor Gram gestorben ist. Ich kämpfe nur für Gerechtigkeit. Es gibt viele, denen das Gleiche widerfahren ist – halb England ist geschändet und entehrt worden, auf die Straße gejagt, in die Gosse gestoßen, und normannische Glückssucher sitzen in unseren Häusern, trinken unseren Wein und lassen unser Dienstvolk herumspringen. Ich kann das nicht zulassen – und wenn ich dabei draufgehen sollte.« Er grinste. »Aber ich werde nicht draufgehen, ich bin fest entschlossen, am Leben zu bleiben. Für Schwache zu kämpfen, ist eine gerechte Sache.« Damit beugte er sich vor. »Hast du das so empfunden, in Elyg?«

Erik schnaufte – fast erwartete ich, dass er tätlich wurde, doch blieb er still sitzen. Hereweard hatte den Nagel auf den Kopf getroffen. Elyg war nicht gerecht gewesen. Wieder leerten sie schweigend den Schlauch, und ich ging an Ælfrics Fass auffüllen.

»Und – Erik von Uppsala?«, fragte Hereweard irgendwann leise. »Die gerechte Sache, für die du kämpfen wolltest, die gibt es nicht mehr. Was wirst du jetzt tun?«

Ich hielt den Atem an. Niemand, nicht einmal ich hätte ihm diese Frage stellen dürfen. Fast erwartete ich eine handgreifliche Antwort, doch er blieb ruhig, starrte vor sich hin und nahm dann einen großen Schluck aus dem Schlauch.

»Es könnte wohl sein, dass mein Weib ärgerlich wird, wenn ich dir meine Pläne verrate, die nicht mal sie kennt.« Hereweard lachte. »Weißt du«, sprach Erik weiter, »ich muss noch eine Weile über Gerechtigkeit nachdenken.«

»Damit tust du mehr als hundert von des Bastards Rittern zusammen«, erwiderte Hereweard da, und das klang wie ein Ritterschlag.

Als die Männer wieder schwiegen, war jegliche Feindschaft begraben. Mit dem Tau von draußen kam Friede in die kleine Hütte, die einmal eine Kirche gewesen war, bevor der Krieg das Land umgekrempelt hatte. Die beiden Krieger dösten vor sich hin, jeder für sich gefangen in Erinnerungen und alten Träumen, die niemals wahr werden konnten. Ein seltsamer Zauber lag über ihnen, besiegte Helden, die von Gott trotzdem geliebt wurden...

Die angelehnte Tür bewegte sich. Mit einem Schlag war ich hellwach und packte mein Schwert. Ein Schnüffeln, leises Winseln, dann schwebte ein heller Schatten zur Tür herein. *Sieh nur*, schwatzte das Talglicht. Ich hielt die Luft an – ein Hund, nein, ein Wolf tappte über die Binsen, ein weißer Wolf, die Nase dicht am Boden, Hereweard neben seiner Feuergrube erschnuppernd, und das Winseln verstummte. Ich glaubte an eine Sinnestäuschung – zu wenig Schlaf, zu viel verhexten Met –, doch der Wolf war echt. Trotzdem, keiner der Schlafenden rührte sich, keiner bemerkte den Wolf... Ja, war ich denn närrisch geworden? *Aber nein*, brummte es. Und dann legte das Tier sich still an Hereweards Seite, rollte sich unter seiner Hand zusammen, und seine hellen Augen bewachten den, den es offenbar gesucht hatte …

Draußen graute der Morgen, die ersten Vögel begrüßten den neuen Tag, und der Sumpf erwachte zu murmelndem Leben. Ich reckte mich vorsichtig, nun doch erschöpft von der durchwachten Nacht. Beide Männer hockten da und starrten vor sich hin. Der Wolf war fort.

Der Wolf war fort?

Hatte ich geträumt? Nicht mal eine Spur war von ihm zu sehen … Hereweard lehnte an der Holzwand, und nichts deutete darauf hin, dass er eben noch einen weichen Wolfspelz gestreichelt hatte. Ich war fassungslos. Verstohlen sah ich wieder zu Erik hinüber. Er hatte keinen Wolf gesehen, ganz sicher nicht. Von Zeit zu Zeit drückte er die Hand gegen seine Schulter, wo ich unter dem zerfetzten Rock eine Verletzung vermutete, doch ließ er mich sicher nicht an sich heran. Wer lässt sich schon gerne vor den Augen seines Feindes Wunden verbinden? Doch war hier ein Feind? An diesem Morgen war nichts mehr wie bisher. Was für eine seltsame Nacht lag hinter uns … Die Erkenntnis verstörte mich zusehends.

Die Stute blubberte erneut hinter der Hüttenwand. Sindri spitzte die Ohren und schnaubte warnend. Hereweard hob den Kopf. Irgendjemand schlich ums Haus herum.

Erik nahm das Schwert in die Hand, bereit hochzuspringen – der Kampf war nicht zu Ende.

»Sei unbesorgt, Erik von Uppsala«, beruhigte der Rebell ihn. »Torfrida kommt stets in friedlicher Absicht.« Langsam schwang die Tür auf. Im schwachen Morgenlicht erkannte ich eine schmale Frauengestalt, die auf der Schwelle stehen blieb und ihren Blick durch die Hütte wandern ließ. Ein verirrter Sonnenstrahl ließ nachtschwarzes, volles Haar schimmern, das sie entgegen allen Gepflogenheiten und sehr selbstbewusst offen trug. Wie ein seidiger Vorhang fiel es ihr über die wohlgeformten Schultern bis auf die Hüfte, wo die Spitzen sich zu Locken kringelten und munter tanzten.

»Ich bin die Frau Eures Gefangenen. Wollt Ihr mich zu ihm lassen?« Ihre melodische Stimme erfüllte die Hütte mit Wärme. Ich sah, wie bei ihrem Erscheinen ein Hauch eines zärtlichen Lächelns über Herewards harte Züge glitt …

Erik legte das Schwert neben sich nieder. Die Frau trat näher.

»Ihr habt ihm Obdach gewährt – Gott schütze Euch dafür.« Ich biss mir auf die Lippen, wechselte einen schnellen Blick mit dem Angelsachsen. Seine Augen wurden klein, dann zwinkerte er mir kurz zu. Keiner von uns würde ein Wort darüber verlieren, dass er die halbe Nacht nackt in der Feuergrube gesessen hatte.

Langsam ging sie an den Schlafenden vorbei, strich im Vorübergehen ihrem Mann über den Kopf. Sie bewegte sich feenhaft schwebend, und ein feiner Schleier wehte von ihren Schultern. Ich rieb mir die Augen, dachte, ich träume, dass die Erschöpfung ihren Tribut fordere … Sie beugte sich über meine schlafenden Kinder und legte ihnen sacht die Hand auf die verschwitzte Stirn. Ein Funken Friede glomm in meinem Herzen auf.

»Torfrida kommt stets in guter Absicht«, wiederholte Hereweard. Konnte er Gedanken lesen? Erik erhob sich und sackte dabei mit einem leisen Schmerzenslaut vornüber. Ich erschrak. Doch kein unbedeutender Kratzer …

Torfrida drehte sich um. »Lasst mich Eure Gutherzigkeit vergelten, Normanne.«

»Ich … bin kein …«

Doch da kniete sie schon vor ihm nieder und machte sich daran, seine Schulter abzutasten, und ohne dass sie ein Wort sagte, zog Erik sich das Kettenhemd über den Kopf und ließ zu, dass diese Fremde sein Hemd hochschob und die große, blutverkrustete Wunde unterhalb des Schlüsselbeins freilegte. Atemlos sah ich zu, unfähig, mich zu bewegen. Vom Dach her kamen Geräusche: Krallenschritte über Holzschindeln und Binsenbündeln – tapptapptapp, dann ein Klopfen, wieder Schritte – der verfluchte Rabe hockte immer noch über mir und versuchte, mich mit Drohungen einzuschüchtern …

»Hau ab, Galgenvogel«, flüsterte ich heiser. Torfrida sah mich an, dann zum Dach hoch und wieder zu mir. Ihre elegant geschwungenen Brauen hoben sich, doch sie sagte nichts. Aus einem Beutel förderte sie eine Phiole zutage und träufelte eine stark riechende Flüssigkeit auf die Wunde. Erik wand sich stumm vor Schmerzen.

»Bist du verrückt geworden? Lass ab von ihm, Hexe!«, schrie ich los und stürzte mich auf die Schwarzhaarige, die begonnen hatte, eine eigenartige Melodie zu summen, während sie mit feinem Finger das Gift in der Wunde verrieb und hernach ein Blatt der Gundelrebe auf das rohe Fleisch legte. Eriks Kopf fiel in den Nacken, während ich an ihren schwarzen Haaren zog und von hinten auf sie einschlug. Da drehte sie sich zu mir um.

»Ich sehe, Ihr kämpft um Euren Mann wie ich um den meinen«, sagte sie ruhig, obwohl ich in ihren Haaren hing. »Glaubt Ihr im Ernst, ich würde wagen, ihm ein Leid anzutun?« Genauso sah es aus. Eriks Gesicht hatte sich grünlich verfärbt, und aus der Wunde rann erneut dickes, rotes Blut.

»Beruhig dich«, erklang da Herewards angenehme Stimme hinter mir. Hektisch drehte ich mich um, Torfridas Haare immer noch zwischen den Fingern. »Beruhig dich, niemand will euch schaden, niemand…« Der Krieger hinter mir, die Schwarze vor mir, beide von berauschender Körperlichkeit, schön wie die Sünde und stark wie der Teufel – ich keuchte vor Angst, als Hereward mit erschreckender Sanftheit meine Hände aus den Haaren seiner Frau nahm. Seine Berührung traf mich ins Mark, ich schlug um mich, kratzte, biss, fühlte seine Arme an meinem Körper, die Luft blieb mir weg – und dann wurde mir schwarz vor Augen.

»… sie schläft zu wenig. Sie sollte mehr schlafen.«

Wie sollte das gehen, wo mich doch jede Nacht aufs Neue böse Träume und Erinnerungen quälten und wach hielten, wo Sorge um den nächsten Tag mein Blut peitschte, die Angst mir die Kehle zuschnürte und den Atem zum Schlafen nahm? Eine kühle Hand strich über meine Stirn, hinterließ eine wohltuende

Lücke in der Kette ewiger Kopfschmerzen. »Sie sollte mehr schlafen.«

Ich schlug die Augen auf. Erik saß unversehrt an der Wand, wo einst in besseren Zeiten ein Altar gestanden hatte, das Kettenhemd glatt gezogen. Nichts deutete darauf hin, dass eine Hexe seine Wunde ausgekratzt und vergiftet hatte. Alles andere schien unverändert – die Kinder schliefen mit friedlichen Gesichtern, Ljómi wie immer mit offenem Mund und leise schnarchend, und auch Cedric und der Priester schnarchten leise vor sich hin. Die Hexe saß da und wachte über ihr Werk. Ich stöhnte und rollte mich auf die Seite. Was für ein grässlicher Alptraum. Ein Kater vom Alkohol schmerzte weniger als das hier.

»Gibt es einen Ort, den Ihr Zuhause nennen könnt?«, fragte die Schwarzhaarige hinter meinem Rücken.

»Nein«, murmelten Erik und ich fast gleichzeitig. Meine Faust krallte sich in die Binsen.

»So betrachtet Torfridas Heim als Euer Heim, wann immer es Euch nötig erscheint.«

Schweigen. »Danke.« Erik räusperte sich. »Danke.«

Ich hörte, wie sie tranken, Wasser oder Vater Ælfrics Kopfschmerzgebräu. Niemand sprach, alles schien gesagt. Ein Weg war zu Ende gegangen, zwei Männer standen vor den Trümmern ihres Lebens und versuchten, sich gegenseitig Stärke vorzugaukeln. Ich hörte, wie Erik das Schwert aus der Scheide zog und gedankenvoll über die Schneide strich. Das schabende Geräusch schmerzte in meinen Ohren, betäubte aber vielleicht die flackernde Pein in seinem Inneren. Vorsichtig drehte ich den Kopf. Hereweard kniete vor ihm und legte ihm die Hand auf den Arm.

»Er hätte das nicht tun dürfen. Er hätte dich nicht so benutzen dürfen. Du warst nicht im Bilde, du wusstest nichts von allem.«

»Halt den Mund«, unterbrach Erik ihn rau. »Halt den Mund – und geht.« Damit zog er mich in die Höhe. Wir standen uns gegenüber – der Rebell aus den Fens, der Königssohn ohne Land, Torfrida und ich. Über uns wanderte der Rabe über das Dach und krächzte unermüdlich seine Mär von Tod und Verderben.

»Also dann – geh, bring dich in Sicherheit«, sprach Erik schließlich die erlösenden Worte, die dem Rebellen von Elyg die Freiheit gaben und ihn selber in allergrößte Bedrängnis brachten... Mir wurde ganz seltsam zumute. Es war, als griffe eine Hand von hinten nach meiner Kehle und presste sie zusammen – eine große Pranke, eine Normannenhand mit eisernem Griff. Dann lag Torfridas Hand auf meinem Arm, leicht wie ein Vogel, suggestiv wie ein Priestermund. Die Pranke verschwand von meinem Hals, ich konnte wieder durchatmen. Die Bedrängnis blieb jedoch – ab heute waren auch wir Flüchtlinge.

Hereweard zog einen verschlungenen Kordelknoten aus der Tasche. »Der Herr möge deinen Weg ebnen, Erik von Uppsala, und dich mit Wind von hinten stützen. Er gebe dir sicheren Boden unter den Füßen und eine klare Sicht.« Das männlich herbe Gesicht war in seinem Ernst berückend schön anzusehen. »Doch sollte Er dich in die Irre locken, werde mein Gast. In allen Herbergen, die sich mit einem Wolf schmücken, wird man wissen, wo ich zu finden bin, und dich zu mir bringen, wenn du diesen Knoten vorweist. Der Wolf ist das Schutztier des alten Englands – an seiner Seite wirst du Schutz finden, wenn du in Not bist. Scheu dich nicht, an jenem Tag deinen Stolz zu überwinden.« Damit drückte er Erik den Knoten in die Hand. Torfridas Blick kreuzte den meinen, rätselhaft und dunkel. Ich fühlte, wie sie mich rief: *Scheut euch nicht*... Nun lag auch in meiner Hand ein Kordelknoten, ich wusste kaum, von wem er kam. Ein kurzes Nicken der Männer, keiner dankte dem anderen, Gleiche waren sie, als Gleiche fühlten sie sich, wer beugt als Gleicher schon das Knie.

Die Stute des Rebellen war eine schäbig weiße Mähre mit Kulleraugen und ausgefranstem Fell. *Swealwe* – so hatte er sie genannt – machte nicht den Eindruck, als könnte sie einen Reiter auch nur einen Steinwurf weit tragen, »*Dusil-hross*«, murmelte Erik noch, da schwang Torfrida sich in den Sattel, Hereweard *þe wocnan* dahinter, ein kurzer Ruck am Zügel, und das Pferd flog mühelos davon, mitten in die Sümpfe. Sie verschwanden in den Morgennebeln, und Torfridas Gewand streifte den Himmel.

Gedankenvoll betrachtete Erik den Knoten in seiner Hand. Schmuckstück eines mittellosen Mannes, doch geheimnisvoll verschlungen und voll edler Symbolik. Ein Erbe der Könige von Mercia, hohes Blut, ein hoher Sinn. Was hätte alles sein können…

Ein Flügelschlag hinter mir. Ich hob den Kopf. Der Rabe wanderte auf dem Dachfirst hin und her und schien den Fliehenden hinterherzusehen. Mit unwirscher Handbewegung versuchte ich, ihn zu vertreiben. Natürlich rührte er sich nicht. Fragend sah Erik mich an. »Er verfolgt mich«, klärte ich ihn auf. »Er verfolgt mich seit Elyg, und ich weiß nicht, was er von mir will. Verdammter Galgenvogel.« Da nahm er mich in die Arme, fest wie schon lange nicht mehr, und drückte meinen Kopf an seine Schulter – an die verletzte, doch es schien ihn nicht zu schmerzen, oder betäubte ich den Schmerz?

»*Dokkalfr* wird dir nichts tun. Ich pass auf dich auf, *elskugi*«, flüsterte er. Ich hätte mich besser gefühlt, wenn ich ihm das hätte glauben können…

»Hast du dich wirklich mit Guilleaume zerstritten?«, fragte ich leise. Die Eisenglieder des Kettenhemdes drückten im Gesicht.

»*Ferr eigi keypiliga með okkr*«, flüsterte er.

»Hast du?«, fragte ich noch mal.

»Ich weiß nicht. Ich denke – ja.«

»Bist du noch sein Mann…?«

Ein tiefer Seufzer. »*Ferr eigi*… Nein.« Ich wusste es doch seit letzter Nacht. Trotzdem – der Boden wankte unter meinen Füßen. Er merkte es nicht.

»Und was jetzt…?« Der Rabe trat von einem Bein aufs andere, neugierig lauschend.

Erik gähnte. »Lass mich später drüber nachdenken, *elskugi*. Lass mich noch ein wenig schlafen.« Beide wussten wir, dass der Schlaf ihn fliehen würde, weil der Kampf in seinem Kopf weitertobte. Doch er legte sich neben mich, polsterte das Kettenhemd mit einem Fellstück, damit ich den Kopf auf seine Brust legen konnte, und versuchte, ruhig liegen zu bleiben. An seinem Atem merkte ich, dass er ohne mich nach Elyg zurückritt…

Kurz darauf lachte er leise auf.

»Weißt du, was sie zu ihm gesagt hat, als sie die Hütte verließen?«

Neugierig hob ich den Kopf. »Du hast es verstanden?«

Er nickte. »Sie sagte: ›Du gottverdammter Narr, diese Ausländerin hätte dich töten können!‹«

»Woher wusste sie das?« Wir hatten doch friedlich beieinander gesessen, Hereweard allerdings ohne Waffen.

Erik schnaufte. »Sie … sie war wie meine Schwester. Als sie bei mir hockte. Es fühlte sich an wie Sigrun, als sie die Hände auf die Wunde legte …«

Sigrun Emundsdottir – nicht nur heilkundig, sondern auch anderer Dinge zwischen Himmel und Erde mächtig … Mich schauderte. So lieb ich Eriks Schwester damals gewonnen hatte, ihre Macht hatte mich bis zuletzt eingeschüchtert. Torfrida jedoch war anders. Trofrida war eine Hexe …

»Ich hab sie gesehen in Elyg, weißt du. Sie stand hoch oben auf der Außenmauer des Klosters, ganz alleine, sie betete wohl, während das Gewitter über uns hinwegfuhr. Es war dämonisch, es donnerte so laut, dass die Tiere Angst bekamen und der Krach in den Ohren schmerzte. Und sie stand einfach da oben, völlig schutzlos. Der Blitz hätte sie treffen können.« Er drehte sich auf die Seite zu mir. »Er traf sie nicht. Stattdessen sah ich, wie über ihr der Himmel aufriss und die Sonne wie ein weißer Schleier hervorblitzte …« Er holte tief Luft. »Kurz danach jedoch fiel das Kloster, weil man es verraten hatte. Der Abt kapitulierte, lieferte seine Gäste an die Normannen aus. Ein Sieg wie viele andere … und auch wieder nicht. Guilleaumes Männer waren in Elyg vorgegangen wie in Yorkshire … Keine Gnade, verstehst du? Keine Gnade … Ich … ich konnte das nicht. Nach allem, was ich in Yorkshire gesehen habe – ich konnte es nicht.«

Sanft strich ich mit der Hand über sein schmutziges, verschwitztes Gesicht, liebkoste die hohen Wangenknochen und die hellblonden Brauen und fuhr mit dem Finger über seine Lippen. Dort, wo bei Männern ein üppiger Bart wuchs, war seine Wange rau, aber ohne Haare, einst auf Befehl Albert von Sassenbergs verätzt und für immer bartlos gemacht. Nach all den Jahren an seiner Seite fand ich es immer wieder seltsam und zugleich schön, und mich überlief ein Kribbeln, wenn ich mit dem Handrücken darüberfuhr… Sein Kopf sank an meine Brust. Alles, was er mir nicht erzählt hatte, nahm er mit in einen unruhigen Schlummer. Ich legte mich bequemer zurecht, um den Morgen zu erwarten, und dachte über die schwarzhaarige Zauberin nach, die den Rebellen von Elyg wie einen Novizen abgekanzelt hatte…

Der neue Tag begann vielversprechend. Wir hatten den Spielmann vorsichtig davon in Kenntnis gesetzt, dass Erik das Lager des Königs verlassen hatte und vorerst lieber keinem Normannen begegnen wollte. Der schlaue Mann fragte nicht weiter, er hob nur die Brauen und dachte sich wohl sein Teil.

Die Pferde schnaubten ruhig beim Grasen. Cedric pfiff irgendwo im Gebüsch ein Liedchen. Wir nahmen ein Bad im See und versuchten, uns in ordentliche Menschen zurückzuverwandeln. Die Mädchen plantschten unbeschwert im Wasser und spritzten sich gegenseitig nass. Eine Weile spielte ich mit ihnen und wusch Ljómi das Haar, doch dann wurde es mir zu kalt, und ich machte mich daran, uns in unsere Kleider zurückzustecken.

»Was ist das?« Erik hob das Kettenhemd hoch, während ich Ljómi abrubbelte. »Wo hast du das denn her?«

»Ein Normanne hat's mir gegeben.« Und wollte es sich wiederholen, doch das sagte ich ihm nicht.

»Zieh es an, du brauchst es vielleicht.« Sein Blick war düster. Ich tat, was er wollte, obwohl ich das Kettenhemd hasste, wegen seines unsympathischen Besitzers und weil es so unglaublich schwer auf den Schultern lag. Kaum hatte ich es übergezogen, schwitzte ich wieder wie ein Ackerknecht. Doch seine Vorahnungen sollten sich bestätigen, die Verfolger ließen nicht lange auf sich warten.

Kári schnaubte kurze Zeit später warnend. Eriks Kopf fuhr in die Höhe, das Aalstück, von dem er gerade aß, fiel ihm aus der Hand.

Der Morgen legte sich unschuldig lächelnd über die Sümpfe, doch war diese Unschuld wie so oft verlogen … Cedric kam nämlich aus den Büschen gehetzt – was er dort getrieben hatte, verriet seine hängende Hose – mit Furcht in den Augen und wild gestikulierend. Der Rabe krächzte nickend. »Schnell«, flüsterte Cedric heiser, »schnell, verschwindet, Herr, schnell, fort mit Euch – Normannen, schnell, lauft …«

Erik löste Káris Strick, gab ihm einen Klaps auf den Hintern und verschwand hinter seinem Hengst in den Morgennebeln über dem Schilf. Kurz nur hörte ich ihre Schritte im flachen Wasser, dann verschluckte der Sumpf die beiden. Tapfer versuchte ich, meine panische Angst niederzukämpfen – der Hengst würde schon wissen, wo er langgehen durfte.

Cedric hatte inzwischen die Kinder bei den Händen gefasst. Wir tauschten einen Blick. »Weg mit ihnen«, sagte ich. Aus meinem Beutel kramte ich Reste von dem Konfekt hervor, das ich in Ivos Zelt gestohlen hatte. »Hier, nehmt«, flüsterte ich, »und nun geht in die Büsche und seid lieb und ganz, ganz leise, niemand darf euch hören …« Snædís nickte mit großen Augen und packte Ljómi an der Hand. Wie zwei kleine Geistchen huschten die beiden ebenfalls ins Schilf, wo Kári und Erik verschwunden waren.

Im selben Moment brachen Reiter durch die Haselnusssträucher an der Ostseite der verfallenen Kirche, riesige normannische Schlachtrösser, mit Eisenteilen behängt und aus weiten Nüstern wütend schnaubend. Sie stapften um das Gebäude herum auf uns zu. Scharfe Gebisse brachten sie zum Halten, Mäuler rissen unwirsch auf, bleckten Zähne, grünlicher Schaum tropfte in Blasen zu Boden, und tellerförmige, mit breiten Eisen beschlagene Hufe schwangen vor und scharrten Löcher in den Sandboden. Das Keuchen der heiß gerittenen Pferde kam mir vor wie atemlose Gier nach Opfern … Cedric erstarrte.

»Nun sehen wir uns doch so schnell wieder, Alienor de Sassenberg.« Kalte graue Augen musterten mich argwöhnisch. Mein alter Name, mit normannischem Akzent gesprochen, klang so fremd. Ivo de Taillebois nahm seinen Helm ab und strich sich das verschwitzte rote Haar aus der Stirn. Die eng anliegende Kapuze seines Kettenhemdes ließ sein Gesicht schmal und gefährlich wirken. »Ihr habt nicht zufällig etwas Auffälliges bemerkt?« Seine Brauen wanderten in die Höhe. »Wer ist denn das?«

»Mein Diener.«

»Euer Diener.« Die Ironie biss wie eine Stechmücke an der Kehle. »Ihr habt einen Diener?«

»Habt Ihr keinen?«, entfuhr es mir. Taillebois verzog den Mund, als hätte er Zahnschmerzen, aber vielleicht war es auch seine Art zu lächeln. Eine kurze Handbewegung, und zwei seiner Reiter saßen ab. Der eine Hengst erregte sich, als er die Hauswand abroch und den Geruch der paarungsbereiten Stute von letzter Nacht wahrnahm, er tanzte schreiend und außer sich vor Lüsternheit herum, und sein ausgefahrener Schlauch schwang wie ein Seil unter dem Bauch. Ivo runzelte die Stirn.

»Ihr habt niemanden bemerkt? Kein weißes Pferd? Eine Stute? Wir suchen – Abtrünnige.«

Ich hob die Brauen. »Was für Abtrünnige?« Der normannische Hengst hatte sie offenbar schon gefunden – zum Glück reagierte sein Reiter nicht darauf und band ihn an einem Baum fest, wo das Tier mit seinem Lusttanz niemanden störte. Doch Ivo schien aufmerksamer zu sein, denn er schaute sich intensiv um, bevor er das Wort wieder an mich richtete.

»Ein Teil der Rebellen ist geflohen, *ma dame*, und treibt sich hier in den Sümpfen herum. Einige sind zu Pferde unterwegs. Verwegene Burschen. Kein Umgang für Euch. Ihr solltet Euch nach Wincestre begeben, das hier« – sein vielsagender Blick umfasste den armseligen Platz rund um die Kirche – »das hier ist nichts für eine Dame aus dem Geschlecht der Montgomery ...«

»Ich habe niemanden gesehen, *mon seignur*«, unterbrach ich ihn. »Wo ist mein Mann?« Meine Stimme hatte einen herausfordernden Ton bekommen, obwohl mir das Herz bis zum Hals klopfte. »Habt Ihr ihn gesehen? Ist er wohlauf?«

»Ich war der Hoffnung, dass Ihr mir das vielleicht sagen könntet, *ma dame*.« Sein Pferd hob erneut den Huf in meine Richtung – ein kleiner, schlecht gemachter Einschüchterungsversuch, denn ich hatte gesehen, wie sein Schenkel das entsprechende Signal dafür gegeben hatte. Albert von Sassenberg hatte solche Streitrösser gezüchtet, ich wusste, wie man ihnen das beibrachte, ich kannte die Signale. Mir machte man nichts vor.

»Mein Mann kämpft für den König von England«, sagte ich fest, ohne mich vom Fleck zu rühren. »Ihr solltet ihn also beim König von England suchen.« Die Wut in mir war größer als die Scham über die Lüge. Cedric neben mir schlotterte vor Angst. Ein leiser Duft verriet, dass er sein Geschäft im Gebüsch nicht abgeschlossen hatte und seine Hose würde waschen müssen.

»Euer Mann, *ma dame*, legte nach dem Kampf sein Schwert nieder und entschloss sich, die Seiten zu wechseln. Euer Mann, *ma dame*, kritisierte den König vor dessen Männern, kritisierte Dinge, zu denen er besser den Mund gehalten hätte – und verteidigte Englands Rebellen. Das kann der König nicht dulden, versteht Ihr?« Seine Stimme bekam etwas Ätzend-Schmeichelndes, dass mir übel wurde. »Deswegen suchen wir Euren Mann.«

»Hier werdet Ihr ihn nicht finden.« Ich warf den Kopf in den Nacken.

Ivos Augen glitzerten. »Davon bin ich überzeugt, *ma dame*. Ihr werdet trotzdem erlauben, dass wir unter Euren Röcken nachschauen… Wer weiß, vielleicht finden wir sogar noch ein weißes Pferd, das Ihr so früh am Morgen übersehen habt…« Sein Ansinnen war äußerst ungehörig, der Tonfall sowieso, doch ließ meine Lage es nicht zu, ihn zurückzuweisen. Hätte er mich von Guilleaumes Hof her gekannt, wäre er im Traum nicht auf den Gedanken gekommen, die Enkelin Roger de Montgomerys derart zu behandeln. Doch an diesem schmuddeligen Ort war ich nur irgendeine Frau, die zufällig diesen edlen Namen trug, bar jeder Umgangsformen, feiner Kleidung und Familienjuwelen… Erstaunlich flink stieg er vom Pferd und begleitete seine beiden Männer auf ihrem Schnüffelzug. Ich knautschte mein Halstuch mit feuchten Fingern.

»Alienor… um Himmels willen…«

»Halt den Mund«, presste ich zwischen den Zähnen hervor.

»Alienor – Vater Ælfric…« Der alte Priester! Ich erwachte aus meiner Erstarrung und rannte den Normannen hinterher. Zwei von ihnen standen bereits in der niedrigen Kirche, berührten beinahe mit den Köpfen die Decke. »Haltet ein!«, rief ich noch, da stießen sie schon die Schwertspitzen in die Felle, gnadenlos auf der Suche nach Rebellen, Abtrünnigen, Verrätern, sie fegten Topf und Geschirr beiseite, schoben Kleidungsstücke achtlos ins Feuer und stocherten und hackten Löcher in Pelze und Decken und taten das, was sie besonders gut konnten. »Haltet ein«, weinte ich. Ein Soldat kämpfte mit seinem Schwert. Es steckte in einem der klagenden Felle fest …

»Sollten wir am Ende doch jemanden gefunden haben, *ma dame*?«, fragte die schleimige Stimme Ivos hinter mir. Er trat ein wenig zu nah hinter mich, wie es sich nicht geziemte für einen Hauptmann des Königs, doch war es mir nicht möglich, darauf zu reagieren.

Das Schwert des Soldaten kam blutverschmiert wieder zum Vorschein.

Der Mann drehte sich um. »Sieh nach«, befahl Ivo. Ich lehnte mich gegen den Türrahmen, die Knie wurden mir schwach. Vater Ælfric hatte seine Lady wiedergefunden, die Normannen waren ihm auch dabei behilflich gewesen …

»Ein alter Mann, weiter nichts. Hier ist sonst nichts.« Wie befohlen, schaute er nur nach und rührte keinen Finger, um dem Sterbenden zu helfen.

»*Dusilmenni*«, fauchte ich. »Wie kannst du nur?«

»Ihr seht, ich habe wirklich großes Interesse, Euren Mann zu finden. Vielleicht sagt Ihr mir jetzt, was Ihr wisst?« Ivo stand völlig ungerührt neben mir, obwohl der alte Mann im Todeskrampf stöhnte und Gebete murmelte. Er ließ mich auch nicht vorbei.

»Lasst mich zu ihm, um Gottes willen, lasst mich doch …«

»Ihr seid ganz allein mit diesem … diesem Diener?« Ivo ließ nicht locker. Ich stand eingekeilt zwischen ihm und seinen Männern, konnte weder fort noch dem Priester helfen.

»Seht Ihr hier jemand anderen? Außer dem, den Ihr gerade getötet habt?«, fragte ich bitter und machte Miene, das verdammte Kettenhemd auszuziehen. Er legte die Hand an meinen Arm.

»Lasst es an, *ma dame*. Für den Seelenfrieden Eurer wunderbaren Frau Mutter – behaltet es. Ihr werdet es vielleicht noch brauchen.« Ein langer Blick glitt an meiner hageren Gestalt hinab, vielleicht auf der Suche nach willfährigen Brüsten, vielleicht aber auch danach, wie viel ich aushalte. »Ihr dauert mich...«

Auf einen Wink von ihm glitten die Schwerter in ihre Scheiden, und die Soldaten verließen das Haus, und zwar auf eine Art, wie nur Soldaten das können, denn was vorher ordentlich gestapelt war, flog nun wild umher, und Scherben lagen herum, wo vorher ganze Näpfe gestanden hatten. Ich folgte ihnen zur Tür. Ivo de Taillebois vergeudete keine Zeit – kaum saßen die Männer im Sattel, pfiff er seinen Befehl, und kurz darauf war der ganze Spuk schnaubend und trappelnd verschwunden.

Ihr dauert mich. Wut ballte sich in meinem Bauch. *Ihr dauert mich*. Bitterer konnte Verachtung nicht schmecken...

Eine ganze Weile lehnte ich an der Außenwand des kleinen Hauses und grübelte darüber nach, was Ivo wohl wusste und wie wir ihm aus dem Weg gehen könnten. Er schien seine Augen überall zu haben, sicher arbeitete ein Heer von Spionen für ihn...

Rauchwolken zogen an mir vorbei ins Freie.

Rauch!

Ich fuhr herum, stolperte zum Eingang. In den Fellen gurgelte es. Überall Qualm... lieber Himmel! Der Priester starb einen sinnlosen Tod, noch mehr angelsächsisches Blut vergossen... Hustend warf ich Decken über die schwelende Glut und zertrampelte kleine Flämmchen, die emporzüngelten, weil Kleider und Zunder achtlos in die Feuerstelle getreten worden waren. Der alte Mann würgte. Ich eilte an sein Lager, schlug die Decken zurück. Das Schwert hatte seine Brust von der Seite her durchbohrt, war wie eine hinterlistige Schlange durch die Rippen hindurch ins Herz gedrungen. Der alte Mann lag in einer Blutlache, die eine Hand über der Brust zusammengekrampft. Sein schmerzerfülltes Stöhnen wich einem Röcheln, das immer leiser wurde. Was ich auch unternahm, er ging von mir, unaufhaltsam, dorthin, wo aller Atem den Anfang hat. Das Leben verließ ihn still und stumm, und ich brachte es nicht übers Herz, ihn allein zu lassen, obwohl der Qualm ringsum immer dichter wurde. Mein Gesicht war tränennass – sinnlos, so sinnlos, dieser Tod. Ich nahm seine blutverschmierte Hand. »Der Herr ist mein Hirte, mir wird nichts mangeln, er weidet mich auf einer grünen Aue…« Alle drei Worte ein Atemzug, alle vier Worte einer, dann alle fünf… Vielleicht war mein Gebet wie eine Leiter, an der er sich zu Gott hochzog, jedes Wort eine Stufe, über die es leichter wurde loszulassen, vom Leben abzulassen, alles, was man geliebt hat, hinter sich zu lassen… Er nahm noch eine Stufe und noch eine. »Geht in Frieden, Vater Ælfric.« Was für ein schrecklich unnützer Tod! »Lebt wohl und vergebt mir, vergebt mir, bitte vergebt mir…« Ich weinte lautlos, als ich vermeinte, mit dem letzten Atemzug einen Druck seiner Hand zu verspüren, so leicht wie eine Feder, als winkte er mir zum Abschied: *Lebe wohl, und geh auch du in Frieden…*

Dann war seine Brust still. Das Flämmchen erloschen, eine Geschichte voller Freuden und viel Leid zu Ende gelebt. Der Augenblick des Todes war, so oft ich ihn auch schon miterlebt hatte, jedes Mal aufs Neue ein merkwürdiger, weil er so unsäglich einsam machte. Eine Seele ging zu Gott, um dort den verdienten ewigen Frieden zu finden – was mir am Totenbett jedes Mal blieb, war tiefe Hoffnungslosigkeit, und kein Gebet konnte das ändern. Ich legte die Hände vors Gesicht. Alle waren wir einsam in dieser Welt voller Krieg und Dämonen… Ich sehnte mich nach Geborgenheit. Was für ein einfältiger Wunsch. Draußen hielten die Vögel inne, und der späte Morgen legte in all seiner Geschwätzigkeit tatsächlich einen Schweigemoment ein. Ein Lüftchen ging durch die stickige Hütte – woher nur? Ich spürte ihm hinterher. Es streifte mein Gesicht, kühlte mir die Stirn und zog dann hoch zum Rauchfang im Dach. Ich saß lange da und weinte, und die Tränen liefen über meine Hände, bis sie nass waren und eh alles gleich schien, weil die Seele nun bei Gott war. Hoffte ich zumindest.

Der vermaledeite Rabe krächzte auf dem Dach über uns. Es klang wie eine Totenklage. Ich erwachte aus meiner Erstarrung. Cedric stand immer noch im Türrahmen, schluchzend, unfähig, sich zu beherrschen. »Womit hat er das verdient?«, weinte er laut. »Er hat niemandem etwas getan, warum töten sie ihn? Einen Priester, den friedlichsten Menschen, den die Fens je gesehen haben, warum nur, warum... Warum haben sie das getan?«

»Schweig«, flüsterte ich, weil ich ja selber kaum glauben konnte, was wir da gerade erlebt hatten.

Cedric wankte näher, bleich und zähneklappernd.

»Wir müssen ihn begraben«, sagte ich barscher, als ich wollte. »Du...«

»Warum er? Warum musste er sterben? Heilige Etheldreda, das hat er nicht verdient...«

Ein Holzbalken knackte. Ich sah hoch. Erik stand in der Tür. Es sah aus, als trüge er das Dach mit seinen Schultern – die Last drückte ihn schier zu Boden. Auf seinen fragenden Blick hin nickte ich. Da drehte der Spielmann sich um, holte tief Luft und spie ihm vor die Füße.

»Ihr seid es, hochmütiger Herr aus Uppsala, Ihr wart es, Ihr habt Schuld, Ihr habt ihn getötet, weil Ihr dem König Widerworte geben musstet, Ihr...« In seiner Verzweiflung machte er Anstalten, sich auf den Verhassten zu stürzen. Erik packte ihn an den Unterarmen, mit denen er auf ihn einschlagen wollte. »Halt den Mund«, knurrte er böse. »Du redest wirr, verdammter Trottel!«

»Ich rede nicht wirr, ich rede die Wahrheit – Ihr stürzt uns ins Verderben mit Eurer hochfahrenden Art!«

»Was weißt du schon, jämmerlicher Tropf...«

Der Qualm wurde dichter und erschwerte uns das Atmen. Aus den Decken züngelten wieder Flammen, hier eine, dort eine, selbst bis Vater Ælfrics Lager hatten sie sich vorgearbeitet. Dann ging es rasend schnell, wie bei jedem Feuer, das aus Kleidern groß wird.

»Wir müssen raus hier – schnell!« Ich begann, unsere Kleider zusammenzuraffen, Kinderhemden, Beinlinge, Bündel mit Kleidern, ein Mantel, Ljómis Puppe –

»Ihr seid schuld, Ihr habt den Priester getötet, Gott wird Euch strafen dafür...« Die Stimme des Spielmanns überschlug sich.

»Gott wird Euch strafen dafür!« Sie rangen miteinander – nun ja, Erik versuchte, ihn festzuhalten. »Raus hier!«, schrie ich dazwischen und warf das, was ich gefunden hatte, an ihnen vorbei nach draußen. »Raus hier, verflucht, das Haus brennt nieder …«

Mit brennenden Häusern hatte ich Erfahrung. Ich war durch sie hindurchgegangen, an ihnen vorbei, ich wusste, wie schmerzhaft die Hitze im Gesicht brannte, wie sehr der Qualm die Augen ätzte, die Lunge reizte und Übelkeit verursachte, und ich wusste auch, wie schnell trockenes Holz Feuer fing. Erik band die Pferde los, damit sie laufen konnten, und zog unsere Kinder aus ihrem Schilfversteck heraus. Mit großen Augen drückten sie sich an seine Beine, stumm vor Schreck, und flüchteten dann in meine Arme.

»Mama – wo kommt das Feuer her?«, fragte Ljómi bange.

»Liebes.« Ich drückte die beiden an mich und starrte auf die Katastrophe direkt vor uns. Bald stand auch das Dach in Flammen. Ängstlich wich der Nebel vor der Hitze zurück.

»Meine Laute!«, schrie Cedric da auf und stürzte erneut auf das Haus zu.

»Zurück – bist du wahnsinnig?« Erik sprang hinterher und schlug den Mann hinterrücks zu Boden. Sie rauften miteinander, bis Cedric schließlich liegen blieb. Ljómi schrie auf und wollte sich losreißen, blankes Entsetzen in den grauen Augen.

»Meine Laute«, heulte da der Spielmann auf, »mein Ein und Alles, meine Laute, meine geliebte Laute …« Erik warf mir über seinen Körper hinweg einen Blick zu, betrachtete seine schreiende Tochter, sah wieder mich an. Tiefe Verzweiflung las ich in dem Blick, Trauer, Rastlosigkeit … Und dann ging er in das brennende Haus.

»Papa!!!«, schrie Snædís entsetzt und rannte hinterher. Ich konnte sie gerade noch einfangen, obwohl mir die Beine schwach wurden und ich nun zwei zappelnde Kinder festzuhalten hatte … »Heilige Maria – *gratia plena, dominus tecum benedicta tu in mulieribus* … Um Gottes willen, Erik …«

Drinnen hörte ich ihn Gegenstände herumschmeißen, er hustete, und dann stürzten Teile des Daches ein. Snædís schrie jetzt wie am Spieß. Ljómi heulte, und zu meinen Füßen stöhnte Cedric nur: »O Gott, allmächtiger Gott...«, während vor uns die Flammen prasselten.

Das Feuer ließ ihn gehen. Schwankend erschien er im Türrahmen, die Laute in den Händen, das Gesicht von Schweiß und Ruß geschwärzt, heftig nach Luft ringend. Er warf dem Spielmann das unversehrte Instrument vor die Füße und wankte dann Schritt für Schritt auf das Wasser zu. Mit klopfendem Herzen eilte ich ihm nach.

»Erik, warte...«

»Fass mich nicht an.«

»Erik...«

»Bleib zurück, *elskugi.*« Mühsam drehte er den Kopf, während seine Füße ihn in das morastige Wasser der Fens trugen. »Ich glühe, bleib zurück...« Das tat ich natürlich nicht, sondern watete neben ihm ins Wasser, wo er sich fallen ließ und dabei wie ein Besucher aus der Hölle zischte. Am Ufer murmelte Cedric Beschwörungen und schlug mit der Laute vorm Bauch ein Kreuzzeichen nach dem anderen...

Den Rest des Tages verbrachten wir in einem Versteck in den Büschen, wo ich Erik aus dem Kettenhemd befreite und Dutzende von Brandblasen mit einem Rest von Vater Ælfrics erwärmtem Zaubermet betupfte. An einigen Stellen hatten Glieder des Kettenhemdes Spuren auf seiner Haut hinterlassen. Bei jeder Berührung krallte er die Finger in die torfige Erde, und ich wünschte mir Sigrun oder zumindest Hermann herbei. »Ein Kettenhemd ist ein... unpraktisches Kleidungsstück...«, witzelte er mühsam, »es wärmt erst, wenn man darin gebraten wird...« Und alles nur wegen einer verdammten Laute, dachte ich verschnupft. Weil sie in einer brennenden Kirche lag. Weil wir uns dort verstecken mussten. Weil... »Ach, hol's der Henker«, murmelte ich. Erik strich mir über Gesicht. »*Þarf eigi lengr at ganga duls hins sanna her rum...*«, flüsterte er, mehr zu sich selbst. Unruhig blickte er über das Wasser, und ich fragte mich, wen er da suchte.

Der Umhang, den der König ihm geschenkt hatte, war unbrauchbar. Stumm wendete er ihn hin und her und legte ihn schließlich ins Gebüsch, wo er unbeachtet liegen blieb. Mochten sich irgendwelche Nagetiere aus den Fetzen Nester bauen... Man darf sich die Wahrheit nicht länger verhehlen. Zum zweiten Mal hatte Erik einen König verloren. Doch was hieß das für uns? Ich ließ mich von ihm anstecken und starrte auf das Wasser. Silbrig weiß und unbewegt lag es da, eine einzige große Ruhe – die Ruhe vor dem Sturm? Die Totenruhe, die der arme Vater Ælfric gefunden hatte, obwohl er sie gar nicht gesucht hatte?

Frère Lionel kam mir in den Sinn, und was er wohl dazu zu sagen gehabt hätte. Sicher eine Menge, sicher wenig Orthodoxes. Irgendwie war der Gedanke an ihn tröstlich...

Die Kinder hockten bei Cedric, verschüchtert und müde. Ich hatte ihnen verboten, die Büsche zu verlassen, vielleicht kamen Ivos Schergen zurück. Wir hatten alle Hunger. Zu essen gab es außer ein paar Stücken hartes Brot nichts; wir gaben alles den Kindern, damit sie nicht weinten. Als Ljómi vor Erschöpfung die Augen zufielen, nahm ich sie in die Arme, damit sie bequemer schlafen konnte, doch wurde sie immer wieder wach, und wenn ihr Blick auf Erik fiel, schnaufte sie. Sanft streichelte ich ihr schmales Gesicht.

Mein Gefühl sollte mich nicht trügen. Am Nachmittag kam der Rabe, der sich den ganzen Tag nicht hatte blicken lassen, aufgeregt krächzend herangeflattert, hüpfte von Ast zu Ast, ließ Kot fallen und gebärdete sich überhaupt wie wild.

»Er verfolgt mich wirklich, der verdammte Galgenvogel«, knurrte ich, legte den metgetränkten Lappen beiseite und griff nach dem nächstbesten Stein. Erik hielt meine Hand zurück.

»Kein Galgenvogel, Alienor.« Seine Stimme bebte leicht. »Hör ihm zu, er hat vielleicht Nachricht für dich...« Erstaunt sah ich ihn an. Da zog er mich näher. »Im Norden erzählt man sich die Geschichte von Vilborg, Herjolfs Tochter«, raunte er. »Herjolf besaß eine Quelle, von der er Wasser nur gegen Geld abgab, und die Leute mochten ihn deshalb nicht. Seine Tochter Vilborg saß oft an der Quelle und fütterte Vögel. Eines Tages lockte ein Rabe sie von dort fort, sie folgte ihm in den Wald – und da bebte die Erde. Ein Erdrutsch begrub die Quelle und Herjolfs Haus mit Mann und Maus, nur Vilborg wurde gerettet, weil sie stets Brot für die Raben gehabt hatte…« Er stockte. »Manche Raben wissen um Ereignisse…« Ich kroch auf den Raben zu, der inzwischen auf den Boden gehüpft war, und warf ihm einen Brotkrumen hin. Er watschelte bedächtig wie ein alter Mann auf mich zu, pickte das Brotstückchen auf – und flog davon.

»Dieser ist einfach nur gefräßig, Erik.« Darin sollte ich mich irren…

Hinter dem Feuer wieherte ein Pferd. Erik warf sich über mich – »Runter mit euch, alle runter!« – und robbte mit mir zu Cedric und den Kindern. »Runter, alle auf den Boden!«

»Aber…«

Ich drückte Ljómis Kopf ins Gras, bevor sie weitersprechen konnte. Dicht an sie gepresst, versuchte ich, sie zu trösten und gleichzeitig zum Schweigen zu bringen, während wieder Pferde auf die Lichtung trabten und Reiter den Brandplatz lachend inspizierten. Hastig zog Erik eine Decke über die blonden Kinderschöpfe. »Still jetzt, oder wir sind tot«, zischte er unterdrückt.

»Haben wir das Haus angesteckt?«, wunderte sich einer der Reiter. »Ich kann mich gar nicht erinnern… Da war nur dieser alte Mann.«

»Altes Holz brennt bisweilen vorzüglich«, lachte ein anderer. »Hier schläft nun keiner mehr.«

»Woanders auch nicht«, fauchte Ivo de Taillebois, sichtlich wütend über die erfolglose Jagd. »Ich werde jedes Haus vor seinen Füßen verbrennen, er wird den Tag bereuen…«

»Na dann mal los, worauf warten wir? In Englands Süden stehen noch eine Menge Häuser«, witzelte der zweite Reiter. »Ihr werdet einiges zu tun haben, wenn Ihr zwei Flüchtige ausräuchern wollt!«

»Wagt es, mich zu verspotten, Baudouin von Etretat…«, drohte der Vetter des Königs. »Ich habe bisher noch jeden gefunden, den ich suchte. Mancher, dem ein brennendes Haus egal ist, lässt sich mit Gold das Maul öffnen. Verlasst Euch drauf –

ich finde ihn, denn ich habe den Zunder, und ich habe das Gold … « Ivo ritt einen Kreis und ließ den Blick über die Lichtung schweifen. Am Schilf vorbei zu den Bäumen, dann zu den Büschen, wo wir uns verbargen. »Ich würde nicht zögern, es zu verteilen.«

Cedric hob den Kopf. Die Sonne ließ Ivos polierten Helm aufblitzen; der Strahl schien mich im Gebüsch zu suchen und zu treffen. »Ruhig«, flüsterte Erik, »*kvið ekki* … « Sein laut klopfendes Herz, sein heftiger Atem straften seine Worte Lügen. Jeder Muskel an ihm war angespannt, der ganze Mann bereit zur Flucht, jederzeit …

Dann flatterte auf der anderen Seite ein Vogel im Schilf auf, wild keckernd und kreischend und wie erschreckt mit den Flügeln schlagend. Mein Rabe.

»Dort – seht dort nach, Alain, macht schnell!« Der Mann sprang vom Pferd, zog seine Waffe und stürzte sich in den fauligen Uferschlamm. Es platschte unter Schritten und Schwert, weitere Vögel flatterten protestierend auf, und die Pferde auf der Lichtung begannen unruhig zu tänzeln …

»Hier ist niemand, Herr Ivo.« Durchnässt, schlammbespritzt und ziemlich enttäuscht kehrte der Mann aus dem See zurück. »Obwohl ich das hier gefunden habe.«

Beide reckten wir den Kopf, besorgt, was Erik wohl verloren haben könnte. In der Hand des Reiters entdeckte ich matschige Pferdeäpfel. Der andere Soldat lachte amüsiert.

»'ne Hand voll Scheiße – he, Alain, da könnt Ihr Euch heute Abend Euer eigenes Feuer von machen –«

»Maul halten!« Ivo stieg vom Pferd, nahm dem Mann etwas Kot aus der Hand und hielt es seinem Hengst unter die Nase.

»Verfluchter Normanne«, knurrte Erik, »verfluchter … « Mir schwante, dass die Normannen einfach die schlaueren Soldaten waren – Ivos Verhalten zeugte von gefährlicher Intelligenz und Kriegslist, denn der Hengst rollte schnorchelnd mit den Augen, als er die Hinterlassenschaft eines Konkurrenten roch. »Er war hier«, sagt Ivo knapp, warf den Kot zu Boden und stieg wieder in den Sattel. »Und er kann noch nicht weit sein. Los jetzt!«

Der Soldat versuchte derweil, seine verschmierten Hände im Wasser zu reinigen. Sein Pferd machte sich davon, in Richtung saftiger Wiese bei unseren Büschen.

Etwas bewog mich, den Kopf zu heben. Cedric saß aufrecht da, mit großen Augen, wie ein Mensch, der kurz davor steht, sich bemerkbar zu machen. *Manchem, dem ein brennendes Haus egal ist, lässt sich mit Gold das Maul öffnen.* Entsetzt hielt ich den Atem an. Ein Laut, ein einziger nur …

Ich fixierte ihn, fing seinen Blick auf. Er holte Luft – ich muss, ich muss es tun – *lässt sich von Gold das Maul öffnen* – ich muss – nein, du darfst nicht …

»Verfluchter Bock, komm schon her!« Der Bock sah das anders und strebte zu frischeren Grashalmen, Schritt für Schritt auf uns zu. Das Schaben und Reiben der Kampfausrüstung näherte sich. Cedric bebte. Dann ballte er entschlossen die Fäuste, wich mir aus, holte erneut Luft …

Ich konzentrierte mich, legte wie schon einmal all meine Kraft in meinen Blick und lähmte ihn damit, sodass er ausatmen musste und das Wort, das er rufen wollte, aus dem Gedächtnis verlor. Seine Schultern sanken herab, der ganze Mann fiel in sich zusammen, die Fäuste brachen kraftlos auf. Meine Augen brannten, sie schienen mir den Kopf sprengen zu wollen, und ich wusste instinktiv, was er dachte: *Zauberweib* … Er dachte. Sprechen konnte er nicht.

»Na komm schon.« Alain hatte sein Pferd eingefangen und stieg auf. Bedächtig wendete er und ritt hinter den anderen her. Momente später lag die Lichtung verlassen da, einzig das Feuer im restlichen Kirchgebälk flüsterte leise vor sich hin. Erik kroch ihnen nach, die Büsche entlang, am Schilf vorbei, und eine unsichtbare Hand schnürte mir die Kehle zu. Wenn sie nun ein zweites Mal zurückkämen, und ihn entdeckten?

»Was hattest du vor, Spielmann?« Bevor er seine Kraft zurückgewinnen konnte, wandte ich mich meinem Diener zu. »Was in Gottes Namen – wie konntest du nur?«

»Ich … ich … ich wollte –« Er stand immer noch unter meinem Bann, ich ließ ihn nicht gehen. Ich wollte eine Antwort. Oder vielleicht auch lieber nicht. Eingeschüchtert beobachteten die Kinder, was zwischen uns vorging.

»Er hat deine Laute aus dem Feuer geholt«, sagte ich leise, »willst du ihm das so vergelten? Willst dir damit das Maul vergolden lassen? Niemand ist Herr über sein Schicksal – es spielt mit uns, wir können nur das Beste daraus machen. Was wirfst du ihm denn vor, Spielmann – was hat er dir getan, was du meinst, ihm nicht vergeben zu können, wenn es Gott der Allmächtige doch vergibt?«

Cedrics Mund öffnete sich wie der eines Fisches, und er blieb genauso stumm. Es gab einfach nichts zu erwidern. Ein kurzer Moment nur blieb mir, um zu entscheiden, was ich tun sollte – Erik von Cedrics Versuch erzählen oder es für mich behalten. Ich sah den Spielmann an, wie er selbstvergessen seine Laute streichelte und vor sich hin starrte. Verriet ich ihn, war er tot. Erik würde kein Pardon kennen.

»Sie sind wohl endgültig weg.« Er kam zurück. Sein Gesicht war grau vor Sorge. Erschöpft lehnte er sich gegen den Haselnussstrauch. Cedric erwachte und suchte meinen Blick. Ich leckte mir die Lippen. Ein Wort nur, eine Silbe …

Erik zog den Bogen aus meinem Bündel und sortierte einige Pfeile. »Ich geh jetzt wildern«, sagte er mit provozierender Stimme. Ich hörte, wie seine Zähne knirschten – spürte er die unterdrückte Spannung? Auch seine Tritte schienen noch energischer zu sein, mit jedem Schritt, den er auf das Wasser zuging, zermalmte er einen Normannenkopf …

Cedric starrte ihm nach; sein Blick war mir ein Rätsel. »Hör mir zu.« Ich kroch ganz nah an sein Ohr, damit er jedes Wort verstand. »Du bist friedlich in meinen Haushalt gekommen, niemand hat dir je etwas getan oder dich beleidigt, weil ich es nicht erlaube. Wir können in Frieden miteinander leben. Und es soll dein Schaden nicht sein.« Er schluckte. Eine Träne lief ihm über die Wange. Reue? »Du weißt, dass ich großzügig bin«, fuhr ich fort, »und dass ich deine Späße und Lieder wirklich mag. Doch solltest du je tun, was du eben vorgehabt hast, Cedric Spielmann – ich schwöre dir, du wirst im Leben keine Freude mehr empfinden.« Damit ließ ich ihn sitzen und folgte Erik ans Wasser, wo er auf Enten lauerte. Ich wusste, dass Cedric mich beobachtete. Ein bisschen Unsicherheit würde ihm gut tun. So hatte ich ihn in der Hand, wie er Erik in der Hand hatte. Ach, verflucht …

»Was ist?«, fragte Erik leise und legte mir den Arm um die Schultern. Hinter uns balgten die Mädchen schon wieder im Gras herum. Irgendwo hinter der alten Eiche schnaubte es, Kári und Sindri hatten uns wiedergefunden und waren auf dem Weg zu ihren Hafersäcken.

»Nichts«, sagte ich. Und lehnte meinen Kopf an seine Brust. »Alles ist in Ordnung.«

Beide wussten wir, dass ich log.

7. KAPITEL

Des Menschen Herz erdenkt sich seinen Weg:
aber der Herr allein lenkt seinen Schritt.

(Sprüche 16,9)

Erik kam auf den Geschmack und wilderte nun regelmäßig in den Wäldern des Königs, was nicht schwer war, weil dem König scheinbar alle Wälder gehörten. Ich starb beinahe täglich vor Sorge, dass sie ihn erwischten. In den Wirtshäusern erzählten Leute, wie grausam Wilderer von den Normannen bestraft wurden, wem man für einen einzigen Schuss mit der Steinschleuder die Hände abgehackt hatte und wen für Wildstörung grausam geblendet – und mein Mann schoss draußen mit Pfeil und Bogen um sich …

»Lass dich doch verwöhnen«, sagte er eines Abends, als wir uns am Feuer zur Ruhe legten. »So gut ist es uns schon lange nicht mehr gegangen.« Kulinarisch gesehen hatte er Recht. Ich bettete meinen Kopf auf seine Beine und strich mir den mit Fasan vom Spieß gefüllten Bauch. Von unten sah sein Gesicht jedoch sehr angespannt aus, die Unruhe, die ihn seit Tagen durch die Gegend trieb, hatte Spuren hinterlassen. Nein, uns ging es nicht gut. Verloren wirkte er, wie ein Blatt im Wind taumelnd und nicht wissend, wo dieser Wind ihn hintrieb …

Seit geraumer Zeit zog er mit uns kreuz und quer durch das waldreiche Gebiet südlich der Fens, obwohl wir doch eigentlich nach Norden wollten. Es war gefährlich, was er tat, und ich verstand nicht, wie man sich darauf verlassen konnte, dass Ivo im Norden nach ihm suchte. Es war vielmehr so, als könnte er sich von König Guilleaume und seiner Entourage noch nicht trennen, der, so, erzählten die Leute, ganz in der Nähe, nämlich immer noch in Elyg saß und damit beschäftigt war, das Kloster für seine Verfehlungen angemessen zu bestrafen. All seine Reichtümer musste es abliefern, Ländereien wurden beschlagnahmt, uralte Rechte beschnitten, das reichste Kloster Englands wurde systematisch in die Bedeutungslosigkeit gestoßen, um ein für alle Mal klarzustellen, dass Mönche sich nicht gegen den Willen des Königs von England zu stellen hatten. Erik hockte neben den Leuten beim Bier, hörte schweigend zu, was sie berichteten, und sein Gesicht wurde immer grauer. Weder Cedric noch ich wagten es, ihn nach seinen Plänen oder dem Weg zu fragen.

Etwa drei Wochen nach dem Fall von Elyg eröffnete er uns, dass er nun doch gedachte, nach Yorkshire zurückzukehren. Erleichtert nahm ich das zur Kenntnis, Ost-Anglia gefiel mir sowieso nicht, und ich sehnte mich mehr denn je nach einem Zuhause für die Kinder. Was jedoch dann sein würde, darüber schwieg Erik sich wieder aus, genau wie er über seinen Streit mit Guilleaume und die wahren Erlebnisse in Elyg eisern schwieg. Auch Hereweard wurde nicht angesprochen. Ich ahnte wohl, dass ihn die Vorgehensweise des Normannen anwiderte, dabei kannte er ihn doch von früher und wusste, dass Guilleaume ein überragender Kriegsherr und nicht zimperlich war, sonst hätte er die Insel vor fünf Jahren nicht einfach so erobern können. Doch musste da noch mehr gewesen sein. Provokationen, Bemerkungen über seine Vergangenheit, den verlorenen Thron? Irgendetwas musste der König gesagt haben, um Erik dazu zu veranlassen, öffentlich auf Guilleaume loszugehen, womit er sein eigenes Todesurteil unterzeichnet hatte.

Er wurde immer vorsichtiger, der kleinste Leichtsinn konnte ihn das Leben kosten. Wir reisten trotz der Gefahren im Moor meist getrennt und trafen uns nach verabredetem Sonnenstand. So konnte ich mit den Kindern und Cedric in Gasthäusern speisen und übernachten, ohne aufzufallen, denn Erik sorgte mit seinem schwarzen Hengst für Aufsehen, wo immer er auftauchte. Man hielt ihn für einen Normannen auf Glückssuche, und nicht alle Begrüßungen waren so freundlich, wie man es von den Angelsachsen gewohnt war. Ich hingegen war heilfroh, den Spielmann bei mir zu haben – eine allein reisende Frau galt als Freiwild und hätte sich vor unsittlichen Annäherungen kaum retten können. Es war so schon nicht leicht, die Leute zu überzeugen, dass ich weder Tänzerin noch Dirne war. Von solchen Erlebnissen erzählte ich Erik lieber nichts …

Träge drehte er den Spieß, an dem heute Abend die Reste eines Fuchses steckten, über dem Feuer um. Die Kinder waren eingeschlummert, Kári und Sindri grasten in der Nähe. Der Abend gaukelte uns Frieden vor, doch war dieser Frieden nur geliehen und von geringem Wert. Trotzdem klammerte ich mich daran und versuchte, die kostbare Zeit anzuhalten.

Cedric strich mit den Fingern über seine geliebte Laute.

»Trägt der Wind mein Lied zu dir«, sang er leise vor sich hin. »Der Wind, der Wind …«

Die Akkorde nahmen Gestalt an, sortierten sich, fanden Gefallen aneinander, fassten sich an den Händen und wurden zum Lied, das mir die Tränen in die Augen trieb, weil er es mir in meiner Muttersprache schenkte.

»Trägt der Wind mein Lied zu dir,
sagt, ich wünscht, du wärst bei mir,
fährt im Schlaf dir durchs Gesicht,
mich zu dir bringen wird es nicht,
muss ich Sehnsucht weiter leiden,
für immer hier alleine bleiben …«

»Kannst du auch was Lustiges singen?« Eriks Stimme klang ungehalten.

»Nein, Herr, heute Abend nicht.« Ein tiefgründiger Blick auf mich, dann legte er das Instrument beiseite. Und der Wind strich über unsere Gesichter und hauchte uns sein Mitleid zu.

In Spallinge hielten wir am Dorfbrunnen an, um unsere Wasservorräte aufzufüllen. Erik hielt sich außerhalb der kleinen Stadt verborgen. Es roch intensiv nach Fisch und Salz, das Meer war nicht weit entfernt und drückte dem Land einen würzigen Stempel auf. Die Kinder quengelten, warum wir nicht an das große Wasser gingen, doch mir war nicht danach, an Seeungeheuer und

Sturmnächte erinnert zu werden, zumal es den ganzen Tag schon nieselte und ich eher das Bedürfnis nach einem trockenen, warmen Platz hatte.

Ein Fischhändler hatte seine geräucherten Waren ausgelegt. Ich kaufte Räucheraal und Trockenfisch, obwohl ich die Tiere aus dem Meer wegen ihres Geschmacks verabscheute.

Auf Reisen durfte man nicht wählerisch sein. Der Mann sah die hungrigen Kinderaugen und legte noch eine Hummerkrabbe auf das Paket. »Gott segne dich und deine hübschen Kinder«, murmelte er in seinen dichten Bart.

»Und wahrhaft hübsch sind Eure Kinder, Alienor de Sassenberg. Wie nett, Euch wiederzusehen.« Mir wurde übel. Langsam drehte ich mich um, das Paket mit Fisch fest in der Hand, als wäre es ein Wurfgeschoss, das mich retten konnte...

Kalte graue Augen, ungepflegte weiße Haut, Pickel auf den Wangen. Ivo de Taillebois in Begleitung dreier Reiter, die nur wenig Rücksicht auf die Verkaufsstände der Fischer und Salzhändler in der engen Gasse nahmen.

»Welche Überraschung, *mon seignur*. Wollt Ihr auch Fisch kaufen?« Cedric neben mir sog die Luft ein, und ich roch, wie sein Darm gegen die aufkeimende Angst rebellierte.

»Sagen wir – der Fisch wird für mich verkauft.« Er lächelte gönnerhaft. »Es ist mein Fisch auf meiner Straße, der mit meinem Salz gebraten wird, wisst Ihr.« Der Fischhändler schaute ziemlich finster drein, und ich erriet, dass Taillebois noch nicht lange der Eigner seiner Fische sein konnte.

»Seid so gut und seid mein Gast, *ma dame*. Seid Gast in meiner Halle und lasst Euch mit richtigem Essen bewirten.« Kaum hatte er den Satz zu Ende gesprochen, nahmen seine Begleiter uns auch schon in ihre Mitte und nötigten uns, vorwärts zu gehen.

»Und habt Ihr Euren Gatten wiedergefunden?«, fragte er im freundlichsten Plauderton, als stünden wir am Hof von Guilleaumes Königin und nicht zwischen Fischständen in einem abgelegenen Winkel von Anglia.

»Nein, leider nicht. Habt Ihr ihn gesehen?« So bekommst du

mich nicht, knurrte es so böse in mir, dass Sindri mit dem Kopf schlug.

»Ich jage Hereweard of Brune – Euer geschätzter Mann wird sich doch wohl nicht diesem Schwerverbrecher angeschlossen haben, *ma dame*? Ihr wisst selber, wie unklug das wäre.« Sein Spott traf mich schmerzhaft wie kleine Hagelkörner. Ich setzte eine starre Miene auf – jetzt war nicht der Zeitpunkt, Krieg gegen diesen Mann zu führen, dessen Strategien ich kaum kannte.

»Und nun seid willkommen in meinem Haus – tretet ein und fühlt Euch wie zu Hause.«

Wir wurden in eine Halle geführt, die in ihrer Größe an unsere Halle daheim in Sassenberg erinnerte, und ebenso viele Leute liefen geschäftig darin herum. Bedienstete, Küchenmädchen, Knechte, Mönche. Einer verbeugte sich vor Ivo.

»Herr, auf einen Moment.«

»Ich habe jetzt keine Zeit, kommt ein anderes Mal wieder.«

»Herr, nur einen Moment. Vater Ingulf schickt mich und bittet Euch um einen Moment Gehör. Er…«

»Vater Ingulf. Ah.« Die grauen Augen glitzerten. »Setzt Euch ans Feuer und wartet, bis ich Euch rufen lasse, Mönch.« Dankbar entfernte sich der müde aussehende Mann.

»Und Ihr…« Ivo spitzte die Lippen und leckte mit der Zunge darüber. »Ihr könnt auch dort sitzen und warten.« Bevor er gehen konnte, packte ich ihn am Arm – feinstes flandrisches Tuch, darunter dicke Unterarmmuskeln, schwertgestählt.

»Bin ich Eure Geisel, *mon seignur*?« Erstaunt drehte er sich zu mir um. Und begann dann amüsiert zu lachen. Ich ließ den Arm los, weil es ungehörig war und mir außerdem zutiefst zuwider.

»Was für eine Idee, *ma dame*, was für eine Idee – eine Geisel. Ihr bringt mich da auf einen Gedanken!«

»Ich weiß gerne vorher, worauf ich mich einstellen muss«, sagte ich mit fester Stimme und rückte meine Kapuze zurecht. Stirnrunzelnd sah er mich an. Mindestens drei Augenpaare beobachteten uns, die Mädchen hinter mir wurden unruhig, ich hörte etwas von »böser Mann« und »Wenn Papa hier wäre«.

»Ich habt nichts zu befürchten, *ma dame*. Setzt Euch dorthin und wartet«, beschied er mich knapp und stapfte mit so wütenden Schritten auf ein Gemach zu, dass hinter ihm die Binsen aufwirbelten.

»Und Ihr geht zum Teufel«, äffte ich ihn leise nach und ballte die Fäuste. Wo nahm er nur die Frechheit her? Aber so war es nun mal: In der Welt der hochnäsigen Normannen war nicht einmal eine Tochter aus dem Hause Montgomery etwas wert und konnte einfach am Feuer der Dienstboten zurückgelassen werden. Ich bebte vor Wut.

»Kommt zu mir, hier ist es warm.« Der Mönch, der in einer Warteschlange von Bittstellern hockte, wie mir klar wurde, machte Platz auf der grob gezimmerten Bank am Feuer. Schaudernd nahm ich meinen Mantel von den Schultern und streckte die Hände gegen die Flammen. Ivo de Taillebois erlaubte es sich, ein Feuer aus Holzscheiten zu unterhalten, vielleicht weil er den Geruch der traditionellen Holzkohlefeuer nicht ertrug. Oder weil er seinen Reichtum demonstrieren wollte. Ich hatte gelernt, dass Holz in England kostbar war, die wenigsten nutzten es direkt zum Feuermachen, sondern kauften die Kohle bei umherziehenden Köhlern. Entsprechend schwarz und verrußt waren englische Hütten und Häuser. Der Geruch des Holzfeuers erinnerte mich an mein Zuhause in der Eifel, wo wir in der Halle eine noch größere Feuerstelle gehabt hatten, mit noch mehr gemütlichen Feuerplätzen, feinem Bier und frisch gebackenem Brot... Tief sog ich den Geruch von Heimat ein. Snædís und Ljómi schmiegten sich an meine Beine und knabberten von Brotstücken, die Cedric aus einem Beutel hervorholte und bereitwillig mit ihnen teilte, bevor er irgendetwas von Abort murmelte und verschwand. Cedrics Darm war eine Geschichte für sich. Noch nie war ich einem Menschen begegnet, der so von seinen Innereien beherrscht wurde. Ich grinste. Ein seltsamer Mensch. Er war wie ein kleines, schräges Lied, und ich fragte mich, warum Gott mir ausgerechnet diesen Mann vor die Tür gelegt hatte... Das Feuer wisperte, irgendwo summte ein Mann eine Melodie, ein anderer lachte. Wohltuende Wärme durchdrang mich von allen Seiten. Ljómi kuschelte sich auf meinen Schoß. »Wo ist Papa?«, fragte sie gähnend.

»Er passt auf uns auf«, sagte ich, hoffend, dass er es zumindest schaffte, auf sich selber aufzupassen.

»Er jagt wilde Tiere«, erklärte Snædís, die wieder einmal nicht schlafen wollte. »Und irgendwann erlegt er einen weißen Bären und schenkt mir das Fell für mein Bett.« Diese Geschichte aus seiner Kindheit liebte sie besonders und wurde nicht müde, ihn an das weiße Fell zu erinnern.

»Er jagt keine wilden Tiere.« Dankend nahm ich einen Schluck aus der Bierkanne, die herumgereicht wurde. »Er passt auf uns auf und freut sich, wenn er uns wiedersieht.«

»Ich mich auch.« Snædís kreuzte die Beine und spielte versonnen mit den Strohhalmen herum. Langsam wurde ich ruhiger.

»Ihr seid nicht freiwillig hier?«, fragte der Mönch vorsichtig. Dunkle Schatten unter seinen Augen verrieten seine Anspannung.

»Nun …« Ich sah ihm ins Gesicht. Er wirkte ehrlich. »Nein. Wir waren auf der Durchreise – nun sind wir seine Gäste. So ist das.«

»Ah. Ja, so ist das. Taillebois nimmt sich, was er haben will, und es kümmert ihn keinen Deut, ob es einem anderen gehört.« Die Stimme klang bitter, und ich witterte eine üble Wahrheit dahinter. Der Mönch nagte an seinen schmutzigen Fingernägeln. »Ihr wisst, mit wem Ihr es zu tun habt, gute Frau?«, kam es undeutlich zwischen den nagenden Zähnen hervor. Auf mein Kopfschütteln hin nahm er den Finger aus dem Mund und rückte noch näher. Sein Körpergeruch war atemraubend, meine Neugier jedoch stärker als der Abscheu.

»Ivo de Taillebois ist der Bruder des mächtigen Grafen Fulko von Anjou, drüben in Frankreich«, raunte er. »Er trug die Standarte des Königs in der Schlacht von Hastinges, heißt es. Das ist eine große Ehre. Nach der Eroberung bekam er daher zahlreiche Güter im Westen Englands zugesprochen, manche sagen, dass ihm hier die halbe Gegend gehört. Nur für die Standarte. Die alten Herren – pffft – hinausgeworfen, überall Normannen auf den Gütern eingesetzt, unter den Männern aufgeräumt. Wer sich widersetzt, findet sich auf dem Acker wieder. Und seit Elyg – gehört ihm auch Spallinge.«

»Seit Elyg?« Ich war fassungslos, wie schnell so etwas ging.

»Seit Elyg. Der König dankte ihm mit Spallinge für seine brillanten Einfälle, die Insel zu erobern.« Stinkende Tierblasen, über die ein bis zu den Zähnen bewaffneter Lindwurm marschierte. Die Ironie aus hilflosem Munde schmerzte mich. »Leider warf er gleich am ersten Tag den Prior von Spallinge hinaus – die Priorei gehört zur Abtei Croiland, gleich hinter den Hügeln.«

An der Abtei waren wir vorbeigekommen. Trotzdem verstand ich gar nichts mehr. »Aber warum? Warum wirft er einen Prior hinaus – als Earl oder wie man ihn nennt ...?«

»Ach, ich will es gar nicht wissen, wie man ihn nennt, verfluchte Normannenbrut, ich will ihre Sprache nicht und ihre Nasen nicht und nichts von ihnen! Ivo glaubt, dass Ingulf, unser heiliger Vater von Croiland, die Rebellen von Elyg unterstützt hat und straft ihn dafür.«

»Und«, flüsterte ich, »hat er?«

Der Mönch schaute sich verstohlen um. »Natürlich hat er, gute Frau, was denkt Ihr. Sind schließlich unsere Brüder.« Dem Tonfall seiner Stimme nach zu urteilen, hatte Guilleaume mit Elyg noch längst nicht alle Rebellen im Südosten beseitigt. »Und wie sie es in Elyg vorhatten, soll nun auch der Priorei von Spallinge ein normannischer Prior vorstehen. Ein ... Franzose.« Das Wort kam wie eine Ladung Spucke. »Vater Ingulf protestiert dagegen.«

»Deshalb seid Ihr hier.« Er nickte nachdenklich.

Ein Bediensteter kam auf uns zu. »He da, Mönch. Steht auf, kommt mit mir.«

»Gott segne Euch, Frau, seht zu, dass Ihr nicht zu lange hier verweilt«, raunte mein Gesprächspartner im Weggehen. Und dann musste ich mit ansehen, wie der Bedienstete ihn zur großen Tür brachte, den einen Flügel ganz aufzog, einen Topf fauligen Fisch und Unrat über dem verdatterten Mönchskopf entleerte und ihn mit einem Fußtritt zur Tür hinausbeförderte. »Schönen Gruß an Vater Ingulf von meinem Herrn – lasst Euch in Spallinge nie wieder blicken!«, grölte der Mann ihm nach. Dann fiel die Tür krachend ins Schloß. Die Leute am Feuer erstarrten.

»Du meine Güte«, sagte eine Frau hinter mir leise, »der Teufel hat sich in Spallinge niedergelassen. Womit haben wir das verdient …«

Ich musste auf der Bank eingeschlafen sein. Ljómis Lachen weckte mich.

»Du sollst Mama was übrig lassen. Sie schimpft sonst.«

»Die Mama schläft. Papa sagt immer, wir sollen sie nicht stören, wenn sie schläft.«

Erik?? Ich schlug die Augen auf, doch natürlich war er nur in der Phantasie der Kinder bei uns. Und in meinen Träumen, immer in meinen Träumen … Das Volk, das mit uns gewartet hatte, war verschwunden, das Feuer heruntergebrannt. Ich begriff immer noch nicht, warum wir hier eigentlich warten sollten. Cedric döste vor sich hin, die Mädchen knabberten Trockenfisch aus einer Schüssel und beschmierten sich mit Erbsenmus, über dessen Herkunft ich einen Moment nachgrübelte.

»Ich dachte, Ihr hättet vielleicht Hunger.« Eine Frau etwa in meinem Alter stand hinter dem Feuer, in blaue Seide gekleidet, einen Samtmantel über den schmalen Schultern, das aschblonde Haar in Flechten um den Kopf geschlungen. Eine mit Edelsteinen besetzte Klammer fixierte ihren Schleier auf dem Scheitel. Die voluminöse Amethystkette auf ihrem Busen hingegen wollte nicht zu ihrer edlen Erscheinung passen. Taillebois hatte nicht lange gezögert, die neu erworbene Halle mit seiner Dame zu bestücken …

»Ich bin Lucy von Mercia, die Dame des Hauses. Seid willkommen.« Der northumbrische Akzent war unverkennbar. Erst beim zweiten Gedanken fiel mir auf, dass ich hier einer der vornehmsten Frauen Englands gegenüberstand – und grüßte ehrerbietig.

»Alienor von Uppsala. Wir danken für die Gastfreundschaft.«

Ihr Blick glitt über unsere kleine Runde, so neugierig, wie es einer hochgeborenen Frau geziemte. »Hübsche Kinder habt Ihr. Versteht Ihr etwas von Kindern?« Mit großen Augen sah ich sie an. »Nun – ich bin hier ein wenig… allein, versteht Ihr?« Nervös begann sie mit dem Gürtel zu spielen, bis die feinen Knöchel unter dem Druck schneeweiß wurden. Ihre so beherrschte Miene zerfiel, und plötzlich sah sie ängstlich und sehr verloren aus.

»Ihr habt ein krankes Kind?«, sagte ich vorsichtig.

»Sie nickte. »Kennt Ihr Euch aus? Es… fiebert. Hier ist niemand, den ich fragen kann… oder fragen will. Ich… spreche ihre Sprache nicht.« Den Rest erriet ich: an den mächtigen Mann aus der Normandie verheiratet worden, geschwängert und in dieses gottverlassene, nach Fisch stinkende Nest an der Küste verschleppt, alles nur zu Ivos Ruhm und Herrlichkeit. Wie es den Töchtern der Mächtigen eben so erging.

Cedric blieb bei meinen Mädchen, während ich Lucy von Mercia folgte, deren Schultern sich erleichtert strafften. Ihr Gewand raschelte in jenem satten Geräusch, wie es nur erlesene Seide hervorbringen kann, und ich atmete den Duft eines feinen Blütenöls ein. Sie wies mir den Weg in das Gemach, wo auch Ivo am Nachmittag verschwunden war, und wo er tatsächlich immer noch hockte.

»Sollte ich Euch unterschätzt haben, Alienor de Sassenberg – lernt man in Lothringen etwa die Heilkunst?« Seine Ironie klang etwas schlaff – sollte ich *ihn* unterschätzt haben, sorgte er sich um einen kranken Säugling?

»Hebt Euch Eure Kräutchen für andere Gelegenheiten auf, der Priester hat bereits die Sterbesakramente erteilt.« Das klang arrogant wie immer, doch schwang in seiner Stimme eine Spur Resignation, sodass ich nur erwiderte: »Da wird ein Gebet mehr wohl keinen Schaden anrichten, was meint Ihr?«

»Gebete haben auch den anderen Kindern nicht geholfen. Ihr müsst wissen« – und seine Augen blickten nun entsetzlich müde drein –, »ich habe bereits zwei Söhne verloren. Gott nahm sie bei der Geburt zu sich. Warum sollte er mir dieses Mädchen lassen?«

»Weil Er barmherzig ist, *mon seignur.*« Ich sah ihm direkt in die Augen. Trotz aller Waffenmaskerade und allem hochgeborenen Getue war auch er nur ein Vater am Sterbebett seines Kindes. Vor dem Tod sind wir dann doch alle gleich.

»Man kann Ihn zumindest um Barmherzigkeit bitten«, ergänzte ich leise.

Lucy wartete nicht ab, was er dazu sagen würde, sondern schickte ihn mit einer einzigen Handbewegung hinaus und warf das Tuch, das seinen Hocker bedeckt hatte, zu Boden, als wäre es beschmutzt. Dann erst trat sie auf eine hölzerne Wiege zu und beugte sich über die Kissen. »Ich habe sie fast allein zur Welt gebracht. Hier in dieser – Einöde. Ich hatte ihn gebeten, nach Hause gehen zu dürfen, wo man mich kennt und wo es gute Ammen gibt, die vielleicht verhindern können, dass auch das dritte Kind… Nun, er untersagte es mir und schickte mir stattdessen dieses Weib dort.« Erst jetzt sah ich die grobschlächtige Frau in normannischer Tracht in der Ecke sitzen, fleischige Arme über einer ausladenden Brust, ein Doppelkinn, das einem Hütehund alle Ehre gemacht hätte, und einem Blick, der kleine Kinder und werdende Mütter krankmachen musste. Neben ihr räucherte ein fettleibiger Mönch Weihrauch in einem Becken und raubte uns das letzte Restchen Luft. Seine lateinischen Worte plätscherten dahin wie gleichgültige Regentropfen auf ein Kupferdach, obwohl seinen Ohren kein Wort entging.

»*Hlæfdige* Lucy – ich bin keine Heilkundige…«

»Aber Ihr habt Kinder – gesunde Kinder, die die Wiegenzeit überlebt haben.« Ihre Stimme verlor an Festigkeit. »Sicher könnt Ihr irgendetwas… Schaut, ob Ihr etwas tun könnt. Seid so gut.«

Mit ungutem Gefühl im Bauch näherte ich mich der Wiege. Die Amme hinter mir grunzte auf Normannisch etwas von Blattern, Sachsenbrut und hol's der Teufel. Gott hatte es gefallen, meine eigenen Kinder bisher von ernster Krankheit zu verschonen, ein unermessliches Geschenk, wo in anderen Familien die Kinder wie die Fliegen starben…

Dieses Kind war etwa ein halbes Jahr alt. Hochrot schimmerten unter dichtem Haar seine Wangen vom Fieber, und trotz der sauberen Laken schlug mir säuerlicher Kinderschweißgeruch entgegen. Erinnerungen an meine verstorbene Schwester Emilia stiegen in mir hoch, der stickige Geruch erweckte einen Teil meiner Vergangenheit zum Leben ... Lavendelwasser, Minzetücher, Weidenrindentee, Andorn gegen den Husten, Psalmen Tag und Nacht – und wenn sie wach war, lustige Geschichten, geflochtene Blütenkränze und Getuschel über meinen gut aussehenden Knecht. Ich presste die Lippen zusammen. So viele Jahre lag das alles zurück. Emilia war tot, und mein Knecht, der Vater meiner Kinder, trieb sich irgendwo in den Fens herum, heimatlos und verloren und wie ich voller Sehnsucht nach Unerfüllbarem ...

Vorsichtig holte ich das Mädchen aus seinem Bettchen. Es atmete schwer, in der Lunge rasselte es, um die Nasenflügel herum war es bereits weiß. Der Tod stand am Lager und wartete schweigend. Auch das Sträußchen Schlüsselblumen, das an der Wiege hing, hatte ihn nicht davon abhalten können einzutreten.

»Wie heißt sie?«

»Lucy. Lucy de Taillebois. Sie ist meine ganze Freude ...«

Ich drehte mich zu der Northumbrierin um. »Ich bin keine Heilerin. Aber ... Es sieht nicht gut aus.« Mit Tränen in den Augen nickte sie. »Verurteilt mich nicht, wenn der Herr es zu sich holt, *ma dame.*« Bittend sah ich sie an. »Bitte. Wollt Ihr mir das versprechen?«

Sie drückte meinen Arm. »Tut, was Ihr könnt, Alienor von Uppsala. Ihr seid meine letzte Hoffnung.«

»Ich kann es nur versuchen. Versprecht mir ...«

»Euch soll nichts geschehen.« Sie wirkte müde. »Dafür werde ich persönlich Sorge tragen.«

Es wurde eine lange Nacht am Kinderbett. Ich erkannte rasch die Zeichen der Fieberkrise. Der Tod am Fuß der Wiege strich sanft über das lammfellene Bettzeug und lockte mit magerem Finger. Ich drehte ihm den Rücken zu, während ich das Kind aus den festgezurrten Leintüchern wickelte und seinen zierlichen Körper untersuchte. Keine Pusteln, keine Beulen, keine Flecken. Ich atmete auf. Von der Dicken hinter mir kam ein lang gezogenes »Pfffft!« – die meisten ließen Fieberkranke einfach liegen, weil sie eh starben und man sich durch den bösen Atem ja auch anstecken konnte. Nun, in diesem Fall wusste ich es besser. Ich wusch das Kind mit Lavendelwasser, um seine Säfte zu beruhigen, wie wir es mit Emilia immer gemacht hatten, und kühlte die brennende Haut mit Minzöl. Aus Holunderblättern, Tierfett, Lindenblüten und Salbei stampfte ich einen Brei und bestrich damit die schmale Brust, doch sie wollte sich nicht beruhigen. Das Fieber stieg, die Schluchzer des Kindes wurden immer kürzer und härter, seine Atemnot nahm zu. Ich wusch es erneut mit einer Mischung aus Lavendel und Weihwasser. Der Tod schüttelte den Kopf und streckte die Hand nach dem Kind aus. In mir erwachte der Kampfgeist. »Das wirst Du nicht wagen, nicht nach dem weiten Weg, den sie gehen musste«, murmelte ich in meiner Muttersprache, die Arme um das Kind gelegt. *Lass mich meine Arbeit tun.* »Du kannst es ihr nicht auch noch nehmen und sie hier allein hocken lassen; das geht doch nicht, Allmächtiger, das kannst Du nicht erlauben, das darfst Du nicht, das erlaube ich nicht…« Der Priester guckte erst missbilligend, dann erschrocken drein. Wieso verstand er mich? Verdammte Pfaffenbrut. Alles hörten sie, alles sahen sie, nie halfen sie.

Unter meinen streichelnden Händen schlug das Kind die Augen auf. Rot gerändert, trübe, schon halb auf dem Weg in den Himmel. »O nein«, murmelte ich und legte es zurück auf die kühlen Tücher. »Du gehst nicht.« In meinem Beutel fanden sich Reste von Thymian. Ich fischte mir etwas glühende Kohle aus des Priesters Weihrauchgefäß und räucherte den Thymian zusammen mit etwas getrockneter Holunderrinde. Die Amme hielt den Atem an, des Priesters lateinisches Gebrabbel wurde lauter, die Weihrauchschwaden dichter, um gegen meinen vermeintlichen Zauber anzustinken. Entschlossen warf ich noch ein gutes Maß Salbei in die Kohle, und bald war der Weihrauch nicht mehr zu riechen. Dann legte ich alles ab, was ich an Amuletten besaß – Kreuz, Eriks Silberscheibe, das Kreuz von Pater Hieronymus und den Stein, den mir eine Wahrsagerin einmal geschenkt hatte, und drapierte sie in das Kinderbett. »*Hjalpi þér hollar vættir*«, flüsterte ich niederkniend. Wenn Gott sich mir verweigert, versuchte ich es eben woanders.

»Seid Ihr eine Zauberkundige?«, flüsterte Lucy bange und kniete sich neben mich.

»Nein. Aber man kann sie alle fragen. Ob sie helfen, weiß Gott allein«, flüsterte ich grimmig.

»Aber Ihr seid eine *herbaria*.«

»Bin ich nicht, *hlæfdige* Lucy, nicht mehr als Ihr auch …« Mir wurde beklommen zumute. Ich hatte gelernt, dass man um sein Kräuterwissen besser kein Aufhebens macht. Lucy jedoch hatte mir aufmerksam zugesehen und ließ nicht locker.

»Ihr müsst zauberkundig sein. Wenn Ihr sie alle kennt. Soll ich den Priester rausschicken?« Erstaunt sah ich die Northumbrierin an. Ihr Blick war entschlossen – das Erbe ihrer Vorfahren fegte den Weihrauch beiseite, der sich als zu schwach erwiesen hatte. Und dann zog sie ebenfalls zwei Amulette unter ihrem Kleid hervor, geheimnisvoll glänzende schwarze Steine. »Die sind aus Whiteby, einem gesegneten Ort im Norden, wo die heilige Hild Wunder tut«, flüsterte sie und legte die Ketten neben meine in die Wiege. »Ich war oft an ihrem Grab, bevor man mich hierher brachte …« Das Feuer im Kamin knisterte wohlwollend, während aus der Wiege erstickte Atemzüge kamen.

»*Hjalpi þér hollar vættir*«, wiederholte ich und presste mir die gefalteten Hände gegen die Stirn.

Lucy rückte neben mich. Sie holte tief Luft. »Hilf meinem Kind, Brigantia, wenn du so mächtig bist, wie man sagt – hilf ihm, heiliger Dunstan mit deinen Zauberkräften, hilf ihm, Coventina, schenk ihr Lebenskraft, hilf ihm, heilige Brigid, wenn du ein Rezept weißt, hilf ihr, steh uns bei, heiliger Cuthbert …«

Und war nun etwas anderes als Thymian in meinem Beutel gewesen, was ich räucherte, oder hatte es Gott gefallen, mir für meinen Hochmut eine Lektion zu erteilen, jedenfalls verlor ich über meinen Anrufungen die Besinnung und kann mich an nichts erinnern, was in jener Nacht weiter geschah. Alles war weich – wenn ich fiel, tat es nicht weh, alles war gedämpft, wenn ich schrie, hörte es niemand, alles war friedlich, sonst wären die

Wachen hereingestürmt. Lucy de Taillebois weinte, meine Hände griffen ins Leere, während der Atem des Kindes länger und ruhiger wurde, obwohl der Tod an der Wiege verharrte und schweigend seine Kräfte mit mir maß. *Lass mich meine Arbeit tun*. Ich spürte, dass er sie nicht hergeben wollte, wie er um sie rang, den Preis mit nach Hause holen wollte – und ich ließ sie nicht gehen, hielt sie fest, und alle Götter halfen mir dabei. Fremde Namen tanzten in meinem Kopf, doch Gott lächelte nur nachsichtig.

»*Malefica*«, war das Letzte, was ich von dem Mönch hörte, bevor es Nacht um mich wurde. »Gott steh ihr bei.«

Der hatte mich offenbar doch nicht verdammt, denn als ich erwachte, lag das Kind der Prinzessin von Mercia neben mir in der Wiege und atmete ruhig. Die Augen, mit denen die kleine Lucy mich ansah, waren so klar wie Quellwasser. Ich rappelte mich hoch. »Sie ist über den Berg«, murmelte ich mühsam. »Bei Gott und allen Göttern – sie ist über den Berg!« Meine Augen brannten, als hätte sie jemand mit Säure genetzt – Strafe dafür, dass ich dem Allmächtigen allein nicht vertraut hatte? Der schwieg wie sonst auch. Hastig sammelte ich meine Kettenanhänger wieder ein und zog die Decke über dem Kind gerade.

»Wie soll ich Euch das jemals danken?«, flüsterte Lucy und sank neben der Wiege auf die Knie. »Der Herr ist mit Euch und hat Seine Gnade in Eure Hände gelegt … Ihr habt mein Liebstes gerettet …«

»Nicht ich war es, *hlæfdige*«, wehrte ich ab, viel zu müde für ihre Dankesbezeugungen. »Dankt dem Herrn.« Weinend vor Glück, bohrte sie ihre Nase in das weiche Deckenfell und stammelte Gebete, während ich zum Fenster wankte und die Flügel weit aufriss, um Luft zu schnappen.

Auf einer Bank vor dem Fenster hockte mein Rabe, ich erkannte ihn an der verfärbten Schwinge. Ich schluckte.

»Warst du etwa die ganze Nacht hier?«, fragte ich ihn leise. Er tippelte hin und her und legte den Kopf schräg. Die blanken Augen wirkten nicht so mutwillig wie sonst. »Nun, diesmal hatte ich Recht und nicht du. Es ist nichts passiert.« Er wippte unterwürfig mit dem Körper. Ein leises Krächzen aus seiner Kehle schien mir Anerkennung zu zollen.

»Ihr sprecht mit Unglücksvögeln.« Die Stimme des Mönchs hinter mir ließ mich zusammenfahren. »Ihr betet zu Freya und sprecht mit Vögeln – findet Ihr nicht, dass das ein wenig – ungewöhnlich ist?« Mein Herz klopfte.

Er kam näher. »Man nennt die Raben sündhaft und schamlos, weil sie Aas fressen«, flüsterte er mir ins Ohr. Ich schluckte ob des fauligen Mundgeruchs so nah bei meiner Nase. »Und ich weiß, dass die Kriegerinnen des Nordens sich in Raben verwandeln, um das Blut der Toten zu trinken. Ihr kommt aus dem Norden, nicht wahr?« Seine Augen blitzten aus dem fetten Mondgesicht. »Ich weiß nicht, was ich von Euch halten soll, doch scheint es mir besser, der Bischof erführe nichts von dieser Nacht und davon, dass Ihr einen zahmen Raben mit Euch führt...« Er hielt Brot in der Hand. Ich brach ein Stück davon ab und warf es dem Raben hin. Der pickte danach, schiss ins Gras und flog davon.

»Füttert Ihr keine Vögel?« Damit rauschte ich an ihm vorbei. Die Furcht kam aufgeregt flatternd mit mir, denn er merkte noch an: »Ich füttere keine Galgenvögel, Alienor de Sassenberg. Ich füttere auch keine Heidenvögel...«

Die Tür wurde aufgestoßen, und der Ankömmling entband mich von jedem weiteren Gespräch mit einem Diener der Kirche, machte mir aber trotzdem Bauchschmerzen, denn es war Ivo, der Hausherr. Erstaunt wanderte sein Blick über die schnarchende Amme, das offene Fenster und seine schluchzende Gattin.

»Eure Tochter lebt«, teilte ich ihm mit, bevor auch er mir mit üblen Verdächtigungen den noch jungen Tag verderben konnte. »Das Fieber hat ihren Körper verlassen.«

Echte Freude glitt über sein Gesicht. Mit einem Schritt stand er an der Wiege und begutachtete das Kind. Seine Hand glitt fast zärtlich über den Scheitel seiner Frau, dann sah ich, wie er die Hände zum Gebet faltete und Gott laut für die Errettung dankte. Doch der Friede währte nicht lange. Als er sich zu mir umdrehte, war er wieder der Ivo, den ich kannte: harte Augen, knirschende Zähne, steife Schultern.

»Dann stehe ich wohl in Eurer Schuld, *ma dame.*« Welch unangenehme Feststellung. Sein Gesicht sah nach Verdauungsbeschwerden aus, die Lippen pressten sich gleich nach dem folgenschweren Satz wie die Seiten einer neuen Bibel aufeinander, dass ihnen ja kein weiteres Wort des Dankes entspringe .. Glücklicherweise klappte kurz darauf die Tür, und er verschwand. Lucy sah ihm hinterher. »Er ist sehr erleichtert, müsst Ihr wissen. Man… man hat ihm schon einreden wollen, dass sein Geschlecht verflucht ist.« Sie drehte sich zu mir um. Wissend sahen wir uns in die Augen. Niemals gab man dem Mann die Schuld, wenn die Kinder nicht gedeihen.

Die Erleichterung hatte Taillebois sorgfältig hinter einer steifen, arroganten Fassade verborgen. Arrogant wie ein ganzer Hofstaat. Pfui, bist du böse, schalt ich mich selber. Oder übermüdet. Vielleicht auch hungrig, doch von dem angebotenen Milchbrei konnte ich nichts herunterbringen, weil mir so war, als hockte der pickelgesichtige Normanne auf jedem einzelnen Löffel und spie mir ins Gesicht…

»Bitte esst, *hlæfdige* Alienor.« Lucy ließ noch mehr auftragen und schob einen Silberteller nach dem anderen vor mich hin »Ihr müsst hungrig sein nach der anstrengenden Nacht.« Sie selber sah aus wie der junge Morgen, in ein neues elegantes Gewand gekleidet und auch den Schmuck getauscht. Trauer und Angst waren verflogen und brachten eine vollkommen veränderte Dame zum Vorschein. »Ich bestehe darauf, dass Ihr jetzt esst. Euren Kindern ist schon serviert worden.« Ihr Lächeln wärmte mir das Herz, und als ich nach einer dann doch ausgiebigen Mahlzeit aufstand, waren Müdigkeit und Furcht von mir abgefallen.

Man hatte in der Halle zum Morgen hin die Feuer wieder entzündet, um die Feuchtigkeit einzudämmen. Sie lockten mit traulichem Geknistere und dem Duft von Birkenzweigen und luden ein, nach dieser anstrengenden Nacht ein wenig zu dösen und zu träumen. Trotzdem zog es mich fort aus der düsteren Halle, wo die Prinzessin von Mercia salzig nasse Einsamkeit mit einer dicken normannischen Amme pflegte – welch gottvergessener Ort! Welch trauriges Schicksal für eine edle Frau! Kostbare Teppiche verloren an Bedeutung, und auch der Glanz des exotischen Tischgeräts verblasste mit dem Morgendunst, der von der Meeresseite her die Halle eroberte und gichtigen Knochen den Schmerz der Bewegung brachte. Selbst meine Knochen ächzten und verlangten nach frischer Luft. Ich nahm einen Schluck vom Abschiedstrunk, einem gut angesetzten Met. Wiewohl ein ganz leichter, trug er mir heftige Kopfschmerzen ein. *Bleibt doch noch*, flehten Lucys Augen, während sie wieder und wieder das Köpfchen der kleinen Lucy auf ihrem Arm streichelte, *bitte bleibt noch*...

»Man wird Euch genügend Proviant zusammenpacken, und Ihr sollt auch ein Pony für die Lasten haben.« Ihre Stimme klang königlich; nur ihr Blick verriet, wie ungern sie hier zurückblieb. Eine Tochter aus dem Hause Mercia hatte sich im Griff. »Das Pferd steht zum Packen bereit. Und wenn Ihr wieder einmal in den Süden reist« – sie lächelte nun sehr selbstbewusst –, »dann seid mein lieber Gast.« Die feine Betonung entging mir nicht. Wahrscheinlich hatte sie es sogar geschafft, dass Ivo in den anderen Hallen seiner Besitzungen auch nur ihr Gast war... Spallinge jedoch war neu in seiner Sammlung, hier war sie nichts als eine verängstigte Mutter, die weder die Sprache der Leute aus den Fens noch die der normannischen Dienstboten verstand.

Ich verbeugte mich vor ihr und dankte inbrünstig meinem Schöpfer, dass dieser Kelch an mir vorübergegangen war. Das heißt, eigentlich hatte ich ihn seinerzeit verschüttet – absichtlich verschüttet, was vor Gott vielleicht noch schlimmer war, aber was wusste der Allmächtige schon vom Elend ungewollter Ehen, erzwungener Liebe in kalten Betten und blutbefleckten Laken am Hochzeitsmorgen. Was wusste Er schon von der Einsamkeit zurückgelassener Ehefrauen, wenn Ruhm und Ehre riefen und am Ende Grausamkeit oder gar ein Toter auf der Bahre vom Schlachtfeld zurückkehrte, wenn die hochgeborene Gefährtin zur Gebärerin degradiert wurde und einzig Erfüllung in der Ausstattung des nahen Klosters fand...

Das Pony war eine düstere, langhaarige Kreatur mit kurzen, stämmigen Beinen, wie man sie wohl im Norden fand, doch gehorsam und ruhig. Cedric hastete geschäftig um das Tier herum und prüfte die Stricke, mit denen die in gutes Leintuch eingeschlagenen Proviantpakete verschnürt waren. Zittrig fuhr er über die Stoffe und über die lange Mähne des Tieres. In seinen Augen standen Neid und blanke Gier. Während ich noch darüber grübelte, wie ein einfacher Spielmann glauben konnte, dass er jemals ein Pferd geschenkt bekommen könnte, berührte Lucy mich am Arm, und ich drehte mich zu ihr um. Sie zog einen Ring vom Finger und ließ ihn in meiner Hand verschwinden.

»Nehmt Euch stets vor fahrendem Volk in Acht«, sagte sie leise. »Bisweilen erlebt man Überraschungen. Und vergesst nicht: Ihr steht unter meinem Schutz. Vergesst das nicht, wenn Ihr nach Northumbria kommt.« Da sie es wiederholte, schien es Bedeutung zu haben, und ich bewahrte es sorgfältig in meinem Gedächtnis.

»Gott schütze Euch und Euer Kind. Gebt ihm Honig zu essen und schaut, dass Ihr eine Amme findet, die gute Milch hat.« Ich zwinkerte ihr zu, sie zwinkerte zurück. Die Tage der fetten Normannin waren gezählt.

Ivo kam aus der Halle, just als wir abreisen wollten. Er packte Sindri am Zaum und zwang ihn, stehen zu bleiben. Fragend und so herablassend wie möglich sah ich ihn an, obwohl mir das Herz bis zum Hals schlug, während Ljómi vor mir nach dem Zügel angelte. Schweigend musterten wir uns, und es war ein Funken Achtung, den ich im Blick des Normannen zu finden glaubte. »*Ma dame* – ich danke Euch«, sagte er schließlich. »Ich danke Euch für das, was Ihr heute Nacht für uns getan habt. Habt eine angenehme Reise.« Ich wollte schon dankend lächeln, als seine weiteren Worte solches Gift in meinen Kopf spritzten, dass mir die Luft wegblieb. Sie raubten mir für viele Nächte den Schlaf, den ich doch so nötig brauchte. »Und falls Ihr Eurem werten Gatten begegnet, *ma dame*, richtet ihm Grüße aus von mir, da wäre noch ein letztes Gespräch zu führen …«

Ich machte mir keine Illusion über den Inhalt des Gesprächs. »Sicher werdet Ihr ihn vor mir treffen.«

»Ich bin mir nicht sicher, was ich Eurem Gatten wünschen

soll, Alienor von Sassenberg.« Damit wandte er sich ab und stapfte in die Halle zurück. Ich hoffte inbrünstig, diesen Mann nie wieder sehen zu müssen, und war mir gleichzeitig sicher, ihn wieder zu treffen. Immerhin trug ich auch immer noch sein Kettenhemd. Und wie hatte er gemeint? England ist eine Insel – hier findet man den, den man sucht…

So wurde es ein nachdenklich schweigender Ritt aus Spallinge heraus nach Norden. Hinter Wibertune und seinen stinkenden Trockenfischgestellen wandten wir dem Meer mit seinen endlosen Wattstränden und Salzfeldern endgültig den Rücken zu, umrundeten die Holland Fens und stießen auf den Fluss Whitham, der sich träge durch die Binsen schlängelte.

»Wie finden wir Euren Mann?«, wagte Cedric irgendwann zu fragen.

»Er wird uns schon finden«, brummte ich, selbst nicht überzeugt von meinen Worten. Die Eintönigkeit der Landschaft legte sich auf meinen Geist und machte ihn träge. »Er findet uns schon…« Er hatte mich immer gefunden. Ich sehnte mich nach ihm, so sehr, dass es wehtat.

Die Kinder begannen sich zu langweilen und alberten so wild herum, dass Sindri einen dicken Hals bekam und wie ein Hengst mit den Augen rollte. Obwohl sein Tänzeln mir auf die Nerven ging, war ich zu müde, um die beiden zur Ordnung zu rufen. In Cuningesbi bekamen wir Fischsuppe in einen Lederbeutel abgefüllt, die Frau war so großzügig, als gälte es, eine halbe Armee zu beköstigen. Das Lächeln ihrer strahlend grauen Augen wanderte mit uns aus dem nach Fisch riechenden Weiler hinaus. Gunnor war ihr Name gewesen und ihre *lingua danica* wie die vieler Menschen in diesem Landstrich fast akzentfrei. Es tat gut, die alte Sprache wieder einmal zu sprechen. Die Mädchen vergaßen fast über Nacht ihre angelsächsischen und normannischen Brocken und plauderten in der Sprache, die sie zuerst gelernt hatten. Ich wunderte mich, wie leicht ihnen das alles fiel, wo es mich heftige Konzentration kostete, Worte zu sortieren und Gedanken korrekt zu übersetzen.

Cedric erzählte, dass wir uns nun in uraltem Dänenland befanden, wo es vor vielen Jahren noch Dänenkönige gegeben hatte und wo auch heute noch eigene Gesetze herrschten.

»Die Dänen leben aber doch in Dänemark«, wandte Snædís ein. »Deswegen heißen sie ja auch Dänen.«

»Dänenänenbänenränen… Dänen ränen Dänen Tränen…« Der kleine Spaßvogel an ihrer Seite sah die Welt mit eigenen Augen und faselte, ohne eine Antwort abzuwarten, weiter von bunten Dänen – und mir liefen vor Lachen die Tränen über das Gesicht.

»Die Dänen lebten hier viele Jahre friedlich neben den Angelsachsen. Sie besiedelten das Küstengebiet zwischen Anglia und Jorvik, und es hat sogar Könige hier gegeben. Der größte König von ihnen hieß Knut der Große, und er herrschte über Dänemark, Norwegen und über diesen Teil von England. Seine Leute ließen sich nieder, heirateten angelsächsische Frauen und bekamen Kinder, die Namen aus beiden Völkern trugen.« Der routinierte Geschichtenerzähler hatte auf alles eine Antwort – und einen passenden Vers.

»Mit Schiffen kamen Dänen
gefahren übers Meer,
und säten Blut und Tränen,
doch Weiber und Met liebten sie sehr.«

»Mit Schiffen kamen Dänenwänen…«, sang Ljómi hüpfend.

»Dann wird es so auch mit den Leuten von König Guilleaume werden?« Snædís wollte es genauer wissen. Aus klaren blauen Augen sah sie den Spielmann an. »Wenn sie fertig sind mit Krieg machen, heiraten sie dann Frauen von hier und bekommen Kinder? Ja?«

Ich nahm ihre Hand. »Sicher wird es so werden. So ist die Welt. Ein Volk segelt in ein anderes Land, streitet sich um Wälder und Wiesen, am Ende verträgt man sich, heiratet und lebt friedlich zusammen.« Cedric schüttelte den Kopf ob dieser tumben Weisheit. Meine Tochter war natürlich nicht zufrieden.

»Aber warum segelt ein Volk in ein anderes Land? Das gehört ihm doch gar nicht... Ljómi darf mir ja auch nicht meine Puppe wegnehmen...«

»Mit Schiffen kamen Dänen und klauten alle Puppen...« Schmutzige Kinderhände zausten Sindris Mähne. Der Wallach kaute nur ergeben und hörte ihren Liedern weiter zu. Snædís zupfte mich auffordernd am Ärmel.

»Nun... sie sagen, dass der alte König von England Guilleaume von der Normandie zum neuen König bestimmt hat.«

»Und warum muss er dann Leute totstechen?«

Sindris Schritte beruhigten kaum mein aufgewühltes Herz. Warum muss er Leute totstechen? Warum herrscht seit Jahren Krieg in diesem Land...

»Weil... weil manche Leute denken, der alte König hätte sein Volk vorher fragen müssen, ob sie Guilleaume als neuen König haben wollen.« Törin, was für eine simple Weltsicht vermittelst du deinen Kindern. Ich schämte mich für meine Aussage, doch nicht einmal Cedric widersprach.

»Und warum hat Papa sich mit ihm gezankt?«

»Man darf sich mit dem König nicht zanken.«

»Man darf sich auch mit Papa nicht zanken.« Snædís ließ auf ihren Vater nichts kommen. Ich seufzte leise.

In Lincolia schliefen wir in einer Herberge, spazierten durch die schmalen Gassen und schlenderten über den Markt. Lincolia war eine Stadt des Königs, überall wurde gebaut, steinerne Kirchen, gepflasterte Wege und eine Festung, wie sie die Normannen überall im Land hochzogen. Die Festung hatte etwas Trotziges, Arrogantes an sich, genau wie die Festung von Jorvik auf ihrem Hügel am Stadtrand, und genau wie in Jorvik schlichen auch hier die Bürger geduckt an der Baustelle vorüber, während angelsächsische Tagelöhner Steine schleppten und Mörtel in die Ritzen schmierten. Normannische Soldaten standen geschäftig herum, statt mit anzupacken, und ich fragte mich plötzlich, ob Frère Lionel ihr Verhalten gutheißen würde. Sicher war er ein furchterregender Baumeister, eine Nervensäge an der Baustelle, der alles selber anfassen musste und Faulenzer verabscheute. Der Gedanke an den eigenwilligen Mönch von St. Michel wärmte mir irgendwie immer wieder das Herz.

»Gott segne dich«, murmelte ich lächelnd. »Und Er schenke Dir allezeit gute Einfälle.« Ich hätte ihn gerne wiedergesehen…

Im Gefolge eines Kaufmannes reisten wir einige Tage komfortabel nach Norden an den Fluss Trente, wo wir in Lea mit der Fähre übersetzten, weil Cedric lieber den Landweg nach Yorkshire nahm, als den Humbre zu überqueren. Die Pferde mussten schwimmen, dirigiert von halbnackten Jungen, die auf ihrem Rücken saßen. Meine Mädchen schrien sich die Seele aus dem Leib, um sie anzuspornen. Da die Überfahrt teuer war, entschloss ich mich, die folgende Nacht in dem Wäldchen hinter Lea zu kampieren, obwohl der Kaufmann mich warnte, die Isle of Axholme sei nicht weit und allerlei Gesindel treibe sich südlich der Insel herum.

»Ich kann mich zur Wehr setzen«, lächelte ich schief und klopfte an mein Schwert. Kopfschüttelnd ließ er den Blick über meine Aufmachung gleiten und trieb sein Pferd an.

Cedric seufzte wie immer beim Holzschleppen. Ich hörte einfach nicht hin, sondern schälte die Rüben, die ich in Lea gekauft hatte, und vermischte sie mit wilder Pastinake und Minze im Topf, der heute vielleicht auch noch heiß werden könnte, wenn Cedric nicht so bummeln würde. Er summte gerade ein Liedchen vor sich hin und drehte sich mit dem Holzbündel, als tanzte er mit einer Dame. Ärgerlich sah ich hoch, in Gedanken daheim in der Burgküche, wo auch nie etwas nach meinem Gusto gegangen war, weil die Dienstboten faul und respektlos waren, musste dann aber trotzdem lachen, weil Cedrics Einfälle doch zu drollig waren…

»Schau mal, Mami, was ich gefunden habe.« Snædís stand vor mir, einen Tierkadaver in der Hand. Angewidert wollte ich ihr das Ding aus der Hand reißen… aber es war noch warm, und gleich hinter dem Nacken des Fuchses steckte ein Pfeil.

Ich sprang hoch. Wo war er, wo steckte er, warum zeigte er sich nicht?

»Mami.« Ljómi zupfte mich am Amt. »Mami, da hinten im Wald steht der rote Mann und pisst an einen Baum. Und er hat's mir gezeigt, sein ekliges Ding...« Der tote Fuchs fiel mir aus den Händen.

»Cedric. Komm her, pass auf die Mädchen auf, sei so gut.« Fragend kam er näher. »Wir sind nicht allein, Cedric. Verflucht.« Ich zog mein Schwert. »Verfluchter, verdammter, verflixter Bockmist, hat man denn niemals Ruhe...«

»Mami. Bestimmt kommt der rote Mann her«, flüsterte die Kleine und drängte sich an mein Bein. Cedric holte sie von mir weg und nahm sie auf den Arm. Er wirkte leicht verstört ob meiner schrecklichen Flüche, der Entschlossenheit in meinen Augen und der Waffe in meinen Händen – was für eine Verwandlung, von der kochenden Hausfrau zur fluchenden Walküre, und überhaupt, skandinavische Weiber in Kettenhemden schienen nicht nach seinem Geschmack...

Eine ganze Weile stand ich da, das gezückte Schwert in der Faust, die Nackenhaare gesträubt. Vielleicht reizte es ihn, vielleicht dauerte es ihm auch zu lange, jedenfalls kam Ivo de Taillebois hinter einem Baum hervorgeschlendert. Ohne Pferd, aus dem Sattel pinkelt es sich so schlecht – und er gehörte zu den kleinwüchsigen Männern, die von ihrem hohen Pferd nur ungern abstiegen. Wenn ich mich reckte, konnte ich über seinen Kopf hinwegschauen. Ich unterließ es wohlweislich, denn nichts hassten kleine Männer mehr als eine Frau, die sie überragte.

»*Mon seignur*, welche Überraschung. Stellt Ihr uns nach?«

»Sagen wir eher, ich sorge dafür, dass Ihr unbehelligt Euer Reiseziel erreicht«, erwiderte er ironisch.

»Davon war in Spallinge nicht die Rede. Eure Sorge schmeichelt mir, doch ist sie unnötig, wir kommen ohne Beistand zurecht.«

»Ich sehe wohl, dass Ihr Euch zu helfen wisst, *ma dame*.« Sein Blick wanderte zu dem toten Fuchs. »Und Count Alan wird nicht erfreut sein, dass Ihr in seinen Wäldern wildert.«

»Richtet Count Alan aus, ich sei überzeugt davon, dass selbst in England das Aufsammeln vergessener Dinge erlaubt ist...«

Ich begab mich auf höchst gefährliches Terrain – in England gab es seit Guilleaumes Regentschaft gar wundersame Gesetze, selbst das Reisigsammeln war mancherorts verboten, und die Menschen, die in des Königs Wäldern lebten, durften sich nicht einmal mit Holzpalisaden gegen wilde Tiere schützen. Guilleaumes Wälder waren ihm heilig – immerhin die Wälder. Wenn schon sonst nicht viel…

Ivo packte den Fuchs am Schwanz. »Ich würde sagen – essen wir ihn auf. Sicher wisst Ihr als gute Hausfrau, wie man so etwas zubereitet.« Mit gehobenen Brauen sah er an meinem unziemlichen Kettenhemd herab. Sein Spott machte mich unglaublich wütend. Ich kämpfte den Zorn nieder, niemandem war damit geholfen, und beschloss, das Hemd – so unbequem es war – anzulassen, bis ich in Osbernborg angekommen war.

Wir würden also Gäste haben. Ich unterdrückte einen Seufzer, als drei bewaffnete Gestalten aus den Büschen traten und zwei weitere an den Bäumen Posten bezogen. Ivo überließ nichts dem Zufall. Ich war sicher, dass er Erik in der Nähe wusste.

Mit heftigen Bewegungen zog ich dem Fuchs das Fell über die Ohren und kümmerte mich nicht darum, dass das Blut nach allen Seiten spritzte. Ivo schwieg, obwohl sein Mantel Flecken abbekam. Das provozierte mich nur noch mehr. Ein Schlitz, der Bauch wurde aufgetrennt, ich fingerte nach den Eingeweiden und zog sie Stück für Stück aus der Bauchhöhle heraus. Das schmatzende Geräusch klang gespenstisch, weil niemand, nicht einmal die Kinder, etwas sagte. Alle starrten sie auf meine Hände, an denen Blut und Gallensaft herabrannen. Mit meinem angelsächsischen Messer zerteilte ich das Tier, hackte die Knochen durch und warf die Stücke in den Topf, unter dem das Feuer nun auch endlich brannte. Dann erst wischte ich mir die Hände im Gras ab. Cedric seufzte. Die Posten standen herum, traten gelangweilt von einem Bein aufs andere. Ein Pferd schnaubte, die Kinder flüsterten. Ivo starrte in die Flammen.

»Euer Kind scheint ja genesen, dass Ihr schon wieder auf dem Weg in den Norden seid«, bemerkte ich irgendwann bissig.

Hochmütig sah er mich von der Seite an. »Ein Kind sollte einen Mann nicht von der Erfüllung seiner Pflichten abhalten, *madame*. Auch wenn Frauen das gerne so sähen.« Ich unterdrückte den Impuls, ihm ins Gesicht zu treten. »Ich habe Besitztümer im Norden, die zu verwalten sind. In Saxilbi war Gerichtstag, es galt Urteile zu sprechen – so hat man immer einen Grund umherzureisen, versteht Ihr?«

Und seine Verfolgungsjagd hatte er ja auch nicht aufgegeben, sonst würde er nicht an meinem Feuer sitzen. Die Hände waren mir gebunden. Ich stöhnte leise auf.

»Ihr sprecht ein gutes Angelsächsisch, die Leute verstehen sicher jedes Wort beim Gerichtstag«, sagte ich schnippisch.

»Gewiss«, nickte er, »sie verstehen jedes Wort. Ich bin schließlich in diesem Land geboren. Wenn sie jemanden verstehen, dann mich.« Mir fiel beinahe das Gesicht auseinander – hier geboren? Er lachte spöttisch. »Habe ich Euch zum Staunen gebracht, Alienor von Sassenberg? In dieser Brust schlagen zwei Seelen, die eine ist normannisch, die andere angelsächsisch, genau wie beim alten König Edward, Gott schenke seiner Seele Frieden. Wusstet Ihr, dass der am Hof der Normannenherzöge aufgewachsen war? Dass sein Herz normannisch schlug und seine Zunge am liebsten Normannisch von sich gab? Dass seine angelsächsische Frau ihn darum kaum verstand und er vielleicht deswegen nicht mir ihr schlafen wollte? Nicht? Seht Ihr, das wissen die meisten Angelsachsen auch nicht – oder sie wollen es nicht mehr wissen, während sie Fluch über Fluch auf seinen rechtmäßigen Erben verschütten …«

Darauf wusste ich nichts mehr zu sagen. Und als läge ihm daran, mich zu besänftigen, zog er aus den Satteltaschen seiner Männer ein Säckchen mit Getreide, Rüben und Trockenfleisch, die das Essen für alle nahrhafter machten, und legte mir die Gaben vor die Füße. »Niemand soll sagen, wir Normannen wüssten nicht, was sich gehört«, sagte er. Ich sah ihn scharf an, doch außer dem üblichen Hochmut war nichts Verfängliches in seiner Miene zu finden. Der Eintopf war trotz meines Ärgers genießbar. Meine normannischen Gäste fraßen wie die Hunnen, und ich bekam schon Angst, dass wir für den kommenden Morgen nichts mehr haben würden außer dem trockenen Brot, das ich in der Satteltasche verborgen hatte.

»Spiel uns auf, Spielmann – sicher weißt du ein Lied, wie Männer es beim Essen mögen.« Ivo stocherte mit seinem Silberlöffel in der Luft herum, und einer der Soldaten lachte anzüglich.

»Na los doch, spiel schon, wir möchten Musik zum Essen!«

Mit großen Augen nahm Cedric seine Laute und strich über die Saiten.

»Spiel was für Männer«, lachte der Soldat, während ihm die Suppe in den Bart tropfte. Angeekelt wandte ich mich ab.

»Ich … gut.« Cedric schluckte und begann zu spielen.

»Do sprach Oloferni
di burc habit er gerni:
'nu dar, kamirari,
ir machit mirz bigahin!
Ich gisihi ein wib lussam
dort ingegin mir gan;
mir niwerdi daz schoni wib,
ich virlusi den lib:
daz ich giniti minis libis
insamint demo sconin wibi!«

Grinsend sah ich ihn über das Feuer hinweg an. Altes Schlitzohr. Keiner außer mir verstand, dass er die blutrünstige Ballade von Judith vortrug, die Holofernes das Haupt abschlug, um ihr Volk zu retten. Sie prosteten sich aus Weinschläuchen zu und rissen schmutzige Witze. Cedric sang leise weiter, wechselte in die aquitanische Sprache und verlor sich nach und nach in sehnsüchtigen Melodien, bis niemand mehr nach ihm verlangte und er sich seinem Essen widmen konnte.

Ljómi zuckte zusammen, als sie Ivo dabei beobachtete, wie er sein großes, angelsächsisches Sax aus dem Gürtel zog und einen groß geratenen Fleischbrocken damit zerteilte. Ihre Augen folgten der Schneide, die ihre Aufgabe ein wenig zu heftig erledigte und dabei den Zeigefinger erwischte. Was bewies, dass Ivo trotz der Musik nicht so ruhig war, wie er sich gab. Mit einem wütenden Laut steckte er sich den blutenden Finger in den Mund.

»Zerhackst du auch Leute?«, fragte Ljómi interessiert.

Er fuhr auf. »Wie bitte?« Die Frage hatte ihn völlig aus dem Konzept gebracht – und nicht nur ihn, auch ich hielt erschrocken die Luft an. Ljómi hingegen hob wichtig die Brauen. »Mein Papa kann besser mit dem Messer umgehen. Er zerhackt damit Leute. Ich hab's gesehen.« Ivos Messer sank zu Boden.

Ich reagierte schneller. »Es hat noch nie etwas Gutes eingebracht, Kinder beim Kampf zusehen zu lassen.« Schockiert steckte der Normanne sein Messer wieder an den Gürtel. Und bevor Ljómi erzählen konnte, wo sie ihrem Vater zugesehen hatte, verbot ich ihr den Mund und schickte beide Kinder auf die Schlaffelle.

»Wie ich sehe, führt Ihr ein turbulentes Leben, *ma dame.*« Ivo rang nach Worten und ließ es dann bleiben.

»Ja, *mon seignur*, so ist es leider.« Ich sah ihm ein letztes Mal in die Augen, dann stand ich auf und verließ das Feuer.

Während die Kinder unter meinen streichelnden Händen einschlummerten, beobachtete ich, wie Ivo Cedric beiseite zog. Ein äußerst ungutes Gefühl machte sich in mir breit – konnte ich dem Spielmann trauen? In Vater Ælfrics Hütte hatte er unter meinem Bann gestanden – doch jetzt? Unsicher sah er zu mir herüber, während Ivo auf ihn einredete, dann schüttelte er den Kopf, immer wieder, und wehrte den Normannen ab. Das ungute Gefühl verstärkte sich, als ich meinen Raben erblickte. Er spazierte bei den Pferden auf und ab; sein glänzender Körper wankte wie der eines alten Mannes, während er von Kothaufen zu Kothaufen trippelte und in den Pferdeäpfeln herumpickte.

Der Abend endete ruhig und ohne Streit. Cedric sang noch ein wenig am Feuer. Seine melancholischen Verse zupften an meinem Herz, und ich drehte mich in der Decke weg. Die Worte schlichen hinterher.

»Trägt der Wind mein Lied zu dir,
sagt, ich wünscht, du wärst bei mir …«

Irgendwann schliefen sie alle, selbst der Wachposten am Baum, gegen seine Lanze gelehnt. Ich starrte an den bewölkten Himmel. Der Schlaf floh mich wieder einmal, Sorgen raubten mir die Ruhe. Was sollten wir morgen essen? Wie lange würde Ivo uns nun begleiten? Wo war Erik? Erik … Der ruhige Atem der Schlafenden beherrschte die Lichtung. Leise Schnarcher der Kinder, das tiefe Stöhnen eines sich erleichternden Mannes, der sich danach zufrieden schmatzend auf die Seite drehte. Die Normannen waren auch nicht anders als normale Sünder. Unter der Bettdecke entpuppten sich eben alle Menschen als gleich, egal, was die normannischen Priester erzählten. Und nun hatte ich gelernt, dass Schwarz nicht Schwarz und Weiß nicht Weiß war – ein Normanne, der brutal Einheimische niedermetzelte, war in diesem Land geboren, der verstorbene alte König im Land des Bastards aufgewachsen … Nichts stimmte, nichts war so, wie man dachte. Ich strich mir über die schmerzende Stirn, um diese verwirrenden Gedanken zu vertreiben. Es wollte mir nicht recht gelingen.

Sindri lag im Gras, das Pony stand mit gesenktem Kopf daneben. Etwas zupfte an meinen Haaren. Vorsichtig drehte ich den Kopf – und blickte geradewegs in die blanken Äuglein meines Rabenvogels! Der hüpfte einen Schritt zurück, wie erschreckt über seinen Mut, und pickte dann erneut, ohne mich zu verletzen. Ganz langsam erhob ich mich. Er hüpfte rückwärts und kam wieder ein paar watschelnde Schritte auf mich zu …

»Was willst du von mir, Náttfari, alter Nachtgänger«, flüsterte ich mit gerunzelter Stirn. »Beim Thor, warum hat er dich geschickt?« Der Rabe blieb hocken. Ich befreite mich aus den Decken und überlegte, wo am Rande der Lichtung ich wohl pinkeln gehen könnte, ohne nach Weibern geiferndes Mannsvolk zu wecken. Es wunderte mich sowieso, dass sich keiner von ihnen im Schutz der Dunkelheit an mich herangemacht hatte – aber vielleicht erinnerten sie sich daran, wie virtuos ich mit dem Messer umzugehen wusste. Die weiße Rinde einer Birke schimmerte im Mondlicht, zu ihr entschloss ich mich zu kriechen, immerhin war sie Freyas Baum und würde mich hoffentlich beschützen. Der Rabe wanderte hinter mir her. Ein wohliges Gefühl durchströmte mich, als die Blase endlich entleert war, und ich nahm mir die Zeit, die Lichtung von außen zu betrachten. All die schlafenden Gestalten … Wir waren Gefangene, das ging mir jetzt auf. Wieder einmal Gefangene. Ivo hatte seine Mannen um die Lichtung herum postiert, und wenn sie auch alle schliefen, so konnten wir doch nicht weg, ohne sie zu wecken.

»Verfluchter Bockmist«, murmelte ich, »die Pest über deine gottverdammte, pickelige normannische Pockenfresse …«

»Schschsch«, machte es da hinter mir. Ich fuhr herum, fiel hinterrücks ins Gras, direkt in Eriks Arme. »Deine Flüche wärmen mir das Herz, weißt du das, Alienor *Hjartapryði*?«, flüsterte er mir ins Ohr, während seine Arme mich so fest hielten, dass es wehtat.

»Er verfolgt dich«, flüsterte ich nach einem atemraubenden Kuss aufgeregt, »bist du verrückt?«

»Ich verfolge ihn«, berichtigte er. »Er hinterlässt eine Spur der Verwüstung, man muss ihr nur folgen. Verbrannte Häuser, Erhängte, Erschlagene … Er lässt nichts aus, überall sucht er Rebellen. Ich folge ihm, dann weiß ich, wo er ist. Und wo er ist, kannst du nicht weit sein, weil er mich ja bei dir sucht.« Welche Logik! Ich ließ mich fallen und empfing den nächsten Kuss wie eine Braut.

»Der Rabe hat mich geweckt.« Er hockte immer noch da, sich im Mondlicht hin und her wiegend wie ein kleiner Priester in Ekstase. »Er folgt mir …«

»Ein Götterbote, Alienor, glaub's mir doch. Behandle ihn anständig, er will dir Gutes. Die Alten erzählen, dass solche Boten manchmal bei den Menschen bleiben«, raunte er. „Wie geht es dir, *elskugi*, kommst du zurecht? Hast du den Fuchs gefunden? Habt ihr genug zu essen? Wie geht es den Mädchen …« Sehnsucht ließ ihn verstummen; der Schmerz über die andauernde Trennung überwältigte ihn buchstäblich. Wir umarmten uns stumm und heftig, nicht wissend, wann wir uns wiederhaben würden. Dann griff er in die Tasche und zog ein paar Streifen Trockenfleisch hervor. »Hier, gib das den beiden. Sie sollen nicht hungern. Und bete zu Gott für uns, Alienor. Bete.«

»Erik, wann sehe ich dich wieder?«

»Das hängt von diesem Bastard da ab. Ich bin immer in deiner Nähe, vergiss das nicht. Hab keine Angst, *drottning mín* … «

Meine Lippen brannten von seinem letzten Kuss, als ich längst wieder allein war.

Beten. Ach, zum Teufel damit.

Unsere normannischen Gäste saugten sich wie Blutegel an uns fest. Ein törichter Gedanke hatte mein Erwachen am anderen Morgen begleitet – was, wenn sie sich in Luft aufgelöst hätten? Wenn allein die Kothaufen ihrer Pferde von ihrer abendlichen Anwesenheit erzählten, wenn auch sie sich als bloße Idee in Luft auflösen würden? Sie waren natürlich noch da, allesamt, die Pferdeäpfel, die Pferde und die Soldaten. Letztere zogen sich am Bach nackt aus, schissen unter die Bäume und dachten sich nichts dabei, dass zwei kleine Mädchen zusahen. Ich steckte mein Messer deutlicher an die Gürtelschnalle und setzte die Mädchen zu den Pferden, wo sie etwas geschützter vor den normannischen Darbietungen waren. Cedric half mir, ihre Kleidung zurechtzuzupfen.

»Werden sie uns erhalten bleiben, was meint Ihr?«, fragte er leise.

Ich zuckte mit den Schultern. »Ich hoffe nicht. Ich wüsste nicht, womit ich sie weiter verpflegen sollte.«

Da lachte er jungenhaft. »Ich könnte auf den Märkten für uns singen. Das kann ich gut. Man lebt bisweilen ganz passabel von Almosen …«

Ich sah ihn nachdenklich an. »Was hat Ivo von dir gewollt gestern Abend?«

Da verging ihm das Lachen. »Nichts«, antwortete er dumpf und wich meinem Blick aus. Schließlich stand er auf und gab vor, die Pferde zu satteln. Ich zog die Nase hoch. Seit dem Brand von Vater Ælfrics Haus war da etwas zwischen uns, etwas gallig Schmeckendes, Unruhiges, ich spürte es von Tag zu Tag deutlicher …

»Eine gefährliche Gegend, *ma dame* – meine Gattin würde mir nie verzeihen, Euch hier allein herumreisen zu lassen«, salbaderte Ivo, just als ich mich auf den Weg machen wollte, die Badenden in ihre Kleidung zu scheuchen. Offenbar glaubte er, sein Verweilen begründen zu müssen; etwas fadenscheinig, wie ich fand, schließlich sorgte er durch seine Gegenwart erst dafür, dass das Land gefährlich war. Ich verschwieg, dass mir seine nackten Soldaten im Bach auch nicht unbedingt ein Gefühl der Sicherheit vermittelten. Beiläufig strich er meinem Wallach über den Rücken. Sindri legte die Ohren an.

Jeder hasst dich, sogar mein Pferd, dachte ich voller Befriedigung.

»Wie rührend von Euch, so besorgt zu sein«, bemerkte ich und fütterte meine Kinder mit dem Trockenfleisch von Erik, was der Normanne interessiert beobachtete.

»Vielleicht tue ich das alles auch Eurer Mutter zuliebe«, sagte er schließlich und ging. Und ich grübelte darüber nach, wie viele Herzen meine Mutter wohl noch am Hof von Caen gebrochen haben und wie das alles damals wohl gewesen sein mochte. Frère Lionel würde davon erzählen können. Doch ich wusste, dass ich niemals den Mut aufbringen würde, ihn danach zu fragen, sollte ich ihn je wiedersehen. Manche Liebesgeschichten schmerzen über den Tod hinaus...

Wir reisten schweigend ab. Den Normannen fiel nichts ein, worüber sie reden mochten, und ich hatte schlicht keine Lust. Außerdem musste ich fieberhaft darüber nachdenken, wie ich den klebrigen Vetter Guilleaumes am besten loswerden konnte. Wollte er mich etwa bis Yorkshire begleiten? Jesus Christus, hab Erbarmen! Sein hochbeiniger Rappschimmel, ganz offenbar edlen spanischen Blutes, stolzierte vor Sindri einher. Selbst das Pferd strömte eine Arroganz aus, dass mir ganz übel wurde. Der üppige Schweif tanzte, als wollte er mir eine Nase drehen. Leute, die uns begegneten, senkten den Kopf und huschten rasch davon – wie Recht sie damit hatten, erfuhr ich am Nachmittag, als wir am Fuß der Wälder auf eine Horde Herumtreiber stießen.

Sie hatten gewildert.

Ein zerlumpter Mann trug Stockenten am Haken, ein anderer schleifte doch tatsächlich einen Rehbock hinter sich her. Ich fragte mich noch, wie sich das Tier wohl aus den Wäldern hierher verirrt hatte, als Ivo die Gruppe auch schon anhielt.

»Wohin des Wegs?«, fragte er mit scharfer Stimme auf Angelsächsisch. »Wie ich sehe, seid ihr schwer beladen.« Die Leute sahen sich erschreckt an, zwei verschwanden stillschweigend in die Büsche. Der Anführer kniff die Augen zusammen und schwang die Stockenten hin und her.

»Wer seid Ihr, dass Euch das was anginge?«, grunzte er und bleckte grimmig ein paar schwarz verfaulte Zahnstummel. Sein übler Atem erreichte sogar mich in der zweiten Reihe. Er musste wahnsinnig sein, sich solcher Worte zu bedienen …

»Sagen wir, ich bin ein Herr und du ein Bettler. Ich darf jagen, du nicht.«

Eine recht einfache Logik, doch der Bettler hatte Einwände. »Ihr seid nicht der Herr dieses Landes, Ihr habt mir nichts zu befehlen! Ihr –« Ivo de Taillebois gab seinen Soldaten Zeichen, worauf zwei von den Pferden sprangen und die Waffen zogen.

»Ein Herr diskutiert nicht, musst du wissen. Ganz gleich, ob er der Herr dieses Landes ist oder nicht. Hängt sie auf.«

Ich packte die Zügel fester, ganz fassungslos, was sich da vor meinen Augen abspielte. Schon hatten sie sich den einen gegriffen. Der Mann wehrte sich verzweifelt. Zwei weitere Wilderer stürzten kurz entschlossen in die Büsche, einer blieb stehen, unsicher, was er tun sollte, seinem Freund zu Hilfe eilen oder weglaufen, da hatte Alain ihn auch schon gepackt, ihm mit geübtem Griff das Messer aus dem Gürtel gerissen und seinen Gegner ins Gras geworfen. Der Angelsachse wehrte sich, trat, biss, schlug um sich, doch es nutzte ihm nichts, ein dritter Normanne sprang hinzu, trat ihn gegen den Kopf, ein Seil flog durch die Luft, und Augenblicke später baumelte der Wilderer würgend und keuchend am Baum. Er zuckte, sein Leib wand sich im Todeskampf, die Augen traten hervor, der Mund ein großes schwarzes Loch, ein ersticktes Röcheln, dann erlosch er und hing still in der Sommerluft.

»Mama«, flüsterte Snædís hinter mir. »Mama …« Ljómi hockte vor mir im Sattel und nahm den Anblick stumm in sich auf, obwohl ich versuchte, ihr die Augen zuzuhalten.

»Jesus Maria, hab Erbarmen …«

Während der Anführer noch an der Kehle eines Soldaten festgekrallt hing, wurde auch schon der Nächste aufgeknüpft – ich wendete blitzschnell mein Pferd, packte im Fortreiten die Zügel des Ponys, auf dem ein zur Salzsäule erstarrter Cedric hing, trat Sindri in die Flanken und galoppierte los, fort von diesem Schauplatz des Schreckens.

»Halt, wartet!«, rief Ivo hinterher und machte Anstalten, die Verfolgung aufzunehmen. Ich drehte den Kopf, meine schreienden Kinder ignorierend –

»Verflucht, *ma dame*, bleibt stehen!« Der Normannengaul galoppierte an, als einer seiner Männer von einer Axt getroffen zu Boden fiel. Ivo wendete das Pferd, drohte mir noch einmal mit der Faust und stürzte sich dann in das Kampfgetümmel, weil die Wilderer sich urplötzlich erbittert zur Wehr setzten, Mistgabeln und Holzstöcke gegen blanke Schwerter einsetzten, und das Letzte, was ich über die Schulter erkennen konnte, war, wie der Pulk wie auf Kommando in den Büschen verschwand. Die Normannen liefen vor der Stelle auf und ab, schreiend, fluchend, und Ivo gab Befehl, sie zu verfolgen, bis in den hinterletzten Winkel, dass keiner entkommen, im Namen des Königs, verflucht noch mal.

Ich war fürs Erste vergessen. Gottlob! Nun galt es, Zeit und Vorsprung zu gewinnen …

»Rasch, abbiegen«, rief ich Cedric zu und trabte auf die bewaldeten Hügel im Westen zu, wo der Normanne uns so schnell nicht würde finden können. Vielleicht hatte sogar Gott uns diese Wilderer geschickt, damit wir ihn endlich abhängen konnten.

8. KAPITEL

Eigen Haus, ob eng, geht vor,
Daheim bist du Herr.
Das Herz blutet jedem, der erbitten muss
Sein Mahl alle Mittag.

(Hávámal 37)

Der Köhler schüttete noch etwas Holzkohle ins Feuer. Es sprühte kurz auf und glomm dann ruhig weiter. Sein breiter, stacheliger Bart verdeckte beinahe das ganze Gesicht, und so, wie er alles schweigend und fast andächtig tat, kam er mir vor wie der grüne Mann, der hier in den angelsächsischen Wäldern allgegenwärtig zu sein schien. Schüchtern sah ich mich nach dem riesigen Kohlenmeiler um, der über die gesamte Lichtung Wärme verbreitete und uns wie ein düsterer Troll im Rücken hockte. Er knackte und grummelte vor sich hin, dass mir angst und bange wurde. Die ganze Lichtung, auf der wir lagerten, war ein Ort des Zaubers, und der riesige Troll nur ein Teil von allem. Erdwesen und Luftgeister umtanzten den Wärmequell, spielten ein Spiel von Verwandlung und Neckerei und lachten ausgelassen über meine Angst.

Zwei der Köhler umrundeten den Meiler gemessenen Schrittes, jeder auf einer Seite, so dass er stets unter Kontrolle war. Größer als ein Haus, war er das Ergebnis tagelanger harter Arbeit dieser Köhlertruppe. Der kleinste Luftzug zu viel würde das Werk in Flammen aufgehen lassen.

»Wird wohl ein gutes Geld ergeben«, mümmelte ein alter Mann. Mit schwarzen Fingern griff er in seinen Grützenapf und stopfte sich das Essen in den zahnlosen Mund. Ljómi steckte vor Angst den Kopf in meinen Schoß.

»Wir werden schwarz geboren«, grinste der Anführer, und der Bart zog das Gesicht in furchterregende Breite. Es war schwarz, nicht grün, und ob er zaubern konnte, wusste ich nicht. »Selbst die Kinder sind schon schwarz, obwohl sie noch gar keine Kohle anfassen.« Da hatte er Recht, und Snædís, die wie immer etwas mutiger war, schaute sich die beiden Schmutzexemplare neben den Kochtöpfen auch neugierig an. Da die sich jedoch erbittert um ein Stück Brot zankten und sich wie junge Hunde fast an der Kehle hingen, wagte meine Tochter nicht, sich einzumischen. Ich kannte solche Kinder von daheim, sie kamen im Kehricht zur Welt, lebten im Kehricht und starben im Kehricht, und meine Mutter hatte mich stets geschlagen, wenn sie herausbekommen hatte, dass ich mit ihnen gespielt hatte. Zähe, harte Menschen wuchsen aus ihnen heran, für die Mitleid ein Fremdwort war und denen der eigene Magen stets am nächsten war. Der Schmutz in ihren Gesichtern vererbte sich von Generation zu Generation, lernte ich, und man tat gut daran, sich von ihnen fern zu halten. Ich war mir allerdings nicht sicher, ob die Kinder dieser selbstbewussten Köhler zu den Kehrichtmenschen gehörten, deswegen unterließ ich es, meine Tochter für ihr Interesse zurechtzuweisen. Man durfte den, an dessen Feuer man saß und dessen Speise man aß, nicht verärgern …

Wir hatten die Köhler am frühen Abend getroffen, und Cedric hatte auf meine Frage, ob wir uns lieber aus dem Staub machen sollten, nur erleichtert geseufzt, bei ihnen wären wir in Sicherheit. Wieder einmal war ich froh gewesen, den Spielmann bei mir zu haben, denn er hatte um Obdach gebeten. Köhler waren in diesem Land ein eigenes Volk, mit eigenen Regeln und einem Anführer, der wie ein König behandelt wurde. Frei und ungebunden zogen sie durch die Wälder, bauten ihre Meiler und verkauften die Kohle in den Städten. Den Brennstoff kannte ich wohl von daheim, doch einen Köhler hatte ich noch nie gesehen.

Zurückhaltend, aber gastfreundlich hatten diese Köhler uns an ihre Feuerstelle eingeladen, ihr Essen mit uns geteilt und ihr Stapelwerk beendet. Einer wie der andere flößten sie mir Angst ein, weil sie sich so schweigend bewegten und mehr wie ein Teil der Bäume, die sie täglich abholzten, als wie ein Teil der Menschheit wirkten. Ich wusste, dass viele Angelsachsen Bäume als heilig verehrten – was bei uns daheim in Lothringen streng verboten war. Kleine Opfergaben unter alten Eichen kannte ich allerdings auch aus Svearland und hatte in Zeiten großer Bedrängnis sogar schon selber welche unter einen Baum gelegt. Trotzdem – diese Leute waren anders als alles, was ich bisher getroffen hatte, und ich fühlte mich sehr unbehaglich.

Cedric lachte mich aus. »Ohne diese Männer würde der dicke Arsch des Bastards wohl Frostbeulen bekommen«, feixte er. Ich schwieg dazu – unnötig, ihn darauf hinzuweisen, dass die feineren Normannen es vorzogen, wohlriechendes Holz in ihren Feuern zu verbrennen, wie sie es von daheim gewohnt waren, um sich nicht auf eine Stufe mit den verrußten Inselbewohnern stellen zu müssen.

Als der Älteste den Meiler ansteckte, wurden Gebete gemurmelt und Fackeln nach festgelegtem Ritus geschwenkt. Einer spritzte Wasser über das Holz, vielleicht war er ein Priester einer vergessenen Religion – man erzählte sich, dass es mancherorts solche Männer noch gab. Rein äußerlich unterschied er sich nicht von den anderen. Trotzdem lief mir ein Schauder über den Rücken, als ich ihnen zusah. Nun hockten sie fast alle beisammen, tranken Birkenblättersud und aßen Wurzelgemüse. »Guter Brand«, hörte ich. »Weißt du noch, letzten Winter, wie das Holz so nass war …« Ein anderer seufzte und erinnerte daran, wie Acca vor drei Wintern in den Flammen eines in Brand geratenen Meilers ums Leben gekommen war. »Das Feuer will mit Achtung behandelt werden«, sagte der alte Mann.

Wie so oft nieselte es. Heimtückisch zwängte sich die Nässe durch den Mantelstoff, allein die Köhler schien das nicht zu stören, oder vielleicht schützte der Holzkohleruß auch vor Nässe. Sie waren über dem Birkenblättertrank fröhlich geworden und lachten über alte Geschichten von Kohle und Brennen. Ihre Gelassenheit vermittelte einem tatsächlich das Gefühl der Geborgenheit, und fast vergaß man, dass man unter freiem Himmel hockte. Trotzdem rutschte ich nervös auf meinem Hintern herum – wo steckte Erik? *Ich bin immer in deiner Nähe*, hatte er gesagt – wo steckte er? Wir hatten unseren Weg abrupt geändert.

Hatte er uns folgen können? Um Himmels willen, war ihm etwas in den Sümpfen zugestoßen, hatte Ivo ihn doch noch erwischt – wo war er? Ich sah mich mutterseelenallein in diesem feuchten Land in Regen und Nebel ertrinken … Und wieder fuhr ich mir mit den Fingernägeln über die Unterarme, erbarmungslos und unablässig, weil sich Schmerz immer noch am besten mit Schmerz betäuben ließ …

»Lass ab davon. Blut macht die Angst nicht weg.«

Mir gegenüber saß ein Köhlerweib. Sie beobachtete mich schon die ganze Zeit. Jetzt entnahm sie ihrem Beutel einen Holzbecher aus poliertem Holunder, goss von dem Birkenblättertrank hinein und böselte getrocknete Kräuter darüber. Ihre langen schwarzen Finger bewegten sich wie eine segnende Schlange über dem Becher, dann stand sie auf, sich mit der Linken die vielen Ketten, die ihren Hals schmückten, gegen die schlaffe Brust drückend, und reichte mir das Getränk.

»Brigantia schütze dich, Frau. Du gehst auf ihrem Boden, sie begleitet jeden deiner Schritte. Sie bewahre dich vor Ungemach, was immer du tun musst. Und die Heilige Jungfrau halte dich in ihren Händen an jedem Tag deines Lebens.« Grüne Augen blitzten unter der groben Kapuze, ein kurzes Lächeln, Zähne, so weiß wie eine Perlenkette, und Wärme, die mich zart umhüllte – alles wird gut. *Alles wird gut.* Ich musste an Torfrida denken, das Weib des Rebellen, und wie merkwürdig wohltuend ihre Nähe gewesen war … *Alles wird gut.* Der Regen ließ nach, versiegte schließlich. Fasziniert betrachtete ich ihre Kettenanhänger, während ich von ihrem Sud trank, sah aus Holz geschnitzte, sonderbare Dinge baumeln, Hexenamulette, Zauberzeug … »Dein Liebster ist nicht weit«, flüsterte sie noch, dann hockte sie wieder an ihrem Platz und manschte in ihrem Napf herum. Wie gebannt starrte ich sie an. *Alles wird gut.* Torfrida. Irgendwo krächzte der Rabe sein unmelodisches Lied, und ich hielt die Luft an. Er war mir wieder gefolgt – ein gutes Zeichen? Ein schlechtes Zeichen? *Alles wird gut.*

»Die Köhler hängen dem alten Glauben an«, flüsterte mir Cedric von der anderen Seite ins Ohr. »Und egal, was die Priester sagen – die alten Götter sind hier, man spürt es jedes Mal, wenn man in ihre Wälder kommt …« Ich spürte gar nichts außer den regennassen Locken, die mir ins Gesicht fielen, und bleischwerer Müdigkeit. Die Kälte, die mir eben noch die Beine hochgekrochen war, hatte sich in angenehme Wärme verwandelt. *Alles wird gut.* Jemand zog mir fürsorglich die Wollkapuze über den Kopf. Cedric hatte seine Laute genommen und sang mit seiner schönsten Stimme Lieder aus dem Süden Frankreichs, und einen Moment roch ich den Duft der kräuterreichen Berge, die er besang, und spürte die Gischt der reißenden Bäche in meinem Gesicht. Man zollte ihm Anerkennung für seine Leistung und versuchte sogar, den Refrain mitzusingen. Cedric, der Menschenumgarner … Meine Mundwinkel zuckten, und dann fielen mir über einer sehnsüchtigen Melodie die Augen zu.

Das Köhlerweib lächelte, ich sah es durch die geschlossenen Augen hindurch. War es nun die Göttin, das Lächeln der Köhlerin, das Kraut, das sie mir gegeben hatte, oder der Kohlegeruch – ich sank in meine Felle und schlief, schon bevor ich lag, ohne an irgendetwas zu denken. Nicht an die Kinder, die schutzlos bei Spielleuten und Köhlern bleiben mussten, nicht an das Gepäck, das achtlos herumlag, nicht an Erik, um den ich mich doch so sorgte. Allerdings war sein Name mit das Letzte, was durch meine Gedanken hüpfte. Erik … Erik … *Alles wird gut.* Und dann nahm mich der Schlaf in die Arme, wiegte mich sanfter, als mein Liebster es konnte, streichelte den zermürbenden Kopfschmerz von mir und schenkte mir über Cedrics Melodien tiefe Entspannung …

»Aber wie kann er denn König sein, wenn er nicht weiß, was die Leute sagen?«

»Er hat Übersetzer, die ihm alles erzählen, was gesprochen wird.«

»Aber man kann doch lernen, wie die Leute zu sprechen.« Snædís hatte wieder einmal die abendliche Fragestunde eingeläutet und sich den Spielmann als Opfer ausgesucht. Schläfrig bettete ich den Kopf auf meinen Unterarm und betrachtete meine älteste Tochter, die ihrem Vater immer ähnlicher sah. Weizenstrohblond und von hübscher Gestalt, die klugen Augen aufmerksam auf ihr Gegenüber gerichtet und immer eine Spur schneller im Denken als man selber – eine junge Dame, die ob ihrer Schönheit und Intelligenz später eimal Priester zur Weißglut würde treiben können. Und Männer vor Liebe in den Wahnsinn. Und Frauen in galligen Neid. Schön wie die Sünde und klug wie ein Gelehrter – das hatte ich mir für mich immer gewünscht, obwohl ich wusste, dass das lebensgefährlich war… Meine Tochter würde so werden. Ich lächelte verschmitzt und ein bisschen stolz. Sie würde schon auf sich aufpassen können. Trotzdem schickte ich sogleich noch ein Stoßgebet zum Himmel, dass Er mir meine ungebührlichen Wünsche verzeihe und Snædís vor allzu viel Schönheit und Hochmut bewahre. Natürlich bemerkte sie gleich, dass ich wach war, und kroch wie ein verschmustes Kätzchen zu mir auf das Fell. Beglückt strich ich über ihr Haar, das dringend einer Wäsche bedurfte. Hm, nicht nur ihres…

»Ich erklärte ihr, dass ein König nicht immer mit den Menschen spricht«, beeilte Cedric sich, mir zu gefallen.

»Ein englischer König spricht zu den Menschen«, unterbrach der Köhler da mit grimmiger Miene. »Tut er das nicht, ist er nicht mein König.« Klare Worte. Damit wandte er sich wieder seinem Essen zu und schaufelte es schweigend in sich hinein.

»Warum sagt Papa ›Guilleaume‹ zum König und ihr nicht?« Das Kind war ein unglaublich guter Zuhörer.

»Es ist ein und derselbe Name«, erklärte ich ihr.

»Die Normannen nennen ihn Guilleaume, und die Angelsachsen nennen ihn…«

»…den verdammten Bastard!«

»…nennen ihn William«, unterbrach ich den Köhler. »So wie der alte König von seinen Männern Edward genannt wurde und in der Normandie Eduard. Er ist als junger Mann nämlich lange in der Normandie am Hof des Herzogs gewesen.« Snædís staunte.

»Siehst du, es gab immer schon Verbindungen zum Festland, zur Normandie. Man schickte Söhne hin und her, das macht man so unter Königen – doch wer konnte sich vorstellen, dass wir eines Tages normannisch werden sollen?« Die Empörung in Cedrics Stimme war echt. Der Köher nickte schweigend – mehr als diesen stummen Kommentar hatte der Normanne in seinen Augen nicht verdient. Ich starrte in das kleine Feuer. Cedric hatte mir viel von Englands Geschichte erzählt – von den Dänen, die vor vielen Jahren gekommen waren und bis heute Ost-Anglia besiedelten, von ihrem König Knut, der vor vielen Jahren gleich über drei Länder geherrscht hatte, und von König Harald Hardrade aus Norwegen, der im Sommer vor Guilleaumes Eroberung im Norden eingefallen war, um als Verwandter Knuts seinen vermeintlichen Erbanspruch auf den verwaisten englischen Thron anzumelden. Das waren ganz schön viele Männer, die sich Hoffnungen auf den verwaisten angelsächsischen Thron gemacht hatten, wie mir aufging. Harold Godwineson aus dem Hause Wessex hatte jedoch die Krone bereits durch den hohen Rat der Angelsachsen zugesprochen bekommen und beeilte sich, den norwegischen Rivalen in die Schranken zu weisen. Das war ihm in der legendären Schlacht von Stanford Brycg auch gelungen, und er hätte sich daraufhin beruhigt als König von England zurücklehnen können, wäre da nicht jener Herzog William, der Bastard aus der Normandie, im Süden gelandet, ebenfalls mit dem Plan, die Krone der Angelsachsen für sich zu beanspruchen …

»Und dann gab es ja noch König Svein Estridsen«, lachte einer der Köhler, der uns zuhörte, »den dürft ihr nicht vergessen. Noch ein König. Und noch einer, der Kronen sammelte.«

»Na ja, der hat sich ja nun mit dem Schatz von Petreburgh zufrieden gegeben«, bemerkte Cedric, »der zählt nicht.«

»Was lernen wir daraus?«, grunzte der Köhler. »Den Dänen ist das Gold in der Truhe wichtiger als das Gold auf dem Kopf.« Lass das keinen Dänen hören, dachte ich grimmig.

»Aber warum wollen denn fremde Männer überhaupt König werden?«, fragte Snædís verständnislos. »Ein König hat doch einen Sohn, einen Königssohn – das hat Hermann erzählt.«

»Bei uns in England muss der Beste König werden, nicht immer der Sohn«, erklärte Cedric. »Der Sohn ist nicht immer der

Beste – na ja, und Edward hatte keine Kinder, damit fing der ganze Streit ja an.«

»Keine Kinder?«, fragte ich verwundert. Gab es so etwas, keine Kinder in königlichem Hause?

Cedric beugte sich vor. »Man munkelt, dass der alte Edward – Gott sei seiner Seele gnädig – andere Arten der… Belustigung bevorzugte. Seine Königin Edith zählte jedenfalls nicht dazu.« Verständnislos sah ich ihn an. Seine Brauen wanderten in die Höhe… Ganz offenbar hielt er mich für eine dumme Gans. »König Edward und seine Königin haben nie – also, man erzählt sich, sie hätten nie…«

»Du meinst, sie haben ein Gelübde abgelegt«, half ich ihm aus.

»Ja, so ähnlich«, sagte er erleichtert. »König Edward fand die Frauen wohl nicht so… so anziehend wie Männer.«

»König Edward war ein Heiliger!«, unterbrach der Köhler ihn empört.

»Na ja, auch Heilige haben Bedürfnisse, mein Guter«, grinste der Spielmann, der es ja wissen musste. Das mit den Gelüsten… Ich musste an sein tändelndes Gehabe denken und wie er sogar Hermann so manches Mal angesehen hatte. Cedric kannte sich aus.

»Was für Bedürfnisse?«, fragte Snædís interessiert. Ich setzte dem schlüpfrigen Thema ein Ende.

»Ich finde schon auch, dass ein König die Sprache seines Volkes sprechen sollte, aber sicher lernt er sie bereits…«

»Phhhh«, machten Köhler und Spielmann beinahe gleichzeitig, und damit war der Gedankenaustausch beendet. Ich schluckte.

Hinter dem Kohlenmeiler erklang Stimmengewirr, und ein kleiner Tumult brach aus. Die Köhler, die am Feuer saßen, sprangen auf, griffen zu Äxten und Sägen und scheuchten Frauen und Kinder zusammen. Instinktiv zog ich mein Schwert aus dem Bündel und zerrte auch Ljómi, deren Augen schon wieder riesengroß vor Angst waren, auf mein Fell. Der Meiler versperrte mir den Blick, doch wagte ich nicht, aufzustehen und die Kinder allein zu lassen. Wir saßen hier eh in der Falle, da galt es, mit dem Erdboden zu verschmelzen und unsichtbar zu werden …

Männer riefen etwas in einer mir unbekannten Sprache, Fackeln wurden entzündet und umhergeschwenkt. Und dann trat ein Mann auf die Lichtung, das Schwert wie ein kapitulierender Kämpfer mit der Spitze nach unten haltend, die Hände dabei erhoben. Groß war er, größer als die meisten, und sein goldenes Haar, von der Kapuze befreit, schimmerte im Licht der Feuer. Mein Herz begann zu klopfen …

»Ich suche eine Frau«, rief er. Einige Männer prusteten.

»Vielleicht findest du hier eine«, lachte einer, »da wären wohl ein paar Jungfrauen …«

Erik drehte den Kopf. »Ich habe sie schon gefunden.« Seine Stimme bebte, und erst jetzt bemerkte ich, wie sehr er außer Atem war. Der Köhlerkönig begleitete ihn vorsichtshalber, die Hand äußerst misstrauisch an der Axt klebend, und staunte nicht schlecht, als ich auf den Ankömmling zulief und ihm um den Hals fiel, ohne mich um irgendwen zu scheren.

»Was machst du hier?«, fragte ich atemlos, weil sein Blick statt Freude Unheil verkündete. Er kam gleich zur Sache. »Sie haben mein Pferd gestohlen. Verflucht. Eine Bande Herumtreiber, sie haben es einfach mitgenommen, ich konnte nichts machen, sie waren in der Überzahl und schwer bewaffnet, und dann bin ich den ganzen Weg hergelaufen.«

»Viel wird gestohlen in diesen Tagen«, unterbrach der Köhler da düster, »besonders amüsant, dass ein Normanne sein Pferd ausgerechnet bei uns Schwarzen sucht. Hier findest du es nicht, Normanne.«

»Ich bin kein Normanne«, fauchte Erik.

Der Köhler hob die Brauen, sein Blick glitt an Eriks Kleidung herab. »Na, du siehst aber aus wie einer …«

»Manche Dinge sind eben anders, als sie scheinen«, knurrte Erik und zerrte böse an seinem normannischen Kettenhemd. Ich wusste, dass er es hasste, weil es in Caen geschmiedet worden war und die Handschrift des Königs trug, er es als Flüchtling und Verfolgter aber nicht auszuziehen wagte.

»Wo sind sie jetzt?«, fragte ich hastig und zwang ihn, sich ans Feuer zu setzen. Er war klatschnass geschwitzt und völlig aufgelöst – ich war wohl die Einzige, die wusste, was ihm dieses Pferd bedeutete. »Weißt du, wo sie sind? Und wo ist Ivo?«

»Ivo hat Männer aufgehängt. Drei, oder vier, ich weiß es nicht mehr. Sie suchen den Rest überall, die Götter allein wissen, weshalb.«

»Weil sie frech waren«, erklärte ich nachdenklich und erzählte ihm, was ich gesehen hatte.

»Frech«, wiederholte der Köhler. »Frech ist alles, was nicht normannisch ist. So einfach ist das heutzutage.«

Erik musterte ihn finster. »Wenn du dich so gut auskennst, kannst du mir dann vielleicht sagen, wo die Bande sich versteckt?«

Der Köhler grinste. »Vielleicht kann ich das wirklich... Die leben nämlich schon länger hier in der Gegend. Seit der Normanne ihr Dorf zerstört hat. Alle Häuser verbrannt, das Vieh abgeschlachtet, Frauen verschleppt, die Felder verwüstet.« Flügel flatterten. Wer schlief da nicht wie andere Vögel? Angst stahl sich in mein Herz – Náttfari warnte mich.

»Meinst du, sie haben das Pferd noch?« Fragend sah ich ihn an.

»Das möchte ich ihnen geraten haben«, brummte Erik und griff in den Topf am Feuer, ohne dass ihn jemand dazu eingeladen hatte. Die Frau, die darin herumrührte, nahm es stirnrunzelnd, aber stumm zur Kenntnis. »Vielleicht bist du so gütig und teilst dein Wissen mit mir, Köhler.«

»Wenn du es bezahlen kannst...« Der Köhler kniff die Augen zusammen. Erik riss seine Börse vom Gürtel und warf ihm mit der herablassenden Geste eines Königs ein Goldstück an die Brust. »Reicht das, Mann?« Der Köhler nahm das Goldstück, besah es sich genauer und legte es vor Erik auf den Boden.

»Ich bin nicht so einer«, sagte er heiser. »Mich kauft man nicht mit normannischem Geld.«

Ich schob es zu ihm zurück. »Nimm es und begleite uns, in Christi Namen«, bat ich leise.

Die beiden Männer musterten sich gegenseitig, und unter des Köhlers Blick wurde Erik etwas ruhiger. Schließlich nickte er und senkte den Kopf. »Wirst du mich hinbringen?« Der Köhler betrachtete ihn lange stumm.

»Kommt«, sagte er nur und stand auf. Das Goldstück blieb auf dem Boden liegen.

In Windeseile weckte ich die Kinder, packte Bündel zusammen und knotete alles auf den Pferden fest, weil ich nicht sicher sein konnte, was in dieser Nacht noch geschah, wo wir den Morgen erleben würden. Schon wieder weiterhasten, im Laufschritt von Landstrich zu Landstrich, über Flüsse und durch tiefe Wälder ohne den Weg zu kennen – würde diese Reise denn nie zu Ende gehen? Ich wusste nicht, was ich mir wünschen sollte, wohin, wohin bloß…

»Nach Hause«, raunte Erik hinter mir heiser, »nach Hause, für immer, *elskugi.*« Ich drehte mich um, und er nahm mich in die Arme. »Ich weiß zwar nicht, wo das ist, aber ich bring dich hin.« Mein Hals war wie zugeschnürt, als ich das Gesicht an seine Brust drückte. »Tu das, König meines Herzens. Tu das…« Der Boden unter unseren Füßen schien zu schwanken, fast verzweifelt hielten wir uns aneinander fest, während neben uns die Kinder schlaftrunken warteten, was weiter geschah. Erik fasste sich als Erster.

»Hab Mut«, flüsterte er und ließ mich los, um Snædís auf mein Pferd zu heben.

»Was für eine Idee«, schmollte Cedric, den Tiefschlaf noch in den Augen, und spuckte auffällig in Eriks Richtung aus. »Was für eine gottverdammte närrische Idee…« Ich ignorierte seine Miene und sein Tun wohlweislich, obwohl es ihm nicht anstand, uns zu kritisieren.

Kein Paternoster später waren wir auf dem Weg durch die Dunkelheit, begleitet von einer Laterne und den Sternen, die dem Köhler und einem weiteren Mann den Weg wiesen, und von einer geflügelten Nachtgestalt, die außer mir keiner wahrnahm, die aber alles, was geschah, stets im Voraus wusste…

»Versprich dir nicht zu viel. Und sei froh, wenn du die Hufe von deinem Gaul retten kannst«, brummte der Köhler irgendwann. »Daraus kannst du zumindest Suppe löffeln. Diese Leute wissen, was Hunger heißt, denen ist egal, ob sie ein adeliges Pferd essen oder ein halb totes Schaf. Obwohl das Schaf immer noch besser schmeckt als ein zäher, alter Gaul ...

Wir mussten nicht lange gehen, um die Leute und Eriks zähen, alten Gaul zu finden. Wir folgten einfach dem Bach, der in einen kleinen See mündete.

»Hier gibt es Forellen und Karpfen, hier ist ein guter Platz«, raunte der Köhler und bedeutete uns, die Pferde anzubinden. »Der Bastard hat ihn noch nicht entdeckt – wenn er es tut, hängen sie alle nebeneinander an den Bäumen, unter denen sie saßen und Fische fingen ...«

Noch jedoch saßen sie am Feuer, gefüttert mit des Königs Holz, und tranken Wasser aus des Königs Bach. Zwei von ihnen erkannte ich wieder. Diesmal hockten auch Weiber und Kinder bei ihnen. Ein schmutziges, verwahrlostes Volk, dessen saurer Gestank nach Hunger und Armut bis zu uns in die Büsche drang. Ich rümpfte die Nase.

»Einst waren sie ehrbare Angelsachsen, mit ehrbaren Berufen«, flüsterte der Köhler neben mir. »Heute sind sie nur noch Angelsachsen, mit mächtig Hunger im Bauch ...«

Und den gedachten sie ganz offensichtlich mit Kári zu stillen. Der Hengst stand mit zitternden Flanken vor einem der Männer, nicht einmal der Strick bewegte sich. Andächtig schauten die Leute auf das schwarz schimmernde Fell des schönen Tieres. Die Nüstern waren gebläht, und ich konnte das Weiße in seinen Augen erkennen.

»Warum verkaufen sie ihn nicht?«, fragte ich atemlos den Köhler.

»Weil essen den Magen schneller füllt«, antwortete er lakonisch.

Erik stöhnte fassungslos auf, denn ein Messer, eines dieser vielseitigen angelsächsischen Saxe, tauchte im Feuerschein auf, eine Frau erhob sich und sang ein seltsam eintöniges Lied. Das

Sax schrieb Muster in die Luft, Kinder jammerten vor Hunger, jemand feixte: »Fickt den Normannen in den blassen Arsch!«, ein anderer lachte und beschwor den Teufel, und das Messer hielt hoch über dem Pferdekopf inne. Kári schnaubte ob der Bedrohung leise, blieb aber wie eine Statue stehen. Seine Erziehung war tadellos. Vielleicht hatte er seinen Besitzer auch schon gewittert.

Da schrie Erik neben mir auf, so laut, dass ich zusammenfuhr. Es war der Kampfschrei eines Wikingers, grell, durchdringend und zähnebleckend, und nicht nur mir gefror das Blut in den Adern. Der ganze Wald erzitterte, weil die dänischen Piraten nach England zurückgekehrt schienen …

»Allmächtiger …«, flüsterte der Köhler. Erik war von unserer Seite verschwunden. Ich drückte instinktiv Ljómis Kopf in meinen Schoß, das musste sie nicht auch noch mitbekommen. Das Pferd riss den Kopf hoch, antwortete mit schrillem, wütendem Schrei, der sich uns wie ein Pfeil in die Ohren bohrte. Die Zerlumpten sprangen auf, kopflos vor Angst, zückten Messer und hölzerne Kampfstangen, mit denen Angelsachsen so gut umzugehen wussten, und der Pferdedieb ließ vor Schreck Káris Strick los, denn das riesige Pferd fing an zu tänzeln und hob die Vorderbeine, damit ihm von vorne keiner zu nahe kommen konnte, und keilte dann mehrere Male nach hinten aus, bis sich um es herum eine Gasse gebildet hatte. Wild warf Erik sich auf die Lichtung, das Schwert der Ynglinge über dem Kopf schwingend, und ebenso wild tat der Hengst, was ihm beigebracht worden war – er stieg auf die Hinterbeine, die Vorderhufe fuhren wie zwei steinerne Schilde durch die Luft, gleichzeitig sprang er mit einem Riesensatz auf seinen Häscher zu, dessen Messer zwar in sein Fleisch drang, doch nur einmal, denn Augenblicke später sank der Mann zu Boden, von den Hufen tödlich getroffen. Andere begannen, mit Stöcken auf das schwarze Ungeheuer einzuschlagen, erwischten es an Kopf und Kruppe und machten es damit nur noch wütender, es drehte sich unerwartet flink im Kreis, teilte schreiend hinten aus, schlug vorne mit den Hufen nach seinen Peinigern, während Erik seiner Wut freien Lauf ließ, es brüllend anfeuerte und seine Waffe zu den Bettlern sprechen ließ…

Das hölzerne Kreuz bohrte sich in meine Handfläche, während ich bebend zusah, wie mein Mann seinen eigenen, höchst eigenartigen Krieg führte, fernab von König, Besitz und Familienehre – alles war ihm genommen worden, jetzt kämpfte er um dieses Streitross, das mir nun fast wie eine Sagengestalt vorkam…

Wie ein Spuk verschwand die Bande, ihre Toten und allerlei Gelumpe zurücklassend. Aus vielen Wunden blutend, blieben der Krieger und sein Ross zurück, schnaubend, grollend, die Hinterlassenschaften grundlos zerhackend und zertrampelnd – wie seinerzeit an jenem unseligen Ort von Lulach, dem Mann ohne Beine… Und irgendwo krächzte mein Rabe düster in die Nacht.

»Zuletzt sah ich die Schotten so… so kämpfen«, murmelte der Köhler da neben mir. »Bist du sicher, dass er kein Berserker ist?«

Mir wurde übel. Ein Berserker.

Hatte seine Seele sich vielleicht wirklich verwandelt, war er über das ihm zugefügte Leid zum Totschläger geworden, zum blutrünstigen Zauberwesen, das sich nicht mehr im Griff hatte, sobald die Klinge von der Scheide befreit war? Das, einmal entfesselt, die Kraft des wilden Tieres annahm und sinnlos und grausam wütete? Fast vermochte ich das Bärenfell auf seinem Leib zu erkennen, mit dem die wilden Kämpfer Odins gekleidet gingen…

»Nein«, sagte ich leise. »Das verstehst du nicht.«

»Ich verstehe, dass er Menschen für ein Pferd tötet«, entgegnete der Köhler und sah mir fragend ins Gesicht. »Für ein Pferd, Frau. Ich finde das… nicht angemessen – und du?«

Die Trauer in meinem Blick sprach Bände, und er sagte nichts weiter. Zusammen warteten wir, bis Erik sich beruhigt hatte. Die Mädchen hockten dicht bei mir im Gras und hielten sich umschlungen, Ljómi weinte ganz leise. Mit einer Hand streichelte ich sie und wusste gar nicht, um wen ich mir mehr Sorgen machen sollte – um dieses zarte Kind oder den verzweifelten Krieger auf der Lichtung. Ein leises Schleifen war zu hören, dann steckte das Schwert wieder in der Scheide. Das Bärenfell verschwand, der Mann sank in sich zusammen. Kári fraß Gras, als wäre nie etwas vorgefallen. Allein seine pumpenden Flanken verrieten, welche Anstrengung hinter ihm lag.

»Er ist wie diese Landstreicher«, flüsterte ich, um Fassung ringend, weil das ja auch für mich galt. »Er ist wie diese Landstreicher, denen man alles genommen hat. Sein Vater war ein König, seine Mutter das edelste Wesen im ganzen Norden, bevor man sie vor seinen Augen erstach… Das ist lange her. Wir sind sein letztes Bündel. Ich, die Kinder – dieses Pferd. Das Letzte, was er verteidigen kann. Verstehst du?« Ich schluckte, meine Augen brannten, ohne dass Tränen löschen konnten. »Alles andere…« Verloren, verbrannt, verschwunden. Nichts gerettet, nichts dazugewonnen. Mit zusammengebissenen Zähnen sah ich hoch und erstarrte.

Welch seltsame Haken das Leben schlug – da saß ich nun hier im nächtlichen Wald, heimatlos und verarmt, und schüttete einem Köhler, einem Mann aus den Wäldern, mein Herz aus – ich, eine Edelfrau, in deren Adern feinstes normannisches Blut floss.

»Ach, zum Teufel damit«, knurrte ich und wischte mir die Augen. Nichts war mehr, wie ich es gelernt hatte. Alles stand auf dem Kopf. Schwarz war Weiß, oben war unten, und Gott sah einfach zu. Was Er mit unseren Gebeten wohl anstellte? Ob Er sie sammelte? Ein Feuer daraus entzündete? Wenn es uns wenigstens wärmen würde, dieses göttliche Feuer…

»Männer wie er«, begann der Köhler langsam und suchte nach den richtigen Worten. »Männer wie er gehen zu Eadric nach Wales. Oder zu Hereweard *þe wocnan*. Dort tummeln sich einige landlose Königliche, die den Normannen nicht gerade… lieben. Man… man munkelt, Hereweard sei selbst von königlichem Blut.« Sein schwarzer Blick wurde sanft, was so gar nicht zu ihm passen wollte, und zaghaft berührte er die weiße Narbe, die mein Gesicht seit einer schicksalsträchtigen Nacht vor vielen Jahren in zwei Hälften teilte. »Dort könnte ein Platz für ihn sein. Dort sind Männer seines Schlags, tapfere, edle Recken, die auf den Tag warten. Und dort gibt es auch Frauen, die es gut mit dir meinen.«

»Gibt es einen Platz für Könige ohne Land?«, fragte ich bitter. »Wo Lebenssinn von den Bäumen fällt und wo ein Mann wie er Frieden finden kann?«

Der Köhler dachte nach. »Weißt du, es gibt da eine Geschichte bei den Angelsachsen. Die Geschichte von Beowulf und dem Ungeheuer Grendel. Beowulf war ein tapferer Prinz, der stets ehrenhaft kämpfte und nie etwas Verwerfliches tat. Grendel hieß das Ungeheuer, das ganze Landstriche verwüstete, nur um des Mordens willen, und keiner wagte, gegen es anzutreten. Beowulf tat es, und er besiegte Grendel. Ich glaube, Beowulf und Grendel gibt es immer noch, auch wenn sie längst tot sind.« Er sah mir ins Gesicht. »Sie sitzen in unseren Herzen und bekämpfen einander. Mal ist Beowulf stärker, und mal gewinnt Grendel die Oberhand. Heute Nacht« – er deutete auf Erik, der immer noch neben seinem Pferd stand und Löcher in den Boden starrte –, »heute Nacht war Grendel der Held. Du musst darauf achten, dass das nicht zu oft passiert. Die Seele eines Berserkers stöhnt oft laut vor Schmerz …« Er zupfte an seinem Bart. »Schick ihn zu Hereweard. Das ist ein guter Platz für Männer wie ihn.«

Die strahlenden Augen des Rebellen von Elyg kamen mir in den Sinn, seine scheinbare Unverwundbarkeit und die unbeugsame, spöttische Haltung, mit der er in meiner Feuergrube gesessen hatte, eine Klinge vor Augen und im Herzen die Ungewissheit, ob er den Morgen erleben würde. So wie Hereweard war Erik einst gewesen, stolz, stark, siegesgewiss.

Der Köhler kramte in seinem Beutel und förderte etwas zutage.

»Das hier soll dir Glück bringen. Ich fand es bei einer Frau aus dem Moor, die nach tausend Jahren wieder auftauchte. Mein Weib sagt, es besitzt Zauberkraft, weil es wieder ans Licht wollte.« Und ein blank geputzter goldgelber Steinanhänger fiel in meine Hand, weich poliert und rund wie die Ewigkeit. »Brigantia leite deine Schritte und schenke dir ein waches Auge. Und genau wie dieser Anhänger zeige sie dir den Weg ans Licht.«

Wir verabschiedeten uns bei Sonnenaufgang, als Erik sich beruhigt hatte und der Hengst für die Weiterreise ausgeruht war. Die Kinder hatten etwas geschlafen und schauten stumm und mit großen Augen umher. Während ich ihre Umhänge zuknöpfte, sah ich, wie der schwarze Rabe sein Gefieder putzte, bevor er auf den nächsten Baum flog, von wo aus er uns besser sehen konnte. Fassungslos schüttelte ich den Kopf und ging auf den Baum zu. Wieso folgte er mir? Wieso, bei Gott, ausgerechnet mir? Warum konnte ich mich an seine Anwesenheit nicht gewöhnen? Götterbote Odins, Unglücksvogel… *Sei doch froh, dass er bei dir ist*, sagte da eine kleine Stimme. *Er ist dein Blick in die Zukunft.*

»Es ist Sünde, in die Zukunft zu schauen!«, stieß ich hervor, mich furchtsam umschauend, ob jemand mich bei meinen Selbstgesprächen belauschte.

Unsinn. Ich suchte ihn zwischen den Ästen.

Kann es Sünde sein, was Gott einem verleiht? Alles, was wir können, kommt von ihm. Der Rabe kam nach vorne gehüpft, und der Zweig schwankte bedenklich. Ich riss den Kopf hoch. Der Rabe legte das Köpfchen schief. Heute Abend wirkte er wie ein harmloser Sperling im Mai. *Nimm es als Geschenk. Was du im Bierkübel siehst. Nimm mich als Geschenk.*

Ein Geschenk. Ich schluckte. Er krächzte ganz leise, dann flog er weg, und ich verstand, dass ich ihn erst wiedersehen würde, wenn das Schicksal an den Fäden zupfte, an denen unser Leben hing. Ein Geschenk. War das ein Geschenk?

Der Köhler sprach nicht mehr viel, tippte sich mit dem Finger an den Rand seines Hutes und verschwand mit seinem Mann durch die Haselnussbüsche in die Richtung, aus der wir gekommen waren. Nicht ein einziges geknicktes Blatt zeugte von seiner Anwesenheit… Vielleicht war er ja doch der grüne Mann gewesen, jenes Zauberwesen aus den Wäldern der Angelsachsen, das einem aus dem Geäst hinterhersah und den rechten Weg wies, wenn es fand, dass man es verdient habe. Nicht furchterregend oder grausam, sondern hilfsbereit und freundlich. Sein warmer Blick blieb mir in Erinnerung. Dankbar hielt ich den weichen Steinanhänger, der sich in meine Hand schmiegte.

Nachdem Rabe und Köhler fort waren, saßen wir da, allein, ganz auf uns gestellt, müde und hungrig. Da erinnerte ich mich an die Bemerkung über die Forellen und Karpfen, und die gelähmte Stimmung verflog. Mit Snædís' Hilfe gelang es mir, ein paar Fische zu fangen, die wir dann über einem kleinen Feuer brieten und als Wegzehrung in breite Blätter packten. Dass ich nun auch unter die Wilderer gegangen war, zauberte nur ein müdes Lächeln auf meine Lippen – es war eh alles gleich geworden. Man konnte es also genauso gut genießen. Und der gestohlene Fisch, den wir mit einer Prise von Vater Ælfrics kostbarem Salz, wildem Kerbel und einer Mohrrübe aus meinem Vorrat über Birkenreisig brieten, begann zu schmecken, als hätte ihn Guilleaumes Leibkoch persönlich für uns zubereitet und gewürzt. Erik und ich sahen uns an. Ertappten uns beim selben Gedanken und lachten, erst leise, dann merkwürdig befreit, und zur Feier des Tages und der Stunde warf ich für ihn noch einen gewilderten Fisch in die Glut. Über die Ereignisse der letzten Nacht verlor keiner von uns ein Wort.

Nach eingehender Beratung mit dem Köhler hatten wir beschlossen, zum Trente zurückzukehren und an seinem Ufer nach Norden zu ziehen, wo wir auf den breiten Humbre treffen würden, der Lincolnshire und Yorkshire voneinander trennte.

»Vor Alchebarge müsst ihr euch in Acht nehmen, das wurde eurem Freund Taillebois zugesprochen, er treibt sich oft dort herum, weil da viel Geld zu holen ist. Gibt ein paar reiche Kaufmannsnasen dort. Steuergeld, ihr versteht. In Wintringeham sieht man ihn nicht so oft, weil er Gilbert von Ghent nicht leiden kann« – er grinste schlitzohrig –, »und der ihn wahrscheinlich auch nicht. Dort findet ihr auf jeden Fall eine Fähre, die euch nach Yorkshire übersetzen wird. Danach kann er euch eigentlich nichts mehr anhaben, weil er in Yorkshire nichts verloren hat.« Das wiederum konnte ich mir nicht vorstellen, immerhin war er in Jorvik geboren, ich hielt aber den Mund. Man musste die Geister um Ivo nicht noch heraufbeschwören.

Und so folgten wir seinem Rat, blieben in der Flussniederung des Trente, und immer wieder schaute Erik über das Wasser auf die andere Seite, wo die lang gezogene Isle of Axholme, der alte, unheimliche Hort, an dem die Dänen über viele Jahre kampiert und auf die englische Krone gewartet hatten, unter dichtem Sumpfnebel verborgen lag. Die Krone Englands war ihnen nicht vor die Füße gefallen, und die Dänen hatten das Reich der Angelsachsen für immer verlassen. Trotzdem, ein bedeutsamer Ort. Ein Ort, über dem die Fäden der Nornen dichter zu hängen schienen als anderswo. Man konnte kaum durch sie hindurchsehen... *Ein Platz, wo ein Mann sich gut verstecken kann.* Ich fragte mich, ob sich Hereweard mit seinen Männer vielleicht dort verborgen hielt.

Wir blieben so vorsichtig wie bisher, um keine Aufmerksamkeit zu erregen. Wenn ich die Pferde mit Korn von den Feldern fütterte, fragte ich vorher beim Bauern nach, achtete darauf, dass ich die Halme nur mit dem Messer schnitt und stets einen Fuß auf dem Weg behielt, um den Kornbesitzer nicht zu verärgern, und für jeden Eimer Wasser, den Cedric aus dem Brunnen zog, zahlten wir großzügig. Je näher wir Yorkshire kamen, desto misstrauischer beobachtete man den Reisenden und desto lockerer saßen die Knüppel im Gürtel.

Wintringeham am Ufer des Humbre entpuppte sich als größerer Marktflecken, wo es mir gelang, einen kleinen Wagen zu erstehen, den wir mit Getreidesäcken aus der Mühle füllten. Was immer vor uns lag – ich wollte Yorkshire kein zweites Mal ohne Vorräte betreten. Wir hatten lange genug Hunger gehabt, diesen Winter sollten meine Kinder genug zu essen haben. Die Markthändler an der Mühle gaben sich alle Mühe, die Lage auf der anderen Seite des Humbre in den schwärzesten Farben zu malen...

»Selbst die Raben finden nichts mehr zu fressen und verhungern im Flug!« – »Bist du sicher, dass du dort hinwillst? Man weiß ja nicht mal, ob man wieder lebend dort wegkommt... Und niemand ist da, einen zu begraben!« – »Meine Schwägerin hat

Aaskrähen tot vom Himmel fallen sehen, stell dir nur vor!« – »Dann solltest du vielleicht noch einen Beutel von diesen nahrhaften …« – »Was für eine Idee, nach Yorkshire zu reisen, niemand tut das dieser Tage!«

»Bist du in letzter Zeit mal dort gewesen?«, fragte ich den Müller.

Der wurde rot unter seinem weizenblonden Bart. »Aber natürlich! Äh – also, ja, ich war mal dort, vor, lass mich nicht lügen, oooch, das ist ja schon ein bisschen her, aber man erzählt sich ja …«

»Ach was, Tote liegen umher, und Fliegen sitzen überall«, keifte sein Weib aus der Hütte. »Alle sagen, dass es bis Durham nach Verwesung stinkt!«

»Der Bischof von Durham baut ein neues Gotteshaus«, nickte eine vorübergehende Frau, »weil es von Yorkshire bis in seine Kirche stinkt, sagen die Leute.« Ich lächelte höflich und dachte mir, dass Frère Lionel sicher den wahren Grund dafür wusste, schließlich war er zum Bau dieses Gebäudes nach Durham geschickt worden. Vielleicht stank es auch nur, weil ein verblichener Prälat nicht tief genug im Kirchenboden beigesetzt worden war. Oder es waren die Knochen aus dem Beinhaus. Oder ein Lepröser, der sich in einem Seitenschiff eingerichtet hatte und den noch niemand bemerkt hatte. In vielen Kirchen stank es, und nicht immer fand man den Grund dafür.

»In der Kirche stinkt es – du liebe Güte, wie kann man denn dann beten«, jammerte die Müllerin. »Wenn Gott sich die Nase zuhält, kann Er meine Gebete doch gar nicht hören!«

»Wenn du betest, kannst du gar nicht riechen, dummes Weib, weil dein Mundwerk dann wie geschmiert läuft«, gnatzte der Müller. »Und nun fass lieber mit an, statt Maulaffen feilzuhalten! Außerdem – Gott hört doch nicht mit der Nase, was für eine Idee …«

»Was weißt du schon vom Beten«, keifte sie zurück.

»Mehr als du, alte Hexe!«

»Sag das noch mal!«

»Mehr als du.«

Während sie sich auf ihn stürzte und er unter dem Gelächter aller die Flucht ergriff, wuchtete ich den letzten Getreidesack auf meinen an der Nachbarbude erstandenen Wagen.

Erik stand während all dieser Verhandlungen und Gespräche neben mir, schweigsam, grimmig, fremd wie ein Stein aus fernen Landen, und die Leute beäugten ihn misstrauisch.

»Was will der Normanne?«, grunzte der Verkäufer und polierte ein letztes Mal über den zerfallenden Wagen, obwohl er das Geld schon in der Tasche hatte. »Bist du sicher, dass du nicht doch noch ein Pony zum Ziehen haben willst? Und wenn der Normanne nichts kaufen will, soll er sich trollen …«

»Er ist mein … mein Begleitschutz«, sagte ich schnell. Der Verkäufer zog die Brauen hoch. »Ach. Und wohin begleitet er dich?« Ob meiner Aussprache wäre er im Leben nicht darauf gekommen, dass ich von Geburt an normannischer als dieser blonde Hüne war …

»Nach – nach Durham, zu meinem Vater.« Erik knuffte mich in den Rücken. Der Angelsachse ordnete Geschirrteile und begann Sindri anzuschirren, während er gleichzeitig das zottelige Lasttier, das Lucy de Taillebois mir geschenkt hatte, begutachtete. »Besser, er hält weiter so das Maul. In Durham sind sie auch nicht gut auf die Bastarde zu sprechen … Das hat mir zumindest der Sohn meiner Nachbarin erzählt. Weißt du, ich überlege gerade … So ein kleines Pony würde diesen Wagen ja eigentlich viel besser ziehen als dieses Reitpferd – noch kannst du überlegen, ich hätte eines da, eines wie dieses kleine, aber noch besser, noch kräftiger und zu einem ganz guten Preis. Wenn ich's mir recht überlege, könnten wir auch tauschen, wenn dir das lieber ist – du gibst mir dein mageres, kleines Pony und bekommst dafür mein kräftiges und obendrein dein Reitpferd zurück, weil es ja den Wagen nicht mehr ziehen muss, wie wäre das? Du machst damit ein richtig gutes Geschäft und bist diesen armen kleinen Klepper los – stell dir vor, der bricht dir unterwegs zusammen, mit all dem Gepäck, was das für einen Ärger gibt …«

Mit strahlendem Lächeln dankte ich ihm für das großzügige Angebot und sah zu, dass ich Lucys Pony außer Sichtweite brachte, denn natürlich war uns beiden klar, wie viel es trotz seines struppigen Felles wert war. Die Pferdehändler in England waren nicht anders als die in meiner Heimat.

Der Fährmann, der uns auf die andere Seite des Humbre brachte, hatte seinen eigenen Pakt mit den Eroberern geschlossen.

»Ich hab nichts gegen diese Leute«, nuschelte er hinter einem schlohweißen Bart. »Seit sie hier sind, kann ich mich über Arbeit nicht beklagen, bin ja jetzt den ganzen Tag unterwegs, wo es früher mal alle zwei Tage war, dazwischen rieb ich mir die Däumchen wund, spielte mit den Zehen und bekam Blasen vom vielen Sitzen.« Er grinste gierig. »Hin und her geht es heutzutage, mit Pferd, ohne Pferd, mit Wagen oder ohne, die reisen ja nur herum, diese Bastardleute. Überall reisen sie herum – und ich wusste gar nicht, dass es so viele Mönche auf der Welt gibt! Hin und her reisen die und stecken überall ihre neugierigen Nasen hinein und schreiben alles auf – sogar mich haben sie schon gefragt, wo ich wohne und ob mir das Boot gehört. Na, und ob mir das Boot gehört!« Er warf sich in die Brust. »Es hat schon meinem Vater gehört und alle Feldzüge seitdem überlebt. Es wird auch die Normannen überleben. Na, mir soll's recht sein, wenn sie rumschnüffeln, solange sie nur meine Fähre benutzen und ordentlich bezahlen.« Sein Preis für diese Gruppe war entsprechend unverschämt, und die wohl gefüllte Geldkatze an seinem breiten Ledergürtel sprach Bände, wie wohl er es sich mit den neuen Landesbewohnern sein ließ.

Als wir am anderen Ufer angekommen waren, entlohnte Erik den Fährmann und zog mich dann von den Pferden weg an ein Uferstück, wo der Spielmann uns nicht sehen konnte. Etwas umständlich zog er das Kettenhemd aus. Mit fragendem Blick tat ich es ihm nach – welcher Genuss, endlich wieder Luft spüren zu können, das unerträgliche Gewicht von den Schultern genommen zu haben, mit dem ich nun schon seit Wochen gelebt hatte. Irgendwann hatte es begonnen, unterträglich zu jucken. Die Schulterknochen waren mir wund geworden, und das Kleid hatte sich aufgescheuert. Erik sah die Lumpen jedoch gar nicht.

Er nahm mir stattdessen das Hemd aus den Händen, stapfte ins Wasser des Humbre und ließ beide Kettenhemden an einer tiefen Stelle ins Wasser fallen.

»Seid Ihr wahnsinnig?«, keuchte Cedric da von hinten. »Wisst Ihr, was die wert sind, wisst Ihr, was Ihr da gerade versenkt habt, Dänensohn?« Ärgerlich drehte ich mich um.

»Meine Vergangenheit«, entgegnete Erik da ruhig und stemmte einen dicken Stein über die Stelle, wo die Kettenhemden versunken waren. Das Wasser spritzte hoch und schlug Wellen, die bis ans Ufer schwappten. »Und die war nichts wert.« Cedrics Augen fielen beinahe aus den Höhlen, als er das hörte. »Außerdem bin ich kein Däne, Spielmann.«

»Was immer Ihr sein mögt – Ihr habt gerade ein Vermögen versenkt!«, kreischte Cedric auf.

»Es war kein Vermögen. Es war eine Last.« Erik lachte bitter. »Du hättest es gerne als Geschenk genommen, nicht wahr? Hättest du, das weiß ich. Aber ich verschenke keine Lasten. Ich werfe sie von mir.«

Und nachdem er mit des Königs Kettenhemd auch diese letzte Brücke hinter sich abgebrochen und Elyg noch einen Schritt weiter hinter sich gelassen hatte, schien er wieder frei atmen zu können. Er hob mich hoch, schwang mich im Kreis und küsste mich, dass mir die Luft wegblieb.

»Bist du sicher, dass das richtig war?«, fragte ich atemlos zwischen zwei Küssen.

Sein Griff wurde energischer. »So sicher wie schon lange nicht mehr, *elskugi*.« Ich wünschte mir, ihm glauben zu können …

Die Sonne brannte heiß am Mittag und wir nutzten das schöne Wetter, um im warmen Flusswasser zu baden, die Kleider zu schrubben und mit einem winzigen Stück Seife, das ich dem Händler in Wintringeham abgekauft hatte, die Haare zu waschen. Liebevoll seifte Erik meine verfilzten Locken ein, und ich genoss es, den Kopf zum Ausspülen in den Humbre zu halten, der alles mit sich nahm – Seife, Schmutz, böse Gedanken. Ein echter Freund, dieser breite Fluss. Nachdem sein Salz meine Scheuerwunden sauber gewaschen hatte, strich er nur noch daran vorbei und versprach, sie rasch zu heilen. Sanft schaukelte er mich die paar Schritte bis zur nächsten Sandbank, wo ich träumend liegen blieb, bis seine versteckte Kälte mich fröstelnd hochscheuchte.

Einen Moment wünschte ich mich in ein Badehaus mit heißem Wasser, wie Gisli eines in Sigtuna hatte bauen lassen. Wo sich Sorgen bei Dampf und Hitze scheinbar in Luft auflösten und man heiter den Dampfschwaden hinterherschauen konnte, während der Schweiß aus allen Poren brach und Schmutz und Ängste mit sich nahm. Wo man sich alte Geschichten und schmutzige Witze erzählte und wo nachher das Bier am Feuer noch mal so gut schmeckte. Doch das hier war auch nicht schlecht, England präsentierte sich heute von seiner lieblichsten Seite, und das Wasser des Humbre war zwar kalt, aber wunderbar weich auf der Haut. Ich schrubbte mich mit dem feinen Seesand ab und ließ ihn träge auf den Armen antrocknen, während die Sandbank mich von unten wärmte. Es war wohl wieder einmal so ein Tag, wo sich das Wasser aufs Meer zurückgezogen hatte, denn am anderen Ufer hatten zwei Schiffe festgemacht, um auf die Flut zu warten. Wie wir vor ein paar Wochen… Ewig lange schien das her.

Ich kümmerte mich nicht darum, dass die Seeleute mich auf meinem Sonnenplatz sehen konnten.

Ausgelassen plantschten die Mädchen im Wasser herum und bewarfen sich mit Sand, und sie jubelten kreischend, als Erik sich dazugesellte. Snædís kämpfte mit ihm um das Seifenstück, lachend und trotzdem verbissen wie ein kleiner Terrier, und als sie es ergattert hatte, spritzte sie ihn mit beiden Händen nass, dass er Mühe hatte, sie einzufangen. Die Seife flog davon, denn gleich darauf schwang er sie an den Händen um sich herum, wie ein Kreisel, und mit heller Stimme jubelte sie: »Noch höher – noch höher – ich kann fliiiiiiegen, Papa!«

Ljómi kroch zu mir auf die Sandbank. In ihren Augen brannte eine Mischung aus Sehnsucht und Furcht, während sie ihrem Vater zusah. Ich nahm sie fest in den Arm.

»Ist der Papa noch böse?«, fragte sie leise.

»Nein. Er war niemals böse, *meyja mín.*«

»Er zerhackt Menschen«, kam es leise.

Liebevoll drückte ich sie an mich. »Manchmal muss ein Krieger kämpfen. Und dein Papa ist ein großer Krieger. Er ist so stark wie kein anderer Mann auf der Welt…« Unbändiger Stolz stieg in mir hoch, als ich ihn betrachtete, seine schöne Gestalt, die muskulösen Arme und die großen Hände, die das Schwert so vortrefflich zu führen vermochten und trotzdem zarte Dinge ungemein zärtlich behandeln konnten – mich zum Beispiel. Oder seine Kinder. »Manchmal muss ein Krieger auch schlimme Dinge tun. Aber er ist nicht böse.« Ich sah in ihr schmales, blasses Gesichtchen. Keinen Moment ließ sie die Augen von ihrem Vater, der Snædís immer noch kraftvoll durch die Luft schwenkte, dass sie vor Vergnügen kreischte.

»Ja«, sagte sie. Und nach einer Weile: »Ich möchte auch mal fliegen.«

Sanft strich ich ihr über den Kopf. »Irgendwann, mein Schatz«, sagte ich leise.

Erik hatte sich auf einem Felsbrocken niedergelassen. Aus seinem Gürtel hatte er etwas hervorgezogen; ich erkannte den Kordelknoten des Rebellen von Brune. Mit den Fingern spielte er daran herum, er versuchte, den Knoten zu lösen, fand aber keinen Anfang. Er zupfte hier und zog ungeduldig dort – der dicke Knoten ging nicht auf. Ich musste lachen. Da drehte er sich zu mir um.

»Ein schlauer Fuchs, dieser Hereweard, nicht wahr?«, fragte er eine Spur zu grimmig. Ich fragte mich, wie oft er wohl schon an dem Knoten herumgespielt hatte, wie oft er an Hereweard *þe wocnan* dachte.

»Der Knoten passt zu seinem Namen. Er macht einen wach«, lächelte ich versöhnlich.

»Hmm.« Er beugte sich wieder über sein Spielzeug. Dann steckte er es weg und starrte auf das Wasser.

Sinnierend betrachtete ich ihn. Er macht einen wach, *þe wocnan.* Er hält einen wach… ruft er dich, Erik? Leise kroch Angst in mein Herz. Ruft er dich? Ich sah auf seinen gebeugten Rücken und wünschte mir, seinen Gedanken folgen zu können.

Hinter mir zog jemand die Nase hoch.

Cedric hockte schniefend am Ufer bei den Pferden und stierte zu ihm herüber. Voll Gier und Abscheu betrachtete er Erik, dessen nackter Körper von der Sonne wie von einer Geliebten umschmeichelt wurde. Spielerisch fuhr sie seine gebräunten Arme hinauf, über die Schultern, an seinem nassen Haar wieder herab, tanzte über den Rücken und krabbelte zu seinem Bauch, wo die Rippen inzwischen ziemlich hervorstanden, weil wir alle in letzter Zeit nicht genug zu essen bekommen hatten. Ich erinnerte mich daran, wie es sich anfühlte, als das Fleisch des Wohlstands seinen Körper weich und anschmiegsam gemacht hatte … Lang war auch das her. *»Dominus pascit me, et nihil mihi deerit«*, murmelte ich. »*In pascuis virentibus me collocavit* – hat Er das vergessen? Hat Er uns vergessen …?« Es durfte nicht sein, dass ein Königssohn Hunger litt – ach, so vieles durfte nicht sein. Ljómi lag träumend auf meinem Schoß, und ich gab mich der Betrachtung des Kriegers hin, konnte mich kaum satt sehen an ihm.

Mir wurde klar, dass er sich zum ersten Mal, seit ich ihn kannte, in der Öffentlichkeit entblößte, dass er seine Narben nicht länger versteckte. Den gebrannten Adler auf seiner Brust. Die Peitschenstriemen, die vielen Brandnarben und Schrunden, die nicht alle von ehrenvollen Kämpfen herrührten, sondern Spuren von Demütigungen waren, die nur ich zu lesen wusste. Vielleicht hatte Cedric deswegen so merkwürdig dreingeschaut. Erik zeigte sie alle her, ohne sich ihrer länger zu schämen. Es war wirklich vorbei, es lag alles hinter ihm.

Meine Tränen netzten das Wasser, und niemand außer dem Humbre bemerkte es. Und der floss einfach gurgelnd weiter.

Yorkshire hatte sich entschlossen zu überleben.

Wir begegneten mehr Menschen als auf unserer Hinreise, wir hörten Gelächter und rochen den rußigen Geruch von Küchenfeuern hinter wieder aufgerichteten Palisaden. Hühner gackerten zuweilen, einmal sah ich einen Hund, auf eingezäunten, streng bewachten Weiden graste Vieh. Kam man dem Zaun zu nahe, lief man Gefahr, tätlich angegriffen zu werden. Sie waren entschlossen, sich nichts mehr rauben zu lassen. Kein Schaf, kein Huhn, kein einziges Korn Getreide. Die Angst vor einer Hungersnot grassierte, niemand wagte, etwas abzugeben, ganz gleich, was man ihnen dafür bot, denn im Winter konnte man derjenige sein, der Not leiden musste. Ich war froh, ein paar Vorräte gekauft zu haben, und ich ertappte mich dabei, wie ich einen ebenso argwöhnischen Blick entwickelte und nach der Waffe tastete, wenn Fremde meinen kostbaren Wagen zu nah kamen …

Viele Menschen blieben weiterhin unsichtbar, hielten ihr Hab und Gut weiterhin zwischen Felsspalten und in unterirdischen Gruben verborgen, und sie versteckten auch sich selbst, stets in Erwartung neuer Normannenhorden, die schlachtend und metzelnd durch das Land zogen. Es gab tatsächlich solche Horden, Berittene und ganze Gefolge, die auf dem Weg von Wincestre nach Jorvik oder Durham oder der Küste vorüberpreschten, nicht mehr sinnlos metzelnd, sondern in eiliger Mission, doch niemals freundlich, und jedes Mal zog es Erik vor, sich mit seinem Hengst rechtzeitig in die Büsche zu schlagen.

»Der bringt uns noch an den Galgen«, murrte Cedric irgendwann, als sein Pony hinter dem Hengst herspringen wollte und Cedric mit dem Hintern im Gras landete.

»Wer bringt uns an den Galgen?«, fragte ich mit scharfer Stimme und antwortete mir stumm selber: Du bringst uns an den Galgen, wenn du weiter so missgünstig und eifersüchtig bist! Eifersucht? Oder eher Gier? Etwas hatte sich verändert seit Elyg, seit klar war, dass Erik nicht im Gefolge des Königs sein würde. Kein Gefolgsmann, kein eigener Haushalt, weder Macht noch Ansehen. Sicher hatter er sich genau das in meinen Diensten erhofft. Ein Leben unter der Sonne dieses strahlenden Edelmannes, mit gutem Essen und einer feinen Behausung. Musizieren vor den Ohren der Mächtigen, den Edelleuten zu Diensten sein. Nichts davon konnten wir ihm bieten, nichts außer die Aussicht auf den versprochenen Lohn. Trotzdem blieb er und kümmerte sich rührend um meine Töchter, die ihn wie einen väterlichen Freund liebten.

Ich entschied einstweilen, dass Cedric zu faul war, um für sich selbst zu sorgen, und sich lieber als vollwertiges Mitglied eines Haushalts sah, für das gesorgt wurde und das in regelmäßigen Abständen Geschenke erhielt. Und die Arbeit, die er dafür verrichten musste, war weder unangenehm noch schwer. Vielleicht lag ich falsch, vielleicht tat ich diesem Dichter unrecht … Seine Blicke waren kaum zu deuten, aber ich wollte damit auch nicht belastet werden, denn Osbernborg lag nur noch eines Tagesreise entfernt. Ich seufzte. Ein Ziel war ein Ziel. Keine Heimat, aber zumindest das Ende einer langen Reise, und ich war so entsetzlich müde …

Runa war die Erste, die uns entdeckte und meckernd begrüßte, Ihr weißes Fell war durch die Sonne ausgeblichen, und sie wirkte wie ein kleines Zauberwesen, wie sie da buckelnd und hoppelnd angesprungen kam. Der kleine Apfelbaum hing voller Früchte, verheißungsvoll den Herbst ankündigend. Irgendwo sang Ringaile mit ihrer tiefen Stimme, Hermann lachte.

Auf einer Leiter am Haus stand – mein Herz machte einen freudigen Satz – Frère Lionel und ordnete Riedbündel von rechts nach links.

»Warum liegen sie denn alle schief? Kann man nicht einmal etwas gerade hinlegen, muss denn alles in diesem nassen Land schief und krumm sein?«, räsonierte er vor sich hin, ohne uns Ankömmlinge zu registrieren. »Wohin man auch schaut, nirgendwo ist etwas gerade, alles ist schief, man denkt, es wird schon halten, der Baumeister wird's mit dem Dach schon richten und Gott wird's besorgen – Herrje, Heiliger Gottvater, welche unglaubliche Ignoranz und Schlamperei, Ignoranz und Schlamperei, verdammte …« So singt wohl auch der Chorknabe unbeirrt weiter, wenn der Priester betrunken oder tot unter dem Altar liegt, vielleicht lernen sie das im Kloster. Ich lachte ausgelassen vor mich hin. Angekommen. *Alles wird gut.* Hermann, der mit einem großen Bündel Heidekraut auf den Schultern um die Ecke kam, warf alles, was er trug, ins Gras und kam auf uns zugestürzt.

»Du lieber Gott, Ihr kommt zurück, du lieber Gott, was für

ein Festtag, ach, was freu ich mich, Herrin, Herrin Alienor, ich dachte schon, ich würde Euch nicht wiedersehen…« Und dann fiel mir mein Diener tatsächlich um den Hals, was er noch nie getan hatte, so lange ich denken konnte – und er schämte sich nicht einmal. Ich grinste. Konnte es sein, dass man in diesem Lande schleichend verwahrloste?

Frère Lionel schaute interessiert von seinem Leiterplatz herab. »Ei, was sehe ich da – Reisende aus dem Süden. Ei, ei, schau an…« Seine Augen strahlten unter dem selbst gebastelten Strohhutgebilde, und vor lauter Freude schien er nicht in der Lage zu sein, die Leiter herabzusteigen. »Ei, was bin ich da überrascht.« Der Strohhut wackelte immer heftiger. »Ei, welch ein Zufall, dass ich auch hier bin! Schau an, was für eine Überraschung, schau an…«

»Er kam schon vor einer Woche, um nach Euch zu sehen«, flüsterte Hermann hinter mir. »Das hat er aber nicht laut gesagt. Hm, Priester eben. Nun, Ihr wart nicht da, und da ist er einfach geblieben. Seitdem fummelt er hier herum, bastelt hier, prutschelt da, nichts kann ich ihm recht machen, dabei ging es ohne ihn auch ganz gut…« Der Groll in seiner Stimme war unüberhörbar. Frère Lionel hatte sich unterdes an den Abstieg gemacht.

»Selbstverständlich geht es ohne mich«, sagte er dabei heiter, und ich dachte grimmig, klar, Priester, die hören alles, auch wenn man es nur denkt.

»Schön, das Ihr das so seht«, mischte Erik sich gut gelaunt ein.

Da drehte sich der Mönch vom Mont St. Michel um und lachte verschmitzt. »*Mit* mir geht es meistens ein bisschen besser, müsst ihr wissen. Sonst würden Erzbischöfe mich nicht rufen lassen.«

»Und warum seid Ihr nicht in Durham?«, rutschte es mir heraus. Ein Schatten glitt über sein Gesicht, und er erreichte etwas ungelenk den Boden. »Gott segne dich. Wie schön, dich zu sehen, *flour de ciel*. Wirklich schön. Ein wenig dünn bist du geworden.«

»Ja.« Ich stockte.

Lionel machte einen Schritt auf mich zu. Der Strohhut hatte

ein Einsehen und fiel ins Gras, als der Mönch mich etwas überstürzt in die Arme schloss. »Dünn bist du geworden, dünn, ja – dünn, Flour, so dünn«, murmelte er und ließ mich gleich darauf wieder los, um seinen Strohhut einzusammeln. Ich konnte nicht anders – ich grinste von einem Ohr zum anderen, vor lauter Glück.

»Ringaile hat frisches Bier gebraut, sicher seid Ihr durstig.« Einladend hob Hermann die Hände, ohne das Benehmen des Mönchs zu kommentieren – die Sache zwischen mir und ihm war schon pikant genug, und dass Lionel mein Vater war, hatten wir erst mal für uns behalten. Wenn meine Welt durch diese Entdeckung erschüttert war – wie mochte dann erst seine Welt aus den Fugen geraten?

Meine beiden Mädchen hingen bereits an den Beinen meines Dieners und ließen sich von ihm tragen, wie sie es immer getan hatten, und er spielte Riese und brachte sie zum Lachen. Als sie Ringaile erblickten, rannten sie auf sie zu und tanzten um sie herum wie eine kleine, fröhliche Maigesellschaft. Die Sonne ließ das blonde Haar der drei strahlen, Ringaile drehte sich, dass der Rock um ihre schmale Gestalt flog, und breitete die Arme aus, um uns alle symbolisch zu umarmen.

Ich war zu Hause angekommen.

»Das Kind kam tot zur Welt. Gott nehme sich seiner unschuldigen Seele an«, sagte Lionel, als wir nebeneinander am Bach entlangwanderten. »Sie sprechen nicht drüber, es muss einige Wochen vor meiner Ankunft passiert sein. Dein Diener ist wohl heilkundig?« Ich nickte. Darum also die heimliche Trauer in den Augen der schönen Lettin …

»Nun, der Herr hat sie am Leben gehalten. Es hätte auch anders ausgehen können.« Wieder nickte ich und dachte an Magdalena, die bei der Geburt gestorben war, ohne dass wir es hatten verhindern können.

»Und ihr – was habt ihr nun vor?« Sehr behutsam umschiffte er weitere Fragen nach den Ereignissen in Elyg – das Nötigste hatte ich ihm erzählt, um peinliche Szenen zu vermeiden.

»Hier bleiben. Hier sind wir doch zu Hause.«

»So?« Er sah mich scharf von der Seite an. »Dein Mann hatte sich das sicher alles ganz anders gedacht. Nun, hmm …« Brummelnd ging er ein paar Schritte und drehte sich dann zu mir um. »Nun, ein Zuhause für dich, Flour … hm. Na ja. Kann ja noch werden. Es ist … ein hübscher Ort. Zumindest. Hübsch. Ein Bach, der Wald. Das Dach jedenfalls habe ich neu eingedeckt, so was können die Leute ja nicht.« Er grinste sehr unmönchisch. Und vergaß offenbar, dass wir das unter seiner Anleitung gemacht hatten.

»Tja also – ich wollte eigentlich noch mal nach dir sehen, bevor« – er trat einen unschuldigen Stein ins Wasser –, »bevor ich noch weiter in den Norden gehe. Und wir uns vielleicht gar nicht mehr sehen.« Sein Gesicht bekam etwas Verlorenes, und ich begann mir Sorgen zu machen um diesen Mann, der meinem Herzen irgendwie immer näher rückte, je länger ich ihn kannte. Gleichzeitig fühlte ich, wie Urð an meinem Schicksalsfaden zupfte – und machte eine ärgerliche Handbewegung. Die Norne kicherte hämisch.

»Wo geht Ihr hin?«, fragte ich ohne Umschweife.

»Nach Lindisfarne. Droben im Norden, fast schon bei den Schotten, wo sie alle so schreckliches Angelsächsisch sprechen –«

»St. Cuthberts Insel? Dort kann man leben?« Ich war ehrlich erschrocken. Cedric hatte doch unlängst von der Insel erzählt, an deren Strand vor mehr als zweihundert Jahren Wikingerhorden gelandet waren, das Kloster zerstört und den Mönchen den Garaus gemacht hatten, bevor sie zum Sturm auf England angesetzt hatten. Lindisfarne, das klang in meinen Ohren wie eine Glocke in tosendem Sturm, ein mahnender Gong, es klang aber auch nach Vogelgezwitscher und sanfter Seebrise …

»Einige Nachfolger des heiligen Cuthbert leben wohl immer noch dort oben. Sie trugen seinen Schrein jahrzehntelang durch die Lande, immer auf der Flucht vor den Dänen. Der Schrein landete dann in Durham beim Bischof. Die frommen Brüder jedoch kehrten nach Lindisfarne zurück, um dort im Geiste des Heiligen zu leben … Und nun hat man mich dazu ausersehen, dort eine Kirche für ihn zu bauen. Das ist eine große Ehre.« Eine großartige Handbewegung begleitete seine Worte. »Eine Kathedrale auf der Insel. Ein Magnet für die Christen im Norden. Ein Fingerzeig Gottes für die Wilden – von mir erbaut, für die Ewigkeit. Was sagst du dazu?« Ich fand seine Worte größenwahnsinnig und seine Ansicht alles andere als benediktinisch bescheiden.

»Warum seid Ihr aus Durham weggegangen?«, fragte ich.

Lionel lächelte müde, und es brauchte ein paar Schritte, bevor ich meine Antwort bekam. »Einen alten Streithahn kann man nicht mehr zähmen. Zwei alte Streithähne noch viel weniger. Der Bischof von Durham war mir nicht gerade wohlgesinnt. Als ich sein Haus mit einiger… Verspätung erreichte, war er nicht so freundlich, wie – wie man es sich wünschen würde, wenn man den neuen Wirkungskreis betritt.« Er seufzte tief. »Um es genau zu sagen – Gott vergebe mir meine Worte –, der Bischof hatte sich bereits entschlossen, mich für einen Schwachkopf zu halten, noch bevor ich einen Fuß über seine Schwelle gesetzt hatte.«

»Ihr hattet Streit?«, fragte ich ungläubig. »Streit mit einem Bischof?« Falsch. Er hatte Streit mit einem weiteren Bischof gehabt und war von einem weiteren Bischof an die Luft gesetzt worden. Fast tat er mir Leid. Aber nur fast – ich wusste schließlich, wie nervtötend er bisweilen sein konnte.

Lionel setzte denn auch gleich ein hochmütiges Gesicht auf, vielleicht um die Demütigung, die ihm widerfahren war, herunterzuspielen. »Ja, Streit, so kann man es nennen. Wir stritten, wir stritten sehr klug und eloquent, wir taten es wie zivilisierte Männer, wir stritten über dieses und jenes, dann beteten wir gemeinsam und feierten die Messe, und dann« – er schnupfte, putzte sich die Nase am Ärmel ab, eine Spur zu ausgiebig –, »dann kam er eines Morgens und war der Meinung, auf einer Insel könnte ich Gott doch näher sein. Und über eine Kirche auf der Insel würde Er entzückt sein, nachdem die alte zerfallen ist.« Seine Stimme drohte vor Ironie zu kippen. Ich verstand, dass man ihn tatsächlich abermals hinausgeworfen hatte.

»Und Durham bekommt nun keine neue Kirche?«

»Vorläufig nicht. Seine Eminenz war der Ansicht, dass angelsächsische Baumeister ein besseres Handwerk verrichten. Auch wenn sie nicht mal einen rechten Winkel einhalten können.« Aus seiner Kutte zog er einen langen, zusammengebundenen Strick, in den Knoten eingearbeitet waren. »Tagelang haben wir diskutiert, wie dieses über Jahrhunderte erprobte Instrument anzuwenden ist.« Er legte den Endlosstrick auf den Boden und ordnete die Knoten so an, dass ein Dreieck entstand. Ich zählte zwölf Knoten, und der dreizehnte Knoten markierte Anfang und Ende. Genial. Schon war eine perfekte Ecke entstanden...

»Aber nein, diese Inselmenschen machen es anders – ich habe nicht verstanden, wie, nur dass alle ihre Winkel am Ende schief sind und nicht so, wie sie sein sollten, aber der Herr ist ja stets mit ihnen. Der Bischof hingegen fand, ich habe Unrecht – und damit sämtliche Baumeister vom Kontinent, die meine Lehrmeister waren!« Seine Stimme zitterte vor Empörung. »Er warf eine römische Münze – stell dir vor, eine Münze, ein Geldstück! Ein Geldstück entscheidet darüber, was rechtwinklig ist und was nicht! Er warf eine Münze, und nun baue ich ein Häuschen für den heiligen Cuthbert, und dieser, dieser um des Bischofs Arsch herumschwänzelnde Wulfric – Wulfstan – Wulf was weiß ich von Wincestre mit seiner großen Klappe und den krummen Winkeln baut die Kathedrale.«

Abrupt drehte er sich um und kniete sich ans Wasser, um zu trinken oder vielleicht auch, um die Fassung wiederzugewinnen. Ich betrachtete seinen gebeugten Rücken. Heimatlose Seele, voller Liebe und Begeisterung für die kleinen und vor allem die großen, steinernen Dinge des Lebens, ausgebremst von missgünstigen, dummen Menschen. Und so ruderte er nun weiter durchs Leben, von Baustelle zu Baustelle...

»Sicher wird es eine wundervolle Kirche für den heiligen Cuthbert. Und Ihr habt den größten Heiligen Englands im Rücken – was kann da schief gehen?«, sagte ich leise und legte ihm die Hand auf die Schulter.

Er nickte, ohne sich umzudrehen. »Sicher.«

Eine letzte Frage brannte mir unter den Nägeln, schon sehr lange, und ich wusste, ich durfte sie eigentlich nicht stellen.

»Lionel. Warum – warum seid Ihr damals nicht auf dem Mont St. Michel geblieben? Man sagt, es sei ein großes, ehrenwertes Kloster, wo auch zur Ehre Gottes viel gebaut wird.«

Mühsam erhob er sich und lächelte wehmütig. »Dich lässt die Vergangenheit ebenso wenig los wie mich, nicht wahr? Ach, Alienor... Das war alles zu nah. Zu nah an Caen, zu nah an all den Erinnerungen... Das Ende der Welt wäre noch zu nah gewesen, weil ich lernen musste, dass man vor Erinnerungen nicht weglaufen kann. Der Abt hat mich schießlich fortgeschickt, mitten in den Bauarbeiten. Er schickte mich nach Italien, damit ich dort etwas lerne. Vor allem, Abstand zu bekommen.«

»Und – habt Ihr?«

Sein trauriges Lächeln war Antwort genug. Vor Erinnerungen kann man nicht weglaufen.

9. KAPITEL

Du bist Dunkelheit, du bist Licht,
du bist Leid, du bist Freude.
Du bist zurückhaltend, du bist kühn,
du bist jung, du bist alt –
das alles bist du.
Warum ließest du es zu,
dass ich mich von dir abwandte?

(Millstädter Sündenklage, 46–52)

Mach ich das richtig, alter Mann?«, fragte Erik halb im Scherz und halb im Ernst und hielt Osbern den zur Hälfte geflochtenen Korb vor die Nase. Der begutachtete das Werk des Kriegers und lachte laut.

»Na, hoher Herr, wenn Ihr so kämpft, wie Ihr flechtet, dann wundert mich, dass Ihr noch Arme und Beine habt.«

»Papa hat zwei linke Hände«, kicherte Ljómi und klatschte vergnügt Weidenzweige auf den Boden. Margyth sprang von unserem Bierbottich auf und nahm sie ihr aus der Hand, bevor sie jemanden damit treffen konnte.

»Papa hat zwei rechte Hände. Und jede von ihnen kann Riesen töten«, erklärte Snædís im Brustton der Überzeugung, wie stets nichts auf ihren Vater kommen lassend. Ich rührte lächelnd Wasser in die Gerstenbrühe und betete um gutes Gelingen. Sie duftete überströmend nach wildem Thymian und schenkte mir in diesen goldenen Herbsttagen einen letzten Gruß vom Sommer.

»Ich fürchte, für dieses Werk hier braucht man eine rechte und eine linke Hand, mein Schatz …« Scheinbar verzweifelt besah er seine vernarbten Schwertpranken. »Welche nehme ich denn nun … Osbern, wie es scheint, lerne ich das hier nie, mir fehlt ja eine Hand.« Ljómi lehnte sich über seine Knie, um die Hände nachzuzählen.

»Papa hat zwei Hände und zwei Geister an der Hand – die können alles!«, krähte sie stolz. Lionel betrachtete die schwarzen Schlangen mit Argwohn. »*Opus diaboli*«, grummelte er vor sich hin, »und damit fasst du diese Frau an …«

Erik zwinkerte ihm zu. »Na, beim Flechten helfen die Geister leider nicht«, erklärte er den Kindern. »Aber beim Kämpfen …«

»Nicht verzagen, junger Freund.« Osbern flocht wie der Wind, zwei neue Ruten, und die nächste Reihe war fertig. »Wenn Ihr es nur lange genug übt, könnt Ihr es eines Tages sogar blind. Seht Ihr?« Er schloss die Augen, und trotzdem werkelten seine gichtigen Hände flink wie die eines Jünglings. Die faltigen Lider bebten über den Augäpfeln und machten das Gesicht des Alten noch grauer, allein die Augenbrauen schossen munter in die Höhe. Offenbar musste er sich fürs Blindflechten doch konzentrieren. Die papierartigen Lider fesselten meinen Blick. Wie sie die Augen trocken und fest umschlossen, wie sich die Augäpfel unter ihrem Schutz bewegten, hin und her fuhren, wie sie blind zwinkerten … wackelten … wankten … Der Thymian vernebelte mir den Kopf und brachte mich dazu, in den Bierbottich zu schauen, was mir doch noch nie Gutes eingebracht hatte – Der Holzlöffel sank gegen die Kesselwand. Osberns Augen zerflossen in der goldenen Brühe, die Wangen strafften sich, wurden jünger und fester, allein die Augen blieben schwarze Höhlen, blicklose Löcher, aus denen der Tod mir grinsend ins Gesicht schaute …

Als ich wieder aufwachte, hatte Ringaile ein Tuch über den Bottich gehängt. Liebevoll kühlte sie mir die Stirn und flüsterte: »Schaut nicht hinein, Ihr wisst doch, dass Ihr dort Dinge sehen müsst!«

Geistesabwesend nickte ich. Sehen … Was hatte ich gesehen …?

Erik kam herüber und hockte sich neben mich. »Ich wusste nicht, dass es dich schwach macht, wenn ich Weiberwerk vollbringe«, scherzte er mühsam und strich mir besorgt über das Gesicht.

»Du machst mich immer schwach, egal, was du tust«, murmelte ich.

Ringaile verschwand. Ich packte seine Hand und zog ihn

näher, den Blick nicht von seinen blauen Augen lassend. Der Bottich hatte gelogen, dummes Zeug, hier waren sie, die schönsten Augen der Welt, so blau wie blühender Flachs, wie ein Sommerhimmel, wie das Blau der Kirchenmaler…

»Bleib noch ein bisschen bei mir«, flüsterte ich. Dicht aneinander gedrückt sahen wir zu, wie unter Osberns Ägide Körbe, Körbchen und Behälter entstanden, worin man Nahrungsmittel sammeln, trocknen und lagern konnte. Selbst Lionel stellte sich erstaunlich geschickt an, nur Cedric hockte jammernd in der Ecke, weil er sich an den Ruten blutige Finger geholt hatte, und zählte die Blutstropfen. Manchmal war er wirklich ein verdammtes Weib und faul wie ein Prälat… Ich seufzte.

Ein langer Winter stand bevor, und wir alle sorgten uns, ob wir ihn allein mit den mitgebrachten Getreidesäcken überstehen konnten. Daher zog ich jeden Tag mit den Frauen los und sammelte alles, was nahrhaft war und irgendwie schmeckte – Pilze, Früchte, Beeren, Blätter, Wurzeln – und Osbern trocknete die Beute, wie man es gemeinhin tat, auf Fäden gezogen oder in der Sonne. Fleischstreifen von gewilderten Tieren und Fischstücke dörrte er im Rauch des Torffeuers, das er mit Ziegendung versetzte, um dem Rauch Aroma zu verleihen, und verwahrte sie in den vielen Behältern, die er so findig herzustellen wusste. Lionel und Erik hatten eine kleine Scheune gebaut, in der ein ansehnlicher Vorrat an Futter für die Tiere lagerte. Wir hofften, sie so lange wie möglich grasen lassen zu können, England war ja viel grüner als Eriks Heimat, wo jedes Jahr Rinder und Pferde in den Ställen verhungerten…

Die Gerste war genau eingeteilt, damit genug für das Bier da war. Der Bodensatz der Braugerste wurde dann dem Brotteig zugesetzt. Mit gemahlenen Bucheckern und Eicheln streckten wir das Mehl zum Backen, und getrocknete Kräuter würden die Suppen schmackhafter machen. Runas Milch war leider über den Sommer versiegt, obwohl sie fettes Gras zuhauf fressen konnte, und eine Kuh hatte Hermann nicht kaufen können. Dafür hatte ich drei Schafe entdeckt, die Margyth dann eines Tages mit nach Hause gebracht hatte – immer noch liefen in Yorkshire verwilderte Haustiere herum, und wer so geschickt wie meine Magd war, konnte sie zähmen und einfangen. Nun würde es also Schafsmilch geben, aus der man vielleicht sogar Käse und etwas Butter herstellen konnte. Ich mochte keine Schafsmilch. Zweifelnd betrachtete ich das Euter des wolligen Schafs. Viel war es auch nicht, was es hergab …

Fleißig, wie Ringaile war, hatte sie den Sommer über Brennnesseln gesammelt und die Fasern gesponnen. Auf dem Webstuhl, den Hermann uns gebaut hatte, entstand zur Zeit ein warmes Hemd nach dem anderen, wobei wir uns bemühten, Flachs mit Nesseln zu mischen, damit es auf der Haut nicht so kratzte. Die Zeiten von weicher Wolle waren vorbei. Margyth hatte die schmutzige Arbeit des Gerbens übernommen. Es hatten sich so einige Felle von gewilderten Füchsen, Wieseln und Dachsen angesammelt, aus denen man Decken und Umhänge fertigen konnte. Ich staunte wieder einmal, was das Mädchen aus Northumbrien so alles beherrschte …

Die von den Normannen verwüsteten Felder hatten kaum Früchte getragen, und die paar Rüben, die man fand, waren längst geerntet. Nächstes Jahr, dachte ich, nächstes Jahr versuchen wir es noch einmal, dann aber richtig, mit eigenem Korn, mit eigenem Flachs und mit Feldfrüchten – und zum Teufel mit all den Bastarden, zum Teufel mit ihnen.

Náttfari, der Rabe, der mich von Elyg bis nach Yorkshire verfolgt hatte und den ich schon länger nicht mehr gesehen hatte, ließ sich krächzend auf dem Dachfirst nieder. Leise vor sich hin brabbelnd, marschierte er auf Lionels schnurgeradem First hin und her, als wollte er uns eine Geschichte erzählen.

Ich setzte mich gerade hin, aufs Äußerste alarmiert.

»Wo hast du dir den nur eingefangen?«, flüsterte Erik grinsend. »Heißt du etwa auch Vilborg Rabenmädchen?« Das Herz schlug mir bis zum Hals. Der Rabe war zurück. Wo immer er gewesen war – jetzt war er zurück. Jemand zupfte am Schicksalsfaden. Ich beobachtete, wie Náttfari nickte und sich beugte und mit dem Schnabel um sich deutete, gurrend und murmelnd, immer nach Süden deutend, wo die Sonne im Zenit stand. Er reckte das Köpfchen vor, pickte mit dem Schnabel in die Luft, während er mit den Krallen geschäftig im trockenen Ried herumzupfte.

Metall blinkte in der Sonne. Ein kurzer Blitz nur, doch ich hatte ihn gesehen, weil Nátfari ihn mir gezeigt hatte – und weil ich wusste, wie es aussah, wenn eine Schwertspitze den Sonnenstrahl einfing, um mit ihm zu prahlen. Blut schoss mir durch die Adern. Die Lanze daneben senkte sich, ein Pferd schnaubte und ich schrie: »Alles weg – rettet euch, alles weg hier!«, stürzte mich auf Erik und rollte mit ihm zusammen den kleinen Abhang hinunter zum Bach.

»Bist du wahnsinnig?«, keuchte er.

»Ivo – das sind Ivos Männer!«

»Woher willst du das wissen?«

»Ich weiß es einfach!«

Er machte Anstalten, sich loszureißen, um seine Familie zu verteidigen, schließlich war er ein Krieger und trefflich bewaffnet. Ich hängte mich mit meinem ganzen Gewicht an seinen Arm, während oben ein Geschrei losging, als drängte eine ganze Armee auf die kleine Lichtung.

»Glaub mir, nur dieses Mal – versteck dich, bitte versteck dich, wir wissen uns zu helfen, bitte, Erik, ich liebe dich, versteck dich, rette dich, er kommt wegen dir – wir helfen uns schon, sie töten keine Frauen mehr, er kommt nur wegen dir, bitte, rette dich, bitte!« Er packte mein Gesicht mit beiden Händen. Sah mir in die Augen, erkannte, was ich wusste, woher auch immer, und schloss mich in die Arme. Augenblicke später war er fort, mit dem Bachwasser in Richtung Hügel. Ein schriller Pfiff ertönte noch, und hinter den Walnussbäumen sah ich den schwarzen Schatten Káris Richtung Berge traben, gehorsam seinem Herrn folgend, wie sie es wohl unzählige Male zuvor geübt hatten…

Ich stürzte zur Lichtung zurück. Meine Kinder waren verschwunden, hoffentlich in Sicherheit. Cedric war auch nicht zu sehen, wie immer, wenn es gefährlich oder anstrengend wurde. Die Frauen rannten schreiend umher, versuchten vor den trampelnden Hufen der Kriegspferde zu retten, was zu retten war.

Mitten auf der Lichtung aber stand Lionel, Neffe des Roger de Montgomery, und zeigte, was er in Jugendjahren gelernt hatte. Er focht nämlich mit einem der Berittenen, dass mir die Luft wegblieb: die Kutte vom Leib gerissen, in der Linken die Stange, die Rechte hielt mein Schwert, das stets neben der Tür lehnte. Und das Schwert passte sonderbarerweise gut zu ihm. Wütend sausten die Waffen durch die Luft, Klingen sirrten – hier kämpfte, welch schreckliche Ironie, Normanne gegen Normanne um das Leben einer Hand voll Menschen, die Gott in dieses Land verschlagen hatte. Einer setzte gerade das neu erbaute Haus in Brand, ohne zu fragen, wer hier wohnte und was er verbrochen hatte. Seelenruhig spannte er einen brennenden Pfeil nach dem anderen in den Bogen und schickte ihn in das trockene, frisch gedeckte Dach, wo sie knisternd von Vernichtung und Tod plapperten. Aufbrüllend packte ich mir eine hölzerne Mistgabel, rannte auf das Pferd des Bogenschützen zu und rammte ihm die Gabel in die Kruppe – allein, sie zerbrach. Das Pferd machte nur einen erschreckten Hüpfer, keilte hinten aus, traf mich mit einem Huf in den Bauch, dass ich verzweifelt japsend nach hinten flog und hilflos zusehen musste, wie der Bogenschütze die kleine Scheune mit allem, was darinnen war, konzentriert über den Haufen ritt.

»Gottverdammte Hurenböcke, der Teufel soll euch alle holen!« Verzweifelt schreiend kam Osbern um die Ecke des Hauses gehumpelt, wohin er sich im ersten Schreck geflüchtet hatte. »Meine Söhne habt ihr mir genommen, mein Haus, mein Weib, mein Heim, alles, was ich je besaß – der Teufel soll euch alle holen! Der Teufel, der Teufel soll euch holen, allesamt!« Sein Stock war die jämmerliche Waffe, die er mit zitternden Händen gegen die Angreifer erhob. Einer der Krieger hob nur verächtlich den Fuß und trat Osbern ins Gesicht. Aufjaulend kippte der alte Mann hintenüber, schlug mit dem Kopf hart auf und rührte sich nicht mehr. Ein Zittern kam über mich, ich konnte nicht aufstehen, so lähmte mich der Schmerz, oder war es die Erinnerung? Das hatten wir schon einmal erlebt, damals in den Bergen Svearlands, wo Eriks Leben endgültig zerbrochen war, und auch damals waren alte Menschen gnadenlos ermordet worden, ohne dass Gott helfend eingesprungen war – wo war Er jetzt, warum ließ Er uns allein, warum ließ Er uns wieder und wieder allein?

»Aber meine Herren, wie konnte das geschehen? Haltet doch ein, meine Herren.«

Ich erbrach mich schwallartig ins Gras. Die Stimme Ivo de Taillebois war mehr, als ich jetzt ertragen konnte. Krächzend flatterte Náttfari über die Bäume davon.

Margyth und Ringaile kreischten im Inneren des brennenden Hauses, wo einer der Krieger sie hineingetrieben hatte. Ivo gab Befehl, sie herauszulassen, und geistesgegenwärtig, wie meine beiden Dienerinnen waren, schleppten sie gleich alles mit, was sie tragen konnten, bevor es Opfer der Flammen wurde. Kurz darauf türmten sich Decken, Kleider und Gerätschaften vor dem Haus. Ringaile hatte sogar an eine Puppe gedacht.

Da lag mein Leben – wieder mal auf einem Haufen, dem Regen preisgegeben, ein Haufen Elend, ohne dass eine Mauer oder ein Dach es schützte. Verzweiflung drückte mich zu Boden.

Von irgendwoher kam Cedric geschlichen, mit um die Beine schlotternden, nicht festgezurrten Beinkleidern, bleich und grün im Gesicht. Als er das brennende Haus sah, fiel ihm die Kinnlade herunter. Sein Anblick und die Art, wie er sich bewegte, machte mich unglaublich wütend. Hermann und Lionel rannten mit Eimern zum Bach, doch konnten sie nichts mehr retten, das Dach brannte mitsamt Dachstuhl komplett ab. Sie mussten zusehen, dass sie nicht von herabstürzenden Riedbündeln getroffen wurden. Es roch nach Vernichtung. Die Normannen schauten zu, ohne von ihren hoch gewachsenen Pferden zu steigen. Einer ließ sein Pferd durch die Feuerstelle stapfen. Die großen Hufe zermalmten Kohle, Steine, Schürhaken, irdenes Geschirr mitsamt essbarem Inhalt.

Ich wischte mir den Mund ab. Ivo sah sich um, mit flinken kleinen Äuglein, die das Verborgene entdeckten, die alles entdeckten, jeden, der sich verbarg...

»Mama...«, flüsterte es da hinter mir. »Mama, wann gehen die wieder weg?« Mühsam drehte ich mich um. Mein Bauch tat vom Huftritt mörderisch weh. Snædís lugte aus dem Weidenholzhüttchen hervor, das Hermann ihnen zwischen den wilden Rosen gebaut hatte und wo wir das Dörrobst aufbewahrten, Ljómi stand dicht bei ihr, zitternd und mit großen Augen, und Runa meckerte leise, dass alles in Ordnung war. Gott hatte die drei beschützt. Wie durch ein Wunder waren die Reiter an dem Hüttchen vorübergehetzt, wie durch ein Wunder waren sie nicht auf die Idee gekommen, es zu zerstören.

»Bleib da drinnen, Liebling, ich weiß es nicht. Heilige Muttergottes – bleibt und seid ganz, ganz leise …« Es gelang mir, mich aufzurappeln, und ich schleppte mich in die Mitte der Lichtung, wo die vier Reiter immer noch wie Statuen herumstanden, ohne sich um den Alten am Boden zu scheren.

»Wollt Ihr nicht absitzen und Euer Werk begutachten?«, fragte ich schwerfällig, weil die Luft mir immer noch knapp war. Ivo besah mein zerrissenes Kleid und die Blutspuren auf der Brust.

»*Ma dame*, ich bin untröstlich, Euch in solchem Zustand zu sehen. Meine Gattin Lucy wird es mir nicht verzeihen …«

»Spart Euch Euren giftigen Atem, erklärt mir lieber, was Ihr hier sucht.«

Die Brauen schossen in die Höhe. »*Ma dame*, ich glaube, Ihr versteht mich falsch – ich habe Euch gerettet!«

»WAS habt Ihr?« Ich lachte höhnisch auf. »Gerettet?«

»Ihr wisst sehr wohl, dass Soldaten töten, wenn sie den Befehl dazu haben. Sie töten wahllos, wenn man es ihnen befiehlt. Männer, Frauen, Kinder.« Seine Stimme wurde leise und gefährlich. Die Zeit der Höflichkeit war vorbei, ich spürte, wie die Wut über die ergebnislose Jagd auf die gesuchten Rebellen wie ein Troll in ihm tobte.

»Ich kam gerade rechtzeitig, um Schlimmes zu verhindern, *ma dame*, das sollte Euch klar sein. Diese Männer werden bezahlen für das, was sie angerichtet haben.« Der eine sicher nicht, denn er grinste meine Magd dümmlich und lüstern an.

»Dann wäre ich dankbar, wenn sie es sofort täten, *mon seignur*. Wenn man in diesem vom König verwüsteten und von Gott aufgegebenen Landstrich lebt, hat man nichts zu verschenken.« Wer in aller Welt gab mir den Mut, so frech zu sein? Vielleicht der, der mir auch half, aufrecht zu stehen, obwohl mir vor Schmerzen eher zum Umfallen zumute war.

Ivo überhörte meine dreisten Worte. »Gemach, *ma dame*. Vielleicht hättet Ihr die Güte, uns ein wenig Wasser zu reichen, wir hatten einen langen Ritt.« Hochnäsig sah er mir ins Gesicht und stieg vom Pferd. »Ich denke, wir werden an diesem Ort Rast machen, weit würden wir heute sowieso nicht mehr kommen.« Welche Ironie – es war gerade einmal Mittag! Ein böser Verdacht beschlich mich.

Die Normannen ließen sich an der zerstörten Feuerstelle nieder und blieben, wie schon einmal, unsere Gäste bis zum nächsten Morgen. Sie aßen von unseren mageren Vorräten, tranken von unserem Bier, ließen Ringaile und mich wie Dienstmägde umherspringen, und als einer der Männer Margyth im verbrannten Haus vergewaltigte, zuckte Ivo nicht einmal mit der Wimper über mein machtloses Toben und Schreien, denn der Eingang zum Haus war durch einen Bewaffneten versperrt. Die Zeit der Tändelei war endgültig vorbei.

»Und wann gedenkt Ihr, die Nächste von uns zu besteigen?«, keuchte ich entsetzt, weil das Schreien im Haus nicht aufhörte. Vielleicht mochte der Soldat gerade das, er stöhnte nämlich wie andere beim morgendlichen Gang hinter den Busch. Ringaile wischte sich die Tränen aus dem Gesicht und schenkte Ivo Bier ein, nachdem sie hinter seinem Rücken in die Kanne gespuckt und mit einer nicht gerade sauberen Hand umgerührt hatte. Die Zeit der Gastfreundschaft war auch vorbei. Sicher hatte sie auch die Suppe verhext, die wir von unseren Vorräten zubereiten mussten, denn einer der Männer lag die halbe Zeit mit stinkendem Durchfall in den Bäumen und stöhnte dort allerdings weniger erfreut vor sich hin.

»Kann ich sie loskaufen?«, fragte ich wütend, als es drinnen kein Ende nehmen wollte. Ivo hob die Brauen. »Loskaufen? Aber *ma dame*, für wen haltet Ihr mich? Nein, macht keinen Fehler, schweigt lieber…« Seine Stimme nahm an Schärfe zu.

»Vielleicht würde meinem lieben Freund die Lust auf mehr vergehen, wenn Ihr mir verraten würdet, ob Ihr Euren Mann getroffen habt. Wie Ihr wisst, brenne ich darauf, ihn zu sehen.«

Fieberhaft dachte ich nach. »Ihr seid also hergekommen, um ihn zu suchen?«

»Wo Ihr seid, kann er nicht weit sein – ist das nicht so bei Eheleuten?«, entgegnete er kühl und bestätigte damit meinen Verdacht. Nichts blieb dem Zufall überlassen, alles war geplant. Die Soldaten hatte er vorgeschickt, um sich nicht selbst die Hände schmutzig zu machen, und sich dann als großer Retter aufgespielt. Allein – wer wollte ihm das noch abkaufen? Unbändiger Zorn wallte in mir hoch, doch ich riss mich zusammen. Das Spiel war noch lange nicht zu Ende – und bei Gott, ich hatte gelernt mitzuspielen.

»Ein hübsches Haus habt ihr da – mich wundert, dass nur der Dachstuhl brennt.«

»Normannische Baukunst, *mon seignur*. Nicht alle Angelsachsen sind so tumb, wie Ihr denkt. Und nicht in jedem angelsächsischen Haus wohnt auch ein Angelsachse, den Ihr mit Eurem Zorn verfolgen müsst.«

»Baukunst. Wie nett.« Meine letzte Bemerkung ignorierte er, doch das seltsam stabile Haus ließ ihm keine Ruhe. Und ich tat den Teufel, ihm zu verraten, dass Frère Lionel beim Bau auf die glorreiche Idee gekommen war, den obersten Balken mit Kalk und Steinen abzuschließen – so hatten die Flammen sich nicht weiterfressen können.

Lionel selbst schwieg. Klein und düster hockte er unter dem Baum – und rührte weder Suppe noch Brot an. Er hatte seine Kutte wieder angezogen und sich in den Mönch von Mont St. Michel zurückverwandelt. Ich spürte, wie er unter der schrecklichen Situation litt – eben noch im Kampf mit Menschen seines eigenen Blutes, aber in einem fremden Land, jetzt saßen sie an unserem Feuer, spielten falsch den Freund und waren doch Feind, und alle waren wir machtlos, wussten ja nicht mal, welche Sprache wir sprechen sollten. Jedes Wort Normannisch würde uns zu einem der ihren machen, jedes angelsächsische

Wort machte uns nur noch mehr zum verachteten Gegner – und jeder wusste, dass der andere ihn in seiner Sprache verstand. Was für eine unheilvolle, schreckliche Verwirrung… Und Gott schwieg, statt uns Frieden zu schenken. Lionels Blick war voll Trauer. Er entschloss sich, zu schweigen und sich kontemplativ ins Gebet zurückzuziehen. Ich beneidete ihn um diesen Rückzugsort.

Osbern bekam von alledem nichts mit. Der Alte wimmerte vor sich hin, reagierte aber nicht auf Ansprache, und die wässrigen Augen schienen durch mich hindurchzublicken. Sein rechter Mundwinkel hing herab, und dünne Speichelfäden tropften auf den Boden. Er sah aus wie einer dieser alten Männer, die beim Festmahl stumm von der Bank kippen und drei Tage später verschieden, ohne irgendetwas gesagt zu haben. Ich war fast sicher, dass auch Osbern uns nicht mehr lange erhalten bliebe. Gemeinsam mit Ringaile betteten wir ihn auf ein Fell und deckten ihn zu. Sie versorgte seine Wunde am Hinterkopf mit einem Umschlag aus Hirtentäschel und Gänsefingerkraut, während Ivo etwas murmelte von »unnötiger Esser« und »ab ins Loch«. Ich warf ein Torfstück ins Feuer, dass die Funken auf die Kleider sprühten.

»He, passt doch auf!«, blaffte der eine Normanne. Ein zweites Stück flog hinterher.

Ivo kniff die Augen zusammen. »Ihr seid ein recht heftiges Weib«, sagte er. »Darin ähnelt Ihr Eurer Mutter.«

»Das ist nicht wahr!«, platzte Lionel von hinten heraus, und seine Rechte fuhr an die Seite, wo bei anderen Männern ein Schwert steckt. »Was wisst Ihr schon?«

»Was wisst Ihr denn von Frauen, Mönch«, unterbrach Ivo ihn, drehte sich um und lachte höhnisch.

»Lasst meine Mutter aus dem Spiel«, fauchte ich ihn an.

Ivo sah von einem zum anderen und grinste. »Die Montgomerys waren immer schon ein seltsamer Haufen – doch scheint Guilleaume sich nicht daran zu stören. Man munkelt sogar, er wolle Euren Großvater Roger zum Earl of Scrobbesbyrig machen.« Demonstrativ sah er an mir herab, und seine Geringschätzung war mehr, als ich ertragen konnte. Um durch eine unbedachte Bemerkung nicht alles noch schlimmer zu machen, gab ich daher vor, Wasser am Bach holen zu wollen, und machte mich, immer noch voller Entsetzen und Sorge um Margyth, mit der Kanne auf den Weg ums Haus, wo ununterbrochen Geräusche zu hören waren. Vielleicht war er fertig – vielleicht auch nicht, der Teufel sollte ihn in jedem Fall holen. Der Teufel tat es nicht – also musste ich nachschauen, Gott helfe mir. Durch die Hauswand vor normannischen Blicken verborgen, stieg ich auf Lionels Leiter und lugte durch die qualmenden Riedreste ins Innere des Hauses.

Margyth lag auf dem kleinen Tisch, den Hermann mir zum Kräutersortieren gebaut hatte. Sie blutete im Gesicht und auch am Körper, die Kleider waren zerrissen, ihr Blick starr. Der Soldat hockte auf ihr, stierte vor sich hin und zuckte manchmal noch unter den Resten einer Erektion. Dann lachte er grob und wie betrunken. Margyth zwinkerte – sie hatte mich entdeckt. Tränen liefen über ihr hübsches Gesicht. Mich packte ohnmächtige Wut. Mochte sein lüsterner Schwanz doch zu Stein werden. Auf immer und ewig … Genauso hatte auch ich einmal dagelegen, machtlos, wehrlos, von Gott verlassen und allein. Niemand hatte es verdient, so dazuliegen. Niemand.

Neben meinem Kopf hatte sich ein verkohlter Dachbalken gelockert. Ich tastete ihn mit den Fingern ab – eine kleine Bewegung, und er würde herunterfallen. Ein böser Dämon saß mir im Nacken, schob meine Finger weit hin zum Balken, ich wehrte mich, eher halbherzig, und Gott lachte spöttisch. Margyth sah mich an und nickte, nickte stärker – mach es, lass ihn fallen, mach dem ein Ende, wie auch immer, doch ich zögerte. Sie schloss die Augen, weil der Soldat gerade wieder frischen Mut schöpfte und sie wie eine Beute aufspießte, dass sie vor Schmerz tief aufstöhnte. Es traf mich bis ins Mark. Welcher ungnädige Gott sah dieses Schicksal immer wieder für Frauen vor? Hielt Er uns immer noch für Töchter Evas, die es zu bestrafen galt? Ich wollte das nicht länger zulassen. Jetzt lachte der Dämon. Ich spuckte vor ihnen allen aus und drückte entschlossen den Balken von mir weg. Er wehrte sich ein bisschen, blieb in seiner Verankerung stecken, ich rüttelte, drückte fester, und er fiel in die Tiefe und mit Wucht auf den Rücken des wild kopulierenden Normannen.

Ein markerschütternder Schrei ließ die Wiesen Yorkshires erzittern. Eilig stieg ich von der Leiter. Als ich unten ankam, war es in der Hütte still. Eiskalter Wind strich um meine Beine, der Tod wehte lautlos vorbei. *Willst du meine Arbeit tun?* Auch meine Magd war still. Ich huschte am Haus vorbei zum Bach. Hinter mir hörte ich aufgeregte Rufe, noch einen Schrei. Frauenstimmen, Weinen, böse Flüche und über allem Ivo de Taillebois' Stimme, die »Ruhe, verdammt!!!« donnerte.

Als ich das Haus wieder erreichte, hatte man den wimmernden Soldaten bereits herausgetragen und ins Gras gelegt. Seine Beinkleider hingen ihm in den Kniekehlen, doch niemand machte sich die Mühe, seine immer noch erigierte Blöße zu bedecken. Sie sah wie versteinert aus. Angewidert wandte ich mich ab.

»Ihr kennt Euch in Heilkunst aus?«, fragte Ivo und hielt mich an der Schulter fest. »Tut etwas für ihn, *ma dame.*«

»Er wird sterben«, entgegnete ich knurrend. »Was soll man da tun außer beten?«

Stirnrunzelnd sah er mich an, und seine Augen wurden zu Schlitzen. »Dann betet für meinen Soldaten«, zischte er, »betet, und betet auch für Euch, *ma dame*. Ihr ladet Sünde auf Euch …«

Was redest ausgerechnet du von Sünde, dachte ich verächtlich.

Hermann hockte bereits neben dem Verletzten und drehte ihn mit Hilfe des anderen Soldaten um. Ich ging an ihnen vorbei ins Haus, wo Margyth, die zerrissenen Kleider an sich gedrückt, in eine dunkle Ecke geflohen war. Ihr Schluchzen verriet, wo sie saß. Stumm hockte ich mich neben meine Magd und nahm sie in die Arme. Erst wehrte sie sich ein bisschen, dann ließ sie meine Annäherung zu. Es spielte keine Rolle mehr, wer Herrin und wer Dienerin war, wo wir herkamen, wer unser Gott und wer unsere Eltern waren. Das northumbrische Mädchen wie eine Tochter in meinen Armen haltend, war ich an diesem Tag zur Angelsächsin geworden, in deren Haushalt alle gleich waren. Je nach Laune des Schicksals hätte genauso gut ich dort auf dem Tisch liegen können – dem Normannen wäre das gleich gewesen, und hier hätte mir auch meine adelige Herkunft nicht viel geholfen. Ihr Beben und die Erkenntnis ließen düstere Erinnerungen in mir hochsteigen. Über uns verschluckte gerade eine schwarze Wolke die Sonne und verhieß Unwetter und Schlimmeres. Das Licht verschwand aus dem dachlosen Haus. Geister hielten Einzug, tanzten lachend um uns herum, schwenkten Rauchfahnen und bewarfen uns mit Rußbrocken. *Schwächliche Weiber, schwächliche Weiber,* kicherten sie, *ihr werdet schon sehn, ihr werdet schon sehn…* Was wir sehen würden, verrieten sie nicht, doch waren sie sicher normannischer Herkunft, was allein genügte, meinen Zorn aufs Neue zu entfachen. Ich warf mit Binsen nach ihnen. Lachend stoben sie auseinander, um sich neu zusammenzurotten und mir zuzusetzen. *Was willst du in diesem Land,* kreischte einer, *bist ja selber Normannin! Was willst du hier, bist ja eine von ihnen, beklag dich nicht, gehörst zu ihnen, hihi, bist eine von ihnen, hihi, was willst du eigentlich…*

»…habe Brot gestohlen, und den Küchenmeister hintergangen, habe in Wincestre die Hure nicht bezahlt – und die in Dovere auch nicht, weil sie mich gebissen hat, ich habe Gott gelästert – ja, nicht nur einmal, heilige Gottesmutter, hab Erbarmen, womit hab ich das verdient…« Draußen winselte der Normanne, bat Gott und alle Heiligen um Vergebung seiner Sünden. Frère Lionel nahm ihm die Beichte ab. Doch die schlimmste Sünde, die, deretwegen er dort lag, kam in seiner Aufzählung nicht vor. Ich zerrte an meinem Ärmel, kratzte mir über die nackte Haut, unfähig, meinen Zorn anders zu beherrschen.

»Was soll das, Priester – richtet ihn wieder her!« Taillebois verstand die Welt nicht mehr, doch niemand machte sich die Mühe, ihn aufzuklären.

»*In nomine Patris et Filii et Spiritus sancti. Ego te absolvo,* fahre hin in Frieden.« Der Mann weinte, er wolle nicht sterben, nicht so jung, er habe doch noch gar nicht gelebt, und er habe nur sein Glück machen wollen und nichts Böses gewollt, Gott solle Erbarmen haben, und warum könne man ihm diese furchtbaren Schmerzen denn nicht nehmen …

»Convertere, Domine, et eripe animam meam! Salvum me fac propter misericordiam tuam. Quoniam non est in morte qui memor sit tui; in inferno autem quis confitebitur tibi …«

Lionels Psalmworte tropften herab. Die ganze Welt schien auf das Ableben des Mannes zu warten, selbst die Vögel draußen hatten in ihrem Gesang innegehalten. Kalt wehte ein Lüftchen durch das zerstörte Haus, ich konnte fast sehen, wie der Tod sich seinen Weg durch die Trümmer bahnte auf der Suche nach der reisefertigen Seele. »Nimm ihn«, flüsterte ich. »Nimm ihn und komm nicht wieder.« Der Schatten drehte sich kurz um und sah mir ins Herz. *Ich nehme, wer mir gefällt, ich komme, wann's mir gefällt.*

Harte Schluchzer zerrissen die Stille draußen. Das Warten zog sich hin. Jemand hustete, eins der Kinder zog die Nase hoch und tuschelte. Ein Pferd schnaubte. Irgendwann verstummten die Schluchzer, und der Normanne wurde so still wie der alte Osbern, der neben ihm lag und nur schlief. Den Soldaten jedoch holte der Tod zum ewigen Schlaf, und der kalte Hauch, mit dem er alles streifte, wenn er Ernte hielt, raubte mir fast den Atem. *Ich komme, wann's mir gefällt …*

Auch Margyths Schluchzen hatte aufgehört. So wie ihr Peiniger verschied, so schien sie zum Leben zurückzukehren.

»Er ist gegangen, *mon seignur.*« Niemand kommentierte die Worte des Mönchs. Nur ein Tritt gegen die Hauswand war zu hören, unschwer zu erraten, von wem.

»Möchtet Ihr ihn hier begraben oder mitnehmen, *mon seignur?*«, hörte ich Lionel irgendwann fragen. Taillebois fauchte etwas, dann hörte man Hufgetrappel, Schnauben, Schleifgeräusche. Offenbar hatte man sich entschlossen, Osbernsborg doch noch vor Anbruch der Dunkelheit zu verlassen und die Leiche mitzunehmen. Ich sah Margyth an.

»Wenn sie weg sind, gehen wir raus.« Sie nickte erleichtert, dass ich ihr die Entscheidung abnahm. Leider ging unser Plan nicht auf, denn Ivo rief nach mir. Sein Ton suggerierte, dass man ihn besser nicht warten ließ! Die ganze verdammte Arroganz der Normandie lag in jenem »*Ma dame* de Sassenberg!«

Fast blendete mich das Licht, als ich durch die Tür nach draußen trat. Die Pferde standen bereit, eines beladen mit der Leiche des frisch Verstorbenen. Die Soldaten saßen schon im Sattel, und Ivo schwang sich gerade hinauf, wohl um besser auf mich herabsehen zu können.

»*Ma dame*, versteht mich nicht falsch. Ich habe nichts gegen Euch. Aber ich möchte weiterhin gerne mit Eurem Gatten sprechen«, sagte er kühl, als hätte es Lucy de Taillebois und das kranke Kind niemals gegeben. »Denkt an mich, wenn Ihr ihn seht.« Das war mehr als eine Drohung.

Hoch erhobenen Hauptes sah ich den Normannen nach, wie sie Osbernsborg verließen. »Das Land soll unter deinen Füßen verdorren«, knurrte ich und ballte die Fäuste. »Der Himmel soll sich verdunkeln, Sturm allezeit in dein Gesicht peitschen – und Bäume umknicken, wenn du darunter herreitest, Dächer sollen einstürzen, Menschen sollen dich meiden…«

»Schweig, Mädchen.« Lionel trat von hinten auf mich zu. Hart lag seine Hand auf meiner Schulter, und hart war auch seine Stimme. »Schweig jetzt. Gott hört deine Worte, schweig und denk sie höchstens, das ist schon Sünde genug.«

»Gott interessieren meine Flüche nicht. Ihn interessieren auch meine Wünsche nicht.« Doch so ganz überzeugt war ich von meinen dreisten Worten nicht… Ich ging einer Auseinandersetzung mit dem Priester erst einmal aus dem Weg, indem ich den Frauen half, das verwüstete Haus aufzuräumen und einen geschützten Platz für Osbern zu schaffen, der all unsere Anstrengungen mit wortlosem, ununterbrochenem Jammern quittierte.

Dieses Jammern brachte mich fast um den Verstand, zumal Ljómi irgendwann anfing zu heulen und nicht mehr zu beruhigen war – die Anspannung hockte jedem von uns im Nacken wie eine böse Katze und wollte nicht weichen. Ringaile molk eines der Schafe und kochte Milchsuppe für die Kinder, doch Ljómi erbrach alles sofort wieder und weinte nur noch mehr. Snædís drückte sich gegen meine Beine und fragte leise: »Wo ist Papa?«

Ja, wo war er? »Zum Teufel mit ihm«, fluchte ich zum ersten Mal gegen meinen Mann, dessen Stolz wir das alles zu verdanken hatten.

Meine Kopfschmerzen drohten, mir den Schädel zu sprengen, und zu allem Überfluss fing es wieder an zu regnen. Bald würde das Haus unter Wasser stehen. Ich riss mir das Kleid vom Leib, ignorierte den riesigen blauen Fleck und die Blutspuren, die der Pferdehuf hinterlassen hatte, und stieg in meine alten Beinkleider, die die Leute so abstoßend an mir fanden, um Lionel und Hermann am Dach besser helfen zu können. Der Mönch schaute auch entsprechend entsetzt drein, enthielt sich jedoch eines Kommentars. Zusammen schoben wir Balken zurecht und verkeilten sie mit Holzstückchen, und ich reichte Hermann eimerweise Kalk zu, mit dem nach Lionels Anweisung die Schicht, die Dach und Wand trennte, neu aufgefüllt wurde. Wir rückten die Steine auf der Holzwand zurecht und überlegten, wo wir am schnellsten Ried und Heidekraut für das Dach herbekommen konnten.

»Ich spanne gleich an.« Hermann griff sich Zügel und Brustblatt vom Haken.

»Nimm Cedric mit.«

»Was – den?«, knurrte mein Diener verächtlich. »Ich komm schon allein zurecht.«

Ich grinste grimmig – der zart besaitete Spielmann hatte sich dadurch, dass er sich ständig verdrückte, wenn es gefährlich wurde, in der Tat nicht allzu viele Freunde gemacht.

»Dieser Balken …« Lionel betrachtete den dicken Dachsparren, der den Sturz wie durch ein Wunder – oder Gottes Fügung – unbeschadet überstanden hatte. Ohne Erik würden wir ihn kaum bewegen können. Ohne Erik. *Erik*. Sein Name hallte in meinem Kopf wider, legte sich in meinen Mund und schmeckte bitter. Er fehlte überall, und mir am allermeisten. Obwohl er an allem schuld war. Was war ich doch für ein verweichlichtes dummes Weibsstück geworden – hatte das Leben mich nicht genug gestählt? Konnte ich nicht ohne Mann auskommen? Nein, konnte ich nicht. Verflucht. Verstohlen biss ich mir in die Hand. Diesmal half es nicht, der schmerzhafte Trauerklumpen im Bauch wuchs und überwucherte alles.

Mit dem Nagel kratzte Lionel an verbliebenen Rindenrestchen herum. »Dieser Balken hätte gar nicht herunterfallen können«, insistierte er. »Ich hatte das so gebaut.« Es ging mir furchtbar auf die Nerven – was wusste er schon? Was wusste er, wie es sich anfühlte, so machtlos dazuliegen, sich nicht wehren zu können, an Angst und Hoffnungslosigkeit beinahe zu krepieren wie ein Tier, was wusste der Mönch schon davon…

»Er ist aber gefallen.« Ich schleppte den zerschlagenen Tisch vor die Tür, Arbeit tat gut, lenkte ab von Schmerz und bösen Gedanken. Der Tisch war hinüber. In Zukunft würden wir wieder am Boden arbeiten müssen. Leben wie die Armen, wie die Kehrichtleute aus meiner Kindheit…

»Der Balken war verankert, Mädchen. Er konnte gar nicht fallen.« Der Mönch sah mich scharf von der Seite an. Ich fegte mit Tischresten an ihm vorbei. Es war spät, die Kinder mussten schlafen gelegt werden. Cedric hatte sich zu ihnen gesellt. Er sang ihnen alberne Liedchen vor und heiterte sie mit Zauberkunststückchen auf. Nun ja, zumindest dazu war er zu gebrauchen. Ljómi jedenfalls lachte schon wieder, und ich beneidete meine Tochter um ihr sonniges Gemüt.

»Wird er sterben?«, fragte Snædís, als wir an Osbern vorbeikamen. Sein Gesicht war grau geworden. Unablässig floss Speichel aus seinem Mundwinkel, und er stöhnte leise vor sich hin.

»Er wird sterben.«

»Warum?« Bei dieser Frage hätte ich fast die Fassung verloren. Weil der Normanne ihn totgeschlagen hatte. Weil das Leben grausam ist. Weil es immer die Falschen trifft.

»Weil seine Zeit auf Erden abgelaufen ist und Gott ihn zu sich holen will.«

Sie sah mich erstaunt an. »Ich hab gesehen, wie der Soldat ihn geschlagen hat. Aber der ist doch nicht Gott.«

»Aber vielleicht… Gottes Werkzeug.« Ich hockte mich neben

sie. »Vielleicht ist es Osberns Schicksal, hier vor seinem Haus zu sterben. Die Nornen haben ein Netz für ihn gewebt, und der letzte Faden ist der Tod. Vielleicht hat der Normanne nur ausgeführt, was vorherbestimmt war. Er hat an dem Faden gezupft …«

Skeptisch betrachtete sie den Alten. »Weiß man, was vorherbestimmt ist?«

Ich zögerte. »N-nein.« Deine Mutter schaut in den Bierbottich und weiß es doch.

Sie lächelte. »Ein Glück. Man hätte ja sonst Angst zu leben, oder?«

Ich warf den zerbrochenen Tisch auf einen Haufen hinter dem Haus und schlug die Hände vors Gesicht. Man hätte Angst zu leben.

Ich habe Angst. Kalt, einsam, ich bin so allein, allein …

»Flour. Der Balken, Flour.« Lionel kam um die Ecke herum.

»Kann man ihn wieder hochziehen? Kann man ihn noch gebrauchen?« Fahrig sortierte ich die Holzteile. Es gab keine Nägel, um sie zusammenzusetzen. Es gab nichts.

»Flour, beichte. Beichte, damit ich dich lossprechen kann.« Lionel packte mich an den Schultern.

»Warum … sollte ich?«, fragte ich trotzig zurück.

Er ließ mich los und setzte ein verdammtes Priestergesicht auf. »Weil du einen Menschen getötet hast – das ist eine schwere Sünde, Alienor.«

»Ich hab ihn nicht getötet.«

»Der Mann ist tot!«

»Gott hat ihn getötet.«

»Alienor!« Er sah mich erschrocken an. »Zügle deine Zunge! Beichte und reinige dich von der Schuld, Mädchen – ich spreche dich frei, wenn du –«

»Gott hat ihn getötet.« Trotz legte sich wie eine feine Kruste auf meine Gedanken. Gott hatte den Mann getötet. Und ich hatte die Vorarbeit dazu geleistet – und genau das las Lionel in meinen Augen. Er wusste, wie es wirklich war.

»Du … du bist seelisch verwahrlost«, sagte er leise. »Was haben sie im Norden nur mit dir gemacht?«

»Das, was sie überall mit Frauen tun, ohne zu fragen«, sagte ich kalt. »Und Gott hat dabei zugesehen und nicht geholfen.«

Da nahm er mich stumm in den Arm und hielt mich fest. Die Starre in mir löste sich nicht. Steif wie ein Stück Holz hing ich an seiner Schulter. Lionel ließ mich schließlich los, strich mir liebevoll über den Kopf und ging, erschüttert und zutiefst bekümmert über den Zustand meiner Seele.

Die erholte sich bei einem Schluck aus Vater Ælfrics Metflasche, die sonderbarerweise niemals leer zu werden schien. Vielleicht waren alle Flaschen aus den Fens verzaubert. Mir war das recht – Vater Ælfrics Met half einem, das Leben auszuhalten. Das Gagelkraut legte sich wie eine beruhigende Hand auf meine aufgewühlten Sinne und verdrängte ein wenig die Reue, die sich wie klebriges Unkraut in mir ausbreitete, weil ich den Mann ja doch umgebracht hatte und Gottes Namen dafür missbrauchte. Ein weicher Schleier wehte an mir vorbei, streifte sanft mein Gesicht. Die heilige Etheldreda winkte mir aufmunternd zu. *Alles wird gut.*

Unter dem Baum rollte ich mich zusammen und schlief sofort ein, und niemand wagte es, mich zu wecken.

Zum Entsetzen der anderen behielt ich mein Nachtlager unter der alten Esche auch die nächsten Tage bei. Auf wundersame Weise schien sie mich zu beschützen und Ivo von mir fern zu halten – im Hausinneren hörte ich nämlich ständig sein keckerndes Lachen und die nörgelnde Stimme, die mich in den Wahnsinn trieb und mir den Schlaf raubte. Das Haus schien voller Geister zu stecken, obwohl Ringaile räuchernd und Beschwörungen murmelnd auch die hinterste Ecke von ihnen zu reinigen versuchte. Sie versteckten sich in Ritzen und Holzspalten und warteten nur auf den Abend, um mir mit ihrem furchterregenden Geplärre die Luft zum Atmen zu nehmen. Schlaf konnte jedoch auch der Baum mir keinen schenken.

Die Tage hingegen vergingen wie im Flug. Die Pferde mussten hart arbeiten, Lionel trieb uns an, Ried in den Sumpfniederungen zu suchen, um das Dach einzudecken, bevor der nächste Landregen kam.

»Und der kommt pünktlich alle paar Tage«, knurrte er und betrachtete abschätzend den grauen Himmel, der wie immer nichts verraten wollte. »Verfluchtes Land, wo nimmst du nur das ganze Wasser her?«

»In Rom hat es Euch wohl besser gefallen?«, bemerkte ich. Hermann nahm mein Riedbündel stumm entgegen. »Erik hat es dort auch gut gefallen...« Die Stimme versagte mir. Wo war er, wann kam er zurück, mir tat doch alles weh vor Sehnsucht...

Lionel lächelte mich an. »Mir gefällt es dort, wo Menschen das Herz am rechten Fleck haben. Die Sonne kehrt zuweilen Staub von Gottes Kindern, der besser liegen bleiben würde... da ist mir dieser angelsächsische Regen fast noch lieber, der wäscht sie wenigstens sauber, und man sieht, wen man vor sich hat.« Er zwinkerte, und ich verstand, dass im Land des Papstes auch keine besseren Christenmenschen wohnten.

»Aber die Sonne macht, dass man schwarz wird«, wusste Snædís zu berichten. »Die Haut wird schwarz, und man sieht aus wie ein Sklave. Cedric sagt, feine Leute haben eine weiße Haut – wohnen in Rom keine feinen Leute?«

»In Rom wohnen Leute wie du und ich.« Lionel war entzückt von ihrer Wissbegier. »Und man setzt ja einen Hut auf, wie jeder gottesfürchtige Mensch.«

»Mama hat nie einen Hut auf«, petzte Ljómi. Ein kurzer Seitenblick von Lionel verriet, was er von meiner Gottesfurcht hielt.

»Wenn ich groß bin, geh ich mal gucken, ob die wirklich alle einen Hut tragen.« Meine Älteste gab sich selten mit dem zufrieden, was man ihr erzählte, und ihre Fröhlichkeit versöhnte mich einstweilen mit der Welt.

In der Dämmerung des dritten Abends starb Osbern.

Weil es angefangen hatte zu regnen, war er mitsamt seinen Fellen in das neu eingedeckte Haus verlegt worden, wo Margyth sich um ihn kümmerte. Er hatte kein Wort mehr gesprochen und war zuletzt immer schläfriger und stiller geworden, selbst das Wimmern hatte aufgehört. Der Gestank seiner Exkremente umgab das Haus wie ein dichter Nebel, die Frauen kamen mit dem Reinigen kaum nach, und ich dachte zum wiederholten Male, wie seltsam es doch war, dass Menschen allen irdischen Schmutz hinter sich ließen, bevor sie zu Gott gingen…

Der Atem verließ ihn, und damit hatte Guilleaume sich einen der letzten aufrechten Angelsachsen geholt. So sah es jedenfalls Cedric, der böse grummelnd in der Ecke hockte.

»Es war Taillebois, nicht der König«, flüsterte ich.

»Subvenite sancti Dei, occurite angeli Domini, suscipientes animam eius…«

»Ist das nicht dasselbe?«, brummte Cedric mit gerunzelter Stirn.

Lionel runzelte die Stirn und betete weiter. *»Quia apud te propitatio est…«* Die vertrauten lateinischen Worte tropften in mein Bewusstsein. Frère Lionel salbte die Stirn des Alten.

War es dasselbe?

Die Frage beschäftigte mich noch viele Stunden, nachdem der Alte verschieden war. War es dasselbe, ob ein König oder sein Vasall etwas tat? Guilleaume mochte den Befehl gegeben haben, Erik zu suchen – aber hätte er selbst es mit solcher Brutalität getan? Mochte man über den Normannen denken, was man wollte – er war der König, und der König ist heilig. Ich seufzte und wünschte mir, Erik wäre da und könnte mir das erklären.

Wir setzten Osbern am nächsten Tag am Waldrand bei. Ringaile hatte die Stelle ausgesucht, hier hatte im Sommer eine weiße Waldrebe üppig geblüht, und Osbern hatte stets erzählt, wie sehr sein Weib diesen Strauch geliebt hatte. Die knorrige Wurzel, die an einer Eiche hochgewachsen war, ähnelte dem alten Mann. Mit dem Unterschied, dass sie im nächsten Frühjahr wieder überschäumend blühen würde. Ein Symbol für England? Das alte lag unter der Erde, das neue England würde starke Triebe schlagen, wenn man ihm nur genügend Zeit ließ?

Lionel runzelte die Stirn, während er weiterbetete, als wüsste er, worum sich meine Gedanken drehten. Ich bat Osberns Seele um Vergebung und starrte weiter auf die Waldrebenwurzel, die mehr war als nur ein alter Pflanzenstock…

Náttfari weckte mich, als die Nacht müde wurde. Energisch schien die Morgensonne zwischen den Wolken hindurch und machte sich daran, den Regen beiseite zu schieben. Blinzelnd sah ich ihr zu. Ihre Strahlen arbeiteten sich durch die dicken Wolkengebilde, die seit Ivos Abzug den Himmel verdunkelten. Sie würde den Kampf sowieso verlieren, denn das Land der Angelsachsen gehörte in Wirklichkeit den Regenwolken, so wie Schnee das Land der Svear beherrscht hatte. Regen und Feuchtigkeit, Gliederschmerzen, Schnupfen und kalte Füße … fast vergaß man darüber, wie lieblich es an sonnigen Tagen wirkte, wenn lichtdurchflutete Wälder einen erdigen Geruch ausströmten und schimmernde Wiesen sich im Wind wiegten. Dann tanzten die Elfen und Luftgeister anmutig über dem Morgennebel, und man verstand, warum so mancher lieber einen Umweg machte, als sie zu verärgern.

Meine Filzdecke war feucht geworden, doch darunter hatte ich mich mit der Zauberdecke der Völva zugedeckt. In nächtelanger Arbeit hatte die Schwester des schwedischen Königs Zauberfäden hineingewoben, die mich vor Unbill und bösen Träumen schützen sollten. Das Gesicht in die Wolle geschmiegt, dachte ich wehmütig an die weise Frau von Uppsala mit den schneeweißen Haaren zurück.

Erinnerungen waren das Einzige, was blieb, was Bestand hatte. Mit Erinnerungen war ich von zu Hause aufgebrochen, und sie wärmten mich, wenn ich fror. War ich nun arm oder reich damit? Gedankenverloren spielte ich mit einer Erinnerung herum, die ich gestern zwischen den wenigen Schmuckstücken, die mir geblieben waren, gefunden hatte: eine kleine geschnitzte Holzrose. Ein armseliges Stück und doch kostbarer als alle Edelsteine, denn die Inschrift, die einst ein brennendes Herz für mich geritzt hatte, rührte mich immer noch zu Tränen. *Pone me ut signaculum super cor tuum.* Was auch geschehen würde – er war das Siegel auf meinem Herzen, fest und stark und ewig. Trotzdem musste ich weinen.

Náttfari stolzierte auf und ab und krächzte leise vor sich hin. Spielerisch zupfte die Sonne an seinem Gefieder, dass es wie ein Königsgewand in allen Farben schillerte. Mit wiegenden Schritten kam er auf mich zu und klapperte mit dem Schnabel. Schlagartig war ich hellwach. Heute war er anders als sonst. Er hüpfte umher, als hätte er von Vater Ælfrics Met gekostet, plappernd und mit sich selbst tanzend. *Alles wird gut. Keine Angst. Keine Angst. Keine Angst.* Die kleinen Augen glitzerten verheißungsvoll. Ob Galgenvogel oder Schicksalsbote – ich begann diesen Vogel irgendwie zu mögen. Sollten die Leute doch sagen, was sie wollten. Auf seine Botschaften konnte man sich verlassen, und heute brachte er mich mit seinem eigentümlichen Tanz tatsächlich zum Lachen. Blinzelnd verbeugte er sich.

»Du bist wunderschön, wenn du träumst, Alienor von Sassenberg, hab ich dir das schon mal gesagt?«

Mein Herz stand für einen Moment still. *Trau mir doch*, zwinkerte der Vogel mir zu.

»Viel zu selten, Erik Emundsson – du bist ja nie da.« Ich fing schon wieder an zu weinen, vor Erleichterung, vor Freude, aber auch vor Trauer, weil ich nie wieder allein sein wollte und doch wusste, dass er nicht bleiben konnte. Er saß hinter dem Weidenhüttchen, ganz in meiner Nähe und trotzdem darauf bedacht, in Deckung zu bleiben. Immer auf der Flucht. Sollte das denn ein Leben lang so weitergehen … Ich drehte mich auf den Bauch, um ihn besser sehen zu können. Die Sonne eilte zu Hilfe, um ihren Liebling ins rechte Licht zu rücken, und schob die restlichen Wolken zur Seite, die diese Morgendämmerung stören könnten.

Sein Haar schimmerte wie die geöffnete Schatztruhe des Königs, obwohl ich wusste, dass sich immer mehr weiße Strähnen in die goldene Pracht geschmuggelt hatten. Gierig tauchte die Sonne in das Blond und badete darin. Schatten umgaben seine Augen wie schlafende Nachtfalter, er wirkte müde und ausgelaugt.

»Wo bist du gewesen?«, fragte ich leise. »Wo bist du nur gewesen …«

»Ich war die ganze Zeit in der Nähe. Ich bin immer in deiner Nähe, *elskugi.*« Er fuhr sich mit den Händen durchs Gesicht, walkte die Haut, bis sie rot anlief. »Ivo streifte hier herum …«

»Er sucht dich.«

»Ich weiß. Er sucht mich sogar mit einer Leiche im Gepäck. Er schleppt sie mit sich herum, statt sie unter die Erde zu bringen, wie es sich für einen Christenmenschen gehört.« Angeekelt spuckte er aus.

»Und jetzt …?«

»Komm her.« Er streckte die Hand nach mir aus. Warum fiel es so schwer aufzustehen? Fast schämte ich mich für mein Zögern, seiner Einladung zu folgen. Die Hand blieb indes ausgestreckt. Sie war warm und fest, wie ich sie kannte, und doch erlebte ich ihren Griff neu.

»Geht es dir gut? Den Kindern? Geht es den Mädchen gut?«, fragte er heiser. Noch lag eine Elle zwischen uns. Eine Elle, die schmerzte.

»Wir sind gesund.«

Er zog fest an meiner Hand, überwand all meine Widerstände, und dann hockte ich bei ihm, so dicht es ging, und versuchte, die Tränen zurückzuhalten, weil ich ahnte, was kommen würde.

»Du bist ein tapferes Kriegerweib, Alienor. Ich wünschte, ich könnte eine Burg für dich bauen …« Die stand in seinem Herzen, und ich fühlte mich auch sicher darin, doch was war sie ohne ihn?

Náttfari schnarrte misstönend. Dann breitete er die Schwingen aus und flatterte viel zu laut davon. Nichts würde gut werden. Ich wappnete mich für das, was nun kommen würde.

»Ich habe mich entschlossen, zu Hereweard zu gehen. Du erinnerst dich …?«

Mein Blick wanderte dem Vogel hinterher, der immer Recht hatte. Auch diesmal.

»Erinnerst du dich an ihn?«, drängte Erik.

Natürlich erinnerte ich mich, schließlich hatte ich den Rebellen der Fens eine ganze Nacht lang in meiner Feuergrube bewacht. »Weißt du denn, wo er ist?«

»Das werde ich wohl herausfinden.« Nachdenklich drehte er den Ring, den Hereweard ihm damals gegeben hatte, zwischen den Fingern hin und her. Ich kniete mich vor ihn hin. »Aber … dann bin ich fort. Richtig fort, Alienor. Du wirst mich dann nicht mehr finden – Hereweard hält sein Versteck sehr geheim.« Er legte die Hand unter mein Kinn. »Wirst du das können?«

»Nimm mich mit!«, platzte ich heraus, »nimm mich mit …«

»Das geht nicht, Liebes.« Sanft streichelte er mein Gesicht. »Ein Kriegerlager ist kein Ort für eine Frau wie dich …« Osberns Hütte war auch kein Ort für eine Frau wie mich. »Sobald ich etwas gefunden habe, wo wir alle sicher leben können, hole ich dich. Aber« – er sah mir in die Augen – »ich weißt nicht mehr, ob das für uns beide vorgesehen ist, *elskugi.*«

Ich schluckte unter der Wucht seiner Ankündigung. »Wie lange?«, würgte ich hervor.

»Ich weiß es nicht.« Wo soll ich sonst hin, formulierte er lautlos. »Ich weiß es doch nicht …«

Das Drama seiner stillen Frage dröhnte mir in den Ohren. Wohin? Wohin mit einem glücklosen Krieger, wohin mit einem heimatlosen Schwertträger, der den Stolz seines edlen Geschlechts allzu sehr auf der Zunge trug – wohin mit dem goldenen Sohn der Ynglinge, der außer dem Kampf nichts gelernt hatte?

»Wir müssen den Ort annehmen, den Gott uns zuweist.« Was für ein dummer Spruch. Und doch – genauso war es. Was nutzte es, wenn man strampelte und um sich schlug, um das Schicksal zu bekämpfen? Am Ende landete man doch dort, wo es Gott gefiel.

Zärtlich strich er mir übers Haar. »Du hast dich verändert, *elskugi.*« Seine Stimme schwankte. »Früher – damals, als wir uns begegneten –, hast du gegen alles und jeden gekämpft. Du warst eine wirklich schreckliche Frau. Anstrengend.«

»Ich war nicht anstrengend!« Empört richtete ich mich auf.

Er lächelte. »Du warst anstrengend, Alienor von Sassenberg. Wärst du es nicht gewesen, hättest du mich vielleicht gar nicht so in Bann gezogen. Dann hätte ich dir vielleicht sogar gerne gedient …«

»Wer dient schon gerne, wenn er muss.« So lange war es her, und immer noch tat es weh, über die Zeit zu sprechen, da er mein Diener gewesen war, gefangen, versklavt, zu Unrecht geknechtet …

»Der Zwang war es nicht, Alienor. In den Hintern hätte ich dich treten können, jeden Morgen, nachdem ich die ganze Nacht von dir geträumt hatte.« Er grinste. »In den Hintern treten und danach –« Seine Hände kneteten meine Oberarme und glitten gierig über meinen Rücken. »Hass und Liebe entspringen demselben brennenden Herzen, mein Schatz. Ich brannte lichterloh. Ich brenne immer noch, Alienor von Sassenberg …«

»Vergiss den Hass«, flüsterte ich erstickt, »bitte vergiss ihn.«

»Ich brenne vor Sehnsucht.« Er zauste meine unziemlich offenen Haare. »Und du bist immer noch anstrengend. Du bist immer noch ungehörig, du tust immer noch nicht, was man dir sagt.« Mit flinken, fast bebenden Fingern löste er die Verschnürung meines Kleides. »Doch heute …«

Ich wollte gar nicht wissen, was heute so anstrengend an mir war, deshalb zog ich ihn von seinem Baumstumpf in die Sträucher, und zwischen den goldgelben Herbstblättern vergaßen wir für eine Weile Sassenberg und Ivo und warum wir eigentlich in dieser Einöde saßen, und wir wurden zu Königen einer kleinen Welt, die nur aus uns und den stacheligen Ästen unter uns bestand.

»Hatte ich dir einmal etwas Besseres versprochen?«, fragte er irgendwann ein wenig atemlos. »Etwas Besseres als dieses … Feldlager?«

»Nein, Erik«, sagte ich leise. »Du hast mir nie etwas versprochen.«

»Und du bist trotzdem bei mir geblieben.«

»Ich liebe dich, ist das kein Grund? Ich liebe dich, ob es Gott oder den Priestern nun passt oder nicht.«

»Schsch, schimpf nicht.« Er schloss mich in die Arme. »Bewahre deinen Zorn für Wichtigeres, *elskugi*. Ich liebe deinen Zorn – du bist wie eine Raubkatze über ihren Jungen, niemand kommt an ihr vorbei, man nehme sich in Acht vor ihr. Ich liebe deinen Missmut – er ist wie eine Wolke, die vor zu viel brennender Sonne schützt. Ich liebe deinen scharfen Geist – du bist schneller als ein Pfeil und immer findest du dein Ziel.« Mein Haar fiel über sein Gesicht, und er vergrub das Gesicht darin. »Ach, hätten wir doch mehr Zeit, hätten wir doch Zeit …«, hörte ich ihn ganz leise sagen.

»Haben wir.« Enger als eng umarmen geht nicht. Ich wünschte mir, noch einmal mit ihm verschmelzen zu können.

»Haben wir nicht, *drottning mín*. Haben wir nicht …«

Es gelang mir nicht, die Traurigkeit aus seinem Gesicht wegzuküssen. Schatten tanzten über seine Haut. Ängstlich versuchte ich, sie wegzustreichen, doch sie ließen sich nicht vertreiben. Ich warf mich über ihn und beschützte zumindest den leichten Schlummer, der ihn überkam, und es tat unendlich gut, ihn unter mir zu spüren, seine Atemzüge, das Pochen seines Herzens und die Wärme seines Körpers. Ich nahm dieses Gefühl tief in mich auf. Die Angst saß wie ein gieriger kleiner Dämon neben uns und wartete unbeirrt mit mir auf den Morgen.

Er sammelte seine Kleider auf. Schläfrig sah ich ihm beim Ankleiden zu. Eine wilde Katze strich durchs Gebüsch, irgendwo piepste eine Maus zum letzten Mal. Das morgendliche Vogelkonzert strich wie sanftes Rauschen an meinen Ohren vorbei und besänftigte meine Angst. Das Schwert klirrte leise – es war reisefertig. Und dann stand er da, wie angewurzelt, als erlaubte der Boden ihm nicht, sich zu entfernen.

»Du musst mir etwas sagen, bevor du gehst, Erik.«

Er lächelte. »Was willst du hören, *elskugi*?«

Ich setzte mich auf und schluckte. »Warum … Erik, warum hast du dich mit Guilleaume überworfen? Warum in Gottes Namen? Warum …?«

Sein Gesicht versteinerte. »Das ist nicht mehr von Belang. Es ist geschehen und Schluss.«

»Ich will es wissen, Erik. Du musst mir sagen, warum.«

»Warum willst du das wissen?« Die Niederlage hatte sich tief in sein Herz geätzt, trotzdem sah ich es als mein Recht an zu erfahren, warum seine Kinder in verrußten Lehmhütten wohnen mussten und ich ihn vielleicht in diesem Leben nicht wiedersehen würde. Ich musste wissen, was für einen Stand ich als seine Frau hatte, wenn er mich jetzt allein ließ. Er las in meinem Gesicht und verstand. Mit gesenktem Kopf kam er näher.

»Ich stand neben Guilleaume, schützte seinen Rücken, dort

im Kloster. Das ist eine sehr große Ehre, die er mir gewährte... Ringsum tobte der Kampf, aber eigentlich war er schon entschieden, immer mehr Mönche ergaben sich und ließen die Waffen fallen. Guilleaume kämpfte weiter – er ist ein guter Heerführer, immer in vorderster Reihe, und dafür lieben ihn seine Soldaten. Ich verstand nicht, warum er weiterkämpfte, ich rief ihm zu, dass es entschieden sei, von der Brüstung wehten ja schon unsere Flaggen. Er hörte mich nicht. Er – er schlug einem Mönch den Kopf ab. Einem Mönch, der sich gerade ergab. Obwohl über uns die Fahnen wehten und man den Abt in Fesseln nach draußen führte. Jeder konnte das sehen. Jeder.«

Ganz langsam ließ er sich neben mir nieder, und aus dem Krieger wurde ein einfacher Mann, der sich anmaßte, seinen König zu kritisieren.

»›Einer mehr oder weniger‹, lachte er mich aus, ›was macht das schon.‹ – ›Wie wenig Euch ein Leben gilt, Sire, das sah man in Yorkshire‹, antwortete ich. ›Schweigt!‹, schrie er mich da an. ›Was nehmt Ihr Euch heraus?‹ Und alle glotzten hämisch und warteten, dass er mir auch den Kopf abschlägt.« Er grinste schief. »Doch so etwas tut Guilleaume nicht, dazu ist er zu sehr Herrscher.« Schweigen. Ich war sicher, dass noch mehr vorgefallen war, doch war ich mir ebenso sicher, dass er mir nicht alles erzählen würde.

»Dieses Land ist nicht mein Land, der König nicht mein König, obwohl ich mir eingebildet hatte, es könnte so sein. Ich kann nicht für einen König kämpfen, der unschuldige Kinder morden und Frauen schänden lässt. Früher hat mich das kalt gelassen. Jetzt nicht mehr. Also bin ich gegangen. Das war Hochverrat. Guilleaume schäumte vor Wut, das hörte man bis hinter die Klostermauern. Ich bin trotzdem gegangen. Es wird keinen Frieden geben in einem Land, wo ein Herrscher seinen Weg so brutal durch Menschenleben schlägt.«

»Du hast ihn nicht beleidigt?«, fragte ich leise.

Erstaunt hob er den Kopf. »Wie kommst du darauf?«

Ich schwieg – jeder kannte schließlich seine hochfahrende Art.

»Nein, natürlich nicht.« Er seufzte. Die Erinnerung an jenen unseligen Tag schien ihn zu peinigen. »Er schrie, ich solle mich nicht in seine Angelegenheiten einmischen, was wüsste ich schon vom Herrschen, es stünde mir überhaupt nicht an, irgendetwas an seinem Vorgehen zu kritisieren, und die verfluchten Angelsachsen könnten von Glück sagen, dass endlich Ordnung in diesem Land einkehrte und eine Hand, die wisse, was sie tue – ach, ich hab vergessen, was er noch alles schrie...« Natürlich hatte er kein Wort vergessen, aber ich wollte auch nicht mehr hören.

»Du hast ihn also nicht angegriffen?«

»Natürlich nicht!«, entgegnete er wütend. »Er ist der König, sein Wort gilt, von seinen Taten singt man am Hallenfeuer. Aber niemand kann mich zwingen, ihm zu folgen.« Das war in der Tat Hochverrat, weil er ihm nur Tage zuvor in aller Öffentlichkeit Hand und Schwert dargeboten hatte.

Ich war entsetzt. Guilleaume musste diese Kritik sehr persönlich genommen haben, dass er seinen einstigen Günstling nun derart verfolgen ließ. Seine Wut zumindest war verständlich. Die Frage war allerdings – ließ er ihn überhaupt derart bissig verfolgen?

»Kennst du Ivo näher?«

»Taillebois.« Der Name war nicht mehr als Speichel auf dem Waldboden, ausgespuckt mit größtem Ekel. »Taillebois – was für ein widerwärtiger Stiefellecker.« Mir schoss durch den Kopf, dass es Männer wie Ivo an Stenkils Hof wohl nicht gegeben hätte, weil Stenkil gradlinige, tapfere Männer bevorzugte. *Du weißt nicht, wie Ivo sich im Kampf zeigt,* mahnte da mein Gewissen.

»Er kämpft auch an vorderer Front, die Götter wissen, woher er den Mut dafür nimmt, dieser miese kleine Tropf. Er ist ein echter Krieger, dieser... Taillebois. Ein Normanne eben. Eiskalt und hirnlos. Sag ihm, er soll töten, und er tötet, ohne nachzufragen. Solche Männer erobern Länder. Aber solche Männer haben auch Yorkshire auf dem Gewissen.«

»Kennst du ihn von früher?«

Er zuckte mit den Schultern. »Vielleicht. Doch schätze ich eher, er nahm es übel, dass Guilleaume mich an seine Seite beordert hat.« Das wiederum konnte ich mir gut vorstellen. Der stolze Vetter des Königs fühlte sich zurückgesetzt zugunsten eines dahergelaufenen Svearsprosses, der aus irgendeinem Grund vor Jahren das Herz des Königs für sich eingenommen hatte. Guilleaume von der Normandie war bekannt dafür, dass er einmal lieb gewonnene Menschen nicht vergaß – und dass er solche, die ihm im Wege standen, rücksichtslos beiseite räumte. Beides hatte seinen langen und steinigen Weg an die Macht gekennzeichnet; immer noch umgaben ihn die Männer, die seinen Aufstieg begleitet hatten und von deren Treue er restlos überzeugt sein konnte. Hegte er auch nur geringe Zweifel, so erzählte man sich, dann hackte er wie eine Krähe in der Wunde herum, bis der Betroffene entweder zu Kreuze kroch und bedingungslose Treue gelobte oder hinweggefegt wurde. Galt das nun für Erik?

Ich wusste bis jetzt aber immer noch nicht, wer ihn mit einer derartigen Wut verfolgte, der König oder sein eifersüchtiger Vetter.

»Gibt es keinen Weg zurück, Erik?« Sein Blick gab mir Antwort. Er würde sich nicht unterordnen, würde seinen Stolz nicht einer Treue wegen beugen, die sein Herz nicht mittrug. Er würde keinem folgen, der ihn nicht überzeugte.

»Und was glaubst du, wirst du bei Hereweard finden?«, fragte ich zweifelnd. »Er ist vogelfrei.«

»Hereweard hat Platz für aufrichtige Männer«, unterbrach er mich. »Dort kann ich leben und dienen, ohne mich zu verstecken, bis...« Der Satz blieb unvollendet, weil klar war, dass ein Ausgestoßener niemals in den Schoß der Gemeinschaft zurückkehrt, außer er wird begnadigt. Selbst dem Mann aus der alten Thule-Saga war es nicht gelungen – niemals würde ich die Geschichte von Gisli Sursson und den Schicksalsnornen vergessen. Doch vielleicht bot dieser Hereweard ein angenehmeres Leben, als Gisli es in den kalten Westfjorden gehabt hatte.

Leben und dienen. Wir schafften es nicht, uns in die Augen zu sehen ob dieses Märchens. Erik war königlicher Herkunft und sprach davon, einem Gesetzlosen unterhalb seines Standes zu dienen – was für ein großartiges Lügenspiel! Ich sparte mir jeden Kommentar, er würde ihm ohnehin nur die Haut vom Gesicht ziehen. Mein Herz war so schwer…

»Jetzt weiß ich zumindest, wo ich stehe.« Er betrachtete mich ernst, mit tiefem Bedauern im Blick. Alles hätte so anders sein können – oder auch nicht, denn unser gemeinsamer Weg hatte von Beginn an voller Steine gelegen. Wie der alte Jude damals prophezeit hatte. Damals, als eigentlich schon klar gewesen war, dass mir kein gottesfürchtiges, geordnetes Leben beschieden war.

»Wir hatten so wenig Zeit«, sagte er leise und nahm meine Hände. »Wirst du zurechtkommen?«

Ich nickte tapfer. »Gott schütze dich und alle, die schon immer auf dich Acht gegeben haben«, flüsterte ich. »Wir werden uns wiedersehen, daran glaube ich fest. Verlier nicht den Mut, Yngling. Zeiten ändern sich.« Davon war ich wirklich überzeugt. Zeiten ändern sich. Solange er nur lebte, war nichts verloren und eine Trennung nicht für immer.

Vielleicht spürte Erik meine Zuversicht. Er kniete vor mir nieder und küsste mich auf die Handflächen, und ich fühlte Tränen über seine Wangen laufen. Ich reckte das Gesicht dem Morgenhimmel entgegen. Und wirklich, mit seinem sanften Blau schenkte er mir die Kraft zu lächeln. Sanft strich ich über Eriks Haar. »Mach dir keine Sorgen um uns.«

»Papa…?!«

Beide fuhren wir hoch. Riesengroße Kinderaugen lugten am Ulmenstamm vorbei. »Papa?«

»*Meyja mín*«, sagte Erik leise. Zögernd kam Snædís näher. Er streckte die Hand nach ihr aus, worauf sie mit fragendem Blick stehen blieb. »Ich muss fortgehen, Liebes«, flüsterte er.

»Wirklich?«, fragte sie sehr leise.

Er nickte und zog sie an sich. Einen Moment lang standen wir drei eng umschlungen da, und die Welt wirkte so friedlich…

»Kommst du wieder, Papa?« Sie löste sich von ihm. Ihre Augen waren so ernst, dass es mir wehtat, weil Ernst in Kinderaugen nichts verloren hat.

Erik hob die Schultern. »Ich weiß es nicht, *meyja.*«

Da drehte sie sich um und lief zum Haus zurück. Erik wollte hinterher, doch ich hielt ihn fest. »Sie kommt wieder«, raunte ich.

Ein paar wenige Augenblicke waren uns so noch vergönnt, dann drängelte sich der kleine Blondschopf wieder zwischen den Büschen hervor. Snædís druckste herum, kaute auf ihren Nägeln und zog dann ein Leinwandpäckchen hinter dem Rücken hervor.

»Damit kannst du alle bösen Männer abstechen, die dir was wollen.« Erik befreite sich aus meinem Griff und wandte sich dem Mädchen zu. Das Päckchen enthielt jenes reichverzierte Dänenmesser, das sie damals auf der Isle of Axholme gefunden hatte und seitdem wie einen kostbaren Schatz hütete.

»Damit wird mir sicher nichts passieren, *ástin mín*«, lächelte er gerührt und strich vorsichtig über die fein geschliffene Klinge. »Es wird ja sein, als ob du selber mich beschützt.«

»Das musst du schon selber tun«, antwortete sie altklug und grinste dann: »Aber damit geht das bestimmt besser.« Er schob das Messer in die Scheide zurück und legte es andächtig auf den Boden. Und dann nahm er sie noch einmal wie einen kostbaren Schatz in seine Arme. Snædís ertrug es einen Moment, bevor sie sich losriss und wegrannte. Seine Arme sanken herab, und er stand auf.

»Ich liebe dich, Alienor von Sassenberg. Ich liebe dich, egal, was für ein Sturm über uns kommt. *Drottning mín.*« Ohne mich noch einmal zu berühren, küsste er mich auf den Mund und hinterließ dort eine Brandwunde. Ich blieb ruhig, als er sein Gepäck aufnahm und das Messer in den Gürtel steckte.

Dann ging er und nahm die Sonne mit sich. Gefasst sah ich ihm nach, sah, wie er sich in Richtung Wald entfernte, nach Kári pfiff und wie der schwarze Hengst von irgendwo angetrabt kam. Zusammen zogen sie davon, zwei dunkle Gestalten, über denen die Schicksalsschwinge heftig schlug und die der Morgennebel alsbald verschluckte. Ich holte tief Luft, mehr als meine Lunge fassen wollte, und griff unwillkürlich nach ihm. Nun war er fort. Wieder einmal – und diesmal wohl für immer. Die Hand sank herab. Wie gebannt hing mein Blick an der Stelle, wo er verschwunden war, an diesem Morgen wie an allen folgenden Tagen, als könnte ihn das zurückbringen. Der Ort, wo ich stand, war heilig, tränengetränkt der Boden, der unsere letzte Umarmung getragen hatte, und die Bäume waren meine verschworenen Brüder, weil sie dazu gerauscht hatten. Ich presste die Hand vor den Mund, um den stummen Schrei, der sich dort bereithielt, zurückzudrängen, während sich die Kanten der Holzrose in die andere Hand bohrten. Ich steckte sie in die Tasche. Stark wie der Tod ist die Liebe. War sie das?

Snædís kam herangeschlichen und fasste meine Hand.

»Er kommt wieder, nicht wahr?«, flüsterte sie.

»Ich weiß es nicht. Der König ist böse auf ihn.«

»Der König ist dumm«, kam es kaum hörbar.

10. KAPITEL

Heißer als Feuer brennt bei schlechten Freunden
Der Friede fünf Tage;
Doch sicher am sechsten ist er erstickt
Und alle Lieb erloschen.

(Hávamál 51)

Wir sprachen nicht viel von ihm.

Manchmal deckte Snædís eine Schale mehr an der Feuerstelle, als wollte sie darauf hinweisen, dass er ja ausgerechnet heute Abend zurückkommen könnte, möglich war ja alles. Wir ließen die Schale einfach stehen und taten so, als wäre er unser Gast, der sich verspätet. Jeder bemühte sich, heiter zu wirken, dabei war jedem klar, dass wir ihn so bald nicht wiedersehen würden. Cedric holte sein Instrument hervor und spielte Melodien, die so traurig waren, dass Ringaile zu weinen begann. Hermann tröstete sie. Cedric sah mich unter seinen langen Wimpern an.

»Trägt der Wind mein Lied zu dir,
sagt, ich liebe dich so sehr.«

»Sing etwas anderes.« Ich stand auf und räumte das Geschirr zusammen. Draußen regnete es in Strömen, trotzdem wäre ich liebend gerne zum Bach gegangen, wenn ich Cedric dadurch hätte entkommen können. Herausfordernd rückte er daraufhin sein Instrument auf den Knien zurecht und schlug erneut eine Saite an.

»Ein Bote brachte Nachricht mir
von Schlacht und Kriegsgetümmel,
von Heldenmut und Ehrentat,
von tapfren Kämpen und Triumph,

ich hör die Hörner weit entfernt,
die Luft singt frisch vom Siege,
mein Schatz wird reiten bald nach Haus,
behängt mit Schmuck und Ehren,
mein größter Schmuck ist doch er selbst,
wie lieb ich meinen Kämpen sehr.«

Margyth und Snædís klatschten im Takt des flotten Liedes. Hermann schaute grimmig drein – auch er verstand, wie anzüglich die Verse gemeint waren.

»Gefällt Euch das besser?«, fragte Cedric angriffslustig.

»Wenn es dir so sehr gefällt, tapfere Recken zu besingen, solltest du dir vielleicht einen herrschaftlichen Hof suchen«, schnauzte ich zurück. »Hier wirst du erst mal keine Recken mehr finden, und Kinder sind kaum die richtigen Zuhörer.«

»Tapfere Recken kann man überall besingen.« Und er hub an, laut und unschön, wie ich es noch nie von ihm gehört hatte.

»Bogan wæron bysige, bord ord onfeng.
Biter wæs se beaduræs, beornas feollon
on gehwæðere hand, hyssas lagon –«

»Hör auf damit«, befahl ich. Die Laute verstummte.

Cedric reckte sich trotzig. »Euer Mann ist ganz schön dumm, dass er alles, was er hat, aufs Spiel setzt und Euch hier im Dreck sitzen lässt.« Hatte der Spielmann getrunken? Fassungslos sah ich ihn an, entdeckte Vater Ælfrics Metflasche in verdächtiger Nähe. Hatte er etwa davon getrunken?

»Wir sitzen hier nicht im Dreck, Cedric Spielmann.«

»Natürlich sitzen wir im Dreck – Ihr seid von hoher Geburt, Euer Mann königlicher Abstammung, und Ihr hockt beim Essen auf dem Boden! Wenn Euch das reicht…« Hochnäsig zog er die Brauen hoch. Ihm reichte es ganz offenbar nicht. Doch da die Kinder erschreckt zuhörten, verzichtete ich auf eine weitere Diskussion und beschloss, diesen Gaukler bei nächster Gelegenheit ein für alle Mal an die Luft zu setzen.

Hermann stieß leise die Luft aus.

Von diesem Tag an saß die Zwietracht klein und versteckt mit am Herd. Sie vergiftete das Essen, machte unser Bier schal und ließ das Feuer qualmen. Ringaile hängte versöhnende Birkenzweige an die Tür. Am nächsten Morgen waren sie verdorrt. Erschreckt warf sie sie ins Feuer, wo sie zischend verbrannten.

Jener Tag im späten Oktober begann damit, dass Frère Lionel uns eröffnete, er gedenke abzureisen.

»Jetzt?«, fragte Hermann mit großen Augen. »Um diese Jahreszeit?«

»Nach Norden? Auf Lindisfarne wird es heftig stürmen«, meinte Margyth mit dunkler Stimme. »Die Insel ist im Winter kein Ort für Menschen …« Das war Yorkshire sicher auch nicht, denn die Wälder und Heidewiesen hatten sich nach dem farbenfrohen Herbstfest in ein tristes graues Einerlei verwandelt. Der wolkenschwere Himmel schien fast auf die Erde zu fallen, und es gab kaum noch einen Tag ohne Regen. Draußen regierte der Schlamm, man mochte kaum glauben, dass wir noch vor Wochen vergnügt am Feuer draußen gesessen und Lieder gesungen hatten. Es war richtig unangenehm kalt geworden. Fröstelnd zog das Mädchen ihr Wolltuch enger um die Schultern. Der Wind pfiff immer unverschämter um unser kleines Haus, und heute hatte er zum ersten Mal Kunde aus dem Norden mitgebracht: Schnee und nasse Kälte waren nicht mehr fern, das Land schien sich schon vorher furchtsam zu ducken. Unwillkürlich taten mir die Knochen weh. Ich knetete meine steifen Finger und rückte näher ans Feuer, um zumindest die Vorderseite etwas wärmer zu haben. Am Rücken fror man dafür umso mehr …

»Der heilige Cuthbert hat es dort gut ausgehalten«, lächelte Lionel spitzbübisch. »Er hat sogar jahrelang auf Farne gelebt, das ist eine noch kleinere Insel, noch weiter draußen im Meer.«

»Cuthbert war auch ein Heiliger.« Cedrics Stimme klang feindselig. Seit Tagen nervte er mit Darmgrimmen, schlechter Laune und einer Appetitlosigkeit, die mich schon fast wieder beunruhigte. Wir hatten ihn lange nicht mehr singen gehört. Unsere Auseinandersetzung von neulich saß uns beiden wohl in den Knochen, obwohl keiner von uns ein Wort mehr darüber verloren hatte. Die Harmonie indes war dahin. »Heilige stehen unter Gottes Schutz, auch wenn es stürmt und das Meer die Insel verschlingt.«

»Meinst du, ich stehe nicht unter Gottes Schutz?«, fragte Lionel ironisch. »Oder du, Spielmann?« Er reckte sich. »Jeder von uns steht unter Gottes Schutz, darum kann man getrost auf eine stürmische Insel ziehen.«

»Dominus pascit me, et nihil mihi deerit…«, murmelte ich versonnen. Ljómi neben mir faltete sogleich die Hände und murmelte mit.

»…in pascuis virentibus me collocavit, super aquas quietis eduxit me, animam meam refecit…

Ich mochte es, wenn Lionel sang, seine melodische Stimme schaffte es, Ruhe in mein Herz zu bringen. Und nun wollte er fort. Wie beim letzten Mal schlich sich Trauer in mein Gemüt. Wilde Trauer. Angst… Ich rührte im Topf, dass die Suppe überschwappte.

»Das wird keine leichte Reise um diese Jahreszeit«, fing Margyth wieder an. »Es gibt böse Stürme an der Küste, vielleicht könnt Ihr den Pilgerweg nach Lindisfarne gar nicht benutzen, weil das Meer ihn eingefangen hat.«

»Wie meinst du das?«, fragte ich zerstreut.

»Lindisfarne ist eine Insel, und der Pilgerweg dorthin führt durchs Wasser«, erklärte sie. »Alle paar Stunden zieht das Meer sich zurück, dann kann man den Pilgerweg gehen. Im Winter aber gibt das Meer den Weg manchmal gar nicht her, oder es kommt früher und man ist verloren.«

»Dort gibt es Treibsand«, wusste Cedric zu berichten. »Das Wasser kommt und geht, und wenn es geht, hinterlässt es gefährlichen Treibsand, wo man stecken bleibt, sobald man den Weg nur um eine Elle verfehlt. Viele Pilger sind schon versunken, ohne dass man sie je wiedergefunden hat.«

»Ich seh mich vor, Spielmann. Ich bete um Gottes Beistand, und wenn es stürmt, warte ich einfach, bis der Weg wieder freiliegt«, lächelte der Mönch. »Auch der heilige Cuthbert hat viele Male am Ufer gewartet, bis das Meer den Pilgerweg freigegeben hat. Ich nehme die Unbill gerne als Buße auf mich, schließlich hätte ich schon längst dort sein sollen. Bischof Walcher ist sicher nicht begeistert, das zu hören.« Sein Blick streifte mich, als wäre ich der Grund, warum er noch hier war. Denn neckte der Schalk ihn. »Wenn der Bischof wüsste, dass ich in England eine Tochter habe, wäre er sicher noch weniger begeistert.«

»Behaltet es für Euch«, sagte ich leise und berührte seine Hand. »Damit fährt man unter den neuen Herren Englands besser …«

Er lächelte traurig. »Manchmal möchte ich es hinausschreien, Alienor. Aber du hast schon Recht. Bleibe mein kleines, liebes Geheimnis.« Und wie ein Edelmann hob er meine Hand und küsste sie. »Ich will dich behüten, wo immer ich kann.«

»Ihr seid wirklich mutig, Frère Lionel«, brachte Margyth die Rede auf Lindisfarne zurück, und es war nicht ganz klar, was genau sie damit meinte. »Aber gut, dann wollen wir mal Vorräte für Euch zusammenstellen, damit Ihr den Weg auch bis zum Ende schafft. Nicht dass Ihr am Ufer verhungert, die Insel Lindisfarne schon vor Augen.« Die Northumbrierin grinste spitzbübisch. Sie ließ sich von ihrer praktischen Gesinnung leiten und zog sogleich Lionels Tasche aus dem Winkel heraus, um abzuschätzen, was wohl hineinpassen würde.

»Und ich schaue das Haus noch mal nach, bevor der Winter kommt, vielleicht kann man noch etwas abdichten.« Das klang nun eher nach einer Ausrede, denn er stand beinahe täglich auf der Leiter und sah nach seiner Dachkonstruktion. Hermann folgte ihm aber auch diesmal bereitwillig mit dem Korb für das Heidekraut, mit dem sie die Lücken zustopften. Nachdenklich blickte ich meinem Vater hinterher. Was für eine merkwürdige Laune Gottes, mich ausgerechnet ihm begegnen zu lassen. Was für ein seltsamer Plan, nach all den Jahren … Nun ja, so seltsam vielleicht auch wieder nicht. Erik hatte mir erzählt, wie viele heimatlose, glücksuchende Normannen seit der Eroberung nach England gekommen waren, um hier von vorne anzufangen, und vielen war es gelungen. Warum nicht auch ein Mönch? Doch ausgerechnet dieser... Die Vorstellung, ihn schon wieder ziehen lassen zu müssen, tat inzwischen wirklich weh. Traurig starrte ich vor mich hin.

»Mama, kommt ein Gewitter?«, fragte Snædís da beunruhigt und deutete an den Himmel. Es kam nicht, es hatte sich bereits hinterlistig herangeschlichen. Wer mochte das geschickt haben? Schwarze Wolken waren vor das ewige Grau gewandert und drohten damit, alles vernichten zu können; böse schüttelten sie die Fäuste und blitzten schon mal unheilverkündend, während aus den Windböen Dämonen herausfuhren und girrend Unruhe schürten. Náttfari flatterte kreischend umher und versuchte sie zu vertreiben, doch was wollte ein Unglücksrabe schon ausrichten gegen entfesselte Naturgeister...

Wo kam der Rabe her?

Hektisch sah ich mich um. Die Landschaft war gestochen scharf, fast meinte ich, jeden Grashalm einzeln zu erkennen, wie er sich zitternd vor Angst zu Boden neigte. Der Rabe war doch wohl nicht wegen des Gewitters gekommen, oder? Mir lief es kalt den Rücken herunter. War er das? Seit Kindertagen fürchtete ich mich vor Gewittern und dem Feuer, das sie immer wieder mit sich brachten. Der Zorn Gottes, der jedes Mal über das Land fuhr, schien grenzenlos und unersättlich; was waren wir Menschen dagegen? Doch Furcht hatte hier auf Osbernsborg keinen Platz, vor allem jetzt nicht, wo die Verantwortung, die ich für diese Menschen trug, tonnenschwer auf meinen Schultern lag...

»Alles wegräumen hier, nichts bleibt draußen stehen, wenn ihr es nicht suchen wollt!«, rief ich durch die Böen und versuchte, souverän zu wirken, denn die Frauen schauten auch schon verängstigt drein. Solch heftiges Wetter hatten wir hier noch nicht erlebt... Nehmt, was ihr tragen könnt! Schafe und Ziege ins Haus, die Pferde freilassen, los, los, worauf wartet ihr?« Emsig liefen sie herum, glücklich, dass ihnen jemand sagte, was zu tun war. Rasch räumten wir alles nach innen, während der Sturm uns frech an der Arbeit zu hindern suchte. Am Horizont zuckten erste Blitze, und Ljómi fing an zu schreien. Cedric nahm sie tröstend auf den Arm, doch sie strampelte so sehr, dass er sie wieder herunterlassen musste. Margyth drückte ihm das Stöckchen zum Schafetreiben in die Hand. Der Rabe flog im Steilflug über unsere Köpfe, und mein Herz schlug wild. Ich löste die Fußfesseln der Pferde, und sie galoppierten in Richtung Wald davon. Lionel schrie irgendwas vom Dach herab, wo er hastig letzte Riedbündel befestigte, bevor der Sturm sie forttrug. Hermann rannte ums Haus herum. Ein vergessenes Schultertuch flog durch die Luft. Sindri wieherte schrill hinter den Bäumen. Stumm beugten sich die Baumwipfel den schärfer wehenden Windböen, und ich bekam Angst, dass sie unser Haus zertrümmern könnten. War es das, was der Vogel meinte?

»Mama, wir kriegen Besuch.« Snædís' Stimme traf mich ins Mark. Langsam drehte ich mich um. Er hatte etwas anderes gemeint.

Schnauben zerteilte das Heulen des Windes. Speere schimmerten hart im schwindenden Licht, Mäntel und Mähnen wehten wie zerfetzte Flaggen nach der Schlacht. Gott steh uns bei.

Ich griff mir mein Schwert vom Hauseingang und marschierte offensiv auf die Normannen um Ivo de Taillebois zu, weil ich glaubte, nichts mehr verlieren zu können.

»Schert Euch weg hier, es gibt weder Platz noch Essen, was wir mit Euch teilen könnten! Verlasst Osbernsborg, sofort, ich verbiete Euch, näher zu kommen und irgendetwas anzurühren!«, schrie ich ihnen entgegen – ich musste ja schreien, damit sie mich durch das Windgeheul auch hören konnten. Es waren mehr Berittene als beim letzten Mal. Unaufhaltsam quollen sie durch die Büsche auf die Lichtung, ihre Gäule zertrampelten achtlos Osberns Grabhügel und den Zaun des Gemüsegartens daneben, auch das Kreuz, das Hermann gezimmert hatte, zerbrach unter ihren Hufen. Sie schnaubten Dampf wie Ungeheuer, zertraten den Wasserkessel und schissen in die Scherben. Auf einen gebellten Befehl hin hielten sie jedoch ein. Heute stand kein Zerstörungswerk auf dem Programm.

Ivo rührte wie immer nichts an und tauchte unvermittelt vor

mir auf. »*Ma dame*, mir kam zu Ohren, dass Ihr nicht die Wahrheit gesprochen habt – Euer Gatte ist hier gewesen, man hat ihn gesehen. Ich kann Euer Verhalten nicht länger dulden.«

»Was wollt Ihr von mir? Schert Euch weg, ich weiß nicht, wo er ist, ich weiß es nicht, ich weiß es nicht, verflucht noch mal!« Ich war außer mir vor Wut und Verzweiflung über mein Unvermögen, diese königliche Zecke loszuwerden. »Schert Euch fort!«

»*Ma dame*, Ihr seid die Frau eines Geächteten, muss ich Euch sagen, was ...«

»Zeigt mir ein Ächtungssiegel, eine Urkunde, bringt mir einen Beweis, dann reden wir weiter«, unterbrach ich ihn zornig und hob das Schwert. »Bringt mir einen Beweis, doch jetzt verlasst meinen Hof, bevor der Teufel Euch holt!« Ohrenbetäubender Donner brach los, der Wind schob die Bäume gegeneinander, Lionel fiel von der Leiter. Meine Drohung verpuffte im Lärm, Ivos Pferd tänzelte nicht einmal. Gott stand auf seiner Seite.

Die Kinder begannen vor Angst zu weinen, von meinen Frauen keine Spur, und Cedric stand bleich wie der Tod an der Hauswand. Tränen liefen mir übers Gesicht. Mit der freien Hand packte ich Snædís und drückte sie gegen meinen Rock. »Seht Ihr denn nicht, dass es hier außer Frauen und kleinen Kindern nichts mehr zu holen gibt, Normanne – wann seid Ihr endlich zufrieden?«

»Wenn ich Erik von Uppsala in meinem Gewahrsam habe. Sonst will ich nichts von Euch!«, rief er mir durch den Sturm zu. »Wann begreift Ihr das endlich?« Er wendete sein Pferd und ritt in immer kleineren Kreisen um mich herum. Die kriegerische Energie, mit der das Pferd mich einkreiste – vorwärts, seitwärts, rückwärts, jeder Schritt virtuos dirigiert –, warf mich fast um. Vorwärts, rückwärts, seitwärts. Dicke Schweißflocken hingen an den zitternden Flanken des Tieres; sie mussten hart geritten sein, um Osbernsborg noch vor dem Unwetter zu erreichen. Ivos Schwert tanzte auf Höhe meiner Brust einen einsamen Tanz.

»Wo haltet Ihr ihn versteckt? Sagt mir, wo?« Der Schweif peitschte mir durchs Gesicht, hinterließ Spuren auf der regennassen Haut, wo mich ohnehin schon die lange Narbe verunzierte. Mit dem Ellbogen strich ich mir die nassen Haare aus den Augen. Keine Schwäche zeigen, jetzt nur keine Schwäche zeigen …

»Tötet mich«, sagte ich und reckte den Kopf. »Tötet mich, wenn Ihr Lust dazu verspürt. Aber Ihr werdet kein Wort von mir hören. Ihr gehört Eurem König – ich gehöre meinem Mann. Eher sterbe ich, als dass ich ihn verrate.« Ich holte tief Luft. »Das ist mein letztes Wort.« Der Regen klatschte mir höhnisch ins Gesicht, der Wind fuhr mir in die Kleider und verlustierte sich eisig feucht auf meiner Haut, doch ich spürte nichts davon. Wut und Gier mischten sich in Ivos Gesicht. Wäre nicht die Geschichte mit seinem Säugling gewesen und die Tatsache, dass Frère Lionel mit fliegender Kutte ums Haus herumgelaufen kam, er hätte sich vielleicht nicht zurückgehalten, obwohl ich eine Frau war, eine Adelige, eine Ebenbürtige. Doch für ihn verlor das immer mehr an Bedeutung, so viel wurde hier endgültig klar.

Frère Lionel erfasste die Situation mit einem Blick – das Schwert über meinem Kopf, Snædís an meine Röcke gedrückt, Ivos wutverzerrter, entschlossener Blick.

»Schont sie und nehmt mich!«, schrie er auf, »beschmutzt nicht Euren Namen, *mon seignur*!« Noch ein paar Schritte, dann stürzte er vor dem Pferd auf die Knie. Ivo hielt endlich an und senkte das Schwert. Seine Brauen wanderten in die Höhe.

»Glaubt Ihr wirklich, dass ein ehrbarer Normanne sich nicht in der Gewalt hat? Glaubt Ihr wirklich, ich würde Frauen töten?«, fragte er ehrlich betroffen. »Oder gar Mönche?« Ihr habt es getan, schoss mir durch den Kopf, Ihr habt Mönche in Elyg getötet und schämt Euch nicht mal dafür. Der kurze Moment, da ich ihm seine Ehrbarkeit abnahm, war vorüber, denn er ließ sein Pferd mit dem Vorderhuf ausschlagen, nur um zu zeigen, dass er dort oben am längeren Hebel saß.

Lionel stand auf. Sein Entsetzen schlug in kalten Zorn um. »Ich will Euch nichts unterstellen, *mon seignur*. Gar nichts. Nur für den Fall, dass es Euch danach gelüstet – lasst es an mir aus, nicht an einer Frau.«

»Wagt es, einen von uns anzurühren.« Meine Finger spreizten

sich wie von selber, als ich meine Hand auf ihn richtete. »Wagt es, und der Blitz soll Euch und die Euren treffen!« Wie zur Antwort ertönte ein Donnergrollen – Hohn oder Bestätigung? Ich bekam es mit der Angst zu tun – war er etwa meinem Ruf gefolgt? Niemand bewegte sich. Hatte Gott die Seiten gewechselt?

Das hatte er nicht, nicht einmal für meine Kinder. Denn Ljómi hielt es nicht mehr aus, Ljómi, meine kleine Ljómi rannte schreiend los, auf den Wald zu, wohin die Pferde vor langer Zeit verschwunden waren, und auf ein Zeichen von Ivo setzte einer seiner Männer hinterher.

»Wagt es, meine Tochter anzurühren!«, brüllte ich, stieß Snædís von mir weg und stolperte los, freilich ohne Erfolg, denn das normannische Pferd stand plötzlich wie ein Berg vor mir, und ich rannte gegen eine eisenharte Kruppe. Wütend trat es nach mir. Ich hörte Ljómi »Mamaaaa!« heulen, Snædís jaulte von hinten, wieder krachte ein Donner, dann hatte der Soldat das Mädchen erreicht. Mühelos beugte er sich herab und griff nach ihr wie nach einer Forelle im Bach, ohne dass ich ihn daran hindern konnte.

»Um Gottes willen!«, kreischte von irgendwo Margyth, »lasst ab von ihr – seid doch gnädig…«

»Dominus, ad adiuvandum me festina…« Lionel lag auf den Knien, die Hände vor dem Kopf gefaltet, und flehte mit lauter Stimme den Himmel an, der sich immer schwärzer färbte und mitsamt dem Regen auf uns niederzufallen schien. »Aus tiefster Not, o Herr…« Ich erstarrte, als ich meine Tochter derart am Kragen gefangen sah, hilflos schreiend und zappelnd, während der Soldat auf einen Befehl wartete.

»Ma dame.« Ivo wendete sein Pferd, jeden Gedanken im Keim erstickend, dass ich um ihn herumlaufen könnte. Wie festgenagelt stand ich da, schaffte keinen Schritt vorwärts. Unter dem Pferd hindurch sah ich Ljómi in der Luft hängen. Sie flatterte wie eine Stück Leinwand an der eisernen Faust des Mannes, der sie triumphierend an Haaren und Kleidern schwenkte. Als er aber sein Pferd zu uns hinwendete, entschied Gott, vor unseren Augen ein Exempel zu statuieren und seine Allmacht zu de-

monstrieren. Er schickte einen Blitz auf die Erde herab, den Normannen zu treffen! Oder vielleicht war es auch Thor, der seine Hand im Spiel hatte, denn einen solchen Blitz hatte ich in meinem ganzen Leben noch nicht gesehen. Taghell wurde es, der weiße Zacken am Himmel war messerscharf geschliffen, er blendete, schmerzte im Auge und durchschnitt die Wolken, doch ich hielt ihm stand. So wurde ich Zeugin, wie der Blitz in den eisernen Helm des Soldaten fuhr, als hätte er genau ihn gesucht!

Der Mann gab einen schier unmenschlichen Schrei von sich, gurgelnd in sämtlichen Tonlagen, während der Blitz durch seinen Körper fuhr, ihn wie eine Puppe zappeln ließ auf der Suche nach dem erlösenden Erdboden. Alles um mich herum schrie entsetzt auf. Der Mann brannte innerlich, begann zu sterben, noch während er schrie, Donner bestätigte gehässig seinen Tod und ließ ihn ein allerletztes Mal aufleuchten wie eine Fackel. »*Deus – Dominus ad adiuvandum …*« Lionels Stimme schwoll an. Sie peitschte gegen den Sturm und presste Gott unerbittlich den Beistand ab, den Er uns hatte versagen wollen …

Ljómi war zu Boden gefallen. Über ihr knickte das Pferd mit den Hinterbeinen ein, sackte verendend zusammen, wie durch ein Wunder nicht auf meine Tochter, die wie ein Häuflein Lumpen im Matsch lag, sondern neben sie. Regen wehte herbei und löschte, was gebrannt hatte, doch es war zu spät. In seinem Gefolge fegte ein weißer Schleier über die Lichtung und um die Leiber herum; fast sah es aus, als zögen feine Hände Ljómi noch ein Stück aus der Gefahrenzone …

»Absitzen, alle Mann unter die Bäume!«, schrie Ivo und sprang vom Pferd. »Der Teufel ist unterwegs!«

Der Teufel? Mir war der Teufel egal. Ich ertappte mich dabei, wie ich schluchzend dastand und den Leib meiner Tochter neben dem Pferdekadaver ansah. Und dann rannte ich los, obwohl Sturm und Regen mich zu hindern versuchten.

»Alienor! Bleib stehen – Flour, bleib stehen, um Gottes willen!« Lionels Schreie drangen kaum zu mir durch. Ich sank neben meiner Tochter in den Schlamm und Etheldredas Schleier hüllte mich mit ein, so dass der Regen uns nicht gar so peitschte.

»Ljómi, Ljómi, sag was, heilige Mutter, heilige Gottesmutter, Ljómi, habt Erbarmen mit mir, was soll ich nur tun? Alles tu ich, alles, jede Buße, was Ihr wollt, Ljómi …«

Der Normanne stöhnte, halb eingeklemmt unter seinem toten Pferd. Dann stöhnte er nicht mehr. Regen rauschte unvermindert herab, der Donner ließ ab von uns und zog sich grummelnd zurück – der letzte, schreckliche Blitz war von Gott gekommen und hatte meine kleine Tochter hinweggefegt …

»Erbarmen, Allmächtiger!« Lionel stürzte von hinten heran, schlang einen Arm um mich, mit der anderen Hand fasste er nach dem Kind. »Alienor, um Himmels willen …« Ich ließ mich in die Umarmung sinken, Ljómi an mich gedrückt, schluchzend, schreiend vor Angst, und er hielt mich fest und versuchte, mir Halt zu geben, wo nichts als Abgrund und Tod lauerten.

»*Ma dame.*« Ivo de Taillebois war abgestiegen. Das Klirren seines Kettenhemdes verriet, dass er sich uns näherte. »*Ma dame*, erlaubt …«

»Geht.« Hermann trat ihm in den Weg, nass bis auf die Haut und doch größer als je zuvor. »Geht und lasst die Dame in Ruhe. Sie kann Euch nicht helfen. Lasst sie in Ruhe um ihr Kind trauern. Geht fort von hier.«

Weil ich darauf nichts hörte, hob ich den Kopf. Lionel hatte mir schützend den Arm um die Schulter gelegt und murmelte Gebete und lateinische Formeln vor sich hin. Sein ganzes Gewicht warf er in die Waagschale Gottes. Ivo stand bewegungslos da und starrte das Kind in meinen Armen an. Den Helm hielt er in der Hand, das Kettenhemd jedoch bedeckte weiterhin seinen Kopf. Nichts an ihm schien Zufall, nicht einmal diese Geste. Dafür hatte der Regen sein geschmiedetes Hemd in ein rostiges Gefängnis verwandelt – oder war das nur ein Zeichen, wie lange er schon nach Erik von Uppsala suchte? Es war Zeit für einen letzten Spruch.

Und so richtete ich mich auf, Ljómi auf meinen Armen, und blieb mit dem Rücken zu ihm stehen.

»Geht, *mon seignur*. Ihr müsstet mich schon peinigen – doch selbst dann würde ich den Aufenthaltsort des Ynglings verschweigen, wenn ich ihn denn wüsste. Nehmt Eure Toten und geht. Und lasst mir meine Toten.«

Weil er schwieg, drehte ich mich um. Er sah mich an, dann das Kind, und sein Blick wechselte von Wut zu Betroffenheit. »*Madame*, ich bin untröstlich – erlaubt mir …«

Da ich nichts darauf erwiderte, setzte er den Helm auf und senkte den Kopf. Ich drehte mich wieder um, da mir sein Gesicht, der Blick, der ganze Mann unerträglich waren.

Ich hörte Klirren und Schaben. Der Vetter des Königs hatte seinen Helm wieder aufgesetzt und war gegangen. Gott gab mir die Kraft, so lange regungslos stehen zu bleiben, bis sie den Toten auf ein Pferd geladen hatten, aufstiegen und losritten. Dann brach ich zusammen.

Das Haus war unversehrt geblieben – diesmal hatte Ivo nichts zerstören lassen –, und dorthin brachten sie mich mitsamt meiner Tochter. Ringaile bettete sie auf unsere besten Felle und hüllte auch mich in einen weichen Mantel.

»Mama, der Blitz hat Ljómi angemalt …«, flüsterte Snædís neben mir. »Sieh nur, er hat sie angemalt …« Sanft strich ich der Kleinen die nassen Haare aus dem Gesicht. Feine weiße Linien zogen sich über die eine Gesichtshälfte zum Hals hinunter und von dort zur Schulter. Wir rissen ihr das Kleid vom Körper, untersuchten sie nach Schäden. Der Blitz hatte ihren Arm geküsst, auch hier fanden wir die weißen Linien, filigran und bizarr wie das Geäst eines jungen Baumes. Ihre Finger waren schwarz. Snædís drehte den Kopf weg und weinte. Margyth hinter mir schwieg schockiert, Ringaile deckte das Kind geistesgegenwärtig wieder zu.

»Herrin …«

»Schweig.« Noch atmete sie. Noch hatte Gott sie mir nicht genommen. Auch wenn es aussah, als ob das nicht mehr lange dauern würde. Hermann zog sich stumm zurück. Ich wusch mein Kind und kämmte ihm die wirren Haare, während Frère Lionel in der Ecke hockte und leise betete. Ringaile, die einfach immer wusste, was zu tun war, suchte Nelkenwurz und Rosmarin aus der Kräuterkiste und begann gegen die bösen Geister zu räuchern, wie wir es bei Sigrun Emundsdottir gelernt hatten. Dann ließ sie ein paar Rainfarnsamen unter Ljómis Kopfkissen fallen und sah mich bedeutungsvoll an. Man durfte nichts unversucht lassen, und nicht einmal Frère Lionel hatte Einwände gegen ihre Einfälle. Das Räucherwerk nahm meine Sinne in Beschlag – vielleicht hatte sie auch noch mehr hineingemischt, denn ich fand am Lager meiner sterbenden Tochter tatsächlich ein wenig Ruhe.

Regen setzte das Land unter Wasser. Lionel hing beinahe täglich unter dem Dach, um lecke Stellen zu flicken. Überall flog nasses Ried herum, Hermann rutschte darauf aus und verrenkte sich den Fuß. Und wieder hörte ich, dass mein Vater, der Mönch, nicht nur beten, sondern auch wie ein Seemann fluchen konnte …

Ringaile hustete, lag sogar mit Fieber auf dem Lager. Tagelang bangten wir um ihr Leben. Es gab kaum noch trockene Kleider. Der Regen rauschte hernieder, als plante er die nächste Sintflut, und ich begann, über den Weltuntergang nachzudenken. War es so weit? Hatte Gott entschieden, den jüngsten Tag nahen zu lassen?

»Ach, Unsinn«, knurrte Hermann, als ich ihn leise nach seiner Meinung fragte, doch auch er schaute beunruhigt drein. Alle Mäntel und Umhänge waren auf Kinder und Kranke verteilt oder hingen zum Trocknen am rauchenden Feuer. Ich sprang hin und her zwischen den Kranken, verteilte in heißem Met gelöste Kräuter und feuchte Tücher, wusch fiebernde Körper und hielt mein immer noch besinnungsloses Kind im Arm. Ich nahm es als gutes Zeichen, dass sie noch atmete – was blieb mir anderes übrig? Margyth betrachtete die Kleine mit misstrauischen Blicken. Sie fasste sie nicht an und weigerte sich, näher zu kommen. Das Essen, das sie für uns zubereitete, schmeckte nach Angst und bösen Ahnungen.

»Die schläft nur«, flüsterte Snædís ihr zu. »Bald wacht sie wieder auf, du wirst schon sehen …« Und als hätte Ljómi gehört, was man über sie sagte, öffnete sie die Augen und hob den Kopf.

»Liebes, mein Liebes, dem Herrn sei Dank! Liebes, heilige Gottesmutter, heilige – Allmächtiger …« Ljómis Arme bewegten sich, dann der kleine Körper, Margyth schrie auf und stolperte rückwärts, meine Tochter zuckte und wand sich, während ihr Schaum vor den Mund trat und wir ihre Zähne knirschen hörten...

»Besessen, sie ist besessen, jetzt ist sie besessen!«, kreischte die Northumbrierin und stürzte kopflos in dem kleinen Haus umher, direkt in Cedrics Arme, der sie einfach festhielt und fassungslos das zuckende Kind am Boden anglotzte.

»Allmächtiger...«

Lionel sprang von der Leiter und neben mich. Ich wagte nicht, sie anzufassen. Schaum quoll kleinblasig über ihr Wange, ihre Augen starrten durch mich hindurch, während der Kopf fast rhythmisch auf den Boden aufschlug.

Aus einem kleinen Gefäß ließ der Mönch Weihwasser über Ljómis Stirn fließen und malte Kreuze auf die feine Kinderhaut. Dann nahm er sie sanft in die Arme. »Sie wird gleich damit aufhören«, flüsterte er. »Gott hält alle Kinder in Seinen Händen – sie wird aufhören.« Und so war es. Der kleine Kopf sank auf seine Schulter, die Augen schlossen sich, der Körper ruhte aus.

Der Teufel verschwand, so schnell er gekommen war.

Ich stand auf und verließ das Haus. Draußen wartete der Regen, eine Bö schüttete Wasser über mir aus und kühlte mein Gesicht mit Spritzern. Mein wollenes Kleid sog sich mit Wasser voll und lockte mich zur Erde. Mit letzter Kraft sank ich auf einen Baumstumpf an der schlammigen Feuerstelle und krallte die Finger in den Schenkel. Meine Brust wollte unter den Atemzügen zerspringen. Ich fühlte die Last des Alleinseins so stark wie nie zuvor. Allein, allein, wie ich dieses Wort hasste... Warum prüfte Gott mich solcherart? Mein Kopf sank auf die Knie. Ich stellte mir vor, wie meine Mutter ob meiner Lebensumstände verständnislos mit dem Kopf schüttelte – eine Montgomery allein im Matsche Yorkshires, ohne Familienbande, ohne Halt durch den, der die Mitte ihres Lebens war...

War das mein Schicksal – seine Liebe im Herzen zu tragen und doch alles allein schultern zu müssen? Mutlos starrte ich auf die im Sommer so ordentliche Feuerstelle, wo er noch bei mir gesessen hatte, wo mein Leben vollständig gewesen war. Und jetzt? Scherben, ein schwarzer Fleck, ein bisschen Holzkohle – mehr erinnerte nicht daran, was an frohen Zeiten gewesen war.

Der Rabe kam von irgendwo angehüpft, das Köpfchen geduckt und sichtlich bekümmert. *Es kommen auch wieder bessere Zeiten.* Obwohl der Regen auf sein Gefieder platschte, blieb er neben der Feuerstelle hocken.

»Und das soll ich dir glauben?«, fragte ich müde. Probeweise breitete er die Schwingen aus. *Alles hängt von dir ab.* Dann flog er weg.

Ich machte mich ganz klein an der alten Feuerstelle. Alles hing von mir ab – hatte ich denn eine Wahl? Was für eine Wahl ließ das Schicksal uns? Was für eine Wahl ließ es Erik, der, seit ich ihn kannte, dagegen ankämpfte und stets den Kürzeren zog? *Alles hängt von dir ab.* Das Kreuz mit der Reliquie baumelte vor meiner Brust. Aus alter Gewohnheit nahm ich es zwischen die Finger, als könnte mich das Gott und Seinem Beistand näher bringen.

Es war ganz warm.

Kurz vor Martinus erreichte ein Kaufmann Osbernsborg. Er klopfte in den Abendstunden und bat um Obdach für eine Nacht. Hermann versorgte sein Pony und den voll beladenen Wagen und schob den Schwergewichtigen dann zur Tür hinein.

»Oh«, dröhnte der, »welch lauschiges Plätzchen, ich hoffe, ich störe nicht am Feuer … Komme aus dem Norden, wo es verflucht kalt geworden ist, dort sitzen sie nur noch am Feuer und bewegen sich kaum vor die Tür – hehehe, das würde ich wohl auch tun, wenn ich könnte, hehehe.«

»Tu es heute Abend«, lud ich ihn ein und stellte einen Napf vor seinen Platz. Die Bank knirschte bedenklich unter seinem Gewicht. Erschreckt sprang eins der Schafe zur Seite. Ringaile deckte Ljómi zu in der Hoffnung, dass sie nicht ausgerechnet vor unserem Gast zu schäumen begann. Inzwischen konnte man sie immerhin füttern – sie wäre uns ja sonst verhungert. Ich ertappte mich dabei, die Lippen mit einem Seufzer zusammenzupressen, wie so oft in letzter Zeit …

Wir hatten nicht mit den flinken Äuglein des Kaufmanns gerechnet, der das Kind schon nach ein paar Augenblicken entdeckte.

»In Jorvik gibt es viele Heiler, du solltest sie nach Jorvik bringen«, meinte er ernst und schüttete sich das Bier in den Schlund. »Hier wird sie dir sicher nicht gesund.«

»Yorkshire ist nicht gerade das beste Land zum Reisen«, gab ich in Erinnerung an unsere Erlebnisse zu bedenken.

»Welches Land ist das schon?«, erwiderte er gleichmütig. »Gauner und Wegelagerer warten überall – der allergrößte von ihnen drückt seinen fetten Arsch in den Sessel von Wincestre und wird es nicht wagen, erneut hierher zu reisen, was will er auch hier, hat ja schon alles kurz und klein geschlagen.« Er lachte albern, doch ich konnte den Witz nicht recht erkennen. Margyth füllte ihm aufs Neue den Becher.

»Bist du da so sicher?« Zweifelnd sah ich den Kaufmann an. Sein Doppelkinn unter dem löchrigen Bart wackelte mit jedem Lacher, und das Bier, das er, kaum nachgefüllt, hinunterstürzte, gluckerte lustig in seinem Bauch.

»Was soll passieren, junge Frau? Niemand hier in Yorkshire wird uns ein Leid antun – die sind ja alle tot, verstehst du?« Wieder grölte er los, obwohl ich auch unterdrückte Wut in seinen Schweinsäuglein zu entdecken glaubte. »Wir sind alle Geister, verstehst du? Du bist auch ein Geist, Frau, eigentlich bist auch du von der Landkarte geputzt, damit du den großen Herrscher nicht mehr ärgern kannst...« Hermann reichte ihm Brot, vielleicht um dieses seltsame Lachen zu stoppen, doch Grimulf konnte auch mit voll gestopftem Mund wiehern, dass die Wände wackelten. Ein bisschen erinnerte er mich an die Männer, die ich damals in Sigtuna und Uppsala getroffen hatte. Essen, trinken, kämpfen, wenn's sein musste, bis zum bitteren Ende, auch wenn es nur um eine Wette ging. Was kostet die Welt, sie gehört uns ja schon. Und böse werden konnten diese Männer – und wen ihr Zorn einmal traf, der fand kaum noch einen sicheren Platz auf Erden...

»Also – schaff die Kleine nach Jorvik, das ist besser, als hier im Winter zu verrotten«, beendete er sein Gelächter recht abrupt.

»Ich bring dich hin, Alienor.« Der Mönch war aufgestanden und holte seine Taschen aus der Ecke.

»Was, der Bruder kommt mit?« Zwei buschige Brauen flogen in die Höhe, das Brot in die Schale. »Beim Barte Odins, ein *skalli*…«

»Er begleitet mich doch nur. Du wirst keinen Ärger haben«, besänftigte ich den aufbrausenden Sohn Thors, der vor Entsetzen in seine Muttersprache verfiel.

»Ausgemacht warst du mit deinen Kindern!« Ausgemacht war überhaupt nichts.

»Aber einer mehr oder weniger…«

»Ich nehm keine Glatzköpfe mit.« Es war deutlich zu hören, dass dies sein letztes Wort war, obwohl die Reise noch gar nicht entschieden war. Oder etwa doch?

Lionel schaute finster drein. Ich seufzte. Grimulf lud sich unaufgefordert eine vierte Portion Grütze in den Napf und schleckte ihn leer. Ringaile hatte damit begonnen, Kleider zusammenzurollen. Wie es schien, war die Reise doch beschlossen. Wenn er mich nur schnell nach Jorvik brachte, konnte er meinetwegen den Kessel leeren…

»Vielleicht ist es eine gute Entscheidung, dass ich nicht mitkomme, obwohl ein Heide sie für mich getroffen hat«, meinte Lionel, als wir uns vor dem Schlafengehen draußen noch einmal sprachen. »Ich würde sonst vielleicht niemals in Lindisfarne ankommen und wüsste nicht, wie ich Bischof Walcher das erklären soll.« Er lächelte schief. »Gott hat ein Auge auf dich, Alienor, er passt schon auf, dass ihr wohlbehalten ankommt. Und er passt auch auf die Kleine auf.« Sanft legte er seine Hand an meine vernarbte Wange. »Ich werde in meiner Bauhütte auf Lindisfarne einen Platz für euch einplanen.«

Gerührt legte ich einen Moment den Kopf an seine Schulter. »Danke«, flüsterte ich.

Wir reisten im Morgengrauen ab. Grimulf lachte schon wieder, noch bevor die Sonne aufging. Hermann stockte seine Vorräte an Trockenfisch auf, und plötzlich war es auch kein Problem mehr, Cedric mitzunehmen, der mit seiner Einschätzung, er könnte sich in Jorvik als nützlich erweisen, sicher Recht hatte. Trotzdem wunderte mich die überraschende Entscheidung des Spielmanns, der beim Frühmahl schon den Beutel gepackt hatte und wie ein Gepäckstück neben der Tür wartete. Und ich hegte schon so einen Verdacht über die Hintergründe, doch widerstrebte es mir, jetzt eine Diskussion mit ihm zu beginnen – unsere spontane Abreise war schon aufregend genug. Zumindest störte er mich nicht, solange er den Mund hielt, und auf Osbernsborg gäbe es dann einen hungrigen Esser weniger. Den »Glatzkopf«, der zurückbleiben musste, würdigte der Kaufmann keines Blickes. Die Feindseligkeit normannischen Priestern gegenüber saß tief und war mir unverständlich.

»Wenn wir stecken bleiben, haben wir noch einen mehr zum Ziehen«, grölte der Kaufmann, schlug dem Spielmann auf den Rücken und schwang sich auf den Wagen. Sein Pony hatte eine ähnlich vierschrötige Statur wie er; das Fell unter seinem Bauch reichte fast bis zum Boden. Es zog den voll geladenen Wagen mit erstaunlicher Leichtigkeit. »Den hab ich auf den Orkneyinseln gefunden«, erzählte Grimulf stolz und wickelte die Leinen um einen Knauf. »Hab mich mit einem Fischer um ihn gestritten. Hm, der Fischer ist nun bei seinen Fischen und betrügt keine ehrlichen Reisenden mehr.« Er kicherte. »Gutes Tier, kann mich mit all meinem Salz den Berg raufziehen, sehr gutes Tier.« Im Karren holperten Kisten und Säcke mit Salz, die er im Norden an der Küste erworben hatte und in Jorvik zu Geld machen wollte.

»Wir zogen in den Norden
zu kaufen feine Ware
im Norden war nur Morden
es raubte mir die Haare,
da fuhr'n wir an die Küste
und fanden, oh Gelüste
das Salz der ollen Hylda –
und dafür komm ich wieda!«

Snædís schüttete sich aus vor Lachen über die alberne Reimerei des Kaufmanns, und selbst ich musste lachen.

»Das Salz von Northumbria ist nämlich besser als alles andere«, flüsterte er mir grinsend zu. »Ich hab ihnen erzählt, dass die heilige Hylda von Witeby dort ins Meer pinkelt – da rissen sie mir die Brocken aus den Händen! Dafür lohnt es sich sogar, hoch zu den Schotten zu fahren!« Sein Bauch wogte vor Lachen hin und her, und während er sich weiter über die gutgläubigen Christenmenschen lustig machte und sein Pony antrieb, drehte ich mich um und winkte den auf Osbernsborg Zurückbleibenden Lebewohl zu.

Sæunns Augen wurden groß, als sie in den Wagen blickte. »Gott scheint es nicht so gut mit dir zu meinen«, murmelte sie und warf eilig ihr Schultertuch über meine kleine Tochter, um sie vor den Blicken der neugierigen Nachbarinnen zu schützen. Jorviks Straßen waren ebenso eng wie die in anderen Städten. Was auch passierte, die Nachbarn waren immer dabei. Und hier unten am Hafen gab es immer noch einen Neugierigen mehr, der seine Nase in anderer Leute Angelegenheiten steckte. »Kommt herein, rasch.« Sie lud das Mädchen auf ihre feisten Arme und verschwand im Haus, dass einer Nachbarin das neugierige Grußwort im Hals stecken blieb. Snædís lief hinterher. Cedric lud nach einem scharfen Blick meinerseits das Pony ab und führte die Pferde in den Hinterhof.

»Tja, junge Frau, da sind wir nun.« Grimulf lachte ausnahmsweise einmal nicht. »Das war eine angenehme Reise mit euch. Dein Spielmann weiß gute Lieder, und du kennst schöne Geschichten – vielleicht reisen wir ja wieder mal zusammen?« Er reichte mir mein Bündel aus dem Karren. »Da wünsch ich dir nun, dass dein Kind wieder aufwacht und dein Heil wiederkehrt. Du siehst aus, als könntest du es gebrauchen. Hier« – trotz seines dicken Bauchs gelang es ihm, sich nach hinten zu drehen, wo er in seinen Kisten herumkramte –, »das schenk ich dir, aber verrat's niemandem. Ein bisschen Heil kann nie schaden. Du weißt schon – das Salz von Northumbria ist besser, weil die Heilige reingepisst hat.« Ich hielt ein kleines Vermögen an Salz in den Händen, als er schon längst weitergefahren war, kichernd und dem klappernden Zockelgang seines Ponys hinterhersingend.

»Wir zogen in den Norden
zu kaufen feine Ware …«

»Grimulf Thorasson ist ein feiner Kerl.« Sæunn legte mir den Arm auf die Schultern. »Noch nie hat der mich beschissen, auch wenn er so aussieht, als ob er's jeden Tag und bei anderen ganz bestimmt tut. Komm herein ins Trockene.« An der Tür wandte ich mich noch einmal um, und sah, wie nebenan ein Frauengewand hinter einem Wagen verschwand. Kein Nachbar schlief hier zu früh, und die Neugier wohnte zwischen den Häusern. Selbst das Hafenwasser schmatzte geschwätzig von den Neuankömmlingen. Wie lange würden wir das kranke Kind wohl vor den Leuten verbergen können? Müde folgte ich der Kaufmannsfrau ins Haus, wo sie geschäftig Ziegen und Hühner verscheuchte und das Feuer anfachte. Auch ein Mann war von der Bank aufgesprungen. An der Tür stießen wir zusammen, es roch kurz nach gewürztem Fleisch, dann war er fort. Kopfschüttelnd sah ich ihm hinterher. Sæunn verlor kein Wort über ihren Gast.

Sie bemühte sich rührend um Ljómi. Björn war auf Reisen, wie ich erleichtert feststellte. Sicher hätte er auch etwas gegen die heilkundige Frau gehabt, die in der Abenddämmerung Sæunns Haus durch die Hintertür betrat. Sie brummelte was von »Gyllhyld«, als ich sie nach ihrem Namen fragte. Gyllhyld.

»Man sagt, dass sie gut ist«, flüsterte Sæunn hinter ihrem Rücken. »Als meine Nachbarin vergangenen Winter einen Dämon im Rücken sitzen hatte, war Gyllhyld eine gute Hilfe. Lass sie mal machen.« Ich schluckte und setzte mich neben das Kinderbett. Vielleicht verstand sie sich wirklich auf Dämonen, sah sie doch selber wie einer aus. Kein Gebet fiel mir angesichts der zahnlosen, fast haarlosen Alten ein, die ein durchdringender Geruch nach Kot und Urin umgab und die mit ihren Lippen unablässig stumm herumfuhrwerkte.

Gyllhyld hantierte mit rauchenden Stäbchen, murmelte: »Teufel auch, Teufel«, und räucherte uns mit Salbei aus, als vermutete sie den Leibhaftigen in jedem von uns. Vielleicht saß er ja auch bei uns, doch ihr Gemurmel und die Gestankwolken beeindruckten ihn nicht – jedenfalls wachte Ljómi auch unter ihrer Kunstfertigkeit nicht auf. Sæunn musste schließlich ein Fenster öffnen, weil Snædís zu husten begann. Die Alte wirkte immer mehr wie ein Dämon. Sie furzte, murmelte weiter von Teufeln und mischte allerlei Zeug aus ihrer Tasche zusammen. Dann zerstieß sie einen Entenschnabel zusammen mit Hühnerkot und getrockneten Blättern, rührte das unter eine blau gefärbte Salbe und bepinselte Ljómis Gesicht mit der stinkenden Masse. Stirn und Wangen meiner Tochter färbten sich unter der Paste sogleich grünlich, doch bewegte sie sich nicht. Die Kräuterhexe zupfte unwirsch an den Kleidern des Kindes. Dabei entdeckte sie die weißen Male, die der Blitz dem Kind im Gesicht und am Arm geschlagen hatte. Sie stolperte einen Schritt zurück, murmelte: »Teufel auch, Teufel…«, und beschmierte auch den Arm mit ihrer Zauberpaste. Ljómi rührte sich nicht. Die Paste stank zum Himmel, und ich fragte mich im Stillen, warum gute Medizin immer so übel riechen muss. Wenn es denn gute Medizin war… Da packte sie das Kind mit den Händen und begann es zu schütteln, dass Ljómi der Kopf hin und her wackelte und die Zähne aufeinander klapperten. Dann schmierte sie ihr von der Paste in den Mund. Sæunn keuchte erschrocken, und ich wollte mich schon auf die Alte stürzen, als Ljómi die Augen weit öffnete. Sie sperrte den Mund auf und spuckte das eklige Zeug aus, bevor der Kiefer wie eine Falle zusammenklappte, und dann quoll wieder weißer Schaum durch ihre Zähne, wie ich es schon einmal gesehen hatte. Es zischte, sie stöhnte, als ob sie erstickte, und Gyllhyld ließ sie entsetzt auf den Boden fallen, wo sie weiter zuckte und sich in Krämpfen wand.

Ich warf mich über meine Tochter, weinend vor Angst und doch unfähig, etwas gegen die Krämpfe zu tun. »Alle Götter – sie ist besessen!«, ächzte die Alte und stolperte zurück. »Teufel auch – Teufel, der Teufel steckt da drinnen. Was gibst du mir da zum Heilen, Sæunn Blondzopf, wie kannst du es wagen, mich zu solch einem Dämon zu rufen? Holt einen Priester, holt den Bischof, den Heiligen Vater, aber doch nicht mich, Allmächtiger, heilige Mutter, heilige, heilige…« Hastig raffte sie ihren Kram zusammen und stürzte zur Tür hinaus. Diensteifrig wehte der beißende Rauch hinter ihr her, und dann wurde es still. Nur der Geruch nach Exkrementen war geblieben.

Kurz darauf lag Ljómi wieder wie tot da. Vorsichtig hoben wir sie auf das Bett und wischten ihr Gesichtchen sauber. Sæunn war leichenblass geworden.

»Lieber Himmel, was war das?«, flüsterte sie schockiert. Ich hörte sie nicht, ich fragte mich vielmehr, welcher der größere Dämon war – diese stinkende Alte oder der, der meiner Tochter innewohnte.

»Meine Schwester ist vom Blitz getroffen worden«, erklärte Snædís und setzte sich demonstrativ neben sie. »Und sie hat gar nicht geschrien, ich hab's gesehen!« Die Dänin sah meine Tochter mit großen Augen an.

Es wurde ein stiller Abend. Wir aßen ein wenig. Snædís lag neben ihrer Schwester und summte vor sich hin, während Cedric auf der Laute klimperte.

»Trägt der Wind mein Lied zu dir,
sagt, ich wünscht' du wärst bei mir,
fährt im Schlaf dir durchs Gesicht,
sagt – mein Schatz,
ich liebe dich… ich liebe dich…«

Die Laute verstummte, und er ließ die Hände in den Schoß sinken. Sein Blick war leer, als er vor sich hin starrte.

»Sing noch was«, bat ich leise und rieb mir fröstelnd die Hände über dem Feuer.

Er schüttelte den Kopf. »Es gibt nichts mehr zu singen.« Mit diesen rätselhaften Worten zog er sich auf sein Schlaflager zurück, die Laute wie eine Geliebte neben sich liegend, und ich sah, dass er die Decke anstarrte, statt zu schlafen.

»Was hast du denn nun vor?«, fragte Sæunn mich tief in der Nacht, als wir nebeneinander auf der Bank saßen, jeder einen großen Becher warmen Met in der Hand, und aus dem kleinen Fenster in die regennasse Nacht hinausstarrten. Das Feuer glomm nur noch, doch keine von uns hatte Lust, Holz nachzulegen. Bleierne Müdigkeit lag über meinem Körper, jede Bewegung strengte mich an, mir lief die Nase, und meine Füße waren kalt. Vielleicht war es auch die Mutlosigkeit, die mich so erschöpfte ...

»Du musst dich mal ausruhen.« Sanft strich Sæunn mir über meinen Rücken. »Solange Björn noch nicht wieder da ist, kannst du hier bleiben. Er ist sicher noch einige Wochen unterwegs, vor Weihnachten erwarte ich ihn nicht zurück.« Es klang nicht so, als vermisste sie ihn allzu sehr. War ich denn die einzige Frau, die ohne ihren Mann nicht leben konnte? »Sei mein Gast und ruh dich aus, Alienor.« Ich seufzte und nahm einen tiefen Schluck von dem berauschenden Getränk.

»Du wärst lieber bei ihm, nicht wahr? Ein Bett kann verdammt kalt ohne Mann sein. Du, ich sag dir was – manchmal tut es auch ein Ersatz. Und manchmal ist der sogar viel besser als das Original. Wenn du verstehst, was ich meine.« Sie grinste frech. Sæunn wusste das Leben zu genießen, wie ich mich erinnerte. Jener Fleischverkäufer in der Marktgasse, der seine Pasteten im Tausch für einen ausgiebigen Griff an ihre Brüste feilbot. Das musste der stumme Besucher von vorhin gewesen sein. Sæunn ließ sich lieber das Bett wärmen, als allein zu schlafen. »Ach, die Kerle sind schon was. Mit ihnen hat man nur Ärger, ohne sie keinen Spaß.« Sie grinste anzüglich. »Ich hab da eine gute Lösung für das Problem: Ich halt mir einen für den Ärger und einen für den Spaß, dann ist es gerecht verteilt. Von dem einen bekomme ich Wein und gute Kleider, von dem anderen die besten Pasteten in ganz Yorkshire und meinen Spaß im Bett.« Fröhlich zwinkerte sie. »Wo steckt denn dein Kerl eigentlich? Ist er denn nun der Mann des Bastards geworden?« Ihre Ironie verletzte mich nicht, dazu war es zu dumpf in meiner Seele. Sæunn spürte das und rückte näher zu mir. »Erzähl. Was ist geschehen? Erzähl mir alles, der Reihe nach.« Der Becher wurde gefüllt, und ihre Hand blieb auf meinem Arm liegen, auch als ich von Elyg erzählte und was wir danach erlebt hatten.

»Du bist also nun die Frau eines…«

»Eines Verfolgten«, brachte ich den Satz zu Ende. »Und ich weiß nicht einmal, wo er steckt. Ich weiß nicht, was aus mir wird – ich weiß nichts.«

Sæunn nahm einen tiefen Schluck von dem berauschenden Getränk, das die Welt etwas wärmer werden ließ. Ihr Met schmeckte nach einem Hauch von Kirsche und war wie ein Gruß aus dem Sommer, Sehnsucht nach friedvollen Zeiten brannte im Magen. Ich tat es ihr mit einem großen Schluck nach. Die Sehnsucht brannte weiter, nur süßer als vorher. Hinter uns drehte Cedric sich seufzend in den Fellen um, und eins der Kinder schmatzte im Schlaf.

Die Kaufmannsfrau strich mir über den Arm. »Wenn er gesetzlos ist, Alienor, dann musst du dir ein eigenes Leben aufbauen.« Ihre Stimme war sehr ernst geworden. »Die wenigsten Frauen folgen ihren Männern in die Wälder. Ich kenne einige, und ich kenne auch eine Frau, deren Mann bei Hereweard geblieben ist. Sie hat ihrem Mann den Scheidebrief gegeben und sich einen neuen Mann gesucht. Eine andere handelt mit Schmucksteinen aus Witeby und ist darüber reich geworden, während ihr Mann seit drei Wintern bei Hereweard hockt, sich den Arsch wegfriert und nicht weiß, ob er den nächsten Tag noch erlebt, weil Guilleaumes Männer ihm auf den Fersen sind. Verstehst du, der Weg in die Wälder kennt kein Zurück – wer ihn einmal gegangen ist, der kommt nicht wieder. Für solche Leute hat der König keine Gnade übrig.«

Keine Gnade. Ihre Worte machten mich noch mutloser. Sie schlugen die letzte Tür der Hoffnung zu. War das der Weg, den Gott uns bestimmt hatte? Allezeit heimatlos und auf der Flucht? Vorsichtig berührte ich das Silberamulett auf meiner Brust. Waren die Worte falsch, die die zauberkundige Vikulla Ragnvaldsdottir dort eingeritzt hatte? Der Spruch seiner Geburtsrunen, die ihn begleiteten und schützten, solange ich dieses Amulett trug…

Blođ konungs
berr vatnið
deyr sálin
seggrinn međ henni,
þegar blóðug jörd
bjargar nýtt líf
ok gróa lauf
af grafnu sverði.

Ich murmelte den Spruch wie eine magische Formel, nachdem Sæunn sich zur Ruhe gelegt hatte. War er einfach falsch, oder wiederholte sich nur alles im Leben? Doch wenn sich alles wiederholte – an welcher Stelle befanden wir uns dann? Ich befingerte die Schriftzeichen, die ich inzwischen blind hätte aufmalen können. Welches war ihre Wahrheit? Wie tief konnte man sinken, bevor eine Kriegerseele sich zu neuem Leben aufschwang? Was hieß denn überhaupt »neues Leben«? Wohin leitete Gott uns in der Finsternis, wo zumindest ich weder Licht noch einen Weg für uns sah? Das Amulett gab keine Antwort. Auch der Anhänger des Köhlers schwieg, den ich in meinem Lederbeutel verwahrte. Hatte Lionel doch Recht, wenn er all dieses Zeug verdammte? »Bete mit Inbrunst«, hatte er einmal gesagt, als ich weinend über Eriks Kette dagesessen hatte. »Bete mit Inbrunst, Inbrunst braucht keine Amulette. Inbrunst braucht ein Herz und eine Stimme, aber keinen Tand.« Aber Eriks Kette war kein Tand. All die Jahre hatte ich mich an die Weisungen geklammert und gehofft, dass auch für ihn bessere Zeiten kommen, und nun musste ich mir eingestehen, dass ich den Spruch der Völva immer noch nicht verstand. Es gab kein Gebet, das mir hier hätte heraushelfen können…

Die Tränen liefen mir über das Gesicht. Ich drückte das Amulett so fest in meine Handfläche, dass der Rand schmerzhaft einschnitt. Doch das betäubte weder die Trauer, noch brachte es Schlaf für mich, und so hockte ich wieder eine Nacht vor der kalten Asche und wartete auf den Morgen, der vielleicht Erlösung brachte.

Er brachte keine Erlösung. Stattdessen brachte er zwei Nachbarinnen, die unter fadenscheinigen Vorwänden Sæunns Haus betraten, verlegen an ihren Hauben herumzupften und in alle Winkel spähten. Cedric hockte in der Ecke und klampfte auf seiner Laute herum. Snædís summte ein Liedchen und lachte fröhlich, als die Melodie sich mit der Laute traf. Der Spielmann lächelte säuerlich. Ein Grund für seine schlechte Laune war nicht ersichtlich, und wieder einmal ärgerte ich mich über ihn, vor allem, da wir ihm erst gestern einen guten Weinbecher geschenkt hatten. Immerhin war er am frühen Morgen auf dem Markt gewesen und hatte Honigkringel mitgebracht, welche die Kinder mit großem Appetit verspeist hatten. Ich verscheuchte die bösen Gedanken. Vielleicht hatte er nur wieder Bauchgrimmen.

»Du hast ja netten Besuch bekommen, Sæunn Blondzopf, sind das Verwandte von dir?«, fragte das eine Weib und rutschte unruhig auf der Bank herum. Die andere goss sich den gesüßten Birkensaft in den Rachen und stopfte wahllos Sæunns gehütetes Birnenkonfekt hinterher. Den herabtropfenden Honig fing sie mit der anderen Hand auf und leckte ihn hingebungsvoll ab, gierig mit den Augen das nächste Stück auswählend. »Unglaublich gut, Sæunn, dein Konfekt, einfach unglaublich!«, vermeinte ich aus ihrem vollen Mund zu verstehen. Dann machte sie einen langen Hals: Sie hatte Ljómi in der Ecke entdeckt. Sie schluckte alles, was sie im Mund hatte, mit einem Mal runter und wischte die Hände geschäftig am Polster der Bank ab.

»Ach, da liegt ja noch ein Besuch, und ein ganz junger dazu. Ja, ich wusste ja gar nicht, dass du so junge Verwandte hast, Sæunn Blondzopf. Und so hübsche, soo hübsche Mädchen – ja, wo kommt ihr denn her?« Listig schielte sie bei der Frage zu mir herüber, die ich versonnen im Suppenkessel rührte. Die andere war aufgestanden und näherte sich Ljómi. Gackernd flatterte ein Huhn zur Seite.

»Was für eine Süße, was für ein hübsches Mädchen, ja, wie heißt du denn…« Neugierig kniff sie Ljómi in die Wange, kniff und rüttelte und schüttelte. »Eididei, liebes Kind, du sagst ja kein

Wort, na, sag schon...« Ich sprang auf, doch es war zu spät. Durch das Gerüttel öffneten sich Ljómis Augen wie am Vorabend, und gleich darauf schäumte es aus ihrem Mund hervor. Die Nachbarin schrie auf, als hätte sie den Leibhaftigen erspäht, fiel rückwärts, stolperte über die Feuerstelle, versengte sich den Mantel, kreischte und fiel in Sæunns Arme.

»Um Himmels willen, Sæunn Blondzopf, wen beherbergst du da – um Gottes willen, wie schrecklich! Sie ist ja besessen, sieh nur, wie sie schäumt, sie schäumt wie ein Dämon! Wie – wie kannst du nur?« Durch das hysterische Gekeife zuckte Ljómi noch mehr, ihr kleiner Körper krampfte sich zusammen, obwohl ich mich schützend über sie legte. Weißer Speichel netzte mein Kleid und mein Gesicht, und aus ihrem zusammengekniffenen Mund hörte ich dumpfe Laute. Sie war mir fremd, machte mir Angst, mein eigenes Kind machte mir Angst.

Die Tür schlug zu – wieder waren zwei Besucherinnen verschwunden, und selbst die Luft, die sie zurückließen, wirbelte noch vor Aufregung. Sæunn blieb fassungslos am Feuer zurück. Keiner von uns wagte, das erste Wort zu sprechen. Ljómi sank erschlafft in meinen Armen zusammen.

Snædís heulte in der Ecke vor sich hin. Die Laute schwieg, Cedric furzte lang gezogen. Das Huhn kam langsam unter der Bank hervor.

»Heilige Maria, Muttergottes...«, murmelte Sæunn schließlich. Fast gleichzeitig hoben wir die Köpfe und sahen uns an. Und ich begriff, dass ich von nun an wieder auf der Flucht war, dass an ein Verweilen in Sæunns Haus nicht zu denken war, wenn ich sie nicht in Gefahr bringen wollte. Sie kam zu mir und umarmte mich stumm und sehr liebevoll.

Am Nachmittag – wir überlegten noch hin und her, was zu tun war – klopfte ein Priester an die Tür. Ein Messjunge schwenkte das Weihrauchgefäß – kostspieliges Zeichen dafür, dass es dem Priester hochernst war. Er kniete neben Ljómis Lager nieder, sprach lateinische Sätze, die nicht zusammengehörten, und beschwor mehrmals den Leibhaftigen, das Kind in Ruhe zu lassen. Ich war voller Misstrauen. Und ich sah mich darin bestätigt, als er uns verließ, und die Augen vor Sæunn zusammenkniff, als wollte er etwas andeuten.

»Wo geht er jetzt hin?«, fragte ich sie aufgeregt. »Wen geht er holen? Was hat er vor mit meinem Kind, was denkst du...?« Sæunn verzog den Mund zweifelnd und versuchte, mich zu beruhigen. »Was hat er wohl vor – wie kann man das herausfinden?« Ich marschierte um den Herd herum, biss mir die Lippen blutig und rang die Hände.

»Vielleicht ist es wirklich besser, wenn man das Kind dem Bischof bringt?«, fragte sie vorsichtig, während sich ihre Augen mit Tränen füllten. Auch ihr war bewusst, was daraus werden konnte. War das Kind erst einmal im Bischofspalast... Ich raufte mir die Haare. Ljómi hergeben? Ljómi – meine Ljómi den Priestern überlassen? Niemals!

»Was werden sie mit ihr tun? Sæunn... Sæunn, hilf mir doch... Ich kann sie doch nicht dem Bischof... Er wird sie... Er wird... Er ... Sæunn, ich kann doch nicht...« Die Binsen auf dem Boden wiesen bereits einen Trampelpfad von meinen Füßen auf. Ohne Unterlass lief ich um das Feuer herum, händeringend, wilde Nervosität in der Brust. Ich hätte schreien können vor Angst und Sorge, denn der Blick des Priesters hatte nichts Gutes verheißen.

»Er kann für sie beten.« Beten, beten. Was war an seinem Gebet anders als an meinem? In meiner Verzweiflung erschrak ich nicht einmal mehr über derart ketzerische Gedanken. Warum war Lionel nicht hier? Welche Norne hatte mich geärgert, dass er nicht hatte mitfahren dürfen? Er hätte einen Rat gewusst, er hätte mir helfen können.

»Hörst du? Er kann für sie beten, Alienor. Er ist der Bischof«, sagte Sæunn mit leiser, ratloser Stimme, und es war klar, dass auch sie nicht daran glaubte. Doch würde es ein großes Problem für sie lösen, das begriff ich wohl. »Er kann für sie beten und sie befreien.« Befreien? Ja glaubten denn wirklich alle, dass im Leib der Kleinen der Teufel saß? Tat er das? Lieber Himmel, warum half mir denn keiner? Saß im Leib meiner Tochter wirklich der Teufel? Sie lag dort auf dem Lager, schön wie eine Maiblume und still wie der Friede selbst... In heller Verzweiflung zerfetzte ich mein Haubentuch. Da trat Cedric auf mich zu, Bündel und Mantel über der Schulter, und sein Gesicht war so verschlossen, wie ich es noch nie zuvor gesehen hatte. Ich schluckte und zwang mich mit geballten Fäusten zur Ruhe.

Eine Herrin hat souverän zu sein, ganz gleich, welcher Weltuntergang an den Pfosten ihres Hauses rüttelt. Und diesen hier hatte ich ja vorausgeahnt – nicht jedoch den Zeitpunkt. Der Schleier riss endgültig entzwei.

Cedric holte tief Luft. »Eine Gruppe von Spielleuten macht sich heute auf den Weg nach Wincestre, um vor dem König zu spielen, so hörte ich. Ich werde mit ihnen ziehen.« Er zwinkerte nervös, und in seinem Bauch rumorte es. Wahrscheinlich saß der Teufel auch dort drinnen und strafte ihn für seine Treulosigkeit. Er verdiente es, nie mehr von der Latrine wegzukommen, er verdiente es, von Flatulenzen zerrissen zu werden… Ich biss die Zähne zusammen, versagte mir weitere Hassgedanken und wartete stumm, was noch kommen würde.

»Ihr habt mir Lohn versprochen.« Er befeuchtete sich die Lippen, was irgendwie gierig und unanständig aussah. »Ich will meinen Lohn haben.«

»Und was bringt dich dazu, so plötzlich Abschied zu nehmen?« Meine Stimme klang schärfer als beabsichtigt – und natürlich konnte er gehen, wohin er wollte. Die Spannungen der letzten Zeit waren alles andere als angenehm gewesen; so wie ein Mutterkorn das Mehl verdirbt, so hatten sein offenkundiger Missmut über unser ärmliches Dasein und die Tatsache, dass er Erik die Schuld daran gab, die Stimmung bei uns vergiftet. Früher oder später hätten wir alle im Antoniusfeuer gebrannt, ohne zu wissen, warum… Ich war wütend darüber, wie sehr sein verdammter Plan mich trotzdem verletzte, jetzt, wo meine Nerven blank lagen.

»Ich traf die Leute, ich… Nun, ich…« Angestrengt runzelte er die Stirn, um desto besser Ausflüchte vorbringen zu können. Das machte mich zusätzlich böse, doch eine kleine Stimme im Hinterkopf mahnte, ihn unbedingt ziehen zu lassen. Trotz ist ein ganz schlechter, undankbarer Diener…

»Nun, wie du willst.« Ich reckte mich. »Scheiden wir im Streit voneinander?«

»N-nein. Nein, tun wir nicht.«

Er log. Er log, und es war sonnenklar: Wir schieden voneinander, weil das Heil mich verlassen hatte und er keine Lust verspürte, weiterhin Teilhaber meiner schwierigen Lebensumstände zu sein – Lebensumstände, die mit jedem Tag, den Gott werden ließ, noch komplizierter wurden. Wer wusste schon, wann mein Unglück ihn treffen würde? Da brachte er sich lieber vorher in Sicherheit. Wir schieden voneinander, weil er sich Reichtümer versprochen hatte im Gefolge des Ynglings, eines Königssohns, dem damals, als wir uns kennen lernten, alle Tore offen zu stehen schienen. Reichtümer, Ruhm, vielleicht sogar die Position eines Ratgebers. Ich lachte kurz auf. Was für ein Hochmut! Erik hatte sich keinen Tag lang für diesen Gaukler interessiert – und eigentlich war Cedric ja mir gefolgt, doch auch dieser Umweg hatte nicht zu den Geldtruhen des Ynglings geführt.

Nun, vielleicht war es ein Wink des Schicksals. Ich dachte daran, wie er meine Mägde belästigt hatte und wie er von Zeit zu Zeit auch mich angesehen hatte. Selbst Eriks Körper hatte ihn nicht kalt gelassen – so viel Gier konnte Gott nicht gutheißen.

Ich gab ihm also die vereinbarten Goldstücke, obwohl er kein ganzes Jahr bei uns gewesen war, sowie ein silbernes Armband aus dem Schatz der Ynglinge, und ich war entsetzt, als ich seinen enttäuschten Blick sah. Zu wenig? Was hatte er erwartet? Hatte er etwa mit dem Pony von Lucy de Taillebois gerechnet?

Sein Gesicht war womöglich noch verschlossener, als er sich wortkarg verabschiedete. Die Kinder schliefen bereits, und wir entschieden, sie nicht zu wecken. Ich öffnete die Haustür. »Gott sei mit dir, Cedric Spielmann.«

»Ja. Ja.« Ein letzter Blick. »Und mit dir.«

Dann war er fort. Was blieb, war ein äußerst ungutes Gefühl…

11. KAPITEL

Das rat ich, Loddfafnir, vernimm die Lehre,
Wohl dir, wenn du sie merkst.
Altem Freunde sollst du der erste
Den Bund nicht brechen.
Das Herz frisst dir Sorge, magst du keinem mehr sagen
Deine Gedanken all.

(Hávamál 121)

An diesem Abend wartete ich nicht lange auf weitere Hiobsbotschaften, sondern handelte. Cedrics Abschied war wie ein eiskalter Regenguss gewesen und hatte mir klar gemacht, wo ich stand – jetzt wusste ich, was ich zu tun hatte. Der Regenguss hatte die Verzweiflung von mir abgewaschen und kalten Mut zurückgelassen. Es gab nur einen Weg, wenn ich Ljómi nicht priesterlicher Willkür überlassen wollte. Ich nahm ein paar tiefe Schlucke aus Vater Ælfrics Metflasche, die sich niemals leerte, betete ein halbherziges Paternoster, warf den Mantel über und verließ das Haus. Gott sah mir kopfschüttelnd hinterher…

Jorvik gehörte bei Nacht anderen Menschen als bei Tag. Froh um meinen dunklen Mantel und die Waffe am Gürtel, drückte ich mich von Ecke zu Ecke auf der Suche nach dem Wirtshaus mit dem Wolfskopf. Gesindel trieb sich herum, eine Frau kreischte unter Schlägen, und an einer Straßenecke meinte ich, Cedric zu sehen. Ich beeilte mich, verließ den eingeschlagenen Weg, ging dem Vermeintlichen nach, der an der nächsten Biegung in einen dunklen Winkel schlüpfte. Ich wagte es nicht, ihm weiter zu folgen. »Närrin«, schimpfte ich leise, »verfluchte Närrin. Was bringt es, ihm hinterherzulaufen? Du machst dich nur lächerlich.« Vielleicht hatte ich mir nur eingebildet, ihn gesehen zu haben, vielleicht dachte ich zu viel an ihn und wie sehr seine Treulosigkeit mich getroffen hatte, vielleicht waren meine Gedanken auch nur wirr, wie so oft in letzter Zeit – und so suchte ich lieber weiter nach dem Wirtshaus. Einmal wagte ich es, danach zu fragen. Der Mann schaute wild drein und hastete weiter, ein anderer hörte die Frage, blieb stehen und wies mir murmelnd den Weg in Richtung Stadtmauer. »Kein Platz für Weibsvolk«, hörte ich ihn noch sagen, als ich mich schon abgewendet hatte.

Damit hatte er Recht. Die Straße unterhalb der Stadtmauer stank genauso wie der Nebenarm des Ouse, der hier dickflüssig und träge vorbeifloss und die Bewohner mit Wasser versorgte, und das Wirtshaus schien der Sammelpunkt aller düsteren und verbrecherischen Gestalten Jorviks zu sein – wahrscheinlich hatten sie ein eigenes verborgenes Tor, durch das sie die Stadt betraten, um anständige Menschen nicht zu belästigen. Die Menschen hier waren ja nun mal ein seltsames Völkchen. Und sicher wagte auch kein Normanne, sich hier ordnungsschaffend aufzuhalten, wie sie es in allen anderen Städten, in denen ich gewesen war, getan hatten. Doch da mir noch kein Jorviker etwas zuleide getan hatte, nahm ich allen Mut zusammen und näherte mich dem halb verfallenen Haus. Das Schild über der Tür zeigte einen mit spitzen Zähnen bewehrten Wolfskopf. Schon die quietschende, nur halb in den Angeln hängende Tür machte keinen freundlichen Eindruck. Als ich sie aufdrückte, wurde ich fast umgerannt von einem Kerl, dem ein anderer mit gezücktem Messer auf den Fersen war. Gleich hinter mir in der Gosse begannen sie, heftig miteinander zu ringen. Ein erstickter Schrei ertönte, ein Stöhnen, dann ein Platschen, wie wenn ein Körper ins Wasser fällt, und dann hörte man wieder nur das Rauschen des übel riechenden Flüsschens. Halb hing der Schatten noch am Ufer, er rührte sich jedoch nicht. Tot? Mich schüttelte es.

»Das w-wird dich l-lehren, meinen Va-Va-Vater zu beleidigen«, grunzte der mit dem Messer, wischte es an der Hose sauber und stapfte wieder ins Wirtshaus, ohne von mir Notiz zu nehmen. Dickschmieriger Alkoholdunst, gepaart mit dem typisch verwesenden Geruch der Abdecker zog an mir vorbei. Ein Abdecker… So etwas Unreines wurde in meiner Heimat in der

Stadt nicht geduldet, Abdecker wohnten mit den Henkern zusammen vor den Stadtmauern! Nervös fuhr ich mir mit der Hand über das Gesicht. Einen ganz üblen Ort hatte ich hier aufgesucht, heilige Muttergottes, heilige Etheldreda … Der in der Gosse war wirklich tot, vielleicht würde man ihn bei Tageslicht wegräumen, vielleicht auch nicht. Ich schluckte. Drinnen grölten sie und lachten.

»Hast es ihm gegeben?«

»Ha-hab ihm gezeigt, w-wie es Leu-Leu-Leuten erg-geht, die Unf-f-fug über meinen Vater erzählen. Unf-fug, alles Unf-fug.«

»Komm rein, Weib, und zieh die Tür zu – oder soll ich dir helfen! Ach was, ich helf dir gerne!«

»He, dein Vater war ein alter Trunkenbold!«

»L-lass dir von Æthelstan zeigen, w-wie es sich anfü-fü-fühlt, w-wenn man meinen Vater beleidigt. Man be-be-beleidigt meinen Va-Vater näm-nämmich nich', d-das tut man nich' …« Gurgelnd verschwand das Bier in seinem Schlund. Dünne Rinnsale liefen ihm an den Mundwinkeln vorbei und tropften auf den Mantel. Erst als der Becher leer war, setzte er sich. Ich wand mich an den Tischen vorbei, suchte den Wirt. Hände begrapschten mich von hinten, schmutziges Lachen wurde laut, flinke Finger betasteten meinen Mantel auf der Suche nach Wertvollem. Jemand hieb ein Messer in den Tisch, stumpf und immer wieder, während eine halb nackte Dirne sich auf seinem Schoß räkelte und an seinem Gemächt herumfummelte. Ich fand, sie lebte gefährlich, und machte mich selber lieber gleich noch kleiner. Ein Brettspiel flog durch die Gegend, ein Spieler hinterher, Tische gingen zu Bruch, Schemel brachen entzwei. Spielsteine sausten wie kleine Geschosse durch den niedrigen Raum. Jemand schleifte die Prügelnden heraus. Ein Junge sammelte die verlorenen Kupfermünzen ein.

Der Wirt war ein vierschrötiger Mensch mit nur einem Auge und stank nach altem Fisch. Die leere Augenhöhle war nicht verhüllt, wie es normale Christenmenschen taten, sondern lag bloß. Sie war eklig anzusehen. Ich musste trotzdem dauernd hinschauen.

»Was willst du?«, grunzte er, ohne sich groß um den Tumult

in seiner Wirtschaft zu scheren. Es regelte sich ja von selber, wie man sah. Fleischige Hände schoben Münzen auf dem Tisch hin und her, goldene, silberne, kupferne Münzen aus aller Herren Länder, dicke, gebogene Fingernägel kratzten über das Holz, wenn eine Münze wegzurollen drohte, und dann wurde der Haufen neu sortiert. Es hatte nicht viel Sinn, was er da tat.

»Ich suche jemanden«, flüsterte ich. Er sah an mir herunter, ordnete mich ein. Ringsum spitzte man neugierig die Ohren.

»So, so. Wie viel zahlst du?«

»Kannst du mir denn helfen?«

»Wie viel zahlst du?«, wiederholte er und putzte den langen Zeigefingernagel mit einer kleinen Münze. Dreckkrümel rieselten auf den Tisch, ein Stück Nagel fiel mit herab. Ein schmaler Mensch rückte näher, blanke Gier in den Augen. Der Wirt hieb ihm die Faust ins Gesicht, dass er rückwärts vom Hocker kippte. »Na, wie viel?«

»Eine funkelnde Münze wär's mir wert«, sagte ich vorsichtig und umklammerte die beiden Goldmünzen, die ich aus meinem Vorrat im Unterrock herausgeschnitten hatte. Mein Herz klopfte wie wild, bis mir schier die Luft wegblieb. Von hinten rempelte mich jemand an, Bier schwappte über meinen Umhang. »Pass doch auf, dummes Weib.«

»Funkelnd«, wiederholte er.

»Funkelnd.« Eine Braue zuckte verstehend in die Höhe, dann nickte er. »Und wen suchst du, für so viel funkelndes Geld?« Aus der anderen Hand ließ ich den Kordelknoten des Rebellen, den seine Frau Torrida mir seinerzeit zugesteckt hatte, auf den Tisch fallen und deckte sogleich die Hand schützend darüber.

»Potzblitz«, flüsterte der Wirt da und sah mich scharf an, »wo hast du den her, Weib?«

»Ich suche den, dem der Knoten gehört«, wisperte ich. »Wer kann mich zu ihm bringen? Weißt du jemanden?«

»Wo hast du das Ding her?« Eine Faust fuhr hoch, packte mich am Kragen. Sein fauliger Atem so nah vor der Nase raubte mir die Luft. »Wenn das eine Falle ist, kannst du dich in Einzelteilen am Spieß wiederfinden, Weib!«

»Du würdest keinen Geschmack an mir finden«, zischte ich, trotz der gefährlichen Situation langsam ärgerlich werdend. »Tu, worum ich dich bitte, und du brauchst deinen Spieß auch nicht für mich zu putzen.« Der war nämlich umlagert von Schmeißfliegen, und das Fleisch auf dem Spieß hatte sicher schon einige Tage ins Land gehen lassen. Wenn man es immer wieder briet, fiel keinem auf, wie verdorben es war, und die Scheißerei ereilte einen ja zu Hause. Der Wirt ließ mich los. »Also gut. Die funkelnde Münze. Her damit.«

»Die eine Hälfte jetzt, die andere Hälfte, wenn ich dort bin.« Mir schlug das Herz bis zum Hals. Das eine Auge wanderte an mir herab, schien mir unter die Kleider zu glotzen – *Zeig, wo hast du's, wo hast du es versteckt?* –, und dann streckte er die klobige Hand aus, direkt vor meinem Unterleib. Ich ließ trotz der obszönen Geste eine der beiden Münzen hineinfallen. »Warte hier.« Gehorsam drückte ich mich in die Ecke neben den großen Kochtopf, froh, aus dem Blickfeld all dieser Menschen geraten zu dürfen. Ranziger Fettdunst zog an mir vorüber. Hier und da spien Gäste ungenießbare Essensbrocken in die Binsen.

Das Essen schmeckte und roch doch in allen schlechten Gasthäusern gleich – und bei Gott, wir waren in vielen Gasthäusern gewesen. Und wie oft hatte sich mir der Magen umgedreht, wenn so ein Napf mit kaum zerkleinerten, halb rohen Kaldaunen vor mir stand, zerkochte Grütze, in der sich Maden tummelten oder ich matschige Küchenabfälle in der Suppe fand... Flüchtig gingen mir die Bilder von unseren langen Reisen durch den Kopf, Flandern, Schleswig, Brügge, Caen, Rouen – Armut roch überall gleich stechend scharf, und Gemeinheit ebenfalls. Weder mit dem einen noch mit dem anderen hatte Gott ein Einsehen – stets waren es von Ihm verlassene Orte gewesen, wo wir Armut und Gemeinheit begegnet waren. Seltsames Schicksal, das mich immer wieder an solche Orte verschlug. Wollte Gott mir damit etwas sagen? Stinkende Talglichter blakten schwerfällig Rußwölkchen in die verrauchte Luft, irgendwo quälte jemand eine Flöte. Die halb nackte Dirne hatte ihren Kunden bedient und tanzte auf dem Tisch, wo gierige Männerhände nach ihren Beinen grapschten. Wände und die niedrige Decke waren schwarz, sicher hatte es hier schon mal gebrannt. Oder der Teufel hatte hier gesessen. Vielleicht saß er jeden Abend hier, hinterließ böses Blut und angesengte Wände. Ein Mann stand auf und stieß mit dem Kopf gegen einen Deckenbalken. Betäubt fiel er auf den Rücken, worauf sich ein Halbwüchsiger sogleich an seinen Taschen zu schaffen machte und zur Hintertür flitzte. Sie lachten ihm hinterher, niemand kam dem Mann am Boden zu Hilfe. Ich drückte mich noch tiefer in meine Ecke.

Zu meinem großen Entsetzen bewegte sich der Wirt auf den Stotterer mit dem Messer zu, der mich am Eingang fast über den Haufen gerannt hatte. Der Mann, der den Namen eines großen Königs trug und eben vor meinen Augen einen Menschen ermordet hatte. Sie steckten die Köpfe zusammen, tuschelten, beguckten mich von Kopf bis Fuß, die Münze wechselte den Besitzer. Der Stotterer sah wieder hoch, schätzte mich mit ein, zwei gierigen Blicken ab, spießte sein Messer in die Tischplatte – und nickte. Die Dirne beugte sich mit wogenden Brüsten über ihn und lachte albern. »Wolltest mich wohl aufspießen, was?«, geierte sie, während der Betrunkene vor ihr den Kopf auf ihre schmutzigen Füße bettete.

»D-dich sp-sp-spieß ich anders auf, f-feine Gyth-Gytha …« Eine eindeutig derbe Geste mit dem Becken, und Gytha lachte nur noch lauter. »Das will ich sehen, Æ-æthelstan. Wenn du mit deinem Schwanz auch st-st-stotterst, wird es ein prächtiger A-abend.« Sie ließ ihr Becken vielsagend schaukeln und sprang auf einen anderen Tisch.

»Ich st-stottere, b-bis du um-um – um Gnade w-winselst.« Gutmütig knuffte der Stotterer sie und stahl sich einen unanständigen Zungenkuss aus ihrem allzeit wohlfeilen Mund, während er das Goldstück in seinem Gürtel verstaute. Der Wirt war längst an seinen Tisch zurückgekehrt. Münzen klapperten eintönig zum Klang der Blechflöte. Frierend legte ich die Arme um den Leib und versuchte, mir Mut zu machen. Was sollte schon passieren? Was sollte schief gehen, wo er doch nur eine Frau mit zwei Kindern geleiten sollte? Wo für sein körperliches und leibliches Wohl dank der Dirne hier gesorgt war. Wo er mit zwei Goldstücken doch fast ein reicher Mann war. Was sollte schief gehen… Und als hätte er meine stillen Gedanken erraten, kam Æthelstan nun herangeschlurft. Er musste zu einer Gerbersippschaft gehören, denn er stank atemraubend nach verwesendem Fleisch.

»W-was w-willst du dort?«, fragte er und hockte sich zu mir an den Ecktisch, auf dem wie durch Zauberrei ein Krug Dünnbier erschien. »W-was willst d-du bei dem Rebellen? D-du weißt, dass darauf sch-schlimme S-s-strafe steht?«

Ich nickte. »Mein Mann dient bei ihm.«

Da sah er mich lange aus verlebten Augen an und brummte schließlich mit veränderter Stimme: »S-so ein W-weib hätte ich auch g-gern.« Da wusste ich, er würde mich und meine Kinder wohlbehalten bei Hereweard *þe wocnan* abliefern.

Nicht einmal Sæunn weihte ich in meine Pläne ein. Sie schlief auch tief und fest, als ich Snædís weckte und ihr bedeutete, ganz still die Reisebündel zum Stall zu tragen. Es tat mir Leid, die Kaufmannsfrau ohne ein Wort zurückzulassen, doch war die Gefahr zu groß, dass eine Mitwisserin alles verraten würde. Wer wusste schon, wen die hysterischen Nachbarinnen noch alles alarmiert hatten, meiner kleinen Tochter den Dämon auszutreiben, und ob der Bischof nicht schon längst verständigt war. Nein, meine Entscheidung, mit den Kindern wegzugehen, stand fest und war richtig.

Das Pony, das Lucy de Taillebois mir geschenkt hatte, ließ ich bei Sæunn zurück, sicher konnte sie es gut brauchen, und es war eine Entschädigung für die Unbill, die ich ihr gebracht hatte. Ljómi sah so friedlich aus, als ich sie auf mein Pferd hob und in dem Nest aus verschlungenen Decken zurechtlegte. Der Mond schien auf ihr schmales Gesichtchen und streichelte ihre geschlossenen Lider. Dieses Kind lag in Gottes Hand, und es war richtig, was ich tat. *»Dominus pascit me, et nihil mihi deerit…«*

Im Vertrauen auf den Allmächtigen malte ich ihr inbrünstig ein Kreuz auf die Stirn und küsste sie.

Niemand sah uns, niemand hörte, wie wir aufbrachen, einem

unbekannten Ziel entgegen, begleitet von einem Mann, der alles andere als vertrauenswürdig wirkte, sich auf dieser Reise aber als fürsorglicher Führer entpuppte.

»Ab hier m-musst du d-dich allein durchsch-schlagen.« Æthelstan blieb stehen und deutete auf die Sümpfe, die vor uns lagen. »D-du m-musst dich immer an diesem B-baum dort orientieren w-wenn du ihn nicht mehr siehst, b-bist du verloren. Er w-weist dir d-den W-weg. Und w-wenn du den Knoten ha-ha-hast, werden sie d-dich passieren l-l-lassen. G-gott sei m-mit dir, Frau.« Seine schmutzige Pranke strich Snædís über die Wange, meine Münze wechselte den Besitzer, und kurz darauf war er im Morgennebel verschwunden. Obwohl er gestunken hatte wie ein ganzes Pelzlager, hinterließ er einen warmen Strahl in meinem Herzen. Ich fühlte mich klein und verlassen. Manchmal narrt uns unser Auge, und ein vermeintlicher Wegelagerer entpuppt sich als fürsorglicher Freund. Und der angebliche Freund als Wegelagerer ... Schon wieder wütend, verdrängte ich den Gedanken an Cedric. Gottverfluchter, geldgieriger, ruhmsüchtiger ... Ich trat einen Ast ins Wasser. Passend zu den wilden Gedanken nahm der Regen zu. Der Wind pfiff durch ein Loch in meinem Mantel und versuchte frech, mich zu erobern. Snædís drängte sich frierend gegen meine Beine. Man merkte deutlich, wie der Herbst herannahte. Ljómi hatte sich in ihrem Nestchen auf dem Pferderücken nicht bewegt. Behutsam legte ich eine Decke über sie und blickte mich um. Sumpf und niedrige Sträucher, so weit das Auge reichte; es roch durchdringend nach Moder und brackigem Wasser, und die gammelige Feuchtigkeit verschaffte sich durch jede Ritze der Kleidung Zugang. Möwen flatterten ärgerlich kreischend über unsere Köpfe, ein paar Enten schnatterten, eine Sumpfralle hastete ins Schilf, um ihre Beute in Sicherheit zu bringen.

Plötzlich sah ich, wie die kahlen Sträucher hinter uns leicht schaukelten, obwohl kein Windhauch die Luft erfrischte. Ich straffte mich und griff nach der Waffe.

»Wer ist da? Komm heraus, und rede mit mir!« Die Sträucher

hielten inne. Angestrengt blinzelte ich in das fahle Licht. Da war doch etwas, ich sah doch einen Schatten… erlaubte der Gerber sich einen schlechten Scherz?

»Æthelstan? Du musst mich nicht erschrecken – ich kann mich wohl wehren!«, rief ich lauter als notwendig. Mein Herz pochte davon allerdings nicht weniger – vielleicht hörte er es und lachte sich ins Fäustchen… »Æthelstan, komm heraus!«

Blätter raschelten, Zweige knackten, Wasser plätscherte. Ein Vogel protestierte. Ich schlich auf die Sträucher zu. Auf der anderen Seite ertönten eilige Schritte. Ich warf mich ins Gebüsch, sah noch einen Mantel wehen, ein Bündel auf dem Rücken tanzen, es platschte, und dann war die Gestalt im Schilf verschwunden. Heftig atmend blieb ich stehen. Wer war mir da gefolgt?

Ein Blick zurück – die Kinder waren ungeschützt zurückgeblieben, also kehrte ich um, mit mulmigem Gefühl im Bauch. »Heilige Maria, beschütze uns, mach uns unsichtbar, behüte uns…« Sindri trat von einem Bein aufs andere, gähnte und schüttelte träge den Kopf, dass die schwere Mähne hüpfte.

»Hm, wenn du nicht besorgt bist – warum bist du nicht besorgt? War es doch Æthelstan?« Nachdenklich strich ich über seine Stirn und beschloss, mich wieder einmal seinem untrüglichen Instinkt anzuvertrauen – ich hatte ja auch keine Wahl. »Also dann – dann wollen wir mal.«

»Ich hab Hunger, Mama«, flüsterte Snædís, ohne meinen Rock loszulassen. Ich gab ihr das letzte Stück Brot aus meinem Beutel. Wenn wir Hereweard nicht fanden, waren wir verloren – nach dieser anstrengenden Reise hatte ich keine Kraft mehr zum Jagen. Mein einziges Pfand war der Kordelknoten des Rebellen. Wenn ich Hereweard nicht fand… Ich mochte den Gedanken nicht zu Ende denken.

Und so tappten wir im fahlen Morgenlicht durch den Morast der Isle of Axholme, vorsichtig an schlammigen Ufern entlangbalancierend, uns an Schilfrohren festhaltend, damit wir nicht in einen der unzähligen brackigen Bäche fielen. Sindri schnaubte und prustete, ich ließ ihn schnüffeln und riechen, wo immer er wollte, weil ich wusste, dass er den sichersten Weg für uns wählen würde. Nicht jeder seiner Schritte schien logisch, genau wie damals in den Sümpfen von Elyg, doch ich hatte gelernt, diesem Tier bedingungslos zu vertrauen. Nebel narrte mich, Geister tanzten über den Wassern und lachten mich aus, weil ich einem Pferd hinterherlief, statt Opfergaben ins Wasser zu werfen. Kreischend flatterten Moorvögel auf, beschwerten sich über die frühe Störung. Rauchschwaden gaukelten mir ein Dorf vor, ein Feuer, Wärme, warmes Essen. Die Gier danach brachte mich fast um, und ich musste mich zu jedem Schritt zwingen, weil mir die Knie so schwach waren. Sehnsucht biss mich in die Eingeweide – unstillbare und erschütternde Sehnsucht. Wie hatte ich ihn überhaupt gehen lassen können, ich Närrin? Würde ich ihn jetzt überhaupt finden? Lebte er noch? War ich auf dem richtigen Weg? Allmächtiger – gib ihn mir wieder. Gib ihn mir wieder. Ich hielt mir aufstöhnend den Bauch. Vielleicht war es auch der Hunger, der mich langsam irre werden ließ.

»Mama, guck mal, der Rabe ist wieder da!« Snædís, die ich hinter Ljómis Sattelnest gepackt hatte, deutete auf das wogende Schilf. An der Stelle zuckten die Spitzen ärgerlich. Geister stoben auseinander, und Náttfari flatterte zwischen den Schilfrohren herum. *Kraaa!* Der Sumpf schwieg erschrocken. *Kraaa!* Schließlich fand der Vogel einen alten Baumstumpf, wo er sich niedersetzen konnte. Im Wasser gluckerte es verstohlen weiter. *Siehste.*

Ich zog an Sindris Seil, damit er stehen blieb. Sein bernsteinfarbenes Auge blickte unwirsch drein. Mein Herz klopfte. Der Rabe sah mir für einen kurzen Moment in die Augen, dann putzte er sich weiter.

»Hast du mich gesucht, oder hab ich dich gefunden?«, fragte ich den Vogel, den ich doch seit vielen Tagen schon nicht mehr gesehen hatte. Ich war mir nicht sicher gewesen, ob das ein gutes oder ein schlechtes Zeichen war. Er hob den Kopf und sah mich aus lackschwarzen Äuglein scharf an. Dann wippte er mit dem Körper und krächzte leise. Odins Bote hatte mich gesucht. Nervös geworden, überlegte ich noch, wie ich das nun wieder deuten sollte, da sprach Snædís erneut.

»Mama, guck mal ...« Ihre Stimme klang anders, und ich hob den Kopf, die Hand an der Waffe.

»Na, Frau, so allein unterwegs im Sumpf? Hast du dich verlaufen?« Ein hoch gewachsener, voll bewaffneter Mann in dunkler, schlechter Kleidung stellte sich uns in den Weg. Seine Stiefel standen fast bis zum Schaft im Wasser, doch das schien ihm nichts auszumachen. »Dieser Weg ist falsch, Frau, du musst umkehren.«

»Ich denke aber, er ist richtig«, erwiderte ich beherzt, immer den Baum von Æthelstan im Blick behaltend. Als ich jedoch das riesige Schwert erkannte, ließ ich die Hände fallen. Mein Herz schlug wild – war es der, der uns aufgelauert hatte und dem ich eben hinterhergelaufen war? Warum hatte Sindri mich dann nicht gewarnt? Sindri warnte stets vor Fremden. Der Sumpf spielte ein böses Spiel mit mir, und als wollte er das bestätigen, wehte übler Moddergeruch schadenfroh zu mir herüber.

»Er ist falsch, und du wirst jetzt umkehren.«

»Du weißt doch gar nicht, wohin ich will.«

»Ich weiß, dass du auf dem falschen Weg bist, Frau, mehr brauch ich nicht zu wissen.« Er trat näher, das Schwert in der Hand.

»Mamaaa ...« Snædís packte mich an der Schulter.

»Lebst du hier?«, fragte ich den Mann vorsichtig.

»Ich lebe hier, und deshalb kann ich dir sagen, das du auf dem falschen Weg bist.« Die Stimme wurde drohender.

»Vielleicht« – hastig kramte ich in meinem Beutel – »vielleicht kannst du mir ja weiterhelfen ...« Auf meiner Handfläche erschien Herewards Kordelknoten, den Torfrida mir gegeben hatte.

Der Mann sah mich fassungslos an.

»Vielleicht bin ich doch auf dem richtigen Weg?«, insistierte ich. Er nahm den Knoten vorsichtig von meiner Hand, drehte und wendete ihn und zupfte daran herum.

»Zu wem möchtest du?«, fragte er langsam.

»Zu Erik von Uppsala. Bring mich zu Erik von Uppsala.« Der Hals wurde mir dick, wenn ich diesen Namen aussprach. Erik – *Erik* ... Sehnsucht sprengte mir schier die Brust, brachte nichts als Schmerz, schneidenden Schmerz. Lebte er noch, war er überhaupt hier, schreien wollte ich, schreien und nie wieder aufhören, bis ich ihn gefunden hatte …

„Komm«, sagte der Mann. Er drehte sich um und stapfte in Richtung des hohen Baumes, mit so schnellen Schritten, dass ich kaum folgen konnte und sogar Sindri nervös zu trippeln begann, aber es war gleich, ich wäre ihm auch eine ganze Woche lang gefolgt, zu Fuß, auf allen vieren, verdurstend, wenn er mich nur ans Ziel gebracht hätte …

Als mir die Beine zu zittern begannen und ich dachte, jeder weitere Schritt würde mich mit Sicherheit in den Sumpf befördern, hielt der Mann vor mir an. Halt suchend lehnte ich mich an meinem Pferd an. Die Kinder auf Sindris Rücken gaben keinen Laut von sich. Vorsichtig tastete ich nach Snædís. Sie hing zusammengesunken und erschöpft über ihrer stets schlafenden Schwester. Mit Plappern und Fragen hatte sie schon lange aufgehört.

»Du kannst die Augenbinde abnehmen.« Schwerfällig kam ich der Aufforderung nach. Das Ding hatte ich irgendwann unterwegs anlegen müssen – trotz des Knotens war dieser Mann übervorsichtig. Wir standen immer noch im Sumpf, immer noch die gleiche klebrige Luft, die das Atmen erschwerte, immer noch die Luft voller Nebelwesen, die sich über meine Reise lustig machten. Mehr als einmal hatte ich meinen Führer beinahe verloren, hatte ihm hinterhergerufen, geschrien, die Finger panisch in Sindris schwere Mähne vergraben und dankbar aufgeseufzt, wenn ich seine Hand am Arm gespürt hatte. Meine Stiefel waren durchnässt, der Mantel, das Kleid, alles war nass und matschbespritzt, ich fror erbärmlich, eklig klebte mir die feuchte Kleidung am Leib, der vergeblich nach Nahrung schrie … Wie lange hatte ich nichts mehr zu mir genommen? Seit gestern? Vorgestern? Tage und Ereignisse verschwammen in meiner Erinnerung. Wie lange war ich nach Axholme unterwegs gewesen, eine ganze Nacht, einen ganzen Tag?

Sindri rupfte ein paar Halme. Ich war versucht, es ihm gleich zu tun. Náttfari, der uns gefolgt war, lachte schnarrend.

»Hier sind wir nun. Hier wolltest du hin, Frau.« Die Worte meines Führers dröhnten in meinen Ohren. Hier sind wir nun.

Büsche schoben sich wie von Zauberhand beiseite, Schwerter wanderten in ihre Scheiden zurück, als das Losungswort genannt wurde. Ein Mann lachte: »Ein Weib!« Ein kurzer Scherz, den ich nicht verstand. »Bei Gott, es ist ein Weib!« Ich war zu müde, zu erschöpft, nicht mehr in der Lage, die Geräusche des geschäftigen Lagerlebens voneinander zu unterscheiden. »Sieh nur, wer ist denn das?« – »Ein Weib« – »Hat sie sich verlaufen?« Alles ein einziger Klangbrei, Gesichter, eine glimmende Feuerstelle und hunderterlei Gerüche, Pferdeschnauben, Männergesichter, unscheinbare Zeltbahnen – ich war angekommen. Endlich. Ich taumelte. »Pass doch auf, Frau!« Sindris mächtiger Hals hielt meinen Fall auf, die Erde drehte sich, und mir wurde übel.

»Sie möchte zu jemandem hier, sie hatte das Zeichen.« Ein Dutzend Köpfe wandten sich zu mir. »Herewards Knoten?!« Glotzende Augen musterten mich, und ich drückte das Gesicht in die dichte, feuchte Mähne. Jemand lachte spöttisch: »Sie hat sich verlaufen.«

»Mama«, wimmerte ein Kind. Ich schluchzte auf.

»Zu wem willst du denn nun?«, insistierte der Mann, der mich hergebracht hatte, mit ärgerlicher Stimme, weil die anderen begannen, sich darüber lustig zu machen, dass er ein Weib im Moor gefangen hatte.

»Zu mir. Sie will zu mir.«

Zwei Arme, eine Brust, die ich kannte, ein Geruch, den ich liebte, Herzklopfen, das mich verstand. Ich verlor das Bewusstsein.

Die heilige Etheldreda breitete ihren weißen Schleier über mich und schnitt mich von der Außenwelt ab. Ich lebte in einer Höhle aus Fell und Wolle, warm gehalten und bedeckt von ihrer zarten Hand, die mich gesundstreichelte. Es duftete nach Minze und Verbene und fühlte sich an wie Mutters Himmelbett daheim auf Sassenberg. Honig tropfte auf meine Lippen. Verdünnter Wein rann mir die Kehle hinab. Lächelnd dämmerte ich dahin, verträumte den Tag. Ein Kinderlachen schaffte es, den Schleier zu zertrennen.

»Guck mal, Ljómi hat gelacht!« Ich schlug die Augen auf.

Etheldredas Hände gehörten in Wirklichkeit Erik, und nach Minze roch nicht die Heilige, sondern Torfrida, Herewards Weib, das gerade damit beschäftigt war, ein Öl zusammenzurühren.

»Du hast lange geschlafen«, bemerkte sie, und ein erleichtertes Lächeln huschte über ihr ebenmäßiges Gesicht. »Man sieht, wie gut dir das getan hat.«

»Ljómi«, sagte ich mühsam und rieb mir die Augen. »Was ist mit Ljómi …«

»Sie schläft«, lächelte Torfrida. »Sorg dich nicht, lass dich ein wenig verwöhnen.«

Verwöhnt wurde ich mit süßem Brei, den Erik mir mit einem goldenen Löffel fütterte wie einem kleinen Kind. Ich schluckte gehorsam und griff dann nach seiner Hand.

»Hab ich dich endlich«, flüsterte ich ergriffen. Er nahm meine Hand, als Torfrida gerade nicht hinsah, und küsste sie zärtlich. »Ich hab nicht damit gerechnet, dich so bald wiederzusehen, *elskugi*… und wie schön ist es, dich wiederzusehen …«

Draußen lachten die Männer den Koch aus, der wohl mit dem Suppenkessel kämpfte.

»Das ist Hogor«, erklärte Torfrida, »er ist ein bisschen langsam.«

»Sie könnten ihm auch zu Hilfe kommen«, unterbrach Erik sie ungehalten und ließ meine Hand los, »aber auf solch eine Idee kommt ein Angelsachse wohl nicht.« Torfrida hob die Brauen.

»Da irrst du gewaltig, Yngling.« Die Zeltbahn wurde beiseite geschlagen, und Hereweard of Brune erschien im Eingang, breitschultrig, angriffslustig. »Wir Angelsachsen sind euch Wikingern viel ähnlicher, als ihr denkt. Die Normannen sind anders. Normannen sind falsch, Normannen sind arrogant und voller Dünkel – würde sich einer hier einschleichen, ich würde ihn riechen, der Dünkel stinkt nach …«

»Solch tumbes Gerede steht einem Angelsachsen von Geblüt nicht an.« Torfridas Stimme hatte an Schärfe zugelegt. Zu meinem größten Erstaunen schaute der Rebell nur sehr finster drein und verschwand dann polternd nach draußen. Sie rührte in ihrem Schälchen, als sei nichts gewesen. Allein ihre linke Braue zuckte. Der Streit schien schon älter und auch nicht mehr wirklich ernst zu sein. Trotzdem hatte der plötzliche Schwall an Aggression mich endgültig geweckt.

Erik räusperte sich. »Er hält mich immer noch für einen Normannen. Verzeih, schöne Torfrida ...«

»Nein, das tut er nicht. Er ist nur unversöhnlich, seit sie ihm seine Familie geraubt haben.« Sie lächelte mich entschuldigend an. »Geht ein paar Schritte, schau dich um in deinem neuen Zuhause. Dein Kind ist bei mir gut aufgehoben.« Und während ich mir mein wollenes Oberkleid überstreifte, dachte ich, dass es wohl gleich war, ob Normanne, Angelsachse oder Däne – der Stolz saß ihnen allen in den Knochen, und ein Koch würde überall seinen Kessel allein zu schleppen haben, weil es keinem Mann von Rang in den Sinn kam, mit Hand anzulegen. Dass ausgerechnet Erik auf solch eine Idee kam, fand ich fast schon drollig ...

Mein Herz hüpfte, als er meinen Arm nahm und mich vor das Zelt führte. Angekommen!

Es war eine kleine, aber durchorganisierte Welt, mein neues Zuhause. Etwa zwanzig Menschen hatten sich zusammengefunden und teilten sich Zelte, Schlafplätze, Feuerplätze und Essen. Außer Torfrida und mir gab es nur eine Frau von einfacher Geburt, die dem Koch half und vielleicht sein Weib, zumindest aber seine Bettgenossin war. Die Isle of Axholme war kein Ort für Frauen ...

Alles drängte sich auf engem Raum, und es stellte sich als schwierig heraus, in diesem kleinen Lager ein unbeobachtetes Plätzchen zu finden. Herewards Leute lebten auf dieser kleinen Lichtung so, dass ein Aufbruch in kürzester Zeit möglich war. Es gab alles, was zum normalen Leben notwendig war, allerlei Handwerk lag herum, in einem Zelt lehnte ein Webgerüst gegen die Plane, und sogar ein Schmied hämmerte irgendwo auf Eisenstücken herum, doch hatte nicht mal der Anführer ein festes Haus. Ein Vogelfreier konnte sich keine feste Bleibe leisten. Mein Mann war auch vogelfrei.

Nachdem er mir alles gezeigt und mich einigen Männern vorgestellt hatte, legte er den Arm um mich und zog mich in ein Eckchen zwischen zwei Zelten, wo sich gerade niemand herumtrieb.

»Und jetzt sag mir die Wahrheit, Alienor – warum bist du mit den Kindern gekommen?«, fragte er atemlos, »warum bist du nicht in Osbernsborg geblieben, oder zu Sæunn gegangen – warum, *elskugi*, warum?«

Ich legte ihm den Finger auf den Mund. Nach der ersten Aufregung, ihn wiederzusehen, lebend und gesund, endlich wieder bei ihm zu sein, seine Nähe zu spüren, seinen Körper, seine vibrierende Energie, die für uns beide reichte, war tiefe Ruhe über mich gekommen. Alles Suchen hatte ein Ende, ich war angekommen. Allein an seiner Seite hier herumzugehen, seine Hand unter meinem Arm zu spüren und ihm zu überlassen, welchen Weg wir wählten, entschädigte mich für die Strapazen der letzten Tage.

Beglückt betrachtete ich sein Gesicht – und erschrak. Es hatte seine Jugendlichkeit eingebüßt. Schmal und asketisch, mit tiefen Rändern um die Augen wirkte er um Jahre gealtert. Das Schicksal hatte ihn mit Furchen gezeichnet und das männlich schöne Gesicht verändert. Im Haaransatz entdeckte ich weiße Haare. Das Blond darüber wusste sie gut zu verbergen, doch nicht gut genug für mich. Ich ließ meinen Finger sanft über seine Wangen und in die düstere Grube unter seinen Augen gleiten, in der das Leid versteckt lag. Erik schloss die Augen. Diese Augen jedoch, die kannte ich, blind, im Verborgenen. Bis in die Ewigkeit. Tiefblau waren sie, mit einem dunklen Rädchen in der Mitte, das sich manchmal zu drehen begann – dann schwindelte mir, und nur er konnte das Schwindeln anhalten. Jetzt sahen sie mich an, warm und zärtlich, und sie waren so, wie ich sie in Erinnerung hatte. Märchenhaft blau, intensiv und vielleicht irgendwann wieder so sprudelnd vor Leben wie einst, als wir jung waren. Vielleicht …

»Warum bist du hergekommen, *elskugi*? Jetzt kannst du nicht wieder fort.« Er würde mich doch auch gar nicht fortlassen, nicht einen Meter außer Reichweite seiner Arme. Ich nahm seine Hände aus meinem Kleid.

»Ich wusste nicht mehr weiter, Erik. Sie sagen, Ljómi sei besessen, die Leute hatten Angst vor ihr, ich wusste nicht, wen diese Nachbarn alles rufen würden, oder dieser Priester.«

»Priester!« Er spuckte das Wort förmlich aus, alter Hass kochte hoch auf Menschen, die ihm – uns beiden – Übles zugefügt hatten im Namen des Allmächtigen. Den Bischof erwähnte ich daher lieber gar nicht erst. »Priester! Kein Priester soll meine Tochter je anfassen! Torfrida sagt, ihr Kopf ist krank. Sie kann ihr sicher helfen… Ich träumte von dir, *drotting mín*, jede Nacht, hast du mich etwa gehört?« Er umfing mich wieder, und ich ließ ihn gewähren, drückte mich in die Schulterbeuge, vergaß Ljómi über seiner drängenden, überwältigenden Nähe. *Eindœmin eru verst.* Schon dass wir uns aneinander festhalten konnten, machte alles nur noch halb so schlimm. So kann man dem Jüngsten Gericht entgegensehen. Es hätte hier und jetzt stattfinden können. Egal.

»Du hast mich vermisst. Du hast mich vermisst?« Seine Stimme klang verwundert und beglückt. Sanft küsste ich die Kuhle an seinem Hals. Er zog mich noch näher an sich im Glauben, den Moment anhalten zu können. Doch jeder Moment ist einzig und die Gegenwart stets mächtiger.

»Erik. Ich weiß nicht, was ich machen soll. Vielleicht hat sie wirklich einen Dämon im Kopf…«

»Torfrida kann helfen. Torfrida hat heilende Hände. Meine Tochter hat keinen Dämon im Kopf! Wie geht es dir?« Seine Hände nahmen mir die Antwort ab, hatten längst entdeckt, wo man noch mehr Knochen fühlen konnte, wo die Haut wund gescheuert war, wo mein Gesicht eine Sorgenfalte mehr aufwies… Es ging schnell und verstohlen vor sich, dort hinter dem Zelt. Es war, als müsste er sich selber beweisen, dass er noch Herr im Hause war. Ich hieß ihn willkommen, nahm alles, was er zu geben hatte, und es war nicht genug. Sein Körper presste sich hart gegen meinen; alle Weichheit, die er je besessen und stets so geschickt vor aller Welt verborgen hatte, schien verloren gegangen. Matsch drückte sich durch mein Kleid, kroch mir die Beine hoch. Nein, das Leben war kein Himmelbett, kein weiches Kissen und kein Honig am Finger. Das Leben war ein winziges Quäntchen Glück in den Armen des Geliebten, bevor wieder jemand an den Schicksalsfäden zupfte ... In dem Bewusstsein klammerten wir uns aneinander, auf dass nichts uns für den Moment trennte.

Ich wollte ihn so viel fragen – wie es ihm hier erging, was für Männer um ihn waren, wie die Chancen auf Begnadigung waren – Begnadigung. Das ließ ich dann lieber. Begnadigung. Was für ein Witz. Ein nasser Zweig spuckte mir dicke Tropfen ins Gesicht. Begnadigung!

Er lag schwer in meinen Armen, und sein Herz pochte laut vor Ergriffenheit über unser Wiedersehen. Trotzdem war er allzeit wachsam, das Schwert in Griffweite, der Dolch am Gürtel, dass mich die verzierte Hülle in den Bauch stach. »*Ave Maria*«, betete ich stumm, »*Ave Maria, gratia plena*, hab Mitleid mit uns, Erbarmen, was soll ich nur tun ... *benedicta tu in mulieribus* – was soll ich nur tun ...«

Hereweard brüllte über den Platz. Beide schraken wir hoch. Dann legte Erik den Kopf wieder in meine Armbeuge. »Na«, fragte er leise, »wie findest du ihn?«

Ich beobachtete den hoch gewachsenen Recken von unserem versteckten Plätzchen aus, wie er die Faust hob und irgendwem wegen irgendetwas furchterregend drohte. »Er ist überwältigend. Im Guten wie im Schlechten. Obwohl ... obwohl ich keine Angst vor ihm verspüre. Es ist ... es ist, als wollte sich das Schicksal über ihn lustig machen ...«

»Ja, da kannst du Recht haben«, erwiderte er gedankenvoll. »Für manche Männer gibt es keinen Platz auf der Welt.« Trauer drückte mir die Kehle zusammen, und ich umarmte ihn schweigend, denn das galt, ohne dass ich verstand, warum es so hatte kommen müssen, ja auch für ihn.

»Du hast keine Angst vor ihm?«, fragte er mich. Ich schüttelte den Kopf. »Solltest du aber. Er ist ein Löwe, der nicht nur brüllt, sondern auch beißt.« Stirnrunzelnd sah er zu, wie Hereweard einen Stein nach dem Koch trat.

»Er beißt keine Frauen«, flüsterte ich. »Er hat in meiner Feuergrube gesessen. Er brüllt nur noch.«

Ich hatte Hereweard of Brune noch nicht kämpfen sehen.

Als man uns zum Essen rief, war Erik über alles im Bilde. Ich hingegen wusste immer noch nicht, wie die Lage für Hereweard und seine Anhänger aussah. Seine Wissbegier ließ keinen Platz für Fragen nach seinem Wohlergehen. Und so blieb mir nur, meine Hände sprechen zu lassen, ihm den Nacken zu kraulen und das unordentliche Haar zärtlich zu ordnen. Zu einem Knäuel verschlungen, hatten wir uns an eine Baumwurzel gekuschelt und die Nässe gemeinsam zum Teufel gewünscht. Ich hatte ihm erzählt, was alles passiert war. Von jenem unseligen Tag, wo Ljómi *fulmine ictus* fast von uns gegangen wäre. Von Ivo – immer wieder Ivo, an jeder Ecke Ivo, in jedem Erinnerungsfetzen kam Ivo de Taillebois vor. Von Grimulf, der uns nach Jorvik gebracht hatte. Von meiner Angst vor den Nachbarinnen und dem Priester, die das Kind für besessen hielten und sicher einen Teufelsaustreiber benachrichtigt hatten. Oder den Bischof. Vielleicht sogar die Obrigkeit.

»Ich konnte dort nicht bleiben – verstehst du? Selbst wenn sie einen Dämon in sich trägt.«

»Unsinn, dummes Priestergeschwätz!«

»Kein Geschwätz, du hättest sie sehen müssen!«

»Ich habe sie gesehen, Alienor. Sie wurde von Krämpfen geschüttelt, als du geschlafen hast. Sie hatte Schaum vor dem Mund – so etwas hab ich noch nie erlebt.« Seine Stimme klang noch nachträglich erschüttert und zweifelnd. Ljómi und ein Dämon? Doch ein Dämon?

»Gott hält die Hand über diesem Kind, ich will sie keinem Priester überlassen.« Ich sah ihn Hilfe suchend an. »Deswegen musste ich kommen.«

Er schwieg lange, als ich mit Erzählen fertig war. Dann sah ich, wie sein Knöchel gegen einen Stein klopfte, so lange, bis Blut kam, bis die Haut in Fetzen hing.

»Meine Tochter hat keinen Dämon.«

Am Feuer ging es sehr ruhig zu. Damit kein verräterischer Rauch entstand und das Feuer auch bei Regen brannte, hatte man Torfstücke im Moor gestochen und getrocknet. Ein ganzer Stapel Torfstücke verbrannte nun zusammen mit getrocknetem Schafsdung. Diese Wärmequelle hatte einen angenehmen Geruch und glomm so warm vor sich hin, dass man den Regen fast vergaß. Herewards Männer waren kontrolliert und wohlerzogen, allesamt Männer aus gutem Geschlecht, denen das Schicksal in Gestalt von Guilleaume von der Normandie übel mitgespielt hatte. Für ihre Überzeugung – ob nun edel oder nicht – hatten sie Haus, Hof und Besitz verlassen müssen, waren vertrieben worden und hatten alles verloren, was einen Mann vom Rang eines Thegns ausmachte. Die Zeiten hatten sich geändert; wer nicht für Guilleaume war, der war gegen ihn, und so manch einer träumte der Ära König Edwards hinterher, wo jeder hatte leben können, wie es ihm passte. Wenn auch nur ein Bruchteil von dem wahr ist, was sie sich so erzählten, dann muss es tatsächlich eine sehr friedliche Zeit gewesen sein.

»In Alchebarge erzählt man sich, dass die Schreiber des Bastards schon nördlich von Lincolia gesichtet worden sind«, erzählte einer, den sie Leofwine nannten, und schob die Mütze in den Nacken, obwohl der Regen stärker wurde.

»Das hab ich auch gehört. Alles wollen die wissen, sämtliche Truhen müssen die Leute aufschließen und den letzten Hühnerstall öffnen, und die alten Weiber müssen nachdenken, wer vor ihnen dort gewohnt und es besessen hat.« Siward, der von allen der Rote genannt wurde, weil sein Haar wie die untergehende Sonne leuchtete, trieb sich öfter in den Dörfern herum.

»Eine Volkszählung?«, fragte einer verwundert. »Wie in der Bibel?«

»Eher eine Güterzählung, sagt man. König William will wissen, wie reich sein neues Land ist und wer was besitzt.«

»Na, in Gadtune haben sie schon wieder Leute vertrieben. Die saßen dort seit Menschengedenken für Edwards Königin Edith und verwalteten das Land sehr gut. Dann kamen die Leute vom Bastard, und Schluss war. Alwins Nase passte nicht, und schon saß er mit seiner gesamten Sippe auf dem Feld, obwohl Königin Edith ihn als Verwalter stets gerühmt hatte. Dieser… König ist schon mehr als nur neugierig…« Godric of Corbei hatte trotz des emotionalen Themas eine milde Stimme.

Sicher lag die Vertreibung nicht nur an Alwins Nase, aber sicher hatte sie auch etwas mit Alwins Nase zu tun. So jedenfalls hatte ich Guilleaume, den hochfahrenden und allzu schnell beleidigten König von England in Erinnerung. Alwins angelsächsische Nase und einer der berüchtigten Wutanfälle des Königs hatten sich vielleicht irgendwo getroffen.

»Ja, wenn Tostig noch am Leben wäre«, unterbrach Leofwine da grimmig. »Tostig würde es ihm schon zeigen.«

»Tostig war ein Verbrecher!«

»Tostig hätte es ihm gezeigt!« Tostig Godwineson, der Bruder des in Hastinges gefallenen König Harold, war tatsächlich berühmt für seine Skrupellosigkeit. Schön wie die Sonne, launisch wie ein Fähnchen und grausam wie eine Horde Hunnen, so erzählte man sich – und er starb in der Schlacht von Stanford Brycg, wo er im Gefolge des Norwegerkönigs Harald Hardrade gegen seinen Bruder angetreten war. Mit so einem hätte Guilleaume kurzen Prozess gemacht.

»Tostig! Ausgerechnet Tostig. Der hat doch niemals das Wohl des Landes im Kopf gehabt. Ach, Edgar, das ist doch alles Unsinn. Nicht mal Edwin und Morcar von Northumbria ist es gelungen, Postition gegen den Bastard zu beziehen. Sie haben es ja nicht mal geschafft, bei uns zu bleiben.« Da nickten einige, und gemeinsam gedachten sie Edwins und Morcars, der strahlenden Söhne des northumbrischen Königshauses, die nach dem Aufstand von Elyg wie wilde Tiere zur Strecke gebracht worden waren – der eine auf der Flucht von seinen eigenen Leuten, der andere schmachtete in einem Verlies. Selbst Æthelwine, der ehemalige Bischof von Durham, der sie in Elyg bis zur letzten Stunde geistig begleitet hatte, saß im Kerker und beteuerte – welche Impertinenz – seine Unschuld. Angeblich sei er ja nur auf der Durchreise gewesen, habe im Kloster Rast machen wollen, habe nach Köln weiterreisen wollen… Guilleaume hatte für keinen von ihnen Gnade walten lassen. Das hätte wohl kein Herrscher. Auf Hochverrat stand nun mal der Tod, wie alle der hier Versammelten nur allzu gut wussten.

»*Ic grete þe*, Alienor von Uppsala, nun hast du also den Weg hierher gefunden.« »Hereweard trat auf mich zu und deutete eine Verbeugung an. »Ich hätte nicht gedacht, dass du das wagst.«

Mutig sah ich ihm in die Augen. Er hatte sich kein bisschen verändert seit jener Nacht in der Feuergrube. Die Niederlage von Elyg hatte ihm scheinbar nichts anhaben können.

»Ich auch nicht, Hereweard of Brune. Manchmal macht das Schicksal Kehrtwendungen, und wir tun Dinge, die vorher undenkbar schienen.« Er nickte nachdenklich und wandte sich ab, und ich fühlte dann doch tiefe Schwermut herüberfluten. Seine Geschichte war an Tragik kaum zu überbieten. An seinem Platz am Feuer jedoch hatte er sich wieder im Griff und war Haudegen und wilder Anführer, der von allen am meisten trank und mit dem größten Dolch die fettesten Stücke des gewilderten Wildschweins abschnitt. Eins der Stücke hielt er mir hin, ein stummes Willkommen in dieser verlorenen Gemeinschaft und Zeichen seiner Anerkennung, obwohl ich eine Frau war. Ich nahm es dankend an, tief im Herzen stolz darüber, und ging zurück zum Zelt, wo ich Torfrida mit den Kindern vermutete.

Sie lächelte mich an.

»Deine Tochter schläft. Wir holen sie zurück.«

»Wo ist sie denn? Warum sagt sie nichts? Die Leute behaupten, sie hat einen Dämon im Kopf – hat sie das?« Meine Sorge, die von der Wiedersehensfreude verdrängt worden war, kehrte unverändert drängend zurück. Kaum noch hungrig, naschte ich an dem Fleischstück. Ljómi lag mit geschlossenen Augen auf dem Lager, sauber gekämmt und gewaschen und unschuldig anzusehen.

»Sie hat keinen Dämon im Kopf, Alienor. Sie ist an einem Ort, an den wir ihr nicht folgen können.« Zärtlich betrachtete sie das Kind. »Sie möchte zurückkommen. Ich helfe ihr dabei.« Ich sah sie erstaunt an, fragte aber nicht weiter. Torfrida war mir ein

Rätsel. War sie eine Zauberkundige wie seinerzeit Vikulla? Eine Heilerin? Oder eine Hexe? Was wusste sie über Dämonen? Ihre schlanken, überaus feinen Hände rührten wieder in einem Schälchen. Es duftete nach Baldrian und Thymian und nach getrockneten Holunderbeeren. Damit bestrich sie Ljómis Stirn, die von dem Öl schon ganz fettig geworden war. Der Holunder zauberte einen rötlichen Schleier auf die Haut. Sie massierte sanft die Schläfen und murmelte vor sich hin, und ich hörte immer wieder den Namen des heiligen Valentin. Vorsichtig ließ ich mich neben ihr nieder. Torfrida roch nach Maiglöckchen, und ihre Kleider waren ausgesucht fein und wollten in dieses schmutzige Lager kaum passen. Ich fragte mich, wie sie die hellen Ränder und die Spitze so sauber und adrett halten konnte. Es schien, als machte der Schmutz da draußen auf geheimnisvolle Weise Halt vor ihrem Zelt.

»Erzähl mir, wo du schon überall warst in England. Welche Orte hast du besucht? Und welche Menschen hast du getroffen?« Ihre flinken Hände strichen über Ljómis Haar am Hals herab und erreichten das vom Blitz versehrte Händchen. Ununterbrochen strichen sie und massierten und umfassten, bevor sie wieder hoch zum Kopf des Kindes wanderten.

»Ich… ich war in Elyg«, sagte ich stockend, ohne den Blick von ihren Händen lassen zu können. Sie lächelte und zog den Schleier vom Kopf. Das dünne Gewebe war so fein wie ein Traumgespinst… Wo hatte ich diesen Schleier nur schon mal gesehen? Lackschwarzes Haar glitt als edler Vorhang über ihre schmalen Schultern und tanzte im Licht der Öllampe. Der Schleier lag als luftiger Hauch auf Ljómis Arm.

»Ich weiß, dass du in Elyg warst – du hast meinen Mann gerettet, obwohl du ihn hättest töten können und damit vielleicht des Königs Wohlwollen zurückgewonnen hättest. Wie bist du nach Elyg gekommen?« Sie unterbrach ihre Tätigkeit, warf ein paar Felle hinter meinen Rücken, polsterte sie mit Kissen und bot mir dann den noblen Platz an. Ich ertastete Nerz und Feh unter mir, der Platz einer Königin… Torfrida war hier die Königin, und Hereweard trug sie ganz offensichtlich auf Händen. Ich konnte ein lustvolles Stöhnen nicht unterdrücken, als ich nach so langen Nächten auf Laubsäcken und hartem Boden auf einem derart weichen Lager Platz nahm. Königin für ein Ave-Maria lang…

Und als ich da so lag, kamen die Geschichten wie von selber. Geschichten von Menschen, die ich getroffen hatte, von Orten, die ich gesehen hatte, der Humbre, in dem ich gebadet hatte und der nun verschwiegen die Kettenhemden des Königs bedeckte, der Ouse, den ich auf vielen Meilen kennen gelernt hatte, ich erzählte ihr von Lucy de Taillebois und ihrem Kind und wie man die edle Dame in Spallinge wohnen ließ, ich erwähnte den Köhler und seine fremde Welt, Vater Ælfric mit seiner nimmer versiegenden Metflasche, Grimulf, Æthelstan, den Gerber, der mich hergeführt hatte, und jenen Mann, der mich seit Monaten nicht mehr ruhig schlafen ließ…

»Solange Ivo de Taillebois lebt, wird Erik keine Ruhe haben«, schloss ich meinen Bericht.

Torfrida lächelte sehr traurig. »Solange Guilleaume der Bastard lebt, werden wir alle keinen Frieden haben, Alienor von Uppsala. Ivo ist nur ein kleiner Finger des Bastards – es gibt Hunderte kleiner Finger, stirbt der eine, wächst ein neuer nach. Und wer einen Finger gebissen hat, der hat sie alle gebissen. Ob es nun Hereweard of Brune ist, der seine Männer getötet hat, oder Erik Emundsson, der ihn beleidigt hat, oder Siward, der sich ihm widersetzt hat, oder Tunbeorht oder Leofric oder Rapenald… Sie sind alle verloren – alle, die da draußen sitzen. Gott schütze ihre Seelen – ihre armen verlorenen Seelen…« Sie faltete ihre schlanken Hände, und die Gedanken ihres stummen Gebets wehten an mir vorüber. *Gott schütze ihre verlorenen Seelen…*

»Und Frère Lionel ist also dein Vater.« Ich horchte erstaunt auf. Hatte ich das erwähnt? Sie lächelte wieder gütig, wie ich es kannte. »Du sprichst von ihm wie von einem Vater. Du wirst ihn sicher auf Lindisfarne besuchen gehen.«

»Glaubst du, dass wir diesen Ort je verlassen werden?«, fragte ich zweifelnd. Torfrida steckte sich eine getrocknete Kirsche in den Mund und reichte mir das Schälchen. Die Kirschen schmeckten nach Kindheit und Sommer – nach allem, was ich schmerzlich vermisste…

»Gott zeichnet unsere Wege«, sagte sie langsam. »Ich sitze hier nur und warte, was Er sich einfallen lässt.« Sie schlug die Augen nieder, und ich verstand, dass auch Torfrida, die Frau des Hereweard of Brune, sich ihr Leben ein wenig anders vorgestellt hatte. Und dann nahm sie ein Stöckchen und kritzelte im Erdreich herum. Ich hörte sie murmeln: »Humbre… Elyg, von da aus… Alchebarge…«

»Gott zeichnet unsere Wege«, bekräftigte sie nach einer Weile, in der ich, wie ich mir beschämt eingestand, den großen Teil der Kirschen gegessen hatte. »Dein Weg ist ein guter, schau.«

In der glatt gestrichenen Erde war ein Schriftzug entstanden, den ich kannte. *Fé*, die Rune des Glücks. Zum ersten Mal in die Erde gemalt an einem Feuerplatz daheim in der Eifel, an einem Abend, wo Erik und ich Freyas Hand über uns gespürt hatten, wo das Band zwischen uns geknüpft worden war. Wo ich neben ihm eingeschlafen war und zum ersten Mal gespürt hatte, wie seltsam schmerzhaft jenes Gefühl war, das wir Liebe nennen. *Fé.* Wir hatten kein Glück in Form von weltlichem Besitz errungen. Hatten keinen Reichtum, keine Macht errungen. Aber wir hatten uns, und das nach so vielen Jahren und harten Schicksalsschlägen. Das Glück darüber flatterte in meiner Brust wie ein junger Vogel.

Torfrida lächelte, dass mir warm ums Herz wurde.

»Du kennst das Zeichen, nicht wahr? Dein Mann trägt dich auf Händen, er ist dein *fé*, nicht wahr? Und du bist seins… Er hat viel von dir erzählt, Alinur *hjartapryði*, und es ist gut, dass du hergekommen bist. Sehr gut.« Sanft strich sie über meine Hand. »Verstümmelte Seelen werden nicht wieder heil. Aber sie schmerzen nicht so sehr, wenn man ihnen Liebe schenkt und sie warm hält.« Ich nickte und krampfte die Finger um das Silberamulett, das ich stets trug und das sein Leben schützte. Was für eine törichte Idee war es gewesen, ihn wieder einmal allein ins Ungewisse ziehen zu lassen.

»Sieh her. Ich zeig dir, wo das *fé* für deinen Weg herkommt.

Du kamst vom Osten über den Humbre, gingst nach Jorvik, von da aus zogst du in den Süden nach Elyg, dann wieder in den Norden, und du wirst ganz sicher deinen Vater auf Lindisfarne besuchen, das weiß ich. Lindisfarne liegt hier, weit im Norden, aber nicht zu weit, um die Reise zu wagen …« Das Stöckchen beschrieb meinen Weg und vertiefte die Spuren des *fé* in die Erde.

»Das ist Zufall«, sagte ich.

»Zufall oder nicht – es ist so.«

»Und du, hast du auch eine Rune?«

Da seufzte sie leise und schüttelte den Kopf. »Für meinen Weg gibt es keine Zeichen. Ich bin ganz in der Hand des Herrn.« Was sie nicht davon abhielt, einen magischen Zirkel rund um das Kohlefeuer aufzubauen, eine Feder in jede Himmelsrichtung zu blasen und zwischendurch immer wieder ein paar von Ljómis Haaren zu verbrennen, für wen auch immer. Ich schluckte. Torfrida war mir ein Rätsel, genau wie Sigrun Emundsdottir es gewesen war, oder Vikulla Ragnvaldsdottir, doch wusste ich instinktiv, dass mein Kind, wir alle, bei ihr in guten Händen waren.

»Wo hast du das alles gelernt?«, fragte ich flüsternd.

»Meine Mutter kam aus dem Süden Englands, wo es das ganze Jahr warm ist. Die Mutter meines Vaters kam aus Norwegen, und sie gab mir meinen Namen. Ich wuchs in der Nähe von Glæstingeberia auf, wo manche immer noch die Göttin verehren. Später haben wir an vielen Orten gelebt, und ich habe viel gesehen, Alienor von Uppsala, so wie du.« Sie bekreuzigte sich. »Und ich weiß, Gott ist alles. Er ist Gott, Er ist Thor, Er ist Freya, Er ist Brigid, Er ist sogar der Teufel. Er schenkt uns die Pflanzen, schenkt uns die Wirkung, und manchem schenkt Er das Wissen darüber. Meine beiden Großmütter waren sehr weise Frauen.« Mit dieser spärlichen Auskunft musste ich mich zufrieden geben.

Aus einem kleinen Kohlebecken kräuselten sich Rauchringe, und es begann angenehm nach Salbei und etwas Scharfem zu duften, was meine Sinne in Schwingungen versetzte. Die Großmutter aus den Nordlanden hatte ihr sicher nicht nur Beten und Weben beigebracht … Ljómi bewegte sich unruhig. Torfrida salbte weiter sanft ihre Stirn. Draußen am Feuer begann einer zu singen:

»Mein Herz gehört England,
dem grünen Inselreich,
Wald, Wiesen, grüne Berge,
tapf're Krieger, schöne Frau'n,
König Edwards Friede wie Samt auf allem liegt.
Ich sehn' mich nach der Halle von König Edward hin,
nach Apfelmet und hehren Liedern,
nach Wild am Spieß und rotem Mus –
wer zum Teufel hat hier heut gekocht?!«

Hogor protestierte laut, und man goss ihm den Becher voll, um ihn ruhig zu stellen. Sie bogen sich vor Lachen, obwohl die Wehmut sicher bei ihnen saß und den Traum von den alten Zeiten aufrechterhielt. Fast taten sie mir Leid, dass sie so unfähig waren, mit der neuen Zeit zu gehen, dass sie statt Friede nur Widerstand kannten, weil das Schicksal ihnen übel mitgespielt hatte.

Der Salbei machte mir den Kopf klar, und trotzdem wurde ich müde. Torfrida nahm ein anderes Schälchen und verrieb den Inhalt auf Ljómis Stirn. Dezenter Geruch nach Mädesüß schwebte durch das Zelt. Ich erkannte den Geruch wieder und erschauderte. Torfridas Großmutter von der kalten Insel im Nordmeer war eine Völva gewesen…

»Schlaf«, sagte sie leise, »du schläfst zu wenig. Ich pass auf dein Kind auf.«

»Hast du keins?«, fragte ich schläfrig, kaum fähig, mich gegen die Müdigkeit zu wehren.

Sie lächelte traurig. »Ich hab die Mädchen ins Kloster gegeben, alle beide. Sie sind in Petreburgh. Dort geht es ihnen gut, und sie müssen nicht hungern oder frieren. Das hier ist kein Leben für junge Mädchen.« Ihre schöne Stirn umwölkte sich, und das Letzte, was ich mitbekam, war, wie ihr Blick sich verdüsterte, und ich dachte – sieh an, noch ein Edelmann, dessen Nornen nichts als Unheil weben, und noch eine Frau, die darunter leidet…

Als ich am nächsten Morgen aufwachte, sehr ausgeruht und immer noch in Torfridas edlen Fellen, waren das Erste, was ich sah, Ljómis Augen. Sie waren geöffnet, zum ersten Mal seit vielen Wochen. Wie der Wind war ich auf den Beinen, kniete an ihrem Lager, weinte, küsste sie, doch sie reagierte nicht.

»Sie hat uns gefunden. Doch sie ist noch zu weit von uns weg, Liebe«, sagte Torfrida hinter mir und legte ihre feine Hand auf meine Schulter. »Lass ihr ein wenig Zeit.«

Ljómi brauchte viel Zeit – fast den ganzen Winter. Die Anfälle, bei denen ihr Schaum vor den Mund trat und sie zuckte wie ein sterbendes Tier, wurden immer seltener, ihre Augen immer klarer, sie schluckte brav, was man ihr fütterte, doch sie bewegte sich nicht und gab auch keinen Laut von sich. »Lass ihr Zeit.« Als es in den Sümpfen kälter wurde, hüllten wir sie in Torfridas wollene Decken und rückten ihr Lager näher an die Torfglut, die im Zelt entzündet worden war, und sie bekam erwärmte Steine an die Füße gelegt, damit sie nicht erfror. Snæcís schlief dicht bei ihr, wie ich es vor langer Zeit mit meiner kleinen Schwester Emilia gemacht hatte. Erik hielt sie im Arm, sooft er Zeit hatte, und manchmal fütterte er sie sogar mit dem, was Torfrida für sie gekocht hatte. Herewards Frau mühte sich für mein Kind, als wäre es ihr eigenes; fast hatte ich das Gefühl, dass sie eine heimliche Schuld abzutragen versuchte, doch ich wagte es nicht, sie darauf anzusprechen. Und auch wenn es schmerzte, Kinder wegzugeben, so hatte sie ja Recht: In einem Kloster waren die Mädchen wirklich besser aufgehoben, das Lagerleben war kein Honigschlecken. Allein – ich hätte es nicht fertig gebracht.

Die beiden Mädchen in so liebevoller Obhut zu wissen tat gut, und ich genoss die Stunden, die Torfrida mir schenkte, in Eriks Gesellschaft. Manchmal war er zum Wachdienst eingeteilt, oder er musste an einem geheimen Ort Getreidesäcke aus Jorvik entgegennehmen oder jagen. Obwohl Hereweard es nicht gerne sah und mancher seiner Herren unflätige Bemerkungen fallen ließ, begleitete ich ihn auf diesen Wegen, süchtig nach seiner Nähe wie eine Katze nach dem Baldrianstängel.

»Weiber bringen alles durcheinander«, zischte der Rebell einmal, als ich an ihm vorbeischlüpfte. »Du lenkst ihn ab, er ist ein Krieger und kein Barde, der dir schöne Lieder pfeift.«

»Die Zeiten der Barden sind für uns alle vorüber, Hereweard of Brune, das weißt du wohl«, entgegnete ich. »Uns bleibt nur noch, den einzelnen Tag zu loben und Gott dafür zu danken, dass wir ihn gemeinsam erleben dürfen. Ich glaube nicht, dass das irgendetwas durcheinander bringt oder seine Wachsamkeit untergräbt.«

Hereweard hob die Brauen ob meiner selbstbewussten Worte und nickte dann. »Du hast schon Recht, Alienor von Uppsala. Du bist eine kluge Frau. Kluge Frauen gehören an die Seite von tapferen Männern.«

»Das hat er gesagt?« Erik konnte ein Lachen nicht unterdrücken. »*Ástin mín*, damit hast du dir einen Platz in der Halle seiner Helden erobert!« Er packte mich unsanft und raubte mir einen Kuss, obwohl wir gerade ein paar Enten auflauerten. »Mein kluges, schönes Weib ...«

Nicht nur ich hatte mir einen Platz an der Tafel des Rebellen erobert, auch Erik stand hoch in seiner Gunst. Mir wollte scheinen, als suchte Hereweard seine Gesellschaft, obwohl er doch nichts mit den englischen Verhältnissen zu tun hatte, nichts verloren – leider auch nichts gewonnen – hatte und eher durch Zufall und als Folge seines unbeugsamen Eigensinns in seine missliche Lage geraten war. Vielleicht war es diese Unabhängigkeit, die das eigene Schicksal hintanstellte, die Erik interessant machte. Vielleicht war es aber auch jener unverbrüchliche Stolz, der Hereweard anzog. Oder die hohe Geburt des Yngling – von königlichem Geblüt war niemand in dieser Runde der Exilanten und Hochverräter.

Sie behandelten ihn respektvoll, doch niemals wie einen Höherstehenden. Jeder hatte seine Aufgaben, ohne Ausnahme, keiner konnte sich mit Rang und Reichtum herausreden, weil hier keines von beidem Geltung hatte und es auch kein Dienstvolk gab. Erik fügte sich ein, fast froh, einen Platz gefunden zu haben, und er bemühte sich, diesen Platz so gut wie möglich auszufüllen. Seine plötzliche Anpassungsfähigkeit erstaunte mich. Er schien tatsächlich mit seiner herausragenden Vergangenheit abgeschlossen zu haben.

Es gefiel ihm, als wildernder Jäger durch das Moor zu ziehen. Er war wachsam und hatte nicht viel Zeit für mich, doch spürte ich, wie sehr er sich freute, mich bei sich zu wissen, trotz der Gefahr, der immerwährenden Gefahr für unser aller Leib und Leben. Sie hockte in den Sümpfen, zwischen dem Schilf und dort, wo die Rauchwolken aus den Fischerdörfern in den Himmel stiegen. Sie hockte mit hässlicher Fratze an den Ufern der Isle of Axholme, wo schwer bewaffnete Normannen von Süd nach Nord und zurück ritten, Botschaften im Gepäck, strenge Anweisungen oder Steuergelder für des Königs Truhe. Wir beobachteten im Schutz der Sträucher, wie ihre Trosse langsam den Trent entlangzogen, Männer in Kettenhemden auf langbeinigen, wild schnaubenden Pferden aus dem fernen Süden, und immer noch sah es so aus, als zögen sie in den Krieg, obwohl der Krieg seit Elyg endgültig vorüber war. Von Aufständen hörte man nichts mehr. Dem König war es tatsächlich gelungen, das Land zu befrieden.

»Viele von ihnen haben trotzdem Angst«, flüsterte Erik. »Sie haben Angst vor den Angelsachsen, sie verstehen die Sprache nicht, sie halten die Menschen hier für Wilde. Nun« – er grinste traurig –, »manche sind ja auch Wilde. Aber nicht alle.« Ich fragte mich, was einen wilden Menschen ausmachte, ob es ziemlich vermessen war, einen Menschen wild zu nennen. Und wer festlegte, welcher Mensch nun wild war und welcher nicht, wo sie doch alle – Normannen wie Angelsachsen – sündigten und töteten. In Svearland war das Leben nicht so kompliziert gewesen …

Vielleicht meinten sie mit »wild« auch den heißblütigen Anführer des Rebellenlagers von Axholme. Er konnte durchaus ein feiner Mann mit höfischem Benehmen sein – wenn er mir den Vortritt ließ, fühlte ich mich wie in Vaters Halle, wenn zum Fest aufgespielt wurde und es nach parfümierten Binsen roch. Dann glaubte ich ihm seine vornehme Abkunft. Doch erlebte ich ihn auch anders – extrem rechthaberisch, zuweilen wie ein Sklavenhändler herumschreiend, wenn etwas nicht nach seiner Vorstellung lief, und einmal schlug er sogar Hogor mit der bloßen Faust zusammen, weil der das Fleisch nicht nach seinem Geschmack durchgebraten hatte. Dann lief sein Gesicht rot an und wurde dick wie ein Schweinekopf, und jeder, der in seiner Nähe saß, brachte sich in Sicherheit. Nur Torfrida konnte ihn besänftigen. Das war dann auch wie in Vaters Halle – ich kannte das. Albert von Sassenberg war genauso gewesen. Jähzornig, aufbrausend, ungerecht, sein Zorn schwang wie eine Axt durch die Luft und traf den, der zufällig im Weg stand. Meine Mutter hatte ihn ablenken können, doch nach ihrem Tod gab es dann niemanden mehr, der seine Zornesausbrüche dämpfte, und ich hatte lernen müssen, sie stumpf zu ertragen. Wofür strafte Gott solche Männer bloß mit heißem Blut?

Torfrida schien in dieser rauen Gesellschaft wie ein Engel, voll klarer Schönheit und voller Güte. Hereweard trug sie tatsächlich auf Händen, er war närrisch nach ihr und schämte sich nicht, so manche Nacht liebestoll und lautstark in ihrem Zelt zu verbringen. Die anderen Männer belächelten diese Liebschaft – mehr war es für manche dieser engstirnigen Angelsachsen nicht, denn Torfrida war durch Aussehen und Abstammung in ihren Augen eine Ausländerin. Und sie war ganz anders als die Frauen, die sie daheim zurückgelassen hatten. Man achtete sie, man grüßte sie ehrerbietig, wenn sie nahte, weil sie die Frau des Anführers war, doch ich spürte, dass der eine oder andere ihr misstraute und mancher sie sogar ablehnte, weil sie aussah wie eine Frau aus dem Alten Volk. Ganz offenbar hatte sie ein keltisches Herz, denn sonst würde sie ja keine Kräuter ins Feuer werfen und Haare haben, die so schwarz waren, wie man es noch nie gesehen hatte.

»Ich bin keine Keltin«, lächelte sie, als ich sie, inzwischen mutig geworden, darauf ansprach. »Aber du hast es ja selber erlebt, Alienor von Uppsala. Manche Männer fürchten nicht das Haar, sondern die Frau, welche die Wahrheit in ihrem Gesicht deuten kann …«

Und das konnte sie. Ob sie nun die Wahrheit des nahen Todes

in den Augen von Godwine Gille erkannte, dessen Bauch von einem Tag auf den anderen beinahe platzte und der unter furchtbaren Schmerzen starb, weil er kein linderndes Zaubermittel der »Keltin« einnehmen wollte, oder die Wahrheit in den Augen des jungen Outi, der die Isolation auf Axholme nicht mehr aushielt und eines Tages spurlos verschwunden war.

Hereweard tobte – und ich lernte die unberechenbare, gefährliche Seite des Mannes aus Brune kennen. Nur mit vereinten Kräften konnte man ihn davon abhalten, Outi zu suchen und eigenhändig um einen Kopf kürzer zu machen. »Siehst du«, sagte Erik leise zu mir, »der Löwe brüllt nicht nur. Er kann ein Lamm zerreißen, wenn es ihm vor die Füße läuft.«

Erik und ich verbrachten viele Stunden in Strauchverstecken, gemeinsam unter eine Decke gedrängt, wo er mir flüsternd all die Geschichten erzählte, die er in Herewards Gemeinschaft gehört hatte und die ich teilweise schon von Cedric kannte. Aber natürlich war es schöner, sich von Erik erzählen zu lassen. Wenn er von den Heldentaten Byrhtnoths berichtete, jagte mir seine Stimme einen Schauder über den Rücken, und ich wünschte mir, die Zeit anhalten zu können. Gott lachte ausnahmsweise mal und befahl mir, den Moment zu leben und nicht an morgen zu denken.

Als der Schnee die Isle of Axholme eroberte und Winterstürme über die Moore jagten, war es uns erlaubt, kleine Torffeuer am jeweiligen Wachplatz zu entzünden. Die getrockneten Torfstücke trug ich in meinem Rückenbündel für uns. Je kälter es wurde, desto schlechter konnte ich mich von Erik trennen. *Auch wenn zwei beieinander liegen, so wärmen sie sich, wie kann ein Einzelner warm werden?* So stand es immerhin sogar im Heiligen Buch. Hereweard lächelte inzwischen, wenn er mich hinter Erik herhuschen sah. Einmal steckte er mir sogar ein Stück Trockenfleisch zu.

»Genieß, was du heute hast, wer weiß, was uns das Morgen bringt«, sagte er, und seine schöne tiefe Stimme ließ mir einen Schauder über den Rücken fahren. Manchmal kam er mir vor wie ein Held aus den Geschichten des Nordens, die ich in Sigrunsborg am Feuer von Eriks Schwester gehört hatte. Schönheit und Leid lagen so dicht beieinander …

Am Weihnachtstage im Jahre des Herrn 1071 hatten wir sogar zusammen Wache. Erik wollte mich zuerst nicht mitnehmen, doch der hochgewachsene Mann aus Lincolnshire winkte mir zu, und so folgte ich ihnen heimlich, wie ich es stets tat, wenn Erik sich allein auf den Weg machte.

»Immer wenn du mich ansiehst, sehe ich eine Frage in deinen Augen, Alienor von Uppsala«, sagte Hereweard lächelnd und setzte sich im aufgehäuften Laub zurecht, eine Spur zu dicht neben mir. »Heraus mit der Frage, bevor Guilleaumes Pfeil mich trifft und für immer verstummen lässt.«

Eriks Hand stahl sich an meinen Rücken, und ich spürte seine Eifersucht wie Brennnessel auf der Haut. Die vibrierende Männlichkeit dieser beiden wohlgestalten Krieger neben mir machte mich nervös und gleichzeitig mutig.

»Ich würde gerne wissen, was dich auf diese sumpfige Insel gebracht hat«, sagte ich.

»Das ist keine gute Geschichte«, entgegnete er düster. »Die Geschichte ist grausam.«

»Sicher nicht grausamer als unsere«, sagte ich leise. Erik schwieg.

»Nun, wenn du grausame Geschichten magst und sie unbedingt hören willst …« Er fuhr sich mit der Hand über das Gesicht. »Für eine Frau ist das ungewöhnlich, aber wenn du darauf bestehst … Ich war einst Erbe eines edlen Mannes aus Brune, meine Eltern waren feine Leute aus altem Geschlecht, hoch angesehen am Königshofe, und die Ländereien meines Vaters konnte man an einem Tag nicht abreiten. In meiner Jugend war ich ein wenig … nun, ungestüm« – er grinste traurig – »und man beschloss, dass ich einige Jahre außerhalb des Landes zubringen sollte.«

Es gab Leute, die diese Geschichte anders erzählten. Die davon berichteten, dass der junge Hereweard einem Unhold gleich durch das Land seines Vaters gezogen war, Mensch und Tier drangsaliert und, wenn es ihm in den Sinn kam, getötet oder zerstört hatte und schließlich zu einer derartigen Landplage herangewachsen war, dass sein Vater sich keinen anderen Rat gewusst hatte, als ihn beim König anzuschwärzen. König Edward hatte ihn schließlich für vogelfrei erklärt und verbannt. Der junge Hereweard war daraufhin nach Flandern geflohen, wo er sich in kriegerischen Auseinandersetzungen gegen die Friesen die Hörner abstoßen konnte. Oft war es so, dass man solche Heißsporne niemals wiedersah. Fast immer wünschte man sich das. Nicht so Hereweard.

»Als ich nach langen Jahren der Wanderschaft zurückkehrte, mit hohem Ansehen, einer wunderschönen Frau und Geschenken im Gepäck, gab es das Land meiner Eltern nicht mehr. Der Normanne war über England gekommen und hatte alles umgestoßen, was vorher gegolten hatte. Und als ich – als ich nach Brune kam, um meine Mutter zu sehen – mein Vater war kurz nach meiner Abreise gestorben –, da fand ich – ich fand …« Wieder fuhr er sich über das Gesicht, und ich spürte, wie er nach Fassung rang. »Ich fand eine Ruine vor, und den Kopf meines Bruders vor der Tür auf eine Lanze gespießt. … meine Mutter hatte man geschändet, den Besitz zerschlagen, und vierzehn Normannen saßen in unserer Halle und feierten ihren schmählichen Sieg.«

Es war lange still in unserem Versteck. Dann fragte Erik: »Was hast du gemacht?«

Hereweard holte tief Luft, und als er zu sprechen anfing, verstand ich, warum so viele Normannen ihn noch mehr als den Teufel fürchteten. »Es war eine lange, anstrengende Nacht, weil ich allein war. Am Morgen waren vierzehn normannische Köpfe auf Lanzen gespießt. Einer nach dem anderen. Es ist keiner entkommen. Mein Bruder war gerächt. Meine Mutter starb vor Gram in einem Kloster.«

»Und dann? Wie kamst du nach Elyg?«, fragte ich schüchtern – jetzt wollte ich auch alles wissen.

»Du bist wirklich ziemlich neugierig«, kommentierte Hereweard meine Frage mit müdem Grinsen. »Wenn man vierzehn

Normannen in einer Nacht getötet hat, ist es vorbei mit der Ruhe. Ich habe seither in keinem Bett mehr geschlafen, Alienor von Uppsala.«

»Du hast mit den Dänen gemeinsame Sache gemacht«, warf Erik ein, ein bisschen angriffslustig, wie ich fand. Doch die beiden Männer hatten wohl schon vor langer Zeit Waffenstillstand geschlossen, denn Hereweard lächelte nur.

»So kann man es nennen. König Svein Estridsen war für viele Angelsachsen die letzte Hoffnung auf ein Königreich mit altem Blut, nachdem der alte König Edward gestorben war. Immerhin hat es nicht nur einen Dänen auf Englands Thron gegeben. Manche sagen sogar, Svein sei ein fähigerer Thronerbe als dieser Hosenscheißer Edgar Athling, der sich nach Schottland in König Malcolms Arme geflüchtet hat. Auf jeden Fall weiß Svein, wie ein tapferer Mann ein Schwert zu führen hat.«

Der »Hosenscheißer« war, soweit ich wusste, Englands einziger legitimer Thronerbe, den jedoch niemand, nicht einmal der Witanagemot, Englands Hoher Rat, auf dem Thron sehen wollte. König Edward hatte keine Kinder hinterlassen, Edgar Athling war ein Enkel von König Emund Eisenseite, der lange vor Edward regiert hatte. Des Athlings Schicksal bestand darin, dass er im Ausland aufgewachsen war und daher nicht die notwendigen Verbindungen besaß, die es brauchte, um König zu werden. Zudem war er zu jung, nicht durchsetzungsfähig und hielt sich offenbar immer zur falschen Zeit am falschen Ort auf. So erzählte man es sich zumindest. Weder der Witanagemot noch Guilleaume noch sonst jemand von Rang und Einfluss nahm diesen jungen Mann ernst. Nachdem er sich, als Gast an Guilleaumes Hof weilend, in eine schwierige Lage manövriert hatte – Hochverratsgerüchte hatten die Runde gemacht –, war er mit seiner Familie, bestehend aus Mutter und Schwestern, nach Schottland geflohen und hatte seine älteste Schwester Margreth mit dem schottischen König Malcolm Canmore verkuppelt. Jung und trotzig, gab er den englischen Thron nicht verloren, obwohl inzwischen halb England über ihn lachte.

»Wir dachten, zusammen schaffen wir es, den Bastard zu vertreiben. Mit einem König Svein hätte England in Frieden leben können, weil wir dasselbe Blut in uns tragen. Mit einem König Bastard kann niemand leben.« Man kann, schoss es mir durch den Kopf. Man kann es lernen.

»Der Däne hat dich verraten«, sagte ich stattdessen.

Hereweard sah mich scharf von der Seite an. »Du bist eine gute Zuhörerin an den Feuern der Herolde, Alienor von Uppsala. Der Däne verriet mich, als er seine Chancen schwinden sah. Der Bastard verhandelte heimlich mit ihm. Svein durfte den Schatz von Petreburgh behalten – den ich für England gerettet hatte, damit er nicht in normannische Hände fällt! – und trat ohne mein Wissen den Rückzug an.« Und Hereweard, der einsame Rebell, blieb betrogen und verraten mit seinen Getreuen in der Falle von Elyg zurück. Was für ein tragisches Schicksal!

»Der Abt von Elyg war ein verdammter Feigling. Er fürchtete um seine Privilegien und seine Ländereien, und auch er verriet uns, indem er den Normannen heimlich das Tor öffnete. Ein Novize verhalf uns zur Flucht, nachdem die Normannen eingelassen worden waren und alles totschlugen, was sich ihnen in den Weg stellte. Bischof Æthelwine wollte nicht mit uns mitkommen. ›Geht nur, mir werden sie nichts tun‹, sagte er noch beim Abschied.« Hereweard schnaubte verächtlich. »Er sitzt nun im Kerker. William ließ nirgendwo Gnade walten. Der Abt von Elyg war sich sicher, dass er davonkommt – doch da hat er sich gründlich verrechnet. Seinen Kopf, ja, den hat er behalten. Doch des Bastards Faust kreist nun über den Schatztruhen von Elyg …« Resigniert senkte er den Kopf. Elyg hatte nach der Rebellion teuer für seine Beteiligung bezahlen müssen, wie man hörte, nicht nur mit Gold, sondern auch mit dem Verlust von Privilegien und jener Eigenständigkeit, die das Kloster so berühmt gemacht hatte. Das hatte in einer Herberge ein normannischer Mönch nicht ohne Genugtuung beim Abendessen berichtet. »Die großen Tage von Elyg sind für immer vorüber«, hatte er beinahe stolz gesagt. »Es wird in den Sümpfen versinken und vergessen werden.« Der Wirt hatte daraufhin mit hasserfüllter Miene den Nachttopf seiner Frau in den Suppennapf der Normannen entleert.

Hass und Groll über die Verletzung des jahrelang währenden angelsächsischen Friedens waren überall im Land zu spüren, und ich war sicher – es würden noch viele Nachttopfinhalte in Suppenkessel geschüttet werden, wenn Normannen am Tisch saßen.

So ruhig Hereweard bei allen Berichten wirkte – sein Groll saß tief, unversöhnlich und unerreichbar, und wenn er auch sagte, dass sein Bruder gerächt war – man spürte, dass er sich selbst belog. Niemals konnte die Mutter gerächt werden, niemals würde es Genugtuung für den schmählichen Tod des Bruders geben. Vielleicht hatte Erik deswegen seine Nähe gesucht. Die Kraft und Wut, die von dem Edelmann aus Brune ausging, übertrug sich wie von selbst auf den Zuhörer, man fühlte das Blut durch die Adern rinnen und fasste neuen Mut, mit aller Kraft gegen das unerbittliche Schicksal anzukämpfen. Ein Platz wie geschaffen für den heimatlosen Yngling …

Trauer überwältigte mich, und ich drückte den Kopf enger an Eriks Schulter, als Hereweard aufgestanden war, um einem Geräusch nachzugehen.

»Bleibt«, hatte er noch gesagt, »sicher ist es nur ein Tier. Was es auch ist – es soll mich kennen lernen.« Und er hatte gegrinst wie König Guilleaume höchstpersönlich. Ich sah ihm hinterher. Was für eine verkehrte Zeit, in der solche Männer in der Verbannung leben …

Erik schlang den Arm um mich. »Was hältst du von ihm?«

»Er ist wie Beowulf und Grendel zusammen. Ganz gut und ganz schlecht, und alles aus einer Laune Gottes heraus.«

»Glaubst du an eine Laune Gottes?«, fragte er leise. »Alles, was geschieht, ist vorherbestimmt. Wir können dagegen ankämpfen, doch es nützt uns nichts. Wir kämpfen und kämpfen und mühen uns ab, aber am Ende holt uns doch ein, was uns vorherbestimmt ist. Auch ihn wird es einholen, Alienor. Und mich – und dich …«

Ich fühlte, wie er unter der unförmigen Kleidung des Landmannes zitterte. »Hast du Angst?«, flüsterte ich. Im Halbdunkel sah ich, wie er langsam nickte.

»Die Tage werden düster, *elskugi.*«

12. KAPITEL

Ich sah Balder, dem blutenden Gotte,
Odins Sohne, Unheil drohen.
Gewachsen war über die Wiesen hoch
Der zarte, zierliche Zweig der Mistel.
Von der Mistel kam, so deuchte mich,
Der schmerzende Pfeil; den Schuss tat Höd.

(*Völuspá* 36–37)

Der Satz hallte nach durch den dämmrigen Sumpf und klebte sich in mein Gedächtnis. *Die Tage werden düster.* Axholme schien anteilnehmend aufzuseufzen, Blasen stiegen an die Wasseroberfläche und schwammen wie kleine Geistchen zwischen den Schilfrohren. *Die Tage werden düster.* Schnee wehte in unsere Richtung. Wir drückten uns aneinander, versuchten, uns gegenseitig Wärme zu schenken und hielten nach Hereweard Ausschau.

»Glaubst du, er wird jemals Begnadigung erfahren?« Die Frage brannte mir schon so lange auf der Zunge, und ich wollte jetzt nicht an das denken, was uns womöglich vorherbestimmt war…

»Begnadigung.« Er lachte kurz und trocken auf. »Unter diesem König sicher nicht. Guilleaume ist unversöhnlich und nachtragend. Wäre er nicht so, wäre er nicht König, sondern lange tot und vergessen.« Sanft strich er mir die Haare aus dem Gesicht, als wollte er seine Worte damit entschuldigen. »Siehst du, Guilleaume musste sich von Beginn an hochkämpfen. Er ist ein Bastard, seine Mutter entstammt einer ärmlichen Handwerkerfamilie, und niemand in der Normandie wollte so recht einsehen, warum so jemand den Titel des Herzogs erben sollte. Es gab viele Missgünstige, es gab Anschläge auf sein Leben… Einen hatte ich damals die Ehre zu vereiteln…« Aha, dachte ich, daher die anfängliche Milde und die Wiedersehensfreude des Herzogs. »Guilleaume vergisst niemals, was man ihm tut. Hm, die, die ihm Gutes taten, vergisst er vielleicht eher als die, die ihm Böses wollten. Hereweard gehört zu den Letzteren – er müsste sich ihm schon zu Füßen werfen und um Gnade winseln …« Sein Schweigen verriet, wie wenig Erfolg er sich für eine solche Unterwerfung ausrechnete. Ich überlegte, ob Erik es fertig bringen würde, sich dem König in der Hoffnung auf Gnade zu unterwerfen.

Was für ein Gedanke! Dem Fortlaufen ein Ende machen, vielleicht ein neues Leben anfangen, wenn schon nicht in des Königs Nähe, dann aber doch mit seiner Billigung, irgendwo in Frieden und sicherer Abhängigkeit, sein Mann sein mit allem, was dazu gehörte – was für ein wunderschöner Traum! Ein Ende den schmutzigen Hütten, den sumpfigen Verstecken, den alten Lumpen und dem Hunger! Tisch und Bänke für die Mädchen, Pergament, um sie lesen und schreiben zu lehren, und Stoffe, um ihnen schöne Kleider zu nähen, eine Küche, wo man am Feuer stehen konnte, statt in dauerndem Schmutz am Boden herumzukriechen! Ein Feuer, das Tag und Nacht brannte und den schmerzenden Knochen wohlige Wärme spendete. Ein Ende den klebrigen Kleidern, dem Gestank ungewaschener Haut, die bis zur Frühjahrswärme auf Badewasser warten musste, all den schmuddeligen Unterröcken und Bruchs und Beinkleidern, deren Geruch ich kaum noch ertragen konnte, weil er allgegenwärtig war.

Billigung des Königs. Der Wunsch wurde übermächtig, ebenso wie die plötzliche Abscheu vor dem ärmlichen Leben der letzten Monate. Was war Stolz gegen Schmutz? Was war Stolz gegen Hunger? Stolz machte weder sauber noch satt. Wie waren wir eigentlich hierher gekommen? Ich spürte Zorn in mir hochsteigen. Trotz aus Stolz geboren, eine unbedachte Bemerkung, eine Verweigerung im Kampf, ein Wort der Kritik zu unpassender Zeit von jemandem, der niemals den Mund halten kann, weil er es als Königssohn nicht gelernt hat – und schon sitzt man im Schmutz und hat weder Brot zum Essen noch einen Platz zum Leben. Wie anders könnte es sein … Der Wunsch begann zu kribbeln und zu zischen wie ein böses Insekt, und so stellte ich die Frage.

»Und du? Würdest du es tun? Dich ihm unterwerfen?«

Erik erstarrte. Schließlich zog er schnaufend die Hand aus meinem Umhang und legte ein Torfstück aus dem Bündel nach. Schweigen. Der Torf glomm auf, und ein gnädiger Schwall Wärme wehte zu mir herüber, als wollte sie mich trösten. Doch es reichte nicht. Er stand auf, ging ein paar Schritte, schwieg. Ich steckte den Kopf zwischen die Knie. Sein Schweigen war auch eine Antwort.

Das Moor gluckerte tröstend im Dämmerlicht, ein Tier quiekte. Nebelschwaden zogen über das Wasser und entließen Gestalten, die eigenartige stumme Reigen um die Sträucher herumtanzten. Die Luft wog schwer vor abendlicher Feuchte, und der Tag wollte sich zur Ruhe legen. Ein Rabe krächzte heiser. Dann hörte ich ein Pferd schnauben. Alarmiert sahen wir beide uns an. Erik kam sofort zu mir zurück, ein leises Schaben verriet, dass er sein Schwert gezogen hatte. »Was auch passiert, du bleibst hier, bis ich dich holen komme«, knurrte er. Guilleaume war vergessen. Für diesmal wenigstens. Doch ich wusste ja, er war immer bei uns …

Irgendwo zwischen den Haselsträuchern tauchte Herewеards Kopf auf. Ein vierbeiniges Wesen schlich zwischen den Schilfrohren hindurch, ich sah schemenhaft weißes Fell, spitze Ohren, bevor es wieder verschwand. »Hast du's auch gesehen?«, flüsterte ich aufgeregt.

Erik nickte. »Der ist immer bei ihm, wenn er unterwegs ist. Ein Wolf. Torfrida sagt, es sei der heilige Peter selber, der ihn beschützt. Sie sagt, er habe sie hierher geführt.« Er reckte sich fast den Hals aus, um das Schnauben zu orten. Ein Wolf. Mir fiel es wieder ein. Der weiße Wolf hatte Hereweard schon einmal beschützt. Mit Schaudern erinnerte ich mich an das gespenstische Wesen in Vater Ælfrics Hütte, das außer mir keiner hatte sehen können. Damals hatte ich geglaubt, verrückt zu sein. Heute jedoch … Das weiße Tier zerteilte ein zweites Mal das Schilf, sah mir ins Herz. Schilf bewegte sich nun an mehreren Stellen, die

Nebel gerieten in Bewegung. Schemen, Schatten, wippende Ästchen. Gluckern, Quieken, Rauschen, Schnattern. Schwarz und unheimlich erhob sich der Vogel vor mir in den Himmel, und sein Schrei verkündete den Tod. Der weiße Wolf heulte klagend auf, bevor er verschwand. Ich sah ihnen frierend nach, starr vor Angst, was kommen würde.

»Bleib stehen! Was führt dich her!«, bellte der Rebell da. Seine mächtige Stimme hallte über das Wasser, das das ewig zitternde Schilf erstarrte. Erik packte sein Schwert. Hereweard hatte Recht gehabt – jemand trieb sich herum. Jeder Einzelne war eine Gefahr für alle.

»Ich geh, wo ich will«, kam die Antwort in schlechtem Angelsächsisch.

»Geh, wo dir's beliebt – jedoch nicht hier, dieses Land ist ohne Wege, und wer hier zu reisen versucht, bezahlt teuer!«

»Das Land ge'ört dem König, und bezahlen wirst du!«

Metall glitt über Metall und blinkte im letzten Abendlicht. Der Mann aus Brune fackelte nicht lange. Erik war kampfbereit aufgestanden, als unten am Wasser bereits ein von Hereweard angezettelter Kampf entbrannte, wie ich ihn lange nicht gesehen hatte, und ich verstand endlich, warum die normannischen Soldaten ihn so fürchteten. Mit ungeahnter Brutalität stürzte er sich auf den Ankömmling, der gerade noch vom Pferd springen und sein Schwert ziehen konnte. »Ich weiß, wer du bist, und dein Kadaver soll am Galgen baumeln!«, schrie er, und unmittelbar darauf prallten die Waffen aufeinander, dass Funken sprangen und das Metall ächzte. »Ein ganzes 'eer wird deinen Schlupfwinkel ausräuchern, brennen soll alles, brennen, brennen!« Mit jedem Hieb hörte man weniger, schließlich droschen die beiden nur noch aufeinander ein, breitbeinig voreinander stehend, um die Wucht der Schläge abzufangen, und die Klingen spalteten den Winterboden unter ihnen wie hartes Brot. Herewards Arm war schneller, sein Schwert hungriger, und er trieb den Normannen schließlich wie ein Kaninchen vor sich her. Stoff gab nach, die Ketten des Kettenhemdes klirrten beim Auseinanderreißen, und jedes Mal, wenn einer der beiden verletzt wurde, zerriss ein neuer Wutschrei die Dämmerung, als könnte ein Schrei Schmerz und Blut wegbrennen. Ich wollte mich abwenden und konnte es nicht ...

Schilf zerteilte sich vor uns, das dreieckige Gesicht des Wolfs erschien wieder zwischen den Rohren. Seine Schnauze war blutig, und in seinen kleinen gelben Augen erhaschte ich abgrundtiefe Trauer – oder spielte der Abendnebel mir einen Streich? Wieder sah ich hin. Der Wolf war verschwunden, das Schilf unbewegt.

Eine Klinge biss in Fleisch. Der schmatzende Stoß hatte etwas Endgültiges, und ich reckte den Kopf, obwohl Erik versuchte, mich zurückzuhalten. Der lange Umhang behinderte den von Herewards Klinge schwer getroffenen Normannen. Für einen winzigen Moment war er abgelenkt. Gnade gab es in diesem Leben nicht, daher sauste Herewards Schwert, das er grinsend »Kopfbeißer« nannte, wie eine Henkersaxt durch die Luft und hieb seinem Gegner den Kopf so mühelos von den Schultern, als wäre er ein Stück weicher Käse.

»Dafür wirst du bezahlen, Hereweard der Schlächter!«, brüllte da eine Stimme aus den Büschen. »Nimm die Rache des Königs von England!«, und ein Pfeil flog durch die Luft. Erregt packte ich Eriks Arm – die Nebel spielten mit dem Pfeil, ließen ihn tanzen. Hereweard richtete sich auf, und ich traute meinen Augen kaum, denn er fing den Pfeil mit seiner riesigen Hand und zerbrach ihn wie einen dürren Ast. »Komm und hol dir deinen Lohn«, brüllte er zurück, »und teile ihn mit deinem verfluchten König!«

Da flog ein zweiter Pfeil. Hereweard verlor das Gleichgewicht, stolperte einen Schritt rückwärts – getroffen? War er verletzt? Nein, wohl nicht, denn »Kopfbeißer« heulte schon wieder durch die Luft auf der Suche nach Nahrung. Der Bogenschütze blieb unsichtbar. Pfeil auf Pfeil zerteilte die Luft, schlecht gezielt, alle flogen sie ins Wasser. Herewards Schultern waren ein wenig nach vorne gesackt. Energisch packte er das riesige Schwert. Der Rabe krächzte traurig. Ich wollte schon vorhasten, als Erik mich zurück in unseren Winkel zog – wie Recht er hatte, wer wusste schon, wie viele noch dort unten lauerten? »Du bleibst!« Eine Faust vor meiner Nase, und wie der Wind war Erik unten am Wasser, um sein Schwert in den Dienst des Rebellen zu stellen und zum ersten Mal öffentlich Stellung gegen den König zu beziehen.

Doch Hereweard of Brune benötigte keine Hilfe. Er stand, die Waffe mit beiden Händen über dem Kopf erhoben, und brüllte, dass die Bäume erzitterten und das Moor angsterfüllt wisperte: *Die Dänen sind zurück!* Der Bogenschütze kam hinter den Büschen hervor, mutig, vermessen, wahnsinnig, den nächsten Pfeil an die Sehne gelegt – was für eine närrische Idee, was glaubte er? Irre musste er sein, so wie er lachte, denn »Kopfbeißer« hatte seine Sprache wiedergefunden. Das Schwert wünschte dem Tag im letzten Licht der Dämmerung Lebewohl und ließ dann auch diesen Schädel durch die Luft fliegen, wie es das unzählige Male getan hatte seit jener unseligen Nacht in der Halle von Brune, wo ein Bruder gerächt worden war und eine Seele dennoch keine Genugtuung gefunden hatte.

Es war bereits spät in der Nacht, als wir ins Lager zurückkamen. Etwa zehn Leichen lagen hinter den Männern – nach den Bogenschützen waren noch einige Bewaffnete aus dem Gebüsch gesprungen, die Hereweard bis auf einen alle selber tötete. Als der Kampf vorüber war, hatte Erik sich in Anerkennung dieser Leistung stumm vor ihm verbeugt. Der wilde Sohn von Brune, den König Edward vor vielen Jahren verbannt hatte, lebte, und ich hatte gesehen, wie er kämpfte. Nach dem Blutbad war er still und in sich gekehrt, und wortlos verließen wir die Toten, um die sich die Raben kümmern würden. Entsetzen schüttelte mich immer noch… Schnee wehte uns in dicken Flocken ins Gesicht und legte sich wie eine Klebschicht auf die Kleidung. Mein Gesicht schmerzte vom scharfen Wind. Ich wusste gar nicht mehr, wohin mit den kalten Händen, meine Füße waren ohne Gefühl. An diesem Abend gab es keine stützende Hand und keine wärmende Nähe, weil Erik mit sich selber beschäftigt war.

Hereweard schwankte leicht, als er an uns vorbeiging. Ich

stutzte. Sein langer Oberkörper war ungewohnt gebeugt, die Arme hingen schlaff herab, als hätte ihm jemand eine Riesenlast auf die Schultern gepackt. Er hielt sich nicht lange am Feuer auf, sondern ging gleich in Torfridas Zelt. Mein schwarzer Rabe war uns gefolgt. Er saß auf der Zeltspitze und putzte sein Gefieder. Als er den Ankömmling mit klagendem *Kraaa! Kraaa!* begrüßte, wusste ich sicher, dass der Kampf nur das Vorgeplänkel für weitaus Schlimmeres gewesen war …

Und so folgte ich Hereweard, schlug die Zeltbahn zurück und sah, was sonst keiner sehen sollte: Ein Pfeil steckte tief in seiner Schulter, er hatte den Schaft abgebrochen, um weiterkämpfen zu können, doch die Spitze saß fest im Fleisch und nah am Herzen. Er lag vor Torfrida auf dem Boden, voller Vertrauen, dass sie ihm würde helfen können. Als sie mich hörte, sah sie hoch, stummes Entsetzen im Blick.

Gemeinsam zogen wir ihm die dicke Kleidung aus. »Davon träumst du schon lange, nicht wahr, Alienor von Uppsala«, frotzelte er mühsam. »Wird dein Mann nicht eifersüchtig?«

»Ich hab noch nie von dir geträumt, Hereweard of Brune, und vergiss nicht, dass du bereits nackt in meiner Herdgrube gesessen hast«, gab ich zurück, im Bewusstsein, dass die Zeiten der Scherze vorüber waren. Der Pfeil saß tief und dicht neben dem Brustbein. Wenn Torfrida ihn berührte, stöhnte er gequält auf.

»Gib mir was zu trinken, Wikingerweib«, flüsterte er und legte mir die Hand auf den Arm. »Gib mir von Torfridas Bier, so viel du hast …«

Der Kübel stand neben der Vorratskiste. Torfridas Bier war etwas ganz Besonderes, sie braute es ausschließlich bei Neumond mit Kräutern, die sie bei Vollmond gesammelt hatte, und sie duldete niemanden an ihrer Seite, wenn sie es ansetzte. Ich nahm das Tuch ab und griff nach Hereweards Becher aus versilbertem Horn. Feiner Kräuterduft drang an meine Nase, Nelke und Melisse, was so gar nicht zum Bier passen wollte und doch vorzüglich mundete, wenn man es trank. Der Schöpflöffel tauchte in das duftende Nass, ich sah hinterher, kleine Wellen zerteilten die goldene Oberfläche, rauschten, Wellen … Wellen … Wellen …

schwarze Wellen, blutige Wellen, stürmische Wellen, schwarz, blutig, goldene Stürme, blutige Wunden, schwarze Gesichter, schwarz vom Feuer, schwarz vom Kerker, blutig vom Kampf, blutig vom Henker, goldene Gesichter, goldene Augen, blutige Augen, schwarze Gesichter, schwarz wie der Tod, schwarz …

Náttfari schrie über unseren Köpfen und kratzte am Zeltdach. Sein Schrei drang scharf wie ein Messer an mein Ohr, und ich zuckte wie getroffen und sank vornüber auf den Kübel.

»Alienor! Freya hilf – Alienor! Heilige Gottesmutter, sie ist bewusstlos …« Trofridas wohltuende Nähe vertrieb Blut und schwarze Wellen, zurück blieb die Dunkelheit in meinem Kopf.

»Ich kann nichts sehen«, jammerte ich und hielt mir die Augen. Schwarz. Blut. Allmächtiger.

»Machen alle Wikingerweiber so einen Aufstand, wenn ein Mann im Sterben liegt?« Herewards Stimme ätzte sich in mein Bewusstsein. Er versuchte, sich zu drehen, um mich besser im Blick zu haben. Ich nahm die Hände weg, konnte wieder sehen. Alles nur ein böser Traum. Wirklich?

»Ich mach keinen Aufstand.« Im Mund schmeckte es wie Sand. Kein böser Traum. Wirklichkeit. Hereweard starb.

Torfrida trocknete das Bier von meinem Gesicht. »Deswegen lasse ich den Kübel stets abgedeckt«, murmelte sie aufgelöst, »auch wenn er nicht zu jedem spricht – aber er spricht zu dir! Was hat er gesagt? Was hast du gesehen, du hast etwas gesehen, sag mir, was …«

Ich kroch an ihr vorbei und kredenzte Hereweard das verlangte Bier.

»Nein«, sagte er mühsam, während er schluckte. »Du machst keinen Aufstand, Alienor von Uppsala.«

»Trink dein Bier, Mann.« Ich legte ihm die Hand auf den Arm. »Und denk nicht an früher.«

Torfrida hockte wieder neben ihrem Mann. »Soll ich ihn rausziehen?«, fragte sie mit gewohnter Stimme, während ihre Hand bebend nach meiner tastete. »Das wird wehtun, Hereweard of Brune, du wirst schreien, wie noch nie in deinem Leben.«

Er strich ihr über die Wange. »Liebste. Allerliebste, Heiligste,

Großartigste, Schönste. Mein Körper gehört dir, in Schmerz wie in Leidenschaft und in alle Ewigkeit.« Torfridas Gesicht schien in Weichheit zu zerfließen – oder trübten Tränen meinen Blick? Sie beugte sich vor und küsste ihren Mann sehr zärtlich auf die rauen Lippen. Dann sortierte sie ihren Wundkasten, legte Leintücher zurecht, daneben ein Schälchen mit zerstoßenen Kräutern, die in Fett gerührt waren. Ein Blatt der Gundelrebe lag daneben. Das Kraut für die Verletzungen der Krieger, das Wunden schloss und Kraft zurückgab.

Hereweard trank den Becher in einem Zug aus, einen zweiten direkt hinterher. Torfrida reich ihm ein Beißholz. Er steckte sich das Holzstück in den Mund und legte sich so bequem wie möglich hin. Sie wechselten einen letzten, innigen Blick.

»*Wes þu hal*, Maria«, flüsterte sie, »*geofena full, Drihten is mid þe…*« Die Stimme versagte ihr.

Ich biss mir auf die Lippen. Erinnerungen an Sassenberg stiegen in mir hoch, an Erik, der mir damals als Reitknecht gedient hatte und für den ich Leib und Leben riskiert hatte, um ihn, obwohl ähnlich schwer verwundet, zu retten… Flucht durch den Wald, Flucht aus dem Kloster, Schmerzen, Wundbrand, der Jude, der ihm schließlich geholfen hatte… Der Jude, der Jude… Naphtali war tot und würde niemandem mehr helfen können.

»Ich liebe dich, Hereweard of Brune«, sagte Torfrida mit bewegter Stimme. Dann packte sie den abgebrochenen Pfeil beherzt mit beiden Händen, beugte sich über ihren Mann, um mehr Gewalt über ihre Finger zu haben, und begann ihr schreckliches Geschäft. Hereweard schrie auf wie ein wildes Tier und quetschte ein Kräutersäckchen in der einen, in der anderen einen Holzklotz, während sie ihre ganze Willenskraft einsetzte, um den Pfeil ohne großes Herumrühren zu lockern.

»*Ave Maria, gratia plena…*«, betete ich mit gefalteten Händen, voller Entsetzen. Ich konnte nicht helfen, nur zuschauen – und beten, mit aller Kraft, die ich besaß. Allmächtiger, wo war Er, warum stand Er uns nicht bei? Ich wünschte mir Frère Lionel herbei, seine Zuversicht, seinen unerschütterlichen Glauben, seine ruhige Stimme, mit der er die Gebete so sang, dass Gott immer zuhörte … Von draußen erklangen Schritte, Rufe, Männer kamen herbeigeeilt, der Zeltvorhang wurde aufgerissen: »Was – was tust du, Weib, um Himmels willen, er ist verletzt …«

Ich stand auf und schickte sie hinaus, während der Verwundete hinter mir immer noch unter Qualen stöhnte und nach Luft rang – hatte sie den Pfeil endlich? Keuchen hörte ich sie, und weinen, Worte stammeln, ich wagte kaum, mich umzudrehen, weil es so schrecklich klang, wie mochte es dann erst aussehen …

Das Stöhnen verebbte zu einem lauten Atmen. »Danke, mein Goldschatz …« Torfrida weinte.

Ich drehte mich um. Sie hockte da, den blutverschmierten Pfeil in der blutverschmierten Hand, und Herewards Brust färbte sich rot wie der Bierkübel, als ich eben hingesehen hatte. Unaufhaltsam floss das Blut aus der Wunde, hellrot, lebenspendend, versickerte in der schmutzigen Kleidung, rann an seinem imposanten Brustkorb herab auf den Boden, besudelte die kostbaren Felle, auf denen er lag, netzte ihr feines, stets sauberes Kleid, färbte die Spitzenborte rot und suchte sich einen Weg um ihren Platz herum, als wollte es sie rachsüchtig einkreisen …

»Allmächtiger«, stieß ich hervor und stürzte zu ihr. Tränen liefen ihr schönes Gesicht herab, sie war nicht in der Lage, den Pfeil loszulassen oder sich anderweitig zu bewegen – wer die zerstörte Brust ihres Geliebten ansah, der wusste, er starb. Er starb den langsamen Tod eines getroffenen Kriegers, und kein Heilkundiger war in Sicht, der sein Leben hätte bewahren können.

Herewards Lider flatterten, sein Blick suchte mich. *Tu etwas, flehte er wortlos, tu irgendwas. Nicht für mich, tu's für sie.*

Ich packte die Leintücher und drückte sie auf die Blutung. Tauchte welche in das Bier, das sie hoffentlich mit Zaubersprüchen gebraut hatte, und wischte seine Brust damit sauber. »Was für ein Genuss, Alienor von Uppsala«, scherzte er mühsam, »davon träumt ein Krieger – von einer schönen Frau mit Bier gewaschen zu werden …«

»Damit bekommst du sicher einen besseren Platz an der großen Tafel«, gab ich zurück, mit dickem Kloß im Hals. Er versuchte ein Lächeln. Selbst einem Christen gefiel die Vorstellung von der großen Tafel, wo die tapferen Gefallenen sich treffen und zusammen zechen, besser als die vom Paradies, wo die Priester Essen und Bier nicht einmal erwähnten

»Sie warten«, nickte er. Der kurze Satz dröhnte durch das Zelt. Sie warten, und die Zeit wurde knapp. Jemand schluchzte – ich sah mich um. Snædís hockte in der Ecke, eng an Ljómi gekuschelt, und starrte mit riesig großen Augen auf das Schlachtfeld, das wir verursacht hatten. Doch wo sollten sie hin, ich konnte ihre unschuldigen Augen nicht vor dem Anblick schützen. Tunbeohrt, der als Einziger von den Männern einfach geblieben war, nickte mir zu und nahm Ljómi auf den Arm und Snædís an der Hand und verließ mit ihnen das Zelt. Erleichtert atmete ich auf und wandte mich dem Verletzten wieder zu. Torfrida war neben ihm zusammengesunken. So schwach hatte ich sie noch nie erlebt. Doch ich wusste ja, wie sich das anfühlt, wenn das Liebste, das man hat, an der Schwelle zum Tod steht, wenn man den letzten Schritt nicht aufhalten kann, ich wusste, wie sich diese grenzenlose Ohnmacht im Herzen anfühlt. Man zerfällt zu Asche … Das Blut hatte ihren Rocksaum erobert, sie kniete dort im Schmutz und verlor an Glanz. Ich rieb mir die Augen. Ihr Haar schien grauer zu werden, und auch das Licht, das dieses wunderbar hergerichtete Zelt stets erfüllt hatte, schien zu verblassen. Die Öllampen flackerten unruhig. Wind drang durch die Zeltritzen, nahm den Duft von Essenzen mit sich und ließ den Geruch des Todes zurück. Mir wurde kalt.

»Alienor«, krächzte Hereweard. Bebend kroch ich zu ihm. »Alienor, die Männer. Bring mich zu meinen Männern. Und meine Truhe, bring mir meine Truhe.« Ich verstand, dass er Abschied nehmen wollte, so wie es ein großer Anführer macht: mit Geschenken, damit man ihn in guter Erinnerung behält. Er wusste, dass er sterben würde, dass dies sein letzter Kampf gewesen war.

Und während ich mich mit der Truhe aus der hintersten Ecke abmühte, hörte ich, wie er mit seiner Frau sprach, wie er sie mit Worten liebkoste und streichelte und ihr Mut zusprach. Sie lag an seiner Schulter, ihr Mund an seinem. Sie hatte den Arm um seinen Kopf geschlungen, die Hand tief in seinem dichten Haar vergraben, während ihre gelösten schwarzen Flechten ihn bedeckten, als könnten sie noch etwas von ihm fern halten, und sie flüsterten miteinander, während das Blut die Lappen tränkte und ihm die kostbare Zeit raubte. Ich biss mir auf die Lippen und kratzte an den Armen.

Nachdem wir ihn hergerichtet und seine Wunde neu verbunden hatten, trugen seine Männer ihn hinaus ins Schneegestöber. Ein paar hatten über dem Feuer eine Zeltbahn errichtet, damit man einigermaßen trocken sitzen konnte. Der Wind zerrte launisch wie ein ungezogenes Kind an den Stricken und ließ das Torffeuer böse erglühen.

Torfrida hatte sich keinen Mantel übergeworfen. Schmal und bleich stand sie im Schnee; es schien, als könnte der kalte Wind ihr nichts mehr anhaben, weil sie mit ihrem Mann dort starb. Sie polsterte das Lager ihres Mannes mit Fellen und strich als letzten Liebesbeweis alles glatt, bevor sie ihn drauflegten. Dann zog sie sich stumm zurück – er gehörte nun seinen Männern. Behutsam legte Erik seinen Mantel über ihre Schultern, und wir nahmen sie in unsere Mitte. Ihr Haar wehte verloren im Wind.

Leofwine und Tunbeorht setzten sich neben ihn. Hogor, der für das Lager gekocht hatte, zog auf Anweisung die Truhe näher.

»Am Ende hat der Bastard nun doch gewonnen, Männer.« Herewards Stimme war leise, ganz ungewohnt, wo sie doch sonst über den Platz dröhnte und man unwillkürlich zusammenzuckte, weil man nicht wusste, gegen wen sich der Zorn gerade richtete. Die Zeit des Zorns war vorüber. Er rang nach Luft. »Mein Heim, meine Familie und nun auch mich. Und wie man es von ihm vermutet, aus dem Hinterhalt. Mit allem hab ich gerechnet, mit tagelangen Gefechten und harten Kämpfen, nur nicht mit einem Pfeil aus dem Hinterhalt. »Wie ... wie dumm von mir.« Tunbeorht ließ ihn vorsichtig aus dem silbernen Horn trinken. »Nun müsst ihr euch neu ordnen, Männer, wenn ihr hier bleiben wollt. Der Kampf ist nicht zu Ende – nie ist der Kampf gegen Ungerechtigkeit zu Ende, und euer Leben wird weiter in Gefahr sein. Ihr seid mir hierher gefolgt, treu und tapfer – hier muss ich euch nun zurücklassen …« Umständlich kramte er in der Truhe. »Tunbeorht, lieber Freund, lass dir diese Kette umhängen, für deine Freundschaft auch in den dunkelsten Tagen. Leofwine, nimm diesen Becher, und trink auf mich, wenn du den nächsten Feind im Visier hast. Und Godric, diese Bibel soll dir gehören. Acca – niemals mehr werden wir nach Lincolia zurückkehren, nimm diese Münzen, die ich einst aus Lincolia mitgenommen habe. Vater Hugo, diesen Seidenschal schenke ich dir, wenn du mich in Lincolia unter die Erde bringst und meine Seele in den Himmel, und ich danke dir jetzt schon dafür, dass du das tust, obwohl du ein verdammter Normanne bist …« Hugo presste die Lippen aufeinander. Er war mit Hereweard aus der Falle von Elyg geflohen, nachdem der ihm dort das Leben gerettet hatte. Was für seltsame Umwege das Leben geht.

Einer nach dem anderen kniete sich vor ihrem Anführer nieder und nahmen die wertvollen Dinge, die sie gemeinsam erbeutet hatten, als Geschenke in Empfang. Manche weinten, andere schwiegen und küssten ihm ergriffen die Hände. Der normannische Priester hatte begonnen, die Sterbegebete zu sprechen, und räucherte eine winzige Menge Weihrauch, die er wohl für solche Gelegenheiten aufbewahrte. Wer rechnete damit, dass es ausgerechnet für den Anführer sein würde? Hereweard musste immer häufiger innehalten und nach Luft ringen.

»Wie lange?«, fragte Erik mich leise. Ich zuckte mit den Schultern.

»Er wird vor dem Morgengrauen sterben«, sagte Torfrida. Sie stand wie eine Statue im Wind, unerreichbar für Zuspruch oder Trost. Ihre Augen waren fern und abwesend, und ein Hauch von Magie war um sie herum. Ich sah, wie sie einen Beutel Kamillenblüten hervorzog und unter Gemurmel eine Blüte nach der anderen ins Torffeuer warf. Vielleicht ebnete sie ihrem Geliebten den Weg ins Jenseits. Ich wagte nicht, sie zu berühren, sie war so fremd. Manch einer der Männer sah sie finster an, doch niemand wagte, etwas zu sagen. Noch war sie die Frau des Anführers.

Hereweard wollte draußen liegen bleiben. »So spüre ich mein geliebtes England mehr«, flüsterte er, und ein wehmütiges Lächeln glitt über seine grauen Züge. »Was für ein Geschenk, auf diesem Boden sterben zu dürfen, wo mir doch keine Wiederkehr prophezeit worden war. In Flandern zu sterben hätte mich nicht so glücklich gemacht!« Es würde eine lange, eisige Nacht werden, denn niemand würde es wagen, den Sterbenden zugunsten eines warmen Plätzchens zu verlassen. Die Männer bauten einen Windschutz für ihren Anführer und kauerten sich dichter nebeneinander, Hogor legte Torfstücke nach, als er zu frieren begann. Ich häufte weitere Felle über ihn und bettete seine blau verfärbten Füße auf erwärmte Steine, während unter den Decken das Leben tropfend und rinnend seinen Körper verließ. Unter seinen Kopf gab ich Vikullas geknüpfte Zauberdecke, die stets alle bösen Geister von mir fern gehalten hatte. Ob sie seine letzten Atemzüge nun auch beschützen würde? Als ich die Decke sauber an den Rändern faltete, damit ihn keine Falten drückten, öffnete er die Augen.

»Alienor von Uppsala. Hör mich an. Komm näher.« Ich rückte neben ihn. »Wo immer deine Familie herstammt – manchmal muss man das nicht wissen. Vielleicht bist du sogar eine – eine verdammte Normannin. Aber das ist mir gleich. Du bist eine gute Frau.« Der Hauch eines Lächelns flog über seine grau gewordenen Züge. »Torfrida … Nimm dich ihrer an. Sie hat niemand außer mir. Und sie soll nicht als Dienstmagd enden …« Er tastete nach meiner Hand. »Schwöre mir, dass sie bei dir bleiben kann. Schwöre!«

»Ich habe selber kein Zuhause, Hereweard of Brune. Ich bin … Ich – ich schwöre dir, Torfrida soll bei mir bleiben, so lange sie möchte. Gott empfange deine Seele und schenke dir Frieden …« Die Stimme versagte mir. Er nickte beruhigt und schloss die Augen. Dann öffnete er sie wieder, und ein letzter Rest Schalk trat in sein Gesicht.

»Du wolltest noch etwas sagen, Alienor.« Er rang nach Luft, für einen Scherz hatte er noch Luft. »Du – was wolltest du sagen?« Ich biss mir auf die Lippen. Und dann beugte ich mich über ihn und flüsterte: »Ich bin wirklich eine verdammte Normannin, Hereweard of Brune. Ändert das irgendwas für dich?« Wir sahen uns in die Augen, und er blinzelte fast verschmitzt.

»Es ändert nichts, Alienor *hjartapryði*. Gar nichts.«

Der Rebell von Elyg schaffte es, so majestätisch zu sterben wie ein König. Torfrida hockte an seiner Seite und hielt mit aller Kraft die Dämonen fern, die um seinen verfallenden Körper zu kämpfen begannen. Sie rieb die hohe Stirn mit einem feinen Öl von Kamille ein, damit er vom irdischen Leben loslassen konnte – oder vielleicht verwendete sie das Kraut auch als letzten Liebeszauber. Ihr Gesicht blieb blass und schön, obwohl ihr Tränen über die Wangen perlten und seinen Mund netzten. Er nahm jede Träne wie einen Abschiedstrunk, während ihr herabhängendes Haar sein Gesicht vor dem Nachtwind schützte. Manche der Männer schauten ob des magischen Gemurmels finster drein und rümpften die Nase beim Geruch der vermeintlichen Hexenkräuter, und einer brummte, ein Gebet stünde einer Frau wohl besser zu Gesicht. Viele lagen auf den Knien und beteten. Erik stand die ganze Nacht stumm am Feuer und hielt die letzte Wache für den Mann, der ihm Freund geworden war. Als der Morgen graute, kam Hereweard noch einmal zu sich. Er rief Hugo, den verdammten Normannenpriester, und beichtete mit letzter Kraft, und Hugo hielt ihm die Hände. Die Absolution hörte er schon nicht mehr. Das Blut hatte einen Weg aus dem Deckenberg gefunden und gefror, wo es in den Schnee rann. Verstohlen deckte ich die Lachen zu. Man hatte Torfrida an seinem Lager in Decken gehüllt, damit sie nicht erfror. Ganz sanft streichelte sie sein Gesicht, streichelte es in den ewigen Schlaf, und dabei summte sie eine Melodie, die ich oft von ihr gehört hatte, während um sie herum Sterbegebete durch die Nachtluft wehten und sich mit den Schneeflocken vermischten. Mit dem ersten fahlen Sonnenstrahl hörte es endlich auf zu schneien. Torfrida war über dem Lager ihres Mannes zusammengesunken. Hereweard of Brune hatte uns verlassen.

Hogor und Tunbeorht stimmten einen Klagegesang an, in den die anderen Männer einfielen, Verse aus einem alten Kriegslied über Helden, die Gott zu früh vom Schlachtfeld zu sich rief und die den Überlebenden fehlten.

»*Ongan ceallian þa ofer cald wæter Byrhtelmes bearn (beornas gehlyston): Nu eow is gerymed*«, sangen sie, und ihre Stimmen dröhnten voller Kraft und Sehnsucht nach Kämpfen wie diesen längst vergangenen. »*God ana wat hwa þære wælstowe wealdan mote!*»

Erik zog mich vom Feuer weg, hinter die Zelte, von wo aus man die Morgendämmerung sehen konnte. Schnee knirschte nachdenklich unter unseren Schuhen.

»So wie ihm hätte es mir auch ergehen können«, sagte er mit leiser Stimme. »Ich wäre auch verreckt, noch jämmerlicher als dieser tapfere Mann, wenn ich dich nicht getroffen hätte, Alienor von Sassenberg.« Ich umarmte ihn ergriffen. Es stand einer Frau nicht an, zu sehr um einen Krieger zu trauern, wenn er ehrenvoll im Kampf gestorben war, das wurde schon den jungen Mädchen eingebläut – doch die Angst von damals saß mir immer noch tief in den Knochen. Die Angst, ihn zu verlieren, wie Torfrida ihren Mann nun verloren hatte, die Angst, dass es jederzeit passieren konnte. Jeder Tag, jede Stunde an seiner Seite war ein Geschenk Gottes, das wurde mir schmerzlich bewusst, als ich Herewards Frau einsam in ihr Zelt gehen sah.

»*Wæs seo tid cumen, þæt þær fæge men feallan sceoldon. Þær wearð hream ahafen, hremmas wundon, earn æses georn; wæs on eorþan cyrm …*«

Die Worte des Heldenliedes begleiteten mich den ganzen Tag bis in mein Nachtlager, das ich heute Nacht mit Erik unter einem Baum aufschlug, weil ich es nicht ertrug, mit der Erinnerung an Hereweard das Zelt zu teilen. Raben kreisten, und Adler, gierig nach Aas.

Náttfari war verschwunden.

Wir richteten den Leichnam her, und dann teilte Torfrida den Männern Herewards letzten Willen mit. »Er lässt euch sagen, dass er gerne in seiner Heimat, nah bei seiner Familie begraben werden möchte. Einem Toten werden sie nichts mehr tun, einem Totenzug ebenso wenig …« Sie sprangen auf, zogen die Schwerter, verbeugten sich vor dem Toten, und jeder wollte ihn nach Hause bringen. Am Ende waren es Vater Hugo und der junge Acca Hardy, die sich durchsetzten und zwei Tage später die Leiche Herewards mitsamt seinem Schwert Kopfbeißer auf den beschwerlichen Weg nach Ost-Anglia brachten. Durch das Moor trugen sie ihn auf einer Bahre, ein zotteliges Pony folgte ihnen mit gesenktem Kopf. Im nächsten größeren Ort wollten sie dann einen Wagen kaufen. Torfrida stand noch stundenlang unbewegt wie auf einem Felsbrocken und sah dem kleinen Zug hinterher. Niemand wagte es, sie anzusprechen.

Herewards Tod hinterließ eine klaffende Lücke in der kleinen Gemeinschaft von Axholme. Nicht nur fehlte der groß gewachsene Krieger mit dem strahlenden Aussehen und den ohrenbetäubenden Wutanfällen, nein, es fehlte der Sinn in ihrem Leben. Ihr Anführer war tot – was nun? Als Vogelfreie hatten sie kein Ziel im Leben. Hereweard hatte es geschafft, ihnen stets ein edles Ziel zu geben, hatte ihre Stellung herausgeputzt, auf ihren Adel gepocht. Er hatte einen Tagesplan gemacht, Überlegungen angestellt, wie man die Lage ändern oder verbessern konnte, wann ein Raubzug gegen wen sinnvoll war und wo es wie viel zu erbeuten gab, und sie hatten sich trotz der aussichtslosen Lage immer noch für Englands letzte Edelmänner gehalten… Nun waren sie nichts weiter als gewöhnliche Vogelfreie und Räuber, ohne Plan, ohne Ziel, ohne Hoffnung. Der Adel war ihnen mit Herewards Tod endgültig abhanden gekommen, der Glanz des Rebellenlagers erloschen. Manch einer der Männer brach unter dieser Entdeckung zusammen.

Und als wollte es uns das Schicksal so richtig zeigen, schneite es in den Tagen nach Herewards Tod so heftig, dass wir unsere Zelte kaum verlassen konnten. Niemand konnte sich erinnern, wann es so viel Schnee gegeben hatte, dass die Moore fast einfroren und man kaum die Hand vor Augen sehen konnte. Vielleicht passierte es aber auch häufiger, vielleicht kam es uns auch nur so ungewöhnlich vor, weil wir noch nie einen Winter in Zelten verbracht hatten. Unsere Vorräte froren ein. Das Fleisch zerplatzte am Feuer, ich las die Fetzen auf und warf sie in Hogors Suppenkessel. Vögel fanden bei uns nichts mehr aufzupicken, und die, die sich herwagten, landeten am Spieß. Das Brot war jeden Morgen steinhart. Wir nahmen es schließlich mit unter unsere Decken und mussten uns zusammenreißen, es nicht in der Nacht zu essen, weil uns der Hunger quälte. Überall hörte man Husten und Rotzen, einer der Älteren legte sich eines Abends mit Fieber nieder, quälte sich die halbe Nacht und stand nicht mehr auf. Hogors Weib pflegte ihn mit Torfridas Hilfe; am dritten Tag starb er und wurde im Sumpf versenkt, weil es keine andere Grabstätte gab. Gerüchte um Schadenszauber kamen zusammen mit den Sturmböen auf. Vater Hugo verbot schließlich, darüber zu sprechen, um Torfrida nicht noch mehr in Gefahr zu bringen, doch tat er es aus Treue zu seinem toten Anführer. Selber hielt er sich fern von der Frau.

Die Kinder bekamen Bauchschmerzen von der Grütze. Vielleicht war das Getreide schlecht geworden. Früchte oder Wurzeln gab es keine mehr, und zu den Dörfern, wo man manchmal etwas tauschen konnte, kam man bei dem Wetter nicht durch. Wir waren auf das angewiesen, was wir im Moor fanden – geräubertes Fleisch und Fisch. Ich hatte zum ersten Mal in meinem Leben wirklich Angst zu verhungern.

Die wenigen Pferde fanden kaum noch Gras und begannen, Bäume anzufressen. Eins fanden wir am Morgen tot, wohl weil es eine giftige Rinde gefressen hatte. Hogor fasste sich ein Herz und zerteilte das noch warme Tier, und am Abend gab es nach Hungertagen wieder einmal Fleisch für alle. Die Reste des Festmahles trocknete er in Streifen über dem Torffeuer. Auch die anderen Tiere wurden nun begehrlich beguckt, weswegen Tunbeorht eine Wache für die Pferde einteilte, damit niemand auf dumme Gedanken kam.

Die Zelte bogen sich unter der Schneelast, und aus Vorsicht begannen wir die Torfvorräte zu rationieren. Je mehr Menschen in einem Zelt zusammenhockten, desto wärmer wurde es, und manchmal konnte man trotz des Hungers sogar wieder einen Lacher hören. Godric sang uns des Abends Lieder vor. Wieder und wieder hörte ich das Schlachtlied von Maldon und wunderte mich, welch seltsame Wirkung dieses Kriegslied auf Männer in waffenfähigem Alter hatte… Manchen standen die Tränen in den Augen, wenn sie einen bekannten Vers mitgrölten, anderen zuckte die Hand, als hielten sie eine Waffe, und man spürte förmlich, wie sie alle einer längst vergangenen Zeit hinterhertrauerten. Nach solchen Abenden drängte ich mich unter der Decke noch enger an Erik und betete inbrünstig zu Gott, dass Er uns in Seiner Hand halten möge, was immer auch passierte, weil ich immer mehr das Gefühl hatte, wie ein dünner Faden in der Luft zu hängen – machtlos, verletzlich, jeder Windstoß konnte mich davonwehen… Manchmal musste ich darüber weinen. Dann hielt Erik mich stumm und fest im Arm, weil er wusste, woher meine Tränen kamen.

Torfrida war sehr still geworden. Sie saß wie immer adrett gekleidet, den Schleier über dem nachtschwarzen Haar, in einer Ecke ihres düster gewordenen Zeltes, eine Webarbeit in den Händen oder ein Schälchen mit Kräutern, das es zuzubereiten galt. Ihre Kleider schienen wie das Zelt grau geworden zu sein, und ihre Augen verrieten, was sie verloren hatte. Wenn man sie ansah, stürzte man in einen Abgrund von Einsamkeit.

Sie kniete sich in die Pflege Ljómis.

Und am Weihnachtstage hatte der Allmächtige ein Einsehen, Er erhörte mein Flehen und weckte das kleine Mädchen auf. Ein wenig ungelenk entstieg sie ihrem Lager und tappte an der Hand ihrer Schwester im Zelt herum.

»Guck mal, Mama, was wir können!«, triumphierte Snædís, und ihr Gesicht leuchtete vor Stolz. Schluchzend fiel ich Torfrida in die Arme. Die beiden umrundeten uns, und dann brachte Snædís die Kleine wieder ins Bett. Es fühlte sich an, als atmete die ganze Welt für mich auf…

Erik wirbelte sein Kind vor Freude in der Luft herum. Das war ein seltsames Bild, denn ihre Augen strahlten, ohne dass sie einen Laut von sich gab. Er merkte es nicht, warf sie stattdessen noch einmal in die Luft. »Dämonen!«, rief er. »Ich geb euch Dämonen! Allen Glatzköpfen geb ich Dämonen, und allen alten

Tanten und kleingläubigen Narren! Dieses Kind hat keinen Dämon im Kopf!« Torfrida hörte sich seine Worte an und schwieg dazu.

Der Schriftzug, den der Blitz auf Ljómis Gesicht hinterlassen hatte, würde niemals mehr verblassen, doch Torfrida kämmte die Haare der Kleinen so, dass man ihn kaum noch sah. »Manche Männer hier sind abergläubisch«, sagte sie leise, »man muss ihnen nicht noch Grund dafür geben.« Die Spuren am Arm und an den Händen waren zu meinem größten Erstaunen verschwunden, und ich fragte mich heimlich, ob die Männer nicht Recht hatten mit ihrem Aberglauben, weil Torfrida wirklich seltsame Dinge von ihrer Großmutter gelernt hatte. Ich dankte Gott und fragte nicht danach, was genau sie gemacht hatte.

»Die Männer suchen einen neuen Anführer.« Tunbeorht kratzte sich am Kopf. »Nicht wenige meinen, dass du dazu geeignet wärst.«

Erik schöpfte aus dem Wasserbottich und trank durstig von dem eiskalten Wasser. »Wie kommen sie darauf?«, fragte er erstaunt. »Warum ausgerechnet ich? Ich habe nichts mit euren Streitigkeiten zu tun.«

»Gerade deswegen, Erik von Uppsala.« Der Angelsachse nahm dankend die Kelle aus seiner Hand. »Gerade deswegen – du stehst über allem. Du hast dich mit dem König überworfen, aber aus anderen Gründen als wir.«

»Ihr habt Haus und Hof verloren.«

»Und du?« Tunbeorht ließ die Kelle sinken. »Hast du nicht viel mehr verloren, da deine kleinen Kinder hier im Moor aufwachsen und deine Frau im Schmutz Wurzeln sucht, statt in einer schönen Halle den Barden zu lauschen? Lass uns nicht aufrechnen, was wir verloren haben, Sohn der Ynglinge. Lass uns sehen, wer der Beste ist, um für uns alle das Beste draus zu machen.«

Erik schwieg lange. »Ich will es mir überlegen«, sagte er schließlich.

»Überleg nicht zu lange, Yngling. Das Lager zerfällt bereits …«

So war es – zwei junge Männer hatten sich abgesetzt, Outi noch vor Herewearďs Tod, und seit gestern vermissten wir auch Tosti of Rodowelle. Der war nach seiner Wache nicht zurückgekommen, und da niemand an einen Unfall glauben wollte, ahnten wir, dass er den Weg nach Ost-Anglia eingeschlagen hatte – zurück nach Hause, was davon übrig war.

»Man muss ihn zurückholen«, brauste einer auf. »Er wird uns alle verraten!«

»Genau! Zurückholen muss man ihn!«, riefen auch zwei andere, und eine wilde Diskussion entbrannte, wie denn nun mit Ungetreuen zu verfahren sei, immerhin stand die Sicherheit des gesamten Lagers auf dem Spiel.

»Er wird uns nicht verraten.« Sie verstummten und schauten Erik an.

»Wie kommst du darauf?«, fragte Wulfric schließlich neugierig.

Erik stellte seinen Becher auf den Boden. »Er hat ein Mädchen in Flandern. Er hat England für immer den Rücken gekehrt.«

»Verräter«, knurrte da einer. »Verdammter Verräter …«

»Ich hab's immer gewusst«, murmelte der ewig misstrauische Rapenald. »Von dem haben wir noch was zu erwarten!«

»Ich sage euch – wo wir hier noch über ihn sprechen, sitzt er schon auf einem Schiff nach Flandern. Also ruiniert nicht seinen Ruf durch üble Nachrede, er verrät uns nicht, und er war ein tapferer Mann.«

»Ja, das ist wohl wahr«, nickte Tunbeorht.

»Und woher weißt du das?« Hogor konnte es nicht glauben.

Erik lächelte. »Wir hatten zusammen Wache. Er musste mir bei seinem Blut versprechen, niemals zurückzukehren.« Da raunten sie und staunten und schauten und zupften beeindruckt an ihren Bärten. Von diesem Abend an war der Yngling als Anführer der kleinen Rebellengruppe von Axholme akzeptiert, und niemand wagte es, ihm den Rang streitig zu machen.

»Ich weiß trotzdem nicht, was ich hier soll«, seufzte er in der Nacht und bohrte die Nase in meine Armbeuge. »Was tun wir hier, Alienor? Wir leben – wir überleben –, und einigen von ihnen scheint das sogar zu gefallen. Das ist doch kein Leben!«

Es war aber das, was wir nun führten, vielleicht sogar für immer, und seine Klage hörte ich auch nur dieses eine Mal. Wie Hereweard bemühte er sich, den Alltag so normal wie möglich wirken zu lassen. Der Tagesablauf suggerierte den Männern Wichtigkeit, es gab Versammlungen und Diskussionen über Nichtigkeiten, zumindest schien es mir so. Aber das Leben bestand nun einmal aus Nichtigkeiten wie zu knapper Nahrung oder stinkender Latrine, die gereinigt werden musste. Als der eiserne Griff des Winters sich lockerte, gab es auch wieder Kontakte zu den Dörfern von Axholme, durch die wir an Nachrichten gelangten. Guilleaume hatte England schon im Spätherbst verlassen, weil in der Normandie neue Unruhen ausgebrochen waren.

»Er kann nun unter Beweis stellen, dass er ein guter Herrscher ist«, grunzte Erik, als wir die Neuigkeiten besprachen. »Das ist eine wahre Kunst – ein Land über das Meer hinweg zu regieren. Ich bin gespannt, wie er das hinkriegen will.« Der König bekam es immer wieder hin. Ich hatte verstanden, dass die große Kunst in Guilleaumes Schnelligkeit lag, mit der er von einem Ort zum anderen zog. Vorgestern noch in der Normandie, heute schon wieder in Wincestre, morgen an der schottischen Grenze. Manch einer mochte glauben, dass dieser König flog.

»Er ist hart, einfach nur hart.« Erik schüttelte den Kopf. »Er verlangt seinen Leuten das Alleräußerste ab – genau das, was er von sich selber verlangt. Nur so kann man Länder erobern.« Vermeinte ich da stille Bewunderung in seiner Stimme zu hören? Er starrte vor sich hin, und ich dachte darüber nach, was für ein unglaublich guter Krieger Erik in des Herzogs Armee gewesen wäre – wenn wir England ein halbes Jahr später, nach der Belagerung von Elyg erreicht hätten. So war er nun ein guter Krieger für die falsche Sache, und es beunruhigte mich zutiefst, dass es hier kein Ziel zu erreichen gab.

»Warum ist der Rabe bei dir?«, fragte Torfrida.

Wir saßen vor dem Zelt und gossen Talglichter – eine gewagte

Sache, weil es immer noch sehr kalt war und die dicken Felle kaum schützten, aber es tat gut, sich die Januarsonne zumindest ein paar Paternoster lang ins Gesicht scheinen zu lassen, dass ich es wenigstens für die kurze Mittagszeit vorgeschlagen hatte.

»Ich weiß es nicht.« Mein Talglicht wurde krumm und bei weitem nicht so schön wie ihres, aber mit Dingen wie diesen hatte ich ja schon daheim auf Sassenberg keine Geduld gehabt. Vielleicht lenkte mich auch die lang entbehrte Sonne ab. Hatte ich mich zudem lange Zeit auf die Fingerfertigkeit meiner Dienstboten verlassen können, war das Leben im Lager von Axholme ein ganz neues Leben: Es gab keine Dienstboten, nicht einen einzigen. Es machte das Leben härter, aber auch einfacher – die Sorge um hungrige Mäuler reduzierte sich auf die meiner Kinder. Anfangs hatte der ein oder andere Thegn etwas von unnützen Essern gemault und ob man sie nicht weggeben oder gegen Nützliches eintauschen könne, doch seit Erik der Gruppe vorstand, wagte niemand mehr, ein Wort gegen die Kinder zu sagen, zudem half zumindest Snædís mit und packte an, wo sie konnte.

Manchmal vermisste ich Hermann und Ringaile, vermisste ihre Fröhlichkeit und das stille Glück, das sie miteinander hatten. Die Geschichten, die er zu erzählen pflegte, die Lieder, die sie sang, und die eherne Treue, die sie mir all die Jahre hindurch gehalten hatten.

»Hast du ihn gefangen?«

Náttfari krächzte leise. Erstaunt sah ich sie an. »Er war eines Tages da. Er hat mich gefunden, und seither bin ich ihn nicht mehr losgeworden.« Sie nickte langsam. Dann streckte sie die Hand aus – vor Schreck fiel mir das frisch gegossene Talglicht aus den Fingern – Náttfari setzte sich auf ihren Handrücken, als wäre er ein gezähmter Jagdfalke und wüsste, welch zarte Hand ihn füttere.

»Wenn Raben deine Gesellschaft so suchen, wie dieser hier«, sagte sie mit bedeutsamer Stimme, »dann sind sie was ganz Besonderes.« Ich fragte mich, wer von diesen beiden etwas Besonderes war …

»Erik sagt, dass Odin ihn vielleicht gesandt hat.« Nachdenklich betrachtete ich das metallisch glänzende Gefieder mit den weißen Flecken und die klugen, schwarzen Äuglein. Von so nahem hatte ich ihn noch nie gesehen. Schönheit umschwebte ihn, aber auch Grausamkeit und Tod.

»Vielleicht.« Torfrida strich über das Gefieder. Der Vogel brummte leise.

»Jedenfalls ist er immer da, wenn etwas passiert«, sagte ich düster. Das letzte Mal hatte er wie wild auf dem Zeltdach herumgepickt, an dem Abend als Hereweard im Sterben lag.

»Sei froh darüber, und höre ihm zu«, sagte sie da leise. »Das ist ein Wink Gottes, dass Er ihn dir schickt.«

Dass ich ihm zuhören musste, das wusste ich ja inzwischen. Doch dass Gott ihn mir gesandt hatte, das sollte lieber kein Priester hören. Jener Normannenpriester, der damals in Lucys Gemach gesessen hatte, war mir aufdringlich genug gewesen…

An einem düsteren Tag im Februar – der Tag, an dem man in meiner Heimat Lichtmess feierte und Kerzen anzündete um den Winter zu vertreiben – bereitete Vater Hugo eine Messe vor. Aus einem geheimen Versteck hatte er ein Messgewand hervorgezogen. Das Weib des Kochs strich es für ihn glatt und flickte ein paar Mottenlöcher. Hugo baute derweil seinen Altar am Feuer.

»Hast du Torfrida gesehen?«, fragte ich Hogors Freundin. Sie schüttelte den Kopf.

»Heute wirst du sie kaum hier im Lager finden«, brummte der Normanne und rückte den hölzernen Altar wieder ein Stück vom Feuer weg. Fragend sah ich ihn an.

»Such sie irgendwo zwischen den Bäumen.« Mit der Nase deutete er abfällig in Richtung des Birkenwäldchens. »Heute ist wieder so ein Tag, wo sie murmelnd Dinge verbrennt und wo ich sie lieber nicht in meiner Nähe haben möchte.«

Das klang nicht nett, wie so viele Bemerkungen, die die Männer sich über Torfrida erlaubten, seit Hereweard nicht mehr unter ihnen weilte.

»Hast du Torfrida gesehen?«, fragte ich Erik, der gerade vom Wachposten heimkehrte. Er nickte, nahm meine Hand und führte mich zwischen den Bäumen hindurch zu einem der vielen Flussarme, die Axholme zerteilten. Auf der anderen Seite begann der Sumpf. Eine kleine Landzunge ragte ins Wasser. Eine alte Eberesche wuchs dort, und ich sah Torfrida an einem Feuer sitzen. Rings um ihren Platz war der Schnee weggetaut, auf der anderen Seite des Flusses hielt er sich hartnäckig. Wo Torfrida saß, war man dem Frühling näher. Das Bild zog mich magisch an. Was waren alle Kerzen dieser Welt gegen dieses Feuer unter dem Zauberbaum? Und ich wusste auf einmal auch, warum sie es entzündet hatte… Erik folgte mir schweigend.

Sie hatte beinahe ihren ganzen Besitz aus dem Zelt hierher getragen. Das Feuer war aus echtem, trockenem Holz, was sie wohl über Wochen heimlich gesammelt hatte, um es heute zu verbrennen. Und wie durch Zauberei rauchte es kaum, obwohl Schnee darauf gelegen hatte.

Torfrida war im Begriff, Lichtmess auf ihre eigene Weise zu feiern. Das Fest, welches das Ende der Dunkelheit bezeichnete, das Ende von Hunger und Tod und den Beginn des Frühjahrs, war auch der Tag der heiligen Brigid, die schon die Alten als Lichtspenderin verehrt hatten und die, geboren auf einer Türschwelle, den Blick in beide Welten geschenkt bekommen hatte. Man nannte sie Hüterin des Feuers, Hüterin der Milch und Hüterin der Lämmer, die das Frühjahr brachten und Hoffnung auf ein fruchtbares neues Jahr weckten.

Auf einem Seidentuch lagen Schneeglöckchen, die sie gefunden hatte, und das Schaf, das sie der Milch wegen hinter ihrem Zelt hielt, hatte tatsächlich trotz des harten Winters ein Lamm geboren.

»Kommt«, sagte sie, ohne sich umzuschauen, »kommt und seid meine Gäste.«

»Was tust du hier?«, fragte ich leise.

»Ich versuche einen Neuanfang, Alienor von Uppsala.« Langsam drehte sie sich um, und ich erkannte, dass sie geweint hatte. Geweint um ein Leben, das sie verloren hatte, um einen Geliebten, um ein Heim und eine Zukunft, geweint um alle Hoffnung, die mit seinem Tod dahingegangen war. Die Tränen hatten tiefe

Furchen in ihr schönes Gesicht gegraben, die Trauer hatte ihre Züge verändert. Jeden Tag hatte sich ein neues weißes Haar in die schwarze Pracht auf ihrem Kopf geschlichen, und der Schleier konnte die grauen Schläfen kaum noch verbergen.

»Zum Fest der Brigid reinigt man sich von allem, was hinter einem liegt«, sagte sie leise und machte uns vor, wie die weisen Frauen es zu allen Zeiten getan hatten. Sie wusch sich das Gesicht und die Hände und ihre zierlichen Füße in einer Schüssel mit klarem Quellwasser und achtete nicht darauf, dass die Haut sich von der eisigen Kälte des Wassers bläulich verfärbte.

Ich ließ mich vorsichtig an ihrem Feuer nieder, Erik stand hinter uns, die Hand am Schwert, und bewachte den seltsamen Ort für uns.

»Wir sind hier in guten Händen, Erik von Uppsala. Niemand wird uns etwas tun.« Er nickte und blieb trotzdem stehen, und ich fühlte mich doppelt behütet. Von vorne das wärmende Feuer, hinter mir seine schützende Gestalt – wer sollte da noch Angst haben? Wir tranken heißen Met, den sie mit Kirschen und Haselnüssen angesetzt hatte. Der warme Alkohol erzeugte eine angenehme Benommenheit. Entspannt lehnte ich mich gegen Eriks Beine.

Torfrida mischte derweil Räucherwerk zusammen, ein paar Eschenblätter, Bartflechte und Wintergrün, und zupfte ein paar Blütenblätter des Schneeglöckchens hinein. »Hab keine Angst«, sagte sie, als sie mit dem Räuchergefäß an mir vorüberschritt, um den Rauch in alle Richtungen zu verteilen. Er machte mich benommen und müde. »Hab keine Angst«, wiederholte sie, als sie irgendwann danach einen Kreis aus Thymianblättchen legte, groß genug, dass sie Platz darin fand. Erik legte die Hand auf meine Schulter. »Was tut sie da?«, flüsterte er von hinten. Ich deckte die Hand über seine Finger und schmiegte sie an mich. Torfrida hatte in dem Thymiankreis Platz genommen. Ihr Metbecher war leer. Sie zog den Schleier vom Kopf und löste die schwarzen Flechten. Dann rieb sie sich ein stark riechendes Öl auf die Stirn und hob die Arme.

»Hört mich an«, murmelte sie, »hört mich an, die ihr mich

umgebt, die ihr mir zur Seite steht, hört mich an, die ihr eure Mächte walten lasst. Ich habe den Stall gemistet und mein Haus aufgeräumt, ich habe den Winter und die Traurigkeit zur Tür hinausgekehrt. Ich habe mein Haar gewaschen und meine Füße, mein Gesicht und meine Hände. Hört mich an, und lasst mich sehen, lasst mich hören, lasst mich neu beginnen. Lasst mich hören, lasst mich sehen …« Die Bäume um uns herum begannen zu rauschen. Ihre Stimme verging, und ich hörte, wie sie zu atmen begann und wie die Blätter ihr den Takt vorgaben – ein – aus – ein – aus. Unwillkürlich fing ich selber damit an, bis Erik mich leise schüttelte. »Tu das nicht!«, raunte er. »Schau …« Torfridas Oberkörper wankte, ohne zu kippen, sie atmete weiter im Rhythmus der Bäume, ihr Haar wogte, der Atem wurde suggestiv. Ich biss mir auf die Lippen. Sie war nicht mehr ansprechbar. Der Thymiankreis hielt sie gefangen. Sie war mit ihm verschmolzen, sie wiegte sich nach einer Melodie, die nur sie hören konnte, und ihre Hände waren wie ein Gefäß nach oben geöffnet, um zu empfangen, was ihr gegeben wurde. Ihre Lippen bewegten sich – sprach sie mit jemandem? Sie lächelte ihr schönstes Lächeln, das Haar fiel wie bei einem jungen Mädchen über die Schulter und hüpfte munter wie beim Tanz. Mit wem tanzte sie?

Mit ihr verzauberte sich ihr Umfeld – aus dem schlammigen Boden wurde eine grüne Frühlingswiese, Blumen, Vögel – ich kniff die Augen zusammen, was für ein Unsinn! Der Thymianduft schwebte zu mir, versuchte, mich für sich einzunehmen. *Komm*, sang er, *komm und lass dich aufheben, du am Boden liegende Seele, ich schenke dir Kraft, ich schenke dir Mut.* Erinnerungen an die Nacht von Snædís' Geburt wurden wach, als die Völva den *seið* zelebriert hatte. Mit der Hand wedelte ich die Wolken von mir weg – dummes Zeug, ich lag schließlich nicht am Boden – ich war stark, ich würde stark sein –, als Torfrida neben mir einen leisen Schrei ausstieß und in sich zusammensackte.

Sofort kniete Erik neben mir. »Was hat sie?«, fragte er besorgt.

»Es war zu heftig«, flüsterte ich. »Was immer sie gemacht hat –

es war zu heftig für sie.« Gemeinsam zogen wir sie aus dem Thymiankreis heraus und legten sie dicht ans Feuer in ein Bett aus Decken. Der Kreis lockte wieder: *Komm doch, ich mach dich stark, ich mach dich mutig, komm, ich helfe dir, du kannst das brauchen, komm nur …*

Ich konnte der Verlockung kaum widerstehen und setzte einen Fuß in den magischen Kreis. Er zog an ihm, zupfte an dem anderen, lockend, fordernd, und schon hatte ich den zweiten Fuß im Kreis. Es begann in meinen Ohren zu rauschen, ich meinte, Stimmen zu hören, bekannte Stimmen, aus weiter Ferne, Emilia, Naphtali, Vater … Ich schüttelte den Kopf, so ein Blödsinn … *Komm, lass dich fallen, ich helfe dir …* Erik kümmerte sich da draußen um Torfrida und schien so weit weg zu sein. Ich streckte die Hand nach ihm aus … *Lass ihn gehen, ich bin für dich da …* Wieder schüttelte ich den Kopf, doch das Rauschen blieb. Und dann nahm ich all meine Kraft zusammen und setzte einen Fuß vor den anderen am Thymiankreis entlang, wie ich es bei Torfrida gesehen hatte, ging ihn jedoch in entgegengesetzter Richtung ab, und mit jedem Schritt wurde das Rauschen leiser, die Stimmen verklangen. Der Zauber verschwand. Als ich das Ende des Kreises erreicht hatte, war es still um mich herum. Nur das Feuer knisterte geschwätzig, es habe alles mit angehört und angesehen … Ein Windstoß kam und wehte die Thymianblättchen ins Feuer, wo sie duftend verbrannten. Erschöpft setzte ich mich.

In einer Kanne hatte Torfrida einen Sud von Klettenlabkraut angesetzt. Ich trank einen Schluck davon und spürte, wie Kraft in meine müden Glieder zurückkehrte.

Erik kroch neben mich. »Sie schläft tief und fest«, sagte er leise. »Was hat sie hier gemacht?«

»Ich glaube, sie wollte Abschied nehmen von allem, was hinter ihr liegt. Die heilige Brigid sollte ihr helfen, sich von allem zu reinigen«, sagte ich ebenso leise und bot ihm von dem Sud an. »Erik, ich glaube, sie hat Hereweard gesehen.«

Er trank von dem Zeug und schüttelte sich gleich darauf. »Pfui, was ist das für ein Gift!« Er hatte meine Worte gar nicht gehört.

Abschied nehmen. Ihre Kleider und einige Hausgerätschaften waren auf zwei Haufen sortiert, der eine lag neben dem Feuer, der andere weit davon weg. Ob sie sie hatte verbrennen wollen?

Das Mutterschaf blökte leise. Es wies damit auf eine Schüssel mit noch warmer Milch hin. Einer Eingebung folgend nahm ich die Schüssel und stellte sie vor das Feuer. »Heilige Brigid oder wer immer mir zuhört«, murmelte ich, »hört mich an, bleibt für ein Weilchen an diesem Feuer und schenkt uns Frieden. Schenkt uns die Gnade eines guten Jahres, mit Sonne, wo sie nötig ist, warmem Regen und reicher Ernte am Ende des Sommers. Schenkt uns ein bisschen Glück und Frieden und ein festes Dach über dem Kopf. Weist uns den Weg, wohin wir gehen sollen, mit reinem Herzen wollen wir ihn gehen …«

Vorsichtig goss ich die Milch ins Feuer. Es zischte, und dann fühlte es sich an, als striche jemand über mein Haar. Sanft wehte ein Lüftchen wie ein feiner Schleier … Sie war hier und hörte mir zu. Und vielleicht konnte sie meine Fürsprecherin sein.

Erik rückte neben mich. Lange saßen wir da, ich trank von Torfridas Sud, und wir starrten ins Feuer. Lichtmess lag über uns wie eine schützende Hand. Nasse Kälte und der böse Wind, der hier auf Axholme so allgegenwärtig war, schienen den kleinen Ort zu meiden. Wir waren im Schutz der guten Geister und in Gottes Hand. Das Feuer versprach, alles Böse zu bannen – gerne wollte ich ihm heute Abend glauben. Torfrida lag auf ihren Decken und schlief den Schlaf der Erschöpften. Ein zärtliches Lächeln umspielte ihre Lippen – ich war mir sicher, dass sie ihren Geliebten gesehen und endgültig Abschied genommen hatte.

»Alienor, ich habe mir was überlegt«, sagte Erik schließlich.

Ich legte den Kopf an seine Schulter, und wir rückten noch enger zusammen. »Was hast du überlegt?«

»Ich … ich werde mich Guilleaume zu Füßen werfen.«

Erschrocken sah ich ihn an. »Du willst – was willst du?«

»Ich will ihn um Gnade bitten, Alienor.« Er nahm meine Hand und legte den Arm um mich. »*Elskugi*, ich kann so nicht weitermachen. Meine Kinder wachsen im Dreck auf, meine Frau lebt wie eine Hörige, und ich … ich …« Er stockte. »Ich verbringe meine Tage damit zu überlegen, wo ich am besten einen Hirsch erwildere und wie lange wir davon satt werden. So kann das nicht weitergehen. Entweder er nimmt mich in Gnaden auf, oder …«

»Oder?«, fragte ich vorsichtig, obwohl mir das Herz bis zum Hals schlug. Er zuckte mit den Schultern. »Weiß nicht. Ist dann auch nicht mehr wichtig. Was ist man ohne Lehnsherr? Ein Nichts. Man existiert nicht.«

Sanft strich der Schleier über meine Stirn. *Verzweifle nicht.* Ich goss die Schale voll mit Sud und trank mit großen Schlucken. Die Silberplatte auf meiner Brust begann warm zu werden. Schützend deckte ich die Hand darüber. Angst bemächtigte sich meiner, sinnlose, wilde Angst, obwohl doch alles so friedlich wirkte und Gott bei uns war.

»Hast du's den Männern schon gesagt?«, fragte ich vorsichtig.

Er schüttelte den Kopf. »Tunbeorht weiß davon. Ihm … ihm geht es ähnlich.« Die beiden hatten oft zusammen Wache gehabt. Ich war mir nicht sicher, wie der Rest der Männer auf die Eröffnung reagieren würde.

»Bisher war noch nicht der richtige Zeitpunkt, darüber zu reden.« Er seufzte und strich mir über den Rücken. »Ihr habt etwas anderes verdient, du und die Mädchen.« Die düstere Wolke, die ihn so oft traktierte, schob sich näher und versuchte am Feuer vorbeizuziehen. Ich griff in Torfridas Kräuterschale und warf eine Hand voll Thymianblättchen in die Flammen. Eine Prise Hexenmehl muss wohl dabei gewesen sein, denn das Feuer loderte wütend hoch, und die Wolke wich zurück. Erik sah mich an. Meine Gedanken an die Kinder verblassten. Die Männer, Torfrida, das Lager – alles verschwand vor diesem Blick, der ganz unheilig war. Entschlossen, die Wolke für diese Nacht ganz zu vertreiben und den geheimnisvollen Zauber von Lichtmess zu nutzen, bettete ich meinen Mann sanft auf Torfridas Felle und zeigte ihm, wie man vergessen konnte, was uns an diesen Ort gebracht hatte …

13. KAPITEL

Raben kreisten und Adler, gierig nach Aas.
Auf Erden war Schlachtgeschrei.

(Die Schlacht von Maldon, 106–107)

Die Kinder bewarfen sich mit Torfstücken, die eine fleißige Hand zum Trocknen auf einen hohen Haufen gestapelt hatte. Snædís kreischte vor Vergnügen, während Ljómi ihre Fertigkeiten im Zielen wieder einmal schweigend genoss. Ich wollte ihnen den Unfug gerade verbieten, weil Hogor schon säuerlich dreinschaute, als der Rabe so dicht über meinen Kopf hinwegsauste, dass er mir den Schleier vom Haar fegte.

»He!«, schrie ich empört. »Vermaledeiter Vogel, was fällt dir ein!« Der Schleier segelte erst durch die Luft, dann gemächlich ins Feuer und verbrannte dort zu Asche. Náttfari kreiste kreischend über meinem Kopf. Er flog tief genug, um mir beim nächsten Versuch Haare auszureißen. Schützend hielt ich die Hände über den Kopf und rannte zu den Mädchen, bevor es ihm in den Sinn kommen konnte, sie anzugreifen. War er denn verrückt geworden?! Ein langer Schatten fiel über unsere Köpfe. Náttfaris Schwinge verdeckte den Himmel. Ich rang nach Luft.

»Mama …« Snædís' Stimme erstarb. Ljómi lauschte mit aufgerissenen Augen und hob den Finger. Ich hockte mich zu ihnen. Ihre Ohren waren wie die einer Katze. Metall bewegte sich aufeinander, Sattelzeug quietschte, feine Kettenglieder schwatzten heimlich vor sich hin. Ganz leise, aber nun hörte ich es auch.

Niemand hier nannte ein Kettenhemd sein Eigen. Herewards Männer kämpften altmodisch in fest gearbeiteter Lederkleidung. Die Kettenhemden hatten uns also gefunden. Das Lager war eingeschlossen von silbern schimmernden normannischen Soldaten auf schweißglänzenden Pferden. Mir schwindelte.

Hogor lachte albern. Die Männer erzählten Geschichten am

Feuer, Hogors Weib hatte frisches Bier gebraut, dem sie fröhlich zusprachen. Warum sah nur ich die Silbernen? Warum sah niemand von den anderen, was ich sah? Was für eine unerträgliche Last, Allmächtiger! Meine Hände wurden feucht. Noch warteten sie hinter den Bäumen, noch warteten sie, worauf warteten sie …

»Jesus Maria«, flüsterte ich. Die Kinder – wohin mit den Kindern, meine Kinder, heilige Muttergottes hilf …

Im Lager lief das alltägliche Leben wie gewohnt weiter, niemand außer mir ahnte von der Gefahr, in der wir schwebten. Warum hatte der Wachtposten nichts gesagt? Der Wachtposten … ach. Ein Alp legte sich auf meine Brust. Wahrscheinlich lebte der Wachtposten schon nicht mehr. Erschlagen, erwürgt, hinterrücks durchbohrt. Ich schlang die Arme um meine Mädchen, wagte kaum, mich zu bewegen, aus Angst, damit das Zeichen zum Angriff auszulösen. Sie beobachteten uns – sie beobachteten mich. Mein Rücken krümmte sich, als wäre der erste Speer dort eingedrungen.

»Mama«, flüsterte Snædís beunruhigt, »was machen wir denn jetzt, Mama? Hast du sie auch gesehen? Wir können ja gar nicht weglaufen …« Weglaufen. Was für ein wundervolles Wort. Ich riss mich zusammen.

Tunbeorht war zu weit von mir entfernt, als dass ich ihm ein Zeichen hätte geben können. Rapenald unterhielt sich mit Erik am Feuer, Hogor sang mit zwei Männern, während sie ein am Morgen gewildertes Wildschwein ausnahmen.

»Ein Schweinchen lief mir in die Arme,
ich fing es blitzeschnell,
es grüßt von meinem König,
und wünscht mir guten Appetit!«

Sie lachten über den respektlosen Vers, und Thurcytel Utlamhe, mutig geworden, dichtete weiter, während leichter Regen auf das Lager niederging.

»Dem König sprangs vom Te-heller,
will lieber Sachsenzähne spür'n,
Normannen beißen fa-hade,
stumpf im Maul und stumpf im Hi-hi-hirn!«

»Stumpf im Hirn, dick im Maul und dünn im Da-ha-harm!«, sang Hogor aus voller Brust, und gleich darauf flog übermütig ein Darmstück durch die Luft. Die Silbernen in ihrem Versteck warteten trotz der Schmähungen geduldig auf das Zeichen. Kaum einer bewegte sich. Sie waren fast nicht zu sehen – warum sah ich sie? Mir war übel geworden, die Knie wurden mir weich, obwohl ich doch hockte, ich konnte das Wissen kaum aushalten – und es gab kein Entrinnen. Die Gewissheit der nahenden Katastrophe würgte mich mit eiserner Hand.

»Mama«, flüsterte Snædís, »Mama …« Ich sah meiner ältesten Tochter ins Gesicht. Klein, zart, aber eine Kriegerin. Eriks Tochter. Ich wusste, ich konnte sie schicken.

»Lauf zu deinem Vater, und sag ihm, was du gehört hast. Und dann komm sofort zurück zu mir, hörst du? Sofort. Lauf, Liebes.«

Sie nickte, als hätte sie auf genau diesen Vorschlag gewartet, und lief los, hüpfend, tanzend, scheinbar ruhig. Kam bei Erik an, schmiegte sich in seinen Arm wie hundert Male zuvor, die liebenswürdige, kleine Ynglingtochter. Stellte sich auf einen Fuß, spielte mit dem Zopf, verdrehte den Kopf, wie kleine Mädchen das so machen, wenn sie ein Geheimnis verraten, und dann neigte sie sich zu seinem Ohr, faltete die Hand zu einer Tüte und verriet unser Geheimnis. Eriks Kopf fuhr hoch. Unsere Blicke trafen sich. *Hab Dank, ich liebe dich*, formten seine Lippen. Er umfasste ihren Kopf und küsste sie innig auf Scheitel und Stirn und schickte sie zu mir zurück, ohne den Blick von mir zu wenden. *Ich liebe dich*. Er hatte verstanden. Wir würden vielleicht nur mit Blicken Abschied nehmen können. *Ich liebe dich* … Snædís' Augen waren riesengroß, als sie bei mir ankam. Ich war inzwischen so aufgelöst, dass sogar Ljómi an meiner Hand unruhig wurde – wo sollten wir hin, wo uns verstecken, Schwert und Messer lagen unerreichbar in Torfridas Zelt, welch sträflicher Leichtsinn, wo sollten wir bloß hin…

Es gab nicht viel zu überlegen. Der Überfall begann im selben Augenblick, als Snædìs mich erreichte. Aus allen Büschen brachen sie hervor, klirrend und scheppernd, mit riesengroßen, schnaubenden Rössern, wie sie in der Normandie für den Krieg mit Schwerbewaffneten gezogen werden, Schwerter rasselten, und das ohrenbetäubende Geschrei der Angreifer verkündete das Jüngste Gericht für unser kleines Reich. Ich warf mich über meine Kinder, deckte uns mit dem alten Umhang zu, den ich gerade geflickt hatte, und zusammen rutschten wir durch den Schlamm in die Nähe des Torfstapels, in der lächerlichen Hoffnung, dort dem Gefecht entgehen zu können. Die Rebellen sprangen von ihren Plätzen, griffen nach den Waffen, die sie stets neben sich liegen hatten, doch mancher war nicht schnell genug und starb, die Hand an der Schwertscheide, durch einen Speer. Thurcytel wurde gar über den Haufen geritten und erstickte im Schlamm, während ein Pferdehuf seinen Brustkorb zertrümmerte. Ich sah, wie Leofric rückwärts taumelte. Eine Klinge steckte tief in seiner Brust, Wulfric sprang hinzu, um ihn zu rächen, der nächste Reiter schwang das Schwert, und der Angelsachse stürzte im Hals getroffen zu Boden.

Aus Nebeln lösten sich wehrhafte Wolkenmädchen, die zwischen den Kriegern schwebten, stumm darauf wartend, was der Kampf ihnen bot.

Das erste Zelt ging in Flammen auf. Neben der alten Eiche stand ein Bogenschütze und sandte seine flammende Fracht auch gegen das zweite Zelt – in hellster Aufregung sah ich mich nach Torfrida um. Sie war nirgends zu sehen, doch ich spürte ihre Gegenwart wie eine schützende Hülle. Das dritte Zelt – Hogors Reich – sank unter den riesigen Hufen eines Streitrosses in den Schmutz, Äpfel und Zwiebeln rollten umher, Körbe mit Vorräten zerbarsten, Weinschläuche und Säcke platzten, Hühner flogen gackernd durch die Luft, manche von ihnen starben noch im Flug, während ein Korb mit ihren kostbaren Eiern umfiel und den Matsch in eine schleimige Rutschbahn verwandelte. Ein Zipfel der Zeltbahn blieb an des Reiters Stiefel hängen, er riss im Galopp das halbe Zelt von seinem Platz. Das Pferd scheute und stieg. Wieder hob sich die am Stiefel hängende Zeltbahn und gab dabei die zertrampelte Leiche von Hogars Weib frei.

Erik brüllte ohrenbetäubend auf. Er wuchs förmlich unter seiner Waffe – der Berserker war wieder auferstanden, hatte Blut gerochen und das Kleid der Todesverachtung übergestreift. Voller Entsetzen wurde ich erneut Zeuge, wie mein Mann sich im Angesicht der Bedrohung in Odins wilden Kämpfer verwandelte und einen Gegner nach dem anderen das Fürchten lehrte. Ich sah Schweiß und Blut zusammenfliegen, sah das Blut aus tödlichen Wunden spritzen, während die Waffen der Normannen ihm nichts anhaben konnten – weil die Götter des Nordens ihre Hand auf ihren entfesselten Liebling legten. Ihre Krallen zeichneten seinen Körper mit blutigen Spuren, sie kleideten ihn in verzaubertes Bärenfell und sandten Bärenblut durch seine Adern. Dazu lag ein dumpfes Grollen in der Luft, weil Thors Zorn sich über dem Kampf entlud und seinen Krieger anstachelte. Zitternd suchte ich den Himmel über uns ab. Thor selbst blieb unsichtbar, doch sein Hammer teilte da tödliche Schläge aus, wo Eriks Hieb fehlte, ich hörte ihn über uns schnaufen und keuchen *nicht genug – nie genug …*

Regen rauschte jetzt heftiger nieder und nahm den Kämpfenden die Sicht. Die Heftigkeit der Schläge ließ selbst die Wolkenmädchen bleich werden, und sie zogen sich zurück. In dieser ungleichen Schlacht war kein Platz für sie. Ein Pferd sank getroffen in den Schlamm, der Reiter starb noch im Sattel. Das Schmatzen des hungrigen Ynglingschwertes drang an mein Ohr – *Rache – Rache – mehr Rache* –, bevor es sich ein neues Opfer suchte, um Blut zu trinken, und damit doch nichts verhindern konnte … »Ave Maria, Heilige Muttergottes – beschütze uns – beschütze uns, beschütze uns, hab Mitleid …« Nur stoßweise brachte ich die Worte hervor – was vermochte ein Gebet gegen so viel Grausamkeit? Weinen, Stöhnen und Schreie der Sterbenden, normannische Stimmen klangen da nicht anders als angelsächsische, und alle waren sie im Angesicht des Todes einsam und von Gott verlassen. Schluchzend betete ich weiter und drückte die Kinder noch enger an mich.

Godric stürzte auf den Torfstapel zu, die Hand nach mir ausgestreckt. »Lady Alienor, Alien …« Schaumiges Blut sprudelte aus seinem Mund, er versuchte noch, sich hochzurappeln, klammerte sich an den Torfstücken fest. Der Haufen bröckelte, rutschte unter ihm weg, und dann schlug ein dicker Schwertknauf ihm von oben ein Loch in den Schädel. Mit weit aufgerissenen Augen sackte er auf dem Stapel zusammen, während ein Blutstrom sein graues Haar rot färbte. Seine Hand erschlaffte. Das Schwert flog erneut, auf der Suche nach Opfern, und wir duckten uns tiefer hinter dem Stapel. Wie durch ein Wunder – vielleicht durch Torfridas Schutz – entdeckte der Mann uns unter dem schmutzigen Mantel nicht. Stattdessen drehte er sich um und stürzte sich brüllend auf die wenigen übrig gebliebenen Kämpfer, die um den Feuerplatz zusammengetrieben wurden und sich erbittert gegen die Übermacht zur Wehr setzten.

Mein Herz war ein Grab. Entsetzen zog mich zu Boden und machte mich gleichzeitig gefühllos und taub für die Schreie der Sterbenden und für Thors rasenden Groll. Es war so unwirklich. Wie ein böser Traum, wie damals in Uppsala, als die Welt in Feuer aufging und meine Familie verschlang. Die Welt brannte wieder, und wieder schickte das Feuer sich an, alles zu verschlingen, vor meinen Augen … Es war gut, nichts zu spüren, ich hätte sonst nicht weitermachen oder auch nur denken können. Snædís weinte. Ljómi gab wie immer keinen Laut von sich, doch ihre Augen spiegelten, was auf der Lichtung vor sich ging. Nie würde sie vergessen …

Ein heldenhafter Kampf war das Letzte, was diesen Männern blieb, ein Tod mit der Waffe in der Hand, ein letzter Rest Ehre vor den Augen der anderen Vogelfreien, ein Tod wie aus den alten Liedern, wo das Abschlachten Tage dauerte und die Helden so tapfer starben wie Götter, weil sie wussten, dass man darüber Lieder singen würde.

Hier dauerte es keine Tage. Hier ging es schnell, und es würde keine Lieder darüber geben. Hogor sank röchelnd dahin, Ælfric starb mit einem Speer in der Brust. Es roch nach verbranntem Fleisch, als sein Körper ins Feuer fiel. Niemand war da, um ihn herauszuziehen, um ihm einen weniger schmerzvollen Tod zu schenken. Erik kämpfte für zehn inmitten der immer kleiner werdenden Gruppe entrechteter Thegns gegen das unausweichliche Ende. Mein Blick hing an ihm, fassungslos, hilflos, ohnmächtig, ich verfolgte jeden seiner Schwertstreiche, trank von seiner nie erlahmenden Kraft und gab ihm von meinem Zorn dazu, und ich merkte kaum, wie ich mich aufrichtete, mit den Knien die Kinder gegen den Stapel drückend und gleichzeitig für mich jede Deckung fallen lassend. Wenn sterben, dann jetzt, mit ihm zusammen. Nimm mich mit, deinen Tod mit anzusehen überlebe ich nicht …

»Sachsendirne, verdammte!«, brüllte da ein Normanne im Blutrausch und stürzte von der Seite auf mich zu, das Schwert hoch erhoben, gierig nach meinem Leben – viele waren ja nicht mehr übrig, da nahm er auch eine Frau. Ich sah ihn auf mich zurennen, blind, taub, nur mein Schrei gellte durch die Luft, der Normanne grinste frech und freute sich, doch tat er das zu früh –

»Rühr die Frau nicht an«, donnerte der Yngling. Mit einer letzten, mächtigen Drehung hielt er sich die Gegner vom Leib, schlitzte gleich zweien, die ihm zu nahe kamen, den Bauch auf und verletzte einen Dritten. Und dann verließ das Yngling-schwert seine Hand, um mein Leben zu retten. Es drehte sich wie der Hammer des Thor in der Luft, flog atemberaubend schnell, bluttriefend und rasend auf den Normannen und mich zu, eine todbringende, pfeifende Zauberklinge, die den Kopf des Soldaten abmähte und mit sich in den Torfstapel riss, wo sie zwischen die Torfstücke glitt und sich auf wundersame Weise kurz vor meinen Kindern an Godrics Leiche verhakte. Flüchtig streifte ein feiner Hauch mein Gesicht, strich über die Kinderköpfe, beruhigte heftig schlagende Herzen. Ich sank auf die Knie, flüsterte: »Danke …« an all jene, die mich nicht im Stich ließen, und an Godric, Gott sei seiner Seele gnädig.

Erik hingegen überließ nichts dem Zufall. Das Messer des Dänenkönigs flog zielsicher hinterher und bohrte sich tief in den

Rücken des Toten, dessen Waffe knapp neben mir in den Erdboden niedergesaust war.

»Halt! Haltet ein!« Die Waffen sanken, auch die, die Erik von vier Seiten gefangen hielten – ein seltsamer Rest von Anstand einem wehrlosen Krieger gegenüber. Vielleicht hätten sie ihn doch noch erstochen, wäre nicht Ivo de Taillebois aus dem Gebüsch getreten. Ivo. Ich nahm alle Kraft zusammen, um aufzustehen, um diesem Mann aufrecht gegenübertreten zu können. Ivo, der Jäger, der seine Meute nun zusammenpfiff.

»Soooo, Erik von Uppsala. Hier sehen wir uns also wieder.« Interessiert wanderte sein Blick über den Gegner. »Ihr seht ein wenig… heruntergekommen aus, Erik von Uppsala. Der Mantel des Königs stand Euch besser.«

»Meine Kleider suche ich mir jetzt selber aus.«

»Ich fürchte, selbst das wird Euch nun nicht mehr vergönnt sein. Um es abzukürzen, sage ich Euch, wie es ist: Ihr könnt hier nun kämpfen bis zum Tod, oder Ihr könnt Euch ergeben.« Ivo lächelte grimmig und schob seine Kettenkapuze vom Kopf.

»Das Ergebnis wird dasselbe sein, vermute ich«, knurrte Erik.

»Was unterstellt Ihr mir da!«, rief der Normanne empört.

»Euer Ruf eilt Euch voran, *mon seignur* de Taillebois«, sagte Erik geringschätzig, »der Ruf, dass Ihr auch die Nackten auszieht, wenn es Euch in den Sinn kommt.«

Ivos Augen wurden schmal. »Da überschätzt Ihr mich. Ich fasse nicht alles an, Yngling. Heiden zum Beispiel – die lasse ich anfassen.«

Ein Mann lachte. Und dann trat – das Herz blieb mir stehen – Cedric, der Spielmann auf die Lichtung. Cedric. Cedric, der Spaßige, der mit den wundervollen Liedern und den bunten Geschichten, der Kinderliebe, der zu allen Menschen Freundliche, der verlässliche Führer… und der mit einem Mal so Geldgierige, der Verräter, der Untreue, Cedric, der sich so feige mit dem großzügigen Lohn davongeschlichen hatte. Der Æthelstan und mich bis in den Sumpf verfolgte und mein Pferd genarrt hatte. Der mein Vertrauen missbraucht und uns ganz offenbar für dreißig Silberlinge an den rachsüchtigen Vetter des Königs verraten hatte! Wie hatte er das wagen können – ausgerechnet an diesen Mann?

Unbezähmbare Wut kochte in mir hoch, die ganze Verzweiflung eines Lebens vor seinem Ende, und diese Wut gab mir die Kraft, das Dänenmesser aus dem Rücken des Toten neben mir herauszuziehen. Blut tropfte auf mein Kleid. Der Messergriff war heiß und lüstern und kitzelte mich, ihn zu benutzen, mir jetzt Genugtuung zu holen –

Cedrics Blick glitt befriedigt über das Durcheinander, das sein neuer Herr hatte anrichten lassen. Seine schmale Hand strich den Umhang aus feiner Wolle glatt, sicher ein Geschenk für bedingungslose Treue. Auch die neuen Schuhe glänzten in sattem Rot, und sein Bündel schien wohl gefüllt mit Proviant. Dann sah er mich. Sein Blick wurde starr. Abrupt wendete er sich ab, dem Herrn de Taillebois zu, der sich mit gezogenem Schwert vor Erik postiert hatte.

»Ihr habt Euch da eine flinkzüngige Hilfe angeschafft, *mon seignur*«, knurrte Erik finster.

Ivo grinste sardonisch. »Ja, er war recht… erbötig. Für eine Kiste Gold würde mancher seine eigene Mutter an den Henker ausliefern…«

»Fühlt Euch nicht zu sicher, denn für zwei Kisten Gold würde er auch Euch ausliefern.«

»Mich, mein Lieber, liefert niemand aus. Das ist der Unterschied zwischen uns beiden.« Ivos Stimme ätzte vor Gehässigkeit, und sein Blick war stahlhart. Cedric wusste nicht, wo er hinschauen sollte, und spielte an seinem Bündel herum. Ob sich die Kiste Gold darin befand?

»Du – du elender Verräter!« Mir lief die Galle über. »Du gottloser, ehrloser Verräter, Gewürm, verfluchtes, du…«

»Ihr sprecht immer noch wie das gemeine Volk, *ma dame*.« Ivo drehte den Kopf. »Wie könnt Ihr da erwarten, dass man Euch wie eine Dame des Hochadels behandelt?« Seine Arroganz schmeckte bitter, und zitternd hob ich den Dolch, aber ach, nichts als eine hilflose Geste angesichts der schwerbewaffneten Männer ringsum.

»Wie ich sehe, habt Ihr Euch auch meines Kettenhemdes entledigt.« Sein Blick glitt schamlos an mir herab, schob ungeniert das faserige Kleid beiseite und befühlte, was darunter war.

»Fragt den Humbre, der kann Euch da weiterhelfen«, sagte ich heiser und reckte mich diesem ungehörigen Blick trotzig entgegen. »Ich nahm nicht an, Euch so rasch wiederzusehen.«

»Nun, Ihr solltet mich langsam besser kennen. Der Humbre – so, so. Was für eine eigenartige Weise, meine Großzügigkeit zu vergelten, *ma dame*«, erwiderte er eisig.

»Hört auf, Zwietracht zu säen, *mon seignur*, sagt lieber, was Ihr nun vorhabt.« Eriks Stimme klang so müde, dass mir Tränen über das Gesicht rannen. Das Bärenfell war verschwunden, der Berserker erschöpft zusammengesunken. Es war vorbei. »Tut, was Euch beliebt, aber lasst meine Familie gehen. Sie hat nichts damit zu tun.« Damit hielt er seine Hände hin, und ein Normanne trat vor, um sie mit einem Lederband zu fesseln. Tunbeorht neben ihm banden sie auch die Hände zusammen, Rapenald hockte auf dem Boden und wurde mit einem Seil gefesselt.

Der Tod ging über die Lichtung, setzte leise einen Fuß vor den anderen, beugte sich über Sterbende und hielt Ernte. Entsetzt drückte ich die Hand gegen den Mund, um nicht laut aufzuschreien. Er sah erstaunt hoch. *Lass mich meine Arbeit tun.* Ein Soldat sammelte die Waffen ein. Der Tod strich ihm über die Stirn. *Zu früh, noch zu früh. Aber bald.* Ich klammerte die Hand um den Dolchgriff und schluckte den Kloß im Hals herunter. Dann ging er auf Erik zu – ich streckte schon die Hand nach ihm aus, da machte Erik eine heftige Bewegung zur Seite, weil ein Soldat ihn gerempelt hatte. Und der Tod stolperte zurück.

»Verschwinde«, zischte ich. Er sah hoch. Sein Blick traf mein Innerstes. *Lass mich meine Arbeit tun.* »Nicht ihn«, murmelte ich. »Nicht ihn. Da musst du erst mich holen. Nicht ihn.« Er warf mir einen langen Blick zu. *Du willst mir in die Quere kommen?*

Hinter mir gab es ein Geräusch. Verstohlen drehte ich den Kopf. Und ich sah, wie meine Tochter Snædís das Schwert ihres Vaters sachte und sehr langsam von dem Torfstapel zog. Ihr Gesicht war ganz rot vor Anstrengung, aber ich hörte keinen Ton von ihr. Die Spitze der schweren Waffe kippte langsam herab, und zu zweit zogen sie auch den Griff vom Stapel und ließen das Schwert vorsichtig unter herabgefallenen Torfstücken und dem alten Mantel verschwinden.

»*Ma dame* Alienor, ich bin kein Unmensch«, näselte Ivo sich in mein Bewusstsein, und ich wandte mich ihm zu. Der Tod war weitergegangen. »Selbstverständlich dürft Ihr gehen, wohin es Euch beliebt. Wir führen keinen Krieg gegen Frauen, das solltet Ihr wohl wissen.« Ich biss mir auf die Lippen. Gott würde ihn dereinst strafen für seine Lüge, die er hier grinsend vortrug. Einer seiner Schergen leckte sich denn auch lüstern die Lippen und fuhrwerkte an seinem zu eng werdenden Kettenhemd herum – Krieg nannten sie so etwas nicht, vielleicht hielten sie es für Spaß. Doch dieser würde seinen Schwanz heute stecken lassen müssen, denn Ivo gab das Zeichen zum Aufbruch, ohne sich weiter um mich zu kümmern. Seine Männer zerlegten und plünderten daraufhin das Lager. Wenn sie auch behaupteten, keine Waffe gegen Frauen zu erheben und auch nicht jede mit Gewalt zu nehmen, so führten sie trotzdem Krieg, indem sie einfach nichts zum Leben übrig ließen …

Zwei von ihnen packten die Gefangenen. Tunbeorht und Rapenald wehrten sich heftig, und es setzte Schläge. Den Yngling traten sie lediglich gegen die Knie. »Erik!« Ich stürzte mit dem nächsten Schritt zu Boden, die Beine knickten mir weg – er wollte ihn einfach mitnehmen. »Erik …«

»*Mon seignur*, ich bitte Euch bei Eurer Ehre als … als« – Erik presste die Lippen aufeinander –, »als Vetter des Königs. Lasst meine Frau noch einmal zu mir.«

Ivo hob die Brauen. »Soll sie herkommen«, meinte er abschätzig. »Kommt, *ma dame*, und nehmt Abschied von einem bereits toten Mann. In diesem Leben werdet Ihr ihn nicht wiedersehen.«

Ich sah, wie alle Farbe aus Eriks Gesicht wich. Ahnte der Normanne, dass dies einem Fluch gleichkam? Fast war ich mir sicher, dass er es wusste. Man nannte nicht den Tod eines anderen beim Namen, niemals tat man das, sie nannten es *herfjotur* im Norden, ein schrecklicher Fluch, der dem Verfluchten die

Glieder erlahmen ließ. *Herfjotur* war beinahe schlimmer als der Tod. Es gelang Erik trotzdem, den Schock zu überspielen, die Glieder erlahmten stattdessen mir. Die Blässe in seinem Gesicht jedoch blieb, und auch der Tod hatte wieder interessiert den Kopf gehoben.

»*Mon seignur*, ich bitte außerdem darum, dass man mich zum König bringt.«

Ivo lachte. »Euch ist wohl nicht klar, in welcher Lage Ihr Euch befindet?«

»Da irrt Ihr Euch. Ich möchte jedoch, dass der König über mein Schicksal befindet. Nicht Ihr. Ich habe den König verärgert. Nicht Euch.« Ein Rest von Würde ging bei diesen Worten von ihm aus.

Ivo verzog das Gesicht, als hätte er in eine Zwiebel gebissen. »Dankt Euren Heidengöttern, dass Ihr noch am Leben seid, Erik von Uppsala. Auf alle anderen Wünsche habt Ihr das Recht verwirkt.«

»Ich werde Euch dennoch immer wieder darum bitten, *mon seignur*.«

»Tut das, wenn Ihr Euren Atem dafür verschwenden wollt. Bald jedoch sollte Euch Euer Atem recht knapp werden, dann werdet Ihr ihn für andere Dinge brauchen. Jetzt erlaube ich Euch, Euer Weib zu verabschieden. Ich bin ja kein Unmensch.« Er lachte hässlich und wandte sich ab, ohne Eriks Bitte weiter zu beachten.

Meine Wut hatte sich in Luft aufgelöst; an ihre Stelle war eine schreckliche Schwäche getreten. Wo war die Kraft, wo mein Mut? Verpufft unter der Arroganz und Gewalt, die Ivo nur mit seinen Worten verbreitete. Schritt für Schritt näherte ich mich den beiden, voll Angst, dass er es sich wieder anders überlegte und mich wegschickte. Irgendwo hustete Cedric vor sich hin, und auch den Fäkalgeruch seines ungewaschenen Hinterns erkannte ich wieder. Der Lärm der räumenden Normannen tat mir in den Ohren weh, und die Welt um mich herum war gestochen scharf und aufdringlich.

»Das Feuer austreten, los los, beeilt euch, ihr schlaft ja im Gehen! Waffen einsammeln, die Pferde –« Ivo trieb seine Männer an. Der Überfall war beendet, Gefangene waren gemacht, Ivo war Herr der Lage, hielt die Fäden in der Hand.

Als ich endlich vor Erik stand, war es, als hätte mir jemand den Brustkorb geöffnet. Die Rippen auseinander gebogen. Das Herz lag frei und schutzlos, hilflos. *Adhaesit pavimento anima mea.* Längst vergessene Psalmworte warfen ihr Echo. *Adhaesit pavimento anima mea.* Ich wollte schreien, trampeln, mich gegen alles wehren – ich konnte nicht. Der Schmerz war überwältigend, jetzt, wo ich bei ihm stand, ihn mit allen Sinnen erlebte. Intensiv studierte ich seine Züge, den Schwung seiner Brauen, die tief liegenden, selbst in der Niederlage noch strahlend blauen Augen, das energische, bartlose Kinn, die Lippen, und zwischen den Fetzen seiner zerrissenen Kleidung Blut, überall Blut aus den Wunden, die sie ihm hatten zufügen können…

Wir standen voreinander, und unser Leben lief vor meinen Augen noch einmal ab. Da war der nackte Sklave mit den Lederfesseln, mein Reitknecht. Der Mann, für den ich alles aufs Spiel gesetzt hatte, mit dem ich, unziemlich und meine Ehre vergessend, Nächte am Feuer verbracht hatte, Nächte voller unzüchtiger Gedanken und Träume und unerwiderter Blicke, die ihn dennoch ins Mark getroffen und in Brand gesetzt hatten. Mein Sklave, der in Wahrheit ein Königssohn war, beinahe sterbend in Schmutz und Elend, doch ich hatte nicht zugelassen, dass er starb, hatte alles darangesetzt, sein Leben zu retten, hatte es für mein Seelenheil getan und eigentlich für mich selber – mein goldener, schöner Prinz, stolz und unbeugsam war er stets gewesen, königlicher als ein König und doch vom Schicksal dazu verflucht, niemals eine Krone tragen zu dürfen. Hand in Hand waren wir geflohen, erst vom Hof meines Vaters, dann aus dem Land seiner Väter. Ich hatte nicht von ihm lassen können, keinen Tag meines Lebens, war stets an seiner Seite gewesen, seiner Liebe gewiss, obwohl es immer wieder Flucht geheißen hatte… Friede war uns nicht vergönnt.

Tränen liefen mir über das Gesicht. Er hob die gefesselten Hände, um sie abzuwischen. Ein Soldat schlug ihn auf den Arm.

Blut rann durch den zerfetzten Lederärmel. Friede war uns nicht vergönnt. Nichts war uns vergönnt, nicht einmal ein ungestörter Abschied. Irgendwo hinter mir raunte der Tod: *Lass mich meine Arbeit machen.*

»Nein«, hauchte ich, »nimm mich…«

Die Zeit hielt den Atem an, obwohl ringsum Aufbruchstreiben begonnen hatte. Wir standen voreinander, ohne zu wissen, wie man Abschied nimmt. Die Zeit zupfte schließlich an mir, sie verwirrte meinen Geist mit ihrer Drängelei, und so hob ich das Messer des Dänenkönigs, das ich nicht losgelassen hatte, und packte den Griff so, dass die Klinge auf mich selber zeigte. Die Zeit drängte ungeduldig auf Taten. Pferde schnaubten, stampften, wollten fort aus dem Sumpf, wo die abendlichen Mücken sich zum Angriff sammelten. Viel Zeit blieb nicht mehr. Nichts war uns vergönnt. Dunkelheit schwebte heran, umschloss mein Herz. Es wurde kalt. Alle Kraft verließ mich.

Ich konnte nicht ohne ihn – konnte nicht – konnte nicht – nicht… *Ich liebe dich*. Eriks Augen wurden schmal.

»Elskugi«, flüsterte er, *»hví er vi sva illa leikinn…«*

Das Messer suchte seinen Weg durch die Verschnürungen. Lederbänder fielen. Ich konnte nicht ohne ihn. Leder. Scharf war das Messer. Oberkleid. Konnte nicht. Unterkleid. Die Klinge zitterte, ich konnte sie kaum ruhig halten. Eriks Amulett postierte sich wie ein Schutzschild vor meine Brust.

»Liebling…« Seine Stimme erstarb, er starrte entsetzt auf mein Tun, und meine Tränen liefen einfach weiter, während ich ihm in die Augen sah. Konnte nicht ohne ihn. »Liebling, besinne dich…« Worte in meiner Muttersprache. Noch nie hatte er mich so genannt. »Liebling…, meine Schöne…« Ich zuckte zusammen. Die Finger am Messergriff bebten im Krampf. Wieder versuchte er, sich zu bewegen, wieder hieb der Soldat ihm auf den Arm. Die Runenplatte wich nicht vor dem Messer.

»Ma dame.« Ivo hatte mein Messer entdeckt, machte einen erschreckten Satz auf mich zu. *»Ma dame*, lasst ab, Ihr versündigt Euch.« Er zählte nicht. Erik hob die gefesselten Hände, und der Normanne zog sich zurück.

Mit Blicken hielten wir uns aneinander fest. Niemals loslassen, in diesem Leben nicht, im Tod nicht, über den Tod hinaus nicht. Die trotzige Runenplatte weigerte sich zu weichen. »Liebling, *ástin mín…*« Es war mehr als eine Bitte. Seine Augen machten mich schwindeln, blaue Räder, die sich drehten, blau wie blühender Flachs, Erinnerung, ein Ziehen in der Brust, streichelnde Blicke, frohe Erwartung, süßer Schmerz, sein Blick auf meiner Haut, stets und von Beginn an mehr als ein Blick, zärtliche Berührung durch seine Augen, süße Erinnerung, sein Lächeln, strahlend wie die Sonne. *Ich liebe dich.* Bittersüße Erinnerung an die Zeit, die wir hatten und die mir keiner nehmen konnte, wunderbare Erinnerung – sie gab mir die Kraft zurück.

Das Zittern verließ mich. Das Messer kroch noch höher, und anstatt mir selbst ein sündiges Ende zu bereiten, säbelte ich langsam, Strähne für Strähne meine geflochtenen Zöpfe ab. Erst den einen, dann den anderen, dicke haselnussbraune Flechten, die sich am Ende schelmisch kringelten. Nach jenem Gottesurteil, für das man mich geschoren hatte, und den Nachtstunden, wo er mir seine Liebe gestanden hatte, waren sie neu gewachsen. Sie gehörten ja ihm, jedes einzelne Haar war aus Herzblut entstanden und mit Liebe gesegnet und damit sein für immer. Ich legte sie in seine gefesselten Hände – das Kostbarste, was ich besaß. *Ich liebe dich.*

»Wie klug von Euch, dass Ihr Euch selber zur Büßerin macht, *ma dame*«, bemerkte Ivo im Vorbeigehen bissig, »dann braucht Seine Eminenz, der Bischof, seine Zeit damit nicht zu verschwenden. Obwohl Ihr mit Euren Hexereien sicher ein gefundenes Fressen für ihn wärt!« Der Soldat, der bei uns stand, lachte hämisch.

»Niemand rührt sie an!«, donnerte Erik da und stellte sich schützend vor mich. Ivo schlug ihn nicht dafür, und mein Messer, das ich rasch in der Rocktasche hatte verschwinden lassen, kassierte er auch nicht ein. Ein Zeichen, dass er Erik doch als Edelmann in Haft nahm? Ihm erlauben würde, sich dem König zu Füßen zu werfen? Dass alles gut werden würde? Ich schöpfte ein wenig Mut…

Erik hatte die Zöpfe hastig in sein Hemd geschoben, bevor es jemandem in den Sinn kommen konnte, sie ihm wegzunehmen. Verzweifelt suchte er nach Worten für mich; sein Atem ging stoßweise vor Anspannung. Er stand so nah bei mir, dass ich jeden Atemzug spürte – die Zeit lief uns ja weg, ein Soldat hatte schon Pferde bereitgestellt. Das Lager war geplündert, jedes Ding von Wert eingesammelt. Gleich würden sie ihn holen. Gleich, in wenigen Momenten war es vorbei. Wie verabschiedet man sich für immer, mit welchen Worten sagt man Lebewohl, obwohl man nicht will?

»Lieder kenn ich, *ástin mín*«, begann er leise, und wieder stiegen mir Tränen in die Augen, denn dieses alte Zauberlied gehörte uns wie nichts anderes auf der Welt.

»›Lieder kenn ich‹ – mein Liebling –,
›die kann die Königin nicht.
Und keines Menschen Kind. –‹
Und eins weiß ich … ›wenn der Feind mir schlägt
In Bande die Bogen der Glieder,
Sobald ich es singe, so bin ich ledig,
Von den Füßen fällt mir die Fessel,
Der Haft von den Händen.‹«

Mit den uralten Worten war Ruhe über mich gekommen. Es war, als wirkte die Formel des Zauberliedes immer noch, stark und stützend, als kleidete sie uns in eine unsichtbare Rüstung, die alle Unbillen von uns fern halten würde. Ich legte meine Hände auf seine gefesselten Hände, und niemand hinderte mich.

»Ich weiß eins – ›soll ich ein Degenkind
Mit Wasser weihen,
So mag er nicht fallen im Volksgefecht,
Kein Schwert mag ihn versehren.‹«

Und ich segnete ihn, küsste seine Hände, seinen Mund und seine Stirn, flüsterte Worte des Paternoster und legte ihm schließlich das Band mit dem Anhänger der Moorfrau um den Hals. *Er wollte ans Licht*, hatte der Köhler damals gesagt. Nun mochte er ihn ans Licht führen mit Gottes Hilfe.

»Gott schütze dich«, flüsterte ich, »Gott schütze dich, mein stolzer, schöner Mann. Nimm mein Herz mit…«

»Ich liebe dich, bis zum letzten Atemzug, *drottning mín*…«

»Was werden sie mit dir tun?« Ich brachte die Frage kaum hervor, meine Lippen hatten plötzlich wieder ein Eigenleben begonnen und zitterten. Angst schnürte mir die Kehle zu, und ich tastete nach seinen Händen, die sich fest – untrennbar – um meine schlossen.

»Ich weiß es nicht, *elskugi*«, flüsterte er zurück, »aber ich möchte, dass sie mich vor den König bringen. Guilleaume muss mich anhören, Alienor.« Hastig sah er sich um. Die Zeit lief uns weg. »Alienor, geh zu Lionel, hörst du? Er hat mir gesagt, dass er dich aufnimmt, wenn mir etwas zustößt. Nimm die Kinder, und geh zu ihm. Versprich mir das.« Ich nickte bebend. Wenn mir etwas zustößt. Unsere Finger klammerten sich aneinander, mehr wagten wir nicht vor seinen Häschern, als diesen verstohlenen Abschied. Es war ja schon viel, denn Ivo hätte es auch ganz verbieten können. Und gleich war es vorüber, die Pferde warteten, mit Plündergut beladen, die normannischen Leichen am Sattel festgebunden…

»Wo bringen sie dich hin?«

»Mein Lieb, sei stark, ich will es auch sein«, unterbrach Erik mich. »Und mein letzter Gedanke wird allein dir gelten, Licht meines Lebens – mein letzter Gedanke, mein letzter Atemzug …« Seine Stimme bekam etwas Drängendes. Ivo näherte sich uns. Es war so weit.

»›So mag er nicht fallen im Volksgefechte‹«, flüsterte ich hastig. »›Kein Schwert mag ihn versehren. Kein Schwert mag ihn versehren!‹« Und es war mir gleich, was Ivo sagte, ich stellte mich auf die Zehenspitzen und legte die Arme um meinen Mann, umfasste seinen goldenen Schopf und küsste ihn mit aller Bewusstheit und Zärtlichkeit, die ich in mir hatte, auf den Mund. Die Zeit der Worte war vorüber. Er bebte, als ich mich von ihm löste. *Ich liebe dich.*

Dann brachten sie ihn zusammen mit den anderen Gefangenen weg. Rapenald und Tunbeorht wehrten sich immer wieder gegen zu feste Stricke und Soldatentritte, doch Erik schien nichts davon zu spüren und blieb ruhig und gefasst. Und als er an Ivos Pferd festgebunden war, hinter dem er würde herlaufen müssen, und sich ein letztes Mal nach mir umdrehte, zerriss ein schriller Kinderschrei die regennasse Luft. Ich fuhr herum, verschenkte den kostbaren letzten Blick und sah, dass Ljómi, meine stumme Ljómi, auf den Torfstapel geklettert war und dass sie neben den beiden blutüberströmten Toten stand und schrie – wie damals, als Lulach in Stücke gehackt worden war, schrie sie ihr blankes Entsetzen in die Welt hinaus. Als ihr die Luft ausging, blieb sie keuchend stehen und starrte ihn an, als wäre alles ein böser Traum. Erik lächelte traurig. Dann hob er die gefesselten Hände. Er drückte einen Kuss hinein, richtete seine Hände auf die Mädchen und blies ihnen den Kuss liebevoll zu, wie er es viele, viele Male für uns getan hatte. Snædís hob die Hand zum Abschied. »Papa«, sagte sie leise.

Das Pferd trabte an, zog den Gefangenen unsanft mit sich. Niemand sah sich mehr nach mir um, weder Ivo noch sein schleimiger, gottverfluchter, geldgieriger singender Wegweiser, der sich ungelenk auf einen Gaul gehangelt hatte, noch einer der normannischen Mordgesellen …

Als es Abend wurde, stand ich immer noch am selben Fleck und sah dem Tross hinterher, obwohl der schon lange, sehr lange hinter den Hecken im Sumpf verschwunden war. Ich sah immer noch die Pferde, hörte die vorsichtigen Tritte der Gefangenen, die die Tücken des Moores kannten, und hörte das Gefluche der Reiter, wenn es nicht schnell genug ging. Und ich hörte auch das Glucksen des ewig hungrigen Sumpfes der jeden beim ersten falschen Tritt in die Tiefe reißen würde, ich hörte den Schrei des ertrinkenden Normannen, der den Sumpf nicht ernst genommen hatte, und spürte das Wasser, welches das versinkende Pferd mit den Hufen verzweifelt aufwirbelte …

Ljómi hatte nach der Abreise der Normannen wieder einen

Krampfanfall gehabt. Ich hatte sie zärtlich gewiegt, bis er vorüber war, und sie dann in meinen alten Mantel unter den Baum gelegt, um auf meinen Platz zurückzukehren und mir einzubilden, ich könnte noch etwas in der Ferne erkennen. »So mag er nicht fallen im Volksgefechte, kein Schwert mag ihn versehren...« Wie ein magisches Gebet kreisten die Worte durch mein Denken. »Kein Schwert mag ihn versehren...« Langsam waren die Worte dann leiser geworden.

Náttfari hockte zu meinen Füßen und pickte in einem Pferdekothaufen herum. Was sollte er auch anderes tun, jetzt, wo alles vorbei war?

Stoff raschelte. Ich drehte den Kopf. Torfrida huschte über den Platz. Gehüllt in eines ihrer feinen Linnenkleider, ging sie von Mann zu Mann, egal ob Angelsachse oder Normanne, denn im Tod sind alle gleich. Sie sprach Gebete, segnete und tröstete Sterbende und schloss die Lider der Toten. Es gab keinen Priester, der das hätte übernehmen können. Vater Hugo befand sich auch unter den Toten.

Der Tod wehte über die Lichtung und bedeutete ihr zu gehen. Kleider raschelten, dann stand sie hinter mir. Ihre Hand streifte mich.

»Komm.«

»Wo warst du?«, brachte ich mühsam heraus.

»Ganz nah bei deinen Kindern und deinen Pferden«, sagte sie ebenso leise. »Niemand durfte sie anrühren.« Ich drehte den Kopf und sah sie an. Der Zauber, den sie im Verborgenen gewirkt hatte, war immer noch präsent, umgab sie mit vibrierender Macht – niemand wäre an ihr vorbeigekommen, ganz gleich, wie scharf die Waffe auch gewesen wäre. Sie hatte zwar Ljómi nicht vor dem Anfall schützen können, aber vor normannischen Messern oder perversen Männergelüsten, die im Krieg nicht einmal vor Kindern Halt machten. Jetzt verstand ich auch, welch starke Kräfte Herewards Weib bei der Belagerung von Elyg auf der Klostermauer hatte walten lassen...

»Komm«, sagte sie wieder, und ich folgte ihr – was sollte ich auch anderes tun, jetzt, wo alles vorbei war?

An dem Ort, wo wir Lichtmess gefeiert hatten, war Torfridas neuer Lagerplatz, weit weg von den Toten und dem furchtbaren Durcheinander. Nicht einmal der Brandgeruch drang bis hier, weil sich die Zweige der Bäume noch enger verschlungen hatten und nichts davon hindurchließen. Das Flüsschen plätscherte unschuldig dahin, silberne Forellen schimmerten im Wasser, und ein leiser Wind trocknete die feuchte Erde. Der Regen hatte sich verzogen, als wollte er nicht weiter stören, und schickte die Abendsonne vorbei, damit sie zumindest unsere Gesichter wärmte. Die Kinder hockten in warme Decken gehüllt am Feuer und knabberten frisch gebackene Brote mit Trockenfisch, beide stumm und großäugig, aber unverletzt. Es roch nach Baldrian, und aus der Kanne duftete ein Aufguss aus Verbene, von dem Torfrida mir sogleich etwas eingoss. »Das wird dir Ruhe ins Herz bringen«, flüsterte sie. »Verbene macht dich innerlich langsam, damit du zu dir selber findest. Trink.« Gehorsam schluckte ich, und mit jedem Schluck des Zauberkrauts kam wirklich Ruhe über mich. Ich roch das Feuer und das frische Brot. Ich verspürte leisen Hunger. Ich war müde. Sehr, sehr müde.

Torfrida räucherte von den Teekräutern und Salbei und Myrrhe. Der Nebel vor meinen Augen klarte auf. Kári und Sindri grasten friedlich neben Herewards Schimmelstute. Sie bewiesen, wie stark der Zauber gewesen war: Keiner der Normannen hatte das edle Streitross des Ynglings mitnehmen können. Der Zauber hing über dem Platz, hell und fein wie ein Schleier gewoben und gleichzeitig immer noch stark genug, einen Schwertstreich abzuwehren, sollte sich jemand zurückverirren.

Er war auch langlebig, er hielt bald eine ganze Woche vor und bewahrte uns davor, den Verstand zu verlieren, als wir uns daranmachten, die Toten im Moor zu begraben. Keiner der entrechteten Thegns hatte es verdient, von den Krähen verspeist zu werden, und Torfrida tat es als letzten Liebesbeweis für ihren Mann, dem sie alle so treu gedient hatten.

Wir sprachen nicht viel, wir gruben mit Leibeskräften und beteten für die Toten. Zwischendurch aßen wir, was bei der Plünderung übrig geblieben war oder was die Göttin, für die

Torfrida ein eigenes Feuer unterhielt, uns vor die Füße legte. Ihre Gegenwart war mir fremd, ich kannte nicht einmal ihren Namen, doch Angst machte sie mir keine, so wenig, wie es damals die Götter des Nordens getan hatten. Sie war einfach da, und manchmal tat sie Gutes. Und irgendwie gab sie uns die Kraft, das grausige Geschäft zu Ende zu bringen. Es war wie ein Kreuzweg, den wir da gingen; die Trauer hockte auf unseren Schultern und versuchte, uns in den Schlamm zu drücken. Doch wir stützten uns gegenseitig, tranken viel vom Tee der Verbene und schafften es so zumindest, die weinenden Kinder zu trösten und dem Morgen lächelnd zu begegnen. Wir badeten nach der Arbeit im Fluss und ölten uns ein mit den Essenzen, die sie so gut herzustellen wusste, und der Duft von Baldrian und Elfenblatt war auf meinem Nachtlager bei mir und schenkte mir tatsächlich Frieden. Torfrida wachte über meinen Schlaf wie eine Mutter über ihren Säugling. »Du schläfst zu wenig, Alienor von Uppsala. Schlaf heilt die Seele. Gib mir deine Sorgen und Ängste« – sie hielt die Hände auf –, »und schlaf ein …« Und in ihrer heilsamen Gegenwart schaffte ich es sogar irgendwann, eine ganze Nacht durchzuschlafen. In meinen Träumen schwebte ich wieder am Himmel entlang, und eine verschleierte Frau mit nachtschwarzen Haaren empfing mich mit gütigem Lächeln an einem Webstuhl, zeigte auf ihr Kloster unten im Moor und sagte: »Siehst du, alles wird gut. Hab Vertrauen in den Lenker aller Geschicke.« Und die Steine am Webstuhl klapperten und zogen die Knoten des Netzes fest … Ich wusste nicht, ob ich ihnen trauen konnte.

Torfrida schnitt auch mein Haar ordentlich. Es ringelte sich nun verwegen und keck hinter den Ohren, und weil wir beide fanden, dass das eigentlich unmöglich aussah, schenkte sie mir einen ihrer wundervollen Leinenschleier.

»Jetzt siehst du wieder aus wie eine Dame, Alienor.«

»Ich bin eine Dame«, sagte ich leise.

»Ich weiß«, raunte sie zurück.

Ganz kurz nur sah ich in den Wasserkübel, aus Angst, mehr sehen zu müssen, als ich wollte. Doch der Wasserkübel schwieg, er zeigte mir nichts als ein schmales, verhärmtes Frauenantlitz, in dem die breite Narbe über den Wangen beinahe unverschämt leuchtete. Puder hatte sie stets gut verbergen können, doch die Zeiten von Puder und Schminke waren lange vorbei. Geschickt schlang Torfrida die Schleierenden zu einem Knoten. »Niemand soll dich je wieder schmähen«, brummte sie. »Niemand. Diesen Schleier habe ich von der alten Königin Edith geschenkt bekommen. Ich finde, man sieht ihm an, wo er herkommt.« Ich fand, er sah aus wie alle anderen Schleier aus ihrem Kleiderbündel, vielleicht ein wenig edler. Aber das spielte keine Rolle.

Als alle Toten unter der Erde waren und wir uns von der schweren Arbeit erholt hatten, hielt uns nichts mehr auf der Insel. Ich fühlte mich blutleer und taub. Alles, was ich anfasste, musste von selber laufen, sonst warf ich es in die Ecke, unfähig, mich näher damit zu beschäftigen. Ljómis kaputter Mantel. Der Sattelgurt des Hengstes. Wie Eriks Schwert verpacken. Woher genügend Proviant für eine Reise nehmen. Ich war kribbelig und nervös, ohne zu verstehen, woher die Unruhe kam. Sie hatten mir mein Liebstes weggenommen, doch war es nicht dieselbe nackte Verzweiflung, die mich damals in Uppsala überwältigt hatte … Dies hier fühlte sich anders an. Ich lag nicht am Boden, ich hatte mich resigniert erhoben und steckte voll unordentlichem Tatendrang. Ankommen. Irgendwo ankommen. Die Kinder waren da, wollten versorgt werden – für Verzweiflung war keine Zeit. Und sie half ja auch nicht weiter. Das Einzige, was half, war weitermachen und nicht an ihn denken, doch weitermachen strengte mich unglaublich an. Trotzdem fand ich jeden Morgen die Kraft, die Augen aufzuschlagen. Mein erster Gedanke galt ihm, mein zweiter den Kindern, und dann konnte ich aufstehen.

Vielleicht hatte Gott mich an die Hand genommen, um dieses Schicksal gemeinsam mit mir zu tragen. Vielleicht hatte Er mich hier, auf der sumpfigen Insel, endlich gefunden …

Es war nicht viel Gepäck, was wir hatten. Ein paar Kleiderrollen, Decken, etwas Proviant und Eriks Schwert. Wir verteilten die Sachen auf unsere drei Pferde, die Torfrida vor den Normannen gerettet hatte – zu Pferd kam man auch im Sumpf schneller vorwärts. Die Kinder saßen hintereinander auf meinem goldfarbenen Waldpferd, still und in sich gekehrt, ohne das übliche Gezanke. Snædís hatte Schatten unter den Augen und am Hals raue Haut bekommen; sie weinte fast jede Nacht im Schlaf. Ljómi wachte morgens mit nasser Hose auf. Ich wusste nicht, was ich mit ihnen machen sollte, war ich doch selber so hilflos und schwach. Ihre Teilnahmslosigkeit beunruhigte mich fast noch mehr, als Geschrei und Tränen es getan hätten.

Ein letzter Blick umfasste die Lichtung, die nun ein gutes halbes Jahr meine Heimat gewesen war. Die alten Bäume im Herzen der Isle of Axholme, die man von weitem sehen konnte und doch nicht fand, wenn man sie suchte und den Weg durch die tückischen Sümpfe nicht kannte. Die Feuerstelle, wo wir viele Abende beieinander gesessen hatten, die alten Lieder und Geschichten gehört und gewildertes Fleisch gegessen hatten. Wo die Männer sich gegenseitig ihre Waffen gezeigt hatten und wo man als stiller Zuhörer ein Gespür dafür bekommen hatte, was diese Männer alles verloren hatten. Das prächtigste der Schwerter steckte an meinem Sattel – das hungrige Ynglingschwert, ohne seinen Träger stumm und glanzlos geworden, obwohl ich es stundenlang poliert hatte.

Die anderen Schwertträger lagen unter der weichen Erde von Axholme nebeneinander, so, wie sie im Kampf nebeneinander gestorben waren, und dürre Kreuze bezeichneten die schlichten Gräber, die wir ihnen gegraben hatten und die schon nach dem nächsten Winter kein Mensch mehr würde finden können. Vergessen würden wir sie niemals.

An der Stelle, wo ich von Erik hatte Abschied nehmen müssen, blieb ich stehen. Kári schnaubte leise, als nähme er den Geruch seines Herrn wahr. Ein vor der Zeit vom Baum gefallenes Blatt wehte über den Boden und blieb dort liegen, wo er zuletzt gestanden hatte. Es war grün, das gab mir irgendwie Hoffnung.

»Komm«, sagte Torfrida hinter mir. »Axholme möchte, dass wir gehen.«

Ich sah mich um. Der Wasserspiegel war in den letzten Tagen gestiegen, die äußeren Enden der Lichtung standen bereits unter Wasser. Das Flüsschen hatte sich entschieden, seinen Lauf zu ändern und dabei den Lagerplatz zu überfluten, und nichts würde es dabei aufhalten. Kári schüttelte seine Mähne. Ich packte den Zügel und folgte Torfrida und den Kindern.

Es war unklar, wie sie es anstellte, doch sie schaffte es, uns aus den Sümpfen herauszuführen, ohne dass unsere Füße nass wurden oder wir uns verirrten, und die merkwürdigen Dörfer im Osten von Axholme, wo die Menschen stets so unfreundlich und abweisend gewesen waren, streiften wir auch nicht. Sie führte uns mit dem Lauf der Sonne, und immer wieder sah ich jenen weißen Wolf durch die Büsche lugen, der damals bei Herewéards letztem Kampf zugegen gewesen war.

»Ist er ein Geist?«, fragte ich sie, als er an mir vorüberschlich, ohne Notiz von mir zu nehmen. Die Pferde störten sich nicht an dem Raubtier, nur Swealwe spitzte die Ohren und schnaubte ein paarmal. Torfrida schüttelte den Kopf. »Er ist kein Geist. Sein Fell ist so weich wie das eines jungen Hasen. Manche sagen, es sei der heilige Peter selber, der seine Gestalt angenommen habe. Ich weiß es nicht – aber er führte und beschützte Hereweard von dem Tag an, wo er England wieder betrat.« Und jetzt beschützte er uns. Wie eine Katze schlich er durch die Sträucher. Nie sah man ihn ganz, stets nur einen Teil von ihm, und immer wieder sah er sich nach uns um, ob wir ihm auch folgten.

Mir kam ein anderer Gedanke. Die Menschen des Nordens glaubten an einen Schutzgeist, den sie *fylgja* nannten und der ihnen in Zeiten allerhöchster Not und Lebensgefahr leibhaftig erschien. Vielleicht war der weiße Wolf solch ein Schutzgeist, der nach Hereweards Tod nun seine Hinterbliebenen schützte ... Ob nun der heilige Peter oder eine *fylgja* – ich folgte ihm gerne, und als er sich am Rande der Sümpfe ein letztes Mal umdrehte, bevor er in den Büschen verschwand, dankte ich ihm leise. Wir sahen ihn nie wieder.

Es gab keinen Grund mehr, Alchebarge zu meiden. Selbst wenn wir Ivo dort begegneten – er konnte mir nichts mehr tun. Er hatte mir bereits alles genommen, und so richtete ich mich auf, zupfte meinen Schleier zurecht und packte das Pferd energischer am Zügel. Es gab keinen Grund mehr, sich klein zu machen.

»Wo reisen wir nun hin?« Torfrida hielt meinen Arm fest. »Hast du einen Plan?«

Einen Plan. Ich studierte ihr schönes, ebenmäßiges Gesicht. Einen Plan.

Nein, den hatte ich nicht. Die letzten Tage hatte ich ja zugebracht wie in einer Luftblase – außerhalb der Blase saß die Erinnerung und wartete nur darauf, mich zu fesseln und traurig zu machen. Mutig zerstach ich also die Blase und dachte nach. Einen Plan. Ich war allein. Ich musste mir das wieder und wieder sagen. Allein. Allein, daran war nichts zu ändern. Alles, was ich besaß, waren die Pferde, ein paar Kleider, etwas Gold und Eriks kostbares Schwert. Ich war allein, es gab keine Zukunft und niemanden, der sich um mich und die Kinder scherte. Kein Heim, keine Sicherheit, keinen Schutz. Obdachlos. Elend. Das Schicksal hatte mich tatsächlich mit Cedric, dem verfluchten Spielmann, auf eine Stufe gestellt. Großer Gott …

In den Norden reisen war ja an sich schon ein Plan, wenn auch gefährlich ohne männlichen Schutz. Wir hatten es einmal geschafft, wir würden es wieder schaffen. Irgendeinen Platz musste es doch geben, wo wir unser Hab und Gut ablegen und nachdenken konnten, wie es weitergehen sollte. Von wo aus ich mich auf die Suche nach meinem Mann machen konnte. Wohin ich zurückkehren konnte …

Da gab es Hermann, der in Osbernsborg auf mich wartete. Und es gab – lächelnd sah ich sie ob dieser Entdeckung an –, es gab Frère Lionel, der auf der Insel des heiligen Cuthbert auf mich wartete und der sich um mich scherte. Ich war nicht allein.

»Lindisfarne«, sagte ich, und meine Brust fühlte sich gleich ein wenig freier an. Ich holte tief Luft. »Wir reisen nach Lindisfarne.«

Torfrida lächelte. »Also Lindisfarne.«

Das Erste, was ich in Alchebarge sah, war die Kirche.

Sie war neu gebaut, aus Stein und trug eindeutig normannische Handschrift. Steinmetze klopften noch an der Außenfassade herum, während man von drinnen schon Psalmengesang hörte. Es zog mich dort hinein – wie lange hatte ich keiner Messe mehr beiwohnen können! Torfrida ließ mich ziehen. Ihr Gott wohnte nicht in Steinhäusern.

Eine größere Gruppe war zur Kirche gekommen, die Letzten drängten sich gerade durch den Pulk von Bettlern und Aussätzigen an der Kirchentür vorbei, Münzen klapperten, monotones »Gott segne dich – Gott segne dich« klang durch das Fußgetrappel, zwischendurch auch mal ein »Verflucht!«, wenn die Spende zu klein ausfiel. Auf der Türschwelle lag ein Mann mit nackten Füßen und im Büßergewand, den man dazu verurteilt hatte, sich einen ganzen Tag lang vor die Kirchentür zu legen und Leute über sich hinwegsteigen zu lassen. Ob er Unzucht getrieben hatte? »Na, Cadmon of Witeby«, sagte da eine Frau neben mir, bevor sie einen ausladenden Schritt über seinen Rücken machte, »haben sie Euch erwischt?« Cadmon grunzte irgendetwas und drückte den Kopf in den Schmutz. Es gab keinen Weg an ihm vorbei, weswegen ich der Frau hinterherstieg. »Ein hübsches Weibchen hatte der«, flüsterte sie mir grinsend zu, »die läuft seit heute Morgen mit dem Besen um die Kirche, hihi, geschieht ihr recht, dummes Luder.« In England war man offenbar auch nicht zimperlich, wenn es galt, geheime Liebschaften zu bestrafen.

In der Kirche drängelte sich das Volk – ganz offenbar weniger um zu beten, als die Reisegruppe anzuschauen. Ich erkannte normannische Kettenhemden und Mäntel, eisenbewehrte Schuhe, und metallische Geräusche hallten auf dem nagelneuen Steinboden wider und störten den Priester, der bereits angefangen hatte und immer wieder hilflos gegen den Lärm anräusperte. Das Gemurmel unter den Männern riss nicht ab, alle hatten sie Besseres zu tun, als dem da vorne zuzuhören. Dabei war es ein Normanne – in fast allen größeren Kirchspielen hatten sie ja die angelsächsischen Priester durch Normannen ersetzt, um wieder

Zucht und Ordnung im verschluderten Hause Gottes einkehren zu lassen.

Am Seiteneingang stand ein Hocker, auf dem ich mich niederließ.

»*Qui habitat in adjutorio Altissimi, in protectione Dei coeli commorabitur, dicet Domino: Susceptor meus es tu et refugium meum, Deus meus, sperabo in eum ...*«

»Wenn du betteln willst, dann tu das gefälligst draußen vor der Tür«, zischte ein vornehm gekleideter Diener auf Normannisch und versetzte mir einen Stoß.

»He!«, blaffte ich empört auf Normannisch zurück. »Was fällt dir ein!« Köpfe drehten sich, Waffen klapperten, obwohl sie nichts in einer Kirche zu suchen hatten. Ich reckte neugierig den Hals, um zu erkennen, für wen hier die Messe gelesen wurde. Hohe Hauben und blecherne Köpfe versperrten mir den Blick, und so konzentrierte ich mich einstweilen wieder auf Weihrauch und Gesang und suchte Gott in meinen Gedanken, was nicht einfach war, weil sich immer wieder Eriks Gesicht hineindrängte. Und so dachte ich einfach an ihn – das tat weh, doch es konnte die Gedanken fesseln.

Viele Psalmen später drängte die Gruppe aus der Kirche heraus. Ich glaubte, in der Menschenmenge ein dickliches Frauengesicht wiedererkennen zu können. Sie trug die Ammenhaube und ein stattliches Doppelkinn.

»Was für ein Zufall, Euch hier zu treffen, *ma dame.*« Die heisere Stimme hinter mir weckte Erinnerungen, und ich drehte mich um. Der Mönch, der in Spallinge Lady Lucys Gemach mit Weihrauch gefüllt hatte, stand hinter mir und schaute argwöhnisch auf meine abgerissene Kleidung herab. Dazu passte, dass er den Zufall weder angenehm noch nett nannte, wie man es gemeinhin tut. »Seid Ihr auch auf dem Weg nach Norden?«

Mir kam eine Idee. »Ist *blæfdige* Lucy hier?«, fragte ich zurück.

Arrogant hob er die Brauen. »Sie ist hier, doch sie hat überhaupt keine Zeit für Bittsteller. Gott schütze Euch, *ma dame.*« Schneller als ich erwartete, war er inmitten der Bewaffneten und

Diener verschwunden. Bittsteller! Mein Hocker fiel um. Bittsteller!

Sie ließen mich nicht durch. Es war wie verhext, sie wuchsen in die Breite und schoben sich vor mich, wenn ich mich durch eine Lücke mogeln wollte, sie schubsten und traten sogar, und wenn ich nach *hlæfdige* Lucy fragte, schüttelten sie den Kopf: »Keine Zeit, keine Zeit.« Ivos Gattin musste wohl inmitten der Gruppe an mir vorbeigeschoben worden sein, denn der Priester sang sein jammerndes Alleluja noch, als die Kirche längst leer war. Müde kam er auf mich zugeschlurft.

»Willst du beichten?« Gleichzeitig kratzte er sich mit einer schmutzigen Hand am Kragen, wo mehrere Flohstiche eine rote Perlenkette auf die Haut gemalt hatten. »Wenn du beichten willst, komm heute Nachmittag wieder.«

»War das das Gefolge der Lucy of Mercia?«, unterbrach ich ihn und zwang mich, die andere, nicht minder schmutzige Hand zu küssen, die er mir auffordernd vor die Nase hielt. Ein dezenter Geruch nach saurem Bier wehte mir entgegen. Zumindest die Kutte war ohne Flecken. In welchem französischem Kloster sie den wohl ausgegraben hatten?

»Ja, das war Lucy de Taillebois. Sie ist auf dem Weg nach Norden. Willst du nun beichten oder nicht?« Da ich keinen Grund sah, ihm irgendetwas anzuvertrauen, verzichtete ich darauf und verließ die Kirche. Auf den Anblick, der sich vor der Kirche bot, war ich nicht gefasst.

Die Mädchen hatten sich, wie Kinder eben so sind, an den Händen gefasst und hüpften um mein Pferd herum, und Torfrida sang ein Lied dazu und tanzte hinter ihnen, um sie anzufeuern. Der Schleier war ihr im Eifer auf die Schultern gerutscht und gab das glänzende schwarze Haar preis. Es schimmerte wie das Gefieder meines Raben, der im Geäst eines Haselnussbaumes hockte und sich wiegte. Leute waren stehen geblieben und klatschten zu der Melodie in die Hände, während Torfridas rauchig tiefe Stimme warme Schauder über meinen Rücken laufen ließ.

»Ic þis giedd wrece bi me ful geomorre,
minre sylfre sið. Ic þæt secgan mæg,
hwæt ic yrmþa gebad, siþþan ic up weox,
niwes oþþe ealdes, no ma þonne nu.«

»Was für eine bodenlose Dreistigkeit«, schimpfte da jemand auf Normannisch hinter mir – der schläfrige Priester war erwacht und tippelte hinter mir zur Kirchentür heraus. »Was für eine Gottlosigkeit, vor der Kirche zu tanzen, schämt ihr euch nicht, fort mit euch fahrenden Weibern, bedecke dich, sündige Salome, fort vom Haus Gottes, betreibt euer Gewerbe anderswo…«

»He, he, gütiger Vater«, unterbrach ich ihn, »bevor Ihr schimpft…«

»*Chorea enim circulus est, cuius centrum est diabolus*«, schnappte er und wollte mit aufgekrempelten Ärmeln an mir vorbeieilen – die ersten Zuhörer machten sich aus dem Staub, der streitbare Normanne schien allseits bekannt in Alchebarge. Torfrida zog sich den Schleier wieder über das Haar und hob die Brauen.

»Haben wir gegen etwas verstoßen?«, fragte sie kühn.

»*Cantarix capellana est diaboli*«, zischte der Priester. »Hinaus, fort mich euch, dies ist ein ehrwürdiges Haus.«

»Sind doch nur Kinder«, sagte da eine Frau im Vorbeigehen.

»Weibsvolk, sündiges Volk, Herumtreiberinnen…«

»Lasst sie doch gewähren, sie sind so hübsch anzusehen…« Snædís starrte die Leute mit großen Augen an, und ihre Schwester fing an zu weinen.

»Vor meiner Kirche gibt es keine fahrenden Weiber, keine Dirnen und keine Taschenspieler!«, geiferte der Priester.

»Was fällt Euch ein! Das sind keine fahrenden Weiber – untersteht Euch!«, zischte ich empört zurück. Torfrida reagierte als Einzige der Situation angemessen – sie knüpfte schweigend die Bündel an die Sättel, setzte die Kinder auf die Pferde und winkte mir mitzukommen.

»Gott schütze Eure zuvorkommende Zunge«, sagte sie, den Kopf schräg über die Schulter drehend, und zwei Frauen applaudierten ihr für diese Bemerkung. »Dummer Normannenstiesel«, hörte ich die eine flüstern. »Der Teufel soll ihn selber holen, lüsterner Bock«, murmelte die andere. »Ich hab gesehen, wie er seine Ziege bestiegen hat, da soll er doch die Frau in Ruhe lassen…«

»Er hat seine Ziege bestiegen?«

»Und nicht nur einmal, ich hab's gesehen, sündhafter geiler Normannenbock…«

»Du lieber Himmel«, ich eilte Torfrida hinterher, »ist der verrückt geworden?«

»Nein«, sagte sie ruhig. »Einfach nur ein Priester. Einer von denen, die Schönheit und Anmut fürchten. Lass uns verschwinden, ehe er auf noch bessere Gedanken kommt. Ich möchte kein zweites Mal ein fahrendes Weib genannt werden.« Und mit einem für ihre Verhältnisse bösen Blick zog sie sich das Tuch um die Schultern zurecht und zupfte an Swealwes Seil. Und ich begriff, warum Hereweard sie Erik und mir so dringend anvertraut hatte. Eine Frau ohne Schutz und ohne Namen war nichts als wertloses Freiwild, und niemand fragte nach ihrer Geburt.

Der Priester hinter uns zeterte in einem französischen Dialekt, sogar ein Stein flog durch die Luft.

»Das ist wohl nicht Euer Ernst!«, donnerte da ein Bewaffneter und zog drohend sein Schwert, weil der Stein statt mich ihn getroffen hatte. »Ihr wollt wohl, dass man sich näher mit Euch befasst!« Er führte eine Reisegruppe an – jene Reisegruppe, die soeben in der Kirche die Predigt des Schimpfenden angehört hatte und die zu Lucy of Mercia gehörte! Beschwichtigend hob der Priester die Arme.

»Sieh nur, da ist die Frau mit dem kranken Kind«, krähte Snædís von ihrem Ausguck, »sieh mal, kannst du sie sehen, Mama?« Auch die dicke Amme, die auf einem stämmigen Pony saß, hatte mich bereits entdeckt und sich demonstrativ abgewendet. »Kennst du sie?«, fragte Torfrida mich leise. »Die sehen nicht sehr gastfreundlich aus…« Ich nestelte zitternd vor Aufregung in meiner Tasche und zog den Ring hervor, den Lucy of Mercia mir damals gegeben hatte. »Ich kenne sie, Torfrida! Vielleicht …« Ich sprach nicht weiter, weil sich gerade ein Gedanke breit machte. Ich zupfte meinen Schleier gerade, kniff mich in die Wangen, um sie zu röten, und ging auf die Gruppe zu. »Alienor, besinne dich, wir hatten schon genug Ärger …« Torfridas Stimme versagte vor meiner plötzlichen Entschlossenheit. Ich hatte keine Angst.

Nicht, als einer der Behelmten seinen Speer vor meine Nase hielt, und auch nicht, als ein anderer mich unsanft am Arm packte.

»Was willst du, Frau, hier ist kein Platz für Bettlerinnen. Die Dame …«

»Die Dame kennt mich«, unterbrach ich ihn mit allem Mut, den ich aufbringen konnte, und hielt ihm den Ring vor die Nase. »Und ich bin keine Bettlerin.« Abschätzig betrachtete er erst den Ring, dann wieder mich.

»Wo hast du den her?«

»Sie hat ihn mir selber gegeben …«

»Alienor von Uppsala!« Lucy hatte mich erkannt und schob ihren Diener zur Seite. Strahlend strebte sie auf mich zu und ergriff meine Hände mit einer Freundlichkeit, dass mir ganz warm ums Herz wurde. »Wie schön, Euch hier zu treffen! Was für eine wundervolle Überraschung!« Ihre Freude war echt und wohltuend. »Was bringt Euch so weit in den Norden, mit Euren Kindern, wie ich sehe? Wohin reist Ihr?« Sie schob mich ein Stück von sich weg. Forschend glitten ihre klaren grauen Augen über mein Gesicht, erfassten mit dem geübten Blick der stets makellos Gekleideten mein Aussehen. Sanft strich sie mir über die Wange. »Ihr seid in Not, Alienor«, sagte sie leise. »Das sehe ich. Ich sehe, wenn eine Frau in Not ist. Wie kann ich Euch helfen?« Ich schluckte – darauf war ich nun nicht gefasst, darauf nicht, Heilige Jungfrau. Sie hatte an Kraft gewonnen, nichts war mehr übrig von der verschüchterten, bleichen Northumbrierin, deren Kind im Sterben gelegen hatte und die in ihrem düsteren, feuchten Haus in Spallinge vor Angst und vor Einsamkeit fast vergangen wäre.

»Ihr … Ihr reist in den Norden?«, fragte ich vorsichtig.

Der Priester hatte sich verzogen, nachdem ihm klar geworden war, dass ich tatsächlich unter dem Schutz der hochgeborenen Dame stand. Lucy nickte und nahm mich beiseite, ohne den Diener zu beachten, der stumm und neugierig dastand.

»Ich reise in den Norden. Nach Hause, *hlæfdige* Alienor. Eine Verwandte liegt im Sterben und sandte mir Nachricht, Ihr versteht.« Sie sah mir tief in die Augen. Es musste sich um eine ziemlich entfernte Verwandte handeln. Vielleicht war sie auch schon länger tot. »Seit die Söhne Mercias nicht mehr unter den Lebenden weilen und die Krone des Landes … auf dem Tisch in Wincestre liegt, sind die Tage für mich dunkler geworden. Ich hatte … Heimweh.« Die letzten Worte kamen leise und wehmütig. Der schmachvolle Tod ihrer beiden Brüder Edwin und Morcar nach der Belagerung von Elyg hatte Northumbria tief getroffen, und diese tapfere Frau besann sich offenbar auf ihre Wurzeln, wenn sie nun in ihre Heimat zurückkehrte. Und als hätte sie von meinen Plänen geahnt, fragte sie gleich darauf drängend: »Darf ich Euch anbieten, mich ein Stück auf meiner Reise zu begleiten? Wir könnten nach Herzenslust plaudern und gemeinsam essen – ich habe einen sehr guten Koch in meinem Gefolge und einen Jungen, der sich auf Lieder versteht, und genügend bequeme Decken … Und zusammen reist es sich angenehmer und sicherer« – sie warf einen Blick über meine Schulter –, »vor allem, wenn man ohne Begleitung unterwegs ist. Ihr lebt wirklich gefährlich. Wollt … wollt Ihr mir nicht sagen, wo Euer Mann sich befindet?«

Erschreckt starrte ich sie an. »N-nein.« Ihr Redeschwall versiegte.

»Oh.« Sie hob fragend eine ihrer fein gezeichneten Brauen. Und diesmal waren unsere Rollen vertauscht – diesmal war sie in der Lage, mir zu helfen. Mitfühlend legte sie die Hand auf meinen Arm.

»Ich … er … *hlæfdige* …« Tränen schossen mir in die Augen, kaum gelang es mir, mich zu beherrschen. Lucy ließ jede Ziemlichkeit fallen und umarmte mich. »Ich sehe schon, meine Liebe, meine liebe Freundin, es wird besser sein, wenn wir Euch begleiten. Das ist sicherer für Euch. Ronan – unsere Gruppe vergrößert sich.«

Ein Wink, zwei eisenbewehrte Normannen sprangen herbei, hörten stirnrunzelnd angelsächsische Anweisungen über zusätzliche Reisende und ordneten daraufhin die Reisegruppe neu. Man winkte Torfrida mit den Kindern herbei, die Männer bestaunten verstohlen den schwarzen Hengst. Lucy of Mercia ließ uns ein leichtes Bier kredenzen. Eine Bäckerin, die ihren Stand neben der Kirche hatte, verkaufte süßes Brot und Beerenkonfekt, und wir nahmen die kleine Willkommensmahlzeit auf dem Kirchplatz ein, wo sich immer mehr Volk zwischen den Verkaufsständen einfand. Die Gattin des neuen Herrn von Alchebarge war vielen einen zweiten oder dritten Blick wert. Sie herzte die Kinder, küsste Torfrida schwesterlich auf die Wange und legte mir beiläufig einen ihrer guten Reisemäntel um die Schultern, denn die Reise nach Norden würde auch im Sommer nass und beschwerlich werden. »Ich weiß, dass solch ein Geschenk Euch beleidigen würde – daher nehmt ihn, solange Ihr ihn benötigt, denn es wird kalt werden, wenn wir in den Norden reisen.« Ihr Taktgefühl rührte mich. Tatsächlich gingen Kleidergeschenke stets an Treuergebene und Niedriggeborene. Ich musste ihr den Mantel in jedem Fall zurückgeben, wollte ich nicht das Gesicht verlieren.

»Northumbria ist nicht England«, sprach sie weiter. »Und im Herzen wird es niemals England werden. Der Bas- der König hat das auch noch nicht so ganz begriffen.« Sie räusperte sich. »Und jetzt zieht es mich nach Hause.« Einer ihrer Behelmten starrte sie ob dieser Worte fassungslos an, doch sie lachte nur hochmütig, und dann zeigte sie mir ihre kleine Tochter, die sich prächtig entwickelt hatte. Die Amme war immer noch dieselbe wie in Spallinge und immer noch so grimmig wie ein Hofhund. Entweder hatte Ivo nicht erlaubt, dass sie fortgeschickt wurde, oder sie besaß Qualitäten, die Lucy bewogen, sie in ihren Diensten zu behalten. Immerhin, das kleine Mädchen sah wohl genährt und gesund aus.

In unnachahmlicher Weise bat Lucy schließlich zum Aufbruch, eine Dame aus vornehmsten northumbrischem Geschlecht, die sich weiterhin weigerte, Normannisch zu sprechen und der trotzdem alle zu Füßen lagen – umso mehr Menschen, je weiter sie nach Norden kam. Staunend folgte ich ihr.

Wir verließen Alchebarge, wo es insgesamt von finsteren, unzufriedenen Menschen nur so zu wimmeln schien. Mancher spuckte uns hinterher, und ich ahnte, dass Ivo de Taillebois sich auch in diesem Dorf nicht gerade Freunde gemacht hatte. Selbst der Fährmann, der uns nach dem Nordufer übersetzte, sprach kaum in Wort, und das wenige, was er sprach, kam mir vor wie Gefluche. Doch ließ er sich besänftigen, als sie ihm zum Dank eine Münze in die Hand drückte und ihm in seiner Sprache Gottes Segen wünschte.

Es war eine echte Wohltat, in solch einer gut bewachten, großen Gruppe reisen zu können, auch wenn Lucys Amme meine stumme Tochter argwöhnisch beobachtete und immer etwas von Teufelsbrut murmelte. Lucy verbot ihr irgendwann den Mund. Ihr Koch sorgte für ausreichend Essen, wenn wir Rast einlegten. Selbst in den verwüsteten Regionen des nördlichen Yorkshire schaffte er es, schmackhafte Speisen zu zaubern, und ich musste gestehen, dass ich schon lange nicht mehr so gut gegessen hatte.

»Er ist Italiener.« Sie neigte sich zu mir herüber, während die kleine Lucy juchzend ein weiches Birnenstück schmatzte. »Mein Diener schwärmt nicht nur von seinen Kochkünsten. Wenn Ihr wisst, was ich meine.« Ihre Braue hob sich bedeutsam.

Der schwärmerische Diener war in keiner Beziehung ein Kostverächter – Lucys Koch sah geradezu sündhaft gut aus, und wenn er mit menschlichen Körperteilen ebenso zärtlich umging wie mit Gemüse und Dachskeulen, war er sicher ein guter Liebhaber.

Torfrida hatte die kleine Lucy auf den Schoß genommen. Sie sang ihr ein flandrisches Liedchen vor und flocht ihr mit geschickten Fingern ein Kränzchen aus Potentillablüten. Lucy jauchzte entzückt. Das tat sie wohl nicht so oft, denn ihre Mutter hielt im Essen inne.

»Möchtet Ihr nicht bei mir bleiben und meine Amme werden?«, platzte sie heraus. »Ihr habt eine gute Kinderhand …«

Torfrida hob den Kopf. Ihr ebenmäßig schönes Gesicht wirkte alt und grau. »*Hlæfdige*, ich hatte selber eine Amme für meine Kinder. In den Zeiten, als ich noch Hausherrin war und einem Haushalt vorstand.«

Lucy riss die Augen auf. »Oh …«

»Das Leben hat es nicht gut mit mir gemeint.« Sie lächelte traurig. »Immerhin – ich durfte den Mann lieben, den mein Herz begehrte, wenn er auch der Dorn in des Königs Auge war. Ich durfte ihn lieben und ihn im Arm halten, als er starb.«

Und auf Lucys stumme Frage hin fügte sie hinzu: »Ich bin die Witib des Hereweard of Brune.«

14. KAPITEL

Er aber tut alles fein zu seiner Zeit und lässt ihr Herz sich ängstigen, wie es gehen solle in der Welt; denn der Mensch kann doch nicht treffen das Werk, das Gott tut, weder Anfang noch Ende.

(Prediger 3, 11)

Oh.«

Lucy schaute hilflos drein, während sich eine zarte Röte ihren Hals heraufschlich. »Das … das wusste ich nicht. Euer Mann ist tot …« Sie schluckte. »So geht Ihr nun heim?«

Torfrida schüttelte den Kopf. »Nein, *hlæfdige*. Ich habe kein Heim mehr.«

Lucy sah lange in das Gesicht der schönen Frau. Dann schlug sie die Augen nieder, und sie wurde wieder so klein und grau wie damals in Spallinge, als ich sie kennen lernte. »Kein Heim mehr«, murmelte sie. »Was habe ich mich gegrämt, als ich mein Heim verlassen musste. Man hatte mich einem Mann zur Frau gegeben, den ich nicht kannte und den ich nicht liebte. Er nahm mich als Dreingabe, als Lohn für treue Dienste um England. Auch wenn er mich stets auf goldene Laken bettet und mich mit Juwelen überhäuft, ist er nicht zimperlich, wenn es nicht nach seinem Willen geht. Doch … doch mein Heim, droben in Northumbria, ist immer noch da, auch wenn mein Vater und meine Brüder nicht mehr leben und vieles nicht mehr so ist, wie es einmal war.« Sie sah hoch. »Sagt – wer von uns beiden ist glücklicher dran, *hlæfdige* Torfrida? Ihr durftet lieben, ich habe ein Zuhause.«

Auf diese Frage gab es keine Antwort. Torfrida lächelte leise. Ich spürte ihr Mitleid mit der northumbrischen Prinzessin, die sich ihres goldenen Käfigs bewusst war. Schweigend tranken wir von dem Wein, den der Italiener uns kredenzte. Die kleine Lucy spielte mit Torfridas geflochtenem Zopf.

»Sie ist sicher nur das erste von vielen wunderbaren Kindern«, versuchte Torfrida die Stimmung zu lockern. »Gott segne Euren Leib…«

»Gott tut sich ein wenig schwer damit, müsst Ihr wissen.« Lucy starrte zu Boden. »Er nahm mir zwei Söhne bei der Geburt. Mein Herr Ivo… wünscht sich einen Erben… sehr.« Unausgesprochen blieb, wie viele Kerzen und Goldstücke sie gespendet hatte, wie viele Stunden sie vor dem Altar der heiligen Jungfrau zugebracht und wie sehr sie sich kasteit hatte, sobald die Blutungen einsetzten…

Ich legte meine Hand auf ihren Arm. »Alles liegt in Gottes Hand«, sagte ich leise. »Ihr seid dennoch gesegnet.«

»Ja«, antwortete sie leise, »das bin ich wohl. Ich heiratete einen der reichsten Männer Englands, ein Priester war bei der Eheschließung zugegen und segnete uns, ich schenkte ihm eine Tochter, die am Leben blieb. Es gibt keinen Grund zu klagen.« Eine Weile saßen wir still am Feuer, jede in ihre Gedanken versunken. Dann hob Lucy den Kopf.

»Sagt, Torfrida, wenn Ihr könnt – was war er für ein Mann? Hereweard of Brune – vor dem alle solche Angst hatten? Warum hat er Euer Herz verzaubert?« Ihr Blick verriet Sehnsucht nach einer Geschichte, die ihr verwehrt geblieben war. Mir wurde bewusst, welch einzigartiges Glück Torfrida und mir zuteil geworden war…

»*Hlæfdige.*« Torfrida lächelte traurig. »Wollt Ihr wirklich hören, was Frauen der Liebe wegen für Dummheiten machen?« Lucy nickte eifrig. Torfrida legte die Hände zusammen. »Hereweard… Hereweard of Brune war schön wie Sonne und Mond zusammen. Er war so großartig wie zwei Könige, so stark wie zwei Heere… und so frech wie eine ganze Schar Kinder.« Sie stockte. »Er… er überrannte mich, als ich ihn das erste Mal sah, er überwältigte mich, ich vergaß meinen Namen…« Ihre Stimme wurde leise, und Tränen tropften auf ihren Schoß. Alle hörten ihr zu, selbst die Soldaten waren verstummt, und die Pferde standen still. »Ich wollte nicht erobert werden, und schon gar nicht von jemandem wie ihm. Ich wollte einen bescheidenen

Mann, ein Haus, ein Feld, wie meine Mutter es gehabt hatte… Aber als er dann alleine vor mir stand, hatten sich die Heere aufgelöst, die Könige waren verschwunden, die Waffen. Übrig geblieben war ein Mann, der vor lauter Verliebtheit die Sprache verloren hatte, der bis an die Haarwurzeln rot wurde und der sich nicht mal mehr mit Namen vorstellen konnte – ein Mann, der stumm vor mir auf die Knie sank, sein Schwert ablegte und allem entsagen wollte, wenn ich ihn nur erhörte…«

»Ihr habt ihn erhört«, flüsterte Lucy.

»Ja. Ich habe ihn erhört.« Torfrida lächelte. »Ich habe ihn noch in derselben Nacht erhört. Ich war die Geliebte des gewalttätigsten, skrupellosesten, aber auch des zärtlichsten, liebevollsten und besten Mannes, den Ihr Euch nur vorstellen könnt. Ich durfte sein Leben teilen und habe ihm zwei Töchter geschenkt. Leider hat Gott uns nur wenig Zeit miteinander gewährt. Doch ich bereue keinen Tag.« Sie setzte die kleine Lucy in ihr Körbchen und stand auf, um mit ihrer Erinnerung am Bach allein zu sein. Ich sah ihr nach. Sie waren ein so schönes Paar gewesen. Beide so schön, beide so stark, beide so närrisch nacheinander… ach. Ich war ja selber närrisch vor Liebe nach einem, der schön war wie zwei Könige und stark wie zwei Heere… Die Brust tat mir weh vor Sehnsucht.

Lucy brauchte ein wenig, um sich von der Geschichte zu erholen. Der Koch servierte Süßspeise, wir aßen schweigend, und der süße Geschmack in unseren Kehlen war wie Musik und besänftigte die aufgewühlten Gedanken um die Liebe und was das Leben für jede von uns bereithielt.

Die Prinzessin knabberte an einem Apfel und steckte gleichzeitig Snædís ein Stück Konfekt zu. »Ihr habt so hübsche Kinder«, wechselte sie das Thema. »Ich hoffe, dass mein kleines Mädchen einmal so wird wie die Euren, Alienor. Gesund und schön.« Ihr Gesicht wurde traurig. »Vermisst Euer Mann es nicht, keine Erben zu haben?« Sie sah mich an, unfähig, den Gedanken an einen Sohn zu verscheuchen.

»In der Familie der Ynglinge gibt es leider nur Töchter, *hlæfdige*. Erik Edmundsson ist der letzte männliche Yngling, und er weiß das.« Ich lächelte sie aufmunternd an, obwohl mir das Herz schwer war. Ich hätte so gern noch mehr Kinder von ihm gehabt, doch Gott hatte es gefallen, meinen Körper verdorren zu lassen, Er hatte die Fruchtbarkeit von mir genommen, und so mussten wir nun in Sünde Gefallen aneinander finden. Zu meiner Schande muss ich gestehen, dass die Sünde für uns nicht ins Gewicht fiel …

»Ja, man kann nur beten und hoffen, dass man erhört wird.« Nachdenklich starrte sie ins Feuer.

»Man muss annehmen, was für einen bestimmt ist.« Unbemerkt war Torfrida zurückgekehrt. »Wenn man das tut, erkennt man, wie reich man in Wirklichkeit ist.«

»Ja«, flüsterte Lucy, »da habt Ihr wohl Recht. Doch … doch annehmen ist nicht so leicht wie nehmen, müsst Ihr wissen.« Da trat Torfrida hinter die Prinzessin und legte ihr beide Hände auf die Schultern.

»Gott schenke Euch, was es dazu braucht, *hlæfdige*.« Und obwohl ich ihr gegenüber am Feuer saß, spürte ich die Kraft, die sie aussendete, um dieser Frau Frieden und Gelassenheit ins Herz zu legen. Lucy wurde still. Ihre Wangen röteten sich, und sie aß ihr Kompott mit etwas mehr Appetit als vorher. Als Torfrida die Hände wegnahm, waren Lucys Züge weich geworden. Das Feuer knisterte wissend. Torfrida lächelte.

Mit Lucy of Mercia zu reisen war, wie in Mutters Himmelbett zu fallen. Ringsum fingen einen dicke weiche Kissen auf, heiße Milch mit einer Prise Zimt wärmte den Bauch, und ihr Lächeln berührte die Seele. Ruhe kam über mich – die Trauer und der Schock über die Ereignisse auf Axholme saßen tief und schmerzten beinah unerträglich, doch Lucys Freundlichkeit half mir, Mut zu fassen und immer öfter ein Lächeln zu probieren. Sie war wie der Löffel Honig in bitterer Medizin – die Bitterkeit blieb, doch man konnte sie besser schlucken.

Ob Gott es gefügt hatte, dass wir sie trafen? Ob Er sie mir geschickt hatte? Das ging mir durch den Kopf, als wir uns auf den langen, wirklich langen Weg nach Norden machten. Es gab einen mit dicken Fellen ausgelegten Wagen, auf den sie jedoch verzichtete, sodass die Kinder sich darin ausruhen konnten. »Mir wird immer übel in dieser Kiste«, gestand sie. »Und auf der letzten Reise ist der Wagen im Fluss umgekippt – Alienor, Ihr könnt Euch nicht vorstellen …« Sie verdrehte die Augen und tätschelte ihre Stute. »Diese hier ist sicherer und bequemer. Sie hat mich noch immer gut ans Ziel gebracht.« Sicher war das elegant dahintrippelnde Tier ein Geschenk ihres Gatten, denn es hatte spanisches Blut, schlanke lange Beine und einen edlen Kopf, gezäumt mit allerfeinstem steinbesetztem Lederzeug. Man konnte Ivo de Taillebois vorwerfen, was man wollte – ein Geizkragen war er nicht, und er spielte mit den Insignien seiner Macht wie ein wahrer König. Und Liebe oder nicht – wie eine wahre Könnerin verlieh die Prinzessin von Mercia ihnen den richtigen Glanz.

An der Leine führte sie einen hochbeinigen Hund, dem die Zunge stets aus dem Hals hing und der, wenn man ihn verbotenerweise von der Leine ließ, dahinflog wie ein Vogel. Die Ausstattung der Tiere war von erlesenem Leder, ihr Sattelzeug trug maurische Handschrift, ihre Reisekleidung war aus feinem, flandrischem Tuch. Alles in allem war sie ein ungemein vornehmer, anmutiger Anblick, und ich fühlte echten Stolz, in ihrem Gefolge reisen zu dürfen. Die normannischen Soldaten waren stets um sie herum und schienen ihr gerne zu dienen, obwohl sie Angelsächsin war. Ronan, ihr Leibwächter, las ihr jeden Wunsch von den Lippen ab, der Koch war die Liebenswürdigkeit in Person, und auch von den Dienstboten hörte ich kein ungezogenes Wort über die Herrin. Die Einzige, die stets dreinschaute wie eine aufgeschnittene Zwiebel, war die dicke Amme mit dem Doppelkinn, aber die konnte vielleicht nicht anders. Auch der Priester, der sich auffällig oft in meiner Nähe aufhielt, um unseren Gesprächen zu lauschen, bestach nicht gerade durch Freundlichkeit.

Seine Augen glommen auf, als ich Náttfari Brotkrumen hinwarf. »Ist das Tier immer noch bei Euch?«, fragte er argwöhnisch.

»Es begleitet mich aus freien Stücken.« Sein Misstrauen zerrte an meinen Nerven.

»Ein recht ungewöhnliches ... Haustier. Andere Damen halten sich ... Hunde. Falken. Singvögel –«

»Wenn einmal andere Zeiten kommen, halte ich mir vielleicht auch einen Falken«, sagte ich kurz. Andere Zeiten. Welch ein Hohn. Er störte meine Trauer, warum ging er nicht?

Des Priesters Mund verformte sich zu einer Art Lächeln.

»Was ist Eure Bestimmung, *ma dame?*«, fragte er ohne Übergang.

Ich sah ihm in die Augen – was er wie die meisten Priester gar nicht vertragen konnte und nun ziemlich säuerlich dreinschaute. »Der Bischof von Durham sandte meinen Vater nach Lindisfarne, um dort eine Kathedrale für den heiligen Cuthbert zu errichten«, sagte ich deshalb herausfordernd. »Ich reise nach Lindisfarne.« Sein Maul fiel auseinander, und er sagte auf der ganzen Reise nichts mehr.

Nach jenem abendlichen Gespräch hatte Lucy Torfrida nie wieder auf ihre Vergangenheit angesprochen. Hereweard of Brune war tot, sein Weib eine mittellose, heimatlose Witwe – und Lucy war eine großherzige Dame. Sie behandelte Torfrida hochachtungsvoll und mit allem Respekt, vermied jedoch längere Gespräch mit ihr. Da unterschied sie sich nicht von anderen adligen Damen, die von ungehörigen Verwicklungen nichts wissen wollten. Oder vielleicht ertrug sie auch nicht das Wissen um die Liebe der schönen Frau. Torfrida nahm ihr das nicht übel. »Ich bin froh mit dem, was ich habe«, sagte sie einmal zu mir. »Weißt du – du bist mein Geschenk des Himmels, Alienor *hjartaprydi*. Was hätte ich ohne dich gemacht?« Sie lächelte ihr betörendes Lächeln, das nur noch ganz selten zu sehen war.

»Was hättest du gemacht?«, fragte ich zurück, während Betroffenheit mein selbstsüchtig trauerndes Herz eroberte.

»Was ich gemacht hätte?« Sie überlegte kurz. »Ich denke, ich wäre ins Kloster gegangen. Zu meinen Töchtern nach Petreburgh. Dort wäre ich Herewards Grab nah« – und wieder dieses unvergleichliche Lächeln – »und ich müsste mir keine Sorgen machen. Gott hätte sicher ein Plätzchen für mich gefunden. Bei dir, liebe Freundin« – ihr Hand stahl sich auf meinen Arm, und ich fühlte etwas Wohltuendes zu mir herüberströmen –, »bei dir muss ich mir keine Sorgen machen – du bist ein wunderbarer Platz. Was für ein Geschenk, Alienor.«

»Du bist das Geschenk, Torfrida. Bleib bei mir. Bitte.« Wir umarmten uns.

»Selten sieht man Damen in solcher Eintracht«, unterbrach da die Prinzessin von Mercia unser Tun. »Was gibt es zu feiern?«

»Das Leben, *hlæfdige*. Manchmal fügt der Tod, der grausam Bande zerreißt, auch Bande zusammen«, erklärte ich, ohne Torfrida loszulassen. Lucy schluckte und wandte sich ab. »Gott schütze Euch, wunderbare Frauen«, sagte sie leise im Fortgehen, und trauriger Neid um eine Innigkeit, die ihr in ihrer Stellung als Ivos Gattin nicht beschieden war, ging mit ihr.

In Jorvik machten wir nur kurz Halt, um Trockenfleisch und Mehl für unterwegs einzukaufen. Torfrida und ich verzichteten darauf, den schönen Koch in die Stadt zu begleiten, und blieben lieber bei Lucy, die ihr Lager am Ufer des Ouse aufgeschlagen hatte.

Wir folgten dem Ouse, bis er auf den Swale traf, an dessen Ufer ein bequemer Pfad entlangführte, und ließen den verwüsteten Teil von Yorkshire rechts liegen. Händlerkarren und Reisegruppen zogen wieder von Nord nach Süd und umgekehrt – so langsam kehrte das Leben zurück. Einen Abstecher nach Osbernsborg wollte ich Lucy und ihrem Gefolge trotzdem nicht zumuten, auch wenn ich meine Dienstboten, die dort hoffentlich wohlauf waren, sehr vermisste. Erst einmal nach Lindisfarne. Lindisfarne – der Name klang wie eine Verheißung, machte Hoffnung, und passend dazu kam sogar kurz die Sonne hervor, sodass die Verwüstungen, an denen wir vorbeiritten, nicht mehr gar so schrecklich aussahen.

»Ich bin froh, dass mein Mann mir seine kleine Armee aufgedrängt hat. Hier reist man immer noch besser in Begleitung«, raunte Lucy mir zu. »Die Überfälle liegen zwar über ein Jahr zurück, aber Lumpenpack vergisst die Zeit, und Lumpenpack hat immer Hunger…« Ich schluckte. Manches Lumpenpack hatte keine Wahl. In Osbernsborg waren wir auch beinahe solches gewesen, hatten gestohlen, geplündert, gewildert, um zu überleben. Erschreckend, wie schnell man zu Lumpenpack wurde… Was für ein geknechtetes Land. Nein, Osbernsborg wäre kein Anblick für Lucy gewesen, ich war froh, es gar nicht erst erwähnt zu haben.

Nicht nur die Armee des Normannen war hier plündernd und brennend umhergezogen, kurz darauf hatte ja auch der Schottenkönig seine Marodeure nach Süden geschickt, um sich das, was Guilleaume übrig gelassen hatte, unter den Nagel zu reißen, und die Leute erzählten, dass sie sogar bis in die Hügel von Clevelanda gekommen waren. Nun, manche noch viel weiter – ich dachte an Lulach, den wir südlich von Jorvik getroffen hatten. Lulach. Wie lange das zurücklag.

Northumbria wirkte auf mich wie ein wildes Land – König Guilleaume war wohl derselben Ansicht, denn er hatte es bislang vermieden, mit seiner Armee dorthin zu ziehen und seine Kraft in sinnlosen Kämpfen zu verschwenden. Die aufreibende Belagerung von Elyg hatte ihm eine Lehre erteilt. Er verließ sich einstweilen auf seine Vasallen Earl Gospatric, der das Königreich Northumbria von ihm erworben hatte, nachdem das Haus Mercia durch den Tod der prinzlichen Brüder Edwin und Morcar verwaist war. Gospatric galt als brutal und skrupellos – manche nannten ihn einen echten Northumbrier, andere nannten ihn einen…

»Verbrecher«, knurrte Lucy. »Der ist ein Verbrecher. Der Bote, der mir immer Nachrichten von zu Hause überbrachte, hat seinerzeit erzählt, dass Gospatric Botschaft nach Durham sandte, man möge sich mit dem Schrein des heiligen Cuthbert in Sicherheit bringen, weil Williams Armee im Anmarsch sei und die Stadt zerstören wolle. Der Bischof packte also alles zusammen und wanderte mit seinen Getreuen und dem Schrein für ein paar Monate nach Lindisfarne aus – auf Cuthberts heilige Insel. Wisst Ihr, Cuthbert hat eine ganz besondere Bedeutung für den Norden, er ist der große Fürsprecher und Beschützer… Doch kaum hatte der Bischof Durham verlassen, überfiel Gospatric die verwaiste Kirche und raubte sie aus!«

Ungläubig starrte ich sie an. Sie nickte ernsthaft. »So hat mein Bote es mir erzählt. Und jeder Northumbrier hält ihn deswegen für einen Verbrecher. William hält ihn auch für einen Verbrecher, immerhin ist er damals Gefolgsmann von Tostig Godwineson gewesen, und der war der größte Verbrecher unter Gottes Himmel.« Von all den Verbrechern schwirrte mir der Kopf, doch ich hörte weiter aufmerksam zu, so wie Lucy an den Feuern ihres Mannes zu lauschen schien. Für eine Dame war sie erstaunlich gut auf dem Laufenden. »Eigentlich gehört er gehenkt, sagen viele. Aber Guilleaume hat sonst keinen, dem er Northumbria anvertrauen kann. Sie sind ja alle tot, die northumbrischen Männer aus edlem Geschlecht. Man kann nicht erst alle töten und dann einen Regenten suchen.« Sie lachte bitter. »Das hat Guilleaume wohl zu spät bemerkt. Einem Normannen werden die Menschen nicht folgen. Einmal hat er es versucht – vor etwa zwei Jahren. Robert de Commines sollte neuer Earl von Northumbria werden, nachdem… nachdem…« Sie unterbrach sich und biss heftig in den Apfel. Nachdem Guilleaume ihren rebellierenden Brüdern Edwin und Morcar das Herzogtum weggenommen hatte, vervollständigte ich stumm ihren Satz. Sie hatte sich schnell wieder im Griff. »Er zog mit einer Armee von siebenhundert Normannen nach Durham und starb knapp einen Tag später in den Flammen des Bischofspalastes. Keiner von ihnen überlebte.« Davon hatte Cedric mal erzählt. Die Bürger von Durham hatten northumbrischen Rebellen ihre Stadt geöffnet und gemeinsam mit ihnen die Normannen so brutal abgeschlachtet, dass selbst dem nie um Worte verlegenen Spielmann die Stimme weggeblieben war. Dieser Anlass war der Grund gewesen, warum Guilleaume den Norden so furchtbar hatte verwüsten lassen.

»Ihr seht – Northumbrier sind etwas eigenwilliger als der Rest von England. Immerhin das respektiert William. Einstweilen.« Sie warf ihren Apfelrest ins Gras und stand auf. »Lasst uns weiterreiten. Es zieht mich nach Hause.«

»Habt Ihr keine Angst, nach Hause zu gehen?«, fragte ich, ein wenig beunruhigt angesichts der furchtbaren Geschichten, die ich da von ihr hörte. Ihr Zuhause war Northumbria. Northumbria war wild. *Eigenwillig* nannte sie das. Ich fand das stark untertrieben.

»Nein«, sagte sie fest. »Warum sollte ich? Hier bin ich zu Hause! In England habe ich mehr Angst.«

Das wiederum verstand ich nicht. Doch je weiter wir nach Northumbria kamen, desto königlicher wirkte sie, die Prinzessin von Mercia, obwohl es deren Königshaus nicht mehr gab, seit Vater und Brüder tot waren. Vielleicht war die Krone nicht wichtig, solange die Würde unangetastet blieb. Erik hatte beides verloren…

Die normannischen Soldaten wurden immer wachsamer. Sie ritten mit gezogenen Schwertern und schützten uns nun sogar an den Seiten, selbst beim Pinkeln in den Büschen war stets einer von ihnen unaufdringlich in der Nähe. Zum ersten Mal störte mich das nicht, im Gegenteil ich war sogar dankbar für ihre Anwesenheit. Das Land sprach nicht zu einem, es belauerte uns. Der Wald schien Augen zu haben. Augen, in denen Vergeltung und Rachsucht glitzerten… Trotzdem schien Lucy of Mercia mit jedem Schritt, den sie über den Boden ihrer verlorenen Heimat ging, glücklicher zu werden.

Wir hatten die Pferde unten am Wear gelassen und uns mit den Kindern zu Fuß auf den Weg in die Stadt gemacht. Der Wear umschloss den Hügel, auf dem Durham erbaut war, wie eine elegante Schleife, und die Laubbäume verbargen nur unzureichend, wie steil der Felsen war. Durham einzunehmen würde eine militärische Leistung darstellen, und vielleicht hatte Guilleaume sich deswegen damals nach Robert de Commines' Ermordung nicht damit aufgehalten. Jorvik als Hort von northumbrischen Rebellen und aufsässigen Bewohnern des alten Danelag hatte dafür doppelt bezahlen müssen. Der König wusste aufzurechnen.

Keuchend erklommen wir die holprige Straße, die sich den Berg hinaufwand, und wurden am Tor mit einem Pulk von Pilgern eingelassen. Die Stadt steckte voll von ihnen, alles Vergebung suchende, Sünden abbüßende Menschen, die sich am Schrein des großen Heiligen Absolution holten, nach Hause gingen und genauso weitermachten wie zuvor. Hinter uns keuchte der dicke Mönch mit puterrotem Kopf die Straße hinauf und verfluchte möglicherweise all die fetten Braten und Soßen, die ihn zur geblähten Stopfgans hatten werden lassen. Vielleicht lechzte er aber auch schon nach der nächsten Mahlzeit oben im Kloster, wo man sicher ordentlich auftischen würde. Lucy nahm keine Notiz von ihm, wie ich amüsiert feststellte.

Die Weiße Kirche von Durham war eine einzige Baustelle. Walcher von Lüttich, der von Guilleaume eingesetzte neue Bischof, versuchte der Kirche seinen Stempel aufzudrücken, ohne sie abzureißen. Für einen Neubau fehlte ihm wohl doch der Mut, vielleicht auch das Geld – oder der Baumeister, den er ja nach Lindisfarne verbannt hatte. Immerhin, der Bischofspalast erglänzte in neuem Kleid, und tiefrote Fahnen wehten von den ausladenden Fenstern herab. »Sie erzählen, dass die Flammen, in denen Robert de Commines starb, beinahe auf die Kirche übergegriffen hätten«, flüsterte Lucy. »Doch das Gebet der Leute hat den Wind im letzten Augenblick gedreht …« Vielleicht hatte auch der Heilige, der hier verehrt wude, Schlimmeres verhindert. Siebenhundert ermordete Soldaten sind schlimm genug, ganz gleich, welche Sprache sie sprechen. Mit aller Macht drängte ich die Bilder von den Toten von mir, während wir auf die Kathedrale zugingen.

Der Ort machte mich irgendwie unruhig, obwohl es in den Straßen friedlich zuging. Man hörte Lachen und Psalmengesänge von Pilgern, Hausfrauen schwatzten am Brunnen miteinander, und in den Hauseingängen spielten Kinder. Im Gemüsegarten des Bischofs auf dem Vorplatz der Kirche gruben Novizen die letzten Rüben aus und zogen ordentliche Furchen durch die feinkrumige Erde. Einer von ihnen sang einen Psalm, und im Rhythmus der lateinischen Verse tanzten Hacken und Rechen beinahe mühelos über den Beeten.

Die Weiße Kirche von St. Cuthbert erhob sich am Ende des

Felsplateaus. Ganz aus Sandstein erbaut, schimmerte sie im Sonnenlicht wie eine Elfenbeinschnitzerei. Ihr Turm ragte trutzig in den Himmel, der Klang ihrer frisch gegossenen Glocken trug weit über das Land. Durham wusste um seine Stellung im Norden.

Die Arbeiten an dem Bauwerk jedoch gingen schleppend voran, es herrschte schlechte Stimmung. Arbeiter standen herum und hielten Maulaffen feil oder beschwerten sich über zu schlechte Bezahlung. Manche hämmerten lieblos an dicken Sandsteinblöcken, dass die Splitter flogen. Maultiere zogen Körbe mit kleineren Steinen den steilen Berg hoch, und oben auf dem Gerüst schrien sich zwei Baumeister an wie die Marktweiber. »Hab ich dir nicht gesagt, dass dieser Stein dorthin kommt?«, brüllte der eine und schwang seinen Hammer. »Bist du denn taub?«

»Drück dich so aus, dass jeder es versteht!«, schrie der andere zurück.

»Du bist taub, in Dreiteufelsnamen!«

»Nein, bin ich nicht. Und jetzt kannst du deinen verfluchten normannischen Mist alleine machen!« Damit stieg der streitbare Künstler von der Leiter und verschwand im nahen Wirtshaus, wo Jubel um einen Bierkübel laut wurde, während ihm ein bereits verzierter Sandstein hinterherflog. Und ich begriff, warum Lionel von dieser Baustelle verbannt worden war.

Wir hatten auf Lucys Wunsch hin unsere Reise in Durham unterbrochen, um dem heiligen Cuthbert einen Besuch abzustatten. Ich vermutete, dass sie um einen Sohn beten wollte, und an ihrem Gürtel baumelte ein Säckchen mit Geldstücken, die sie für Kerzen oder Altartücher spenden wollte, wie vornehme Frauen das zu tun pflegten. Cuthberts Schrein war, seit er die berühmte Weiße Kirche wieder bezogen hatte, erneut ein Anziehungspunkt für Pilger und Hilfesuchende aus dem ganzen Norden, und die Stadt atmete förmlich von der Liebe und Gutherzigkeit des berühmten Heiligen. Wenn auch seine Verwalter weniger zimperlich waren, sie schoben uns nämlich unsanft in die Kirche hinein, obwohl die brechend voll war, zogen uns die ersten Spendenpfennige aus der Tasche und verboten den Kindern, am Schrein des Heiligen zu lachen.

»Gott sieht alles«, raunte Torfrida, die uns ausnahmsweise in die Kirche begleitet hatte, um nicht aufzufallen. Lucy ahnte ja nicht, zu welchen Wesen Herewеards zauberkundige Witwe zuweilen betete. »Gott sieht alles«, wiederholte sie leise. »Auch diese feinen Schäfchen werden Ihm nicht entgangen sein.« Den Allmächtigen schienen sie jedoch auch nicht zu stören, denn Geld klimperte in den Säckchen wie es sich für ein Gotteshaus eigentlich nicht gehörte. Wir suchten uns nach den Gebeten eine freie Bank, von der aus man Cuthberts Schrein im Blick hatte, und ließen die Massen an uns vorüberziehen. Normalerweise war eine Kirche der Ort, wo ich immer zur Ruhe fand, wo meine Gedanken sich einfangen und ordnen ließen. Hier wollte mir das nicht gelingen. Lag es an den Menschenmassen? An den Gerüchen, dem Durcheinander? Unruhig rutschte ich auf meinem Hocker herum und drehte meinen Seidengürtel, bis er beinahe riss.

»Liebe Freundin, wollt Ihr mir nicht verraten, wo Euer Mann ist?« Lucy hatte ein gutes Gedächtnis – und über Erik hatten wir kein einziges Mal auf unserer Reise gesprochen. Und natürlich hatte sie mein sinnloses Tun mit dem Seidengürtel beobachtet und ihre Schlüsse daraus gezogen. »Er lebt ja, sonst trügt Ihr den Trauerschleier, so wie *hlæfdige* Torfrida es tut. Doch sehe ich Trauer durch Euer Gesicht wehen – wollt Ihr mir nicht sagen, was Euch umtreibt?«

Ich starrte vor mich hin. Was für eine delikate Geschichte – die Frau des Mannes, der meinen Mann in Haft genommen hatte, bat mich zu erzählen, wo mein Mann ist… Ich brachte kein Wort hervor.

»*Hlæfdige*«, begann Torfrida leise. »Ihre Trauer ist von besonderer Art. Sie… sie verlor ihren Mann so wie ich, als Vogelfreien im Kampf. Mein Mann starb in meinen Armen – ihrer lebt, ist aber vielleicht vom Schicksal verfluchter als der meine.«

»Warum?«, fragte Lucy betroffen. »Wie meint Ihr das?«

»Weil…«

»Weil er im Kerker sitzt«, sagte ich statt ihrer. »Weil er im Kerker sitzt, und ich weiß nicht, wo – ich weiß nur, wer ihn gefangen nahm.«

»Wer?«, flüsterte sie, die Antwort ahnend. Ich legte meine Hand auf ihren Arm.

»Ivo de Taillebois nahm ihn gefangen, *hlæfdige.*« Darauf sagte sie nichts mehr. Nach einer Weile erhob sie sich. Die Pilger wichen vor ihrer vornehmen Erscheinung zur Seite und ließen ihr den Platz ganz vorne am Schrein des Heiligen, wo sie niederkniete und im Gebet versank.

»Sie schämt sich«, flüsterte Torfrida. »Sie hat diesen Mann nicht verdient.« Und doch nutzten wir seine Näpfe, tranken aus seinen Bechern und ließen uns von seinen Soldaten beschützen. Mein Kopf war leer. Was ich verdrängt gehabt hatte, kehrte zurück, jede Regung, jeder Gedanke. *Gefangen. Im Kerker. Gefangen.* Die Worte dröhnten in meinen Ohren. Sie konnte nichts dafür, was ihr Mann getan hatte, ich machte ihr keinen Vorwurf.

Gefangen. Eingekerkert. Verzweiflung sprang mich an wie eine Katze, ich konnte sie kaum abschütteln, deshalb stand ich auf und wanderte durch die Kirche, um meine Fassung wiederzuerlangen, denn an Cuthberts Schrein wollte es mir nicht gelingen. Ich wanderte an hustenden, stinkenden und jammernden Pilgern vorbei, von deren Sprache ich kein Wort verstand. Manche aßen, andere schliefen, einer pulte in einer eiternden Wunde herum, ein Bader beugte sich darüber und faselte etwas von Gänseschmalz und dass er den Arm vielleicht absägen müsse, ein anderer wickelte vergammelte Lappen von seinen Füßen. Übelster Schweißgestank umgab die ganze Gestalt. Ein paar Novizen sangen im Chor, während ihr Dirigent den Frauen schamlos hinterhergaffte. Reliquien wurden verkauft, Splitter, Kreuze, ganze Knochen, alles, was man von Heiligen aufbewahren konnte, die Leute deckten sich damit ein, als könnte es ihnen den Weg ins Himmelreich ebnen. Vielleicht tat es das ja wirklich. Ich berührte das Reliquienkreuz, das Pater Hieronymus mir damals in Holtsmúli um den Hals gehängt hatte. Vielleicht …

In einer Nische brannte ein Licht für die heilige Etheldreda.

Da ich sie kannte, kniete ich nieder und versuchte, diesen schauderhaften Ort zu vergessen.

Wieso schauderhaft? Verwundert sah ich auf. Die Heilige lächelte. *Dieser Ort ist wie jeder andere. Und auch wieder nicht.* Ich runzelte die Stirn. Wie meinte sie das? *Hör auf dein Herz.*

»Ave Maria, gratia plena, benedictus tu in mulieribus …«

Ich empfahl ihr meine beiden Kinder an, die immer noch nachts im Schlaf weinten und ihre Fröhlichkeit eingebüßt hatten, weil die Erinnerung an jenen schrecklichen Tag nicht verblassen wollte. Sie wagten nicht, nach ihrem Vater zu fragen, obwohl man sehen konnte, wie sehr es ihnen auf der Zunge brannte. Mehr wie in den Arm nehmen und Tränen trocknen konnte ich nicht. Niemand trocknete meine Tränen, niemand bettete mich zur Ruhe, wenn sie endlich schliefen und ich den Nachthimmel anstarrte und sein Gesicht beim Abschied vor mir sah und darüber meine Augen nicht schließen konnte, weil ich fürchtete, es könne für immer verschwinden …

Die vertrauten Worte ließen den Lärm hinter mir schwinden, er verblasste wie eine unwichtige Erinnerung, während ich mit meiner Gebetsbank verschmolz und mich Etheldreda öffnete. *Werde still.*

Ich bin still, dachte ich. *Noch stiller.*

Ja. Still.

… ein sechstes kann ich, so wer mich versehrt … Ganz leise kamen die Worte. Erschrocken sah ich mich um. Niemand da … *Mit harter Holzwurzel, den andern allein, der mir es antut …* Ich schluckte. Betete mein Ave-Maria weiter … *Den andern allein, der mir es antut, verzehrt statt meiner der Zauber …*

»›Ein siebentes weiß ich, wenn hoch der Saal steht über Leuten in Lohe‹«, flüsterte ich. »›Wie breit er schon brenne, ich berge ihn noch: Den Zauber weiß ich zu zaubern.‹«

Ein achtes weiß ich, das allen wäre nützlich und nötig … Seine Stimme war so intensiv bei mir, dass ich mich wild umdrehte – wo war er, wo saß er und wartete auf mich … *Wo unter Helden Hader entbrennt, da mag ich schnell ihn schlichten …*

Ich war allein in der kleinen Kapelle, vor mir die Kerze, über mir das Lächeln der heiligen Etheldreda. Ich stützte den Kopf auf die Arme, übergab mich seiner Stimme wie einem Paar Arme, die mich trugen.

> Ein zwölftes kann ich, wo am Zweige hängt
> Vom Strang erstickt ein Toter,
> Wie ich ritze das Runenzeichen,
> So kommt der Mann und spricht mit mir.

Das Pilgerraunen hinter mir verebbte. Ein Priester begann die Messe zu singen. *»Kyrie eleison, christe eleison. Kyrie …«* Weihrauchnebel zogen durch die Kirche. *»Kyrie …«*

»Kyrie«, flüsterte ich, *»Kyrie eleison …* erbarme dich …« Und dann kamen die Worte des alten Zauberliedes wie von selber hinterher. »›Ein dreizehntes kann ich, soll ich – soll ich ein Degenkind mit Wasser weihen …‹« Ich schluchzte auf. Nichts war uns vergönnt gewesen.

So mag er nicht fallen im Volksgefecht …

»›Kein Schwert mag ihn versehren …‹ Erik … Kein Schwert mag dich versehren …« Verzweifelt legte ich den Kopf auf die Bank und weinte. Etheldreda fing meine Tränen auf und sandte ihm jede einzelne.

Kein Schwert wird ihn versehren.

»Kein Schwert soll dich versehren …«

»Alienor.« Torfrida stand hinter mir und berührte meine Schulter. Hastig wischte ich die Tränen ab und wandte mich um. Ihr Gesicht war blass. »Er ist hier. Irgendwo hier.«

Ich packte sie. »Woher weißt du das? Wie kannst du das wissen? Woher …«

Sie kniete neben mir nieder. »Ich hab ihn gehört«, raunte sie. »Ich hab …«

»Ich höre ihn auch, Torfrida«, flüsterte ich, »wie kann das angehen …«

»Ich weiß es nicht, Liebste.« Sie schüttelte den Kopf und schlang mir den Arm um die Hüfte. »Aber er ist hier. Ich spüre seine Gegenwart.«

Etheldreda ließ mich gehen. Die Kerze erlosch, die Heilige lächelte verständnisvoll und ein bisschen traurig. Ich stürzte mich auf den nächstbesten Mönch, packte seine grob gewebte Kutte und schüttelte ihn.

»Wo sind die Verliese? Wo sind die Gefangenen untergebracht? Könnt Ihr mir das sagen? Wo finde ich die Verliese? Helft mir, wo … wo kann ich Gefangene finden …«

Der Mönch pflückte sanft meine Hände von seiner Kleidung. »Der gütige Gott segne deine Jugend, Frau, er schenke dir jeden Morgen Sonne und einen Grund zu lächeln. Es« – er hob die Brauen –, »es gibt hier keine Verliese. Der heilige Cuthbert möchte keine Gefangenen an diesem Ort.« Ich ließ ihn stehen und eilte auf den nächsten zu.

»Die Verliese, rasch, wo finde ich die Verliese?«

Großäugig starrte der mich an. »Was für Verliese? Halleluja, der heilige Cuthbert hält keine Gefangenen!« – »Keine Verliese?« – »Beruhige dich und lobpreise mit uns den immerguten Herrn – in St. Cuthberts Kirche gibt es keine Gefangenen.«

An der Kirchentür prallte ich zurück, denn beide Flügel schwangen auf, und der Bischof betrat samt Gefolge die Kirche von Durham. *»Gloria«*, murmelte der Mann im fein gewebten Ornat, *»Gloria in excelsis Deo*, Gott segne euch alle, Er segne euch, Gott segne euch, ihr alle, gesegnet seid ihr, Gott segne euch …« Ein bleiches, aristokratisches Gesicht mit asketisch eingefallenen Wangen, umrahmt von schlohweißem Haar. Unter der hohen Stirn huschten die schwarzen Augen unruhig von einem Gläubigen zum anderen – so ganz anders als die kindliche Ruhe der Mönche des heiligen Cuthbert. Bischof Walcher von Lüttich, dem die Mönche von Durham gram waren, weil er selber kein Klosterbruder war. Der Bischof, Herr dieser Stadt. Ich stürzte vor seine Füße und küsste den Saum seines exquisiten Webmantels.

»Habt Mitleid, hoher Herr – ich suche einen Gefangenen. Erlaubt mir, ihn zu besuchen, Ehrwürdiger Vater, erlaubt mir …«, stammelte ich. Da hob er mich auf und studierte mein tränenverschmiertes Gesicht.

»Gott segne dich, liebes Kind, aber was redest du da – es gibt keine Gefangenen, von denen ich wüsste … Dies ist ein sehr heiliger Ort. Der heilige Cuthbert hält die Hand über diesen Ort. Beruhige dich und tue Buße, Gott wird dir vergeben. *Ego te absolvo*, mein Kind, bete zehn Paternoster, und spende eine Kerze …« Aufdringlich erschien der Ring zum Kuss vor meiner Nase, dann entfernte er sich schon wieder, Menschen segnend und »*Gloria*« murmelnd, sehr aufrecht für sein hohes Alter, und der Weihrauch, der ihm hinterherwehte, verschlug mir den Atem.

Ein paar Schritte weiter blieb er wieder stehen. »*Ma dame* Lucy de Taillebois, welche Überraschung. Habt Dank für Eure großherzigen Spenden – Gott segne Euch und Eure entzückenden Kinder …« Damit kamen auch meine entzückenden Kinder, die Lucy mit ihren Leckereien im Beutel kaum noch von der Seite wichen, in den Genuss des bischöflichen Segens. Lucy verbeugte sich anmutig.

»*… et in Spiritu Sancti* – amen. Ich habe Euren Gatten erst vor kurzem bewirtet. Was für ein gebildeter Mensch.«

»Er ist hier gewesen?«, fragte sie erstaunt.

»Ein Weilchen ist es schon her«, nickte der Bischof im Weitergehen. »Er überbrachte mir ein Präsent und war mein Gast für eine Nacht …«

Auf der Mauer, welche die alte Holzpalisade ersetzte und damit den Felsen von Durham befestigte, aßen wir eine Pastete, die Lucy von einem der vielen um die Kirche herumziehenden Pastetenhändler gekauft hatte. Es hatte eine Weile gedauert, bis ich mich beruhigt hatte, doch das Essen und ein kräftiger Schluck aus der Bierkanne richtete mich wieder auf. Niemand erwähnte den Zwischenfall, über den wir trotzdem alle drei grübelten. Torfrida vermied es, Eriks Namen zu nennen. Mein Rabe, der unter all den anderen Raben an der Burgmauer nicht auffiel, pickte die Reste der Pastete vom Boden. Vielleicht krächzte er ein bisschen mitleidiger als die anderen. Sicher war er gekommen, um mich zu trösten, denn er deutete mit dem Schnabel in die Luft. Ich ließ die Kanne sinken und drehte mich um. Der Blick von hier oben war heilsam überwältigend: klarer blauer Himmel über Wäldern von tiefem, undurchdringlichem Grün, dazwischen schlängelte sich der Wear wie ein Band aus Glassteinen, die das Sonnenlicht einfingen und tanzen ließen …

»Wohnt hier ein König?«, fragte Snædís schüchtern.

»Ein Bischof wohnt hier«, erklärte Torfrida und strich beruhigend über meine immer noch nervös herumfummelnden Hände. Die Nähe der beiden Frauen tat so gut … »Aber du hast Recht, es ist ein königlicher Ort. Und der Bischof von Durham ist ein sehr mächtiger Mann.«

So hatte Walcher nun nicht ausgesehen. Ich dachte wieder und wieder über ihn nach und über seine Worte, zerlegte sie in Einzelteile, interpretierte, schob sie hin und her. *Es gibt keine Gefangenen, von denen ich wüsste* … Hatte ich etwas überhört, hatte ich etwas übersehen, hatte er gar die Unwahrheit gesprochen?

Wir reisten trotzdem und gegen meinen Willen ab. Lucy und Torfrida gaben sich alle Mühe, mich zu überzeugen, dass ich nach Lindisfarne gehen musste. Den Bischof hatte ich nicht mehr gesehen, Eriks Stimme nicht mehr gehört. Vielleicht hatten sie ja Recht, und es war doch alles Einbildung gewesen. Mit gebeugtem Haupt verließ ich die Bischofsstadt, Unruhe im Herzen und noch nervöser als vorher. Der heilige Cuthbert geleitete uns, er kannte ja den Weg.

Die grünen Wälder Northumbrias nahmen uns zwei weitere Tage auf, dann hatten wir den Ort erreicht, wo unsere Wege sich endgültig trennen würden. Der Tyne teilte das Land energisch in zwei Hälften. Breit und schwer hatte er sich in die Erde gegraben und lag wie ein glänzender Seidenschal inmitten von tiefgrünen Wiesen.

Lucy drehte sich zu mir um. »Ist es nicht wundervoll hier?«, fragte sie mit strahlenden Augen. »Versteht Ihr, warum ich in den Fens nicht mehr atmen konnte?« Ich verstand vor allem, warum sie von dort so dringend fortgewollt hatte. Die Luft hier war klar und rein und gab den Blick auf eine unermessliche Berglandschaft im Westen frei. Selbst der Regen, der auch hier ein paarmal am Tag niederging und uns mit schöner Regelmäßigkeit durchnässte, schien von frischerer Qualität zu sein. Endlose dunkle Wälder bedeckten die Hügelketten, hier und da rauchte eine Feuerstelle, oder man sah Weidevieh durchs Gras ziehen. Das Land hatte allerdings immer noch eine Wildheit in sich, die mir Angst machte. Alles, was ich über Northumbria gehört hatte, alle grausamen Geschichten und die von Freiheit und Trotz, die schienen mir aus dem auf einmal sehr düsteren Grün zuzuwinken. Doch der Heilige legte seine Hand schützend über uns. *Alles wird gut.*

»Hier müssen wir uns nun leider trennen, Alienor von Uppsala, mein Weg führt mich nach Carleol im Westen, und der Eure nach Norden.« Ehrliches Bedauern stand in ihrem Blick. »Und damit Ihr wohlbehalten auf Lindisfarne ankommt, sollen Euch zwei meiner Leute begleiten.« Sie lächelte verschmitzt und winkte zwei der Normannen herbei. Ronan, einer ihrer Leibwächter, verbeugte sich vor mir. Dann traten wir ein paar Schritte beiseite.

»Alienor. Ich …« Sie legte ihre Hand auf meinen Arm. »Ich kann nicht ungeschehen machen, was … was Eurem Mann widerfahren ist. Aber ich weiß, wie es ist, lieb gewonnene Menschen zu verlieren. Und ich weiß auch, wie schrecklich es ist, wenn andere sie Hochverräter nennen.« Trauer um die beiden Brüder umflorte ihr schönes Gesicht. »Wenn ich Euch irgendwie beistehen kann, wenn Ihr Hilfe braucht – lasst es mich wissen. Und wenn ich etwas höre, sende ich euch unverzüglich Nachricht nach Lindisfarne. Gott schütze Euch, und Er gebe, dass wir uns wiedersehen.« Sie umarmte Torfrida und mich und herzte die Kinder, und als ich kurz darauf ihrem Gefolge hinterhersah, war ich wirklich bekümmert. Der schöne Koch drehte sich noch einmal um und winkte.

Nach dem Abschied von dieser lieben Freundin drohte mich das Gefühl der Leere wieder zu überwältigen. Ohne Torfrida hätte ich mein Ziel – Lionel auf Lindisfarne – aus den Augen verloren, hätte mich wahrscheinlich an den Wegesrand gesetzt und wäre irgendwann verhungert oder erfroren… Ich konnte nicht mehr, ich wollte nicht mehr, ich hätte Erfüllung darin gefunden, um Erik zu weinen, bis der Tod mich holte, das war für mich ein nahe liegenderes Ziel, als weiterzureisen. Torfrida spürte das. Und sie ließ es nicht zu. Sie tröstete die quengelnden Kinder, tränkte die Pferde und half mir in den Sattel, damit es weitergehen konnte, denn es lag noch ein Stück Weg vor uns. Wir fanden nach einigem Suchen eine Furt im Tyne, durch die Gilbert und Ronan uns sicher hindurchgeleiteten. Hinter dem Tyne wurde das Land flach, und wir kamen gut vorwärts.

»Die Mönche, die den Heiligenschrein in Sicherheit brachten, haben fünf Tage bis Lindisfarne gebraucht«, erzählte Torfrida. »Wir Frauen sind schneller, wir brauchen sicher nur drei Tage. Stell dir mal vor.«

»Wir beten nicht alle drei Schritte. Und wir haben ja auch Pferde«, sagte ich nachdenklich und strich über den Hals des prächtigen Rapphengstes, der mir mit jedem Schritt mehr ans Herz wuchs. Vielleicht, weil er Eriks Ein und Alles gewesen war. Vielleicht weil diese Kreatur ihn genauso schmerzlich vermisste wie ich. Nicht mal seinen Hafer wollte er aus meiner Hand fressen. Ich seufzte.

»Wie machst du das nur, Torfrida?« Sie sah erstaunt hoch. Die Kinder trabten auf Sindri zwischen den beiden Soldaten, schützende Hände bewahrten sie vor einem Sturz. Wir konnten in Ruhe miteinander reden.

»Wie hältst du das aus? Ohne… ohne…« Ich schluckte den Kloß im Hals herunter. »Wie hältst du das aus… ohne ihn? Wie schaffst du das?«

Sie lenkte ihre Stute neben mich und ergriff meine Hand. »Es ist sehr, sehr schwer, Alienor«, sagte sie nach einer langen Weile. »Ich habe gedacht, ich muss sterben. An dem Tag, als er starb, wollte ich mich neben ihn legen. Aber irgendwie… bekam ich doch die Kraft zum Weiterleben. Freude schenkt ihr mir – du und die Kinder.« Sie lächelte traurig. »Doch mein Herz ist tot, mit ihm gegangen. Man atmet irgendwie weiter…«

Man atmet irgendwie weiter. Der Thymiankreis zu Lichtmess war es gewesen, das wurde mir da klar – er hatte sie stark genug gemacht weiterzuleben, und ich bereute inzwischen, mich nicht hineingestellt zu haben. Vielleicht hätte er mir auch Kraft geschenkt. Als sie ihr Pferd vorwärts trieb, sah ich, dass sie sich verändert hatte. Ihre einst so adretten Kleider waren staubig und zerrissen, ihre Schönheit verblasst. Dicke weiße Strähnen durchzogen ihr dichtes Haar und ließen sich auch durch raffinierte Flechtereien nicht mehr verbergen. Der Kräuterduft, der sie stets umgeben hatte, war verflogen, ganz selten nur zog sie noch ein Beutelchen hervor. Der Zauber schien sie verlassen zu haben. Sie lebte einfach weiter, wie ein Blatt Pergament, auf dem die Schrift verblichen war.

»Torfrida.« Als ich sie einholte, hielt sie an, und ich umarmte sie schweigend. Für einen Moment hielt die Welt an und sah zu, wie wir uns gegenseitig Mut machten, wie wir uns Leben zuhauchten, und wie ein bisschen vom alten Glanz in unsere traurigen Augen zurückkehrte.

Die salzige Seeluft begleitete uns, als wir unseren Weg durch die Küstenebene von Northumbria fortsetzten. Hier war der Wald lichter, und ausgedehnte Wiesen erlaubten mancherorts einen Blick auf das Meer in der Ferne. Groß und ruhig lag es da, für mich immer noch unfassbar in seiner Unendlichkeit, obwohl ich es schon zweimal befahren hatte, und es glitzerte in der Sonne verheißungsvoll wie der Schatz eines Königreichs.

»Ihr werdet das Meer noch lieben lernen«, meinte Ronan und führte mich ein Stück die Wiese hinauf, von wo aus man das Meer noch besser sehen konnte. »Seht, wie sanft es heute ist. Ein guter Tag, um herauszufahren.« Er kam aus einer bretonischen Fischerfamilie und hatte uns in den zwei Tagen, die wir in seiner Begleitung reisten, mit leckerem Fisch bewirtet. »Lieben? Nicht hassen?«, fragte ich vorsichtig. Er schüttelte den Kopf. »Nicht hassen. Höchstens respektieren, *ma dame*.« Er stockte, und dann sah er mir in die Augen. »*Ma dame*. Euer Mann lebt, *ma dame*. Ich habe ihn gesehen.«

Das kam ein wenig plötzlich. Fassungslos starrte ich ihn an. »Was ... wie ...«

»*Mon seignur* Ivo hatte zwei Gefangene bei sich, als ich ihn zuletzt sah. Der eine war der Nordmann aus Uppsala.« Mitleidig sah er mich an. »Euer Mann.«

»Wo habt Ihr ihn gesehen?«, flüsterte ich.

»Schon etwas länger her. *Mon seignur* Ivo wollte in den Norden, aber ich weiß nicht, was er dort vorhatte.«

Mehr war nicht aus ihm herauszubringen, sosehr und sooft ich auch fragte. Den Rest unseres Weges legten wir in tiefem Schweigen zurück. Von allen Seiten versuchte die Sonne, uns aufzumuntern, kitzelte unsere Gesichter, blies sanft Wind um unseren Nacken, und der blähte frech die herabhängenden Röcke. Der Boden wurde sandiger, das Gras härter und das Salz auf den Lippen intensiver. Es machte hungrig – nach Brot, nach Fleisch, nach der leidenschaftlichen Liebe eines Mannes und nach seiner hingebungsvollen Umarmung danach ... Ich biss mir ins Handgelenk, um nicht zu schreien ... *Euer Mann lebt.* Selbst Hoffnung konnte irgendwie bitter schmecken.

Und dann bog Ronan nach rechts ab, auf einen Weg, der von vielen Fußspuren breitgetrampelt worden war. »Der Pilgerweg nach Lindisfarne«, flüsterte Torfrida. »Wir sind bald da, Alienor.« Ich war immer noch beschäftigt mit dem, was Ronan mir verraten hatte. Gott Allmächtiger. Gib mir Kraft. Der Normanne hatte ihn gesehen. Er hatte ihn gesehen ... Eine Meeresbrise wehte mir als Begrüßung ins Gesicht. Sie versuchte energisch, die Gedanken zu vertreiben, weil jetzt Großartiges vor uns lag: das Meer, und Lindisfarne, die Insel des Heiligen, schimmernd im sommerlichen Nachmittagslicht ...

Ich war sprachlos. Sie lag dort wie eine goldene Scheibe, eine kleine Wölbung nur im Meer, die aber mit Gottes Hilfe allen Fluten trotzte. Gräser und Ähren wiegten sich im Wind und streichelten den Boden wie mit Seidenhand, kleine Wellen leckten an den flachen Stränden, plätscherten spielerisch und neckisch und gaukelten uns vor, dass sie so harmlos seien wie Kätzchen ...

Andächtig ließen wir uns am Strand nieder. Der Sand und die

Dünen waren zertrampelt von Pilgerfüßen, Abfall lag herum, ganz in der Nähe glotzte ein Mann aus einer Scheune.

»Ihr habt Glück, *ma dame*. Heute ist ein wunderbarer Tag. An manchen Tagen stürmt es hier wie zum Jüngsten Gericht, und es ist trotz Ebbe kein Hinüberkommen. Ihr werdet Euch auf der Insel an Sturm gewöhnen müssen. Man sagt, im Winter sei es ein wahrlich unwirtlicher Ort ...«, sagte Ronan und deutete auf das Meer hinaus. »Hier ist England zu Ende, und wer hier leben will, der muss das Meer und die Elemente lieben.« Die Stimme zitterte etwas. Ich sah, wie sehr Ronan der Fischer das Meer vermisste.

»Wer hier leben will, muss zu Gott wollen«, sagte ich leise. Er sah mich an und nickte stumm. Ein Schwarm schwarzer Seevögel kreiste über dem Wasser; der eine oder andere Vogel tauchte kühn ein ins salzige Nass und kam manchmal mit einem Fisch oder einem Stück Alge zum Vorschein. Vor meinem geistigen Auge wuchsen die kleinen Wellen an, türmten sich zu Ungeheuern, die, vom Sturm angepeitscht, den Strand verschlangen und die Insel zu überwältigen versuchten – gefräßige Ungeheuer, Kreaturen des Teufels, denen der Heilige damals allein im Gebet die Stirn geboten hatte. Der Ort, so friedlich er gerade dalag, sah nicht so aus, als ob er den Menschen je wirklich gehört hatte ... vielleicht war es deswegen ein Ort der Gnade. Weil Menschen dort trotzdem überleben durften.

»Es ist Flut, Ihr müsst warten, bis das Wasser zurückgeht und den Weg freigibt«, sagte Ronan. »Das kann ein paar Stunden dauern. Und dann folgt Ihr den Stäben, die Ihr dort im Wasser seht – das ist der Pilgerweg nach Lindisfarne. Seht zu, dass Ihr niemals von dem Weg abweicht – der Treibsand schluckt alles, was unvorsichtig ist. Nehmt die Pferde am kurzen Seil, und lasst die Kinder nicht herumlaufen – man erzählt sich, das hier jedes Jahr Menschen ertrinken.«

»Ihr befindet Euch übrigens in sicherer Gesellschaft«, meinte Gilbert mit sarkastischem Lächeln. »Dort hinten, auf der Burgruine von Bamburgh, sitzt Earl Gospatric und passt auf, dass die Northumbrier keine Dummheiten machen.« Bamburgh war nur ein Schemen an der Küste im Süden, man sah den Turm der

Burg beinahe ins Wasser ragen. »Das ist die mächtigste Festung hier im Norden. Wenn Ihr Schutz suchen müsst – geht dorthin.« Unwillig sah ich ihn an. Ich war hierher gekommen, um nie wieder irgendwo Schutz suchen zu müssen. Und ganz sicher nicht auf der Burg eines Verbrechers. Aber das konnte er ja nicht wissen.

»Das waren die einzigen Normannen bisher, die wirklich nett sind. Die mochte sogar ich«, brummte Torfrida, nachdem die beiden Soldaten uns verlassen hatten.

Ich nickte unsicher lächelnd. »Und mich? Magst du mich? Ich bin auch Normannin.«

Statt einer Antwort kniff sie mich in den Arm, bevor sie sich der Länge nach in den Sand legte. »Alienor – ich glaube, heute würde ich sogar den König mögen. Und der ist sogar ein normannischer Bastard.« Sie breitete die Arme aus, um die Sonne einzuladen, sich auf ihr niederzulassen. »Alles wird gut. Glaub mir.«

Nachdenklich sah ich auf das Wasser. Es gab sich alle Mühe, mich von Torfridas Prophezeihung zu überzeugen. *Alles wird gut.* Es streichelte liebevoll meine Kinder, die mit nackten Füßen im Uferschlick herumplantschten und wieder einmal vergaßen, was sie des Nachts nicht schlafen ließ. Ljómi schaufelte mit beiden Händen Wasser an den Strand und wunderte sich, dass es dort nicht bleiben wollte. Snædís rannte quietschend einem Wattläufervogel hinterher. Obwohl sie beide sicher bald nass bis auf die Haut sein würden, ließ ich sie gewähren, und freute mich an ihrem Lachen.

Willkommen, plätscherten die Wellen, *willkommen, willkommen, willkommen*... Der Turm von Bamburgh am Horizont schien sich zu neigen. *Willkommen*...

Würzige Seeluft füllte mir die Lungen, der Wind blies mir alle Bedenken, Erinnerungen und schlechte Gedanken erst einmal energisch aus dem Kopf. Er verwirbelte mein kurz geschnittenes Haar, und ich ließ ihn gewähren. Ich reckte mich ihm entgegen, und als auch Torfrida ihre Flechten löste und ihr Haar wie eine lange Fahne im Wind wehte, lachten wir beide wie übermütige Kinder, bewarfen uns mit Sand und weinten hinterher, weil Glück und Trauer so nah beieinander lagen.

Als die Sonne müde wurde und die Insel von Westen her geheimnisvoll leuchtete, zog das Wasser sich tatsächlich zurück. Goldener Schimmer lag über dem Watt und über Lindisfarne, wie ein kostbarer Schleier, ein Altartuch, ausgebreitet für die abendliche Messe für den Heiligen. Er begrüßte uns mit atemberaubendem Licht, lud uns ein auf seine Insel, wo alles bereitstand, und das Wasser hatte die Tore geöffnet. Fast höflich hatte es die Bucht verlassen und eine bizarre Landschaft aus Tanghäufchen und Sandwellen für uns ausgelegt. Möwen kreisten über dem neu entstandenen Land, suchten nach Krebsen und Muscheln, und ihr misstönendes Geschrei drängte zum Aufbruch. Ich sank auf die Knie und betete inbrünstig, dankte für unsere sichere Reise …

»Sieh mal, Alienor«, unterbrach Torfrida mich, was gar nicht ihre Art war. »Sieh mal, da steht doch jemand. Siehst du ihn?« Die Mädchen drängten sich um sie herum, folgten ihrem Finger, gestikulierten, Snædís schnatterte, wer das wohl sei und was er wohl dort treibe – und mein Herz machte einen Hüpfer. Er wartete auf uns. Vor Rührung zerknüllte ich mein Brusttuch. Ljómi griff nach meiner Hand und sah hoch zu mir, ihr Blick sprach deutlich. Auch sie hatte Lionel erkannt.

Kaum war der Weg ganz frei vom Wasser, luden wir Kinder und Gepäck auf die Pferde und machten uns auf den uralten Weg, den die Pilger mit langen Stangen im Watt markiert hatten.

»Dominus pascit me, et nihil mihi deerit; in pascuis virentibus me collocavit, super aquas quietis eduxit me …«

Meine Stimme erhob sich über dem Watt, sie ließ sich vom Wind nicht einschüchtern, der versuchte, sie hierhin und dorthin zu tragen und am Ende zu zerstreuen. Sie wurde voller und zuversichtlicher mit jedem Schritt, und der Himmel schien mir näher zu kommen – oder lag es daran, dass ich tiefer atmete …

Frère Lionel erhob sich von dem Stein, auf dem er gesessen hatte. »Liebes Kind. Ei, was, ei, liebes Mädchen, Flour, ei, was seh ich denn …« Er zwinkerte, versuchte die Tränen wegzuzwinkern, ruderte mit den Armen, schniefte wie ein Novize, weil der Wind von vorne kam und ihn an der Nase packte, »ei, liebes Mädchen, ei, welche Überraschung, schau an, wer hätte das gedacht, liebes, liebes, mein Liebes – was für eine Überraschung …«

Ich ließ den Zügel fahren, vergaß meinen Psalm, rannte los, dass das sandige Uferwasser aufspritzte, und flog an seinen Hals, hemmungslos heulend, und es war egal, dass er nach Schweiß und Fisch roch, dass seine Kutte vor Dreck stand und dass ein Mönch hinter ihm erschien, dem fast die Augen aus den Höhlen fielen.

»Ei, mein liebes Kind …« Tröstend strich er mir über den Rücken, mein Herz explodierte fast vor Rührung, und ich musste noch mehr weinen, weil ich ihn schon so lange nicht mehr gesehen und schrecklich vermisst hatte. Irgendwann zog er mich von seiner Schulter.

»Seht Ihr, Aidan?«, sagte er triumphierend und zutiefst befriedigt. »Ich habe Euch heute Morgen doch gesagt, das wird ein großartiger Tag. Die Sonne hatte ein Licht wie nie zuvor, und der Wind kam von Süden, was er hier fast nie tut. Ihr wolltet mir mal wieder nicht glauben. Und – hab ich nun Recht behalten?« Er strahlte übers ganze Gesicht, immer noch so rechthaberisch, wie ich ihn kannte, und nahm die Kinder in die Arme.

»Jetzt weiß ich endlich, worauf er gewartet hat«, sagte da der kleine Mönch neben mir und schwenkte vergnügt Sindris Führseil. Erstaunt sah ich ihn an. Er lächelte gütig. »Er hat jeden Tag hier gewartet. Jeden Tag, seit er auf der Insel angekommen ist. Er behauptete« – Aidan senkte die Stimme und beugte den Nacken –, »er behauptete, es sei wegen der Kontemplation. Dabei« – und nun strahlten die grauen Augen –, »dabei ist doch die ganze Insel Kontemplation. Seht euch um. Wo ist Gott, wenn nicht hier, an diesem wunderbaren Ort, in dieser wunderbaren Luft, in diesem wunderbaren Licht? Hier steckt Er in jedem Grashalm, in jeder Biene, in jedem Lufthauch, in jedem salzigen Wassertropfen …« Er holte tief Luft und schlug ein Kreuz auf der Brust. »*Amen.* Lionel jedoch hatte sich diesen Uferplatz hier ausgesucht. Jetzt weiß ich, dass er nicht Gott gesucht hat, sondern dich. Und bei Gott – das ist keine Sünde.« Er tätschelte meinen Arm.

Aidans warmes Lächeln begleitete mich auf dem weiten Weg, den wir um die halbe Insel herumgehen mussten. Lionel trug Ljómi auf dem Arm, Snædís sprang hinter ihm her. Seine schmale Gestalt wirkte aufrechter und energiegeladener, als ich sie in Erinnerung hatte, und seine Schritte waren elastischer. Von hinten konnte man ihn fast für einen jungen Mann halten. Er war vorhin wieder jung geworden.

Ich atmete tief durch. Zu Hause. Wir waren zu Hause.

»Hier wird der Eingang entstehen. Eine große Doppeltür, ein Portal, mit einem Rundfenster darüber, durch das das Licht des Allmächtigen scheinen kann. Es soll bis vorne zum Altar scheinen – dort hinten.«

»Wo?!?«, fragte ich entgeistert und folgte mit dem Blick seinem Finger.

»Na, hier!« Er stapfte vorwärts, Schritt um Schritt um Schritt, bis er neben einem weiteren Stöckchen stehen blieb. »Hier.«

»Was denn – sooo riesig?« Ich war fassungslos. Mit großartigen Schritten kam er zurück, und der Wind bauschte wie ein Verbündeter seine Kutte zu einem prahlerisch ausladenden Gebilde. »Das wird eine Kathedrale, liebes Kind. Keine Kapelle. Eine Kathedrale, groß genug für den Bischof von Durham, groß genug für den Erzbischof von York, und den von Canterburie …« Den Papst erwähnte er lieber nicht, weil Bruder Aidan in der Nähe stand, und der schätzte Vermessenheit gar nicht. »Es sind großartige Pläne, die ich da zeichne, für eine großartige Kirche, das wird Bischof Walcher zugeben müssen. Er muss das zugeben, ob er will oder nicht. Ich werde sie ihm persönlich überbringen, wenn sie fertig sind.«

Diese Pläne waren allgegenwärtig. Frère Lionel hatte ein Lebensziel und arbeitete rastlos von früh bis spät an den Plänen. Er hatte in dem niedrigen Haus eine halbe Wand herausgerissen und ein langes Vordach gebaut – so hatte er bis spät in den Abend Tageslicht zum Zeichnen und Rechnen und Planen, und er blieb dort sitzen, auch wenn es aus Kübeln regnete. Er vergaß das Essen, die Mahlzeiten, die Gebetszeiten, und ich begriff, warum Bruder Aidan mit ihm Haus wohnte und nicht bei den Mönchen nebenan in der Priorei.

Dort lebten vier alte Männer – so alt, dass sie vielleicht den heiligen Cuthbert selber noch gekannt hatten. »Unsinn!«, schimpfte Lionel. »Cuthbert ist seit vierhundert Jahren tot!«

Ich hatte noch nie so alte Menschen gesehen. Der Abt ging an zwei krummen Stöcken, und wenn er hinfiel, konnte er nicht alleine aufstehen. Er lag dann halt am Boden und sang ein Lied von Gottes Großartigkeit und vom selig machenden Licht der Sonne, bis ihn jemand fand und ihm auf die Füße half. »Gott segne dich, mein Kind«, pflegte er zu lächeln, bevor er davonhumpelte, und man konnte sich nie sicher sein, ob er sich einen Tag später noch an den Helfer erinnerte.

Einer brabbelte den ganzen Tag zusammenhangloses Zeug und bohrte Löcher in den Gemüsegarten, die man wieder zuschaufeln musste. Er wurde am Morgen in den Garten getragen und am Abend wieder zurück, und immer wenn die kleine blecherne Glocke geläutet wurde, weinte er und strahlte gleichzeitig, und man konnte meinen, er fühlte sich endlich zu Gott gerufen, dabei war es nur die Messglocke. Die anderen versorgten mehr recht als schlecht die Beete und die Kerzen in der Kirche. Sie waren furchtbar nett, stets trugen sie ein Lächeln auf den Lippen und lobpreisten Gott, wo es ihnen einfiel, mindestens ein Dutzend Mal am Tag, ohne dass sie vor dem Altar standen, und ihr Gemüt war so sonnig wie das eines Kindes. Sie vollbrachten jedoch nichts Nennenswertes, und ich fragte mich, ob sie das jemals getan hatten.

»Die Regel des Heiligen Benedikt – *ora et labora* – hat hier oben wohl der Seewind fortgetragen.« Lionel betrachtete liebevoll den Verein der Alten. »Übrig geblieben ist ein Lobpreis Gottes, wie es ihn nirgendwo sonst gibt. Das, was du hier siehst, ist das Erbe des heiligen Cuthbert. So was findest du auf dem Kontinent nicht…« Das klang nicht abfällig. Im Gegenteil. Er hatte seine Aufgabe im Leben gefunden, und dazu ein Plätzchen, das die Seele wärmte. Und ich wusste schon nach drei Tagen, dass ich hier auch nicht mehr wegwollte. Ich war wirklich zu Hause.

Die schwere Arbeit wurde von den drei Familien gemacht, die in der Priorei von Lindisfarne lebten. Es gab ein paar Felder mit Getreide und Rüben, es gab eine kleine Schafherde und zwei Kühe, und die Kinder waren sehr geschickt darin, Vogeleier in den Dünen aufzustöbern oder merkwürdigen schwarzen Vögeln mit puterroten Schnäbeln und Schelmenköpfen nachzustellen. So lustig diese Vögel aussahen, so hervorragend schmeckten sie über dem Torffeuer gebraten ... Eadwin fuhr mit dem Boot zum Fischen heraus, doch viel war es nicht, was er fing, weil die Strömung den Fisch nach Süden trug und der ewige Wind es nur im Sommer erlaubte hinauszufahren. An manchen Tagen türmten sich auch bei warmem Wetter die Wellen so hoch, dass Eadwin sein Boot im Hafen vertäut ließ und in der Kirche betete, dass die Wellen es nicht holten wie sein altes Boot und das Fischernetz im letzten Jahr. Anna, sein Weib, spann Wolle und Nessel und war sehr geschickt am Webrahmen.

Aus Weidenzweigen wurden Körbe geflochten, in denen Muscheln gesammelt wurden. Ich mochte keine Muscheln, die schwarz glänzenden Dinger waren mir nicht geheuer und ihr schwabbeliger Inhalt noch weniger. Bruder Aidan überzeugte mich, dass Muscheln in Biersuppe mit Sellerie eine Offenbarung seien: »Jede Muschel ist ein kleines Wunder«, strahlte er. »Sie sieht aus wie der Teufel, schwarz und unheimlich – huhuuu –, und doch birgt sie einen Happen Glück in sich.« Und er zeigte mir, wie man sie öffnete und den gekochten Inhalt mit einer bereits leeren Muschel herauszupfte. »Die Muschel schenkt dir ihr Leben, damit du satt wirst – ist das nicht wunderbar?«

Ich mochte Bruder Aidan. Für ihn war so viel wunderbar, niemals sah ich ihn traurig oder deprimiert. »Das Leben ist ... alles«, sagte er immer, breitete die Arme aus und drehte sich, dass die Kutte flog. »Gott ist alles. Und alles ist ein Fluss, alles ist im Fluss, nichts ist endgültig, alles ist nur ein Übergang. Vom Winter zum Frühjahr, vom Sommer zum Herbst. Von der Blüte zur Frucht, vom Kern zum Baum, vom Lämmchen zum Braten.« Er grinste spitzbübisch und wurde dann ernst. »Vom Leben zum Tod und wieder zum Leben. Wenn das kein Wunder ist…« Und er legte mir eine schwarz glänzende Muschelschale in die Hände und ging zurück in die Kirche, um Gott für alles Wunderbare zu lobpreisen.

Die Herbstsonne malte in jenen Tagen alle Farben auf der Insel noch intensiver. Tiefblau lag das Meer um uns herum, mit sattem Gold bestäubt wogte das verblühte Gras in den Dünen, und feurig schimmerten die Früchte des Weißdorns aus den kahlen Ästen. Die hauchfeinen Gespinste, die lose von den Sträuchern hingen und wie kleine Wunderwerke umherflogen, mochten wohl Fäden der Schicksalsfrauen sein, doch auf dieser friedlichen Insel war es auf einmal ganz einfach zu glauben, dass diese Gespinste Glück brachten, wenn sie an den Kleidern hängen blieben.

Es war ein sehr einfaches, karges Leben, das wir auf Lindisfarne führten, und der Winter würde sicher entbehrungsreich werden, denn niemand kam hier auf die Idee, sich auf dem Festland mit Nahrungsmitteln zu versorgen. Ich behielt vorerst für mich, was für routinierte Wilderer wir in den letzten Monaten geworden waren und dass sich in meinem Gepäck Pfeil und Bogen befanden, die ich wohl zu benutzen verstand. Als im September die ersten Stürme über die Insel fegten, bekamen wir einen Vorgeschmack davon, was Winter an Northumbrias Küste bedeutete.

Meine Diener waren aus Osbernsborg angekommen, und somit saßen ein paar Esser mehr am Feuer. Trotzdem hatte ich mich ehrlich gefreut, Hermann, Ringaile und Margyth wiederzusehen – ihre Gegenwart bedeutete ein Stück Heimat mehr, und mit ihnen konnte ich Erinnerungen teilen und auffrischen, die sonst in Vergessenheit geraten wären. Viele Abende saßen wir dicht gedrängt am Torffeuer und erzählten den staunenden Inselbewohnern von früher, von Sassenberg und von den Menschen am Mälar droben im Svearland, die unser Leben eine kurze Strecke begleitet hatten. Und in stürmischen, schlaflosen Nächten fühlte ich mich zurückversetzt in das Haus der Sigrun

Emundsdottir, das, umkämpft von Dämonen, in einer einsamen Bucht am Mälar gelegen hatte und trotzdem der wärmste Platz auf Erden gewesen war.

In solchen Nächten verstand ich auch, warum die Leute auf Lindisfarne die Häuser in die Dünen hineinbauten und ihre Dächer mit Grassoden statt mit Binsen deckten. Manchmal wehte der Wind so stark, dass man kaum vor die Tür gehen konnte. Dann überlegte ich zusammen mit Torfrida, womit wir die Kinder im Winter beschäftigen konnten. Doch allem bösen Wetter, Sturmböen und nassen Kleidern zum Trotz – zum ersten Mal seit langer Zeit konnte ich mich entspannen, weil ich mich in der kleinen Priorei inmitten aller Menschen, die ich liebte, sicher fühlte. Krank vor Sehnsucht nach Erik, und verrückt vor Sorge, immer ein bisschen hungrig – aber sicher.

Ich saß auf dem einzigen Felsen von Lindisfarne und studierte den Horizont. Der Wind zauste mein kurzes Haar – ich hatte es mir abgewöhnt, den Schleier draußen zu tragen, weil er ja doch davonflog. Der Fels hatte Sonne getankt, in der steinernen Kuhle, die wie für mich geschaffen schien, war es sogar richtig warm. Vielleicht hatten hier auch die Mönche gesessen, die vor vielen hundert Jahren die Wikingerflotte entdeckt hatten. Schnelle Schiffe mit bunten Segeln, die mit dem Ostwind in enormer Geschwindigkeit aus dem Nichts herangeeilt kamen und im Morgengrauen die Küste von Northumbria erreichten, voll besetzt mit schreienden und grölenden, ungewaschenen Kriegern … Ich versuchte, mir vorzustellen, wie das wohl gewesen sein mochte. Der kleine, eiförmige Naturhafen voller Schiffe. Lärm. Trommeln. Schildgeklappere. Geschrei. Wie sie ankerten, ins Wasser sprangen, das Boot der Mönche zertrümmerten, an Land stapften, breitschultrige, wilde Gesellen mit gebleckten Zähnen, Äxte und Schwerter über den Köpfen schwingend, alles niederwalzend, was sich ihnen in den Weg stellte. Wie sie brutal die Kirche überfielen, zerschlugen, raubten, was von Wert war, die erwachenden Mönche in ihren Zellen niederschlugen, einen nach dem anderen, und wie Blut das Meerwasser nach und nach rot färbte …

Der Horizont war grau wie jeden Tag. Wie auch an jenem Tag? Ein Überfall konnte jederzeit wieder geschehen – Lindisfarne hatte einen Hafen, der zum Anlegen lockte. Über die Jahrhunderte hatten die Mönche, die hier lebten, ihre Wachsamkeit verloren. Niemand außer mir saß noch in der Felskuhle und schaute auf das Meer… In der Nähe des Burgturms von Bamburgh tanzte ein Fischerboot auf dem Meer. Vielleicht saß Eadwin in diesem Boot. Ich bedauerte den Fischer, der bei solchem Wetter hinausfahren musste. Herbstwinde peitschten das Meer und setzten den Wellen breite Schaumkronen auf – doch ohne die Sonne wirkten sie nicht heiter und verspielt, sondern garstig, gefräßig, lüstern. Die Möwen schrien lauter als sonst, wagten sich näher an meinen Sitzplatz. Mein Rabe schwang sich zu mir auf den Felsen. Zutraulich kam er herangewackelt, und ich durfte ihn sogar streicheln.

»Armer Kerl, nicht mal einen Baum kannst du dein Eigen nennen«, murmelte ich. Bruder Aidan war ein wirklich netter Kerl, doch Raben mochte er ganz und gar nicht leiden, daher vertrieb er Náttfari regelmäßig von den Eichen, die den alten Friedhof und die Ruine der Kirche von St. Cuthbert säumten. Zwecklos, ihm zu erklären, dass dieser Rabe etwas Besonderes war und dass sein Platz auf Eichen irgendwie richtig war.

Er hatte ihn sogar einmal von Cuthberts Insel verjagt – jenem kleinen Felseiland jenseits der Priorei, das nur bei Ebbe zu erreichen war. Es war ein besonders heiliger Ort, denn hierher hatte der Heilige sich zurückgezogen, wenn ihm auf der Insel zu viel Unruhe war. Zweimal war ich hinübergewatet und hatte mich auf die Steinmauer der uralten Kapelle gesetzt, den Blick nach Osten, wo einmal ein Altar gestanden haben mochte. Wilder Mohn schaukelte im Wind, dazwischen klammerten sich Schlüsselblumen an die Mauer. Wasser schmatzte am scheibenartigen Fels und gluckerte in Spalten, Vögel kreisten um das Eiland, doch keiner von ihnen landete. Und war es nun die Müdigkeit oder tatsächlich Cuthberts Atem – hier hielt Gott einen fest.

Ich sann gerade darüber nach, welch seltsamer Weg mich doch an diesen Zipfel der Welt gebracht hatte, als Schritte auf den Steinen erklangen. »*Hlæfdige!*« John, der kleine rothaarige Sohn von Eadwin, dem Fischer von Lindisfarne, kam den Felsen hochgeklettert. »*Hlæfdige!*«, da ist Besuch für Euch, kommt mit, schnell!« Mit klopfendem Herzen stieg ich ihm hinterher und knüpfte im Laufen mein Schultertuch fest. Besuch. Wer kam nach Lindisfarne, um mich zu besuchen? Sinon brachte uns im schnellen Pass zur Priorei zurück, wo sich die Bewohner draußen versammelt hatten, um den Normannen auszufragen, der über den Pilgerweg gekommen war.

»Und gibt es nun Krieg?« – »Wird der Schottenkönig kämpfen?« – »Wo werden sie wohl kämpfen?« – »Müssen wir flüchten, was denkt Ihr? Werden sie auch die Insel« – »Vielleicht ist es besser, nach Durham –«

»Flour, mein Kind.« Lionel kam auf mich zu. »Dieser Mann hat eine Botschaft für dich.«

Es war Ronan, der normannische Soldat, der uns seinerzeit hierher begleitet hatte. Mit nervösen Fingern zupfte ich meine Haare zurecht, obwohl der Wind sie gleich wieder zauste. *Erik*. Jeder Gedanke begann mit seinem Namen.

»Was bringt Ihr uns nach Lindisfarne?«, fragte ich mit bebender Stimme. Was konnte er wohl bringen? Was ... Fahrig bot ich ihm einen Platz auf der Steinmauer an, etwas abseits der neugierigen Ohren.

»Lucy de Taillebois lässt Euch grüßen und Folgendes ausrichten.« Er sah mir tief in die Augen. »Der König wird morgen oder übermorgen in Durham erwartet. *Mon seignur* Ivo ist in seinem Gefolge – er heißt jetzt übrigens Baron of Cherchebi.« Verstohlen rückte er näher. »Die ganze Stadt ist in hellem Aufruhr, weil der König ein paar Tage bleiben wird; man sagt, er wolle ... aufräumen.« Mein Blick muss ziemlich verständnislos gewirkt haben, denn nachdrücklich wiederholte er: »Ich soll Euch ausrichten, dass der König einige Tage in Durham sein wird.« Und er ergänzte: »Möglicherweise ... wollt Ihr um eine Audienz bitten. Meine Herrin kann Euch dabei behilflich sein. Das soll ich Euch ausrichten.«

Ich legte die Hände vor den Mund. Eine Audienz. Eine Audienz bei Guilleaume von England. Tränen liefen über meine Wangen, netzten die Finger zwischen den Zähnen, tropften auf mein Kleid. Mein Blick trübte sich, und doch musste ich den Überbringer dieser Nachricht immer weiter anschauen. Eine Audienz. Vor den König treten. Ihn um Gnade für meinen Mann bitten. *Erik*. Um Gnade … Gnade …

Torfrida legte von hinten den Arm um mich. »Du wirst tun, was die Dame sagt. Du wirst nach Durham gehen und vor den König treten. Und du wirst es als eine Montgomery tun«, beschwor sie mich. Ronan starrte mich an. »Ihr seid … Ihr stammt aus dem Hause Rogers?« Ich nickte, ohne es weiter zu erläutern. Den König würde das sowieso nicht interessieren. Oder doch?

Eine Audienz. Allmächtiger. Mit dem Ärmel wischte ich die Tränen fort und wanderte, die Lippen blutig nagend, den alten, zugewucherten Kreuzgang zu Lionels Baustellen hinunter. *Kein Schwert mag ihn versehren.* Lieber Gott. Hab Erbarmen. Hab Erbarmen mit uns. Der plötzlich auftauchende Schmerz drohte, mich niederzustrecken. An der Stelle, wo mein Vater, der Baumeister, den Altar geplant hatte, sank ich auf die Knie.

»*De profundis clamavi ad te … exaudi vocem meam … fiant aures tuae …* Ich will allen fremden Göttern entsagen, will nie wieder einen von ihnen anrufen, will nie wieder Bier ins Feuer gießen, ich will Buße tun, ich will.«

Lass gut sein. Der Heilige lächelte mir aus den Wolken zu. *Das Bier macht noch lange keine Heidin aus dir – lass gut sein. Gott ist mit dir auf diesem Weg.*

»Ich will ihn wiederhaben …« *Gott ist mit dir.*

Er schenkte mir einige Momente tiefster Stille, dann ließ er mich gehen, ohne Tränen, dafür mit Zuversicht im Herzen.

Da die Flut bereits zurückkehrte, tat Eile Not. Kopflos rannte ich in Lionels Haus umher, zog Kleidungsstücke über den Boden, Tücher, ein Unterkleid – zerlöchert, ein Halstuch – schmutzig, mein Haar – zerrupft, die Schuhe – schmutzig … »So kann ich nicht gehen, so kann ich doch nicht gehen, nicht zum König, lieber Gott, so kann ich nicht gehen, Heilige Muttergottes, er wird mich nicht empfangen – so kann ich nicht, zum Teufel noch mal, so kann ich doch nicht gehen …« Haareraufend kippte ich den Inhalt der Truhe auf den Boden, schaufelte Stoff umher und wälzte Schmuck, jammernd, keuchend, und Erik turnte zu alledem in meinen Gedanken herum, sein Lächeln, mit dem er das Durcheinander kommentiert hätte, die klaren Augen, die mit Geschmack das Richtige für mich ausgesucht hätten, und die Hände, mit denen er die Probleme einfach vom Tisch schob …

Torfrida fand mich verzweifelt schluchzend auf dem Boden. Und wie einst als Königin in Herewards Reich spendete sie Trost und übernahm es, für alles Sorge zu tragen – sie verbannte die neugierigen Kinder nach draußen, räumte die Truhen wieder ein und packte stattdessen eins ihrer wundervollsten Kleider aus. »Das hier wirst du tragen. Es ist wie für dich gemacht, und der König liebt es, schöne Frauen anzuschauen.« Das dunkelgrüne weiche Gewand war ein Traum, und ich musste gleich schon wieder weinen, diesmal vor Scham und Rührung, weil die Tochter von Geneviève de Montgomery in zerrissenen Kleidern auf dem Boden schlief. Torfrida hielt sich nicht mit Bedauern auf, sondern frisierte mich und drapierte das Leinentuch der alten Königin Edith so großartig wie möglich auf meinem Kopf. Zuletzt entnahm sie ihrem Kräuterkasten ein Döschen, und zum ersten Mal seit vielen Jahren verschwand die unselige Narbe, die mein Gesicht verunzierte und mich wie eine billige Magd aussehen ließ, unter einer Schicht aus Schminke und Puder. »Und jetzt hörst du auf zu weinen«, sagte sie streng, »sonst zerfließt mein ganzes Werk.« Die Schminke verschwand im Beutel, damit ich sie in Durham erneuern konnte. Als Letztes hüllte sie mich in ihren guten Fellmantel und hieß mich, auf dem Boden Platz zu nehmen. Mit ihrem geweihten Holunderstab, den sie sorgfältig vor den Mönchen verbarg, zog sie einen Kreis um mich, zerschnitt mit dem Athame Wermutzweige und warf eine Hand voll davon auf die Räucherkohle. Der starke Duft des Krauts zog in meine Nase und bewirkte, dass ich tief einatmete. Ich hatte keine Angst mehr vor ihren Ritualen – ich wusste ja, dass sie nur Gutes im Sinn hatte, so wie Hereweard es vor vielen Monaten angekündigt hatte. Schritt für Schritt versank sie in Meditation, und ich spürte, wie sie gleichzeitig innerlich wuchs und wieder so stark wurde, wie ich sie kennen gelernt hatte …

»Nehmt diese Frau in eure Mitte«, murmelte sie mit dunkler Stimme, »lasst sie keinen Schritt allein, lenkt ihre Wege, schützt ihr Leben, schenkt ihr Worte, macht sie mutig, macht sie stark, lasst sie für jedermann erstrahlen, Edelstein auf ihrer Haut, Sonne in ihren Augen, Balsam auf ihrer Zunge – nehmt sie in eure Mitte – ihr Weg ist Liebe, euer Weg ist Liebe, Liebe soll euch einen, nehmt diese Frau in eure Mitte … Segen für dich.«

Als sie den Kreis wieder öffnete, hörte ich, wie der Heilige vergnügt lachte. *Dein Weg ist Liebe. Gott ist mit dir.* Meine Brust war so leicht geworden, als hätte jemand den Felsbrocken weggeräumt, der dort seit Wochen lag und das Luftholen schwer machte. Wortlos griff ich nach Torfridas Hand.

Draußen wartete Lionel mit den gesattelten Pferden. Seinen entschuldigenden Gesichtsausdruck verstand ich erst, als ich Snædís in Sindris Sattel entdeckte.

»Nein!«

Sie hob die energischen Brauen, die Erik ihr vererbt hatte. »Doch.«

»Nein. Du bleibst hier.«

»Ich geh mit.« Der kindliche Blick wurde finster, der rote Mund schmollte. »Ich geh mit.«

Lionel legte schützend die Hand auf ihren Arm. »Ihr soll nichts geschehen …«

»Ihr bleibt alle hier – allesamt!«

»Nein!« Das kam gleich aus zwei Mündern, und erstaunt sahen die beiden sich an, bevor sie zu lachen begannen. Verärgert trat ich einen Stein in die Luft und hangelte mich auf den Hengst.

»Wer dir nicht zuhört, muss taub und blind sein. Gott segne dich, liebe Freundin – ich weiß, es wird ein gutes Ende nehmen.« Torfrida warf mir eine Kusshand zu. »Und nun macht euch auf, und kehrt gesund zurück. Meine Gedanken begleiten euch.«

Die ersten Wellen spülten uns an der Küste an Land. Hinter uns hatte das Meer den Pilgerweg bereits zurückerobert, und jeder, der nach uns aufgebrochen wäre, hätte das Ufer nicht mehr trockenen Fußes erreicht. Die einsetzende Flut hatte der Debatte darüber, wer mitkommen durfte und wer nicht, ein abruptes Ende gesetzt. Snædís hockte nun also in Sindris Sattel, und das Maultier trug Lionel und unser Gepäck. Ronan grunzte etwas von »unnötig« und »viel schneller, wenn« und gab ein scharfes Tempo vor, das wir dank unserer Reiseerfahrung aber gut mithalten konnten. So mancher Küstenbewohner sah uns verwirrt an, wenn unsere kleine Gruppe grußlos an ihm vorbeigaloppierte, die Blicke starr nach Süden gerichtet. Wieder einmal fühlte ich mich wie eine Getriebene, die niemals ihr Ziel erreichen würde …

Wir schafften den Weg nach Durham in nur zwei Tagen, weil Ronan durch Wind und Wetter und jeden Regenschauer hindurchritt. »Man kann nie im Voraus wissen, wie lange Guilleaume sich aufhalten wird«, erklärte er bei einer der seltenen Pausen. »Manchmal bricht er noch am selben Abend wieder auf. Er hat die besten Pferde, die man sich vorstellen kann, er verlangt sich und seinen Leuten alles ab, er ist berühmt für seine Gewaltmärsche …«

»Was hat er im Norden gemacht?«, fragte ich, die Gelegenheit beim Schopf ergreifend. Ronan stocherte mit dem Messer im Sand herum. »Der König von Schottland, den sie den Querkopf nennen, hatte ein riesiges Heer gesammelt, um in England einzufallen. Das hat er ja schon öfter getan, doch nachdem die letzten Überfälle eher von Rebellenart waren – Ihr wisst schon, einfallen, rauben, sich zurückziehen –, wollte er es diesmal wohl richtig machen. Der König hörte von diesem Plan, sammelte seinerseits ein Heer und zog nach Schottland, schnell wie der Wind und stark wie ein Löwe …«

»Herrscht dort jetzt Krieg?«, fragte ich mit großen Augen. Schottland war nicht weit von Lindisfarne entfernt …

Ronan schüttelte den Kopf. »Der Bote, der uns Nachricht brachte, berichtete, dass der Schotte angesichts des riesigen Heeres sofort kapitulierte. In Abernete habe er schriftlich zugesichert, des Königs Vasall zu werden. Es ist kein einziger Blutstropfen vergossen worden.« Kein Blutstropfen. Irgendwie machte mir diese Nachricht Mut.

»Natürlich hat er sich gleich auf den Rückweg gemacht, weswegen wir uns nun sputen müssen, um ihn in Durham nicht zu verpassen.« Und er trieb uns wieder auf die Pferde, durch die nasskalten Novembernebel nach Süden…

Durham war nicht wiederzuerkennen. Rings um den Berg, auf dem die Stadt erbaut war, standen Zelte im Wald, auf den Feldern und Wiesen der Bauern und am Ufer des Wear. Männer in Kettenhemden und Pferde, wo man nur hinschaute, und es stank wie in einem Heerlager nach Abfall, Kloake und Pferdescheiße. Trampelpfade verwüsteten das mühsam dem Wald abgerungene Ackerland. Der vom Herbstregen aufgeweichte Boden glich einem Schlammsee, durch den die Männer mit hohen Stiefeln wateten, um von einem Ort zum anderen zu gelangen. Der Schlamm war überall, er saß in den Kettenhemden, er blockierte Schnallen und Schließen und zog kalt und gemein in die Knochen – wie sehr, das konnte man an den Gesichtern der Männer ablesen, die zusammengekauert und frierend an den wenigen Feuern saßen, mit Wolle umwickelte Hände über den Flammen rieben und aus Näpfen lauwarmes Essen in sich hineinschaufelten. Die Erschöpfung nach ihrem Gewaltmarsch nach Norden und zurück war ihnen deutlich anzumerken, und auch die Angst, nicht genug ausruhen zu können, weil es dem nimmermüden Herrscher einfallen könnte, noch heute Abend wieder abzuziehen, weiterzureisen, rastlos, ruhelos zur nächsten großen Aufgabe. Dann würde es heißen, in kürzester Zeit Lager abbrechen, Zelte zusammenlegen, Zeltinhalte zusammensuchen, Pferde sortieren und Maultiere bepacken, das alles bei Regen und Fackelschein, am Ende einen Ort der Verwüstung zurücklassend, und die Bauern würden wieder über einen Herrscher fluchen, der ihre Arbeit mit Füßen trat und rücksichtslos über sie hinwegritt…

Die Soldaten waren zu müde, um uns nach Namen oder Herkunft zu fragen, sie ließen uns einfach passieren. Und ich konnte ihre Müdigkeit gut verstehen, ich fühlte mich nach diesem Jahr in England fast wie einer von ihnen.

Ronan schien ehrlich froh, dass er zum persönlichen Gefolge des neu ernannten Baron of Cherchebi gehörte und nicht direkt zum Heer – Ivo sorgte offenbar besser für seine Männer, und seine Unterkunft befand sich innerhalb der Stadtmauern. Auch am Stadttor gab es keine dummen Fragen, und als es dämmerte, ritten wir beim ersten Schneeregen den steilen Berg zur Weißen Kirche hoch, vorbei an flatternden Fahnen und Bannern, die aus den Fenstern hingen, und vorbei an ausgelaugten Normannen, die auf der Suche nach ihrem Schlafplatz, warmem Essen oder einer sinnvollen Aufgabe durch die Straßen strömten. Manche liefen auch nur herum, um nach dem langen Marsch nicht im Stehen einzuschlafen.

In der Pilgerhalle kamen wir unter. Auch sie war überfüllt, man konnte vor lauter menschlicher Ausdünstung kaum atmen, und Fenster gab es keine. Allein Ronan war es zu verdanken, dass man zwischen Bündeln und Beuteln, Ziegen und Hunden, zwischen schmutzigen Kleidern und benutztem Geschirr, schreienden Kindern und jammernden Alten ein Eckchen für uns räumte. »Ave Maria, hilf«, heulte ein altes Weib gleich neben uns. »Ave Maria, hilf, Ave, mein Fuß, Ave, heiliger Cuthbert, Ave Maria, hilf…«, während sie ihren voller Geschwüre sitzenden Fuß aus den Lumpen packte und sich von einem Mönch Weihwasser darüber gießen ließ. Snædís machte riesengroße Augen und klammerte sich fest an meine Hand. »Gott könnte ruhig ein wenig großzügiger sein«, knurrte Lionel reichlich unmönchisch. »Wenn er nur ein Drittel der Leute erhören würde, könnten sie nach Hause gehen, und wir hätten Platz zum Schlafen.«

So aber wurde es ein hungriger, ungemütlicher Abend, mit hartem Brot und wässriger Suppe aus der Pilgerspeisung, und ich zerbrach mir den Kopf, ob wir wohl Lucy finden würden und wie überhaupt ich zum König vordringen sollte, ob man mich wirklich vorlassen würde, wie Lucy versprochen hatte, ob der König Zeit für mich haben würde, ob er mir überhaupt würde helfen können … Unruhe und Hoffnung hielten mich lange wach. Ich starrte Löcher in die spinnwebenverhangene Hallendecke und zerraufte das Stroh unter mir. Als sich der Lärm in der Pilgerhalle gelegt hatte, sang eine leise Stimme mich in unruhigen Schlummer.

Von den Füßen fällt mir die Fessel, der Haft von den Händen …

15. KAPITEL

Gott rüstet mich mit Kraft und macht meine Wege ohne Tadel.
Er macht meine Füße gleich und stellt mich auf meine Höhen.
Er lehrt meine Hand zu streiten und meinen Arm den ehernen Bogen spannen. Du gibst mir den Schild deines Heils und deine Rechte stärkt mich, und deine Huld macht mich groß.

(Psalm 18, 33–36)

Ma dame.«

Unwillig drehte ich mich auf die andere Seite und zog mir den verrutschten Mantel über die Schulter.

»*Ma dame*. Wacht auf.«

Ich schlafe gar nicht. Ich schlafe niemals.

»*Ma dame*, wacht auf, Lucy of Mercia verlangt nach Euch.«

Mit einem Schlag saß ich aufrecht. »Wo? Was? Wann? Wo ist sie – wo –, wie habt Ihr mich gefunden?« Um uns herum war es fast stockfinster. Schnarchen und Grunzen erfüllte die Halle mit nächtlichem Lärm, jemand weinte im Schlaf, die alte Frau neben mir schmatzte vor sich hin. Drei Lager weiter litt einer an Flatulenz, während auf der anderen Seite ein Paar die erteilte Vergebung dazu nutzte, aufs Neue lautstark zu sündigen, worüber sich gleich mehrere beschwerten. Ich seufzte müde. Ronan berührte meinen Arm.

»*Ma dame*, folgt mir.«

Meine Knochen waren steif vom kalten Boden. Das Feuer am Eingang war erloschen, in der Halle herrschte jene miefige Wärme, die entsteht, wenn viele ungewaschene Menschen zusammenliegen. Es kostete mich Mühe aufzustehen. Mit klammen Fingern sortierte ich Mantel und Beutel aus der dünnen

Strohlage und pirschte hinter ihm her, ohne mich noch einmal nach Lionel oder meinem Kind umzuschauen. Wir stiegen über Arme, Beine, Leiber, die blakende Laterne im Visier, die den Ausgang beleuchtete. Ihr Licht drängte sich auf wie ein Zeichen …

»Sie wartet im Garten des Bischofs auf Euch, *ma dame.*«

Er führte mich aus der Pilgerhalle heraus, um die Kirche herum und an Wachen vorbei, die uns passieren ließen. Es roch nach Essen und Unrat, weil hier oben in der Stadt überall rücksichtslos kampiert wurde. Meine Sinne waren geschärft, überreizt, ich empfand jeden Laut als Belästigung und fühlte mich schwach. Ronan nahm meinen Arm. Vorbei ging es an lallenden Soldaten, flüsternden Männern, die keinen Schlaf fanden oder keinen finden durften, am Kirchportal vorbei durch ein kleines Törchen, das jemand angelehnt hatte. Mir schlug das Herz bis zum Hals, ich war zu aufgeregt, um überhaupt irgendwas zu denken … Die Sichel des Mondes gab sich alle Mühe, uns ein bisschen Licht zu schenken, und beleuchtete eine kleine Sommerhütte unter Kirschbäumen. Ein kleiner Garten Eden …

»Alienor? Alienor, seid Ihr das?«

»Lucy! Ach Lucy …« Wir fielen uns in die Arme, schluchzend vor Freude über das unverhoffte Wiedersehen.

»Bei allen Heiligen, was hab ich Euch vermisst«, lachte sie. »Ihr wart die angenehmste Mitreisende, die ich je hatte – und ich hab mich so gelangweilt nach unserem Abschied! Aber jetzt hört mir gut zu, Alienor: Der König ist in Eile. Er wird am Morgen die Allerheiligenmesse besuchen, eine Audienz abhalten und dann wieder abreisen, weil er Weihnachten in Caen verbringen möchte. Ihr habt also nur …«

»Heute oder nie mehr«, beendete ich nüchtern den Satz, musste mich aber setzen.

Sie nickte bedauernd. »Ich habe Euch etwas Waschwasser mitgebracht …« Stumm umarmte ich sie – welche Wohltat, nach den Tagen im Regen und Staub und nach der schmutzigen Nacht in der Pilgerhalle! Sie sah mir zu, wie ich mir Gesicht und Hände wusch, das Haar kämmte und den Schleier zurechtlegte. Dann half sie mir, das Kleid sauber zu bürsten und die Narbe auf meinen Wangen neu zu überschminken.

»Ihr verdient es, einmal auf Seide gebettet zu werden, Alienor von Uppsala«, sagte sie leise. »Der König muss Euch einfach erhören.« Stumm nickte ich – alle Worte waren mir im Hals stecken geblieben. Er musste mich anhören.

Lucy begleitete mich auch in die Weiße Kirche, die für das Allerheiligenhochamt am frühen Morgen bereits hergerichtet war. Farbige Leinwände hingen von den Fenstersimsen herab, ein Meer von Bienenwachskerzen brannte zur Ehre Gottes – was für eine Verschwendung mitten in der Nacht, die der Bischof sich ordentlich was kosten ließ, um König Guilleaume zu beeindrucken … Der Duft des warmen Bienenwachses zog in meine Nase, dazu Geruch von frischem Tannenreisig, mit dem der Boden eingestreut war, und ein Hauch von erkaltetem Weihrauch lag in der Luft. Die Mönche, welche die letzten Vorbereitungen für die Frühmesse tätigten, flüsterten leise miteinander und fanden auch noch Zeit, zwei schnarchende Pilger unsanft hinauszubefördern.

Ruhe senkte sich in mein Herz. Ich kniete vor dem Altar der heiligen Etheldreda nieder. Lucy blieb in meiner Nähe, still und unaufdringlich, aber willens, jeden mit Worten in die Flucht zu schlagen, der mich vom Beten abhalten oder sonst irgendwie stören wollte.

Da bist du ja wieder.

»Ich kann ohne ihn nicht leben«, flüsterte ich in meine gefalteten Hände. »Hilf mir. Ich kann nicht, hab Erbarmen …«

Etheldreda schaute streng drein. *Es ist Sünde, jemanden so sehr zu lieben. Du sollst Gott so lieben, aber einen Menschen …*

»Ich kann nicht ohne ihn«, hauchte ich. Ihr Blick wurde mitleidig.

Dann bete um ihn.

»Hilf mir. Hilf uns – was muss ich tun?« Ich krallte die Hand um die Gebetsbank, dass die Knöchel weiß wurden. »Was muss ich tun?«

Bete um ihn.

»Ich tu alles, alles was du willst …« Meinem Schwall von Gebeten und Psalmen konnte die Heilige sich nicht entziehen – ich war ein einziges Meer von Versen, Gebeten und heiligen Formeln, alle irgendwann gelernt, gesprochen, erfunden, gedankenlos dahingesagt – jetzt hatten sie einen Sinn und ein Ziel bekommen. In der Kirche wurde es still. Selbst die Mauern schienen zu lauschen, die Bank stützte mich, als die Müdigkeit kam, und die Mauer, gegen die ich mich dankbar lehnte, machte sich ein bisschen wärmer, damit ich nicht fror.

Und Gott hörte mir zu.

Es war die Nacht vor Allerheiligen, in der die Welt feinere Ohren hat, wo die Grenze zur anderen Welt so dünn ist, dass sie wie ein Seidenschleier schimmert und man beinahe hindurchgreifen kann. Es war die Nacht der Stille und des Nachdenkens, des Dankens und Pläneschmiedens. Es war die Nacht, die das Volk »Ende des Sommers« nannte. Nicht nur Nacht der Heiligen, sondern auch Geisternacht, Totennacht, feine Nacht, Nacht des Neubeginns, und als meine Gebete mich davontrugen und ich die harte Bank nicht mehr spürte, öffnete sich die Welt, und ich hörte Torfrida, wie sie die Toten rief. Um mich herum rauschte es, das Rauschen spülte meine Ohren leer und alle Geräusche hinweg. Das Rauschen verging, Stille blieb zurück. Die Kirche wurde dunkel. Lucy war verschwunden. Ich streckte die Hände nach der Heiligen aus. Feuchte Nebel stiegen auf, umhüllten mich und versuchten durch die Kleidung zu dringen. Verzweifelt wehrte ich mich, allein gelassen, gegen die Übermacht, gegen Düsternis und gegen die Geister, die aus der Tiefe emporkamen und sich neugierig umschauten. Ich weinte, umklammerte die erloschene Kerze, doch sie taten mir ja nichts, sie gingen friedlich ihrer Wege – Magdalena, Gunhild, Naphtali, Tassiah, Emilia und viele andere, die ich hatte sterben sehen –, um ihren Frieden mit der Welt zu machen … Und dann brannte die Kerze wieder. Goldgelb und von einfacher Schönheit schwebte die kleine Flamme in der Dunkelheit, getragen von meinem Gebet. Wer hatte mir das Licht geschenkt, wer hatte Hoffnung geweckt? *Im Tod ist Leben.* Die Flamme wurde größer und wärmte den eisigen Winkel. Wer gab ihr die Luft? *Im Tod ist Leben, ein Neubeginn.* Ein göttlicher Lufthauch nährte die Flamme und nährte auch mich. Befreit atmete ich auf – Neubeginn. Hoffnung, Zuversicht.

Gott lächelte.

»Alienor.« Sanft tätschelte eine Hand meine Wange.

»Du musst mir helfen«, murmelte ich, den Kopf auf der harten Gebetsbank. Lucy ließ nicht locker. »Alienor, Ihr solltet Euch zurückziehen. Der König wird bald hier sein. Ich muss Euch verlassen, liebe Freundin. Es ist besser, wenn der Baron of Cherchebi mich nicht in Eurer Gesellschaft sieht …« Entschuldigend sah sie mich an. Ich nickte.

»Alienor. Ihr werdet eine Audienz bekommen. Alles ist vorbereitet, geht einfach in die Halle und verlangt, vorgelassen zu werden, man kennt Euren Namen bereits. Gott und die Heilige seien bei Euch …«

Zurück blieb der Duft von Maiglöckchenöl, mit dem sie ihre Kleider bestäubte, und die Erinnerung an die Freundlichkeit eines warmen Frauenherzens …

Und dann betrat der König die Weiße Kirche von Durham. Ich erwachte vollends und hatte kaum Zeit, mir Gedanken über meinen schmerzenden Kopf zu machen oder darüber, dass mein Kleid zerdrückt und staubig war. Schreck und Aufregung schossen durch meine Adern. Ich huschte in den Schatten einer Säule und spähte in die Kirche. Man hatte alle Bettler und Pilger hinausgescheucht, die das Gebäude sonst bevölkerten, und das ganze Gotteshaus in der Nacht noch geputzt, die Bänke gereinigt, Unrat und Hinterlassenschaften entfernt. Mich hatte man anscheinend übersehen. Vielleicht hatte die Heilige Etheldreda, in deren Winkel ich gehockt hatte, mich vor den gestrengen Blicken der Mönche verborgen. Immerhin waren sie Weihrauch schwingend an mir vorübergezogen und hatten sich aufgestellt, wie man das macht, wenn ein Herrscher Einzug hält. Klopfenden Herzens tat ich es ihnen nach – zog die Kapuze über den Kopf, sank murmelnd auf die Knie und versuchte, so unscheinbar wie möglich auszusehen, voller Angst, man könnte mich erkennen, denn mitnichten waren alle seiner Gefolgsleute mit Gott und der Vergebung beschäftigt. Doch wovor sollte ich noch Angst haben?

Guilleaume erschien inmitten seiner Mannen. Sein stampfender Schritt verriet, dass er in Gedanken schon wieder auf dem Pferd saß und nach Süden ritt, der Normandie, seiner Königin und Weihnachten entgegen. Das Klirren seiner eisenbeschlagenen Stiefel kam näher, dann hörte ich es nicht mehr. Ich sah hoch.

Und blickte direkt in das Gesicht des Herrschers, der vor mir stehen geblieben war. Er betrachtete mich eine kurze Weile, mit ernster, abschätziger Miene, während der Mönchschor ein Halleluja sang und Weihrauch verschwenderisch in der Luft umherzog. Ich schluckte. Wovor Angst haben? Es flüsterte um ihn herum, tuschelte, kicherte. Ruckartig zog er die Nase hoch, seine Augen wurden schmal – und dann stapfte er weiter, ohne das Wort an mich gerichtet zu haben.

Während der Messe, zu der er in der vordersten Bank Platz genommen hatte, wirkte er in sich gekehrt und andächtig. Gesenkter Kopf, gefaltete Hände, demütiges Knien, wie man es von einem großen, gottesfürchtigem Herrscher erwartete. Alle taten es ihm nach, senkten die Köpfe, beugten die Knie – und gleichzeitig schwirrten ihre unheiligen Gedanken um Stellung, Essen und Kleidung durch die Kirche wie aufgeregte Tauben auf der Suche nach dem Ausgang. Einer strich über sein Schwert, ein anderer starrte auf seinen ledernen Handschuh und dachte vielleicht schon über die Abreise – heute? morgen? – nach. Gott hatte nicht viel Platz zwischen diesen Gedanken. Wie mochte es erst in Wincestre zugehen, wo der ganze Hof versammelt war? Der König indes ließ sich nicht stören, er hörte die Messe in demütigem Knien, und als er den Leib Christi empfing, tat er es voller rührender Hingabe.

Ich feierte die Messe mit meinem König so andächtig wie selten zuvor. Etheldreda nahm mich gerührt in die Arme und hüllte mich in Gnade, als das Gefolge die Kirche längst verlassen hatte. Hereinströmende Pilger weckten mich aus dem Gebet, ich sprang auf und raffte meinen Mantel um mich. Hinterher …

Komm wieder.

Ich schüttelte den Kopf. Die Zeit des Gebets war vorbei. Nun galt es, den König aufzuspüren.

Es war nicht einfach, den Audienzsaal zu finden. Der Palast des Bischofs war gut bewacht, und die Soldaten hatten Order, unerwünschtes Volk fern zu halten. Lucys Name jedoch wirkte Wunder – Türen öffneten sich, Wachen sprangen zur Seite, Diener wiesen mir den Weg. An der letzten Tür harrte ein Pulk von Schwerbewaffneten.

»Was ist Euer Begehr?«, fragte einer nicht unfreundlich, trotzdem fiel der Spieß verweigernd herab.

»Ich…« Ich schluckte. Reiß dich zusammen – jetzt oder nie mehr. »Ich möchte vorgelassen werden.«

»Euer Name«, grunzte der Mann und öffnete schon mal die Tür. Neugierige starrten mich von drinnen an.

»Ich…« Verzweifelt zerknautschte ich meinen Rock. Warum war mein Mund verschnürt?

»Ohne Namen kann ich Euch nicht vorlassen, *ma dame.*« Er lächelte fast ein bisschen nett.

»Alienor… Alienor von… von…« Ich sah hoch. Normannin unter Normannen. Ich war eine von ihnen, und es gab nichts, weswegen ich mich schämen musste.

»Mein Name ist Alienor de Montgomery.«

In Türnähe wandte man den Kopf, ein Raunen ging durch den Raum. Irgendwo glaubte ich Lucy de Taillebois' weit aufgerissene Augen zu sehen. »Wartet hier, bis ich Euch Bescheid sage«, flüsterte der Türsteher. »Das kann noch etwas dauern. Verhaltet Euch ruhig – der König hat schwierige Geschäfte zu tätigen…« Welcher Art diese Geschäfte waren, das war bis an die Hallentür zu hören.

»… mein lieber Earl, so geht das nicht in meinem Reich. Wenn Ihr meine Regeln nicht verstehen wollt, müsst Ihr Euch einen anderen Platz suchen.« Der König reckte sich vorne auf seinem Stuhl. Vor ihm auf Knien lag ein breitschultriger Mann in vornehmem Gewand. »So hört denn meine Entscheidung, Gospatric von Northumbria, hört und lernt daraus: Ihr sollt Eurer northumbrischen Güter verlustig gehen, sollt alles Lehen dem König zurückgeben, weil Ihr Euch dessen nicht würdig erwiesen habt. Was? Was höre ich da? Was Ihr nun tun sollt? Woher soll ich das denn wissen? Fahrt doch zu den Dänen, oder geht über die Grenze nach Schottland« – das böse Lachen hörte ich bis an die Saaltür –, »dort habe ich gerade einen König davon überzeugt, dass er mehr davon hat, wenn er mir treu dient! Dort könntet Ihr etwas lernen. Und stellt Euch vor, mein lieber Gospatric: Er hat mir sogar seine Unterschrift gegeben! Und nun fort mit Euch!« Zwei Diener halfen dem Earl beim Aufstehen und dem anschließenden Rauswurf – man überließ hier nichts dem Zufall und begleitete ihn sogar zur Saaltür hinaus, an mir vorbei, und ich erkannte ein hasserfülltes und zutiefst gedemütigtes Kriegerantlitz.

»Lump«, knurrte der Türsteher, als Gospatric an ihm vorbeigerauscht war. »Lump! Ich hab's ja immer gesagt – man macht keinen Lumpen zum Earl!«

»Der war nicht mehr Lump als der andere«, grinste ein anderer und stützte sich salopp auf seinen Spieß. »Lumpen sind die doch alle – hör nur, da hörst du, wie es Lumpen ergeht. Hör nur …«

Am anderen Ende der Halle wurden die Ereignisse vorangetrieben. Guilleaume war bekannt dafür, dass er seine Regierungsgeschäfte zügig und ohne Zaudern erledigte.

»Earl Waltheof of Northumbria – nachdem Ihr Euch in weiser Voraussicht mir unterworfen habt und die Earlswürde zurückerhalten habt, sollt Ihr zur Festigung des neuen Bundes mit der Krone die Hand meiner Nichte Judith erhalten und durch die Bindung an das Königshaus …« Füßescharren und Höflingsgeplapper übertönten den Rest, ein Schreiber schwang emsig die Feder, und vor dem Thron erhob sich ein weiterer kettenbehemdeter Krieger mit wild gelocktem Haar, um sich zu verbeugen, weil die Audienz für ihn beendet war.

»Waltheof of Northumbria, von dem man auch niemals weiß, ob er für oder gegen den König ist«, flüsterte der geschwätzige Türsteher.

»Na, diesmal wird er wohl ein für alle Mal Gefolgsmann des Königs bleiben.«

»Ha! Das glaubst auch nur du.« Der Türsteher rollte mit den Augen. »Ich habe schon ganz andere gestiftete Ehen an Königsuntreue zerbrechen sehen.«

»Dieser hier sieht alle Mal besser aus als der andere Lump«, lachte ein anderer. »Zumindest die Prinzessin wird auf ihre Kosten kommen …«

»Alles nur eine Frage der Mitgift«, grinste der Soldat da. »Für den einen wie für den anderen. Mit diesem wird sie sicher mehr Freude haben – die Weiber sagen, Waltheof sei ein wahrer Prinz im Bett!«

»Mag sein, dass er im Bett ein Prinz ist. Außerhalb des Bettes ist er auch nur ein Lump. Ein verdammter northumbrischer Lump. Wenn der König Pech hat, kassiert der die Mitgift, schnappt sich die Braut und macht trotzdem wieder Ärger.«

Ich war viel zu nervös, mir den Lumpen genauer anzusehen, der eben den Saal verließ, warf nur einen flüchtigen Blick auf ein weiteres gut aussehendes Kriegerantlitz mit wilden Augen und einem Gesichtsausdruck, der gemilderte Demütigung verriet – eine Prinzessin aus normannischem Haus mochte sie vielleicht versüßen, doch niemals tilgen.

Drinnen ging es Schlag auf Schlag, Guilleaume verlor keine Zeit mit Diskussionen oder Getrödel, während er Teile seines Reiches in fähige Hände legte. Vielen Angelsachsen, die noch den bedächtigen König Edward erlebt hatten, erschien diese Eile ungewohnt. Wobei niemand so recht verstehen konnte, warum er sich eigentlich so eilte. Doch wer wusste schon, was diesen König umtrieb …

»… ernenne ich also hiermit und mit Gottes Segen Bischof Walcher von Lüttich zum Herrn von Northumbria. Unter seinen weisen, maßvollen Augen wird das Land wohl regiert sein, Friede wird einkehren, und es wird zu neuer Blüte kommen …« Gemurmel und Getrappel verhinderten, dass ich mehr hörte. »Ein Bischof als Herr! Was für eine Idee …« – »Wo kommt der her? Lothringen? Lieber Himmel …« – »Jetzt werden wir von

Kirchenleuten regiert, wo soll das noch hinführen...« Northumbria hatte damit zwei neue Herren, einen kirchlichen und einen weltlichen – Punkt. Guilleaume trug nach diesem schlauen politischen Akt ein selbstzufriedenes Lächeln auf dem Gesicht. Northumbria war sicher. Erst mal. Ich musste dem Mann aus der Normandie ehrlichen Respekt zollen. Erik hatte Recht: Guilleaume von England war ein wirklicher Herrscher, der das Saitenspiel der Macht zu zupfen wusste...

Nachdem Waltheof schon kaum für die Gnade, die ihm zuteil geworden war, hatte danken können, versuchte nun Bischof Walcher, der andere Ausgezeichnete, sich beim König einzuschmeicheln. Tische wurden geschoben, Hocker schleiften über den Boden...

»Ein wenig müsst Ihr Euch noch gedulden«, flüsterte der Türsteher wieder, »man serviert einen Imbiss...«

In der Tat, und selbst das geschah zügig. Wahrscheinlich willigte der König nur seinem neuen Statthalter und Gastgeber zu Gefallen ein, Brot, Hühnchen und Wein aufgetischt zu bekommen, denn man erzählte sich, dass er oft einen ganzen Tag lang nichts aß, weil er es vor lauter wichtigen Dingen vergaß. Hm, Soldatenlatein? Ich ließ den Blick über die Männer an der Tür schweifen. Sie waren seine Männer, sie kannten ihn. Guilleaume hasste Müßiggang, Ablenkung und Verzögerung.

Drinnen setzte man sich also an den Tisch, Diener liefen herum, Geschirr klapperte, jemand rief: »Musik!«

Eifriges Getrappel, und dann: »Gerne, Herr, sofort, Herr!«

Ich hielt die Luft an. Ein blauseidenes Gewand mit gelber Borte, feine Kalbslederschuhe, erbötiges Verneigen, das mir so bekannt vorkam – und dann die Stimme, die uns manchen Abend versüßt hatte...

»Nun merkt auf, meine Lieben,
ich möchte euch etwas vortragen!

»Carles li reis, nostre emperere magnes.
Set anz tuz pleins ad estet en Espaigne:
Tresqu'en la mer cunquist la tere altaigne.

N'i ad castel ki devant lui remaigne;
Mur ne citet n'i est remés a fraindre,
Fors Sarraguce, ki est en une muntaigne.«

Cedric der Spielmann sang für den König; mit seiner schönsten Stimme trug er Verse aus des Königs Heimat vor.

»Li reis Marsilie la tient, ki Deu nen aimet.
Mahumet sert e Apollin recleimet;
Nes puet guarder que mals ne l'i ateignet.«

Er hatte es geschafft, er sang bei Hofe, er trug Hofkleidung und feinen Schmuck. Es war ihm gelungen, die Schatzkiste mit den dreißig Silberlingen zu vergolden… Ich krampfte die Finger ineinander und biss in die Faust, um nicht aufzustöhnen. Was für eine grausame Ironie des Schicksals! Da stand er, der tandverliebte Verräter, hatte endlich, was das Herz begehrte, feines Tuch am Leib, eine neue Laute und um den Hals eine geschnitzte Schwanenknochenflöte an silberner Kette, und er sang vor den Mächtigsten des Landes, er verzauberte sie und legte all seine Hingabe in Stimme und Finger…

»Genug jetzt – was gibt es noch, mein lieber Bischof? Wie Ihr wisst, bin ich in Eile.«

Mitten im Lied war Guilleaume aufgesprungen, dass der Hocker nach hinten kippte, und hatte den halb vollen Teller von sich geschoben. Im Stehen goss er den Rest des Weines hinunter – sicher kein schlechter Tropfen, immerhin kam Walcher aus Lothringen und war von Hause aus Gutes gewohnt – und knallte den Becher abschließend auf den Tisch. Mit energischen Schritten ging er auf den für ihn reservierten Thronsessel zu, ohne Cedric eines Blickes zu würdigen. Der drehte sich hinter ihm her, sein Blick schweifte unsicher von Höfling zu Höfling… und dann sah er mich am Ende der langen Halle stehen. Nordwind blies durch die Fenster, und Cedric gefor zu Eis.

»Sire, aber Sire, nicht noch ein Glas Wein und ein Lied, dargeboten von diesem engelgleichen Sänger, den der Baron of Cherchebi mitgebracht hat ...« Der Bischof ließ nichts unversucht, um den Tag in die Länge zu ziehen, seine neue Stellung mit einem ausgedehnten Aufenthalt des Herrschers zu betonen – sicher hätte er auch noch eine Jagd aus dem Ärmel zaubern können, wo doch jeder wusste, wie leidenschaftlich gerne Guilleaume der Jagd frönte und dass Walchers Wälder rings um Durham voll von den schönsten Hirschen und Wildschweinen waren. Doch da schien er seinen König schlecht zu kennen.

»Gebt die Reste den Armen.« Ungeduldig winkte er mit dem Arm. »Und du da« – er zog sich den seidenen Schal vom Hals und warf ihn Cedric zu –, »ganz ordentlich gesungen. Würdest der Königin gefallen, wenn sie hier wäre.«

Sie war aber nicht hier und der Spielmann im nächsten Augenblick auch schon wieder vergessen. Andächtig raffte er das kostbare Kleidungsstück an sich, verbeugte sich, klemmte die Laute unter den Arm und schlich sich davon, mit kleinen verbeugenden Rückwärtsschritten auf den Ausgang zu, und Triumph und Freude über die errungene Anerkennung strahlten ihm aus jedem Knopfloch.

Ich ballte die Faust in einer Kleiderfalte. Als er sich an der Tür umdrehen musste, sahen wir uns für einen Moment in die Augen. Cedrics Kiefer klappte auseinander. Mit fahrigen Händen fummelte er an des Königs goldfarbenem Seidenschal, den er sich um den Hals drapiert hatte, drehte die Fransen, schluckte ...

»Ich ...«

Er war es nicht mal wert, dass ich Luft holte. Es kostete mich große Anstrengung, den Blick von ihm zu wenden, ihn zu ignorieren, obwohl er vor mir stand und ich den altbekannten Geruch seines rebellierenden Darms riechen konnte – alles königliche Parfum konnte nicht darüber hinwegtäuschen, dass Cedric ein Feigling war. Doch noch größere Anstrengung hätte es gekostet, ein Wort zu sagen. Dieses Wort von mir hätte ihn erlöst – ich versagte es ihm, und so tauchte er unter meinem starren Blick weg, stahl sich zur Tür hinaus und lief den Gang herunter.

»Kanntet Ihr ihn?«, fragte der Türsteher leise. »Der Bischof ist sehr angetan von seiner Musik, er spielt beinahe jeden Abend, seit der Baron of Cherchebi ihn mitgebracht hat.«

»Ja, ich kannte ihn.« Er also war das Geschenk, das dem Bischof mitgebracht worden war. Und den Baron of Cherchebi kannte ich auch, als er noch Ivo de Taillebois hieß und unschuldigen Priestern das Haus über dem Kopf abbrannte, doch das sagte ich lieber nicht.

Der Türsteher nickte verstehend, obwohl er gar nichts verstand. »Ja, die Spielleute… haben schöne Augen, machen schöne Augen und brechen Herzen, wo sie singen…« Mitleidig sah er mich an, völlig auf der falschen Fährte – wen scherte es?

»Mama…«, erklang es hinter mir. Ich schluckte. Wo kam das Kind her. Jesus, Maria…

»Mama!« Von hinten umfasste sie meinen Rock, »Mama, da war ja Cedric, wie kommt der denn hierher? Hast du ihn gesehen?«

Ich hielt sie fest und strich ihr über den Kopf. Wo kam sie bitte bloß her, ich konnte sie doch nicht mitnehmen, nicht zum König von England…

»Flour – verzeih mir.« Mit zerknirschtem Gesichtsausdruck schob sich Lionel in mein Blickfeld. »Sie wollte sich allein auf die Suche nach dir machen. Das konnte ich nicht zulassen.«

»Ich habe gleich eine Audienz – seid ihr von Sinnen, hierher zu kommen?«, zischte ich erregt. »Ich kann sie doch nicht…«

»Was ist das hier für eine Unruhe?«, schimpfte der Türsteher. »Der König liebt es nicht, wenn Unruhe im Saal ist – dann nehmt in Gottes Namen das Kind doch mit.« Sein Gesicht wurde freundlicher. »Ich weiß ja nicht, was Ihr erbitten wollt, *ma dame*. Aber der König liebt Kinder…«

Dann ging alles ganz schnell. Jemand rief: »Der Nächste!«

Der Türsteher stieß mich vorwärts. »Ihr seid dran, *ma dame*. Rasch, geht. Bevor er die Geduld verliert!«

Guilleaume verlor sehr schnell die Geduld. Ich stolperte an den Wachen vorbei, ohne noch einmal an meinem Schleier gezupft zu haben, Snædís dafür fest an der Hand, und hastete über den bunt gewebten Teppich, über den hochadelige Füße geschwebt waren. Und hier erwachte ich. Ich hatte dasselbe Recht wie sie, über diesen Teppich zu gehen, und ich hatte ein Recht, das gemessenen Schrittes zu tun. Vor dem Thron versank ich in einen Kniefall, wie man es mir beigebracht hatte. Der Teppich empfing mich weich und ermutigend.

»Der Nächste. Wer seid Ihr?«

»Alienor de Montgomery, Sire.« Meine Stimme war so vornehm wie der Name und meine Haltung so aufrecht, wie nur irgend möglich, als ich mich erhob.

Raunen erhob sich. Höflinge wachten von ihren Mittagsnickerchen auf. Der Name hallte wider, wirkte mit allem Gewicht seines Adels. Ein alter Mann, der sich auf einen Stock stützte, drehte den Kopf.

»Ach.« Auch der König hob den Kopf. Man sagte ihm ein phänomenales Gedächtnis nach. »Alienor de Montgomery. Die Dame des Ynglings. Es ist lange her, dass wir uns … kennen lernten.« Das Staunen mündete in Schnattern, verächtliches Lachen, Namen fielen, unfeine Ausdrücke über den Yngling, bis der König die Hand hob.

»Kommt her, *ma dame.*« Gehorsam trat ich näher. »Was wünscht Ihr, *ma dame*? Ihr wisst wohl, dass Euer Gatte meinen Zorn erregt hat.«

»Ich weiß, Sire. Ich erbitte Eure Gnade, Sire.« Magere Worte für ein großes Gesuch. Mein Gott – mehr fiel mir nicht ein? Etwas Ähnliches musste sich Guilleaume wohl auch gedacht haben, denn seine wulstigen Lippen verzogen sich zu einem amüsierten Grinsen.

»Gnade. So, so. Und wie hattet Ihr Euch das gedacht, *ma dame*? Ich muss mich öffentlich beleidigen lassen, der Delinquent geht über alle Berge, und dann« – sein Gesicht bekam das Aussehen eines Raubvogels, und der Zorn über jenen Streit flammte wieder auf –, »und dann kommt sein Weib und bittet um Gnade. Einfach so. Na? Wie? Ich kann nichts hören!« Die Stimme bellte jetzt, ich verwünschte meinen Kleinmut und überhaupt alles …

»Ich bitte Euch um Gnade und darum, Erik von Uppsala zu vergessen …«

»Das tue ich bereits, liebe Dame. Leute, die im Kerker sitzen, kann ich wunderbar vergessen!!« Er beugte sich vor und sah mir in die Augen. »Was erdreistet Ihr Euch? Warum sollte ich einen Mann freilassen, der sich öffentlich gegen mich gestellt hat – warum sollte ich das tun? He? Habt Ihr eine Antwort darauf, *ma dame*? Warum sollte ich ihn freilassen?«

»Barmherzigkeit, Sire«, sagte ich schnell, und das Herz schlug mir bis zum Hals, fast fühlte ich den Strick dort schon liegen… »Tut es aus Barmherzigkeit, und Gott wird es Euch hoch anrechnen.«

Neben mir beugte Lionel das Knie, ehrfürchtig den Kopf gesenkt.

»Und Ihr?«

»Ich erbitte dasselbe, Sire. Erik und Alienor von Uppsala sind unter meinem geistigen Beistand.« Der König sah ihn scharf an, erkannte ihn wieder und lachte dann. »Schau mal an, der Baumeister! Haben wir hier ein kleines Familientreffen, was? Wie reizend. Roger, kommt her, was sagt Ihr dazu, ich will Eure Meinung dazu hören. Hier stehen noch zwei Montgomerys.«

Mit heftig klopfendem Herzen sah ich zu, wie Roger de Montgomery – der Vater meiner Mutter –, auf einen silbernen Stock gestützt, zum Thron hinüberging. Genevièves Vater, Teil meiner Familie… Hart waren seine Züge, und ohne uns anzuschauen, neigte er sich zum König und flüsterte etwas in sein Ohr.

»Bete, Alienor, bete zu Gott, er ist unsere Rettung«, wisperte Lionel neben mir. Der König hörte ihm zu, wie er es seit vielen Jahren tat, seit er sich entschlossen hatte, diesem Mann sein Herzogtum anzuvertrauen, während er in England weilte. Er setzte das Kinn auf den breiten Daumen, starrte vor sich hin und dachte nach. Und weil er den alten Herrn, dem er aus Dankbarkeit das Earltum Scrobbesbyrig zum Lehen gegeben hatte, als Ratgeber ehrte und schätzte, unterließ er tatsächlich jede weitere Andeutung auf familiäre Verwicklungen der Montgomerys, wie ich erleichtert feststellte. Roger indes trat hinter den Thron und vermied weiterhin, den Blick auf uns zu richten.

Guilleaume hob die Brauen. »Hm. Der Earl of Scrobbesbyrig

hat mir empfohlen, Euren Mann freizulassen, *ma dame*. Er bat mich … um einen Gefallen, *ma dame*.«

Ich fiel neben Lionel auf die Knie. »Sire …«, hauchte ich, »Sire …«

Da ließ Snædís meine Hand los und machte ein paar schnelle Schritte vorwärts, ohne dass ich sie zurückhalten konnte. Der König, der ins Grübeln verfallen schien, erwachte. Roger lenkte seinen Blick nun doch auf die Stufen vor dem Thron. Ich hielt die Luft an. Snædís zog etwas aus ihrem Umhang.

»Ich schenk Euch das hier, wenn Ihr meinen Papa freilasst.« Und damit legte sie das Messer des Dänenfürsten vor Guilleaumes Füße. »Es ist ein gutes Messer. Es trifft immer, auch wenn es fliegt, und es hat meiner Mama schon das Leben gerettet. Ich weiß das, ich war nämlich dabei. Ich hab's gefunden, und mein Papa sagt, dass es Glück bringt, weil es mal einem König gehört hat.« Aufrecht stand sie vor dem großen Guilleaume und erwartete eine Antwort. Der alte Mann neben dem Thron sah sie scharf an, dann wieder mich. Mit langen, eleganten Fingern zupfte er in seinem gepflegten Bart, die buschigen Brauen hoben und senkten sich angespannt.

»Lieber Himmel«, wisperte Lionel entsetzt hinter mir.

»So, so. Du willst mir also was schenken, kleine Dame.« Die königliche Hand winkte das Mädchen näher, und Snædís hob das Messer auf und reichte es ihm. Guilleaume zog die Waffe aus der kostbaren Scheide und pfiff ob der meisterhaften Arbeit eines längst vergessenen Waffenschmieds leise durch die Zähne. »Ein sehr kostbares Geschenk für ein kleines Mädchen. Das ist dein Vater dir wert?« Seine Nase zuckte, doch die Stimme war ernst, und ernst war auch Snædís' Antwort.

»Ja, König. Wenn ich so ein Schwert hätte, würd ich Euch das auch noch schenken.«

Guilleaume versank in der Betrachtung meiner Tochter. Ringsum war es still geworden, niemand wagte zu flüstern oder sich zu bewegen, selbst die Diener waren an ihren Plätzen festgewachsen, und die Luft war plötzlich voll und schwer von den Gedanken der Umstehenden. Warum sollte er es tun, warum …

warum vom üblichen Vorgehen abweichen, warum begnadigen, wo es keinen Anlass gab – warum ausgerechnet diesen Mann begnadigen ... Er begnadigte so gut wie nie, und jetzt das ... Warum sollte er ...

»Lasst Erik, den Mann aus Uppsala, frei!«

Ich fiel in mir zusammen. Lionel stützte mich, strich mir beruhigend über den Rücken. Tränen tropften auf den kostbaren Teppich. Ich rang nach Atem.

Lasst ihn frei – lasst ihn frei – frei – frei ... Der Satz schwang sich an die Decke der Halle und fiel tanzend wie eine Feder herab, auf mein Gesicht, mein Herz, auf meine Tränen ...

Klirrende Schritte erklangen auf dem Teppich

»Sire – Erik von Uppsala war mein Gefangener.« Ich krampfte die Fäuste und richtete mich auf, um einen letzten, allerletzten Blick auf Ivo de Taillebois zu werfen, den neu ernannten Baron of Cherchebi, dessen Groll und Eifersucht auf den Yngling unstillbar schienen. Alle hatten den Befehl des Königs vernommen – was wollte er nun noch?

»Brav gejagt, lieber Vetter«, entgegnete Guilleaume ironisch. »Doch Ihr habt gehört, der Earl of Scrobbesbyrig und diese ... diese junge Dame hier baten um seine Freilassung.«

Ivos Gesicht sprach von Magenpein bei der bloßen Nennung des Namens. »Sire, der Gefangene, den Ihr verlangt, befindet sich hier in der Stadt. In Durham.« Mein Herz setzte für einen Schlag aus.

»Oh, ist das wahr?« Guilleaume betrachtete mein blasses Gesicht, sah, wie ich schwankte. »Er ist also hier im Kerker. Habt Ihr gehört, *ma dame*?« Ich nickte stumm und ängstlich. »Das ist ja eine – eine Überraschung.« Seine Augen verengten sich zu Schlitzen. »Nun, *ma dame*. Ihr habt sicher Verständnis, wenn ich keinerlei Verlangen danach habe, Euren werten Gatten zu sehen. Er wird daher freigelassen, sobald wir Durham verlassen haben. Nicht eher, hört Ihr? Und ... *ma dame*« – Guilleaume beugte sich vor und winkte mich einen Schritt näher –, »*ma dame*, Euer Gatte hat den Tod verdient. Immer noch, und weiterhin. Ich will, dass Ihr das wisst.« Er senkte die Stimme und wiederholte: »Ich will, dass Ihr das wisst. Er hat für seine Untreue und Impertinenz den Tod verdient, und ich schenke ihm das Leben, weil ein kleines Mädchen und ein alter Mann mein Herz gerührt haben. Gott sei mir gnädig, *ma dame* – seht zu, und gebt Euch große Mühe, dass Euer Gatte mir nie – niemals mehr unter die Augen kommt. Niemals. Ich möchte weder seinen Namen hören noch von seinen Taten. Für meine Ohren ist er tot, für meine Augen ebenfalls, und sollte ich ihm jemals wieder begegnen, wird ausschließlich das Richterschwert mit ihm sprechen. Habt Ihr mich verstanden?«

Wir sahen uns an, und ich begriff, dass mir hier eine ungeheure, unglaubliche Gnade widerfahren war, denn Guilleaume begnadigte niemals Männer, die ihm die Gefolgschaft verweigert hatten. Wer immer das wagte, starb, ganz gleich wie vornehm sein Name war, und die Kerkermauern standen voll gekritzelt mit Namen seiner hochgeborenen Opfer. Ob ihn heute außerordentliche Milde geritten hatte oder gar der heilige Übermut, etwas besonders Barmherziges zu tun, bevor er England nach aufreibenden, anstrengenden Monaten verließ, oder ob es tatsächlich mit den Bitten der beiden Montgomerys zu tun hatte, das würde wohl für immer sein Geheimnis bleiben.

»Ja, Sire. Ich ... ich verspreche es Euch.« Was war das Versprechen einer Frau schon wert ... Ich seufzte mutlos, denn sein Blick war immer noch fordernd. »Was kann ich tun, Sire, um ...«

»Ich bürge dafür, Sire.« Frère Lionel trat vor, eine Hand auf der Brust, die andere zum Schwur erhoben. »Nehmt mein Versprechen – es ist das Versprechen eines Montgomery, Ihr solltet wissen, dass es gehalten wird. Ich bürge für meine Tochter und ihren Mann.« Der Blick des alten Earl of Scrobbesbyrig wurde starr.

Guilleaume studierte mein Gesicht und nickte nachdenklich, ohne Lionel weiter zu beachten. »Gut, gut. Wisst Ihr ... die Königin hätte ihre Freude an Euch gehabt, Alienor de Montgomery. Und nun erhebt Euch, *ma dame*, es war mir trotz allem eine Ehre, Euch wiederzusehen.« Bei diesen Worten bewegte sich das versteinerte Gesicht des alten Mannes neben dem Thron. Der

Bart zuckte, ein Auge zwinkerte, wie es manchmal passiert, wenn Rührung einen überwältigt. Und für einen Moment lag der Blick Roger de Montgomerys sanft auf meinem Gesicht, streichelte meine Wange, und die hohe Stirn und glitt über mein braun gelocktes Haar, das der Schleier züchtig zu verbergen suchte – weil ich seiner Tochter so ähnelte, weil ich zärtliche Erinnerungen wachrief, denen sich auch ein hart gewordener Greis nicht entziehen konnte. Er öffnete den Mund, holte Luft – ein Atemzug mehr, und ich hätte eine Familie gehabt, ein Zuhause, einen Stammbaum, Sicherheit und Wertschätzung bis in den Tod …

Dann wandte er sich ab. Der Kiefer knackte, Haut versteinerte, und das Klackern des Stocks verriet, dass er sich vom Thron entfernte, ohne sich noch einmal umzusehen.

Lionel begleitete mich hinaus.

Vor der Halle brach ich in Tränen aus. Die ausgestandene Angst schüttelte mich, als wollte sie mir noch nachträglich zeigen, wie knapp es gewesen war. Sehr knapp. Vielleicht hatte ich mein Glück ausschließlich Snædís' kindlichem Mut zu verdanken, oder einem unkontrollierten Moment der Rührung im versteinerten Herzen Roger de Montgomerys. Die Anspannung war immer noch so unerträglich, dass mir übel wurde. Lionel streichelte hilflos meinen Arm. Da hüllte feiner Rosenduft uns ein. Lucy of Mercia erschien und nahm mich in den Arm. »Liebe … ich hab ja nicht gewusst, dass Ihr eine Montgomery seid … Warum habt Ihr mir nichts gesagt? Ach, das ist ja auch nicht wichtig, Liebe – beruhigt Euch …« Snædís hockte stumm neben mir und hielt meine Hand. Lionel war einen Schritt zurückgetreten. Die Soldaten glotzten dümmlich drein. Der Türsteher sagte schließlich: »Na, na, na, so schlimm war es doch nicht. Er hat nicht geschrien. Er kann noch ganz anders, der König …«

An der frischen Luft kam ich wieder zu mir.

Morgen. Morgen würde er freikommen. Einen ganzen Tag noch und eine ganze Nacht. Wie sollte ich das überleben? Aufgelöst rannte ich auf und ab. Einen ganzen Tag. Und eine ganze Nacht, während er im Kerker saß. Ein Tag und eine Nacht. Eine Ewigkeit. Mehr als eine Ewigkeit. Ich würde es nicht überleben …

»Gott allein kann dir da helfen, Flour.« Lionel fasste meinen Ärmel und hielt mich nachdrücklich an. »Du kannst dich kasteien, du kannst weiter hier rumrennen und deine Tochter verrückt machen, du kannst ganz Durham in den Wahnsinn treiben – oder du kannst beten. Im Gebet findest du vielleicht Ruhe, Alienor ...« Ruhe! Ich sah ihn an, kribbelig, nervös, unfähig, einen klaren Gedanken zu fassen, und er übernahm es, mich zu leiten.

Snædís verblieb bei Lucy, und Lionel ging mit mir in die Weiße Kirche, an den Altar der Heiligen Etheldreda, weil er wusste, dass sie mir lieb war, und er schob eine Bank vor die Kerze und polsterte den Sitz für die langen Exerzitien, die ich vor mir hatte. Bete um ihn, hatte sie gesagt.

In meinem ganzen Leben war ich Gott nicht so nahe gewesen wie in jenen Stunden, da ich für Eriks Befreiung betete. Alle Gebete, die ich je gesprochen hatte, bekamen einen Sinn, alle Psalmen, alle Formeln – alles bekam einen Sinn und ein Ziel, und alle die Götter, die ich angerufen hatte, die mir auf Irrwegen etwas bedeutet hatten, verblassten vor Gottes Allmacht und Größe. Und ich begriff, dass Torfrida Recht hatte, wenn sie sagte, dass alles Eins sei – ganz gleich, welchen Namen man benutzte – das Große war Gott, alles, was groß und mächtig war, hieß Gott, und Er offenbarte sich nur, wenn man es ganz ernst meinte und alles von sich warf. Ich entkleidete mich innerlich, legte meine Seele nackt vor Seine Füße und bot ihm mein Leben an. Etheldreda lachte leise.

Das will Er doch gar nicht.

Was will Er dann?

Er will deine Treue. Und Er will nicht, dass du Amulette oder Talismane anbetest. Oder dummem Aberglauben anhängst. Er schenkt dir Wissen, dass du es sinnvoll nutzest.

Was soll ich tun?

Leg alle Amulette ab. Wirf sie von dir, sie sind Tand und wertloser Aberglauben.

Ich befingerte, was sie meinen könnte. Ketten um meinen Hals, Lederbänder, die mir lieb geworden waren, die schwer an Erinnerung wogen ...

Leg sie ab.

Gehorsam zog ich die Ketten über den Kopf. Ein Kreuz aus Holz, worin sich eine namenlose Reliquie verbarg. Ein Kreuz aus Silber, das einmal ein Thorshammer gewesen war. Meine Hand zitterte.

Wirf es weg.

Ich schob das Silberkreuz ein Stück von mir weg. Eine aus Holz geschnitzte Rose, in der eine zärtliche Hand einen Vers eingraviert hatte. *Pone me ut signaculum super cor tuum …*

Eine silberne Platte mit eingravierten Runen, groß wie mein Handteller, stark wie der Schild eines Kriegers, der Zauber über ein Leben. Etheldredas Stimme wurde düster. *Wirf es weg.*

»Nein!« Lionel sah erstaunt erst mich an und dann die Schmuckversammlung auf der Bank, doch er war so klug und schwieg. Ich legte mir Eriks Runenkette wieder um den Hals und behielt den Anhänger über der Kleidung. Verächtliches Schnauben lag in der Luft.

Du hast nichts verstanden.

»Doch, ich habe verstanden«, flüsterte ich und schob vorsorglich ein Ave Maria hinterher. »Dieses Amulett bekommst du nicht.«

Zauberischer Aberglaube, lass ab davon!

Ich stand auf und legte den umgearbeiteten Thorsanhänger auf Etheldredas Sockel. »Nimm ihn.« Sie schnaufte. Ich legte das Reliquienkreuz daneben. Sie schwieg. Zuletzt schenkte ich ihr die Holzrose, die einst mein verliebtes Herz zum Zittern gebracht hatte. Stark wie der Tod ist die Liebe. Dieses Geschenk war etwas Besonderes. Sie verstand. Langsam kehrte ich zu meiner Bank zurück.

Etheldreda, die Heilige, der man Prunksucht nachsagte, schwieg gerührt.

Als ich weiterbetete, war es, als hätte mich jemand hochgehoben, denn der Boden unter meinen Füßen war so leicht und schwebend geworden, und ich konnte tief durchatmen …

Die kühle Nachtluft wehte mir ins Gesicht. Ich hatte irgendwann die Kirche verlassen, um nachzudenken. Drinnen war die Luft so dicht und so voller Gebete, dass ich nicht denken konnte. Nun saß ich hier draußen – und fand nichts mehr zum Denken. Noch wenige Stunden galt es zu warten. Einfach nur warten. Mein Herz hüpfte. Erik. Was für ein unsägliches Glück mir dieser Tag geschenkt hatte …

Es schien tatsächlich, als hätte sich ganz Durham endlich zur Ruhe gelegt. Irgendwo klang noch Fidelmusik, und eine Flöte jaulte – im Palast des Bischofs. Ich setzte mich auf die Mauer. Ein Soldat kam waffenklappernd vorbeigestiefelt. »Gebt Acht, *ma dame*, der Abgrund hier ist tief. Wenn Ihr fallt, kann Euch keiner retten«, sagte er mit tiefer, sanfter Stimme, schulterte seinen Spieß und stapfte weiter durch die feuchte Nacht.

Mit Abgründen kannte ich mich aus – kein Abgrund ist so tief wie der von Angst und Trauer, und so schreckte mich auch die hohe Mauer nicht, die sich über den Felsen am Wear erhob. Das Rauschen des Flusses unten, dem die Regenfälle der letzten Tage viel Wasser zugeführt hatten, legte sich beruhigend auf meinen Geist, fast spürte ich das kühle Flusswasser auf meiner Stirn, spürte das Fließen in mir und wie es alle Angst und Anspannung wegwusch …

»Wir ssogn in die Schlacht,
Soldatn habet Acht,
die Schottn wer'n sich wundern,
wir kommn an zu Hundern,
wir schlagn sie – ach, versammt – verfluchter
Hund, wo issenn mein … wo issen mein –
mein – mein – wir sssogen in den Schacht –
Ssssedric, du wirss alt. Allllt.«

Langsam erhob ich mich von meinem Platz. Der Spielmann balancierte torkelnd auf der Mauer entlang, den Mantel halb von den Schultern hängend. Das Gelb der Borte leuchtete gespenstisch im Licht des sichelförmigen Mondes. Seine Laute schwang durch die Luft, während er gleichzeitig mit der anderen Hand versuchte, den Tragegurt zu erhaschen.

»Wir sssogn in den Schacht – mein Gurt der isss gekracht – Ssssedric alter Junge, da braucht es einnn neunnn, einen nnneuen – Gurt. Wer sch-schenkt mir einen Gurt? Wer – oh. *Ma dame.*«

Taumelnd hielt er vor mir an, wankte wie ein Betrunkener, der Kopf nickte schlackernd hin und her, die Gesichtszüge, die von einer Laterne hinter mir angeleuchtet wurden, verzogen sich wild grimassierend in dauernder Bewegung – der Mann wirkte wie eine Gauklerpuppe, die nicht Herrin über ihre Fäden war.

»Guten Abend, Cedric«, sagte ich. Diesmal wollte ich ihn nicht übersehen.

»Gudn – gudn Amd, *hlæfdige.*« Ein Schluckauf brachte ihn fast aus dem Gleichgewicht.

»Ssssoll 'ch Euch ein Lllied vortragen, *hlæf-hlæfdige*? 'ch – 'ch …« Mit fahrigen Händen versuchte er, seine Laute vor den Bauch zu ziehen, brachte dort jedoch nichts als ein paar misstönende Klänge heraus. »'ch hab vor dem Könch gesssungen – gahab vor dem Könch – und der Könch schenkte mir – mir diesss kosssbare Tuch – ssseeht nur, sssseht …« Der Seidenschal wehte triumphierend durch die Luft wie ein kleiner Kometenschweif.

»Du kannsss mich belückwnschn, denn 'ch hab vor dem Könch gesssungen – jawoll!« Der Schal wirbelte vor meinem Gesicht herum. Ich hielt ihn fest.

»Warum hast du es getan, Cedric? Warum? Erklär es mir, nur einmal – ich versteh es nicht –, warum hast du es getan? Warum hast du uns ausgeliefert?

Er stockte. Schwankte. Schwankte auf mich zu. Nahm aus einer Flasche, die an seiner Hüfte hing, einen weiteren Schluck, der ihm wieder aus dem Mund herauslief, weil er nicht schnell genug schlucken konnte. Es roch nach starkem Met.

»Warum 'ch wassss? Wassss willssssu wissen? Woher 'ch meinen Schal hab …«

»Warum du Erik verraten hast, will ich wissen.«

»Erik. Eeeerik. Ein Erik zog innie Schlacht – Soldatn habet Acht – gchchchhihihi …«

»Sag's mir. Sag's mir jetzt, Cedric.« Ich packte ihn an den Bändern seiner Jacke. »Jetzt.«

Der Betrunkene schluckte. Er versuchte, mir in die Augen zu sehen, was ihm nicht ganz gelang – vermutlich hatte ich hundert Augen, und er konnte sich nicht entscheiden, in welche er sehen sollte. Dann warf er den Kopf in den Nacken.

»Herr Eeeerik. Herr Großmaul Eeeerik. Wenn der ein Könchssohn war, fresss 'ch nen Besen, *hlæfdige*. Quer fress 'ch den. Mit Stiel. Ein armer Lump war der, kein Geld, kein Haus, kein nix für seine Frau, seine – ssseine wunnnner-wunnnerbare Frau ... ein Großmaul, versssehssu?« Damit warf er sich albern in die Brust. »'ch hab Gold bekomm, *hlæfdige,* Gold, und nich' wen'ch. Jetzzz hab 'ch Essen un Trinken un Mädchen un Trinken un Essen un ein Bett für die Mädchen, sssaubere Mädchen, gewaschne Mädchen, die riechen gut, die Mädchen, un ein Bett un Essen un Trinken – versssehsssu? Un jetzzz hab 'ch vor dem Könch gespielt – und kriech noch mehr Mädchen un Gold un Schmuck un – ahhhh, un dieser Schaaaaal, sch-schau her, *hlæfdige...*« Der Schal des Königs flatterte wie ein Banner durch den Nachtwind. »Mein Schal. Meiner.«

»Du hast meinen Mann für eine Kiste Gold und ein paar willige Mädchen ausgeliefert?«, flüsterte ich heiser, obwohl ich das die ganze Zeit gewusst hatte. Es aus seinem Mund zu hören, verursachte jedoch noch einmal eine ganz besondere Pein.

»Hehe, und's war ganz einfach. 's war ganz einfach, dich sssu finden, 'ch bin einfach hinter dir hergegangn, in den Sumpf rein, hehe. War ganz einfach – fffür so viel Gold. Hmmm – l-leider lief Herr Ivo mir lange nich übern W-weg – aber als er kam – daaa gab's Gold.«

»Gold«, wiederholte ich. »Du hast es für Gold getan.«

Er suchte in meinem Gesicht herum, der Alkoholatem raubte mir die Luft. »Fffür Gold. Ja! Und fffür Mädchen. Un Essen, Frau Alienor. 'ch hasse Schmutz, 'ch hasse es, auf dem Boden sssu schlaf'n, 'ch hasse es, nicht vögeln sssu dürfen, wenn's im Schwanz zwickt, weil deine Magd nich' gevögelt wer'n sssoll – und du auch nich', obwohl du'sss brauchsss, jed'n Tag, weil dein blöder Mann dich sitzzzn lässs, statt d'ch sssu vögeln, wie man das macht, wenn man eine ssschöne Frau hat, die gev-vögelt werden will, un…«

»Halt den Mund«, schrie ich ihn an und packte den Schal, der trotzig vor meinem Gesicht herumflatterte. »Halt den Mund, du undankbares, verfluchtes…«

Er versuchte mir das Schalende aus den Händen zu reißen. »Meinsss – meinsss, versssammt, meinsss…«

»Elender!« Ich zog an dem Schal. »Sag, dass du es bereust! Sag mir, dass du es bereust, und ich werde für deine verdammte Seele beten –«

»Bereu'n!? Ha!« Der Spielmann zog die Nase hoch. Und dann hielt er mir die Faust vor die Nase, und die Wut ließ ihn deutlicher sprechen. »Bereu'n! Ja, ich bereue – ich bereu', zu wenig verlangt ssu haben! Ssswei Kisten Gold hätten es sein sollen, für den verfll-verfllluchten verfluchten…«

Ich ließ ihn fahren. Ekel überwältigte mich, ich wollte ihn nicht mehr anfassen, nicht mal das feine Kleidungsstück, alles, was ich für diesen Wurm übrig hatte, war der gallig schmeckende Speichel aus meinem Mund. Ich spuckte vor ihm aus, angewidert und versteinert vor Verachtung, und ich tat es so heftig, dass er zurückwich, auf der Mauer schwankte, und der Gurt, an dem seine Laute hing, rutschte ihm über die Schulter, die kostbare Laute, seine einzigartige Geliebte, der er Töne voll Zauber und Heiligkeit zu entlocken verstand, fiel in die Tiefe –

Er schrie auf, wedelte mit beiden Armen, und die Laute fiel, und wie ein Kometenstrahl segelte des Königs Schal hinterher und wurde von der Nacht verschluckt. Schluchzend sank Cedric auf der Mauer in sich zusammen.

Der Regen fingerte an mir herum. Ich drehte mich um und ging. Genugtuung fühlte sich anders an. Genugtuung war mir nicht vergönnt. Gott schwieg vorwurfsvoll.

»Und jetzt?«, fragte ich irgendwann den Wind, der mir Regen ins Gesicht wehte, als wollte er mich für die eitle Tat rügen. Nun blieb nur noch eins zu tun. Ich zog das Kleid und den Rock aus, bis ich im wollenen Unterkleid dastand, band den Schleier los und ließ beides an der Mauer fallen. Der Wind verwirbelte mein kurzes Haar, Novemberkälte schüchterte mich ein. Trotzdem erklomm ich eine der Mauerzinnen und kniete dort als Büßerin nieder – wenn es sein sollte, dann sollte es jetzt sein, bis der Morgen graute. Und der Wind staunte. Er strich um mich herum, sparte mich mit seinen eisigen Stößen aus, und er machte ein Loch in die Regenwand, damit ich nicht erfror und genug Kraft hatte, Gott um Vergebung all meiner Sünden zu bitten.

Der Morgen kam mit Aufbruchslärm.

Pferde trabten über den nass geregneten Kirchplatz, gespornte Soldaten rannten an den eingezäunten Gemüsebeeten des Bischofs entlang, um letzte Gepäckstücke zusammenzusuchen, und unten am Ufer des Wear ging ein Schreien und Brüllen los, ohne das der Abbruch eines Heerlagers offenbar nicht gelang.

Ich war vom langen Knien auf der Zinne so steif, dass ich mich kaum rühren konnte. Ein letzter Regenschauer fuhr über den Burgberg von Durham. Unbeholfen wischte ich mir über das nasse Gesicht. Etheldreda legte ihren Schleier über meine schmerzenden Schultern und strich liebevoll über mein Haar. *Genug. Es ist genug.* Ein wenig Wärme kehrte in mich zurück.

Am Palast des Bischofs gingen die Tore auf. Eine Vielzahl von Pferden quoll durch das Tor, bepackte Maultiere, geschmückte Streitrösser und Soldaten, Soldaten, wo man auch hinsah, zu Fuß, beritten, rennend, hetzend, schreiend, Unruhe verbreitend. Dann folgten die Standarten und Banner, ohne die ein König niemals auf Reisen ging und die den Tross anführen würden. Ich straffte mich auf meiner Zinne. Guilleaume ritt auf einem imposanten schwarzen Spanierhengst zum Tor heraus. Die dichte Mähne des Pferdes wallte beinahe bis zum Boden – für diese triumphale Reise durch England hatte man sie nicht eingeflochten, wie es für Schlachten üblich war, sondern bis zum letzten Haar ausgekämmt. Es tänzelte und hob die Vorderbeine fast bis zur Brust, schnaubend und edel beigezäumt den stolzen Kopf tragend, und der volle Schweif peitschte dem Lakaien dahinter mit jedem Schritt ins Gesicht.

Befehle wurden gebellt, Männer schwangen sich auf Pferde, Gruppen bildeten sich, Hufe scharrten auf dem groben Pflaster der Stadt, dann hielt der König noch einmal inne. Das Ross drehte sich elegant um die Hinterbeine, sodass sein Reiter die Weiße Kirche anschauen konnte. Er reckte sich, schlug ein deutliches Kreuzzeichen, vielleicht vor dem Heiligen, vielleicht auch vor dem Allmächtigen, weil ihm der Heilige nichts bedeutete, dann neigte er kurz ehrend den Kopf und nahm die Zügel auf. Und kurz streifte sein königlicher Blick auch mich auf meiner Zinne.

Guilleaume schaute mich an – nachdenklich, mit einem Funken Bedauern. Seine Lippen verzogen sich zu einem angedeuteten Lächeln – und dann hob er die Hand zum Gruß für mich, Alienor de Montgomery, die es gestern geschafft hatte, etwas von ihm zu erbitten, was er unter normalen Umständen niemals gewährt hätte. Im nächsten Moment wurde das Pferd auch schon wieder herumgerissen, und er preschte an der Spitze seiner Leute den steilen Berg von Durham hinab, und das hundertfache Hufgetrappel auf den Steinen dröhnte noch lange in meinen Ohren nach.

Vereinzelte Soldaten rüsteten für die Nachhut, ohne die ein so großes Heer niemals auskam. Niemand wagte es, die Büßerin auf der Zinne anzusprechen – alle hatten sie gesehen, dass der König sie gegrüßt hatte.

Mutwillig zauste der Wind mein Haar. Etheldreda strich es zärtlich glatt. Ich sank auf meine Knie, erschöpft nach der langen Nacht. Mein Blick wanderte an der Mauer entlang, wo der Spielmann als versoffenes, schlammbeschmutztes Bündel lag und schnarchte. Nun, jedem seine Buße. Ich wandte mich verächtlich ab und verbannte ihn ein für alle Mal aus meinen Gedanken.

Und als wollte er mich auf andere Gedanken bringen, riss der Wind ein Loch in die Wolken, und geradezu impertinentes Blau lugte durch das ewige Grau des Allerseelenhimmels. Beständig vergrößerte der Wind sein Werk, zog an den Rändern und verscheuchte neue Wolken, bis er auch die Sonne freigelegt hatte.

Sie erledigte bereitwillig den Rest und machte sich daran, meinen erstarrten Körper zu wärmen. Auch Náttfari kam und spendete Trost. Es war kaum mehr Platz auf meiner Zinne, doch er drängte sich furchtlos neben mich und quakte und gurrte trippelnd vor sich hin. *Alles wird gut. Alles wird gut.*

Und beide bewogen mich, den Kopf zu heben, denn das Tor am Bischofspalast öffnete sich ein weiteres Mal. Drei Menschen und ein Reiter traten ans Tageslicht, die Sonne machte sich einen Spaß daraus, sie mit einem gezielten Strahl zu blenden. Ich beschirmte meine Augen. Lionel, Snædís, und zwischen ihnen – Erik.

Die Zinne unter mir wackelte. In gutes Tuch gekleidet, einen festen Mantel um die Schultern – Erik.

Der Reiter war alt und gebeut; ich erkannte Roger de Montgomery im Sattel. Snædís winkte mir zu, doch blieb sie bei den Männern, denn der Reiter schien sich zu verabschieden. »Wie kann das sein?«, flüsterte ich ungläubig. »Mein Gott …« Und meine Hände sanken in den Schoß. Roger beugte sich herab und umfasste die Schultern des Freigelassenen. *Er war's, er hat ihn geholt,* wisperte Etheldreda, *er hat ihn aus dem Kerker geholt, aus dem tiefsten Kerker, den die Burg besitzt, einem finsteren Loch, wo niemals die Sonne hineinscheint – und er gab ihm gute Kleider und Essen, damit er als Herr ans Tageslicht trete – Roger de Montgomery. Dein Großvater.*

Ich wedelte mit den Händen, um ihr heiliges Schnattern zu vertreiben. *Glaub mir, du hast genug gebetet, glaub mir doch …* Roger strich meiner Tochter über den Kopf und richtete sich dann im Sattel auf. Seine Soldaten formierten sich um ihn. Er drehte den Kopf zu mir, sah mich über die bischöflichen Gemüsebeete hinweg lange an – und hob die Hand. Ein Gruß, ein Zeichen, Friede sei mit dir, mehr konnte er nicht tun. Und ich verstand, dass der Graf de Montgomery und neu ernannte Earl of Scrobbesbyrig die Vergangenheit weiter ruhen lassen wollte. »Lebt wohl, *ma dame*, Gott schütze Euch«, hörte ich ihn zum ersten und zum letzten Mal zu mir sprechen, bevor der Reitertrupp dem Königstross folgte.

Kurz darauf lag Durham wie verlassen auf seinem Felsen.

Der Kirchplatz war öde und leer, der Bischofspalast verschlossen, die Bürger von Durham waren erleichtert auf ihre Strohsäcke zurückgesunken – endlich Ruhe.

Die drei Menschen hatten sich auf den Weg gemacht. Erik ging in ihrer Mitte, aufrecht, mit straffen Schultern unter dem gut geschnittenen Mantel. Nichts deutete darauf hin, dass er lange Monate im Kerker gesessen hatte. Sein Gesicht jedoch war blass, der Blick starr. Ich schlang die Arme um mich. Auf einmal fühlte ich mich ganz nackt… »*Custodi me ut pupillam oculi*…«, flüsterte ich und machte mich noch kleiner auf der Zinne. »*Custodi me*…«

Stimmt, so geht das nicht. Lass mich mal machen. Etheldreda drapierte ihren Schleier neu um meine Schultern, zupfte hier und zog da, ihre Finger krabbelten emsig wie Bienen um mich herum, und zum Schluss legte sie eine Ecke des Schleiers über mein Haar. *So gefällst du mir. Und nun los.* Sie bewog mich, von der Zinne herunterzuklettern, und als ich unten ankam und mich aufrichtete, war das wollene Unterkleid unter eleganten schwarzen Falten verschwunden, und eine fein gearbeitete Kapuze verbarg, dass mich keine Zöpfe mehr zierten. Die silberne Platte, die ich nicht hatte hergeben wollen, lag wie ein breiter Fächer auf meiner Brust und schimmerte durch den Mantel hindurch.

Nun geh schon, lachte die putzsüchtige Heilige fröhlich. *Besser hätte es mein Gewandmeister damals auch nicht hinbekommen. Geh schon. Es ist vorbei.*

»So mag er nicht fallen im Volksgefecht, kein Schwert mag ihn versehren.«

Die Worte des Zauberliedes hatten einen Sinn bekommen.

16. KAPITEL

Denn Gott, du hast uns versucht und geläutert, wie das Silber geläutert wird; du hast uns lassen in den Turm werfen, du hast auf unsere Lenden eine Last gelegt, du hast Menschen lassen über unser Haupt fahren. Wir sind im Feuer und Wasser gekommen; aber du hast uns ausgeführt und erquickt.

(Psalm 66, 10–12)

Lindisfarne empfing uns wie eine lächelnde Mutter mit offenen Armen.

So jedenfalls empfand ich, als ich das kleine Eiland von Wellen umbrandet dort liegen sah. Der Wind hatte sich extra für uns gelegt und an diesem eiskalten Novembertag die Sonne eingeladen, uns zu begrüßen. Sie schien nach Kräften auf das gelb gewordene Dünengras. Es duftete schwer und heilsam nach dem Salz der See. Tausende von Schaumkrönchen tanzten auf den Wellen einen temperamentvollen Willkommensreigen, Möwen flogen tief, erhaschten unvorsichtige Fische und trugen sie fort. Wattvögel hasteten vor der herannahenden Flut davon, die ihr Jagdgebiet für die kommenden Stunden überschwemmen würde.

Wir waren zu spät gekommen und mussten nun mit den anderen Pilgern bis zum Abend warten, um trockenen Fußes über den Pilgerweg gehen zu können. Snædís versuchte zu diskutieren, ob man nicht doch … »Das Wasser ist doch noch gar nicht richtig da, Mama! Wenn wir ganz, ganz schnell laufen, schaffen wir es!« Ihre Ungeduld kannte nun keine Grenzen mehr.

»Gott hat die Gezeiten geschaffen, dass der Mensch sich daran hält«, sagte Lionel ernst. »Denn der Mensch ist ein Mensch und kein Fisch.« Mit großen Augen versuchte sie, seiner Logik zu folgen. Derweil tat das Meer sein Tagwerk und ließ den Pilgerweg verschwinden.

Wie seinerzeit die Mönche mit dem Schrein des Heiligen hatten auch wir diesmal fünf Tage für die Reise von Durham hierher gebraucht. Nach einem tränenreichen Abschied von Lucy, die mit ihrem Mann dem König nach Wincestre folgen musste, hatten wir Erik in den Sattel geholfen und uns auf den Heimweg gemacht. Er konnte sich nur mit Mühe auf dem Pferd halten, und ich fragte mich bange, was die guten Kleider Rogers de Montgomery wohl noch alles verbargen. Seine Schweigsamkeit und Schwäche dämpften die Stimmung, selbst Snædís plapperte nicht wie gewohnt. Trotzdem bestand sie starrsinnig darauf, im Sattel ihres Vaters zu reiten, und es rührte mich zutiefst, wie sie fachmännisch Káris Zügel führte, damit Erik den Mantel um sie beide schlagen und sie sich unter der fest gewebten Wolle wärmen konnten. Das Reiten kostete ihn große Anstrengung; oft sank er vornüber und musste sich an Káris Mähne festhalten. Des Abends stieg er schweigsam und matt vom Pferd und legte sich sogleich zur Ruhe, umsorgt von seiner kleinen Tochter, die ihm Essen brachte und bei ihm blieb, während ich alle Hände voll damit zu tun hatte, Feuer zu machen, ein warmes Mahl zuzubereiten, hin und her zu eilen, und die Pferde zu versorgen. Ich war daher froh über Snædís' Hilfe und bedauerte gleichzeitig, kaum Zeit für meinen Mann zu haben, denn Lionel entpuppte sich als Mensch mit zwei linken Händen, wenn es darum ging, ein simples Lager aufzuschlagen. Seine Überlegungen, was wo wieso am besten und am stabilsten und ob der Lagerplatz wohl gut gewählt war, raubten mir den letzten Nerv, und seine Gebete machten weder satt, noch schenkten sie mir Schlaf. Die Nächte verbrachte ich wachend oder dösend dicht neben Erik, seine Atemzüge zählend, davon träumend, wie es wohl sein würde, wenn wir erst auf Lindisfarne angekommen waren. Eine Brücke zu ihm fand ich jedoch nicht.

Und so erschrak ich zutiefst, als Erik am Strand von Lindisfarne ungelenk vom Pferd stieg und in eine Dünensenke fiel, die sich doch unübersehbar und deutlich neben Kári erstreckte. Besorgt sprang ich hinterher und hielt inne: Er saß da, starrte vor sich hin, und der weiße Sand rann ratlos durch seine Finger …

»Wo sind wir hier?«, fragte er leise.

Ich kroch näher. »Lindisfarne, Erik. Wir sind zu Hause. Dort vorne liegt die Insel.« Und die Sonne nickte bestätigend und kam wieder eifrig hinter einer Wolke hervor, um das Eiland ins rechte Licht zu rücken. Erik hob den Kopf und starrte überall hin, nur nicht zur Insel. Ich wagte kaum, ihn anzufassen – das hier machte mir Angst. Warum sagte er nichts?

»Ich kann nichts sehen, *elskugi*. Das Licht ist weg.«

»Das Licht ist weg? Erik ...« Sanft schüttelte ich ihn. Er blieb apathisch sitzen.

»Ich kann nichts sehen, *elskugi*.«

Snædís muss es gewusst haben, als sie auf dem Platz in seinem Sattel bestanden und das Pferd für ihn gelenkt hatte. Warum hatte ich es nicht bemerkt? Ich hatte ihn doch in Durham in die Arme geschlossen, war tagelang neben ihm geritten, hatte des Nachts neben ihm gelegen, hatte ihn behandelt wie ein rohes Ei, ich hatte sein Schweigen ertragen und trotzdem versucht, ihm so viel Nähe zu geben, wie irgend möglich – das Licht war weg. Und ich hatte es nicht bemerkt! Ein irrsinniges Gewicht drückte meine Schultern zu Boden, ich bemühte mich, die Fassung zu bewahren. Nicht bemerkt! Vielleicht war es ja nur der Moment, vielleicht war er so schwach wie nie zuvor, vielleicht ein Dämon, der seine Augen zudeckte, oder alles nur ein böser Traum ... Und so hockte ich mich dicht neben ihn, nahm seine Hände und führte sie in den weichen Seesand.

»So fühlt es sich an, wo wir sind, Erik«, sagte ich mit zitternder Stimme, den Tränen nahe. »Leg dich hinein, und ruh dich aus. Lass alles hier an Land, bevor du auf die Insel gehst. Lindisfarne ist etwas ... Besonderes. Dort wird man geheilt von allem, was schwer wiegt.« Sanft strich ich ihm über den Kopf, ohne viel Hoffnung, dass er etwas sagen oder erzählen würde. »Versuch, es hier zu lassen«, flüsterte ich trotzdem, weil mir die Stimme versagte. Gehorsam legte er sich in den Sand, ließ sich eine Decke als Polster unter den Kopf schieben und starrte ins Nichts. Ewige Zeiten lang. Das Wasser rauschte an Land, verschluckte den Sand. Ich kauerte mich neben ihn – durch Meilen und Monate von ihm getrennt. Verzweiflung wallte turmhoch – hätte ich etwas davon verhindern können – und wie? Hätte ich? Hatte ich einen Fehler begangen? So wie damals in Uppsala, wo ich ihm ebenfalls Unglück gebracht habe? Einen Fehler, der ihn wieder einen Teil seines Lebens kostete?

Irgendwann tastete seine Hand nach mir – und die Monate unseres Getrenntsein schmolzen dahin. Trotzdem fehlte etwas. Wie erstarrt lag ich neben ihm, schaute ihn an, nahm jede Regung seines Gesichtes wahr, jedes Zucken seiner Wimpern, jedes Senken der Lider in der Hoffnung, dass alles nur ein böses Spiel war, wenn sie seine unvergleichlichen Augen beim nächsten Mal freigaben. Vergeblich.

»Bin ich wirklich frei?«, fragte er ungläubig in den Himmel hinein. Mein Nicken konnte er nicht sehen – und meine Tränen auch nicht. Er sah sie nicht, doch er spürte sie, denn sanft wischte er über meine Wange, und seine Finger wunderten sich, dass sie nass wurden.

»*Elskugi*, warum weinst du?«

»Ich habe dich gehört«, flüsterte ich, mich am Riemen reißend. »Ich habe dein Lied gehört, Erik. Du warst die ganze Zeit in Durham, und ich hab's nicht gewusst. Und doch hab ich dich gehört …«

»Schsch …«, machte er. Ich rückte noch dichter neben ihn, noch lange nicht dicht genug. Er lud mich nicht ein auf seine Brust, wo ich immer gelegen hatte.

»Ist das das Meer, was so rauscht?« Wir lauschten gemeinsam der eintönigen Melodie des Wassers am Strand. Alles jedoch, was ich hörte, war sein Atem und das Herz, das ganz nah an meinem Ohr schlug. Nicht nah genug. Dennoch, es schlug – er lebte.

»Ist das das Meer?«, fragte er noch einmal.

»Ja. Die Flut kommt herein. Wir können nur hinübergehen, wenn das Wasser wieder zurückgegangen ist.«

»Hmm.« Der Wind streichelte unsere Gesichter und gaukelte uns zusammen mit der Sonne ein bisschen Sommer vor.

Ich wusste nicht mehr, was ich mit ihm reden wollte. Ein halbes Jahr Dunkelheit trennte uns, ein halbes Jahr Isolation und

Gegenwart des Todes. Empfand er das auch so, weil er schwieg? Sein Atem war gleichmäßig und ruhig. Ich hob den Kopf und sah ihn wieder an. Ich kam mir dabei vor wie ein Spitzel. War es nicht mein Recht, sein Gesicht anzuschauen? Das schwindelerregende Blau seiner Augen. Die blonden Brauen, die ebenmäßige Stirn. Jede kleine Falte um die Augen, jede Unebenheit, jede Narbe erkannte ich wieder wie liebe alte Bekannte. Es war das gleiche Gesicht wie früher. Trotzdem trennte uns die Dunkelheit.

»Taillebois zog wochenlang mit uns durch die Lande«, begann er urplötzlich und drehte das Gesicht von mir weg. »Ich weiß bis heute nicht, ob er ein Ziel hatte oder ob er nur nicht wusste, was er mit uns machen sollte. Rapenald starb bei einem Fluchtversuch. Sie erschlugen ihn wie einen Hund. Da kam er dann auf die Idee, uns in Durham in den Kerker zu werfen.«

»Die Mönche sagten mir, in Durham gäbe es keinen Kerker«, wandte ich leise ein.

»Es gibt auch keinen Kerker.« Seine Sprache war langsam geworden, als müsse er sich erst wieder daran gewöhnen, so viel zu sprechen. »Es gibt ein Loch, in das sie Tunbeorht und mich warfen. Wir fielen viele Meter tief, dann schoben sie einen Deckel über das Loch. Tunbeorht brach sich das Bein. Er… er starb irgendwann.« Erik ließ meine Hand los, um sich über das Gesicht zu wischen. Die Erinnerung klebte wie Bienenwachs fest. Ich erinnerte mich an seine panische Angst vor dem Eingeschlossensein, damals, in jenem unterirdischen Gang, der zum Kloster von St. Leonhard führte, und dass er dort kaum Luft bekommen hatte. Die Angst klebte auch wie Bienenwachs, sie war heiß und versengte innerlich…

»Sie warfen Essen herunter, jeden Tag. Abfälle. Wasser rann den Felsen herab, zum Trinken. Es war nie genug. Ratten fanden den Weg, zumindest hatten sie nicht solchen Hunger…« Mit einem Ruck fuhr er hoch und erbrach sich ins dichte Dünengras. Ekel schüttelte seinen mageren Körper. Ich streichelte ihm den Rücken, fassungslos über das, was ich da hörte – und darüber, dass er es überhaupt erzählte.

Das hilft, summte es im Gras, und das Wasser plätscherte leise dazu. *Lass es hinter dir …*

Es gab keine Eile. Die Sonne versuchte zu trösten, doch reichte das bisschen Wärme nicht für einen Blinden. Erik erschauderte neben mir. »Es gab weder Tag noch Nacht«, sprach er mühsam weiter, »und kein Licht, das Essen fiel im Dunkeln herab. Manchmal fand ich es nicht. Es gab … es gab keine Zeit. Manchmal musste ich schreien. Es … es gab nichts. Kein Geräusch außer dem Wasser, das die Wand herunterlief. Nichts.« Er atmete schwer. »Ich konnte ein wenig umherlaufen, immer im Kreis. Manchmal stolperte ich über … über Tunbeorht.«

Dann verstummte er. Und er sprach nie wieder über die Monate im Kerker.

Diesmal ließ ich ihn in den langen Stunden des Schweigens nicht allein, ganz egal, wie sehr die Dunkelheit uns voneinander trennte. Irgendwann drehte er sich zu mir und legte die Hand an meine Wange.

Der Wind schlich um uns herum, raschelte im Dünengras, spielte mit unserem Haar. Snædís plapperte ganz in der Nähe und lachte keck. Pilger, die mit uns auf die Ebbe warteten, erzählten Witze, statt zu beten, manche badeten am Ufer die schmerzenden Füße im Meerwasser. Sicher würden sie die Letzten sein, die vor dem Winter den Weg auf die Insel wagten, Unruhe in die Kirche brachten und Vorräte aus dem Grassodenhäuschen stahlen. Ich hoffte es zumindest. Nicht jeder, der auf die Insel pilgerte, hatte Gott allein im Sinn … Eins der Pferde schnaubte. Das Meer rauschte eintönig vor sich hin. Lindisfarne wartete geduldig. Und Erik wurde ruhig. *Ich liebe dich.*

Als die Ebbe das Wasser an sich zog, machten wir uns fertig und gingen zu Fuß, die Pferde am Zügel führend mit der kleinen Pilgergruppe den Pfad entlang, zählten die Stöcke, die den schlammigen Weg säumten, und beteten an jedem Stock ein Paternoster, wie es sich gehört, wenn man sich dem Ort des Heiligen nähert. Die Pilger sangen zwischen den Stöcken und gaben mit ihren Schritten den Takt vor. Begierig saugte der Schlick an unseren Füßen, ein nachdrücklicher Rhythmus entstand, der wie das Klopfen eines Herzens den ganzen Körper durchdrang. Das Herz schaute nach vorn, zur Insel. Für immer nach vorn. Ich atmete tief durch.

»*Quam magna multitudo dulcedinis tuae, Domine, quam abscondisti timentibus te, perfecisti eis, qui sperant in te, in conspectu filiorum hominum! Abscondes eos in abscondito faciei tuae a conturbatione hominum, proteges eos in tabernaculo tuo a contradictione linguarum. Benedictus Dominus, quoniam mirificavit misericordiam suam mihi, in civitate munita* …«

Ich konnte nicht mitsingen, weil mir ein dicker Kloß im Hals saß. Nach Hause – anders, als ich je gedacht hatte. Aber nach Hause. Meine Füße trug der nasse Sand, ohne dass sie Spuren hinterließen. Ich flog nach Hause.

Hermann hielt am Ufer Wache, seit Stunden saß er schon da. »Wir haben uns die ganze Zeit abgewechselt«, gab er zu. »Und an solch einem wunderschönen Tag dachte ich, könntet Ihr eigentlich mit guten Nachrichten nach Hause kommen.«

»Wohl gesprochen«, lachte ich, für einen Moment von ganzem Herzen glücklich, weil ich endlich angekommen war.

Zur Feier des Tages schlachtete Hermann einen fetten Hammel, Eadwin der Fischer half ihm beim Entbeinen. Lionel bereitete mit Bruder Aidan eine Dankesmesse vor und hatte den ältesten der Mönche bereits in die Kirche getragen. Den zittrigen Gesang des Greises hörte man bis zum Wohnhaus. »Gott ist Licht, Gott ist Schatten, Gott ist Tag, Gott ist Nacht, Gott ist Liebe, Gott ist Nacht, Gott ist Tag, Gott ist Schatten …« Ich liebte diese merkwürdigen Gesänge, die so einfach und so ehrlich klangen. So einfach wie die Lieder, so einfach war auch das Leben hier, obwohl der Wind uns knechtete und das Meer tagtäglich darauf beharrte, ältere Rechte an der Insel zu besitzen. Das Leben reduzierte sich tatsächlich auf das, was die Mönche in Melodien kleideten, und ihre Lieder nahmen mir die Last von den Schultern.

Der andere Alte hockte wie jeden Tag im Kreuzgang und schälte Mohrrüben. »Gott ist Licht, Gott ist Schatten, Gott ist Tag, Gott ist Nacht, Gott ist Tag …« Das Messer schrappte im

Takt der Melodie, und der Alte strahlte mich an – er strahlte eigentlich immer. Und seine Mohrrüben waren die heiligsten, die ich je gegessen hatte, denn sie steckten voller Gebete, Lieder und Segenszeichen. Lächelnd setzte ich den Korb mit den fertig geschälten Mohrrüben auf meine Hüfte. Er war ganz leicht und duftete verheißungsvoll. Der alte Mönch zwinkerte mir zu.

Die Frauen zauberten indes ein Festmahl aus Fisch und Mohrrüben, über dem Feuer köchelte eine Muschelsuppe, und im Kübel glänzte frisch gebrautes Bier. Der Duft von warmem Haferbrot zog durch den Raum und machte den Mund wässrig. Heute Nacht würde das kleine Haus an der Priorei mit all dem Besuch aus den Hütten von Lindisfarne aus allen Nähten platzen, selbst der Wind feierte mit und machte sich ausgelassen am Dach zu schaffen…

Snædís fegte plappernd umher und erzählte wilde Geschichten aus Durham: »…und dann saß die Mama wie ein Vogel auf der Zinne, stell dir nur vor! Die ist da gar nicht runtergefallen. Ich durfte überhaupt nicht an die Mauer, weil man dort runterfallen kann, die Mauer war nämlich so hoch wie der Himmel! Oh, und Cedric hab ich auch gesehen, Ringa, der war soooo fein gekleidet… der hat vor dem König gespielt, ein ganz langweiliges Lied…« Eadwins Frau gab ihr einen Klaps mit dem Löffel. Wie ein Wollknäuel hüpfte sie um den Tisch herum und alberte auf der anderen Seite weiter.

Torfrida lief summend umher und drückte zwischendurch immer wieder meinen Arm, um mir zu zeigen, wie glücklich sie war, uns alle beisammen zu haben. »Alles wird gut«, flüsterte sie zwinkernd. Zum ersten Mal, seit ich englischen Boden betreten hatte, konnte ich das glauben. Alles wird gut.

Zwischen Geschirr, Suppenkessel und einer zum Tischtuch umfunktionierten Leinwand aus der Kirche warf ich einen Blick nach draußen, wo Erik auf der Bank hockte. Seit Stunden tat er das, ohne sich zu bewegen.

»Sein Geist ist noch im Kerker«, flüsterte Torfrida hinter mir. »Die Dunkelheit lähmt ihn.«

»Wie kann man ihn da herausholen?«

Sie schaute zweifelnd drein. »Dieser Kerker ist besonders, Alienor. Er schmerzt nicht. Schmerz kann man aushalten. Was er erlebt hat, ist… anders. Es… es tut nicht weh. Nicht am Körper. Verstehst du?« Sie hatte bei der Begrüßung stumm seine Hände gehalten und darin gelesen, sie wusste Bescheid, mehr als ich. Jetzt legte sie mir den Arm um die Schulter. »Gib ihm Zeit«, flüsterte sie. Es tat nicht weh, was sie ihm angetan hatten. Was konnte schlimmer sein, als von der Welt vergessen zu werden? Was war die Folter gegen das Vergessenwerden? Ich hielt mir den Mund zu, um nicht zu weinen. Was war körperlicher Schmerz gegen Einsamkeit? An den Schmerz kann man sich gewöhnen – doch die Einsamkeit reißt einem das Herz aus der Brust und drängt, das Atmen einzustellen. Der vergessene Gefangene wird schließlich irre an dieser Einsamkeit, an der Stille und an seinen Erinnerungen, die ihn nicht mehr tragen, sondern quälen… Ich raufte mir die Haare ob meiner Ohnmacht.

Ljómi kam den Grasweg heruntergelaufen. Ljómi war ein eigenbrötlerisches Kind geworden, das Stunden in den Dünen und am Wasser zubrachte. Manchmal schenkte sie mir seltsame Holzstücke oder bizarre Muscheln, und in ihren strahlenden Augen las ich dann eine Geschichte, wo sie sie gefunden hatte. Ich hatte mir abgewöhnt, mich um sie zu sorgen oder ihr das Spielen am Wasser zu verbieten – sie tat es ja doch, und wenn man sie dort wegholte, wehrte sie sich stumm, aber mit Händen und Füßen. Und ihr glücklicher Blick, wenn sie vom Meer kam, die Kleider voller Sand, die Schuhe irgendwo vergessen, dafür die Taschen voller zauberhafter Fundstücke, versöhnte mich. Sie war einfach in Gottes Hand.

Ljómi blieb vor ihrem Vater stehen und sah ihm aufmerksam ins Gesicht. Er reagierte nicht – sie war ja so still wie ein Geistchen, so zart wie ein Lufthauch, meine kleine stumme Fee… Dann sah er doch hoch und griff mit der Hand ins Leere. »Alienor?«, fragte er leise. Ljómi schüttelte den Kopf. Langsam zog sie die Hände hinter dem Rücken hervor und legte sie auf seine Knie. Ihre langen dünnen Zöpfe fielen über ihre Schultern. Erik tastete nach den Kinderhänden. Da nahm sie ein Zopfende und pinselte damit spielerisch über seinen Handrücken. Erik suchte mit der anderen Hand nach ihr. Sie legte den Kopf schief, als er sie gefunden hatte und ihre schmalen Schultern hielt, und musterte sein Gesicht. Sie streckte die freie Hand aus und strich ganz leicht über seine Wange, als könnte sie nicht glauben, dass er wirklich wieder da war. Langsam hob er die Hand und legte sie über Ljómis Finger auf seiner Wange, und dann fanden sie zueinander, Ljómis Hand verschwand in der seinen, sie kniete vor ihm nieder und bettete ihren Kopf auf seine Knie. Und wie sie so da saßen, still und regungslos vor Glück, zerstob Lulach der Waldmann mitsamt der Erinnerung an jenen schrecklichen, blutigen Tag.

Eriks Rechte bedeckte ihren blonden Scheitel, seine Züge wirkten so verletzlich. Sie hatten sich wieder. Der eine konnte nichts sehen, der andere nicht sprechen, doch sie hatten sich ohne Worte wiedergefunden. Ljómi zog ihn schließlich von der Bank, und seine Hand fest in der ihren haltend, führte sie ihn weg vom Haus, lautlos wie ein kleines, leuchtendes Glühwürmchen, auf den Trampelpfad zu den Dünen.

»Komm mit«, raunte Torfrida und zog mich vom Türrahmen weg ins Freie. Der Wind war stärker geworden und versprach lautstark Regen, wie es sich für November eigentlich gehörte. Die Sonne ließ sich jedoch noch nicht endgültig vertreiben, sie wollte erst sehen, wo ihr Liebling hinging. Windböen versuchten, mir die Haare vom Kopf zu reißen, und wir mussten uns richtig dagegenstemmen. Erik und Ljómi aber schienen von ihnen getragen zu werden, ihre Schritte wirkten mühelos und beschwingt. Torfrida hakte sich bei mir unter.

»Warum sieht er nichts, Torfrida?«, rief ich ihr verzweifelt durch den Wind zu. »Seine Augen sehen gesund aus, so wie früher …« Nicht ganz. Die Leere in ihnen war neu und fremd. Warum ertrug ich das schlechter als er? Warum war ich so schwach …

Ljómi brachte ihren Vater an ihren Lieblingsstrand in der Bucht neben dem kleinen Hafen, wo Eadwins Boot fest vertäut lag. Sie ließen sich im Sand nieder und hockten lange nebeneinander, die Gesichter dem Meer zugewandt, um dem Wind und dem Rhythmus der einströmenden Flut zu lauschen. Ljómi sprang schließlich auf. Sie lief ein bisschen am Strand herum, hüpfte einbeinig Spuren durch den Sand, hob Steinchen und Muscheln auf und blancierte in ihren eigenen Fußspuren zu Erik zurück. Ganz zutraulich hockte sie sich zwischen seine aufgestellten Knie und legte ihm eine Muschel auf das eine Knie, ein Steinchen auf das andere. Vorsichtig tastete Erik danach. Trotzdem fiel die Muschel in den Sand. Ljómi hob sie auf. Sie griff nach Eriks Hand und legte die Muschel sorgfältig hinein, als vertraute sie ihm einen wichtigen Schatz an. Und es war ein Schatz, ein Geschenk an ihn, die Liebeserklärung eines Kindes an jemanden, den es furchtbar vermisst hatte. Erik lächelte gerührt, während seine Finger das Geschenk befühlten, drehten und abstrichen. Entzückt steckte Ljómi daraufhin die Hände in den Sand und wirbelte zwei Fäuste voll in die Luft. Wie ein wilder Schweif flog der Sand hoch und rieselte nieder, und beide zogen sie lachend die Köpfe ein. Ljómi rutschte noch ein wenig näher zwischen seine Beine. Mit ernstem Gesicht nahm sie den Stein von seinem anderen Knie und drückte ihn ebenfalls ins Eriks Hand. Die rote Farbe hatte nicht der Wind auf ihre Bäckchen gezaubert, sondern die Freude darüber, wie er ihre Geschenke ernst nahm.

Und ich hörte seit langen Monaten die ersten Worte aus dem Mund meiner kleinen Tochter, mühsam kamen sie zwar, aber deutlich: »Papa … für dich … guck …« Seine großen Hände berührten das schmale Gesicht, fuhren über die Wangen und ganz sachte den Hals hinab zu den Schultern. Sie hielt still, legte den Kopf in den Nacken und sah aufmerksam in seine Augen, die nichts mehr erkennen konnten, während seine Hände ihren Kopf festhielten wie einen weiteren kostbaren Schatz. »Papa«, sagte sie noch einmal leise.

Da nahm er sie in die Arme und hielt sie lange, lange fest an sich gedrückt, und der Wind spielte mit ihren langen, über Eriks Rücken herabbaumelnden Zöpfen. Irgendwann hob sie den

Kopf und lächelte mir zu, als hätte sie die ganze Zeit gewusst, dass ich bei ihnen war.

Torfrida umarmte mich. »Ein Wunder«, flüsterte sie, »Bruder Aidan hat Recht – dieser Ort ist ein Ort der Gnade, Alienor …« Ich faltete die Hände und drückte sie, bis die Finger wehtaten. Ein Ort der Gnade – Allmächtiger. Ob sich die Gnade auch auf Erik erstrecken würde?

Ljómi, das kleine Zappelgeistchen, das selten so lange stillhalten konnte, blieb erstaunlich lange bei ihrem Vater. Doch irgendwann hatte sie genug, und er ließ sie gehen. Sie tanzte fröhlich über den Sand, und sicher sang sie ein Lied, das wir nur nicht hören konnten.

Erik zog langsam und umständlich Jacke und Hemd aus, bis er mit nacktem Oberkörper im Novemberwind saß. Sein Leib war unversehrt. Die alten Narben, Striemen, der gebrannte Adler auf der Brust. Ich kannte und liebte jede Einzelne von ihnen, wusste, wo sie herrührten und wie sie sich anfühlten. Es gab keine neue Verletzung. Mein Prinz, mein König, mein Leben … Ich biss mir auf die Lippe. Mein Herz schrie nach ihm, und doch konnte ich die wenigen Schritte, die uns trennten, nicht gehen Ich Närrin hatte plötzlich wieder Angst.

Erik sank vornüber. Hatte er eben noch ausgesehen, als wollte er sich Kraft vom Wind holen, wirkte es nun so, als beugte er sich seiner Macht. Erschöpft fielen seine breiten Schultern zusammen. Die Narben auf seinem Rücken grinsten. Torfrida gab mir einen sanften Schubs. »Geh zu ihm«, sagte sie leise. Ich tat einen Schritt, und noch einen, und noch einen.

Der Wind warf sich mir in den Weg, und das Meer bleckte die Zähne – es würde den Strand mit sich nehmen und alles, was sich darauf befand, und ich würde nichts dagegen machen können. Die Dunkelheit streckte die Finger nach uns aus. Eriks Kopf sank tiefer. »Weicht!«, rief Torfrida da hinter mir. Der Wind zerrte eigensinnig an ihrem Kleid, und die Dunkelheit brummte: *Ich geb ihn nicht her*. Dennoch spürte ich, wie die Kraft aus Trofrida emporstieg, die Elemente zurückdrängte und mir den Weg zu meinem Mann ebnete. Sie strich über mein Herz, beruhigte die

Nerven, und das Rauschen der See nahm Leid und Angst mit sich …

Die letzten Schritte waren ganz einfach. Wind und Meer zogen sich einvernehmlich zurück, ich hatte gewonnen. Er gehörte mir. Schüchtern setzte ich mich neben ihn in den feuchtkalten Sand. Unsere Hände berührten sich und verschränkten sich so fest, dass niemand sie mehr würde trennen können. Der Wind machte nun sogar einen Bogen um uns, statt zwischen uns hindurchzupfeifen.

»Ist es nicht merkwürdig, *elskugi …*«, sagte er irgendwann und wandte mir sein Gesicht zu. »Ist es nicht merkwürdig, wie die Frauen gestärkt aus allem hervorgehen? Wir sterben dahin, die Frauen werden stark.«

»Ich bin nicht stark«, sagte ich. Du lebst. Mein Gott – ich hab dich wieder. Sein Blick ruhte auf meinem Gesicht, blau die Augen, so unvergleichlich schön, doch fand ich nichts darin, nichts als Leere, weil sie mich nicht erkennen konnten. Er lebte – und doch nur halb. Eine Faust krampfte sich um mein Herz.

»Du bist sehr stark, mein schönes Weib.« Der Blick wandte sich nicht ab von mir, innerlich schrie ich auf – sah er mich oder sah er mich nicht? »Du bist wunderschön und stark. Du bist zum König gegangen. Du bist zu Guilleaume gegangen, der niemals begnadigt …«

»Ich wär auch zum Papst gegangen«, flüsterte ich. »Ich wäre überall hingegangen.« Er nickte und starrte vor sich hin. »Alle Männer aus dem Lager sind tot«, kam nach einer Weile. »Alle, bis auf mich. Ich bin der Letzte …«

»Du lebst«, flüsterte ich mit bebender Stimme. »Mein Gott – du lebst!«

»Nein«, flüsterte er, »sie rufen nach mir …«

Sein Kopf sank herab. Ich berührte seine Wange, während der Wind sein lang gewachsenes Haar über unsere Gesichter wirbelte. Zorn stieg in mir hoch. Sie riefen nach ihm? Ich würde dafür sorgen, dass er sie nicht hörte, keinen von ihnen. Sie würden mich kennen lernen, ich hatte schon einmal mit dem Tod über ihn diskutiert, ich würde es wieder tun, ich hatte keine Angst mehr davor. Und damit der Tod es wirklich verstand, kniete ich mich vor meinen Mann hin und legte ihm die Hände auf die Schultern.

»Ein Zauberlied kann ich, ›soll ich ein Degenkind
Mit Wasser weihen,
So mag er nicht fallen im Volksgefecht,
Kein Schwert mag ihn versehren‹.«

Die Worte des alten Liedes ließen ihn aufhorchen. Ich strich ihm sanft über seine Lippen und küsste seine geschlossenen Augen. »Ich habe dich gehört in Durham, Erik – du warst nicht tot, und du bist nicht tot. Dein Herz hat ein Echo in meine Brust geworfen. Es schlägt immer noch. Jeder Schlag gehört dir, jeder Schlag wartet auf dich. Nun schau nach vorn und fasse Mut, Erik von Uppsala. Fasse Mut …«

Damit packte ich ihn an der Hand, zog ihn aus dem Sand und ging mit ihm ins Wasser, Schritt für Schritt den Wellen entgegen, die von Osten aus der Unendlichkeit an den Strand rollten, die jeden Morgen das rotgoldene Licht mitbrachten und an manchen Tagen die stürmische Flut. Ganz fest hielt ich seine Hand – heute würde das Meer uns nichts tun, sondern helfen. Es netzte seinen Körper, umschmeichelte ihn mit Eisfingern und spendete ihm reinigende Kühle, als ich ihn zu Boden zog. Sein Stöhnen verriet Erlösung. Ich tastete nach dem hölzernen Reliquienkreuz – und fand nur die Runenplatte, weil alles andere Etheldreda gefordert hatte. Und so klemmte ich die silberne Platte zwischen die Finger und betete inbrünstig um Kraft für meinen Mann, für den der eingravierte Zauberspruch geschrieben worden war. Fest aneinander geklammert hockten wir im Wasser und ließen uns von der eisigen Brandung überspülen wie ein Fels, der alle Zeiten überdauert. Die Runenplatte war so warm, dass sie Spuren in meine Finger sengte. Und Gott hörte uns.

Erik gewöhnte es sich an, mit Kári um die Insel herumzureiten. Jeden Morgen holte er das Pferd, legte das Gebiss an und schwang sich, von Tag zu Tag mit mehr Kraft, auf seinen blanken Rücken, weil er ohne Helfer mit dem Sattel nicht klarkam. Kári wartete geduldig, bis er saß und das Zeichen zum Losgehen gab. Anfangs folgte ich ihren Hufspuren, über Sandwege, durch die Dünen oder am Strand entlang, wo tief eingedrückte, verwischte Spuren verrieten, dass er sich mit hohem Tempo zu betäuben versuchte. »So muss fliegen sein«, sagte er auf meine besorgte Frage, ob er keine Angst dabei verspüre. »Man sieht nichts, man spürt nichts... Angst ist anders, Alienor. Ganz anders.« Und er nahm mich fest in die Arme, weil sie ihn doch nicht losließ. Seine Augen blickten klar und so unwahrscheinlich blau auf den Horizont, dass sie mich schwindeln ließen, sein Atem ging so schnell wie der seines Pferdes, und ein bisschen flog er immer noch.

Nach seinem Schwert, das unter unserer Bank in kostbare Leinwand gewickelt lag, fragte er niemals. Anfangs hatte ich es ein paarmal ausgepackt – es war und blieb stumpf und glanzlos, wie sehr ich auch daran herumpolierte. Danach holte ich es nicht mehr hervor. Es würde eben dort liegen bleiben und die Zeiten überdauern.

Als der Winter seine Faust nach Lindisfarne ausstreckte und die Insel für lange Wochen in eine sturmumtoste Schneewüste verwandelte, zog Erik zu Fuß mit dem Hengst los, jeden Morgen zum Hafen, wo das Boot im Uferschlick eingefroren war, und wieder zurück. In dicke Schafswollstücke gehüllt, sah ich ihnen nach, zwei schwarze Gestalten in der weißen Unendlichkeit, dem Wind und dem Meer entgegen, ohne Ziel, außer dem, sich fortzubewegen, geradeaus zu gehen, geradeaus zu laufen, was er all die Monate im Kerker nicht hatte tun können. Ich sah ihnen nach und empfand Eifersucht, weil er seine Tränen dem schwarzen Tier und nicht mir schenkte, Arme und Kopf in die dichte Mähne vergraben, und der Hengst stand still und litt mit seinem Herrn, so wie ich es niemals tun konnte.

Lindisfarne erschien mir trotz meines Glücks, meinen Mann endlich bei mir zu wissen, als der menschenfeindlichste Ort, an dem ich je gelebt hatte. Das Meer holte sich fast täglich irgendetwas von der Insel, es fraß an den Dünen und veränderte an wilden Tagen sogar den Lauf der Küste. Der Wind konnte einen zur Verzweiflung treiben. Allgegenwärtig und hungrig war er ständig auf der Suche nach Verwehbarem – alles, was man draußen liegen ließ, fiel seiner Spielsucht zum Opfer. Mensch, Tier und Pflanze beugten sich letztendlich seinem Willen.

Trotzdem gab es keinen Ort auf der Welt, wo ich Gott jemals näher gewesen war. Vielleicht lag das an den Mönchen, mit denen wir unser Leben teilten. Ihre Wärme und ihr Gottvertrauen belebten den kleinen Haushalt, sodass die Abende nicht endlos wirkten und die düsteren Tage heller.

Sie zeigten uns, wie man mit den Gezeiten lebt und Erfüllung darin findet. Jede Ebbe nahm sich etwas von uns, jede Flut brachte neue Kraft. Gleichzeitig brachte die Ebbe Stille und Kontemplation, wo die Flut wildes Leben ausbrechen ließ, manchmal so wild, dass man sich in Sicherheit bringen musste aus Furcht, mit verschlungen zu werden. Dann lagen die Mönche auf den Knien und baten Gott um Gnade, gaben Ihm aber trotzdem die Freiheit, mit ihnen zu verfahren, wie es Ihm beliebte … Und die Heftigkeit der Flut ließ nach, das Wasser beruhigte sich und ließ ab von der Insel, als hätte es sich von den Gebeten dieser einfachen Männer rühren lassen. Ich lernte von ihnen den einfachen Weg zu Gott. Gott war überall, man musste Ihn nur sehen lernen. Das Gebet kam wie von selbst.

Manchem jedoch fehlte die Demut vor den Elementen. Wir fanden die Leiche eines Pilgers, der von der hereinströmenden Flut überrascht worden war und am anderen Morgen am Strand von Lindisfarne festgefroren lag. Die Mönche übergaben ihn der Erde ihres kleinen Friedhofs und beteten für ihn, als wäre er einer von ihnen gewesen.

Mein Vater schien seinen Frieden gefunden zu haben. Inmitten der Mönche hatte er seinen Platz, wo ihn niemand störte, denn Kirchenbau interessierte diese Männer nicht. Beinahe von früh bis spät saß er an seinem Zeichentisch, wo durch seine Feder Gotteshäuser entstanden und wieder verschwanden, weil jeder Tag eine neue Idee hervorbrachte und Lionels Kathedrale für den heiligen Cuthbert hauptsächlich in seinem Kopf gebaut wurde und nirgendwo sonst. Bischof Walcher hatte ihn möglicherweise genau deshalb hierher verbannt, in dem Wissen, dass unter seiner Ägide auf Lindisfarne wohl niemals eine Kathedrale entstehen würde. Lionel indes ließ sich nicht beirren und plante für ein ganzes Jahrhundert, die Ideen flossen nur so aus seinem Kopf, eine großartiger als die andere, und seine Begeisterung steckte uns an.

Aidan hingegen verhehlte nicht, dass er eine Kathedrale auf Lindisfarne für äußerst unpassend und geradezu unangemessen hielt.

Doch statt mit Lionel darüber zu debattieren, verdrehte der sanfte Mann nur die Augen und räumte in schöner Regelmäßigkeit die Skizzenblätter auf dem Zeichentisch zusammen, um dort seinen Psalter aufzubauen, an dem er arbeitete. Seine Buchmalereien waren von atemberaubender Schönheit, und sie inspirierten meinen Vater zu noch kühneren Bauten, was Aidan vollends verwirrte. Irgendwann störten sie sich nicht mehr am Gemale und an den Farbtöpfen des anderen und schafften es, zusammen an einem Tisch zu arbeiten. Und das war das schönste Gebet überhaupt.

Ich beobachtete die Kinder beim Sandburgbauen und wie das Meer sich die Burg holte – und wie gleichmütig sie das hinnahmen. Es gab keinen Zorn auf dieser kleinen Insel. Zorn war Angelegenheit der Elemente – Wasser und Wind. Man konnte alles bei ihnen abladen und blieb selber frei. Dieser tiefe Friede war es, wonach ich gesucht hatte und den mir kein Kloster der Welt hätte schenken können. Ich stand im Leben – in der Mitte – und hatte meine Reise trotzdem beendet. Das Klappern der Steine am Webstuhl der Nornen, das mir immer so viel Angst gemacht hatte, war verstummt. Urðs Netz schien sich über uns gehoben zu haben – es war noch da, aber es beengte uns nicht mehr.

Gleichzeitig lernte ich, dass nichts für immer war – so wie der Strand jeden Moment sein Aussehen veränderte, so war das Leben. Ich begriff wie die Mönche auf dieser Insel dachten und bekam eine Ahnung von der Heiligkeit von Cuthberts Gedanken. Alles im Leben war ein Übergang. Wie viel leichter war es da zu ertragen …

Ich fand ihn wieder einmal im Hafen in Eadwins Boot sitzend, das Gesicht dem Meer zugewandt. Die Flut war gekommen und ließ das Boot leise schaukeln. Um es zu tragen, hatte das Wasser an diesem Ostermorgen noch nicht genug Kraft. Ich war beschwingt von der Auferstehungsmesse heruntergekommen, um ihn zum Frühmahl zu holen. Erik saß in dem Boot, die Hand auf den Riemen, wie der Fischer vor der Ausfahrt, in einem Moment der Stille verharrend, um Gottes Beistand in Not und Gefahr betend. Das Boot nickte lockend, während das Wasser unter ihm gluckerte. *Komm, komm. Komm, komm …* Die Wellen wurden heftiger, sie kamen von weit her und brachten frischen Seegeruch mit, und sie waren hungrig und begierig, sich zu holen, was vor ihnen lag. Als Herr des Meeres wehte der Wind gleichmäßig von Westen und mir wie so oft den Schleier vom Kopf. Heute ließ ich ihn fortfliegen, ohne mich darum zu scheren.

Als das Boot frei auf dem Wasser schwamm, stand er auf, kletterte unbeholfen von seinem schaukelnden Sitz und watete an Land. Und mir schoss durch den Kopf, dass er eines Tages vielleicht sitzen bleiben würde, den Riemen ergreifen und sich einfach forttreiben lassen würde, weil es leichter war, als aufzustehen und den festen Boden zu suchen, wo das Leben kompliziert war und die Leichtigkeit des Wassers verschwunden. Plötzliche Angst umklammerte mein Herz. Ich rannte los, warf mich in seine Arme, warf ihn fast um, weil er mich nicht bemerkt hatte, und lugte über seine Schulter. Das Boot nickte heftig. *Komm, komm, komm, komm – komm mit …*

»Ist etwas passiert?«, fragte er besorgt. Ich schüttelte den Kopf und schmiegte mich an seine Schulter. Er hielt mich und hielt mich und hielt mich, so fest er konnte, und seine Arme waren die Ewigkeit, die mich hier auf Lindisfarne gefunden und mir Frieden geschenkt hatte. Was fürchtete ich mich, ich Närrin.

Das Wasser netzte krabbelnd unsere Füße. Hand in Hand flohen wir ein Stück hinauf in die Dünen, wo der Wind nicht so heftig wehte und wo man, von der Sonne gestreichelt, trocken sitzen konnte. Hartes Dünengras pikte durch den Stoff, bevor es sich unter unserem Gewicht ergab. Die Kuhlen in den Dünen waren wie geschaffen für Menschen, die ungestört sein wollten – windgeschützt und weich und von der Sonne gewärmt, waren sie ideale Plätze zum Träumen und jede für sich ein kleines Schloss. Von hier sah das Meer immer noch gewaltig aus, aber nicht mehr ganz so gierig, weil man sah, dass die Wellen in Wirklichkeit Ordnung am Strand schafften. Ich beruhigte mich langsam. Was wollte ich fürchten?

Náttfari watschelte, ernst vor sich hinkrächzend, am Wasser entlang. Er schien sich zu wundern, wie wenig seine Krallen im Boden einsanken. Doch auch seine feinen Spuren holten sich die Wellen, die alles, was löchrig und narbig im Sand war, glatt putzten, und jedes Mal fuhr er zurück und flatterte ärgerlich mit den Flügeln. So nah am Wasser hatte ich meinen Raben noch nie angetroffen …

Erik kramte an seinem Gürtel. Mit zwei Fingern zog er den Stein der Moorfrau heraus und ließ ihn vor seinen Augen herunterbaumeln. Ich legte den Kopf an seine Schulter. Sein offenes Haar weht in mein Gesicht und kitzelte mich am Hals.

»Da ist ein gelber Fleck«, sagte er plötzlich.

»Wo?«

»Ich sehe einen gelben Fleck.« Ungläubige, unbändige Freude wallte in mir hoch, ich drückte seinen Arm, und er hob den Stein noch höher. »Siehst du? Gelb.«

Zwei Raben tanzten über uns in der Luft. Wie ein balzendes Paar flogen sie spielerisch umeinander, verfolgten sich, fanden sich und ignorierten gemeinschaftlich die ärgerlichen Schreie der Möwen, die die schwarzen Eindringlinge lautstark beschimpften.

Raben auf Lindisfarne?

Mit ausladenden Flügelschlägen flogen sie den Strand auf und ab, gewaltige Kreaturen, schwarz wie die Nacht, und ihre Stimmen, die jetzt erklangen, waren noch dunkler als die von Náttfari. Und sie holten ihn, sie luden meinen Raben ein mitzufliegen, fort von diesem Ort der österlichen Gnade, wo seines Bleibens nun nicht länger war.

Náttfari verbeugte sich nachdenklich. Er pickte in den Sand, gurrte leise. Dann breitete er seine Schwingen aus, machte einen Satz und hob elegant vom Boden ab. Krächzend flog er eine Runde über meinem Kopf, und dann nahmen ihn die Raben in ihre Mitte. Ich sah ihnen nach, wie sie nach Norden flogen.

»Es ist wirklich gelb«, murmelte Erik und drehte den Stein vor der Sonne hin und her. Der Stein reflektierte einen Sonnenstrahl, und dieser traf die drei Raben.

Als ich wieder hinsah, waren sie verschwunden.

NACHWORT

Nicht alle Angelsachsen empfingen Wilhelm von der Normandie mit offenen Armen, als dieser 1066 in England landete und in der legendären Schlacht von Hastings König Harold Godwineson besiegte. Mit diesem Sieg war allem Gieren nach dem vermeintlich vakanten englischen Thron ein Ende gesetzt. Das Zeitalter der angelsächsischen Könige war vorüber, und auch die Dänen, die sich Chancen auf den Thron von Winchester ausgerechnet und geduldig auf der Isle of Axholme am Humbre ausgeharrt hatten – hatte doch König Knut der Große einst über Norwegen, Dänemark und England geherrscht –, verließen die Insel und kamen nie wieder.

In den folgenden Jahren der »Normannisierung« Englands wurde die Gesellschaft der Insel neu geordnet und gestrafft. Wilhelm bedachte seine Gefolgsleute mit großen Lehen, wechselte beinahe die gesamte Adelsriege des Landes aus und reformierte auch die in seinen Augen rückständige Kirche nach allen Kräften.

Die alteingesessenen Bewohner fühlten sich vom oft rüden Umgangston der Eroberer und der fremden Sprache förmlich überrannt, und die grausame Strafaktion gegen die Einwohner von Yorkshire im Winter 1069, mit der Wilhelm sich für die Hinmetzelung von siebenhundert normannischen Kriegern bei Durham rächte, empörte Chronisten und das beobachtende Ausland gleichermaßen.

Gerüchte, dass der Normanne sich die Thronfolge unrechtmäßig erschlichen habe, waren nicht auszurotten, und immer wieder flackerte Widerstand gegen die normannische Herrschaft auf, der sich allerdings zu keiner einheitlichen Erhebung entwickelte.

Neben Eadric dem Wilden in Wales machte in England vor allem der Rebell Hereweard von sich reden, ein Mann von ungeklärter, möglicherweise adeliger Herkunft, der impertinent genug war, dem neuen König die Stirn zu bieten. Seine Beweggründe bleiben leider weitgehend im Dunkeln, doch die Geschichten, die über ihn erzählt werden, lassen von einem Hang zur Bereicherung bis hin zu einer Art Patriotismus alles vermuten. Im Lauf der Zeit näherte sich seine Person der des Robin Hood an, und beide wurden zu Symbolfiguren des Widerstands.

Herewеards Aufstand im Kloster Elyg im Sommer 1071 war die letzte Rebellion gegen Wilhelm – der König statuierte mit der Belagerung und rücksichtslosen Erstürmung der Klosterfestung ein abschreckendes Exempel, erwirkte dadurch aber auch einen lange Jahre andauernden Frieden in England.

Die *Angelsächsische Chronik* erwähnt Hereweard im Zusammenhang mit der Belagerung der Klosterinsel Elyg und dem Raub des Kirchenschatzes von Peterborough. Gaimar, ein Autor des 12. Jahrhunderts, bezeichnet ihn in seiner *L'Estoire des Engles* als edlen Mann und einen der besten Männer im Lande. Mitte des 12. Jahrhunderts schreibt Richard of Elyg auf der Grundlage des *Liber Eliensis* eine Biografie über Hereweard *(De Gestis Herewardi Saxonis)*, und zweihundert Jahre später baut die *Historia Croylandensis* Herewеards Herkunft weiter aus.

Wahrheit und Legende scheinen im Fall Hereweard zu verwischen und lassen sich kaum noch faktengetreu rekonstruieren. Ein gefundenes Fressen also für Geschichtenerzähler – im 19. Jahrhundert etwa hat der Rebell aus Bourne den britischen Autor Charles Kingsley zu seinem biografischen Roman *Hereward the Wake* inspiriert.

Als Hereweard mir begegnete, hatte er so viele Geschichten über das gerade eroberte England im Bündel, dass ich es spannend fand, sie aufzuschreiben. Kaum einer von uns kann sich vorstellen, wie es ist, wenn mit der Eroberung eines Landes auch in Kopf und Herz eine neue Zeitrechnung beginnt, die nur wenig Rücksicht auf die Vergangenheit nimmt.

Da Ortsnamen stets eine eigene Melodie im Kopf des Lesenden spielen, habe ich für die im Text vorkommenden Orte die Namensversion aus der Zeit des Domesday Book (Reichsgrundbuch der Engländer von 1186) gewählt. In Namen wie Lundene (für London), Wincestre (für Winchester), Thorp oder Cherchebi (für Kendal) hallt ein leises Echo längst vergangener Zeiten wieder.

Ich möchte mich bedanken bei *hlæfweard* Gero Meier für seine angelsächsische Unterweisung per E-Mail, die zu lesen uns viel Vergnügen bereitet hat.

Mein besonderer Dank gilt wieder meiner Lektorin Petra Lingsminat für ihre engagierte und inspirierende Mitarbeit.

GLOSSAR

Hier sind die Übersetzungen der fremdsprachigen Ausdrücke und Zitate zu finden sowie einige Anmerkungen zum Text, aufgeführt in der Reihenfolge ihres Erscheinens. Die Information ist als Bereicherung gedacht und zum Verständnis nicht notwendig. Eine schwedische Dialektfärbung (Altostnordisch) wurde bei der Wortwahl nicht berücksichtigt.

dame chière (altfrz.)	liebe Dame
augagaman (altnordisch)	Augenschmaus (Kosewort)
protege me (lat.)	beschütze mich
Benedic, anima mea, Domino, et omnia quae intra me sunt, nomini sancto eius! Benedic, anima mea, Domino, et noli oblivisci omnes retributiones eius … (lat.)	Lobe den Herren, meine Seele, und was in mir ist, seinen heiligen Namen! Lobe den Herren, meine Seele, und vergiss nicht, was er dir Gutes getan hat! (Psalm 103, 1–2)
ástin mín (altnord.)	mein Liebling
Danelag	alter Bezirk des Dänenreichs
elskugi (altnord.)	Liebling
runa (altnord.)	Freundin
mierd (altfrz.)	heftige Unmutsäußerung
verð á brottu, skalli (altnord.)	scher dich fort, Glatzkopf
homo viator (lat.)	zeitlebens Reisender auf Erden
hjalpi þér hollar vættir … Frigg, Freyr og fleiri goð	mögen dir wohlgesinnte Geister helfen … Frigg und Freya und so manche Götter
flour de ciel (altfrz.)	Blume des Himmels
skalli (altnord.)	Glatzkopf (d. h. Mönch)
Yngling	Spross des ältesten Königsgeschlechts der Svear (Schweden)
Ave Maria gratia plena, benedicta tu (lat.)	Gegrüßet seist du Maria, voll der Gnaden, du bist gebenedeit

meyja (altnord.)	Mädchen
eindœmin eru verst (altnord.)	allein ist es am Schlimmsten
Urð	Norne, Schicksalsfigur der nordischen Mythologie
Sub umbra alarum tuarum protege me (lat.)	Beschirme mich unter dem Schatten deiner Flügel (Psalm 17,8)
custodi me (lat.)	beschütze mich
Yngve-Freyr	göttlicher Urahn der Ynglinge
þe wocnan	der Erweckte
Völva	altnordische Seherin
meyja mín (altnord.)	mein Mädchen
drottning mín (altnord.)	meine Königin
Dominus pascit me, et nihil mihi deerit: in pascuis virentibus me collocavit,super aquas quietis eduxit me,animam meam refecit… (lat.)	Der Herr ist mein Hirte, mir wird nichts mangeln. Er weidet mich auf einer grünen Aue und führet mich zum frischen Wasser. Er erquicketmeine Seele… (Psalm 23, 1–3)
clandestine Ehe	heimliche Ehe
Dominus ad adiuvandum (lat.)	Herr zu Hilfe
mon seignur (altfrz.)	mein Herr
Gloria in excelsis Deo	Ehre sei Gott in der Höhe
varask (altnord.)	halt ein
swealwe (angelsächs.)	Schwalbe
dusil-hross (altnord.)	Schindmähre
dokkalfr (altnord.)	Schwarzalbe
ferr eigi keypiliga með okkr (altnord.)	wir vertragen uns nicht
dusilmenni (altnord.)	erbärmlicher Mensch
gratia plena, Dominus tecum benedicta tu in mulieribus… (lat.)	voll der Gnade, der Herr ist mit dir, du bist gebenedeit unter den Frauen…
þarf eigi lengr at ganga duls hins sanna her rum (altnord.)	man darf sich die Wahrheit nicht länger verhehlen
kvið ekki (altnord.)	nicht fürchten

hlæfdige (angelsächs.)	Dame, Lady (wörtlich eigentlich: die Brotformerin)
hjalipi þer hollar vættir … (altnord.)	mögen dir wohlgesinnte Geister helfen …
herbaria (lat.)	Kräuterkundige
malefica (lat.)	Schadenszauberin
lingua danica (lat.)	dänische Zunge, mittelalterlicher Oberbegriff für die Sprache des Nordens
Do sprach Oloferni di burc habit er gerni: »nu dar, kamirari, ir machit mirz bigahin! Ich gisihi ein wib lussam dort ingegin mir gan; mir niwerdi daz schoni wib, ich virlusi den lib: daz ich giniti minis libis insamint demo sconin wibi!« (frühmittelhochdeutsch)	Da sprach Holofernes – die Stadt hätte er nur zu gern eingenommen –: »Nun auf, ihr Kämmerer, ihr sollt mir nicht trödeln! Ich sehe dort eine verführerische Frau auf mich zugehen. Wenn ich die schöne Frau nicht bekommen sterbe ich auf der Stelle! Ich will mir Lust verschaffen mit dieser schönen Frau!« (Die ältere Judith, 9)
Náttfari	Nachtgänger
hjartaprýði	Tapferkeit (mutiges Herz)
Dominus pascit me … (lat.)	Der Herr ist mein Hirte … (Psalm 23, 1–2; s. o.)
Opus diaboli (lat.)	Teufelswerk
In nomine patris et filii et spiritus sancti. Ego te absolvo … (lat.)	Im Namen des Vaters und des Sohnes und des Heiligen Geistes. Ich sprech dich frei …
Convertere, Domine, et eripe animam meam! Salvum me fac propter misericordiam tuam. Quoniam non est in morte qui memor sit tui; in inferno autem quis confitebitur tibi … (lat.)	Wende dich, Herr, und errette meine Seele! Hilf mir um deiner Güte willen! Denn im Tode gedenkt man deiner nicht, wer will dir in der Hölle danken … (Psalm 6, 5–6)
Subvenite sancti Dei, occurite angeli Domini, suscipientes animam eius (lat.)	Kommt zur Hilfe, ihr Heiligen Gottes, eilt herbei, ihr Engel des Herrn, diese Seele aufzunehmen (Sterbegebet)
Quia apud te propitatio est … (lat.)	Denn bei dir ist Vergebung … (Psalm 130,4)

Pone me ut signaculum super cor tuum (lat.)	Lege mich wie ein Siegel auf dein Herz (Hohelied 8,6)
Bogan wæron bysige, bord ord onfeng. Biter wæs se bea duræs, beornas feollon on gehwæðere hand, hyssas lagon (angelsächs.)	Bögen waren beschäftigt, Schilde empfingen Speere. Erbittert war die Schlacht, Krieger fielen im Kampf auf beiden Seiten, junge Männer lagen erschlagen (Die Schlacht von Maldon, 110–112)
Dominus pascit me… (lat.)	Der Herr ist mein Hirte… (Psalm 23, 1–3; s. o.)
Dominus, ad adiuvandum me festina (lat.)	Herr, eile mir zur Hilfe (Stoßgebet)
Bloð konungs, berr vatnið, deyr sálin, seggrinn með henni, þegar blóðug jörd, bjargar nýtt líf, ok gróa lauf af grafnu sverði. (altnord.)	Wasser trägt das Königsblut, die Seele stirbt, mit ihr der Mann, wenn blutgetränkte Erde neues Leben birgt und vom vergrabenen Schwerte Blätter sprießen. (Dank an Prof. Gerd Kreutzer für die Übersetzung ins Altnordische)
Antoniusfeuer	Mykotoxikose, Geißel des Mittelalters. Schleichende Vergiftung, hervorgerufen durch verpilzten Roggen
Dominus pascit me… (lat.)	Der Herr ist mein Hirte… (Psalm 23, 1–3; s. o.)
eindœmin eru verst (altnord.)	allein ist es am Schlimmsten
Ave Maria…	Gegrüßet… (s. o.)
fulmine ictus (lat.)	vom Blitz getroffen
Ic grete þe (angelsächs.)	ich grüße dich
Witanagemot	Hoher Rat der Angelsachsen
Wes þu hal, Maria, geofena full, Drihten is mid þe (angelsächs.)	Ave Maria, voll der Gnaden, der Herr ist mit dir
Ongan ceallian þa ofer cald wæter, Byrhtelmes bearn (beornas gehlyston): Nu eow is gerymed. (angelsächs.)	Und es rief an den Ufern des kalten Wassers Byrhtelms Kind, und die Krieger lauschten. Jetzt ist euch der Weg geöffnet. (Die Schlacht von Maldon, 91–93)

God ana wat hwa þære wælstowe wealdan mote! (angelsächs.)	Gott allein weiß, wer auf diesem Feld der Ehre Meister sein wird (Die Schlacht von Maldon, 94–95)
Wæs seo tid cumen, þæt þær fæge men feallan sceoldon. Þær wearð hream ahafen, hremmas wundon, earn æses georn; wæs on eorþan cyrm… (angelsächs.)	Die Zeit war gekommen, dass diese verlorenen Männer im Kampf fallen würden, da ertönte der laute Schrei, Raben kreisten und Adler, gierig nach Aas. Auf Erden war Schlachtgeschrei… (Die Schlacht von Maldon, 104–107)
seið (altnord.)	nordische Zauberzeremonie
Hexenmehl	Bärlappsporen
herfjotur (altnord.)	Kriegerfluch, der den Gegner lähmt
Adhaesit pavimento anima mea (lat.)	Meine Seele liegt im Staub (Psalm 119,25)
hví er vi sva illa leikinn (altnord.)	wie wurde uns so übel mitgespielt
fylgja (altnord.)	altnordischer Schutzgeist
Qui habitat in adjutorio Altissimi, in protectione Dei coeli commorabitur, dicet Domino: Susceptor meus es tu et refugium meum, Deus meus, sperabo in eum… (lat.)	Wer unter dem Schirm des Höchsten sitzt und unter dem Schatten des Allmächtigen bleibt, der spricht zu dem Herrn: Meine Zuversicht und meine Burg, mein Gott auf den ich hoffe… (Psalm 91,1–3)
Ic þis giedd wrece bi me ful geomorre, minre sylfre sið. Ic þæt secgan mæg, hwæt ic yrmþa gebad, siþþan ic up weox, niwes oþþe ealdes, no ma þonne nu. (angelsächs.)	Dieses Lied über mich sing' ich voll Trauer über meinen eigenen Lebensweg. Ich kann davon berichten, was, seit ich aufwuchs, Schlimmes mir widerfuhr; damals oder heute, es war nicht besser als dies. (Die Klage des Eheweibs; Dank an Gero Meier für die Übersetzung aus dem Angelsächsischen)
Chorea enim circulus est, cuius centrum est diabolus (lat.)	Der Tanz findet im Kreise statt, dessen Mitte der Teufel ist (nach Augustinus)
Cantarix capellana est diaboli (lat.)	Die Sängerin ist die Kaplanin des Teufels

Dominus pascit me… (lat.)	Der Herr ist mein Hirte… (Psalm 23, 1-3; s. o.)
ora et labora (lat.)	bete und arbeite (Regel des heiligen Benedikt)
De profundis clamavi ad te… exaudi vocem meam… fiant aures tuae (lat.)	aus der Tiefe rufe ich zu dir… höre meine Stimme… lass deine Ohren… (Psalm 130, 1–2)
Athame	Ritualmesser
Carles li reis, nostre emperere magnes. Set anz tuz pleins ad estet en Espaigne: Tresqu'en la mer cunquist la tere altaigne. N'i ad castel ki devant lui remaigne: Mur ne citet n'i est remés a fraindre, Fors Sarraguce, ki est en une muntaigne. (altfrz.)	Karl der König, unser Kaiser großer, sieben Jahre ganz volle ist er gewesen in Spanien, bis an das Meer eroberte er das Hochland, es gibt dort keine Burg, die vor ihm bestünde, Mauer noch Stadt ist dort verblieben zu brechen, außer [der Stadt] Zaragosa, die ist auf einem Berg. (Rolandslied, 1–6)
Li reis Marsilie la tient, ki Deu nen aimet. Mahumet sert e Apollin recleimet: Nes puet guarder que mals ne l'i ateignet. (altfrz.)	Der König Marsilie hält sie, der Gott nicht liebt, [sondern] Mohamed dient und Apollo anruft; er kann sich nicht schützen, dass Schlimmes ihn nicht trifft. (Rolandslied, 7–9; Übersetzung von Prof. Pinkerne, herzlichen Dank)
Pone me… (lat.)	Lege mich… (Hohelied 8, 6; s. o.)
Custodi me ut pupillam oculi (lat.)	Beschirme mich wie einen Augapfel im Auge (Psalm 17,8)
Quam magna multitudo dulcedinis tuae, Domine, quam abscondisti timentibus te, perfecisti eis, qui sperant in te, in conspectu filiorum hominum! Abscondes eos in abscondito faciei tuae a conturbatione hominum, proteges eos in tabernaculo tuo a contradictione linguarum. Benedictus Dominus, quoniam mirificavit misericordiam suam mihi, in civitate munita… (lat.)	Wie groß ist deine Güte, die du verborgen hast denen, die dich fürchten, und erzeigest denen, die vor den Leuten auf dich trauen! Du verbirgst sie heimlich bei dir vor jedermanns Trotz, du verdeckest sie in der Hütte vor den zänkischen Zungen. Gelobet sei der Herr, dass er hat eine wunderliche Güte mir bewiesen in einer festen Stadt. (Psalm 31, 20-22)

QUELLEN

Die zitierten altnordischen Gedichte stammen aus:

Götterlieder der Älteren Edda. Nach der Übersetzung von Karl Simrock, neu bearbeitet von Hans Kuhn. Stuttgart: Reclam, 1960 (1991)

Für die Gedichtzeilen auf den Seiten 7 (Hávamál 15), 143 (Völuspá 42), 177 (Völuspá 46), 241 (Hávamál 37), 309 (Hávamál 51), 340 (Hávamál 121), 377 (Völuspá 36–37), 422 (Hávamál 146, 149, 158), 423 u. 424 (Hávamál 158), 456 (Hávamál 151–153), 457 (Hávamál 157, 158), 476 (Hávamál 158), 482 (Hávamál 149), 525 (Hávamál 158)

Der Vers auf Seite 233 ist zitiert aus *Die Ältere Judith.* Der Vers auf Seite 275 ist zitiert aus der *Millstädter Sündenklage*, beide entnommen aus:

Frühmittelhochdeutsche Literatur, Mittelhochdeutsch/Neuhochdeutsch. Auswahl, Übersetzung und Kommentar von Gisela Vollmann-Profe. Stuttgart: Reclam, 1996

Der Abdruck erfolgte mit freundlicher Genehmigung des Reclam Verlages, Stuttgart.

Alle Bibelzitate stammen aus der *Polyglottenbibel*, bearbeitet von R. Stier und K.G.B. Theile, Bielefeld und Leipzig, 1875

Die angelsächsischen Originaltexte können im Internet eingesehen werden. Das Original zu *Die Schlacht von Maldon* (Vers 110–112 zitiert auf S. 310, Vers 91–93 und 104–107 zitiert auf S. 392) findet sich unter
http://www.georgetown.edu/labyrinth/library/oe/texts/a9.html

eine englische Übersetzung (von Douglas B. Killings) unter
http://www.georgetown.edu/faculty/ballc/oe/maldon-trans.html

Die Klage des Eheweibs (zitiert auf S. 434) lässt sich auf
http://www.sacred-texts.com/neu/ascp/a03_23.htm
betrachten.

Die auf den Seiten 492 und 493 zitierten ersten Laissen des *Rolandslieds* finden sich unter
http://www.frankreich-experte.de/fr/6/lit/rolandslied.html